Susan Hastings

Die Schwester der Nonne

WILHELM HEYNE VERLAG
MÜNCHEN

Umwelthinweis:
Dieses Buch wurde auf
chlor- und säurefreiem Papier gedruckt.

Vollständige Taschenbuchausgabe 11/2006

Printed in Germany 2006
Umschlagillustration: © Miss Woollascot, Largilliere,
Nicolas de (1656–1746)/Private Collection,
© Agnew's, London, UK/The Bridgeman Art Library
Umschlaggestaltung: Nele Schütz Design, München
Gesetzt aus der Sabellicus
Satz: KompetenzCenter, Mönchengladbach
Druck und Bindung: GGP Media GmbH, Pößneck
ISBN-10: 3-453-47071-0
ISBN-13: 978-3-453-47071-2

http://www.heyne.de

Mein herzlicher Dank gilt Herrn Bernd Sikora vom Architekturbüro Sikora Leipzig und Frau Christine Becker vom Naturkundemuseum Leipzig für ihre wertvolle Hilfe, Leipzigs Vergangenheit in seiner ganzen faszinierenden Vielfalt wiederauferstehen zu lassen.

Der Prinzenraub

Als Hieronymus Preller vor die Tür seines Handelshauses trat, blieb er einen Augenblick stehen und blickte sich um. In den Gassen und auf dem Marktplatz drängten sich die Menschen. Sie lärmten und lachten, stritten und feilschten. Bauern und Knechte trieben ihre Maultiere, Ochsen und Pferde vor den Karren und Wagen durch die engen Straßen. Wer eine Bude auf dem Marktplatz besaß, konnte sich schon privilegiert nennen.

Auf einer freien Stelle vor dem Rathaus zogen Gaukler und Fahrensleute ihr Publikum in den Bann. Das nutzten Gauner und Taschendiebe für ihr Handwerk, und irgendwo schrie eine beklaute Marktfrau, als ginge es ihr ans Leben. Niemand kümmerte sich um sie.

Ein Seiltänzer versuchte, auf einem Hanfstrick zu balancieren, der zwischen zwei hölzernen Balkonen gespannt war, ohne den Leuten auf die Köpfe zu fallen. Schon schlossen die ersten Zuschauer Wetten ab, wie lange sich der Seiltänzer wohl oben halten könne. Ein Gaukler jonglierte mit brennenden Fackeln, und ein kleiner gefleckter Hund tanzte auf den Hinterbeinen und hielt einen Hut in der Schnauze, um ein paar Kupfergroschen zu erbetteln.

Die Sommerhitze dieses Julitages anno Domini 1455 staute sich in den Gassen der aufstrebenden Handelsstadt Leipzig, und aus den offenen Abwasserrinnen stiegen vielfältige Gerüche hinauf in die geöffneten Fenster der Häuser, aus denen neugierige Bewohner schauten.

Der Marktplatz bildete das Zentrum der Stadt wie auch das Zentrum des Handels. Dieser Handel hatte die Stadt reich gemacht. Davon zeugte nicht zuletzt die immense Bautätigkeit. Das Rathaus mit seinen gotischen Treppengiebeln, spitzen Dachreitern und dem hübschen Turm kündete von dem Stolz der Leipziger Bürger auf ihren Reichtum. Rund um den Marktplatz standen stattliche Bürgerhäuser, teils in massiver Bauweise, teils mit vorspringenden Fachwerk-Geschossen, sowie Handelsfaktoreien. Auch das Handelshaus Preller hatte seinen angemessenen Platz am Karree des Marktplatzes.

Zufrieden strich sich Hieronymus über sein Wams. Trotz der Wärme trug er Strumpfhosen aus feinstem Wollstoff, und das Wams aus dunkelblauem Samt war mit Goldfäden bestickt. Seinen barettartigen Hut zierte eine lange, edle Feder. Respektvoll machten die Leute ihm Platz, während er langsam über den Marktplatz schlenderte, hier und da die angebotene Ware begutachtete und sie schließlich wieder zurücklegte.

Hieronymus war ein Kaufmann und hatte das Handelshaus bereits von seinem Vater geerbt. Der bevorzugte Platz am Markt war auch seinem Vater zu verdanken, der sich um den Handel der ehrgeizigen Stadt verdient gemacht hatte. Nun trat sein Sohn in dessen Fußstapfen und führte die Geschäfte weiter. Er hatte den Handel bereits mit der Muttermilch eingesogen und die weit reichenden Beziehungen nach Böhmen, nach Norditalien und Frankreich, nach Holland und nach Polen weiter vertieft. So war die Familie Preller zu einem ansehnlichen Wohlstand gelangt. Das wussten auch die Ratsherren der Stadt zu würdigen. Wenngleich der Kaufmann Preller ihnen nicht ganz ebenbürtig war – man begegnete diesen »Pfeffersäcken« mit einem gewissen Misstrauen – so nahm er doch einen gewissen Platz in der Honoratiorenordnung der Stadt ein.

Die Herolde vor dem Rathaustor ließen ihre Fanfaren ertönen, und gleich darauf öffnete sich die schwere Tür. Zuerst erschien der Bürgermeister, umringt von den Ratsherren, alle in ihrem besten Staat. Über ihnen flatterten die Fahnen, mit denen das Rathaus festlich geschmückt wurde.

Hinter dem Rücken des Bürgermeisters trat eine wunderschöne junge Frau hervor, hielt sich jedoch züchtig zurück und den Blick gesenkt, als die vielen Menschen vor dem Rathaus ihnen zujubelten.

»Wer ist das?«, fragte Hieronymus einen Gelehrten in langem, dunklen Umhang, der zufällig neben ihm stand und ebenfalls das Treiben beobachtete.

»Das wisst Ihr nicht, Herr? Es ist Elisabeth, die Tochter des Bürgermeisters. Jetzt weiß ich, warum er sie immer so gut versteckt hielt. Sie ist wunderschön.«

Das fand Hieronymus ebenfalls. Er konnte nicht anders, als sie anzustarren, auch wenn sich das nicht geziemte, und dabei war er nicht der Einzige. Ihre Schönheit war wirklich atemberaubend. Ein Gaukler versuchte, der Schönen eine Blume zu überreichen, doch die Wachen drängten den gar zu Aufdringlichen rüde zurück. Dieser stolperte über ein Schwein, das unter den Marktbuden nach Fressbarem suchte, und landete selbst in den Abfällen.

Das Gelächter der Umstehenden war groß, und der Unglückliche errötete so heftig, dass Hieronymus befürchtete, sein Kopf würde platzen.

»Schrecklich, dieser Pöbel«, klagte der Gelehrte neben ihm. »Wälzt sich mit den Schweinen im Dreck. Was muss unser Kurfürst nur von uns denken? Schließlich ist Leipzig auch eine Stadt der Wissenschaften und der Kunst.«

»Lasst doch dem Pöbel seine Freude an so einem Tag. Und wenn's zwei Schweine im Dreck sind«, erwiderte Hieronymus lachend. »Außerdem ist der Herzog noch gar nicht da.«

Zu ihrer aller Überraschung eilte jedoch die schöne Elsabeth herbei und zu dem Unglücklichen hin. Sie war die Einzige, die nicht über sein Missgeschick lachte. Sie raffte rasch mit einer Hand ihre Röcke, um die andere dem Gestrauchelten zu reichen und ihm auf die Beine zu helfen. Ungläubig starrte der Gaukler sie an und nahm zögernd die dargereichte Hand. Umständlich rappelte er sich hoch, um gleich darauf auf die Knie zu fallen und Elisabeths Rocksaum zu küssen.

»Erhebe dich«, sagte sie zu ihm. »Deine Bestimmung ist, den Menschen Freude zu bereiten und nicht, vor ihnen auf die Knie zu fallen.«

In den Augen des Mannes glitzerte es verdächtig, und er strich verlegen über seine Kleidung aus kunterbunten Flicken.

»Ich glaube, sie hat uns beide beschämt«, flüsterte der Gelehrte Hieronymus zu.

Der Kaufmann kam nicht mehr dazu zu antworten. Wieder erschollen Fanfaren, diesmal von der anderen Seite des Marktplatzes wo eine der Straßen vom südlichen Stadttor mündete. Die Wachen meldeten die Ankunft des Kurfürsten.

Das aufgeregte Murmeln schwoll an, und alle reckten die Köpfe, um einen Blick auf den Herzog und sein Gefolge zu erhaschen. Der Lärm steigerte sich, als die Soldaten der Vorhut die Menschenmenge auseinandertrieb, damit eine genügend breite Gasse blieb. Von hinten drängten die Neugierigen nach, und es gab ein Schieben und Schubsen, ein Schreien und Stöhnen, Jubel und Beifall. Kinder schlüpften zwischen den Beinen der Erwachsenen hindurch, Tagediebe taten es ihnen gleich und erleichterten Geldbörsen und Beutel.

Pferdehufe klapperten über das Kopfsteinpflaster, und vom Peterstor her zog der hochherrschaftliche Zug, der Kurfürst mit seinem farbenprächtigen Gefolge, nach Leipzig ein.

Der Herzog fühlte sich Leipzig als seiner Geburtsstadt verbunden, hatte er doch in den Mauern dieser Stadt vierundzwanzig Jahre zuvor den heiligen Bund der Ehe mit Margarethe, Erzherzogin von Österreich, geschlossen. Es war gleichzeitig der Beginn einer engen Verbindung der Wettiner mit den Habsburgern. Auch heute führte der Kurfürst eine stattliche Abordnung von Österreichern in seinem Gefolge mit.

Kurfürst Friedrich, den das Volk den Sanftmütigen nannte, ritt auf einem prächtigen Schimmel. Er trug einen pelzbesetzten Umhang und sein ergrautes Haar wehte im Rhythmus seiner Bewegungen. Sein hageres, von Falten durchzogenes Gesicht schaute ernst und hoheitsvoll.

Der Jubel wogte ihm entgegen, und wo er vorbeiritt, verbeugten sich die Menschen tief und ehrfurchtsvoll. Es war wirklich eine große Ehre, dass der Kurfürst die Stadt besuchte. Nicht nur das Volk in den Gassen und auf dem Marktplatz, sondern auch die Ratsherren, die freien Bürger und vor allem der Klerus wussten das zu schätzen.

Der Propst des Thomasklosters, ein noch junger, aber zur leiblichen Fülle neigender Mann mit Doppelkinn und dicken, aufgeworfenen Lippen, warf dem Bürgermeister einen tadelnden Blick zu.

»Den Dienern des Herren gilt stets der Vortritt vor den Dienern des Geldes«, knurrte er und schob sich entschlossen vor die Ratsherren. Die ihn begleitenden Mönche taten es dem Propst gleich und murmelten dabei eifrig Gebete.

»Wenn er damit auf die gefüllte Stadtkasse anspielt, so sollte er lieber schweigen, denn er profitiert nicht wenig davon«, murmelte der Gelehrte neben Hieronymus. Laut wagte er das nicht zu äußern. Schon wegen geringerer Vergehen erließ die Kirche harte Strafen, und der Propst war ein eifriger Verfechter unnachgiebiger Strenge.

Der Vorsteher des Thomasklosters war ein mächtiger Mann. Ihm oblag nicht nur die Aufsicht über die anderen Klöster der Stadt, sondern er führte auch in seinem eigenen Haus ein strenges

Regiment. Und er sorgte dafür, dass die Klöster immer reicher wurden, nicht zuletzt durch die hochherzigen Gaben reicher Kaufleute der Stadt. Auch Hieronymus Preller war nicht kleinlich mit Spenden und erhoffte so den Segen der Kirche über all seine Handelsgeschäfte. Er war kein tiefgläubiger Mann, aber er wusste, dass man es sich mit der Gottesmacht nicht verderben durfte. Die irdische Strafe würde entsprechend schrecklich sein. So ersparte er sich eine Antwort auf die losen Sprüche des Gelehrten und verbeugte sich tief, als der Kurfürst vorbeiritt.

Vor dem Rathaus hielt der prachtvolle Zug und der Bürgermeister trat nun heran, um den Kurfürsten in den Mauern seiner Geburtsstadt willkommen zu heißen.

»Mein lieber Bürgermeister«, sagte der Kurfürst jovial, »wie beneide ich Euch um die schöne Stadt, in der Ihr leben dürft. Meißen hat zwar die Elbe und die Berge ringsum, aber mir geht das Herz auf, wenn ich den Fuß auf den Boden dieser umtriebigen Stadt setzen kann.«

»Ihr ehrt uns mit Eurer Anwesenheit, Durchlaucht und wir schätzen uns glücklich, Euch in unseren Mauern beherbergen zu dürfen.« Der Bürgermeister begrüßte seinen Landesherrn mit stolzgeschwellter Brust

Die freie Bürgerschaft der Handelsstadt war sich ihrer Bedeutung bewusst, doch der Besuch des Landesvaters war eine besondere Ehre. Er verlieh der Stadt ein bisschen vom Glanz des Meißner Hofes.

Es war Friedrichs Vater, Friedrich dem Streitbaren, und dessen gleichfalls regierendem Bruder Wilhelm II. zu verdanken, dass in Leipzig im Jahre 1409 die Universität gegründet wurde. Dieser Gelehrte neben Hieronymus schien das vergessen zu haben, als er sich aus seiner nicht sehr tiefen Verbeugung aufrichtete. Ein bisschen mehr Dankbarkeit gegenüber der Obrigkeit hätte er ruhig zeigen können.

Das waren noch Zeiten, als Friedrich I., dieser kluge und kampferprobte Mann, den Wettinern die Kurwürde erstritt. Er hatte sich als erfolgreicher Feldherr gegen die böhmischen Hussiten die Achtung des deutschen Königs Siegmund erworben, was ihm später die Belehnung mit dem Herzogtum und der Kur Sachsen, dem Erzmarschallamt, der Pfalz Allstedt der Grafschaft Brehna und der Burggrafschaft Magdeburg einbrachte.

Mit Friedrich I., wie er als Kurfürst schließlich genannt wurde, stieg das Haus Wettin in die Führungsriege der deutschen Reichsfürsten auf. Es entsandte einen der sieben Adligen, die den Römischen König wählten.

Diesen Status konnten zu Hieronymus' Bedauern Friedrichs Söhne nicht aufrechterhalten, die in einem unseligen Bruderkrieg Kursachsen teilten. Das war eine Katastrophe für den Handel. Je mehr Landesgrenzen, Zollschranken, Gesetze es gab, umso komplizierter wurden die Geschäfte. Grade das Altenburger Land war eine wichtige Verbindung zu den südlichen und westlichen Handelspartnern.

Bis vor wenigen Jahren flackerten immer wieder Fehden zwischen beiden Ländern und beiden Brüdern auf. Im Gegensatz zu Friedrich I., der streitbar und gleichzeitig einigend auftrat, war sein Sohn Friedrich II., der Sanftmütige, zu weich und nachgiebig. Er ließ sich von seinem Bruder Wilhelm III. auf der Nase herumtanzen.

Wie glücklich wäre alles verlaufen, wenn es diese Teilung nicht gegeben hätte. So viel vergeudete Kraft, und so viel verlorenes Geld. Hieronymus durfte gar nicht daran denken, wie viel Gewinn ihm durch diese Zwistigkeiten verloren gegangen war.

Diese Gedanken gingen Hieronymus durch den Kopf, als er die Begrüßung des Kurfürsten beobachtete.

»Ja, was blüht denn da für eine wunderschöne Blume im Verborgenen?«, staunte der Kurfürst, und zum ersten Mal an diesem Tag erhellte ein Lächeln sein Gesicht. Gleichzeitig vertieften sich seine Falten.

»Mit Verlaub, Hoheit, darf ich Euch mein reizendes Töchterchen Elisabeth vorstellen?«

Elisabeth verharrte im tiefsten Hofknicks und hielt das Haupt gesenkt. Ihr langes blondes Haar fiel wie ein Wasserfall über ihren Rücken, und die kleine goldbestickte Brokatkappe, die sie trug, unterstrich ihren Liebreiz.

Der Kurfürst beugte sich zu ihr herab und ergriff ihre Hand. »Erhebe dich, schönes Kind, auf dass dein Anblick meine Augen und mein Herz erfreue.«

»Der Bürgermeister soll nur aufpassen, dass der Kurfürst seine Tochter nicht noch als Hofdame für seine Gattin erwählt. Wäre ein hübsches Geschenk, wenn er wieder nach Meißen zurückkehrt.« Der Gelehrte neben Hieronymus hielt die Hände vor der Brust verschränkt und betrachtete kritisch die Szene.

»Warum sollte er das tun?«, wunderte sich Hieronymus. »Sie ist nicht von Adel.«

»Na und? Als kleine Mätresse aber allemal gut genug. Da zählt weniger die Herkunft als die Schönheit.«

Ja, Elisabeth war wirklich schön. In Hieronymus kam gelinde Panik auf bei dem Gedanken, dass diese Elfe im Bett des alternden Kurfürsten landen sollte.

Währenddessen bat der Bürgermeister den Kurfürsten in den Ratssaal hinein, wo das Bankett stattfinden sollte. Stolz präsentierte er die lange Tafel aus edlem, poliertem Holz, geschmückt mit erlesenen Stücken aus dem Ratssilber. Prunkstück waren zwei silberne Leuchter und mehrere Pokale.

Ein etwas erhöhter Tisch stand allein dem Kurfürsten zu. Die Zimmerleute hatten ihn auf ein Podest gestellt, um den Unterschied zu den bürgerlichen Ratsherren, aber auch dem Klerus zu verdeutlichen. In der Sitzfolge zeigte sich die soziale Hierarchie der Anwesenden. Der Kurfürst wandte sich nach Elisabeth um und streckte die Hand nach ihr aus.

»Erweist mir die Freude und speist an meiner Seite, schönes Kind«, sagte er huldvoll. Vor Freude und Verlegenheit errötete sie heftig. Sie wusste nicht, ob sie das Ansinnen annehmen oder verschämt ablehnen sollte. Ihr Vater stieß sie mahnend in die Rippen.

»Es ist mir eine große Ehre«, hauchte sie mit gesenktem Blick. Dann legte sie ihre kleine, schmale Hand auf die des Kurfürsten.

Kaufmann Preller blieb der Zutritt zum Ratssaal verwehrt. Am liebsten wäre er hineingestürmt, um seine Angebetete vor dem Zugriff des Landesvaters zu schützen. Aber er war nur ein Kaufmann, ein Bürgerlicher, wenn auch ein wohlhabender. Es stand ihm nicht zu, in irgendeiner Weise seine eigenen Absichten kundzutun. Elisabeth war für ihn im Moment unerreichbar.

Als die Rathaustür geschlossen wurde, wandte Hieronymus sich ab. Seine Enttäuschung verbergend, schlenderte er über den Markt und betrachtete naserümpfend die feilgebotene Ware.

Kurfürst Friedrich der Sanftmütige nahm seinen Ehrenplatz an der Tafel ein und warf einen hocherfreuten Blick zu Elisabeth, die neben ihrem Vater saß. Der Bürgermeister strahlte das Selbstbewusstsein eines freien Bürgers aus, und gleichzeitig spürte man die tief in der Seele der Menschen verwurzelte Unterwürfigkeit vor dem Adel.

Es war wohl beides, das ihn und seine Ratsherren dazu veranlasst hatte, die Tafel mit dem Ratssilber zu decken und die erlesensten Speisen auffahren zu lassen. Die ersten Dienstboten trugen Schüsseln mit legierter Suppe aus jungen Erbsen mit püriertem Weißbrot und Ei herein, die einen verführerischen Duft verbreitete. Ein Bediensteter hielt eine Platte mit Fleischstückchen von Kalb und Ente, ein zweiter legte einige Stückchen in die Schüssel, die vor dem Kurfürsten stand, der nächste goss die Suppe darüber.

»Diese Suppe ist mit Safran gebunden, wie Ihr an der Farbe seht, Durchlaucht«, erklärte der Bürgermeister eifrig.

Der Kurfürst nahm den silbernen Löffel und kostete vorsichtig. Gespannt starrten ihn alle Ratsherren an.

»Ja, köstlich«, erwiderte er schließlich. »Safran ist mir selbstverständlich geläufig.«

Der Bürgermeister dienerte, während die Lakaien an die übrigen Gäste Fleisch und Suppe austeilten. Außer dem Herzog, der allein eine silberne Schüssel bekam, mussten die anderen Gäste sich zu zweit eine Schüssel teilen und auch die Trinkbecher. Immerhin erhielt jeder Gast an der Tafel einen Löffel, weil der Leipziger Rat sich einige der Löffel bei reichen Bürgern geliehen hatte. Wie allgemein üblich, brachten die Gäste ihre Messer mit. Nur dem Kurfürsten wurde ein besonders wertvolles, ziseliertes Messer vorgelegt.

Vor dem Ehrengast stand der reich verzierte Tafelaufsatz, der das Salzfässchen und die Gewürze enthielt. Er besaß die Form eines Schiffes und war verziert mit wertvollen Emaileinlagen. Auch das Salzfass wies reliefartige Verzierungen auf. Der Kurfürst betrachtete es wohlwollend.

»Halte dich beim Essen zurück«, raunte der Bürgermeister seiner Tochter zu. »Bei feinen Leuten essen die Damen immer nur ganz wenig.«

Elisabeth warf dem Kurfürsten, der mit gutem Appetit seine Suppe verzehrte und mit einem spitzen Messer das Fleisch aus der Schüssel fischte, einen verstohlenen Blick zu.

»Warum? So etwas bekomme ich wahrscheinlich nie wieder zu essen. Das muss ich doch ausnutzen.«

Der Bürgermeister rollte mit den Augen. »Herrgott noch mal, wir sitzen mit dem Kurfürsten an einer Tafel, Elisabeth. Da musst du dich dementsprechend benehmen«, zischelte er.

In ununterbrochener Reihenfolge servierten die Diener Kapaun in weißem Pudding, Bratenplatten mit Zicklein und Lamm, Drossel und Hühnchen mit einer Soße aus Sauerwein, dazwischen

Krebse aus der Pleiße, Kaninchen in Aspik, kalten Salbei mit Wachtelküken, gefüllte Schweinsköpfe mit Äpfeln, Zickleingekröse in Kräutern, Käse und gewürztem Wein, Selleriegemüse Hühnchenpastete, Mehlpudding mit rosa Zuckerwerk und Granatäpfel.

Der Gewürzhandel gedieh in der umtriebigen Messestadt prächtig und so waren die Speisen mit edlen Gewürzen, wie Ingwer, Zimt, Nelken, Paradieskorn, Pfeffer, Nardenwurzel, Safran, Muskatnuss, Lorbeerblättern, Kümmel und Zucker veredelt. Darauf waren der Bürgermeister und seine Ratsherren besonders stolz.

Auf der anderen Seite der Tafel saß der Klerus. Der Propst des Thomasklosters mit Namen Benedictus schlug seine Finger in einen Schweinskopf.

»Völlerei ist Sünde«, mampfte er kauend und das Fett troff über sein Doppelkinn. »Aber das grobe Fleisch hält Leib und Seele zusammen.« Er warf einen begehrlichen Blick auf das feine Hühnchenfleisch, das zwar als weniger nahrhaft als das Fleisch von Rind, Schwein und Schaf galt, aber weil es dem Adel zustand, war es eine besondere Speise. Für seine sündhafte Völlerei, die einen sozusagen kurfürstlichen Anlass hatte, erteilte er sich selbst Absolution, indem er Buße tat und an zwei Tagen in der Woche dem Fleischgenuss entsagte. An diesen Tagen gab es die doppelte Portion Aale und Krebsschwänze, Forellen, Karpfen und Neunaugen, aber auch Lauch, Zwiebeln, Kohl, Linsen und Bohnen. Diese Art der Askese machte jederzeit dieses eher seltene Bankett wieder wett.

Das Messer des Propstes war mit eingravierten Versen verziert: »Für deine Wohltaten sagen wir dir, Herr, unseren Dank.« Das ersparte ihm die Danksagung vor dem Essen. Benedictus war dafür viel zu beschäftigt, er musste ja von allen Speisen kosten. Zwischendurch schlug er dem einen oder anderen Klosterbruder auf die Finger, der sich zu vorwitzig an der Tafel bediente, bevor sich sein Propst von der Speise genommen hatte.

Wiederholt trugen die Diener Brot auf, mit dem die Soßen und das Bratenfett aufgetunkt wurde oder als Unterlage für die Fleischstückchen dienten. Die runden Brotlaibe trugen die Zeichen der Bäcker, die sie gebacken hatten.

»Ich sehe, eure vielen Mühlen bringen der Stadt Wohlstand«, sagte der Kurfürst zum Bürgermeister und zerriss mit seinen goldberingten Fingern einen kleineren Brotlaib. »Gesegnet sei die Stadt mit ihren vielen Flüssen und Mühlen, auch wenn es im Sommer immer so von Mücken wimmelt.«

»Keine Sorge, Hoheit, die Mücken bleiben draußen in der Aue. Sollen die Müller sich damit herumplagen.«

»Dafür gibt es hier genug fette Fliegen«, flüsterte einer der Ratsherren und schielte zum Propst mit seinen schwarz gekleideten Mönchen. Wie die schwarzen Fliegen auf dem Misthaufen oder an den Rinnsalen auf den Gassen hielten sie sich am Servierten schadlos.

»Sie sind beides«, flüsterte sein Tischnachbar zurück. »Hier fressen sie wie die fetten Fliegen und draußen saugen sie mit ihrem Ablasshandel wie die Mücken die Leute aus.«

Er erhielt einen Fußstoß unter dem Tisch. »Mach dich nicht unglücklich«, riet ihm ein anderer Ratsherr. »Der Propst hat mehr Macht in den Stadtmauern als der Kurfürst.« Der Angesprochene schwieg und bediente sich weiter von den silbernen Platten. So ein Festmahl gab es schließlich auch nicht alle Tage, und da sollte man nicht Zeit mit sinnlosem Geschwätz vertun.

»Ich finde es trotzdem seltsam, dass wir unsere Ehefrauen nicht zum Bankett mitbringen durften. Nur der Bürgermeister hat seine Tochter dabei. Angeblich aus Sparsamkeitsgründen, damit das Essen üppiger ausfällt. Aber wieso begleitet ihn dann seine Tochter?«

»Siehst du nicht, dass sie als Kurzweil für den Kurfürsten gedacht ist? Ich glaube kaum, dass der Kurfürst sich an deinem Weib ergötzt hätte. Außerdem rührt Elisabeth kaum die Speisen an.«

Er griff nach dem Becher mit Würzwein. »Es lebe der Kurfürst«, rief er. Die anderen Anwesenden fielen in die Hochrufe ein und prosteten dem Kurfürsten zu.

Einer der Ratsherren und auch zwei Mönche beugten sich unter die Tafel, um zu erbrechen. Die Geräusche gingen in den Hochrufen auf den Kurfürsten unter. Einige Hunde aus dem Gefolge des Kurfürsten stürzten sich auf diese Leckerissen. Ein kleiner, rotwangiger Mönch kroch unter dem Tisch hervor, froh darüber, dass wieder genügend Platz in seinem Bauch war. Sein Bruder blieb unter dem Tisch liegen. Der Wein hatte seinen Geist benebelt, so dass er friedlich neben seinem Mageninhalt einschlief und nur etwas unwillig knurrte, als einer der Hunde über sein Gesicht leckte.

Der Ratsherr tauchte mit hochrotem Gesicht wieder auf, aber der Kurfürst hatte ohnehin nichts bemerkt. Sein Gefolge sprach nun dem Wein kräftiger zu und die Lautstärke im Ratssaal steigerte sich.

»Keine Weiber da«, monierte einer der Gefolgsleute des Kurfürsten. »Was soll das für ein Bankett sein? Und die Gaukler und Musikanten tummeln sich draußen auf dem Marktplatz.«

»Was willst du? Es ist eben ein bürgerliches Bankett. Dafür ist es angemessen.« Sein Tischnachbar, mit dem er sich die Schüssel und den Trinkbecher teilte, warf einen abschätzenden Blick über die Platten. »Viel Grobes, ziemlich gewöhnlich.« Er griff nach einem Stück Zickleinfleisch und kaute darauf herum.

»Findest du es nicht seltsam, dass hier gar keine Weiber sind? Nicht einmal die Frauen der Ratsleute. Nur dieses Mädchen, auf das der Kurfürst ein Auge geworfen hat.«

»Ach, er schaut nur dahin, weil er ja nicht weiß, wo er sonst hinschauen soll. Die haben nicht einmal Dirnen hier.«

»Der Kurfürst wird es schon wissen, was wir machen. Sobald der offizielle Teil vorbei ist, suchen wir uns eine richtige Schänke mit drallen Weibern. Solange müssen wir uns eben gedulden.«

»Und uns mit dem Wein trösten«, erwiderte der andere und leerte den Becher.

Der Tumult steigerte sich, aber erst nach einer Weile bemerkten die Anwesenden, dass der Lärm von der Tür her kam. Ein Bote stürzte in den Ratssaal und kämpfte verbissen gegen die Wachen, die den Eindringenden zurückhalten wollten.

»Lasst mich durch, ihr blöden Esel, ich muss zum Kurfürsten!«

»Da könnte jeder kommen und hier eindringen.«

»Ich habe eine Botschaft für Durchlaucht. Es ist dringend!« Er schlug dem Wächter kurzerhand die Faust ins Gesicht, dass er gegen die Wand taumelte. Der Bote kam frei und lief in den Saal. Vor dem Herzog fiel er auf die Knie.

»Verzeiht, Durchlaucht, mein ungebührliches Eindringen, doch es ist von Eurem höchsten Interesse.« Er hielt in seiner zitternden Hand eine zerknitterte Pergamentrolle hoch.

Der Kurfürst hob erstaunt die Augenbrauen und leckte sich die Finger ab. Ein Diener sprang hinzu und hielt ihm eine Wasserschale hin, die der Kurfürst jedoch ignorierte. Er griff nach der Pergamentrolle, erbrach das Siegel und rollte sie auf. Während er die wenigen Zeilen überflog, versteinerte sich sein Gesicht.

»Meine Söhne, die Prinzen, sind entführt worden«, stieß er hervor. Seine Hand umkrampft die Pergamentrolle, als könne er sie so für die schreckliche Nachricht strafen.

Der Bürgermeister und die Ratsherren sprangen auf. Selbst Propst Benedictus hörte auf zu kauen, wenngleich er auf seiner Bank sitzen blieb.

»Ich muss sofort nach Altenburg!« Der Kurfürst stieß seinen Stuhl um. Seine Gefolgsleute sprangen an seine Seite. »Lasst die Sturmglocken läuten!«

Im nächsten Augenblick gab es ein heilloses Durcheinander. Alle liefen durcheinander, alle riefen durcheinander, jeder befahl dem anderen etwas und keiner hörte darauf. Sie umringten den Kurfürsten, der mit hoch erhobenen Händen tobte und zürnte.

»Wer war das? Wer war dieser Verbrecher, der es wagt, Hand an meine Söhne zu legen?« Niemand konnte ihm darauf antworten.

Der Bürgermeister und die Ratsherren waren entsetzt, dass der Besuch des Landesherrn so abrupt und unter schlechten Zeichen endete. Es war ein Besuch, von dem sich die Stadtoberhäupter viel versprachen. Es gab so viel zu reden, zu bitten, anzutragen. Doch alles verlor plötzlich an Wichtigkeit.

»Durchlaucht, Ihr seht uns unendlich betroffen«, rief der Bürgermeister und rang die Hände, während er unter ständigen Verbeugungen neben dem Kurfürsten herlief. Dieser winkte seinen Getreuen, um die Pferde bringen zu lassen. »Was können wir tun, um Euch behilflich zu sein?«

Der Kurfürst blieb abrupt stehen. »Lasst nach den Tätern fahnden. Verbreitet die Kunde vom Prinzenraub, auf dass jeder Mann, ob Bauer oder Bürger, Kaufmann oder Fischer Acht gibt, wo schwarze Gestalten zwei unschuldige Kinder von adligem Geblüt in ihren Fängen haben.«

»Ja, aber wer sind diese schwarzen Gestalten?«, wollte der Bürgermeister wissen.

»Woher soll ich das wissen«, erregte sich der Kurfürst. »Wer auch immer es sei, er soll seinen Kopf verlieren, sobald ich ihrer habhaft werde. Und das werde ich, darauf könnt Ihr Euch verlassen.«

Überstürzt verließ der Kurfürst mit seinem Gefolge das Rathaus und die Stadt in Richtung Altenburg. Die Ratsherren standen vor dem Tor und blickten ihrem Landesherrn nach.

Das Volk vor dem Rathaus begriff zunächst nicht, was der Grund für das Durcheinander war. Die Taschendiebe machten gutes Geschäft dabei.

Propst Benedictus versammelte seine Brüder zu einem Stoßgebet um sich. Mit einem Auge schätzte er die Reste der Tafel ab; er würde diese als Spende für das Kloster einfordern. Schließlich musste er für den Abbruch des Festessens entschädigt werden. Der Klosterküche kam dieser Segen gerade recht.

Hieronymus Preller starrte auf das Durcheinander. Dann eilte er mit großen Schritten hinzu. Seine Größe und seine imposante Erscheinung verschafften ihm Platz. Den Rest erledigte er mit seinen kräftigen Armen.

»Platz da!«, herrschte er die Leute an, die ihm im Weg waren. Dabei schien es ihm unerheblich, ob Marktfrau, Gaukler, Schaulustiger oder Wachsoldat. Das Tor stand offen, einige Ratsherren standen immer noch heftig diskutierend davor. Die Bediensteten standen ebenfalls in kleinen Grüppchen. Niemand nahm von ihm Notiz.

Mitten im Ratssaal standen die Brüder des Thomas-Klosters und beteten lautstark. Einige Vorwitzige hatten sich vom Marktplatz in den Ratssaal geschlichen und bedienten sich ungeniert an der Tafel. Benedictus wusste nicht, ob er seine Gebete unterbrechen und diese dreisten Diebe verjagen sollte.

»Betet weiter, Brüder«, murmelte er, nahm einen der zu Bruch gegangenen Stühle und warf ihn nach den Mundräubern. »Höllenbrut«, grollte er und freute sich, dass er einen der Kerle am Kopf traf. Dieser sank mit einem leisen Klagelaut unter den Tisch.

Hieronymus nutzte das Durcheinander aus und eilte zu Elisabeth. Die stand schreckensbleich neben der Tür und starrte auf die kopflos umherlaufenden Ratsherren. Er nahm ihre Hand und zog die Widerstrebende zu ihrem Vater. Der Bürgermeister schaute Hieronymus irritiert an. »Was wollt Ihr denn, Preller?«

»Die Hand Eurer Tochter.«

»Die habt Ihr doch schon«, erwiderte der Bürgermeister verärgert. »Passt auf sie auf, damit ihr nichts geschieht.«

»Das ist ein Wort!«

»Wer seid Ihr?«, fragte Elisabeth mit großen Augen.

Hieronymus betrachtete sie verzückt. »Euer zukünftiger Ehemann. Euer Vater hat meinem Antrag eben zugestimmt.«

»Werde ich denn gar nicht gefragt?«, wunderte sie sich und betrachtete den stattlichen Mann in dem blauen Samtwams mit geneigtem Kopf.

Er lächelte, nahm wieder ihre Hand und zog sie hinaus zu einem der Fenster, das den Blick über den Marktplatz gestattete. Er deutete zu dem großen Haus gegenüber, das sein Vater erbauen ließ und den Wohlstand der Familie Preller zeigte.

»Würdet Ihr allen Ernstes so etwas ablehnen?«

Noch ehe Elisabeth etwas antworten konnte, entdeckte Hieronymus den Propst. Dieser stand inmitten seiner Klosterbrüder, einen Knüppel in der Hand, um die Reste auf der Festtafel zu verteidigen. Benedictus bemerkte den befremdeten Blick des Kaufmanns. Sofort schaute er zum Himmel, schlug in einem fort Kreuze in die Luft und begann ein lautes Wehklagen. Er klagte auf Latein, was Hieronymus ohnehin nicht verstand und so zupfte er ihn wenig respektvoll am Ärmel. So plötzlich, wie er mit seinem Gebet begonnen hatte, hörte er wieder auf. Seine kleinen Augen blickten missmutig.

»Was willst du?«, herrschte er Hieronymus an.

»Heiraten«, erwiderte Hieronymus. »Sofort!«

Der Propst schnappte nach Luft, und er sah aus wie ein fetter Karpfen auf dem Trockenen. »In dieser Situation?«, brachte er endlich hervor.

»Gerade deshalb«, erwiderte Hieronymus. »Man muss handeln, wenn sich die Gelegenheit bietet.«

Der Propst starrte ihn an wie ein Gespenst.

»Waren Euch meine Spenden nicht gut genug?«, fragte Hieronymus, da setzte das Denkvermögen des Propstes wieder ein.

»Ach, Ihr seid's, Preller. Die Aufregung – entschuldigt – ich habe Euch nicht gleich erkannt. Trotzdem, ist das nicht ein bisschen überstürzt? So schnell geht das nicht.«

Hieronymus fasste nach seinem ledernen Geldbeutel, den er unter dem Wams trug und ließ ihn gewichtig in der Handfläche tanzen. »Wie schnell geht es?«, wollte er wissen.

Der Propst folgte den Handbewegungen mit den Augen, während seine dicken Karpfenlippen immer noch offen standen. Dann glitt ein kleines Lächeln über sein Gesicht.

»In einer Woche, Preller. Das muss genügen.«

Der kleine Lederbeutel wechselte auf kurzem Weg den Besitzer. Zufrieden wandten sich sowohl der Propst wie auch Hieronymus ab.

»Kommt«, forderte er Elisabeth auf. »Das Fest ist zu Ende. Ich geleite Euch zu Eurem Haus.«

Wenig später besuchte Hieronymus eine Schänke und ließ sich einen großen Krug Wein bringen. Der Prinzenraub war Stadtgespräch, und nicht nur in den Schänken hockten die Leute zusammen und diskutierten über diese Ungeheuerlichkeit.

Zu seiner Überraschung entdeckte Hieronymus den Gelehrten, der neben ihm auf dem Marktplatz gestanden hatte. Auch dieser erkannte Hieronymus wieder. Der Kaufmann winkte ihm zu und schob dem Mann einen Hocker hin. »Setzt Euch zu mir, Herr Gelehrter, und seid mein Gast. Die ganze Stadt ist in Aufregung.«

Schweigend setzte sich der Mann und ordnete sorgfältig die Falten seines langen, dunklen Umhangs. Der Wirt brachte einen zweiten Becher. Hieronymus schenkte eigenhändig ein.

»Mein Name ist Hieronymus Preller, einer der ersten Kaufleute am Platz.«

Bedächtig nahm der Gelehrte den Becher und schaute ihn aufmerksam an. Der Mann hatte ein blasses Gesicht mit klugen Augen, die ein wenig skeptisch blickten.

»Ich kenne Euch, Preller. Wer kennt Euch nicht? Wer erfolgreich und wohlhabend ist, den sieht man gern.«

»Und mit wem habe ich die Ehre?«

Der Gelehrte lachte auf. »Ich bin Jakob Siebenpfeiffer, Magister an der hiesigen Universität.«

»Auf Euer Wohl, Herr Magister.«

Siebenpfeiffer hob den Becher ein Stück höher. »Auf Euer Wohl, Preller.«

Sie tranken beide.

»Ist es nicht seltsam«, stellte Hieronymus fest, »dass so ein Unglück uns die Bekanntschaft beschert?«

»So Ihr bewandert in philosophischen Dingen seid, müsste Euch klar sein, dass jedes Ereignis zwei Seiten hat, eine gute und eine schlechte. Wobei ich bei dem, was den Prinzen widerfahren ist, nicht von einem Unglück sprechen würde.«

»So? Wisst Ihr etwa mehr davon?« Interessiert beugte sich Hieronymus zu dem Gelehrten herüber und senkte dabei die Stimme.

Dieser schüttelte den Kopf. »Ich weiß gar nichts. Aber ich stelle logische Schlussfolgerungen.«

»Und was ergeben Eure Schlussfolgerungen?« Seine Augen ließen nicht einen Moment von den Lippen des Gelehrten. Der schien mehr Interesse an seinem Weinbecher zu hegen als daran, Hieronymus' Neugier zu befriedigen.

»Nun, wie ich sagte, jedes Ereignis hat immer eine gute und eine schlechte Seite. Und jedes Ereignis ergibt sich aus einem vorhergehenden Ereignis, das dieses bedingt.«

Hieronymus knallte hart den Becher auf den groben Tisch und verzog ärgerlich das Gesicht. »Ich bin keiner von Euren Studiosi, Herr Magister. Könnt Ihr Euch nicht etwas verständlicher ausdrücken?«

»Es stellt sich die Frage, wer zieht einen Gewinn aus der Entführung der Prinzen. Jemand, der mit dem Herzog eine Rechnung zu begleichen hat.«

Hieronymus' Augen weiteten sich. »Wer sollte es wagen, gegen den Landesherrn anzukämpfen, außer ...«, er stockte und ein Leuchten der Erkenntnis flog über sein Gesicht, »der Bruder des Kurfürsten, Wilhelm.«

Jetzt setzte Siebenpfeiffer seinen Becher ab und zog seinen Umhang fester um den Körper, als wollte er sich auf diese Weise vor der Unwissenheit dieses Kaufmannes schützen.

»Wilhelm würde den Teufel tun und seine eigenen Neffen entführen, damit würde er ja die Ergebnisse des Bruderkrieges in Frage stellen. Nein, nein, dazu wäre er nicht in der Lage. Diese Entführung ist die Tat eines tollkühnen Mannes, der einen triftigen Grund hat, auf diese Weise sein Recht zu erzwingen.«

Hieronymus überlegte angestrengt. »Ihr meint doch nicht etwa diesen Ritter, der gegen Friedrich klagte?

»Kunz von Kaufungen, ganz recht.« Siebenpfeiffers Gesicht blieb reglos, während Hieronymus der Atem stockte.

»Woher wisst Ihr das?«

»Wie ich sagte, ich weiß es nicht. Und doch ist es eine logische Schlussfolgerung.«

»Ritter Kunz ist ein verbündeter Friedrichs, hat auf seiner Seite gegen Wilhelm gekämpft.«

»Eben deshalb. Aber dabei sind einige seiner Ländereien in Mitleidenschaft gezogen worden und er hat deswegen vom Kurfürsten Entschädigung gefordert.«

»Und deswegen raubt er die Prinzen? Um eine Entschädigung zu erpressen?«

»O nein, nicht deshalb. Er ist schließlich kein Pfeffersack.« Er lächelte spöttisch, als er die beleidigte Miene von Hieronymus bemerkte. »Entschuldigt, Kaufmann, aber Ihr denkt eben in diesen

Kategorien. Für einen Mann wie diesen Ritter zählen andere Werte mehr als der Verlust des Einkommens dreier Jahre.«

»Was gibt es von höherem Wert als Geld?«, wunderte sich Hieronymus. Er erntete einen verachtenden Blick des Magisters.

»Er ist Ritter und stolz. Der Fürst hat seine Ehre gekränkt. Das ist seine Rache.«

»Aus gekränkter Ehre?« Hieronymus schüttelte den Kopf. »Dafür würde ich nicht einmal den Arsch im Bett drehen, verehrter Siebenpfeiffer. Nein, das nehme ich Euch nicht ab. Obwohl ich Kaufungen aus einem anderen Grund nicht mag. Während dieses unseligen Krieges hatte er Leipziger Kaufleute überfallen und verschleppt, von denen einer dabei sogar ums Leben gekommen ist. So ein Mann hindert den Aufschwung des Handels, den Aufschwung unserer Stadt. Er ist ein übler Raubritter, der keine Ehre hat.«

»Ihr irrt, Preller. Der Rechtsstreit zwischen dem Ritter und dem Fürsten geht schon seit Monaten. Kunz hat Fehler gemacht, es ist seine Schuld. Dass die Gerichte gegen ihn entschieden haben, sieht er natürlich nicht ein. Er denkt mit dem Schwert, nicht mit dem Kopf.«

»Das sind doch alles nur Spekulationen. Ihr grübelt zu viel, Herr Magister. Das tut auch nicht gut und verwirrt den Geist. Trinkt noch einen Becher.«

»Nein, danke«, wehrte der Gelehrte ab und erhob sich. »Es wird Zeit für mich zu gehen. Morgen früh um sechs erscheinen meine Studenten.«

Verdrießlich schaute Hieronymus auf den halb vollen Krug. Allein trank es sich nicht so gut wie in Gesellschaft. Auch wenn dieser Magister ein sehr widersprüchlicher und undurchsichtiger Geist war, so war er doch interessant und ungewöhnlich.

»Was unterrichtet Ihr eigentlich?«, wollte Hieronymus wissen.

Der Gelehrte ordnete wieder sorgsam seine Mantelfalten, nachdem er sich erhoben hatte. »Jurisprudenz und Philosophie«, sagte er wie nebenbei. »Gehabt Euch wohl, Kaufmann, und seid bedankt für Eure Einladung.« Dann ging er.

»Verdammt noch mal, ich wollte feiern, weil ich in sieben Tagen heiraten werde!«, rief er schon mit schwerer Zunge und knallte den irdenen Weinkrug so auf den Tisch, dass dieser zu Bruch ging und der Wein über sein Wams und die Hose schwappte.

Augenblicklich wurde es still in der Schänke und alle Blicke wandten sich ihm zu. »Was glotzt ihr so?«, fuhr er auf. »Ich werde Elisabeth heiraten, die Tochter des Bürgermeisters. Er findet keinen besseren Schwiegersohn als mich. Ich bin der reichste Kaufmann in der Stadt und weiß, wer die beiden Prinzen entführt hat.«

»Macht Euch nicht unglücklich, Preller. Im Weinrausch sagt mancher etwas, das er später sehr bereut«, mahnte der Wirt.

»Ach, halt's Maul!«, raunzte Hieronymus ihn an. »Du wirst es schon noch sehen, ihr alle werdet es sehen, dass ich Recht behalte. Der Kaufunger war's, dieser elende Raubritter. Dann erhält er wenigstens seine gerechte Strafe.«

»Ihr solltet besser gehen, Preller«, forderte der Wirt ihn leise auf. »Ich will keinen Ärger haben.«

Unsicher erhob sich Hieronymus. »Undankbares Volk«, lallte er. »Ihr werdet noch an mich denken.« Dann schwankte er zur Tür hinaus.

»Ob's wirklich der Ritter von Kaufungen war?«, fragte einer der Gäste, als Hieronymus gegangen war.

»Ach was, der Preller ist bloß wütend auf ihn, weil der der Ritter Kunz einmal ein paar Pfeffersäcke überfallen hat. Hätten sie ihm damals ihre Geldbeutel gegeben, hätte er sie bestimmt laufen lassen. Aber diese Geizkragen lassen sich lieber umbringen, als sich von ihrem Geld zu trennen. Die sind fast so schlimm wie die Juden.«

»Aber Preller ist ein Christ«, rief ein anderer. »Und er hat schon viel für die Stadt und die Klöster gespendet. Habt ihr gehört, dass er die Tochter des Bürgermeisters heiraten will? Da gibt es eine große Hochzeitsfeier.«

Die Aussicht auf so ein herausragendes Ereignis versöhnte die Gäste der Schänke sofort wieder. Darauf mussten sie unbedingt noch einen Krug Bier oder Wein leeren, die der Wirt eifrig herbeischaffte.

Am nächsten Tag gab es nur zwei Gesprächsthemen in der Stadt: der dreiste Raub der beiden Prinzen und die unerwartete Hochzeit des Kaufmanns Preller mit der Tochter des Bürgermeisters.

Natürlich war beides auch Thema am Ratstisch. Die Ratsherren gratulierten dem Bürgermeister zur bevorstehenden Vermählung seiner Tochter mit dem angesehenen Kaufmannshaus Preller.

»Was denn für eine Vermählung?«, fragte der Bürgermeister entgeistert.

»Na, die Eurer Tochter«, erwiderte ein Ratsmitglied lachend. »Es ist ja schon Stadtgespräch.«

Wutschnaubend fuhr der Bürgermeister hoch. »Das ist doch Unsinn! Es wird keine Hochzeit geben. Den Mann für meine Tochter suche immer noch ich aus!«

»Aber habt Ihr ihm denn nicht die Hand Eurer Tochter versprochen? Preller hat sogar schon mit dem Propst gesprochen und den Termin festgelegt. Er ist in sechs Tagen.«

Die Gesichtsfarbe des Bürgermeisters verdunkelte sich zusehends. »Dieser unverschämte Kerl! Er hat mich übertölpelt!«

»Das solltet Ihr als Bürgermeister aber nicht so laut sagen«, mahnte ein anderer Ratsherr. »Ein Bürgermeister, der sich übertölpeln lässt, ist kein guter Bürgermeister. Er könnte sich ja auch in anderen Dingen übertölpeln lassen.«

Die anderen Ratsherren nickten zustimmend.

»Ich werde dem Preller meine Meinung sagen«, tönte der Bürgermeister und stürmte zum Tor. Mit einem Ruck riss er es auf.

Mit zusammengekniffenen Augen fixierte er das Gebäude gegenüber, das Handelshaus Preller. Er straffte sich, ballte die Hände zu Fäusten und stapfte mit großen Schritten quer über den Marktplatz. Die Buden waren alle belegt; der Stadtrat hatte zu Ehren des Besuchs des Kurfürsten extra einen Markt genehmigt. Musikanten und Gaukler waren ebenfalls in der Stadt geblieben. Eine Hochzeit war ein lohnendes Geschäft, das wollten sie sich keinesfalls entgehen lassen. Sie spendeten dem Bürgermeister Beifall, der jedoch davon keine Notiz nahm. Wutentbrannt wummerte er mit den Fäusten gegen die Tür von Prellers Haus. Eine Magd öffnete erschrocken.

»Wo ist er, dieser Mädchenverführer?«, schrie er.

»Wen meint Ihr, Herr Bürgermeister?«

»Ach, geh weg«, schnaubte er und schob die Magd einfach beiseite. Im Hintergrund erschien Hieronymus. Ein Lächeln flog über sein Gesicht. »Willkommen, Schwiegervater.«

»Was erlaubt Ihr Euch, Preller? Niemals gebe ich mein Einverständnis zu dieser Hochzeit. Wie kommt Ihr darauf, in der Stadt zu verbreiten, dass Ihr Elisabeth heiratet?«

»Weil ich das Einverständnis bereits von Euch habe. Gestern habt Ihr mir die Hand Eurer Tochter gegeben, vor Zeugen im Rathaus.«

»Gestern zählt nicht; gestern war ein Unglückstag. Die beiden jungen Prinzen wurden entführt.«

»Wollt Ihr damit sagen, dass Euer Wort nicht zählt, Bürgermeister? Das wird aber den Rat interessieren. Was soll Leipzig mit einem Bürgermeister, der sein Wort bricht? Es könnte Euch das Amt kosten.«

»Wollt Ihr mir drohen, Preller? Das könnte Euch den Kopf kosten. Außerdem habe ich jetzt überhaupt keinen Sinn für Freudenfeiern, solange die Prinzen verschleppt bleiben. Noch weiß niemand, wer die Übeltäter sind. Solange es keine gute Nachricht aus dem Fürstenhaus gibt, denke ich nicht daran, Elisabeth zu verheiraten. Mit Euch schon gar nicht!«

»Ihr vergesst, dass das Handelshaus Preller eines der bedeutendsten Leipzigs ist, Bürgermeister. Was wäre Leipzig ohne seine Kaufleute? Schließlich machen wir die Stadt reich und statten damit auch Euer Amt aus.«

Der Bürgermeister stellte sich auf die Zehenspitzen, da er einen halben Kopf kleiner als Hieronymus war, und fixierte ihn aus seinen zum Spalt verengten Augen. Beinahe berührten sich ihre Nasenspitzen.

»Ich lasse mich von Euch nicht erpressen, Preller. Ihr bekommt Elisabeth nicht!«

»Und ich lasse mich nicht von Euch herabwürdigen, Bürgermeister. Für Elisabeth gibt es keine bessere Partie als mich!«

»Ich habe andere Sorgen, als mich um die richtige Partie für Elisabeth zu streiten. Kümmert Ihr Euch um Euren Handel, ich mich um das Wohl der Stadt! Und Elisabeth lasst aus dem Spiel!« Er drehte sich um und stapfte ebenso wütend wieder zurück über den Marktplatz.

»Auch dann nicht, wenn ich Euch sage, wer die Prinzen entführt hat?«, rief ihm Hieronymus hinterher.

Der Bürgermeister stockte mitten im Schritt. Langsam drehte er sich um. Hieronymus stand mit triumphierender Miene in der Tür seines Hauses, die er mit seinem Körper fast gänzlich ausfüllte.

Trotzig reckte der Bürgermeister das Kinn vor. »Auch dann nicht!« Er stapfte unbeirrt hinüber zum Rathaus. Vor dem Tor blickte er über die Schulter. Preller starrte noch immer zum Rathaus hinüber. Der Bürgermeister drohte ihm mit der Faust, dann schlug die schwere Eichentür hinter ihm zu.

Die Leute auf dem Marktplatz, die Zeugen dieser Szene geworden waren, johlten und pfiffen, rissen derbe Scherze und applaudierten.

Hieronymus schloss die Tür. Im Haus lief er wütend auf und ab. Er gab ja zu, die unübersichtliche Situation ausgenutzt zu haben. Das änderte aber nichts daran, dass der Bürgermeister sich gefälligst an sein Wort zu halten hatte. Außerdem hatte er dem Propst ein beträchtliches Sümmchen zugesteckt, das er nicht umsonst geopfert haben wollte. Es sollte eine prächtige, eine angemessene Hochzeit werden, von der die Stadt noch in Jahren sprechen sollte. Und wenn der Bürgermeister sich weiter so bockig zeigen sollte, dann würde Hieronymus seine Elisabeth auch ohne dessen Einwilligung heiraten. Aber besser war natürlich mit seiner Einwilligung und seinem Geld. Das war schließlich Sache des Brautvaters und Hieronymus sah überhaupt nicht ein, warum dieser Dickschädel darum herumkommen sollte.

Wer war er denn, dass er sich vom Bürgermeister derart vorführen ließ, und das noch vor all den Leuten draußen auf dem Markt? Das konnte Hieronymus nicht auf sich sitzen lassen.

Entschlossen ging er zur Tür und riss sie auf. Die Hitze dieses Julitages schlug ihm entgegen und der Gestank aus den Rinnsalen, die durch die Gassen flossen. Aber beides nahm er nicht wahr. Er straffte seine Haltung und reckte sich zu voller Körpergröße, ballte die Hände zu Fäusten und eilte mit ausgreifenden Schritten quer über den Marktplatz hinüber zum Rathaus. Mit den Fäusten trommelte er gegen das Tor, was neuerlich einen Auflauf der Marktbesucher und Händler, Gaukler und Musikanten verursachte.

»He, Bürgermeister! Ich lass mich nicht für dumm verkaufen! Die ganze Stadt ist Zeuge, dass du mir die Hand deiner Tochter versprochen hast. Nun steh zu deinem Wort!«

Die Umstehenden stimmten ihm lautstark zu.

Er trommelte weiter mit den Fäusten an die Rathaustür, bis ein Ratsdiener verärgert öffnete. Hieronymus stieß ihn unsanft beiseite und stürmte hinein.

Der Bürgermeister brütete in der hinteren Ratsstube und wusste nicht, womit er sich zuerst befassen sollte, mit der unerträglichen Entführung der beiden Prinzen oder mit Prellers ungebührlichem Betragen. Das belastete ihn derart, dass er am liebsten alles hingeworfen und sich in seinem Haus vergraben hätte. Aber er war der gewählte Oberste aller Einwohner dieser Stadt und sein Amt beinhaltete einige Pflichten, denen er wohl oder übel nachkommen musste. Da lag auch der Antrag, dass das Rathaus einen neuen Anstrich erhalten, eine neue Ratsstube ausgebaut und der Turm repariert werden sollte. Die Ratszimmerleute verlangten mehr Geld, die Schützenbrüderschaft wollte ihren Schatz der Stadt in Verwahrung geben, und der Befestigungsbau der Stadtmauer hinter dem Thomaskloster war noch in vollen Gange, weil der Graben dorthin verlegt werden musste, und die Rechnungen für die Baukasse der Stadt waren auch noch zu prüfen. Er seufzte über die Bürde seines Amtes, als Hieronymus hereingestürmt kam.

»Bürgermeister, steht zu Eurem Wort! Ich bringe die ganze Stadt als Zeugen und lasse den Propst Benedictus als Richter rufen.«

»Ihr macht Euch lächerlich, Preller! Ihr wisst genauso gut wie ich, dass gestern eine Ausnahmesituation herrschte. Und sie herrscht immer noch, solange die Prinzen nicht gefunden wurden.«

»Wenn ich Euch sage, wer der Entführer der Prinzen ist, steht Ihr dann endlich zu Eurem Wort und gebt mir Elisabeth zur Frau?«

»In Gottes Namen, Preller, so sei es. Ich habe keine Lust, ständig Eure Pöbeleien anzuhören. Woher wollt Ihr wohl wissen, wer die Prinzen entführt hat?«

»Woher ich das weiß, tut nichts zur Sache«, erwiderte Hieronymus sichtlich gefasster. »Aber der Ritter Kunz von Kaufungen war's, aus gekränktem Ehrgefühl gegen den Kurfürsten.«

Der Bürgermeister erhob sich, mit den Händen auf den Tisch

gestützt, und starrte Hieronymus an. »Das ist eine kühne Behauptung, Preller. Habt Ihr Beweise?«

»Wenn der Ritter gefangen wird, habt Ihr den Beweis.«

Langsam ließ sich der Bürgermeister auf seinem Stuhl nieder. »Ihr wollt mich wieder übertölpeln, Preller! Nein, nein, das macht Ihr nicht mit mir. Euch Kaufleuten darf man einfach nicht trauen.«

Mit einem Sprung war Hieronymus am Tisch und packte den Bürgermeister am Wams. »Ich lasse mich nicht von Euch beleidigen«, schnaubte er wütend. »Wir Kaufleute sind ...«

Er kam nicht weiter dazu, seinen Zorn am Bürgermeister auszulassen, weil ein Ratsdiener eintrat. »Ein Bote aus Altenburg begehrt Einlass. Außerdem will ein Herold eine Nachricht des Kurfürsten verkünden.«

Hieronymus und der Bürgermeister liefen zur Tür und verklemmten sich in der Türfüllung, weil beide auch gleichzeitig nach draußen drängten.

»Verdammt Preller, was fällt Euch ein?«, ächzte der Bürgermeister.

Direkt vor dem Rathaus hatte der Propst des Thomasklosters mit seinen Brüdern einen Stand eröffnet, um allen sündigen Bürgern der Stadt die Möglichkeit zu geben, einen Ablass für ihre Sünden zu erlangen.

»Fürchtet den Antichristen, der euch verführen will. Zum Jüngsten Gericht wird euch schreckliche Strafe zuteil. Alle Qualen der Hölle warten auf euch. Schaut, was die Sünder erwartet.«

Einer der Mönche entrollte ein Bild mit grausigen Szenen des Martyriums im Fegefeuer. Mit einem Aufschrei des Entsetzens wichen die Menschen zurück.

»Kauft euch frei von den Sünden«, leierte er in monotonem Singsang. »Habt ihr gestohlen, gemordet, die Ehe gebrochen, so seid ihr Sünder vor dem Herrn und müsst die Verdammnis fürchten. Eilt euch, kauft euch von euren Sünden frei und so wird euch die Hölle erspart bleiben.«

Beim Fluch des Bürgermeisters fuhr er herum.

»Wehe, dein Fluch soll deine Zunge verfaulen lassen, Bürgermeister«, wetterte Benedictus. »Reinige dich von dieser Sünde, und zwar sofort, ehe Pech und Schwefel auf uns herabregnen. Das kostet nur ...«

»Ehrwürdiger Benedictus, Ihr seid mein Zeuge, dass der Bürgermeister mir seine Tochter zur Frau versprochen hat.« Hieronymus schüttelte den Propst mit dem Schweinegesicht beinahe aus seiner Kutte. »Bestätigt ihm das!«

»Versündige dich nicht, mein Sohn, indem du einen Diener Gottes in derart ungebührlicher Weise anfasst. Reinige dich von deinen Sünden, kaufe dich frei. Ich erteile dir die Absolution, sobald du deinen Teil in klingender Münze entrichtet hast.«

»Was willst du?«, fauchte Hieronymus und packte den Propst fester. »Du hast wohl den gefüllten Lederbeutel vergessen, den du gestern entgegengenommen hast? Soll ich deinem Gedächtnis nachhelfen?«

Der Propst wich zurück und hob abwehrend die Hände. »Ist schon gut, ist schon gut, Selbstverständlich erinnere ich mich der hochherzigen Spende für unser liebes Kloster. Und natürlich erinnere ich mich auch an Eure Hochzeit, mein Sohn. In sechs Tagen wird sie vollzogen sein.«

»Da hört Ihr es, Bürgermeister, da hört Ihr es«, frohlockte Hieronymus.

Inzwischen hatte der kurfürstliche Herold sein Pergament entrollt, der Stadtpfeifer trommelte und die Marktbesucher und Händler scharten sich um ihn, um zu lauschen, was er zu verkünden hatte.

»Im Namen unseres Kurfürsten Friedrich wird kundgetan, dass am Abend des siebten Juli die Prinzen Ernst und August, die minderjährigen Söhne unseres geliebten Kurfürsten und Landesvaters, in böser Absicht aus dem Schloss zu Altenburg geraubt wurden.

Unser allergnädigster Herrscher ließ im ganzen Land die Sturmglocken läuten lassen und nahm die Verfolgung des Unholdes auf. Da der Entführer sein Gesicht nicht zeigte, war zunächst unklar, um wen es sich handelte. In einem Schreiben bekannte sich Ritter Kunz von Kaufungen zu der Tat. Er will die Prinzen nach Böhmen verschleppen. Ehrbare Bürger von Leipzig, hohe Herren wie gemeines Volk, tut alles zu seiner Ergreifung! Bedenket jedoch, dass das Leben der jungen Prinzen nicht durch Tollkühnheit gefährdet werden darf.«

Langsam drehte sich der Bürgermeister zu Hieronymus um. Dieser hatte ebenfalls gespannt dem Herold gelauscht. Ein zufriedenes Lächeln über sein Gesicht, und er nickte. Dem Bürgermeister war das Lächeln vergangen. Woher, zum Teufel, hatte der Kaufmann gewusst, wer hinter dieser Tat steckte? Es sei denn ...

Dem Bürgermeister stockte der Atem und der Gedanke verursachte ihm Schwindel. Dann rang er nach Luft.

»Soldaten, ergreift den Kaufmann Preller! Er ist an der Entführung der Prinzen beteiligt!«

Ein Aufschrei ging durch die Umstehenden. Der Bote des Fürsten trat neben den Bürgermeister.

»Wie kommt Ihr denn darauf? Davon kann keine Rede sein.«

»Wieso nicht?«, verteidigte sich der Bürgermeister. »Er wusste, wer der Entführer ist, noch bevor der Herold es verkündete, also steckt er mit ihm unter einer Decke!«

Der Bote schüttelte entschieden den Kopf. »Der Ritter hatte Helfershelfer, aber die befinden sich in der Burg.«

Die Stadtwachen hatten Hieronymus ergriffen und hielten ihn an den Oberarmen fest. Der Kaufmann wehrte sich wütend. »Lasst mich los, ihr Schafsköpfe! Seht ihr nicht, dass sich der Bürgermeister wichtig machen will, wenn er mich verhaften lässt? Er denkt, dann braucht er mir seine Tochter nicht zur Frau zu geben.«

»Woher hat er Kenntnisse, die nur jemand haben kann, der in die Entführung verstrickt ist?«

»Von mir«, kam es von Magister Siebenpfeiffer, der bis dahin still in der Menge gestanden hatte.

»Wer seid Ihr?«, fragte der Bürgermeister stirnrunzelnd und betrachtete den Magister misstrauisch.

»Jakob Siebenpfeiffer, Magister an der hiesigen Universität. Gelehrter für Jurisprudenz und Philosophie.«

»Was habt Ihr zu der Sache zu sagen?«

»Nicht viel. Wer der Entführer der Prinzen ist, lässt sich leicht herausbekommen, wenn man die Gerichtsakten kennt und studiert, so wie ich. Der Ritter lag monatelang mit dem Kurfürsten im Streit.«

»Aber woher weiß es dann der Kaufmann Preller? Hat er auch die Akten studiert?«

Der Magister warf Hieronymus, der immer noch von zwei Soldaten der Stadtwache festgehalten wurde, einen belustigten Blick zu. »Das ist wohl kaum anzunehmen. Ich hab's ihm erzählt, in der Schänke bei einem Krug Wein. Und nun tut er so, als sei es seinem Gehirn entsprungen.«

Schadenfrohes Gelächter brandete auf, und schließlich lachte sogar der Bürgermeister. Nur Hieronymus errötete vor Wut und Scham.

»Lasst ihn los«, befahl der Bürgermeister den Soldaten, dann schlug er dem Kaufmann auf die Schulter. »Ihr seid ein Heißsporn, Preller, das imponiert mir. Mit dem Denken indes habt Ihr es nicht so. Ich bin froh, dass mein zukünftiger Schwiegersohn nicht mit Verbrechern unter einer Decke steckt.«

Immer noch lachend verschwand er mit dem Boten des Fürsten im Rathaus, um sich genauer informieren zu lassen, während Hieronymus auf dem Marktplatz von einer jubelnden Menschenmenge umringt wurde.

Wie er es auch drehte, Hieronymus fand, dass er dem Ritter Kunz sein Glück zu verdanken hatte.

Weitaus weniger Glück war dem tolldreisten Ritter selbst beschieden. Konrad Kunz von Kaufungen war kein Mann der sanften Diplomatie, sondern ein Kämpfer. Ihm gehörte Schloss Stein bei Hartenstein und eine Anzahl von Ländereien. Allerdings liebte er das Raubritterwesen und war nicht abgeneigt, fahrende Kaufleute von der Straße wegzufangen.

Kurfürst Friedrich sah es ihm nach, unterstützt ihn Kunz von Kaufungen doch recht schlagkräftig gegen seinen Bruder Wilhelm. Im Verlaufe des fünf Jahre dauernden Bruderkrieges wurden auch Ländereien des Junkers in Mitleidenschaft gezogen. Sonst eher großzügig, was den Umgang mit fremdem Eigentum betraf, verlangte der tapfere Ritter Schadensersatz von seinem Lehnsherrn.

Auch wenn Friedrich sprichwörtlich Sanftmut nachgesagt wurde, so war davon nichts mehr zu bemerken, als er die unverschämten Forderungen des Ritters vernahm.

»Den Verlust des Einkommens dreier Jahre macht er geltend?«, höhnte der Kurfürst. »Ja, ist denn der Kerl wahnsinnig geworden?«

Dass die Gerichte, die der Ritter bemühte, zugunsten des Kurfürsten entschieden, empfand dieser als schreiende Ungerechtigkeit. Kunz von Kaufungen fühlte sich in seiner Ehre zutiefst getroffen. Gerichte waren Anhängsel der Obrigkeit. Ein wahrer Ritter erledigte solche Angelegenheiten auf andere Weise.

Die Gelegenheit war günstig. Der Kurfürst weilte in Leipzig. Das plauderte der Küchenjunge Hans aus, nachdem einer von Kunz' Getreuen ihm ein paar Münzen zugesteckt hatte. So üppig lebte man auf Burg Altenburg nicht, nicht einmal in der Küche, wo doch alles für die kleinen Prinzen getan wurde.

Der brünette Ernst mit seinen vierzehn Jahren und der zwölfjährige blondgelockte, pausbäckige Albrecht wähnten sich auf der

Burg sicher. Schließlich hatte ihr Vater dafür gesorgt, dass seine beiden einzigen männlichen Nachkommen ein sicheres Domizil hatten. Meißen erschien ihm als Aufenthaltsort für die Prinzen nicht geeignet. Das Schloss zu Altenburg dagegen war eine sichere und gut zu verteidigende Burg.

Es war kurz nach Einbruch der Dunkelheit an jenem schicksalhaften Juliabend, als aus einem hoch gelegenen Fenster der Burg lautlos eine Strickleiter herabfiel. Niemand war zu sehen. Doch plötzlich tauchten am Fuß der Mauer drei dunkle Gestalten auf. Es waren Kunz von Kaufungen, Wilhelm von Mosen und Wilhelm von Schönberg. Die drei bewaffneten Gesellen hielten wohlweislich ihre Gesichter verborgen. Niemand bemerkte, wie sie in die Burg gelangten. Im Schutze der Dunkelheit durchsuchten sie die Gemächer des sächsischen Herrschers.

Ritter Kunz entdeckte einen Wächter, den alten Erasmus. Er hatte leichtes Spiel mit ihm.

»Hierher«, zischte er seinen beiden Kumpanen zu und öffnete leise die Tür zum Schlafgemach der Jungen. Von Mosen und Schönberg packten die Knaben gleichzeitig und hielten ihnen den Mund zu.

Ernst und Albrecht wehrten sich nicht. In Todesangst starrten sie die unheimlichen Männer an.

Ritter Kunz ließ ein Schreiben für den Kurfürsten zurück, der wissen sollte, wer ihm die Söhne geraubt hatte.

Die schwarzen Gesellen packten die Jungen und schleppten sie zu dem offenen Fenster, durch das sie eingedrungen waren. Entsetzt starrte Ernst in den schwarzen Abgrund. Ritter Kunz kletterte vor und zog den Jungen mit sich. »Wenn du schreist, lasse ich dich fallen«, raunte er dem Prinzen zu. Vor Angst schlotternd, krallte sich Ernst an seinem Entführer fest. Oben schob derweil von Mosen Albrecht durchs Fenster. An der schwankenden Leiter hangelten sich die drei mit ihrer kostbaren Last nach unten, wo im Gebüsch weitere Männer mit Pferden warteten.

»Wir nehmen nicht die Straße«, befahl der Ritter seinen Leuten. Der Raub war bereits entdeckt worden. Überall im Land läuteten die Sturmglocken. Sie wollten versuchen, die Kontrollen der Soldaten zu umgehen.

»Ich kenne geheime Wege. Sie werden uns nicht finden.«

Doch diese Umwege kosteten die Entführer Zeit. Reitende Boten verbreiteten die Kunde vom Raub der Prinzen im ganzen Land, und so eilten die Nachrichten den Entführern voraus.

»Ich kann nicht mehr reiten«, klagte Albrecht.

»Halt den Mund, du Rotznase«, fuhr ihn Wilhelm von Mosen an. »Benimm dich wie ein Prinz.«

»Aber ich muss mal«, wimmerte der Junge.

»Wenn Ihr Männer von Ehre wäret, dann würdet Ihr nicht so schändlich handeln«, begehrte Ernst auf. »Wir brauchen eine Rast.«

»Das ist kein Jagdausflug, du Scheißer«, herrschte ihn der Ritter an. »Haben Hoheiten sonst noch irgendwelche Wünsche?«

Ernst hielt es für klüger zu schweigen. Er wollte seine Entführer nicht reizen. Wer weiß, vielleicht rächten sie sich an Albrecht, der vor Entkräftung beinahe vom Pferd fiel. Ernst wünschte sich ein Schwert, um diese Räuber in die Flucht zu schlagen. Stattdessen musste er ohnmächtig ertragen, wie die wilde Hatz von Altenburg durch die Wälder bis Stollberg ging.

»Bitte, Herr, lasst uns rasten, mein Bruder hält das nicht durch.« Ernst nahm seinen ganzen Mut zusammen, als er Albrechts weinerliches Gesicht sah. Der Kleine tat ihm schrecklich Leid, und er wollte ihm gern helfen. Diese finsteren Gestalten, die sie bewachten, ließen es jedoch nicht zu.

Kurz hinter Stollberg geschah es. Bereits in Sichtweite folgten ihnen die Häscher des Kurfürsten.

»Verdammt, wir sind zu langsam«, stöhnte Wilhelm von Mosen.

»Wir trennen uns«, rief Kunz von Kaufungen. »Nehmt den Großen, ich den anderen. So können wir schneller reiten. Einer genügt auch, um den Kurfürsten gefügig zu machen. In Böhmen treffen wir uns!« Er packte Albrecht und sprengte mit ihm davon. Mit vor Entsetzen weit aufgerissenen Augen starrte Ernst seinem Bruder nach.

»Was tut Ihr da? Lasst Albrecht hier!«

Die Räuber kannten kein Erbarmen. Ungeduldig zerrten sie an den Zügeln und trieben die Pferde in eine andere Richtung. Zwischen Ernst und Albrecht lag ein riesiger, dunkler Wald!

Ritter Kunz hatte wohl den schlechteren Griff getan, als er sich den Jüngeren der beiden Prinzen schnappte. Der jammerte und klagte unentwegt, sodass sein Entführer alsbald die Nerven verlor. »Halt endlich den Mund! Sobald wir in Sicherheit sind, rasten wir.«

Es dauerte jedoch noch eine Weile, bis Kunz sicher war, die Verfolger abgeschüttelt zu haben.

Der Wald, der sich zwischen Sachsen und Böhmen erstreckte, war dunkel und unheimlich. Nicht einmal in den Märchen seiner Amme hatte Albrecht von so einem Wald gehört. Hier hausten Bären und Wölfe und Geister. Der kleine Albrecht war mehr tot als lebendig, als die Gruppe um Ritter Kunz endlich an einer kleinen Quelle zwischen Grünhain und Waschleithe rastete. Böhmen war nicht mehr weit und irgendwie hatte er Erbarmen mit dem Prinzen. Schließlich wollte er ihn nicht umbringen.

Es war ein idyllisches Fleckchen mitten im wilden Urwald und der Junge atmete für kurze Zeit auf.

»Ich habe Hunger«, quengelte Albrecht.

»Lasst uns doch etwas Wild jagen«, schlug einer der Begleiter des Ritters vor. »Auch wir haben Hunger.«

»Meinetwegen«, willigte Kunz ein. »Aber ich bleibe hier. Dieser Junge ist mir zu kostbar, um zwischen den Bäumen verloren zu gehen.« Er lehnte sich an einen Baumstamm und streckte seine schmerzenden Glieder, während Albrecht seine Füße in das kalte klare Wasser der Quelle hielt.

Verzweifelt schaute er sich um. Nur noch dieser eine Ritter bewachte ihn, aber eine Flucht war undenkbar. Ringsum erhob sich der dunkle Wald. Kaum ein Weg war zu erkennen, die Berge umgaben sie wie drohende Riesen. Albrecht fürchtete sich noch immer. Aber mit entleerter Blase sah die Welt nicht ganz so schrecklich aus. Außerdem hatte er quälenden Hunger und hoffte auf einen Jagderfolg der Männer. Wahrscheinlich war es wirklich besser, still zu bleiben und abzuwarten, was der Ritter mit ihm vorhatte. Dass Ernst nicht mehr bei ihm war, versetzte ihn in Angst. Er fühlte sich schrecklich allein und begann zu weinen.

Was weder Ritter Kunz noch Albrecht ahnten: sie waren nicht allein. Ein Köhlerbursche, der sich auf Wanderschaft befand, wollte nach Waschleithe. Er kannte die Quelle mit seinem klaren Wasser und beschloss, eine Rast einzulegen. Das Weinen eines Kindes ließ ihn stutzen und vorsichtig innehalten. Hatte sich ein Kind im Wald verlaufen oder war gar von Wölfen geraubt worden? Hin und wieder hörte man Geschichten darüber. Er spähte zwischen den Bäumen hindurch und sah den Prinzen an der Quelle sitzen. Selbst bis nach Grünhain war die Kunde vom dreisten Raub der Fürstensöhne gedrungen. Die feine Kleidung des Jungen, die helle Haut und das lockige Haar sagten ihm, dass es wirklich einer der Prinzen sein musste. Doch wo waren die Entführer? Da sah der Köhler den Ritter unter einem Baum sitzen. Obwohl mehrere Pferde da standen, war der Ritter allein. Kurz entschlossen packte der stämmige Mann einen dicken Ast und schlich sich von hinten an den Ritter heran. Mit Gebrüll stürzte er sich auf ihn und schlug immer wieder mit dem Knüppel zu. Die Rüstung des Ritters verbeulte sich, er wurde so schmerzhaft getroffen, dass er schon nach kurzer Zeit um Gnade bettelte.

Albrecht war beim Erscheinen des rußigen Mannes aufgesprungen, bereit, davonzulaufen. Doch als er sah, dass dieser den Ritter kurz und klein prügelte, blieb er stehen.

»Komm, Junge, komm!«, rief der Köhler ihm zu und schwang sich auf ein Pferd. Die anderen jagte er in den Wald. Er nahm Albrecht vor sich auf den Sattel und jagte im Galopp zurück nach Grünhain.

Es dauerte nicht lange, da holten die alarmierten Soldaten den arg zerbeulten Ritter aus dem Wald und brachten ihn nach Freiberg ins Gefängnis. Dort sollte ihm der Prozess gemacht werden.

Wie ein Lauffeuer verbreitete sich die Kunde von der glücklichen Befreiung des kleinen Albrecht im ganzen Land.

Derweil hockten Wilhelm von Mosen und Wilhelm von Schönberg in einem alten Stollen unweit des Dörfchens Schlema, in dem sie Ernst gefangen hielten. Von Mosen wollte ins Dorf gehen, um ein paar Lebensmittel von den Bauern zu kaufen. Er kam schnell wieder zurück – ohne Lebensmittel. Dafür brachte er erschreckende Nachrichten mit.

»Ritter Kunz ist gefasst. Und den kleinen Prinzen haben sie auch befreit.«

»Jetzt ist alles aus«, flüsterte von Schönberg.

»Nein, wir haben doch den anderen Prinzen. Damit können wir den Kurfürsten zwingen.«

»Wozu? Es war Kunzens Rache, nicht unsere. Was wollen wir vom Kurfürsten fordern?«

Von Mosen sah ein, dass sie verloren hatten: Ritter Kunz war gefangen, die Verfolger ihnen dicht auf den Fersen.

»Wir ergeben uns und bitten um Gnade«, schlug von Schönberg vor.

»Ergeben?« Mosen senkte den Kopf. Dann warf er einen Blick auf den Prinzen, den sie in ihrer Gewalt hatten. Der Junge besaß für sie keinen Wert mehr. Er war höchstens noch ein Pfand, dass sie mit dem Leben davonkamen, wenn sie ihn unversehrt zurückbrachten.

Kurz entschlossen verfassten sie einen Reuebrief und schickten einen Boten damit zum Hauptmann von Hartenstein.

Ihr Plan ging auf. Der Hauptmann sicherte ihnen Straffreiheit zu, wenn sie den Prinzen unversehrt zurückbrachten. Kurz danach schlossen sich die beiden prinzlichen Brüder in Chemnitz in die Arme und wurden von ihrer Familie in Empfang genommen.

Die Jungen erzählten von ihrer abenteuerlichen Entführung. Vor allem der kleine Albrecht bat um Gnade für den Ritter, der doch nur seine Ehre verteidigt hatte. Schließlich habe er ihn gut behandelt und ihm eine wundervolle Rast an einer verwunschenen Quelle verschafft.

Der Kurfürst war jedoch nicht so schnell zu besänftigen. Er musste ein Exempel statuieren. Doch zunächst ließ er im ganzen Land die freudige Botschaft von der Befreiung der Prinzen Ernst und Albrecht verkünden. Das Volk jubelte, und der beherzte Köhler wurde zum Helden.

Danach ließ der Herzog die Schuldigen bestrafen. Selbst Verwandte des Ritters mussten ihre Güter verkaufen und außer Landes gehen. Die Entführer ließ der plötzlich nicht mehr sanftmütige Kurfürst hinrichten. Der Küchenjunge Hans Schwabe wurde mit glühenden Zangen gefoltert und gevierteilt.

In dem Augenblick, als Hieronymus Preller vor dem Altar der Klosterkirche St. Thomas zu Leipzig der Bürgermeistertochter Elisabeth das Jawort gab, verlor in Freiberg der Ritter Konrad Kunz von Kaufungen seinen Kopf durch das Schwert des Henkers.

Der Bote, der die Begnadigung des Kurfürsten in der Tasche trug, stand derweil vor dem verschlossenen Stadttor …

Das Gelübde

Die Schreie gellten durch das ganze Haus. Nervös lief Hieronymus Preller auf dem Flur hin und her. Sein Mantel aus kostbarem Tuch mit einem schmalen Pelzbesatz am Rand wehte bei jeder seiner Kehrtwendungen. Schließlich prallte er mit einer rundlichen Frau zusammen, die im Laufschritt zwei Wassereimer herbeischleppte. Heißes Wasser schwappte auf seine Füße, und einen Augenblick lang blieb er erstarrt stehen.

»Ich sagte Euch doch, Herr, dass Ihr warten müsst. Es ist noch nicht so weit.«

»Das geht aber nun schon seit Stunden so«, rief er erregt.

»Das ist nun mal so. Gott hat das Weib mit Schmerzen gestraft. Dafür hattet Ihr das Vergnügen.« Sie schob den Hausherrn unsanft beiseite und verschwand hinter der Tür. Von drinnen erklangen wieder gepresste Schreie.

Hieronymus hielt sich die Hände auf die Ohren. Für ihn waren diese Schreie ebenso unerträglich wie die Schmerzen, die seine Frau in diesen Stunden erdulden musste.

Er verwünschte sein Streben nach Kindern, das ihm über Jahre keine Ruhe gelassen hatte. Es war mittlerweile siebzehn Jahre her, dass er Elisabeth ehelichte, und fürwahr, er hatte sich in all den Jahren immer als ein ganzer Mann erwiesen, der seiner Frau ordentlich beiwohnen konnte. Warum ihm das Glück eines eigenen Sohnes verwehrt blieb, wusste nur Gott.

Elisabeth war eine fromme Frau, die regelmäßig die Kirche besuchte, mildtätig zu den Armen war, was Hieronymus jedes Mal als Schlag in die Magengrube und Griff in den Geldbeutel empfand. Auch dem Kloster spendete seine Frau kräftig.

Benedictus sah es mit Wohlwollen. Ab und zu betete er auch um Prellers Nachwuchs zu Gott, wenn ihn Elisabeth dafür ordentlich entlohnt hatte.

»Warum bezahlst du diesen Propst dafür, dass wir Nachwuchs bekommen?«, beklagte sich Hieronymus bei ihr. »Ich bin derjenige, der dafür zu sorgen hat. Und mich brauchst du nicht zu bezahlen.«

»Und warum haben wir dann keine Kinder?«, fragte sie.

»Weiß der Teufel«, gab Hieronymus unwillig zurück. »Das liegt eben an der Frau. Statt in die Kirche zu rennen, könntest du bei mir liegen und wir versuchen es noch einmal.«

»Es ist Sünde, es am helllichten Tag zu tun«, erwiderte Elisabeth ruhig. »Vielleicht straft mich Gott, dass ich es überhaupt tue.«

»Hat dir das der Mönch ins Ohr geflüstert? Diese Schwarzkittel leiden doch alle unter ihren unbenutzten Eiern. Nein, meine Liebe, es ist ja geradezu Christenpflicht in der Ehe, Kinder zu bekommen. Also, erfülle deine Pflicht, so wie ich meine regelmäßig erfülle.«

Alle Gebete des Propstes nützten nichts, und Elisabeth überlegte, ob sie dem Kloster wohl zu wenig Geld gespendet habe. Benedictus verrichtete diese Gebete ohnehin halbherzig, war es ihm doch ziemlich gleichgültig, ob Elisabeth nun ein Kind gebar oder nicht. Wenn es ein Knabe wäre, hätte Benedictus wohl Verwendung für ihn. Er liebte die hohen, reinen Stimmen der Knaben und war darauf bedacht, immer wieder neue Talente für den Chor zu werben, der in den Mauern des Thomasklosters probte.

Das war für Benedictus der einzige Grund, der die Existenz von Frauen rechtfertigte. Nur sie konnten Knaben gebären. Leider!

In den ersten Jahren seiner Ehe musste Hieronymus seine junge hübsche Frau leider viel allein lassen. Der Aufschwung seines

Handelshauses bedurfte seines persönlichen Einsatzes. Oftmals begleitete er die Transporte seiner Waren auf ihrem gefahrvollen Weg. Häufig reiste er nach Prag und Krakau zu Verhandlungen, suchte neue Geschäftspartner und Kunden, setzte sich für die Sicherung von Fernverbindungen ein. Indien, China, Arabien, Osmanien und die Weiten der mongolischen Steppe waren Begriffe, die wie Zaubersprüche klangen. Seide, Brokat, Gewürze, edle Hölzer, Pelze, duftende Öle, Edelmetalle, selbst exotische Musikinstrumente oder Tiere fanden so den Weg in die quirlige Messestadt und in Hieronymus Prellers Lagerhäuser. Damit mehrte er stetig seinen Reichtum.

Durch die reisenden Händler erfuhr er von wundersamen Dingen, die auf der ganzen bekannten Welt geschahen und manche Dinge sah er sogar mit eigenen Augen wie den berühmten Negersklavenmarkt in Florenz und die schwimmenden Paläste von Venedig und die Märkte von Bologna. Er hielt eine Uhr in den Händen, die die Zeit mit Hilfe von Zahnrädern statt mit Sand maß. Er schmückte sein Haus mit seltenen und wertvollen Dingen: mit Schnitzereien aus Elfenbein und dunklem afrikanischen Holz, mit Bildern, die mit feinsten Pinselstrichen auf zarter chinesischer Seide gemalt waren, Vasen aus weißem Porzellan, feiner als die Lilienblüten, die sie beherbergten, Teppichen aus dem Haar exotischer Ziegen geknüpft und paradiesischen Vögeln als Motiv und indischen Götterfiguren, halb Tier, halb Mensch. Er scherte sich nicht um die Drohungen der Kirche mit den Qualen des Höllenfeuers, sondern kaufte sich ein Gemälde, auf dem lauter nackte Frauen in einer paradiesischen Landschaft schwebten und einem ebenso nackten wie ansehnlichen jungen Gott mit einem Efeukranz auf dem Haar huldigten. Dieses Bild hängte er an die Wand des großen Kaminzimmers, wo sich auch die anderen Kostbarkeiten seiner Sammlung befanden.

Wahrscheinlich wussten nur sein Buchhalter Veit, der zu

strengstem Schweigen verpflichtet war, und Hieronymus selbst, wie reich das Handelshaus Preller wirklich war. In den Steuerbüchern der Stadt indes stand der Kaufmann nicht an erster Stelle, kannte er doch Mittel, dies zu umgehen.

Nach einigen Jahren harter Arbeit konnte er für seine Geschäfte genügend Leute anstellen, die ihm einen großen Teil der Arbeit abnahmen.

Seine Ehe mit Elisabeth hatte außerdem bewirkt, dass Hieronymus' Ansehen in der Stadt auch gesellschaftlich stieg. Als Schwiegersohn des Bürgermeisters wurde auch er bald Ratsherr und bestimmte die Geschicke der Stadt mit.

Daneben wurden Hieronymus allerlei Ehrenämter angetragen. So wurde er als Handelsrichter berufen und als Gewandbeschauer. Er saß im Stadtrat und in der Gilde, hatte seinen Platz am Stammtisch und gründete eine Niederlassung in Naumburg.

Hieronymus kleidete sich prächtig. Er zeigte den Bürgern der Stadt und seinen Geschäftspartnern seinen Reichtum gern und offen. Er leistete sich mehrere große Pferdegespanne und er ließ sein Haus am Markt durch mehrere Anbauten erweitern. Zwar fiel dabei ein Viehstall und die Hälfte des Gartens zum Opfer, aber das konnte er verschmerzen. Gemüse kauften die Mägde bei den Bauern, die es frisch von ihren Feldern brachten und das Fleisch lieferte der Metzger noch blutig nach jeder Bestellung.

Nur mit seiner Frömmigkeit war es nicht weit her. Als Kaufmann war er ein kühler Rechner. Auch wenn er die Finger von Bank und Geldgeschäften ließ, was einen wahren Christen letztlich vom Juden unterschied, so ging der Handel nun mal nicht ohne Geld vonstatten.

Dem Klerus waren die umtriebigen Geschäftemacher suspekt. Mit ihrer Geschäftigkeit und ihrem Erwerbssinn ließen die Kaufleute in dessen Augen die rechte Frömmigkeit vermissen. Lediglich die üppigen Spenden und Stiftungen der reichen Bürger und

Kaufleute mäßigten die Ausfälle des Propstes Benedictus gegen die Verehrung des Molochs Geld. So füllten sich auch die Schatztruhen der Leipziger Klöster durch die fleißigen Kaufleute.

Hieronymus machte sich wenig aus den Anfeindungen des Propstes und auch dem Ablasshandel konnte er nichts abgewinnen. Er glaubte nicht an die Macht des Teufels und setzte vielmehr auf die Güte Gottes, die ihn mit einem wachen Geist, guten Rechenkenntnissen und Verhandlungsgeschick ausgestattet hatte.

Die durch geschickte Aufgabenverteilung an seine Untergebenen gewonnene freie Zeit widmete er Kunst und Wissenschaft. Er spürte, etwas Neues lag in der Luft, das er nicht verpassen durfte!

Es brodelte unter der Oberfläche der Gesellschaft. Es gab helle Geister, die sich nicht mehr mit der bekannten Ordnung als gottgegeben abfinden wollten. Es war der Wissensdurst, der sie zu Suchenden machte. Neue Länder zu entdecken, neue Handelswege zu erkunden, neue Maschinen und Geräte zu erfinden, gewaltige Kunstwerke zu erschaffen, das war das Ziel der nach Wissen Strebenden.

So erfand ein Mann namens Johannes Gensfleisch eine Möglichkeit, Bücher mit beweglichen Lettern aus Metall zu drucken anstatt sie mühsam mit der Hand zu schreiben. Kein Wunder, dass die schreibenden Mönche in ihren Klosterbibliotheken plötzlich Angst hatten, überflüssig zu werden. Sie sagten der unliebsamen Konkurrenz den Kampf an.

Elisabeth ging es als Ehefrau des Hieronymus Preller sehr gut. Sie stand einem großen Haushalt vor, befehligte viele Bedienstete und leitete einen Teil kleinerer Geschäfte selbst. Vor allem der Tuchhandel und der Handel mit Borten und Bändern hatte es ihr angetan.

Ihr Gatte verwöhnte sie, wie er nur konnte. Sie kleidete sich prächtig, trug erlesenen Schmuck und wusste sich auch in der Gesellschaft wohl zu benehmen. Mit ihrem Liebreiz gewann sie die

Sympathie der Menschen, ihre Frömmigkeit und Mildtätigkeit öffnete ihr die Herzen.

Eigentlich besaß das Ehepaar alles, was das Herz nur begehrt – nur ein Kind blieb ihnen versagt. Auf Drängen von Elisabeth besann sich auch Hieronymus auf die Hilfe Gottes. Ihm war klar, dass er etwas tun müsse, um sie zu erlangen. Deshalb begleitete er seine Frau häufig in die verschiedenen Klosterkirchen der Stadt und erflehte inbrünstig die Erfüllung seines letzten und größten Wunsches.

Ob es nun wirklich Gottes Hilfe war oder eine Laune der Natur, nach so vielen Jahren des Wartens regte sich unter Elisabeths Herzen endlich neues Leben.

Wenn nur nicht diese schrecklichen Schreie wären! Hieronymus patschte durch die Wasserpfütze auf dem Gang. Keiner der Hausmägde hatte Zeit, das Wasser wegzuwischen. Sie liefen alle durcheinander, schleppten heißes Wasser in die Kammer und kaltes wieder heraus, brachten frische Leinentücher hinein und blutige wieder heraus.

Der Kaufmann warf einen schrägen Blick auf die besudelten Tücher. »Herrgott, wird da drinnen ein Schwein geschlachtet oder was ist los? Wann wird endlich mein Sohn geboren?«

Eine Magd zuckte nur die Schultern und huschte an ihm vorbei. Dann knallte die Tür wieder zu.

»Ein Benehmen ist das«, murrte er. »Keinen Respekt vor ihrer Herrschaft! Verdammt, Elisabeth, nun beeil dich!«

»Herr, so übt Euch doch in Geduld und macht nicht so einen Radau vor der Tür«, schimpfte die Hebamme. »Ihr stört die Gebärende bei ihrem Geschäft.«

Hieronymus reckte den Hals, um durch den Türspalt etwas zu erkennen, aber er sah nur eine Traube von Frauen um das Bett herumstehen, in dem wohl Elisabeth lag und in ziemlich regelmäßigen Abständen aufschrie. Die Hebamme warf ihm ebenfalls wieder die Tür vor der Nase zu, und er gab es endgültig auf, bei der Geburt mitwirken zu wollen. Die ganze Sache war ihm ohnehin nicht ganz geheuer.

Hieronymus liebte das Vergnügen mit Frauen und er fand sogar Vergnügen mit seiner eigenen hübschen Frau, auch wenn sie das immer wieder beklagte.

»Es ist nicht gottgefällig, dabei eine Lust zu empfinden«, hatte Elisabeth ihm oftmals vorgeworfen, wenn Hieronymus sie ausgelassen durch sein breites Bett trieb. Meist aber, nach einem kurzen Gebet, ergab sie sich jauchzend dem ehelich Treiben. Hieronymus war ein ganzer Kerl und bestens dafür ausgerüstet, seiner Frau mannigfaltige Freuden zu bereiten.

»Warum sonst hat mich Gott mit reichlich Manneskraft ausgestattet?«, fragte er Elisabeth, wenn sie wieder mal an ihrem Tun zweifelte. »Es ist keine Sünde, weil Gott es so eingerichtet hat, damit die Menschen Kinder bekommen. Außerdem bist du meine Ehefrau und verpflichtet, mir zu geben, was ich begehre. Wenn ich bei dir Lust empfinde, so verhinderst du, dass ich mit anderen Frauen Unzüchtiges treibe.«

Das stimmte allerdings nicht so ganz. Es gab genug liederliches Frauenvolk in der Stadt, das nur dazu da war, geplagte Ehemänner von ihren allzu frommen Frauen zu entlasten. Die Huren taten's ja nicht um der eigenen Lust willen, sondern zum Zwecke des Broterwerbs, und für die Männer war es ohnehin eine lässliche Sünde.

»Nur Gott kann unter unsere Bettdecke schauen, kein Pfaffe aus den Klöstern, deren Reden du so gern lauschst«, sagte Hieronymus. »Benedictus geifert zwar wider die Unmoral, doch weiß ich, dass er selbst bei den Pfaffenhuren ein und aus geht. Ich sage dir, der predigt denen nicht mit Worten, sondern versucht sie mit seinem Hirtenstab zu bekehren. Den meisten Geistlichkeiten ist es angenehmer, den Forderungen der Natur zu folgen als denen der Obrigkeit.«

Elisabeth überlegte, woher Hieronymus wusste, dass Benedictus eines dieser unmoralischen Häuser aufsuchte, aber sie schwieg lieber. Erst tags zuvor hatte Benedictus in seiner Predigt von der Kanzel der Thomaskirche gemahnt: »Ihr Frauen, gedenkt stets darüber, dass ihr den hauptsächlichen Schuldanteil an der Erbsünde tragt. Ihr seid doch nur ein zufälliges und unvollkommenes Wesen, gleich einem verfehlten Mann. So ist der Mann des Weibes Haupt, Christus aber ist das Haupt des Mannes. Das Weib ist dazu bestimmt, in der Botmäßigkeit des Mannes zu leben, und dass sie keine Macht über sich selbst hat.«

Draußen vor der Kirche standen eifrige Mönche mit grässlichen Bildern von den Todsünden, die allesamt von Frauen begangen worden waren. Und dafür in den Höllenkesseln des Teufels kochten.

Nein, Elisabeth wollte so gern in den Himmel kommen, rein und klar als Engel, mit einer Seele so leicht wie eine Daunenfeder. Sie betete am liebsten zu Mutter Maria, der Segensreichen, der Himmelskönigin, der allerliebsten Jungfrau, und beneidete diese darum, dass sie ihren Sohn in Keuschheit empfangen hatte. Elisabeth dachte angestrengt darüber nach, wie es die Menschen anstellen sollten, es Maria gleichzutun, aber es führte kein Weg am Bett ihres Ehemannes vorbei. Letztlich reichte es auch aus, hinterher Buße zu tun, ein paar Rosenkränze zu beten und dem Kloster eine Spende zukommen zu lassen, um sich von der Sünde der Lust freizukaufen.

Im Augenblick verteufelte sie jedoch diese fleischliche Schwäche und schrie ihren Schmerz gegen die verrußte Decke ihrer Kammer. Der Kamin war eingeheizt und verbreitete eine wohlige Wärme, doch der Schweiß floss ihr ohnehin in Strömen herunter. Sie rief in ihrer Verzweiflung immer wieder die schmerzensreiche Jungfrau Maria an, um die Geister des Bösen zu vertreiben, die um ihren Leib tanzten und mit scharfen Messern darin herumfuhren.

Hieronymus lief rastlos durch das Haus und landete schließlich in der Küche. Überall war er den aufgeregt hin und her laufenden Frauen im Wege. Er jagte ein paar Hühner vom Tisch und ließ sich aufstöhnend auf der Bank nieder. Eigentlich nagte der Hunger in seinem Bauch, aber außer Wasser kochte nichts auf dem steinernen Herd. Längst hätte das Hauptmahl bereitet sein müssen. Die Mägde und die Köchin hatten jedoch anderes zu tun.

Er beobachtete Walburga, die dralle Magd, wie sie sich bückte und ein blutiges Laken in einem Zuber ausstampfte. Walburga besaß ein ausladendes Hinterteil, das weiß wie Schnee war. Hieronymus wußte es deshalb so genau, weil er manchmal, wenn Elisabeth nicht in der Nähe war, ihre Röcke hochhob und sein in diesen Augenblicken sprunghaft erwachendes Gottesgeschenk zwischen die prallen Hinterbacken schob. Ihr erschrockener Aufschrei war ebenso unecht wie das Amulett, das sie am Hals trug und meist ging die ganze Sache recht schnell vonstatten, weil Walburga eben diese Hinterbacken so zusammenkniff, dass Hieronymus sich gleich darauf in ihr verströmte und schnell den Rock wieder fallen ließ. Walburga schüttelte sich dann wie ein Huhn, wenn der Hahn wieder von ihm gesprungen war und jeder ging darauf seiner Wege.

Im Moment allerdings überkam Hieronymus kein Verlangen, der Magd den Rock zu lüpfen. Sein Hungergefühl machte ihn missmutig. Er erhob sich und suchte in den Krügen nach Wein oder Bier, um den Hunger zu betäuben. Er fand verdünnten Wein und setzte den Krug an. Er hätte nicht übel Lust, das Haus zu verlassen und eine Schänke zu besuchen. Aber dann dachte er an seine hübsche Elisabeth und konnte sich nicht dazu durchringen. Er liebte sie ganz aufrichtig, und so musste er ihr Geschrei wie sie ihre Schmerzen ertragen, das war er ihr schuldig.

Er leerte den Krug und schaute sich um. Er war allein. Ein Geräusch von der hinteren Küchentür, die hinaus in den Hof führte, ließ seinen mittlerweile glasigen Blick dorthin wandern. Er blickte in die Augen des gefleckten Schweins, das als Festschmaus zur Geburt seines ersten Kindes geschlachtet werden sollte. Es grunzte und schaute Hieronymus aufmerksam an. An seiner Nase klebten noch die nassen Erdklumpen aus dem Garten, wo es den Boden nach etwas Fressbarem durchwühlt hatte.

»Glotz nicht so, bald hat es ein Ende mit dir! Dann füllst du meinen Magen, der knurrt wie ein Wolf. Ich werde gleich Vater und dann bist du tot!« Er schaute sich wieder um und fand sich immer noch allein in der Küche. »Verdammt noch mal, kümmert sich den hier niemand um mich?« Er knallte den Krug auf den Tisch, wo er zersprang. Irritiert blickte er auf den Henkel in seiner Hand.

Walburga kam atemlos angelaufen. »Herr, es ist vollbracht! Es sind Zwillinge!«

Eine geraume Weile blieb Hieronymus stumm und steif stehen. Dann ließ er den Henkel fallen. Das Schwein war verschwunden. »Wieso Zwillinge?«, fragte er verdattert.

»Weil es zwei Kinder sind, zwei Mädchen!« Walburga fuhr herum und rannte wieder davon. Hieronymus rannte hinterher.

»Halt, halt!«, rief er. »Wo kommt denn das zweite Kind her?« Ehe er die Tür zu Elisabeths Kammer öffnen konnte, wurde sie von innen aufgestoßen. Sie knallte ihm unsanft gegen die Stirn. Einen Moment lang wurde ihm schwarz vor Augen, dann sah er bunte Sterne tanzen. »Zum Henker, wer …«

»Flucht nicht so lästerlich«, rügte ihn die Hebamme. »Eure Frau ist sehr schwach. Es war eine schwere Geburt, weil es zwei Kinder sind.«

»Wieso zwei? Woher habt Ihr das zweite Kind?«

»Aus den Bauch Eurer Frau, werter Herr«, gab die Hebamme kopfschüttelnd zurück.

»Wie ist es denn da hineingekommen?«

Er näherte sich vorsichtig dem Bett. Elisabeth lag reglos mit bleichem Gesicht auf dem Kissen und hielt die Augen geschlossen. Ihr Atem ging flach und schnell.

»Mäusepelzchen, Buschwindröschen, meine geliebte Elisabeth, ich bin so froh, dass du alles überstanden hast. Sag doch mal was!«

Er schaute auf und in das gestrenge Gesicht von Tante Brigitte, die ein Bündel in der Hand hielt. Brigitte war Elisabeths Tante und eine ehrenwerte Jungfer, die sich allen männlichen Annäherungen erfolgreich erwehrt und demzufolge weder die Freuden der Zeugung noch die Schmerzen der Geburt erfahren hatte. Sie trug eine weiße Leinenhaube und ihr Kinntuch war so eng gewickelt, dass sie kaum ein Wort herausbrachte. Ihre schmalen Lippen blieben zusammengekniffen, während die zischelte: »Da seht Ihr, was Ihr angerichtet habt. Zwei Leibesfrüchte, das ist ein Werk des Teufels. Die arme Elisabeth muss es nun ausbaden.«

»Das war ich nicht«, stammelte Hieronymus. »Ich wollte doch nur ein Kind.«

»Es sind zwei Mädchen, Herr«, ließ sich die Hebamme vernehmen. »Und ich bekomme den doppelten Lohn, weil es doppelte Arbeit war. Ihr solltet Euch auch um zwei Ammen kümmern. Eure Frau ist zu schwach, auch nur eines der Würmchen zu stillen.«

»Zwei Ammen?«, rief Hieronymus erschrocken aus. »Wo soll ich denn zwei Ammen herbekommen?«

»Vielleicht stirbt auch eines dieser Kinder, dann seid Ihr diese Sorge los«, lispelte Tante Brigitte.

Hieronymus starrte sie sprachlos an, dann wurde er wütend.

»Ihr solltet Euer schändliches Maul halten, Jungfer Brigitte! Wenn Gott wollte, dass es zwei Kinder sind, dann sind es zwei Kinder. Und ich werde zwei Ammen finden, so wahr ich Hieronymus Preller heiße. Ich frage mich, was Ihr Euch einmischt. Elisabeth ist mein Weib und bislang habe ich für sie gesorgt. Ich werde mich auch um sie sorgen, wenn sie Mutter geworden ist. Dazu bedarf es nicht Eurer giftigen Anwesenheit.«

»Bitte!« Brigitte maß ihn mit einem herablassenden Blick und drückte ihm das Bündel in den Arm. Sie warf den Kopf in den Nacken, dass ihm der Schleier ihrer Spitzenhaube wie ein nasser Hader ins Gesicht klatschte und verließ die Kammer.

»Hexe«, rief er ihr hinterher, aber die Tür war schon zu.

Dann erst besann er sich des Bündels in seinen Händen, das sich ganz leicht bewegte.

»So klein«, staunte er und betrachtete mit wohligem Entsetzen das hässlich rote und verschrumpelte Etwas, das aus den Leinentüchern hervorlugte. »Sieht das andere auch so aus?«

Eine Magd trat zu ihm und hielt ihm das zweite Bündel hin. »Wie gebrühte Ferkel«, seufzte Hieronymus enttäuscht und dachte an seinen knurrenden Magen. Er drückte sein Bündel der Magd Walburga in die Arme, die vor Entzücken aufseufzte.

Elisabeth öffnete die Augen. »Brigitte sollte die Patentante werden«, flüsterte sie. »Jetzt hast du sie vergrault.«

»Kommt nicht in Frage«, wetterte Hieronymus. »Nicht diese alte Schnepfe! Unsere Kinder sollen fröhlich aufwachsen und freundliche Paten haben. Vor allem welche mit viel Geld. Ich dachte an den Zinsmeister der Schützengilde oder den schlesischen Kaufmann Sikora.«

Elisabeth lächelte schwach. »Zunächst brauchen sie Milch. Du musst dich um eine Amme kümmern.«

»Tut es eine Kuh nicht auch?«

»Ich weiß eine Amme«, ließ sich Walburga vernehmen. »Eine, die alle beiden Kinder stillen kann. Wir hatten sie schon auserkoren, als sich Eure Frau in der Hoffnung befand.«

»Na, dann holt sie gefälligst her. Worauf wartet ihr noch? Ihr steht hier herum, als hättet ihr nichts zu tun!« Er stieß gegen einen Eimer und ein rotschwarzes glibbriges Etwas schwappte über seine Schuhe. »Was ist denn das?« Er verzog vor Ekel das Gesicht.

»Die Nachgeburten«, erwiderte die Hebamme. »Ich habe sie kontrolliert. Mir scheinen sie nicht vollständig.«

»Dann bekommt ihr auch nicht den ganzen Lohn«, brummte Hieronymus. »Schafft das Zeug raus!«

Eine Magd nahm den Eimer und schüttete ihn draußen auf dem Misthaufen aus, wo sich die Hühner und das Schwein mit aufgeregtem Geschrei drüberhermachten.

Hieronymus setzte sich auf den Bettrand und nahm Elisabeths Hand in seine. Er erschrak, wie kalt die Hand war.

»Eure Frau muss jetzt schlafen«, mahnte ihn die Hebamme. »Ihr solltet gehen.«

Fast ehrfürchtig strich er Elisabeth eine feuchte Haarsträhne aus der Stirn. »Egal ob Junge oder Mädchen, egal, ob eins oder zwei – ich liebe dich!«

Im Wirtshaus war es voll wie fast zu jeder Tageszeit. »He, Wirt, einen großen Krug Wein! Ich habe etwas zu feiern.«

Der Wirt schob seinen mächtigen Leib zwischen den Bänken hindurch und stellte ihm Krug und Becher auf den Tisch.

»Was gibt es denn zu feiern, Preller?«, wollte er wissen. »Habt Ihr ein gutes Geschäft gemacht? Aber das macht Ihr ja ständig. Man sagt, Ihr habt Euch mit Eurem Geld am Schneeberger Erzbergbau beteiligt?«

»Sagt man das?« Er schenkte sich selbst den Becher ein und grinste. »Ihr werdet bald schon merken, dass dieser Bergbau die Zukunft ist und eine Quelle unerschöpflichen Reichtums. Ein Freund verriet mir, dass das ganze Gebirge voller Silber steckt.«

»Dann ist Euer Freund wohl der Berggeist persönlich?«

Hieronymus lachte. »Und wenn es so wäre? Jedenfalls hätten unsere Landesherren es wohl gern, dass sie den Berg ausbeuten könnten, allein ihnen fehlt das nötige Geld.« Er schmatzte voller

Genuss. »Geld, das die Leipziger Kaufleute haben, allen voran das Handelshaus Preller.« Er hob den Becher erneut.

»Nun, dann auf Euer Wohl, Preller, dass Eure Truhen voller Silber werden und Ihr ab und zu ein paar Silberlinge in meiner Schänke lasst.«

»Setzt Euch zu mir und trinkt einen Schluck, Wirt«, forderte Hieronymus ihn auf. »Ich feiere nicht das Silber, ich feiere das Fleisch. Es ist das Geschäft meines Lebens. Meine Frau hat mir soeben zwei Mädchen geschenkt.«

Der Wirt stutzte. »Zwei?«

»Zwei«, bestätigte Hieronymus.

Hastig bekreuzigte sich der Wirt. »Wenn das kein Unheil bringt«, murmelte er.

»Ach, Unsinn! Ihr schwatzt ja wie die alten Weiber daher.«

Trotzdem verzichtete der Wirt darauf, mit Hieronymus zu trinken, wenn er das früher auch schon des Öfteren getan hatte. Hieronymus war zwar nicht so freigiebig wie seine Gattin, aber auch nicht geizig.

»Ich sehe jeden Tag genug, wenn ich aus dem Fenster schaue«, flüsterte der Wirt. »Da stehen die Pfaffen und reden von der Hölle. Und sie zeigen solche entsetzlichen Bilder. Ich will nicht ins Fegefeuer kommen.«

»Aber es sind doch nur Kinder«, rechtfertigte sich der Kaufmann.

»Auch Kinder können schon den Teufel in sich tragen. Zumal sie zweifach sind. Das ist wie mit dem Kalb, das zwei Köpfe hatte. Es wurde einem Bauern draußen im Vorwerk geboren, und später brannte das ganze Anwesen ab.«

Preller schwieg verstimmt. Der Wirt redete ja fast wie die Pfaffen auf dem Markt oder die alten Weiber in der Stube daher. Sicherheitshalber drehte er sich um. Doch die halbkreisförmigen Fenster mit den bunten, bleigefassten Glasscheiben waren geschlossen. Bei geöffnetem Fenster hatte man einen freien Blick zum Markt, weil die Schänke bevorzugt am Beginn der Gasse lag, die vom Markt her einmündete. Es war auch eine der besten Schänken der Stadt.

Sonst waren die Mönche stets bemüht, über den Verkauf von Sündenablässen ihre Schatztruhen zu füllen, aber das nasskalte Aprilwetter hielt sie wohl heute von ihrem eifrigen Vorhaben ab. Der Marktplatz lag leer. Vor dem Rathaus dösten missmutig die Stadtwachen vor sich hin und nur ein paar Bettler und streunende Hunde trieben sich herum. Der Platz würde sich erst zur Ostermesse wieder füllen.

Die Tür öffnete sich und der eintretende Gast brachte einen Schwall nasskalter Luft mit. Sein dunkler, bodenlanger Umhang schwang um seinen hageren Körper und auf seinem breiten, flachen Hut schmolzen einige Schneeflocken zu dicken Tropfen.

»Heda, Siebenpfeiffer, kommt her und trinkt mit mir.«

Der Gelehrte blieb an der Tür stehen und schaute zu Hieronymus herüber. Der rückte bereitwillig auf der Bank beiseite, während der Wirt in Erwartung eines weiteren Geschäfts schnell einen Becher und einen neuen Krug Wein holte.

Seit dem denkwürdigen Besuch des Fürsten vor siebzehn Jahren, als die beiden prinzlichen Knaben des Landesherrn geraubt und entführt wurden, verband die beiden Männer eine seltsame Art von Freundschaft. Magister Siebenpfeiffer war ein ernster, kluger und zurückhaltender Mann, dem etwas grobschlächtigen Kaufmann Preller geistig weit überlegen, aber auf Grund seines schmalen Einkommens ein armer Tropf. Ihm schien es unangenehm, dass Preller ihn häufig zum Trunk oder einem Essen einlud, weil er meinte, er tue dies nur aus Mitleid oder Großmannssucht. Tatsächlich spottete Hieronymus nur zu gern über die fast peinliche Abhängigkeit der Professoren von ihren Studenten, die diese bezahlten.

»Wisst Ihr, Siebenpfeiffer, wenn Eure Studenten sich mehr dem Studium und weniger den Fehden mit den Bürgern der Stadt widmen würden, klimperten wohl ein paar Gulden mehr in Eurem Ledersäckel.«

Hieronymus spielte auf die häufigen Auseinandersetzungen, Tumulte und Schlägereien der Studenten an, die vor einigen Jahren den Stadtrat dazu zwangen, einen Erlass zu verabschieden, dass kein relegierter Student sich im Weichbild der Stadt aufhalten durfte. Daran hielten sich aber die wenigsten und die Kneipentouren in der Stadt gingen munter weiter. Vor allem die Schustergesellen der Stadt verübten grobe Scherze an den pöbelnden Studenten und überfielen die drei Universitätsdörfer vor den Toren der Stadt. Das rief sogleich mehrere Raubritter auf den Plan, die sich an den Plünderungen beteiligten. Schließlich musste die Landesherrschaft eingreifen, um die Schusterfehde zu beenden.

Fast widerwillig nahm Siebenpfeiffer auf der Bank gegenüber Platz und warf dem Wirt ein Geldstück auf den Tisch. »Ich kann meinen Wein selbst bezahlen«, brummte er.

Hieronymus knallte seine große Hand auf die Münze und schob sie dem Magister zurück, ehe der Wirt zugreifen konnte.

»Behaltet Euer Geld, Herr Gelehrter und spart es Euch auf, wenn Ihr wieder Strafgeld dafür zahlen müsst, dass Eure Studenten die Vorlesungen schwänzen.«

Siebenpfeiffer zog ein sauertöpfisches Gesicht. »Es ist nichts gegen die strenge Ordnung an der Universität einzuwenden«, hielt er fest.

»Solange sie nicht an den eigenen Geldbeutel geht«, grinste Hieronymus. »ich möchte allerdings nicht daran schuld sein, wenn Ihr die Abendvorlesung verpasst.«

»Nein, nein, es ist noch Zeit.« Der Magister wollte sich ein Essen gönnen, bevor er die abendlichen Vorlesungen abhielt. Seit der fünften Morgenstunde war er auf den Beinen und recht hungrig.

Hieronymus bemerkte es. Auch sein Magen meldete sich mit aller Macht.

»Wirt, ein Hühnchen für mich und ein halbes für den Herrn Gelehrten, damit er nicht vor seinen Studiosi vom Katheder kippt!«

Mit einer Handbewegung wischte er den Einwand von Siebenpfeiffer weg. »Heute sollt Ihr Euch mit mir freuen. Meine Frau hat mir zwei Mädchen geschenkt.«

Siebenpfeiffer, der ab und zu in Prellers Haus eingeladen worden war, kannte die hübsche Elisabeth und den Wunsch des Paares, Kinder zu bekommen. Im Laufe der Jahre allerdings hatte sich der introvertierte Magister etwas von dem Äußerlichkeiten liebenden und ihren Reichtum freigiebig zur Schau stellenden Kaufmannspaar zurückgezogen. Der Magister lebte bescheiden und auf geistige Werte gerichtet. Stets im Zwist mit seinen aufmüpfigen und trinkfesten Studenten, für deren ordentlichen Lebenswandel der Magister verantwortlich zeichnete, war er gleichwohl von ihnen abhängig. Benahmen sie sich nicht anständig, geriet er in die Gefahr des Lehrverbots, der am meisten gefürchteten Strafe, die ihn um seinen Broterwerb gebracht hätte. Nur seine guten Beziehungen retteten ihn das eine oder andere Mal vor diesem Debakel.

Ab und zu sprang Hieronymus auch mit einem Geldbetrag ein, damit Siebenpfeiffer die Stadt verlassen konnte. Zumeist fehlte diesem das Geld, das er seinen Studenten als Garantie für seine Rückkehr hinterlegen musste. In solchen Fällen war Hieronymus recht großzügig. Aber der Magister beschränkte solche Dinge auf das unbedingt notwendige Maß, um dem Kaufmann nicht zu sehr zur Last zu fallen. Er zahlte das Geld selbstverständlich zurück und erhielt sich damit auch seine Unabhängigkeit.

Das halbe Hühnchen aber konnte er schlecht zurückweisen, ohne Preller zu beleidigen und den Krug Wein nahm er ebenfalls an.

»Auf Euer Weib, Preller, und auf Eure Kinder, dass sie gesund bleiben mögen.« Sie leerten zusammen einen Becher.

Hieronymus' Stimmung schwankte wie eine Birke im Wind. Plötzlich verfiel er in grüblerisches Nachdenken.

»Erinnert Ihr Euch noch an unsere erste Begegnung, Siebenpfeiffer? An den Besuch des Kurfürsten, und an das, was dann geschah? Inzwischen teilen sich die beiden Prinzen die Macht und herrschen in Eintracht über das Land. Ich denke, sie sind würdige Nachfolger ihres Vaters Friedrich, Gott hab ihn selig.«

Siebenpfeiffer, ohnehin wortkarg, schwieg und starrte in seinen Becher.

»Wie kommt Ihr darauf, dass sie würdige Nachfolger des Kurfürsten sind? Vielleicht werden sie das einst sein.«

Hieronymus' Kopf ruckte etwas hoch, dann ließ er ihn wieder sinken und seine Schultern fielen nach vorn. »Ihr sprecht wieder mal in Rätseln, Siebenpfeiffer. Könnt Ihr mir das erklären, dass es auch für meinen Geist zu erfassen ist?«

»Sicher. Ihr vergesst, dass Kurfürst Friedrich nicht der Sanftmütige war, für den alle ihn gehalten haben. Mit seinem Bruder hat er sich einen heftigen Kampf um Kursachsen geliefert, das geteilt wurde.«

»Na, und? Jedem, was ihm zusteht. Über den einen Teil herrschen nun die Söhne gemeinsam, ganz im Sinne des Vaters.«

»Sie werden es nicht lange tun. Auch sie werden sich um das Land streiten und es vielleicht sogar teilen.«

Der Magister hatte seine Stimme zu einem Flüstern gesenkt und warf aus den Augenwinkeln prüfende Blicke durch die Schänke.

Hieronymus starrte ihn aus rot unterlaufenen Augen an. »Ihr glaubt, der Bruderkrieg wird sich wiederholen?«

Siebenpfeiffer nickte nur. Der Kaufmann dachte nach, dann schüttelte er den Kopf. »Ihr irrt Euch gewiss, Herr Gelehrter. Bei aller Ehrfurcht vor Eurem Geist, aber könnt Ihr in die Zukunft schauen?«

»Vielleicht.« Wieder warf er scheue, misstrauische Blicke durch den Schankraum, aber niemand achtete auf die beiden Männer.

»Ihr habt ja damals auch gewusst, wer die Prinzen entführt hat. Ist es nun Eure Gelehrsamkeit oder Hexerei?«

»Hütet Eure Zunge, Preller, oder wollt Ihr mich in die Fänge der Inquisition treiben? Der Propst hat überall seine Spitzel.«

»Ach was, hier hört uns niemand und ich bin gewiss kein Spitzel dieser Schwarzkittel. Ich will nur wissen, was mich erwartet, damit ich meine Geschäfte darauf einrichten kann.«

»Ihr denkt wie immer nur an Geld und Euren Vorteil, Preller«, schnaufte der Magister verächtlich.

»Sicher«, bestätigte Hieronymus mit einem Grinsen. »Wo wäre die Stadt ohne uns Kaufleute? Wo wären die Klöster, wenn es uns Kaufleute nicht gäbe? Ich weiß, was alle denken, aber ich mache mir nichts draus. Dem Handel gehört die Zukunft und dem Bürgertum die Macht. Schon die Teilung Kursachsens hat dem Handel schrecklich geschadet. Je mehr Grenzen, je mehr Zollhäuser, umso schwieriger der Handel.«

»Mag sein, Preller. Aber was wollt Ihr machen, wenn unsere Obrigkeit anders handelt, als Ihr denkt?«

»Dann müssen wir eben unsere Obrigkeit zwingen, dass sie so handelt, wie wir denken.«

Siebenpfeiffer lachte auf. »Ihr seid ein Fantast, Preller. Und unvorsichtig. Ich glaube nicht, dass Eure Denkweise der Obrigkeit genehm ist.«

Verschwörerisch beugte sich Hieronymus über den Tisch. »Damit wären wir uns ja einig, Siebenpfeiffer. Jeder weiß vom anderen ein Geheimnis. Und nun sagt, gibt es wieder eine Teilung des Landes?«

Auch der Magister legte seinen Oberkörper fast auf den Tisch. »Wenn sich die Brüder entzweien, dann wird es sie geben«, erwiderte er flüsternd.

»Ich will's nicht glauben«, wisperte Hieronymus. »Die Wettiner sind mächtige Fürsten, und sie halten einen prächtigen Hof in Dresden, wie man sagt. Was sollte sie entzweien?«

Der Magister kniff die Augen zusammen. »Menschliche Gier, Preller, menschliche Gier. Sie ist die Triebkraft vielen Übels auf der Welt.«

Ob dieser schlechten Aussichten musste Hieronymus wieder nachdenken. Das alles wollte ihm gar nicht gefallen. Er winkte nach neuem Wein. Das erinnerte ihn des Anlasses, weswegen er in der Schänke saß.

»Ihr sagt doch gar nichts, dass es zwei sind«, bemerkte Preller, während sie auf ihr Essen warteten.

»Was soll ich dazu sagen? Es ist wohl Gottes Wille. Unsere Mutter Kirche wird sie mit offenen Armen empfangen.«

»Tante Brigitte meint, es wäre Teufelswerk. Ich kenne mich in solchen Dingen nicht aus. Ich gebe sogar zu, dass es mir eigentlich völlig egal ist, weil ich dieses ganze Teufelsgeschwätz nicht mag. Das ist was für die Pfaffen, die den Leuten Angst einjagen wollen. Wisst Ihr, ich glaube, dass es gut und wichtig ist, dass die Menschen sich untereinander austauschen, was sie wissen, womit sie handeln, und sich so der eigene Horizont erweitert. Ich habe wundersame Dinge aus der ganzen Welt gesammelt und ich höre gerne Berichte von Leuten, die weit gereist sind. Meine Wagen haben mich auch schon in fremde Länder und Städte getragen und ich bin von all diesen Reisen nicht dümmer geworden. Meine Töchter werden in einem Kaufmannshaus aufwachsen. Sie werden schreiben und lesen und rechnen lernen, weil das wichtig ist. Ich bitte euch, die Patenschaft über meine Zwillinge zu übernehmen.«

»Ich?« Der Magister verschluckte sich beinahe.

»Warum nicht? ich schätze Euch schon seit vielen Jahren als guten Freund. Ihr könntet den Mädchen etwas Bildung beibringen, was mir, aus Zeitgründen selbstverständlich, versagt bleibt.«

»Wozu brauchen Mädchen Bildung?«, wunderte sich der Gelehrte kopfschüttelnd. »Ihr seid vermögend genug, ihnen eine ordentliche Aussteuer zu geben. Eine Frau sollte nicht zu klug sein. Welcher Mann nimmt sie denn dann?«

»Ich habe doch auch meine Elisabeth genommen«, entgegnete Hieronymus. »Sie ist sehr gebildet. Mir gefällt das.«

»Meinetwegen«, murmelte Siebenpfeiffer, weil er Hieronymus nicht beleidigen wollte. Es war ja noch ein bisschen hin mit der Bildung. Erst mal mussten diese beiden Kinder groß werden, und da gab es viele Hürden zu überwinden in einem Kinderleben.

Der Wirt brachte zwei Teller mit den Hühnchen, einen Korb mit Brot und zwei frische Krüge mit Wein.

»Ich weiß von Handelsreisenden aus Paris, dass es dort Schulen für Mädchen geben soll, geleitet von Nonnen, wo diese das Lesen und Schreiben und Rechnen erlernen und sogar in Philosophie und Latein und Griechisch unterrichtet werden.«

Siebenpfeiffer nickte, während er in die Hühnchenkeule biss. »Davon hörte ich ebenfalls. Allerdings glaube ich kaum, dass es so etwas in unserer Stadt geben wird. Unsere Mutter Kirche findet nicht, dass Frauen der Bildung bedürfen. Jedenfalls nicht so wie die Männer, weil das gar nicht möglich ist. Ihr Gehirn ist ja viel kleiner, deshalb können sie niemals den Bildungsstand eines Mannes erreichen.«

»Das sollen sie ja auch nicht. Ich will, dass sie ihr Erbe mal selbst verwalten. Vor allem sollen sie ein Auge darauf haben, dass es von ihren Männern nicht verprasst wird. Wofür habe ich denn sonst all den Reichtum angehäuft?«

Der Magister lachte und wischte sich mit dem Ärmel den fettigen Mund ab. »Ihr denkt weit voraus, Preller. Eure Töchter sind gerade erst geboren.«

»Warum nicht vorausdenken?«, entgegnete dieser. »Stellt Euch vor, wir gründen in Leipzig eine Schule für Töchter. Es gibt genug

Nonnen in den Klöstern, die die Mädchen unterrichten könnten. Unsere Töchter bräuchten dann nicht gleich ins Kloster einzutreten, um eine gewisse Bildung zu erfahren, sondern könnten später heiraten. Eine kluge Frau ist eine wertvolle Unterstützung ihres Mannes.«

»Was Ihr für Gedanken hegt«, schüttelte der Magister amüsiert den Kopf.

»Meine Töchter könnten neben dem Betreiben des Handelshauses zum Beispiel als Schreiberinnen tätig sein oder als Schätzerinnen von Pfändungen und Hinterlassenschaften, das bringt einige Gulden zusätzlich ein. In Freiberg gibt es sogar schon Zöllnerinnen. Die Frauen beherrschen Geldgeschäfte mindestens genauso gut wie Männer.«

»Ihr seid vermögend genug, Euren Töchtern ein angenehmes und sorgenfreies Leben zu bieten. Wieso sollen sie als Schreiberinnen oder Geldwechslerinnen arbeiten? Ihr seid doch ein Christenmensch, Preller, und kein Jude.«

»Ach, Unsinn, Arbeit hat noch keinem geschadet und ich werde meine Töchter in das Handelswesen einführen, koste es, was es wolle. Dazu müssen sie Schreiben und Rechnen können, aber auch sonst etwas von der Welt verstehen, um handeln zu können. Nur so mehrt sich das Geld.«

»Ihr denkt offensichtlich immer nur an das Geld«, stellte Siebenpfeiffer fest und nagte sorgfältig die Hühnerknochen ab.

»Nein, ich denke an die Zukunft meiner Töchter«, widersprach Hieronymus.

»Wie heißen sie überhaupt?«, wollte Siebenpfeiffer wissen.

Hieronymus starrte ihn verblüfft an. »Keine Ahnung! Das habe ich den Weibern überlassen.«

»Na, vielleicht werdet Ihr übers Jahr Vater eines Sohnes, dann hat sich alles sowieso erledigt«, gab der Magister zu bedenken und spülte den letzten Bissen des Hühnchens mit dem letzten Rest des Weins herunter.

Hieronymus wurde einer Antwort enthoben, als Walburga in die Schänke platzte und sich suchend umschaute.

»Ach hier seid Ihr, Herr«, rief sie, als sie Hieronymus entdeckte. »Kommt sofort nach Hause, der Herrin geht es schlechter. Wir haben nach dem Propst geschickt.«

»Dem Propst?«, fuhr Hieronymus auf. »Warum denn das?«

Walburga rollte ungeduldig mit den Augen. »Bitte, Herr, es steht nicht gut um die Herrin.«

Hieronymus sprang auf und stieß dabei die Bank um. »Ich komme«, rief er. »Siebenpfeiffer, wollt Ihr mitkommen? Dann könnt Ihr gleich Eure Patenkinder sehen.«

Der Magister schüttelte den Kopf. »Ich darf die Abendvorlesung nicht verpassen, aber ich wünsche Eurer Gattin gute Besserung.«

Schon in der Tür, drehte Hieronymus sich um und kam noch einmal zum Magister zurück. Er neigte sich zu ihm herab und seine Lippen waren nahe an seinem Ohr. »Sagt mir voraus, was das Schicksal für meine Töchter bereithält.«

»Was?« Siebenpfeiffer starrte ihn mit offenem Mund an. Er wischte sich wieder mit dem Ärmel über den Mund. »Ich sagte Euch doch, ich bin kein Wahrsager. Wenn Ihr es unbedingt wissen wollt, dann geht zu einer Zigeunerin.«

»Nein, ich will es wissenschaftlich wissen. Ihr könnt es, das weiß ich. So wie Ihr voraussagt, was die Zukunft für das Land bringt, so werdet Ihr mir auch sagen können, was die Zukunft meinen Kindern bringt.«

»Geht zu Eurem Weib, Preller. Ich will meinen Hals noch ein bisschen behalten.«

»Herr, eilt Euch«, mahnte die Magd.

»Ja doch, ich komme gleich.« Er beugte sich wieder zu dem Gelehrten herab. »Bitte«, beschwor er ihn. »Was wisst Ihr?«

»Nichts! Preller, nichts. Die Zukunft sollte ein Geheimnis bleiben, weil sie Euch nicht gefallen wird.«

»Also wisst Ihr doch etwas!« Hieronymus schüttelte den Magister an seinem Mantel, den er nicht abgelegt hatte.

»In Zukunft wird es eine Trennung geben.«

»Das sagtet Ihr schon. Die beiden Herzöge werden sich entzweien und das Land teilen. Aber was wird mit meinen Kindern?«

»Ich sagte doch, es wird eine Trennung geben. Und nun lasst mich in Ruhe!«

Wütend ließ Hieronymus den Gelehrten los. »Dann eben nicht«, knurrte er.

»Preller, Eure Zeche!«, rief der Wirt hinter Hieronymus her.

»Holt's Euch vom Teufel oder den Pfaffen«, rief er zurück, während er mit langen Schritten der Magd folgte.

»Mit dem nimmt's kein gutes Ende«, brummte der Wirt kopfschüttelnd und ritzte die Schulden des Hieronymus Preller ins Kerbholz ein.

»Wer ist denn das?« Verblüfft blieb Hieronymus stehen und betrachtete die seltsame Erscheinung, die ihm im Hausflur begegnete. Das Wesen reichte ihm nur bis zum Bauchnabel und besaß den Umfang eines Krautfasses. Es trug weibliche Kleider, eine weiße Haube und besaß zwei gewaltige Brüste, dass er befürchtete, es kippte jeden Augenblick nach vorn um.

»Das ist die Amme«, erklärte Walburga.

Mit wichtiger Miene und ohne Hieronymus zu grüßen kugelte die Amme an ihm vorbei in Richtung Küche, während er ihr mit offenem Mund hinterherstarrte.

»Herr, bitte«, drängte Walburga und stapfte die hölzerne Stiege hinauf. Er folgte ihr auf dem Fuß, ihr ausladendes Hinterteil vor dem Gesicht. Warum ist hier bloß alles so gewaltig, dachte er. Die Stiege unter ihnen ächzte und knarrte bedrohlich. Er unterdrückte das aufkommende Gefühl der Selbstzufriedenheit ob dieses Fleisch gewordenen Wohlstandes selbst bei seinen Mägden.

Walburga öffnete die Tür zu Elisabeths Kammer. Sie war voller Menschen, samt und sonders Frauen. Tante Brigitte war auch wieder da. Ein Schreck durchfuhr Hieronymus, als er Elisabeth sah. Sie war noch blasser. Kalter Schweiß ließ ihr eingefallenes Gesicht glänzen, den ihr eine der Frauen mit einem Tuch abtupfte. Zu seinem Entsetzen sah er mehrere blutige Laken neben dem Bett auf dem Fußboden liegen. Die Frauen schauten zutiefst besorgt oder betroffen, einige weinten. Nur Tante Brigittes Gesicht wirkte wie aus Stein gemeißelt.

»Ist sie tot?« Mit zwei Schritten durchmaß er die Gasse, die sich ihm öffnete, und trat an das Bett. Er zuckte zusammen, als Elisabeth die Augen öffnete.

»Gott befiehlt mich zu sich«, flüsterte sie matt. »Es ist der Preis für das Leben der Kinder.«

»Nein!« Er fiel vor ihr auf die Knie. »Du darfst mich nicht verlassen!«

Sie konnte nicht antworten, schloss wieder die Augen. Ihm schnürte es die Kehle zusammen.

Die Tür öffnete sich und Propst Benedictus, gefolgt von zwei Mönchen und zwei Nonnen, betrat das Zimmer. Das unterdrückte Schluchzen der Umstehenden verwandelte sich in ein ehrfürchtiges Murmeln.

Benedictus, der in den letzten siebzehn Jahren beträchtlich an Leibesumfang zugenommen hatte, winkte kurz mit der Hand, als verscheuche er ein lästiges Insekt. Die Frauen, Mägde und Bediensteten huschten zur Tür hinaus. Nur Tante Brigitte blieb zurück. Sie erntete einen strafenden Blick des Propstes und fügte sich sichtlich widerwillig dieser Geste. Die beiden Nonnen des Georgenklosters blieben mit gesenkten Häuptern neben der Tür stehen, während die Mönche, beide aus St. Thomas, dicht hinter Benedictus traten.

Benedictus warf einen fast verächtlichen Blick auf Elisabeth, dann auf Hieronymus. »Kniet in der Kirche, nicht vor einer Frau«, sagte er und sein Doppelkinn zitterte beim Sprechen. »Sie ist keine Heilige.«

Betroffen erhob sich Hieronymus, ohne über den Sinn der Worte nachzudenken. Seine geröteten Augen verrieten, dass er geweint hatte.

»Sie stirbt«, flüsterten seine Lippen fast tonlos.

Benedictus atmete tief durch und faltete dann die Hände. »So Gott es will, müssen wir uns seinem Willen fügen.« Er warf Hieronymus einen kurzen Blick aus seinen kleinen Schweinsäuglein zu, die fast im Fett seiner feisten Wangen verschwanden. »Es ist die Strafe des Herrn für Eure Sünden. Diese beiden Kinder sind Kinder der Sünde.«

Während Elisabeth sich nicht rührte, rang Hieronymus nach Luft. »Aber wieso? Sie sind Früchte unserer ehelichen Vereinigung! Was ist daran Sünde?«

»Nun, zwei Kinder, zwei Väter.«

»Was?«

»Zwei Kinder, zwei Väter. Eurem Weib muss noch ein anderer Mann beigelegen haben.«

»Aber das ist nicht wahr!«, begehrte Hieronymus auf. »Mein Weib ist rechtschaffen und treu. Sie hat sich nichts zu Schulden kommen lassen. Sie stand in all den Jahren dem Hausstand vor, war mildtätig und fromm. Das wisst Ihr nur zu gut, Pater Benedictus.«

Etwas ungehalten schloss Benedictus die Augen. »Allein die Tatsache, dass sie eine Frau ist, macht sie zur Sünderin. Nicht Adam hat sich im Paradies verführen lassen, sondern Eva glaubte den Einflüsterungen der Schlange. Die Frau ist die Verführerin, die Kupplerin, der Zankapfel. Ist es nicht nachdenkenswert, dass alle sieben Todsünden von einer Frau begangen wurden? In jeder Frau steckt das Böse, das Sündige. Die Frau ist der Auswurf des

Paradieses, des Verstandes Gift und der Seele Dolch, der Sünde Anreiz und des Verderbens Anlass.«

»Wie sprichst du über meine geliebte Frau, die hier im Sterben liegt?«, schrie Hieronymus auf. So behende, wie es Benedictus der Körpergröße des Kaufmanns niemals zugetraut hätte, sprang dieser auf und sackte den Pfaffen an seiner Kutte. Er schüttelte ihn wie einen Sack. Benedictus war viel zu verblüfft, um sich wehren zu können, sondern schnappte nur nach Luft, indem er seine dicken Lippen wie ein Karpfen aufriss.

»Was fällt Euch ein, Preller?«, röchelte er.

»Wollt Ihr meiner armen Frau unterstellen, andere Männer verführt zu haben?«

»Wie – kommen – denn – sonst – zwei – Kinder – zustande?«, keuchte der Pfaffe.

»Davon habt Ihr wohl am allerwenigsten Ahnung. Oder frönt Ihr etwa auch unkeuschem Tun, weil Ihr Schwierigkeiten mit Euren Trieben habt? Was spielt sich denn unter Eurer Kutte ab, he? Ihr seid keineswegs frei von Gelüsten, weil ich Euch im Badehaus bei den Huren gesehen habe!«

Das Gesicht des Propstes lief dunkelrot an, und das nicht nur, weil Hieronymus ihn würgte. »Ich habe nur die verirrten Schäfchen auf den rechten Weg gebracht.«

»Ach ja, Eure Brüder, die sich ins Badehaus verirrt haben?«

Die beiden Mönche hängten sich wie Affen an Hieronymus, um ihrem Propst beizustehen und den Kaufmann von weiteren Gewalttätigkeiten abzuhalten. Die Nonnen murmelten erschrockene Gebete und bekreuzigten sich ununterbrochen.

Hieronymus war ein Hüne und ließ sich nicht so ohne weiteres vom Objekt seines Zorns abdrängen. Erst als er die dünne Stimme von Elisabeth hinter sich vernahm, ließ er den erleichtert aufatmenden Propst los.

»Geliebter, du versündigst dich gegen einen braven Diener unserer Mutter Kirche. Es bleibt nicht mehr viel Zeit. Die Kinder müssen getauft werden.«

»Die Kinder müssen getauft werden«, wiederholte Hieronymus. Er funkelte den Propst an. »Na los, worauf wartet Ihr? Die Kinder müssen getauft werden!«

Benedictus blinkerte mit seinen kleinen Augen. »Wie denn? Doch nicht jetzt! Eure Frau kann sich doch nicht erheben.«

»Wenn sie nicht in die Kirche gehen kann, dann muss die Kirche eben zu ihr kommen«, donnerte Hieronymus. »Schließlich hat Elisabeth Euch genug gespendet. Hurtig, hurtig, los, bringt geweihtes Wasser her und die Amme soll mit den Kindern erscheinen.«

»Hier?« Benedictus schluckte und ließ seinen Blick durch den Raum wandern. Es war ein Zimmer einer Frau, wie es viele in den gutbürgerlichen Häusern gab. Prunkstück und Mittelpunkt des Zimmers bildete die Bettstatt mit den Vorhängen an der Seite. Vor dem Bett stand eine Truhe und daneben ein reich verzierter Kastentisch. Das typisch weibliche Interieur verursachte dem Propst Unbehagen.

»Hier!«, erwiderte Hieronymus bestimmt.

Zögernd wandte sich zu den wenig geistvoll dreinblickenden Mönchen um.

»Holt Weihwasser aus der Kirche«, befahl er ihnen.

Sie eilten davon, während der Propst näher an Elisabeths Bett trat.

»Inzwischen solltest du deine Sünden beichten, meine Tochter. Dir bleibt nicht mehr viel Zeit auf Gottes Erben, die solltest du nutzen. Als Frau ist dein Sündenregister ohnehin lang, und was die unselige Geschichte mit deinen zwei Kindern angeht, musst du dafür besondere Buße tun. Beim Verkehr mit einem anderen Mann als deinem Ehemann hast du dich des Ehebruchs schuldig gemacht. Das ist eine besonders schwere Sünde. Und all das, was bei der Zeugung dieser Geschöpfe geschah, musst du beichten.

Habt Ihr's in der Reiterstellung getan und Euch so Eurem Gatten überhöht, so müsst Ihr für mindestens ein Jahr Buße tun. Oder tatet Ihr es gar *a tergo*, so kostet es drei Jahre Buße. Da Euch nicht mehr so viel Zeit bleibt, so könnt Ihr diese Buße auch in Geld bezahlen. Besser wäre natürlich, wenn Ihr den Verkehr widernatürlich mit dem Mund ausgeführt hättet, das kostet zwölf Jahre Buße oder mindestens vierzehn Gulden ...«

»Du altes Schwein!« Die kräftige Faust von Hieronymus traf den Propst im Nacken. »Wovon redest du überhaupt? Wir haben es gemacht, wie es gottgefällig ist, sonst wäre mein Weib doch gar nicht geschwängert worden! Also haben wir beide auch keine Todsünde begangen. Wofür soll sie denn büßen?«

»Weiche von dannen, du Unhold«, fuhr der Propst empört auf. »Du erhebst die Hand gegen einen Diener Gottes? So soll dir deine Hand verdorren wie der Ast an einem toten Baum! Ich nehme dieser armen Seele die Beichte ab, da bist du überflüssig, mein Sohn. Nur Gott allein darf Zeuge sein.«

»Ich muss aufpassen, damit Ihr nicht unzüchtige Fragen stellt«, verteidigte sich Hieronymus.

»Wenn Ihr die heilige Handlung stört, sehe ich mich außerstande, die Taufe Eurer Kinder durchzuführen.«

Hieronymus bemerkte den flehenden Blick von Elisabeth, die bleich in den Kissen lag.

»Meinetwegen«, brummte er und verließ die Kammer.

Benedictus rückte noch ein Stück näher heran. »Erleichtert Euer Gewissen, meine Tochter, und beichtet alles, was es zu beichten gibt. Habt Ihr es getan?«

»Was heißt *a tergo?*«, wollte Elisabeth wissen.

»Wie es die Hunde tun.«

»Die Hunde?« Elisabeths Augen wanderten zum hölzernen Baldachin ihres Bettes. »Ich kann mich nicht daran erinnern, ob Hunde dabei waren. Aber ich weiß, als das erste Kind geboren wurde, dass ich den Namen der Heiligen Jungfrau ausgerufen habe. Die Schmerzensreiche hat mir beigestanden. Das erstgeborene Kind soll Maria heißen.«

Die beiden Nonnen, die die ganze Zeit mit gesenkten Köpfen neben der Tür stehen geblieben waren, traten nun näher. »Das ist ein weiser Entschluss«, wagte die eine zu sagen und schenkte Elisabeth ein mildes Lächeln.

Elisabeth streckte ihre kraftlose, zitternde Hand aus. »Oh, ihr Schwestern des Himmels, so gebt mir die Kraft, meine beiden unschuldigen Töchtern Gottes Gnade anzuvertrauen. Für die zweite wird auch noch ein Name benötigt, der gottgefällig sein soll. Ich habe nicht mit einem zweiten Kind gerechnet und eigentlich den Namen für einen Sohn erwählt.«

In diesem Moment öffnete sich die Tür und die beiden Mönche kamen schwitzend und außer Atem mit dem geweihten Wasser. Hinter ihnen drängten Hieronymus, die Amme, Tante Brigitte und das gesamte Gesinde des Hauses in das Zimmer.

Zum zweiten Mal sah Hieronymus die Amme, die sich mit ihrer kugelförmigen Körpermasse Platz schaffte. Und wieder blieb ihm die Luft weg ob ihres gewaltigen Busens. Sie sah so unförmig aus wie eine Missgeburt und ihr kloßförmiges Gesicht war eine kleinere Ausgabe ihres fassrunden Körpers. Trotz ihrer kurzen, dicken Arme trug sie beide Kinder gleichzeitig herein und stellte sich ans Fußende von Elisabeths Bett.

Benedictus trat hinzu und auch er betrachtete die Amme mit einem gewissen Misstrauen. Er überlegte, ob sie eine Zwergin, eine Missgeburt oder das skurrile Mitbringsel des Kaufmanns aus dem wunderlichen Orient sei.

Tante Brigitte drängte sich vor und wollte der Amme eines der Kinder abnehmen, was diese mit einem wütenden Zischen quittierte. Benedictus bekreuzigte sich vorsichtshalber.

»Können wir nun anfangen?«, fragte er leicht genervt.

Die Umstehenden schubsten und drängelten und wollten alle ein Blick auf die beiden Winzlinge werfen, die fast völlig unter den weißen Wickeltüchern verschwanden.

»Worin sollen die beiden denn getauft werden?«, fragte die Amme verwundert. »Es gibt kein Taufbecken.«

»Was weiß ich.« Benedictus drehte sich im Kreis und die beiden Mönche drehten sich mit ihm.

»Wie wär's damit?« Einer der Mönche zog unter dem Bett eine Bettpfanne hervor.

Tante Brigitte stieß pfeifend die Luft aus. »Das ist Blasphemie!«

Hieronymus warf einen Blick zu Elisabeth. Diese schien schon gar nichts mehr zu begreifen. Ihre Seele befand sich bereits auf der Wanderschaft. »Beeilt euch doch«, flehte er.

Benedictus zuckte mit den Schultern. Der Mönch spülte die Bettpfanne mit dem Weihwasser aus, so war auch das Gefäß geweiht, und kippte dann den Rest des Wassers hinein.

Hieronymus nahm der Amme eines der Bündel ab und befreite das Köpfchen vom Leinentuch. Dann hielt er es Benedictus entgegen. »Hiermit taufe ich dich auf den Namen Maria.« Er tröpfelte das geweihte Wasser über den Kopf des Kindes. »Das nächste!«

Hieronymus gab der Amme das getaufte Kind zurück und nahm das andere Bündel. »Hiermit taufe ich dich auf den Namen ...« Benedictus stockte. »Wie soll das Kind heißen?« Er schaute Hieronymus fragend an.

Hieronymus blickte zu Elisabeth. Sie lag bleich und still da, die Hände verschränkt.

»Sie ist tot!«, schrie er auf. Da öffnete sie die Augen. Ihre Lippen bewegten sich, aber ihre Stimme war nicht zu verstehen. Tante Brigitte beugte sich zu ihr herab und lauschte.

»Ka ... Kat ...«

»Brigitte soll es heißen«, sagte Brigitte rasch.

Elisabeth hob die Hand.

»Seid still!«, rief Hieronymus. »Ihr letzter Wille soll geschehen und sie ihrem Kind auch den Namen geben.«

»Katharina«, hauchte sie mit letzter Kraft.

» ... taufe ich dich auf den Namen Katharina«, beeilte sich Benedictus und drückte das Bündel in Hieronymus' Arme. »Die Frau braucht jetzt die letzte Ölung.« Er schob die Umstehenden beiseite und winkte die beiden Mönche heran. Sie falteten die Hände.

Hieronymus gab das zweite Kind an die Amme und sank auf die Knie. Noch immer hoffte er, dass Elisabeth die Augen wieder aufschlagen, ihm ein Lächeln schenken und ihre Kinder in den Arm nehmen würde. Je länger die gemurmelten Gebete dauerten, umso zorniger wurde er.

»Warum lässt Gott das zu?«, rief er mit flehender Miene. »Sie ist doch noch so jung.«

Benedictus stockte, warf ihm einen unwilligen Blick zu und setzte dann seine Gebete fort. Es erschien allen wie ein Wunder, als Elisabeth plötzlich die Augen aufschlug. Ihr Blick war erstaunlich klar, nur ihre Hand zitterte, als sie sie erhob. Eine Nonne eilte zu ihr und hielt ihre Hand fest.

»Maria«, hauchte Elisabeth. »Ich weihe Maria Gott. Zu ihrem achtzehnten Lebensjahr soll sie zu den Marienmägden gehen. Legt sie in die Arme Gottes.«

Benedictus riss seinen kleinen Schweinsaugen auf, während die beiden Nonnen Dankesgebete murmelten und Elisabeths Hände hielten. Hieronymus hob den Kopf.

»Nein«, flüsterte er. »Nein, nicht ins Kloster!«

»Der letzte Wille der Sterbenden muss erfüllt werden«, belehrte ihn Benedictus.

So schloss Elisabeth im achten Jahr der gemeinsamen Herrschaft der Brüder Kurfürst Ernst und Herzog Albrecht über die Wettinischen Lande in den Armen ihres Gatten Hieronymus Preller für immer die Augen.

Der Kuhturm

Ich habe ihn!« Katharina jauchzte auf, als der bunte Schmetterling in ihrer hohlen Hand flatterte.

»Lass ihn fliegen«, bat Maria. »Bestimmt ist er verängstigt. Stell dir vor, du würdest eingesperrt werden, obwohl du die Blumen und die Freiheit liebst.«

»Ach, was du bloß hast.« Trotzdem öffnete Katharina die Hand, der Schmetterling gaukelte davon, unentschlossen, auf welcher Blüte er sich niederlassen sollte.

Sie beschattete mit der Hand ihre Augen und schaute dem Schmetterling hinterher. Zu ihren Füßen summten die Bienen und suchten in den Wiesenblumen nach Nektar.

Ein zeitiger Sommer war rund um die Stadt und den angrenzen Auwald angebrochen, und bald würden die Mücken wieder zur Plage werden. Doch im Augenblick verströmte das nahe der Stadt gelegene Rosental nur Duft und Liebreiz, und lockte so manchen Bewohner aus der Enge der Stadt hinaus, um die milde Luft zu genießen.

Katharina und Maria hatten die Stadt zum Rannischen Tor hinaus verlassen, um sich im Rosental zu ergehen. Die regelmäßigen Überflutungen des Auwaldes im Frühjahr zur Schneeschmelze waren längst vergessen und die Wege wieder passierbar.

Bis in den Wald hinein wollten die Mädchen aber nicht gehen. Mit der Überflutung waren auch die vielen Frühjahrsblumen verschwunden. Anemonen, Märzenbecher, Schlüsselblumen und die zarten weißen Sterne des Bärlauchs gaben sich immer nur ein kurzes Stelldichein. Wenn sich das Blätterdach mit dem Fortschreiten des Jahres schloss, wurde der Wald düster und unheimlich. Nur noch Lehmstecher und die Flussfischer wagten sich dann dorthin.

Es gab jedoch nicht nur den Auwald mit seinen trügerischen Sumpfgebieten vor den Toren Leipzigs, sondern auch kleine Dörfchen und ausgedehntes Acker- und Weideland, Lehmstiche und Fischteiche.

Die alte Handelsstraße *Via Regia* führte, von der Königspfalz Merseburg her kommend weiter nach Osten über Leipzig, wo sie sich mit der *Via Imperii* kreuzte. Auf dieser Straße herrschte immer reger Betrieb. Kaufleute und Händler zogen mit ihrem Tross dort entlang, und Bauern der Umgebung ihre Waren in die Stadt. Vor allem die Imker aus den Flussauen waren gern gesehen, lieferten sie doch den köstlichen Honig. Darauf wollten die Mädchen meist nicht warten, sondern kauften die Leckerei gleich am Ort der Entstehung.

»Komm, lass uns Thomas besuchen«, schlug Maria vor und zeigte auf ein seltsames hölzernes Gebäude, das in westlicher Richtung zwischen der Stadt und dem Dörfchen Lindenau lag. Das war der Kuhturm. Der Wächter des Kuhturms war ein Freund von Hieronymus Preller, sein Sohn Thomas ein Freund der Zwillinge.

»O ja«, stimmte Katharina freudig zu und beschleunigte ihren Schritt.

Es war ein warmer Frühsommertag und die beiden Mädchen kamen schon bald außer Atem.

»Lass uns eine Rast einlegen«, bat Katharina vor und suchte einen Platz unter einer prächtigen Eiche am Wegesrand.

Der Kuhturm war nicht, wie man irrtümlich annehmen könnte, ein Stück der Stadtbefestigung, aber trotzdem als Vorwerk zu gebrauchen, sondern ein Wachhaus für den Hüter der städtischen Kuhherde. Der Gemeindehirte war Angestellter der Stadt und vom Stadtrat in dieses Amt berufen.

Seit Hieronymus Preller als angesehener Bürger der Stadt auch einer der Ratsherren war, pflegte er eine Freundschaft mit Johannes Dümpel, dem Turmwächter. Dessen Sohn Thomas war zwei Jahre älter als die Zwillinge Maria und Katharina, und die drei Kinder wuchsen praktisch miteinander auf.

Dümpel besaß ein Haus hinter dem Markt, unweit von Prellers Haus. Er trieb die Kühe der ganzen Stadt hinaus auf die Lindenauer Viehweiden und Fleischerwiesen. Sein Sohn Thomas begleitete ihn schon seit Jahren dabei und half ihm, vom Turm aus die Kühe zu bewachen und sie wieder einzufangen, wenn sie eigene Wege gehen wollten.

Ab und zu besuchten Maria und Katharina ihren Freund draußen auf den Wiesen. Thomas freute sich stets über deren Besuch, denn oftmals war es doch recht einsam draußen auf der Kuhburg, wie das Bauwerk auch genannt wurde.

Der Turm gestattete einen weiten Ausblick über die Aue, die von mehreren Flussläufen durchschnitten wurden. Oftmals brauten sich dicke Nebelschwaden über den Wiesen zusammen und in den Sümpfen flackerten zuweilen Irrlichter auf. Wenn zur Zeit der Schneeschmelze oder des Frühjahrsregens sich die Aue in ein undurchdringliches Wasserlabyrinth verwandelte, erzählten sich die Leute unheimliche Geschichten über das dortige Geschehen. Auch Thomas wusste gar sonderliche Dinge zu berichten, die den Mädchen die Gänsehaut über den Rücken jagte.

Zu mitternächtlicher Stunde ließ sich manchmal ein schwarzer Hund sehen, der einsame Wanderer in die nassen Wiesen lockte. So manchen hat man danach nie wieder gesehen. Auch ein Pferd ohne Kopf trieb im Wald sein Unwesen. Die Unglückliche, die sich nach ihm umdrehte, bekam von einer unsichtbaren Hand eine Ohrfeige.

Maria und Katharina fiel natürlich im Traum nicht ein, zu nachtschlafener Zeit in die unheimlichenn Auen zu gehen. Sie lauschten aber begierig den Heldenmärchen von Thomas, in denen er mit den Spukgestalten kämpfte und tapfer die Kuhherde verteidigte. Wenn sie ihm auch nicht alles glauben wollten, so war es doch eine hübsche Abwechslung, ihn hier draußen zu besuchen – vor allem an Tagen, an denen die Sonne schien, die Blumen blühten und die Wiesen erfüllt waren vom Summen der Bienen und dem anmutigen Flattern bunter Schmetterlinge.

Katharina packte aus ihrem Bündel zwei Stückchen Kuchen aus und reichte eines Maria. »Lass uns essen, es wird sicher ein langer Tag.«

»Ja, wenn Thomas uns wieder mit seinen Schauergeschichten unterhält«, kicherte Maria.

»Ach was, er will doch nur den Beschützer spielen«, warf Katharina ein und machte eine wegwerfende Handbewegung. »Hast du nicht bemerkt, dass er in letzter Zeit irgendwie anders geworden ist?«

»Allerdings«, bestätigte Maria. »Ernster und zurückhaltender.«

Katharina verzog die Lippen zu einem Grinsen. »Ja, warum denn wohl? Ich habe ihn beobachtet, wie er dich anschaut. Als ... als wärst du plötzlich jemand anderes.«

»Wie meinst du das?«

Katharina schlug die Augen nieder. »Wir haben uns wohl körperlich in den letzten Jahren verändert.«

»Immerhin sind wir siebzehn Jahre alt. Wir sind keine Kinder mehr.«

»Eben. Und Thomas auch nicht. Auf seinen Wangen sprießt ein Bart und seine Stimme ist ganz anders geworden, tiefer und männlicher.«

»Dann lass das mal nicht unsere Amme hören. Ich glaube, sie wäre wenig erbaut davon, dass wir Thomas hier allein besuchen und mit ihm in den Wald gehen.«

»Was soll uns da geschehen? Thomas wird uns beschützen.«

»Und wer beschützt uns vor Thomas?«

Sie brachen beide in lautes Lachen aus. Der Gedanke war zu absurd. Thomas war ihr Freund und das würde sich niemals ändern.

Katharina packte ihr leichter gewordenes Bündel wieder zusammen und warf es über die Schulter. Maria erhob sich und richtete ihren Rock. Sie hatten beide ihre schönsten Kleider angezogen. Sie waren von gleichem Stoff und Schnitt, mit bunten Bändern verziert. Um die beiden Mädchen überhaupt zu unterscheiden, trug Maria ein Jäckchen aus grünem Samt darüber, Katharina ein blaues.

Thomas brauchte diese Hilfsmittel nicht. Er hätte beide Mädchen auch unterscheiden können, wenn sie nackt gewesen wären, was ihm in letzter Zeit immer häufiger in den Sinn kam. In Gedanken spielte er mit dem Wunsch, in ihnen mehr als nur die Freundinnen seiner Kinderzeit zu sehen. Aber für welche sollte er sich entscheiden? Hübsch waren sie beide, mit ihrem langen, gelockten, weit auf den Rücken fallendem Haar, den ebenmäßigen Gesichtern, den kleinen roten Mündern von der Farbe reifer Himbeeren und Augen, so blau und klar wie der Sommerhimmel. Ihre Haut war hell und rein und zart wie die von Kindern. Dazu trugen sie wunderschöne und sicher sehr teure Kleider aus Stoffen, die ihr Vater aus fernen Ländern einführte.

In ihrem Wesen unterschieden sie sich schon, in manchem Blick, manchem Lächeln oder wenn sie ernst schauten. Maria war die Ältere der beiden und eher still und ernst. Oftmals war sie besonnener als ihre Schwester Katharina und vernünftiger.

Katharina dagegen blies nicht lange Trübsal. Sie liebte das Leben von seiner sonnigsten Seite, war fröhlich, lachte gern und war für Kurzweil jeglicher Art aufgeschlossen. Das erweckte den Anschein, sie sei oberflächlich und flatterhaft, dabei glich sie nur das ernstere Wesen von Maria aus.

Thomas liebte sie beide auf seine ganz eigene Art. Natürlich hätte er sich lieber die Zunge abgebissen, ehe er ihnen das eingestanden hätte, und so benahm er sich den beiden Mädchen gegenüber überlegen und kehrte wegen des zweijährigen Altersunterschieds den erwachsenen Mann heraus. Das tat jedoch ihrer Freundschaft keinen Abbruch.

Thomas erwartete sie an der Angerbrücke, wo die Straße den kleinen Fluss Luppe überquerte.

»Ich habe euch schon vom Turm aus entdeckt«, rief er stolz.

»Hast du Augen wie ein Adler?«, wollte Katharina wissen. »Woher weißt du unter all den Leuten, dass wir es sind?«

»Ich weiß es eben«, erwiderte Thomas und warf Katharina einen übermütigen Blick zu. »Ich erkenne euch unter all den anderen Menschen, weil ihr doppelt seid.«

Maria blickte zurück auf die Silhouette der Stadt. Da ragten die Türme von St. Nicolai, St. Thomas, die Pleißenburg und des Rannische Tors, durch das sie die Stadt verlassen hatten, über die Dächer der stattlichen Häuser empor.

Die Stadt platzte schier aus dem fesselnden Ring ihrer Stadtmauer. Während sich innerhalb der vier Tore die Handwerkerzünfte in den verschiedenen Gassen angesiedelt hatten, bildeten sich davor bereits Vorstädte, in denen unter anderem Leineweber, Seiler und Schmiede ihr Handwerk betrieben. Hier draußen kosteten die Häuslein zwanzig oder fünfundzwanzig Gulden, was die ärmeren Handwerker wohl noch aufbringen konnten. Die Häuser in der Stadt konnten sich nur reiche Bürger oder Handwerker leisten.

Entlang der Grabensysteme von Elster und Pleiße fanden sich die Walkereien der Tuchmacher und Gerber, Färber und verschiedene Mühlen. Die Bleichen, Holzplätze, Ziegelscheunen, Kuttel- und Schlachthäuser waren ebenfalls an den Wasserläufen angesiedelt.

»Wir haben dir Kuchen mitgebracht«, sagte Katharina und reichte Thomas ihr Bündel. Der errötete vor Freude. Trotz des Bartwuchses bekam er immer noch rote Wangen, wenn er die Zwillinge traf. Katharina amüsierte sich darüber.

»Kommt mit in die Kuhburg, der Vater möchte euch begrüßen. Dann könnt ihr auch einen Schluck gewürzten Wein zur Stärkung nehmen.«

»Wir sind nicht müde«, wehrte Maria ab. »Wir haben unterwegs bereits eine Rast eingelegt.«

Katharina stieß ihrer Schwester mit dem Ellenbogen in die Rippen. »Aber gern nehmen wir einen Schluck Wein«, lächelte sie Thomas freundlich zu. Die Röte auf seinen Wangen vertiefte sich, und Glanz trat in seine Augen. Er eilte den Mädchen voraus zu dem Komplex aus mehreren Gebäuden, das von einer Palisadenwand umfriedet wurde und die Kuhburg darstellte. An ihrer westlichen Ecke erhob sich der hölzerne Turm, von dem Johannes Dümpel im Auftrag der Stadt die Herden beaufsichtigte.

Den ganzen Sommer verbrachte der Wächter mit seinen Söhnen, dessen Ältester Thomas war, hier draußen. Seine Frau blieb mit den kleineren Kindern im Stadthaus. Fast jährlich brachte sie ein weiteres Kind zur Welt, was Hieronymus zum Spott veranlasste, dass der Winter in den Stadtmauern ihm wohl besonders gut bekomme. Auch im Winter bezog Johannes seinen Lohn aus der Stadtkasse, und Hieronymus war der Meinung, dass diese Kinder ja eigentlich der Stadt gehörten, wenn der Rat den Beischlaf des Johannes mit seinem Weib auf diese Weise finanziere.

Johannes nahm diesen Spott mit Gelassenheit, wusste er doch, wie er Hieronymus zu nehmen hatte. Aus Anstand gab er die derben Scherze nicht zurück, denn seit Hieronymus' Weib Elisabeth kurz nach der Geburt der Zwillinge verstorben war, konnte der Kaufmann nicht mehr auf Nachwuchs hoffen. Er hatte sich nie wieder eine Frau genommen, wenngleich Philomena, die bei ihm im Haus lebte, so etwas wie sein Weib war, zumindest bei Nacht. Bei Tag gab sie sich als Erzieherin der Zwillinge, was wiederum einen zähen Kampf mit der Amme zur Folge hatte, die sich nicht das Zepter aus der Hand nehmen lassen wollte.

Die Verhältnisse im Haus Preller störten Johannes Dümpel allerdings kaum, verbrachte er doch mindestens sechs Monate des Jahres draußen auf den Viehweiden und kümmerte sich wenig um das, was innerhalb der Stadtmauern geschah. Pünktlich zur Geburt seines nächsten Kindes war er ohnehin wieder zurück.

Thomas bat die beiden Mädchen in die Kuhburg. Vor dem Haupthaus stand eine hölzerne Bank, grob aus Rüsterholz geschlagen. Katharina und Maria nahmen Platz.

»Ich hole nur den Wein«, sagte Thomas und eilte ins Haus.

»Hast du gesehen, dass er ganz stachelige Waden hat?« fragte Katharina ihre Schwester.

Maria hatte es ehr wohl gesehen. Thomas trug Hosen aus derbem Leinenstoff, die nur bis zur halben Wade reichten und ein schlichtes Hemd darüber, das er mit einem Lederriemen gegürtet hatte. Bis zum Winter lief er barfuß, was mit den feuchten und sumpfigen Wiesen an den Ufern der Flüsse zu tun hatte. Sie hätten allen Schuhen den Garaus gemacht.

Aber das schuhlose Dasein hatte auch einen entscheidenden Nachteil. In den Sümpfen wimmelte es von Schlangen, auch von einer giftigen Art. Eine davon hatte Thomas im vorigen Sommer in den Fuß gebissen. Beinahe wäre er an diesem Biss gestorben, wenn nicht der Apotheker in der Stadt, der seine Apotheke in der Nähe von Prellers Haus am Markt betrieb, ein Gegenmittel besessen hätte. Hieronymus hatte es ganz selbstverständlich bezahlt. Eine Woche lang lag Thomas im Fieber und die Zwillinge hatten täglich für ihn gebetet und Kerzen gestiftet. Das Wunder geschah, und Thomas genas. Später meinte er, die Gebete hätten geholfen, weil sie ja mit doppelter Kraft gesprochen worden wären. Wie dem auch sei, dieses Ereignis hatte die drei jungen Leute noch enger aneinandergeschweißt.

»Vater hat auch stachelige Waden«, bemerkte Maria.

»Vater ist auch alt. Aber Thomas? Ob er sich zum Werwolf wandelt? Die Amme hat uns doch diese Geschichte erzählt.«

Maria schüttelte den Kopf. »Unsinn! Die Amme erzählt immer solche Geschichten. Thomas ist kein Werwolf.«

»Wieso wächst ihm dann ein Fell?«, wollte Katharina wissen.

»Allen Männern wächst das«, erklärte ihr Maria. »Thomas wird eben zum Mann.«

»Und woher weißt du das?«

Maria schlug die Augen nieder und errötete. »Ich habe es in einem Buch gelesen.«

»In einem Buch?«, staunte Katharina. »Was denn für ein Buch?«

»Vater besitzt es, aber gewöhnlich ist es weggeschlossen. Darin sind lauter Bilder von Menschen, wie sie aussehen, wenn sie nackt sind und auch wenn ... wenn sie tot sind.«

Katharina schluckte, doch dann wurde sie aufgeregt. »Ich habe auch schon mal einen nackten Mönch gesehen. Der ist in den Fluss gefallen, und als er wieder herausgekrabbelt war, hat er sein Kutte ausgezogen.« Sie presste die Hand vor den Mund und unterdrückte ein Lachen. »Du musst mir das Buch unbedingt zeigen!«

Sie unterbrachen ihren Disput, weil Thomas mit einem Krug und drei Bechern aus dem Haus kam. Er schob mit dem Fuß einen hölzernen Hocker heran und stellte die Becher darauf ab. Dann schenkte er sie voll. Katharina lächelte ihm liebevoll zu.

»Ich bin froh, dass du nicht tot bist«, sagte sie.

Thomas blickte sie entgeistert an. »Ich bin darüber auch froh«, sagte er schließlich. Er öffnete das Bündel und nahm den Kuchen heraus. »Schmeckt köstlich!« Er kaute hastig und mit vollen

Backen wie ein Hamster. Dann spülte er alles mit Wein herunter. »Ich habe ihn gesehen«, platzte er plötzlich heraus.

»Wen?«, fragte die Zwillinge wie aus einem Mund.

»Den schwarzen Bruno!«

»Wo?«

»Im Wald zwischen den Nebeln. Ich bin mir ganz sicher.«

»Und du hast dich wirklich nicht geirrt?«

Thomas schüttelte den Kopf. Seine Augen hatten sich geweitet und Maria sah in ihnen zum ersten Male Angst.

Nur flüsternd erzählten sich die Leute in der Stadt vom schwarzen Bruno. In den geisterhaften Nebeln der sumpfigen Aue war so manches möglich.

»Er sah ganz so aus, wie man es sich erzählt«, flüsterte Thomas. »Vertrocknet und dürr wie eine Alraunwurzel, in eine dunkle Mönchskutte gekleidet. Und er schwebte durch den Wald in der Nähe der Nonnenwiesen.«

Katharina kicherte. »Das klingt aber ganz menschlich.«

»Pssst, schweig lieber«, mahnte sie Maria. »Wenn er uns nun auf dem Rückweg heimsucht ...«

»Soll ich euch begleiten?«, bot sich Thomas in einem Anfall von Heldenmut an.

»Dein Vater wird recht ungehalten sein«, wehrte Maria dankend ab. »Schließlich musst du die Kühe melken.«

Thomas verzog das Gesicht. Es missfiel ihm, daran erinnert zu werden, dass er niedere Arbeiten erledigen musste. Für die beiden Kaufmannstöchter sank er wohl dadurch sehr im Ansehen. Dabei schlug sein Herz schon wieder wie das Trommeln des Spechtes im Auwald, wenn er sie nur sah, beide so voller Liebreiz und Anmut.

Maria hatte es aber nicht herablassend gemeint. Für sie war wichtig, dass übernommene Pflichten auch ordnungsgemäß erledigt wurden.

Johannes Dümpel kam vom Turm herabgestiegen, von dem aus

er die Herden beaufsichtigt hatte, und gesellte sich zu ihnen. Er mochte die Zwillinge mit den frischen, offenen Gesichtern. Doch auch ihm entging nicht, dass sie langsam erwachsen wurden.

»Ich soll Euch die besten Grüße vom Vater ausrichten«, sagte Maria artig. »Er ist erst vor zwei Wochen von einer weiten Reise zurückgekehrt. Seitdem herrscht in unserem Haus wieder richtiger Trubel. Vater hält alle auf Trab.«

Der Kuhtürmer lachte. »Das kann ich mir lebhaft vorstellen. Und Philomena lässt euch endlich in Ruhe.«

Katharina winkte ab. »Da passt schon die Amme auf, dass Philomena uns nicht zu sehr verdirbt. Dabei komme ich mit ihr ganz gut aus. Sie mag wie ich die schönen Kleider und feinen Stoffe, die Vater von seinen Reisen mitbringt. Und sie weiß, wie man sich nach der neuesten Mode kleidet.«

»Hat euer Vater sie noch immer nicht geehelicht? Ich vermute, dem Propst passt dieses sündige Verhältnis überhaupt nicht.«

»Da kann er wettern, so viel er will. Vater hat darüber seine eigene Meinung. Der Propst braucht dringend Bauholz für seine Kirche. Er will den Dachstuhl von St. Thomas erneuern lassen. Die städtischen Handwerker haben sich schon auf einen fetten Auftrag gefreut, aber der Propst besteht auf den klostereigenen Handwerkern. Vater hat daraufhin kurzerhand das ganze Bauholz aufgekauft, das im Frühjahr geflößt worden war, und Benedictus sitzt auf dem Trockenen. Wohl oder übel muss er nun Vater um das Bauholz bitten und einen guten Preis aushandeln. Wie kann er das, wenn er ihm wegen Philomena übel will?«

»Sind das nicht zwei verschiedene Dinge?«, wunderte sich Johannes. »Das Bauholz ist ein weltliches Ding, aber die sündhafte Lebensweise ...?«

»Ist auch ein weltliches Ding«, kicherte Katharina. »Jedenfalls hat Vater sich nicht mit einem Ablassbrief freigekauft und erfreut sich noch immer bester Gesundheit. Da können die Mönche noch so sehr mit dem Höllenfeuer drohen. Dafür muss Benedictus einen ordentlichen Preis für das Bauholz zahlen, wenn er nicht auf die eigenen Stämme aus dem Pfarrholz zurückgreifen wollte.«

Johannes schüttelte stumm den Kopf. Maria bot ihm das letzte Stück des Kuchens an, das Thomas übrig gelassen hatte. Johannes nahm es dankend an.

»Ich freue mich immer, wenn ich Neuigkeiten aus der Stadt erfahre. Hier draußen ist es doch zuweilen recht einsam. Aber vielleicht werde ich schon bald Gesellschaft bekommen.«

»So?«, wunderte sich Katharina. »Etwa den schwarzen Bruno?«

»Wie kommst du denn darauf?«

»Thomas hat behauptet, ihn gesehen zu haben.«

Johannes kratzte sich am Kopf. »Man sieht so manches, wenn die Nebel über die Aue ziehen«, murmelte er, doch gleich darauf hob er wieder den Blick. »Nein, bald soll hier eine Försterei eingerichtet werden. Dann wird auch ein Förster hier sein Domizil aufschlagen und die Holzarbeiten im Stadtwald beaufsichtigen. Die Bürgeraue wird immer größer dank der hochherzigen Geschenke des Klosters. Den Stadtrat wird's freuen. Noch ist es nicht so weit und diesen Sommer werden wir wohl noch beschaulich verbringen können.«

Er verscheuchte eine Fliege, die sich auf seine Nase setzte.

»Gestern war Vater zur Stadtratssitzung«, platzte Katharina heraus. »Der Rat ist angemahnt worden beim Bau des Gewandhauses. Es geht nicht so recht vorwärts, weil sich die Baumeister streiten und einer den anderen loswerden will.«

»Der Teufel lacht bei Zwistigkeiten«, meinte Johannes.

»Und die Landesherren schimpfen«, ergänzte Katharina. »Vater ist anschließend in den Ratskeller gegangen und kam spät abends völlig betrunken über den Marktplatz getorkelt. Dabei ist er in eine Pfütze voller Unrat gefallen. Mitten in der Nacht gab es Lärm im Haus, Philomena kreischte herum und trieb die armen Mägde aus ihren Kammern. Sie sollten Vater ein Bad bereiten und die stinkenden Sachen waschen. Dann schimpfte sie mit Vater, und es brauchte drei unserer kräftigsten Knechte, ihn ins Bett zu befördern.«

»Ihr habt doch nicht etwa gelauscht?«, fragte Johannes streng.

Während Maria errötend den Kopf senkte, kicherte Katharina. »Aber nein, es war ja so laut, dass wir es hören mussten, auch wenn wir uns die Ohren zuhielten.«

»Was hältst du hier offene Mäuler feil«, fuhr Johannes seinen Sohn an. »Bring einen Krug Sahne für die beiden, damit sie ihn mit nach Hause nehmen können. Lasst eine Süßspeise daraus machen.«

Thomas sprang auf und verschwand im Haus, um gleich darauf mit einem großen Krug wiederzukommen. Ein schmaler weißer Streifen auf seiner Oberlippe verriet, dass er genascht hatte. Johannes erhob sich, um die Mädchen zu verabschieden.

»Wir besuchen Euch bald mal wieder«, versprachen sie.

»Ich begleite euch noch ein Stück des Wegs«, sagte Thomas schnell.

»Aber bleib nicht so lange«, mahnte ihn sein Vater. »Die Kühe müssen zum Melken zusammengetrieben werden.«

»Ja, ja«, knurrte Thomas unwillig. Schon wieder musste der Vater ihn vor den beiden Mädchen demütigen! Ungeduldig lief er vor den beiden her, bis sie den Weg erreicht hatten. Maria trug den Krug, Katharina das leere Bündel und Thomas ging zwischen ihnen. Die Sonne neigte sich im Westen über dem Wald und stand ihnen im Rücken. Ihr Licht vergoldete die Silhouette der Stadt. Eine gute Stunde vor ihnen lag das Rannische Tor mit seinem eckigen Turm, der durch eine Welsche Haube gekrönt wurde.

Die beiden Mädchen fühlten sich keineswegs schutzlos, wollten aber ihrem Freund Thomas die Freude lassen, sich als ihr Beschützer zu fühlen.

»Hier, halte mal«, sagte Maria und drückte Katharina den Krug in die Hand. Sie raffte ihre Röcke und sprang seitwärts vom Weg hinter die Büsche.

»Sie hat zu viel Wein getrunken«, spottete Katharina. Sie blieb mit Thomas auf dem Weg stehen. »Und du hast von der Sahne genascht.«

Sie stand ganz dicht vor ihm und strich sacht mit der Spitze ihres Zeigefingers über seine Oberlippe. Thomas hielt ganz still, und seine Wangen röteten sich. Diese sachte Berührung brachte sein Blut und Wallung und ließ es sich unterhalb seines verknoteten Gürtels konzentrieren.

»Da, siehst du?« Sie hielt ihm ihren Zeigefinger hin. Thomas starrte darauf, und sein Atem ging schneller. Plötzlich steckte Katharina den Finger in den Mund und lutschte die Sahne ab. Mit offenem Mund starrte Thomas sie an.

»Schmeckt gut«, stellte sie fest, und in ihren Augen funkelte es übermütig. Im nächsten Augenblick stellte sie sich auf die Zehenspitzen und berührte mit den Lippen seinen Mund. Ihre kleine, rosige Zungenspitze fuhr über seine Oberlippe, kehrte auf der Unterlippe zurück, um sich dann keck zwischen beide zu drängen. Einen Herzschlag lang war Thomas so verblüfft, dass er wie eine Salzsäule stehen blieb. Im nächsten Augenblick jedoch nahm er Katharinas Kopf in die Hände und hielt ihn fest. Dann erwiderte er diesen Kuss, und seiner war nicht mehr ganz so unschuldig wie der Katharinas.

»Was macht ihr denn da?« Maria stand plötzlich neben ihnen und strich ihre Röcke glatt.

Die beiden fuhren auseinander und erröteten heftig.

»Thomas hat genascht«, kicherte Katharina.

Thomas trat zwei Schritte zurück und jetzt warf er Katharina einen erbosten Blick zu. Verlegen versuchte er, mit den Händen die Beule an der Vorderseite seiner Hose zu verdecken.

»Was suchst du da?«, wollte Katharina wissen.

»Ich ... ich habe noch etwas für euch. Ein kleines Geschenk.« Mit einer Hand nestelte er unter seinem Hemd herum, die andere hielt er immer noch vor seine Lenden. Dann zog er etwas hervor, das die beiden nicht gleich erkennen konnten. Neugierig traten sie näher. Es waren zwei kleine Holzschnitzereien. Er streckte die Hand aus. »Für jede von euch«, flüsterte er mit belegter Stimme.

Sie nahmen vorsichtig die beiden Schnitzereien auf. »Oh, das sind ja Kühe!«, rief Maria erfreut. Thomas hatte sie grob aus weichem Lindenholz geschnitzt, aber sie waren unzweideutig zu erkennen. »Damit ... damit ihr euch an mich erinnert«, stammelte er. »Ich ... ich muss jetzt umkehren. Vater wartet auf mich.«

Und schon sahen sie nur noch seinen Rücken. Gegen die tief stehende Sonne hob sich seine Gestalt dunkel ab.

Katharina hob schützend die Hand über die Augen und blickte ihm nach. »Der war aber jetzt komisch«, stellte sie kopfschüttelnd fest.

»Wenn du ihn auch so in Verlegenheit bringst«, tadelte Maria. »Schäm dich, ihn zu küssen.«

»Ich habe ihn nicht geküsst«, verteidigte sich Katharina. »Das war er. Wahrscheinlich hat er davon Bauchschmerzen bekommen, weil er die Hand so davorhielt. Oder von der Sahne, die er genascht hat.«

Maria stieß den Atem heftig durch die Nase aus. »Nein, das hatte einen ganz anderen Grund. Aber den zeige ich dir in dem Buch, das ich gefunden habe. Männer bekommen nicht nur Haare wie ein Wolf sonder auch ein Horn wie ein Einhorn.«

»Auf der Stirn?«, staunte Katharina.

»Nein, am Bauch. Und nun lass uns lieber gehen, bevor die Sonne ganz verschwindet.«

Sie liefen weiter. Vereinzelt kamen Bauern mit ihren Wagen aus der Stadt zurück, wo sie ihre Waren verkauft hatten.

»Erzähl doch, was das für ein Horn ist, das die Einhörner – nein, die Männer – bekommen«, drängte Katharina. »Woher weißt du das denn? Wozu haben die Männer das Horn? Kämpfen sie damit?«

Maria schritt immer schneller aus, das Gesicht stur nach vor gewandt. Katharina rannte beinahe, um den Anschluss nicht zu verlieren. »So warte doch! Warum rennst du denn so?« Katharina kam ganz außer Atem.

»Frag mich nicht danach«, fuhr Maria sie an. »Hätte ich nur nichts gesagt.«

»Du hast es aber gesagt. Und nun will ich Bescheid wissen. Alles, was in Büchern steht, ist wichtig, hat Vater gesagt. Und auch der Magister bezieht sein Wissen aus den dicken Büchern. Leider lässt er mich nicht hineinschauen, obwohl ich ihn schon mehrmals darum gebeten habe. Er liest immer nur daraus vor.« Sie dachte nach. »Wieso gibt es dann ein Buch, von dem weder der Magister noch Vater etwas wissen?«

Maria blieb plötzlich stehen. »Vater weiß ganz sicher davon. Wer sonst hätte es wohl mitgebracht? Es befindet sich oben auf dem Warenboden in einer Truhe. Der Magister weiß sicher nichts davon, denn er unterrichtet doch ganz andere Dinge an der Universität. Die Bilder in dem Buch ... nun ja, die sind wie in der Kirche von Adam und Eva, aber ohne das Feigenblatt.«

Katharina rollte mit den Augen. »Wenn es solche Bilder wie in der Kirche sind, dann ist es doch nichts Schlimmes. Warum hast du mir nicht schon längst was gesagt? Warum behältst du solche Sachen für dich?« Ihrem Gesicht war recht deutlich anzusehen, dass sie mit Marias Verhaltensweise nicht einverstanden war.

»Ach, lass mich in Ruhe! Hätte ich dir bloß nichts davon erzählt. Du wirst alles schon noch zeitig genug erfahren.«

»Und wieso weißt du es dann und ich nicht?«, empörte sich Katharina.

»Weil ich die Ältere bin! Du musst eben warten!« Maria eilte weiter, während Katharina in maßlosem Zorn stehen blieb.

Sie waren schon nahe der Stadt. Linker Hand lag die Funkenburg. Von den Gerbereien der Vorstadt drangen unangenehme Gerüche zu ihnen herüber. Maria beschleunigte noch ihren Schritt, ohne sich nach Katharina umzuschauen.

Kurz vor dem Stadttor südlich der *Via Regia* stand die alte Jacobskirche mit der dahinterliegenden Jacobspfarrei. Sie war in grauer Vorzeit von schottischen Missionsmönchen gegründet worden. Nun lag sie still und fast vergessen. Krächzende Raben hatten sich auf ihr niedergelassen und beäugten den Verkehr auf der Straße zum Tor. Nicht selten fiel von den Wagen etwas herab, auf das sie sich dann stürzten und um die Beute kämpften. Danach saßen sie wieder einträglich auf dem Kirchendach, um nach neuer Beute zu äugen.

Ihr gegenüber befand sich die Jacobsmühle, die früher einmal zur Kirche gehörte. Der Elstermühlgraben, der von den Mönchen vor vielen Jahren angelegt wurde, betrieb das ächzende Wasserrad. Seit vielen Jahren betrieb nun die Familie Thümmel diese Getreidemühle.

Ein Fuhrwerk kam aus der Mühle gefahren. Zwei stämmige Ochsen zogen mit gesenkten Köpfen den schweren Wagen, der mit Mehlsäcken beladen war. Der Bauer fluchte und schrie die Ochsen an, die sich quer zur Straße stellten. Vergeblich schlug er mit einer Rute auf die Tiere ein, um sie dazu zu bewegen, den Wagen in Richtung Westen zu ziehen.

Katharina ging dem Fuhrwerk in großem Boden aus dem Weg. Diese massigen Tiere waren ihr unheimlich, vor allem ihr stierer Blick und das bösartige Schnauben. Sie wich in Richtung der alten Jacobskirche aus, die langsam im Schatten der untergehenden Sonne versank. In diesem Licht und aus der Nähe wirkte das alte Gebäude noch unheimlicher.

Maria blieb indes kurz vor dem Stadttor stehen und schaute sich suchend um. Sie blinzelte gegen die tief stehende Sonne, um Katharina zu sehen. Schützend legte sie die Hand über die Augen, aber sie konnte ihre Schwester nicht entdecken. Katharina beobachtete Marias Bemühen. Leise lachend lief sie weiter auf die Kirche zu.

»Such mich doch«, murmelte sie und hoffte, dass sie Maria einen gehörigen Schreck einjagen würde. Fast unsichtbar im Schatten der Kirche wollte sie warten, bis Maria wirklich ängstlich wurde. Sie presste sich in eine der Nischen in der Kirchenmauer. Plötzlich gewahrte sie hinter sich eine Bewegung. Sie fuhr herum.

Im Schatten des Spitzbogens stand ein Mönch. Seine Kapuze hatte er aus dem Gesicht geschoben. Er war hager, fast dürr. Aus seiner Kutte ragten dünne, knorrige Arme von einer seltsamen erdigen Farbe. Seine Gesichtshaut spannte sich ledern über den knochigen Schädel, aus dem eine lange, spitze Nase herausragte. Selbst sein Haar, das kranzförmig die Tonsur umschloss, wies die Farbe von erdigem Lehm auf. Er rührte sich nicht, aber seine tief liegenden, kleinen Augen starrten sie fiebrig glänzend und voller Gier an.

Für einen Moment stand Katharina wie gelähmt. Dann stieß sie einen gellenden Schrei aus. Vom Dach der Kirche flogen die Krähen mit protestierendem Gekrächze auf. Katharina raffte ihr Kleid und rannte, als wäre der Teufel persönlich hinter ihr her.

»Da bist du ja«, rief Maria vorwurfsvoll, als sie Katharina kommen sah. »Wo warst du ...«

Sie stockte, als sie das kalkweiße Gesicht ihrer Schwester bemerkte. »Was hast du denn?«

Katharina bebte am ganzen Leib. Sie packte Marias Arm und zerrte sie zum Stadttor. »Komm, schnell!«

Widerstrebend ließ sich Maria mitziehen. »Nun rede doch, was ist geschehen?«

»Ich ... ich habe ihn gesehen«, japste Katharina und ihre Stimme zitterte wie ihr ganzer Körper.

»Wen?«, fragte Maria verständnislos.

»Den ... den schwarzen Bruno!«

»Was? Hier?«

»Ich sagte dir doch, er war es! Er erschien wie aus dem Nichts, stand an der Kirchenmauer von St. Jacob.«

»Wer weiß, wer das war. Dort gibt es viele Mönche ...«

»Er war es! Er war ganz verrunzelt wie Alraun und ganz aus Erde.«

»Aus Erde?«

»Ja doch! Aus Lehm. Er sah so erdfarben aus, die Haut, die Haare und sein Blick ...« Sie schüttelte sich wie ein nasser Hund.

»Sein Blick war aus Lehm?«

»Nein, sein Blick war irre. Ich habe noch nie so schreckliche Augen gesehen!«

Nun blickte sich auch Maria furchtsam um, aber sie konnte nichts entdecken. Der Bauer hatte seinen Ochsenkarren wieder in die Spur bekommen und langsam zog das Gefährt nach dem Dörfchen Lindenau zu. Er würde am Kuhturm vorbeikommen, Thomas zuwinken und dieser würde freundlich zurückwinken, ihm einen schönen Abend wünschen und dann mit dem Vater das Abendessen einnehmen. Alles war wie immer.

»Wir sollten zusehen, dass wir nach Hause kommen«, drängte Maria schließlich. Mit spitzen Fingern zupfte sie Katharina eine schwarze Rabenfeder aus dem Haar und ließ sie zu Boden gleiten. »Vielleicht war es auch nur ein großer Rabe.«

Die beiden Mädchen atmeten erst wieder auf, als sie sich innerhalb der Stadtmauern befanden. Noch war es ein Stück des Wegs. Sie hielten sich fest an den Händen und eilten durch die Gassen, die hinauf zum Markt führten.

Vor dem Handelshaus Preller standen zwei große Planwagen

und wurden abgeladen. Über einen ausladenden Balken am Giebel, an dem eine große Rolle befestigt war, zogen die kräftigen Knechte die Ballen und Säcke hinauf auf den Speicherboden. Ein anderer schirrte die kräftigen Pferde aus und führte sie in den Stall. Sie machten einen heftigen Lärm, riefen sich Kommandos zu, fluchten, lachten, trieben Scherze.

»Mir scheint, wir haben Besuch«, stellte Maria fest. »Das sind nicht unsere Wagen.«

»Besuch? Hoffentlich kommt er von sehr weit her und hat viel zu erzählen.« Katharinas fliegender Atem beruhigte sich langsam.

»Wir werden sehen. Sehen wir auch ordentlich aus?« Sie betrachtete zunächst ihre Schwester kritisch, dann sich selbst, zupfte das Kleid gerade und ordnete das Haar. Danach ergriff sie wieder Katharinas Hand. Gemeinsam betraten sie das altehrwürdige Handelshaus. Den kleinen Vorfall hatten sie in diesem Augenblick schon wieder vergessen.

Der Gast

Wo kommt ihr denn jetzt erst her?« Die Amme schlug entsetzt ihre kurzen dicken Arme über den Kopf zusammen. Eigentlich war es ein Wunder, dass sie diese Bewegung beherrschte, denn ihre Arme waren so kurz, dass sie kaum die Hände vor ihrem kugelrunden Körper falten konnte. Sie trug ein unförmiges, dunkelblaues Kleid, das ihren Körper nur ungenügend verhüllte, und auf dem Kopf eine weiße Haube mit engem Kinnband.

»Die ganze Stadt habe ich nach euch absuchen lassen. Wie könnt ihr mir so einen Schreck einjagen und nicht sagen, wohin ihr geht? Wolltet ihr nicht nur bis zum Fluss, um von den Fischern frische Fische zu kaufen?«

Katharina holte erschrocken Luft und schlug sich die Hand vor den Mund. »Die Fische! Die haben wir glatt vergessen!«

Die Amme stemmte nun die Fäuste in die Hüften, nun sah sie aus wie ein runder Topf mit zwei Henkeln. »Wenn wir uns auf euch verlassen hätten, dann gäbe es heute nichts zum Nachtmahl, und wir hätten unserem Gast nichts anzubieten.«

»Ach, die Vorratskammer in diesem Haus war noch nie leer«, erwiderte Katharina keck. »Da gibt es eben heute keinen Fisch.«

»Das könnte dir wohl so einfallen«, schimpfte die Amme. »Walburga ist natürlich hinunter zum Fluss gelaufen und hat einem der Fischer wunderbare Plötzen, Karauschen und ein paar Krebse abgekauft.«

Maria ging in die Küche und stellte den Krug mit Sahne auf den Holztisch, auf dem eine Küchenmagd die Fische ausnahm. Von der Decke hing das runde Eisengestell mit den Krebsen, von denen wie Tränen das Wasser tropfte.

»Mit den besten Grüßen vom Kuhtürmer. Wir wünschen uns eine Süßspeise daraus.«

»So, so, die holden Damen wünschen eine Süßspeise und wir wissen sowieso schon kaum, wo uns der Kopf steht vor lauter Arbeit. Treiben sich am Kuhturm herum, anstatt in der Nähe des Hauses zu bleiben, wie es sich für anständige, sittsame Mädchen gehört.«

»Sind wir nicht sittsam?«, wollte Katharina wissen und tunkte ihren Finger in das Schmalzfass. Sie schleckte ihn ebenso ab wie zuvor den Finger mit Sahne von Thomas' Lippen.

»Es schickt sich nicht, dass zwei junge Damen wie ihr mutterseelenallein draußen vor der Stadt herumwandern, ohne männlichen Schutz und mit wehenden Haaren.«

»Wir hatten männlichen Schutz«, widersprach Katharina. »Thomas ist uns entgegengekommen und hat uns auch wieder hergebracht.«

»Pah, Thomas ist nur ein Kuhjunge. Ihr aber seid die Töchter des angesehenen Kaufmanns Hieronymus Preller. Das ist etwas ganz anderes.«

Maria lugte in einen anderen Topf, in dem Gemüse garte. »Wollt Ihr mal kosten, Fräulein Maria?«, fragte die Köchin und reichte ihr einen Holzlöffel. Maria fischte eine gedünstete Schalotte heraus.

»Ich warte lieber auf die Süßspeise.« Katharina zog ihr kleines Näschen kraus.

»Ihr solltet euch jetzt waschen und umkleiden. Philomena ist schon völlig neben sich. Euer Vater hat einen Gast zum Abendessen eingeladen und sie stellt wieder alles auf den Tisch, was dieses Haus zu bieten hat. Wir müssen noch eine Tafel anbauen.«

»Wer kommt denn noch zum Essen?«, wunderte sich Maria.

»Tante Brigitte natürlich und der Magister mit drei seiner Studiosi, außerdem zwei Ratsherren. Ach ja, und den Vater eurer seligen Mutter hat er auch eingeladen, aber der hat dankend abgelehnt. Wegen Philomena.«

Katharina kicherte wieder. »Er kann Philomena nicht leiden. Aber er kann doch nicht verlangen, dass Vater Zeit seines Lebens Witwer bleibt.«

»Darüber steht euch zwei jungen Hühnern überhaupt kein Urteil zu«, belehrte die Amme sie. »Und nun tummelt euch, damit ihr zum Essen fertig seid. Ich schicke euch eine Magd, die euch beim Umkleiden hilft.«

Die beiden Mädchen liefen lachend die Holztreppe hinauf, die ins erste Obergeschoss führte, wo ihre Kammer lag. Währendessen ging die Amme zu Philomena, um sie zu beruhigen.

»Die Kinder haben sich wieder eingefunden«, meinte sie recht gleichmütig, als wäre nichts vorgefallen. »Sie haben nur Sahne geholt.«

Philomena fuhr herum und blitzte die Amme strafend an. »Du hättest besser auf sie aufpassen müssen. Der Herr war sehr ungehalten und ich habe natürlich seinen Zorn abbekommen. Ich kann mich nicht um alles kümmern, vor allem nicht, wenn Gäste kommen. Schließlich weiß ich, was ich dem Hausherrn schuldig bin. Es soll doch alles ohne Tadel sein.« Ihre Augen wanderten nervös über die Tafel und prüften zum hundertsten Male die Platten, Tabletts, Pokale, Becher, Gläser, die Silberleuchter, den Tafelaufsatz, das Salzfässchen und die fleckenlosen Leinentücher.

Die Amme zuckte nur mit den Schultern. Sie wusste, dass kein Wort von Philomena der Wahrheit entsprach. Hieronymus ließ seinen Töchtern so ziemlich alles durchgehen und kümmerte sich kaum um ihre Erziehung. Er hatte lediglich durchgesetzt, dass der Magister den Mädchen Unterricht in Latein, Historie, Bibelgeschichte und Naturwissenschaften gab. Das Lehren des Rechnens,

Schreibens und Lesens übernahm er selbst oder übergab diese Aufgabe dem Kontoristen und Buchhalter seines Hauses. Ansonsten verwöhnte er die Zwillinge nach Strich und Faden, kleidete sie prächtig, stattete sie mit Schmuck, Tand und unnützem Kram wie Büchern aus.

Die Amme kämpfte vergeblich gegen solche Art der teuflischen Verführung an, wie auch gegen Philomena. Eines Tages hatte Hieronymus Philomena von einer Reise mitgebracht. Sie stieg aus dem Wagen und verursachte einen Auflauf auf dem Markt. Denn Philomena fiel sofort auf. Sie war groß und schlank wie eine Palme. Und sie war schön, außerordentlich schön. Ihre körperlichen Vorzüge wusste sie durch kostbare und anschmiegsame Kleidung zu unterstreichen. Obwohl es Winter war, als sie ankam und ihre Kleidung hochgeschlossen, konnte wohl jeder erahnen, was sich unter den fließenden Samtstoffen und edlem Tuch versteckte. Das Oberteil ihres Kleides lag eng an und zeigte zwei wohlgeformte Brüste, die durch die Spitze, die den tiefen Ausschnitt wegen der Kälte verhüllte, immer noch durchblitzten. Vom weichen Ledergürtel um ihre schlanke Taille fiel der lange, weit ausgestellte Rock in ebenmäßigen Falten bis auf den Boden und lief in einer langen Schleppe aus, die von einer Zofe getragen werden musste, um nicht zu verschmutzen. Über dem Kleid trug Philomena einen pelzbesetzten Mantel und auf dem Kopf eine perlenbesetzte und bestickte orientalische Kappe.

Sie hatte rabenschwarzes, glänzendes Haar, das ihr bis zum Hinterteil reichte und das sie zu einem dicken Zopf geflochten trug, der mit golddurchwirkten Bändern umschlungen war. Ihre Haut schimmerte golden, und in ihrem ebenmäßigen Gesicht wurden grünliche Katzenaugen von einem Kranz dunkler Wimpern eingefasst.

Stolz wie ein Gockel hielt Hieronymus bei ihrer Ankunft ihre schmale Hand und geleitete sie unter dem Staunen der Gaffer ins Haus.

»Das ist Philomena«, sagte er. »Sie wird bei uns bleiben.«

Das war alles. Keiner wusste, wo sie herkam, keiner wusste, wer sie war. Sie war einfach da, teilte mit ihm Tisch und Bett und nahm die Pflichten einer Hausherrin wahr. Doch sie war weder mit Hieronymus verheiratet, noch schien er diese Absicht überhaupt zu hegen. Philomena gehörte einfach dazu wie der Buchhalter, die Amme, die Kinder, die Handelsgehilfen. Nur, dass sie das Vorrecht besaß, nachts an seiner Seite zu sein.

Sie mischte sich nie in innerfamiliäre Angelegenheiten ein. Solange die Zwillinge kleiner waren, überließ sie es völlig der Amme, sich um die Mädchen zu kümmern und sie zu erziehen. Später dann, als die beiden zu jungen Damen heranreiften, suchte sie freundschaftlichen Umgang mit ihnen. Sie beriet sie bei modischen Fragen, musizierte mit ihnen oder sie saßen an den Abenden bei gemeinsamen Handarbeiten. Besonders die Gobelinstickerei hatte es Philomena angetan und Hieronymus musste ihr die feinsten und wertvollsten Fäden versorgen.

Manchmal tanzte sie mit den Mädchen Reigentänze, die so viel Spaß machten, dass sie danach alle ausgelassen lachten.

Philomena kümmerte sich um den Haushalt, verwaltete den Schlüssel zur Speisekammer, beschäftigte die Mägde und Knechte, verteilte Aufgaben und Strafen, schlichtete Streit zwischen den Mägden und kümmerte sich um Hieronymus' leibliches Wohlergehen. Er belohnte sie dafür fürstlich mit Geschenken, wunderschönen Kleidern, Schmuck und Zärtlichkeiten.

Die heimliche Hausherrin war nicht ungebildet, was die Amme zu den abenteuerlichsten Vermutungen verleitete. Sie sprach Italienisch und Provenzalisch, kannte Lieder in völlig unbekannten Sprachen. Sie spielte meisterhaft Laute, aber auch Schach und ein anderes Spiel mit schwarzen und weißen Steinen, las jedes Buch, das sie in die Finger bekommen konnte und malte mit zarten Pinselstrichen kleine Miniaturbilder, mit denen sie das ganze Haus schmückte.

Überhaupt wirbelte sie den ganzen Haushalt durcheinander, ließ ständig die Möbel umstellen, brachte die Mägde bezüglich der Speisenzubereitung schier zur Verzweiflung und schmückte jede Ecke des Hauses mit frischen Blumen, gestickten Kissen, Spitzendeckchen, Vorhängen, Glasschalen, Silberschüsseln und mit Süßigkeiten gefüllten Tellern. Hieronymus' Sammelleidenschaft allerlei exotischer Dinge kam ihr dabei sehr entgegen.

Das alles war der Amme ein Dorn im Auge. Angestachelt von Tante Brigitte, die ihr Entsetzen über Hieronymus' neue Herzensdame nicht verhehlen konnte, kämpfte sie einen aussichtslosen Kampf. Die arme Amme war ja nur halb so groß und viermal so breit wie Philomena, konnte ihr weder geistig noch körperlich das Wasser reichen und musste sich bei jeder Auseinandersetzung geschlagen geben. Das hielt sie jedoch keineswegs davon ab, es beim nächsten Mal wieder zu versuchen, Philomena in die Schranken zu weisen.

An diesem Abend schien Philomena recht gereizt und nervös zu sein. Das lag nicht nur daran, dass die Mädchen den halben Tag verschwunden waren. Jetzt waren sie ja wieder da und für den Rest war ohnehin die Amme verantwortlich. Nein, Hieronymus hatte ihr aufgetragen, besonders sorgfältig bei der Vorbereitung des Essens zu sein, denn er hätte eine Überraschung.

Hieronymus führte seinen Gast im Haus herum, zeigte ihm die Warenlager und Speicherböden, das Kontor, den Garten und seine Sammlungen und führte ihn zu guter Letzt in den großen Raum, in dem die Tafel aufgebaut war.

Philomena verwandelte sich von einem Augenblick zum anderen. Sie kreuzte ihre Hände über ihrem tiefen Ausschnitt, so dass nur noch das rubinbesetzte Kreuz ihrer Kette hervorschimmerte und senkte demutsvoll den Blick, nicht ohne den Gast zuvor vielversprechend anzufunkeln.

»Das ist meine geliebte Philomena, die Sonne meiner dunklen Nächte«, stellte er sie ihm vor.

Der Mann, der sich etwa in Hieronymus' Alter befand und ähnlich kostbare Kleider trug wie der Kaufmann, deutete eine Verbeugung an, während gleichzeitig ein erfreuter Glanz in seine Augen trat.

»Das, liebe Philomena, ist mein Freund Sikora, Kaufmann aus der schönen Stadt Krakau. Wir kennen uns schon fast ein ganzes Leben lang und haben schon viele gute Geschäfte miteinander getätigt. Wir trafen uns bisher immer auf Reisen, zum ersten Mal darf ich ihn in meinem Haus begrüßen. Es ist mir eine besondere Freude.«

»Es ist auch meine Freude, Euch begrüßen zu dürfen«, hauchte sie, ohne den Blick zu heben.

»Die Freude ist ganz meinerseits.« Kaufmann Sikora wusste, was sich gehörte im Haus eines Freundes. An einem anderen Ort hätte er nicht so viel Federlesen mit Philomena gemacht. Sie war die Frau, die einem Mann nachts die Sonne scheinen ließ. Dieser Preller war wirklich ein Glückspilz!

Gleichzeitig mit den beiden geladenen Ratsherren, die sich in ihrem prächtigsten Staat präsentierten, traf auch Magister Siebenpfeiffer mit drei seiner Studiosi ein. Hieronymus machte sie alle miteinander bekannt und bat sie dann zur Tafel.

»Und wo sind meine beiden reizenden Töchter?«, wollte er wissen.

»Sie kommen schon, sie kommen schon«, rief die Amme eifrig und schubste die beiden sich zierenden jungen Damen in den Raum. Sittsam neigten die Mädchen die Köpfe und stießen sich gegenseitig kichernd an. Hieronymus eilte mit einem erfreuten Laut auf sie zu und legte um jede einen Arm.

»Und hier seht Ihr meinen ganzen Stolz: Maria und Katharina.«

Sikora staunte. »Wie könnt Ihr sie denn auseinanderhalten, Preller?«

Hieronymus lachte dröhnend. »Nichts leichter als das. Diese hier ist Maria und diese hier ist Katharina.«

»Aber woran seht ihr das? Sie sehen beide gleich aus.«

»Das, mein lieber Sikora, ist mein Geheimnis. Es gibt schon kleine Unterschiede. Man muss nur genau hinschauen.«

»Mir fallen bald die Augen heraus, aber ich sehe sie nicht«, gab der Gast zu.

»Kommt, meine Täubchen, und nehmt Platz an der Tafel, die ich zu Ehren unseres Gastes ausrichte.«

Alle nahmen nun ihre Plätze ein, Hieronymus am Kopf der Tafel, sein Gast zu seiner Linken. Ihm gegenüber saß Philomena und neben ihr die beiden Ratsherren. Dann folgten Maria und Katharina und ihnen gegenüber hatten Siebenpfeiffer und die drei Studiosi Platz gefunden. Die jungen Männer wagten vor lauter Ehrfurcht kaum zu atmen, obwohl man sonst von den Studenten ein ganz anderes Auftreten gewöhnt war. Aber im Hause des bekannten und reichen Kaufmanns Preller verstummten selbst sie.

Katharina konnte ein Kichern kaum unterdrücken und warf einem der drei immer wieder kokette Blicke zu, bis er errötete wie ein junges Mädchen. Siebenpfeiffer blieb verschlossen wie immer und schwieg auch während des gesamten Essens. Sonst wäre die Tafel eher locker und unterhaltsam gewesen, wenn nicht Tante Brigitte den beiden Ratsherren gegenüber ihren Platz zugewiesen bekommen hätte.

Mit hochmütigem Gesicht strafte sie Philomena durch totale Nichtachtung. Ihr vertrocknetes Gesicht warf tausend Falten, die wahrscheinlich nur durch ihr festes Kinnband unter Kontrolle zu halten waren. Das Kinnband war derart fest gewickelt, dass sie kaum reden, geschweige denn essen konnte. Das tat sie denn auch nicht, und ihr Anblick war den beiden Ratsherren während des Essens nicht unbedingt anregend. Trotzdem ließen sie sich nicht die Köstlichkeiten entgehen, die Hieronymus nun auffahren ließ und dabei Philomenas Hand tätschelte.

Die Amme durfte nicht an dem Essen teilnehmen, weil sie nicht zur Familie gehörte. Auch das war ein Grund für Zänkereien mit Philomena.

Die Mägde schleppten Schüsseln mit Fisch und Fleisch, Mehlklößen und Pasteten herein, Platten mit gebackenen Innereien und Süßigkeiten, frischer Butter, kandierten Früchten und Keksen.

Katharina nutzte aus, dass die gestrenge Amme nicht bei Tisch saß und kokettierte mit dem hübschen Studiosus gegenüber. Sie rollte einen der kugeligen Pfannkuchen über den Tisch, der ihm in den Schoß fiel. Er zuckte zusammen und senkte sein Gesicht. Aber sie sah, dass er lächelte.

Die beiden anderen Studenten merkten natürlich gleich, was sich zwischen den beiden abspielte, schwiegen aber diskret. Stattdessen rollte ein zweiter Pfannkuchen zu Katharina zurück. Sie nahm ihn so in die Hand, dass er es genau sehen konnte. Dann führte sie das Gebäck an ihre Lippen und küsste es. Auch Maria sah das, und ihr Mund blieb offen stehen wie der des armen Studenten. Und ehe sie sich versahen, biss Katharina mit ihren kleinen weißen Zähnen hinein.

»Schmeckt«, murmelte sie kauend.

Der Student räusperte sich verlegen. Seine Finger zitterten, als er zum Messer griff und ein Stück Fleisch anstach. Er nahm allen Mut zusammen, hob die Augen und begegnete Katharinas Blick. Auch sie griff zu ihrem zierlichen Messer und spießte in das Stück Fleisch. Mit einem feinen Knirschen berührten sich die Stahlspitzen auf der Fleischplatte. Beide hielten den Atem an, während ihre Messerspitzen umeinander kreisten. Mit starrem Blick verfolgte Maria dieses Spiel. Was war bloß in Katharina gefahren?

»Wie heißt Ihr?«, fragte Katharina und beugte sich über den Tisch, dass ihre apfelförmigen Brüste beinahe aus dem Mieder kugelten. Die Augen des Studenten irrten zwischen Katharinas Gesicht und diesem zu verlockenden Anblick hin und her. Sein Adamsapfel hüpfte auf und ab, und er begann unruhig auf einer Bank zu rutschen.

»Claudius«, krächzte der Student und rang nach Luft. »Claudius Agricola.«

»Studiert Ihr auch das Lateinische?«, wollte sie wissen.

»Sicher«, erwiderte er. »Ich gehöre der Rechtsfakultät an und befinde mich bereits im Quadrivivum.« Er gewann seine Sicherheit wieder zurück, während er über Dinge sprach, über die er Bescheid wusste.

»Interessant«, hauchte Katharina. »Soll ich Euch ein Geheimnis verraten?«

Der Student nickte eifrig und beugte sich vor, so weit er konnte. Auch Katharina beugte sich noch ein bisschen weiter vor. Ihre Brüste lagen nun auf dem Tisch und wurden ein wenig weiter nach außen gedrückt. Der Student starrte darauf und es tat ihm leid, dass Katharina ihren schönsten Körperteil auf diese Weise so malträtierte. Andererseits kam er in den Genuss, fast die gesamte Pracht bis hin zu den rosa Spitzen zu sehen, was ihm glatt den Atem verschlug.

»Euer Magister unterrichtet uns beide auch, meine Schwester und mich. Er ist unser Patenonkel. Wir beherrschen Latein und Griechisch und wissen auch über die Bibel und die Rechtskunde und Geometrie und Algebra Bescheid.«

»Ach!« Er schien ehrlich überrascht. Dann beugte er sich noch weiter vor und veranlasste damit auch Katharina zu einer weiteren Bewegung. »Ich habe auch ein Geheimnis«, flüsterte er.

Katharinas Augen leuchteten auf. »Verratet es mir!«

»Ich heiße Klaus Landmann.«

Sie lachte laut und schallend auf, dann drohte sie ihm mit dem Finger. »Ihr seid mir ein rechter Schelm!«

Sofort war ihnen die Aufmerksamkeit der anderen gewiss.

»Das sind die Studenten doch alle«, bemerkte Hieronymus.

Jakob Siebenpfeiffer warf Klaus einen maßregelnden Blick zu.

»Tatsächlich? Er unterrichtet Frauen?« grinste Klaus zu Katharina. Diese nickte. Maria stieß sie tadelnd mit dem Ellenbogen in die Rippen.

»Au!« Katharina wandte sich empört zu ihr um. »Was hast du denn?«

»Du benimmst dich unmöglich!«, zischte Maria.

Katharina warf eigenwillig den Kopf in den Nacken. »Lebt Ihr denn auch in einer Burse?«, wollte sie von Klaus wissen und ignorierte Maria.

»Nein, in Magister Siebenpfeiffers Haus, wie meine beiden Kommilitonen.«

»Warum haben wir Euch noch nie gesehen?«

Klaus zuckte bedauernd mit den Schultern. »Die Studien ...«, seufzte er.

Das Mahl war beendet, und Hieronymus bat seine Gäste in das angrenzende kleinere Kaminzimmer, wo sich auch seine exotische Sammlung befand. Im Kamin knisterte ein kleines Feuer und vertrieb die Kühle des frühen Sommerabends. Walburga brachte mehrere Krüge mit gewürztem Wein und die Gäste gruppierten sich zwanglos um Hieronymus und seinen Krakauer Gast.

»Nun will ich auch das Geheimnis um meinen Gast lüften«, begann Hieronymus, »und warum ich euch alle eingeladen habe.« Er blickte in die Runde. Die drei Studenten schauten interessiert wie die beiden Ratsherren. Nur Siebenpfeiffers Gesicht blieb undurchdringlich.

»Mein Freund Sikora ist ein Händler und Reisender wie ich, aber er hat etwas getan, das ich nicht getan habe und worum ich ihn glühend beneide. Er war im fernen Reich des chinesischen

Kaisers. Wahrscheinlich fehlt mir wohl der Mut dazu, denn die Welt ist größer und wilder, als wir es uns wohl vorzustellen vermögen.«

»Die Welt ist endlich und mit unserem menschlichen Geist wohl ganz gut zu erfassen«, entgegnete der Magister herablassend. »Nur für alles, was darüber hinausgeht, braucht man den Glauben.«

»Wo bliebe der Fortschritt in unserer Welt, wenn es nicht den Geist des Forschens und des Suchens gäbe?«, hielt Hieronymus entgegen.

»Euer Forschen und Suchen ist nur eine Sache des Geldes«, winkte der Magister ab. »Ihr wollt mir doch nicht weismachen, dass Ihr forscht um des Forschens willen?«

»Nein«, entgegnete der Kaufmann lächelnd. »Das wäre ja töricht. Alles muss einen Nutzen haben. Ich bereise ferne Länder, um Handel zu treiben, das stimmt. Aber gleichzeitig erforsche ich diese Länder. Das Wissen um andere Völker und Kulturen erweitert den Horizont.« Er blickte sich um. »Indem wir so interessante Dinge aus diesen fernen Ländern zusammentragen, erlangen wir Wissen über fremde Völker.«

Die Amme, die sich klammheimlich dazwischengeschoben hatte, um ihre beiden Schützlinge nicht unter so vielen fremden Männern allein zu lassen, sprang auf. »Kinder, sofort ins Bett! Das ist nichts für eure Ohren!!«

»Oh nein!«, kam der doppelter Aufschrei der Mädchen. »Bitte, Vater, lass uns hier bleiben. So einen weit gereisten Gast hatten wir noch nie zu Besuch. Außerdem wollen wir doch wissen, wie es im Reich dieses Kaisers zugeht.«

»Und ich sage, das ist nichts für junge Damen. Ihr seid schon verderbt genug«, protestierte die Amme.

»Ich halte es auch nicht für schicklich, dass die Kinder dabei sind«, meldete sich plötzlich Tante Brigitte zu Wort. Auf sie hatte bisher keiner geachtet und Hieronymus wusste gar nicht, wie sie in den Raum gekommen war. »Es ist ketzerisches Zeug! Das dürft Ihr nicht zulassen!«

Hieronymus blickte sie ungehalten an. »Ach was, Brigitte, wenn Ihr es nicht ertragen könnt, dann dürft Ihr gern gehen. Meine beiden Töchter werden es wohl überstehen.«

Katharina atmete erleichtert auf und rückte ihren Hocker ein Stück in Klaus' Richtung. Der saß mit seinen beiden Kommilitonen auf einer Bank an der Seite und verfolgte interessiert den Disput. Und er war natürlich neugierig, was der Kaufmann von dem sagenhaften China zu berichten hatte.

Brigitte zog ein beleidigtes Gesicht, setzte sich jedoch wieder.

»Ich habe euch aus verschiedenen Gründen eingeladen«, setzte Hieronymus seine einleitende Rede fort. »Euch, Magister Siebenpfeiffer und Eure Studiosi aus dem Grund, dass Ihr hier die Möglichkeit bekommt, eine wahrhafte Reiseschilderung zu erleben und so ein unendlich fernes Land kennen lernt, ohne Euch selbst dahin zu begeben. Euch, meine Herren vom Rat, um Euch zu überzeugen, wie wichtig Handelsbeziehungen in ferne Länder sind und welchen Segen sie unserer Stadt bringen. Euch, meine geliebten Kinder, und dich, Philomena, meine kleine Nachteule, um euch Kurzweil und Unterhaltung zu bieten. Und Euch, liebe Tante Brigitte, um Euch zu ärgern.«

Tante Brigitte zischte wie eine Natter, blieb aber stocksteif und mit eisiger Miene sitzen. Dafür hopste die Amme unruhig wie eine luftgefüllte Schweinsblase auf ihrem Sitz herum, einer Kissenbank, die sie offensichtlich vorher heimlich hereingeschafft hatte. Hieronymus konnte sich nicht erinnern, sie jemals in diesem Raum gesehen zu haben. Das ausladende Hinterteil der Amme fand gerade Platz auf der Bank, was wohl der Grund für ihre Wahl gewesen war. Es gab kein anderes Sitzmöbel im Haus, außer der Gesindebank in der Küche, auf das dieses Hinterteil sonst passte.

Aufgeregt fasste Katharina nach Marias Hand, als sich Hieronymus seinem Gast zuwandte und ihn bat, seine Schilderung nun zu beginnen.

»Es ehrt mich sehr, dass ich im Hause meines Freundes Hieronymus zu Gast sein darf und er mir die Gelegenheit gibt, die vielfältigen Eindrücke meiner Reise zu schildern.« Er schaute in die Runde und in erwartungsvolle Gesichter. Er hob seinen Becher. »Ich trinke auf das Wohl meines Freundes Hieronymus Preller und seiner Familie, die mich so freundlich aufgenommen hat, und bedanke mich mit einer Schilderung meiner Reise in das Reich des chinesischen Kaisers.«

»Habt Ihr den Kaiser richtig gesehen?«, wollte Katharina wissen.

»Psssst!«, zischte die Amme.

Sikora lächelte. »Nein, natürlich nicht. Keinem Sterblichen ist es vergönnt, ihn zu sehen. Man sagt, er lebe in einer Stadt, in die keine Menschenseele hineinkommt und die er zu Lebzeiten nicht verlässt. Man nennt sie die Verbotene Stadt.«

Es war so leise, dass man nur das Knistern des Holzes im Kamin hörte.

»Das Reich dieses Kaisers ist so gewaltig, dass man es kaum durchmessen kann. Es reicht von Horizont zu Horizont, und niemals geht darin die Sonne unter. Er verwaltet es, indem er es in verschiedene Provinzen unterteilt und in jeder Provinz eine Unmenge Beamte unterhält. Das Ganze ist ein Wunderwerk der Organisation. Das Land ist wunderschön und hat viele verschiedene Landschaften zu bieten: gewaltige schneebedeckte Berge ebenso wie unendliche grüne Ebnen, Hügel und Täler ebenso wie gewaltige Flüsse, Meeresküsten mit seltsam und bizarr geformten Felsen.« Er stockte und griff zu seinem Becher.

Für Katharina versank indes die Welt. Sogar den Studiosus Claudius hatte sie vergessen. Sie wusste, dass es unschicklich war, einen Gast derart anzustarren, aber sie konnte es nicht unterdrücken. Sie suchte zu ergründen, was anders war an diesem Mann, der Orte besucht hatte, die nicht einmal ihre Gedanken oder ihre Phantasie erreichen konnten. Besaß er vielleicht diese seltsamen kleinen, zu Schlitzen verengten Augen der Chinesen oder ihre gelbe Haut? War etwas anders an ihm, als an den Menschen, die hier lebten?

»Ich habe ihre Handelshäuser gesehen«, erzählte er weiter, nachdem er einen Schluck des gewürzten Weins genommen hatte und sich danach die Lippen leckte. »Sie haben mehrere Dächer übereinander.«

Maria riss die Augen auf. »Mehrere Dächer übereinander?«, staunte sie. »Wozu, um alles im Himmel, soll das gut sein?«

Sikora lächelte wissend. »Es ist ihre Bauweise. Man findet sie nicht in allen Gegenden, aber in vielen. Meist liegen sie direkt an einem Fluss. Die Bauten mögen nicht mehr als zwölf Fuß breit sein, sind aber gewiss um die hundert Fuß lang. Sie stoßen mit der Schmalseite an den Fluss. Geht man von der Straße aus hinein, dann wird man von Raum zu Raum geleitet, die wie an einer Kette hintereinander liegen. Alle Räume sind prächtig ausgestattet, mit Holzböden und getäfelten Wänden, die mit Lackmalereien und Einlegearbeiten verziert sind. Je reicher so ein Kaufmann ist, umso reicher ist auch sein Haus geschmückt. Ganz hinten, in der Nähe des Flusses, befindet sich die Küche, wegen der Feuergefahr. Und dahinter tragen die Kulis die Waren von den Booten direkt ins Lager.«

»Was sind Kulis?«, wollte Katharina wissen.

»Tagelöhner, arme Menschen, die sich ihr Brot durch einfache Arbeiten verdienen. Meist besitzen sie nicht mehr als das, was sie auf dem Leib tragen. Sie verrichten die niedersten Arbeiten und stehen in geringem Ansehen. Aber sie bewegen sich wie Ameisen, schleppen Stoffballen, Teebündel, Geschirrkörbe und all die anderen Waren im Laufschritt von den Dschunken in die Häuser.«

»Großer Gott, was sind Dschunken?«, fragte Maria.

»Sei nicht so vorlaut«, rügte die Amme. »Neugier ist eine Untugend, die einem jungen Mädchen nicht ziemt.«

»Lasst sie doch, ehrenwerte Dame«, beschwichtigte sie der Gast. »Sie ist nicht neugierig, sondern wissbegierig. Als Tochter eines Kaufmannes kann man nicht genug von der Welt erfahren, nicht wahr, Maria?«

Maria schlug errötend die Augen nieder, weil sie gemaßregelt wurde. Aber gleichzeitig freute sie sich, dass der Ehrengast Partei für sie ergriff. »So ist es, verehrter Gast«, flüsterte sie.

»Dschunken«, setzte Sikora fort, »sind seltsame flache Schiffe, eher Boote ohne Kiel, und mit nur einem Segel. Sie fahren jedoch sehr gut auf den ruhigen breiten Flüssen und werden manchmal mit langen Stangen manövriert. Sie können viel Ladung aufnehmen, die sich auf dem breiten Boden verteilt und somit nur wenig Tiefgang erzeugt. Ich finde, eine sehr kluge Erfindung, wie überhaupt diese Menschen außerordentlich klug und findig sind.

Ihre Warenlager befinden sich im oberen Stockwerk unter dem Dach, wegen der häufigen Überschwemmungen vom Fluss her. So sind sie geschützt. Braucht man unten in den Verkaufsräumen etwas, dann werden die Ballen, Körbe und Bündel einfach an einem Strick durch eine Luke in der Decke herabgelassen.«

»Ei, was erzählt Ihr für seltsame Dinge, Herr«, ließ sich wieder die Amme vernehmen. »Mir scheint, ihr seid ein Märchenerzähler, der sich das alles nur ausgedacht hat. Wo gibt es Häuser, wohl zwölf Fuß breit und hundert Fuß lang, die voller Seide und Tee und Gewürze sind und deren Küche ganz am Ende ist? Das kann nicht auf Gottes Erde sein.«

»Nun, Ihr seid wohl eine gute Amme, aber ein grauseliges Weib ohne Hirn«, erwiderte der Kaufmann Sikora spöttisch. »Selbstverständlich kann ich alles bezeugen, was ich erzählte, habe sogar Bilder dabei und viele Waren aus dem fernen China. Auch wenn es eine gewaltige Reise dorthin ist, befindet es sich immer noch auf Gottes Erde.«

»Aber das Land ist doch recht gottverlassen, wie mir scheint. Und wenn Ihr länger dort gelebt hat, so scheint es Euch genauso gegangen zu sein.«

Statt wegen ihres losen Mundwerks zu zürnen, lachte der Kaufmann dröhnend. »Was Ihr Euch denkt, Amme. Aber Ihr irrt Euch. Es sind sehr fromme Menschen. Nur heißt Gottes Sendbote auf Erden Buddha. Er ist dick, mit einem richtigen Schwabbelbauch wie unser Propst, und riesigen Ohrläppchen. Er ist fast nackt, trägt eine Pluderhose und Seidenschals und lächelt.«

Er blickte in die mehr als skeptischen Gesichter seiner Zuhörer. »Und sie haben aber nicht nur einen Gott, sondern viele. Darunter sind auch Göttinnen.«

»So sind sie Heiden«, fuhr die Amme dazuwischen.

»Still«, fuhr Hieronymus sie an.

»Es gibt eine Göttin, die die Schiffe der Händler beschützt. Zu dieser beten die Kaufleute vor kleinen Schreinen, in denen ihr Bildnis steht. Sie hat grauselig anzuschauende Helfer mit richtigen Teufelsfratzen. Der eine sieht hundert Meilen weit, der andere hört hundert Meilen weit. Wenn ein Schiff in Not ist, so melden sie es der Göttin, und die eilt dem Schiff zu Hilfe. Natürlich nur, wenn die Eigner und Kapitäne ihr vorher ordentlich im Schrein geopfert haben.«

»Das gefällt mir, Götter, die sich bezahlen lassen«, murrte die Amme. »Kinder, ihr vergesst das alles schnell wieder. Es verwirrt nur den Geist und bringt vom rechten Glauben ab.«

»Wie haltet Ihr es nur mit so einem Weibsbild aus?«, seufzte Sikora, an Hieronymus gewandt.

Der zuckte gleichmütig mit den Schultern. »Sie ist eben die

Amme. Sie muss kein reger Geist sein, schließlich soll sie nicht mein Kontor führen. Ihr reicht ein großer Busen, und den hat sie fürwahr.« Die beiden Männer lachten dröhnend. »Für die leiblichen Genüsse habe ich meine liebe Philomena«, setzte Hieronymus hinzu.

Philomena lächelte liebenswürdig und neigte hoheitsvoll den Kopf. Hieronymus tätschelte ihre im Schoß verschränkten Hände und griff auch gleich mal etwas tiefer zu, was ihr einen kleinen spitzen Schrei entlockte.

»Ferkel«, murmelte die Amme mit einem tadelnden Blick zu Philomena gewandt. Tante Brigitte schloss schnell die Augen.

Herr Sikora klatschte in die Hände. »Mädchen, sputet euch und holt die braune Zedernholzkiste aus meiner Kammer. Aber tragt sie achtsam, damit nichts darinnen kaputtgeht. Es sind geheimnisvolle Dinge, die tausende Meilen Weges hinter sich haben.«

Maria und Katharina sprangen auf und eilten davon, was wieder ein tadelndes Kopfschütteln der Amme hervorrief. Kurze Zeit später brachten sie die Truhe ins Zimmer. Ehrfurchtsvoll stellten sie sie vor dem Gast auf den Boden.

»Nun, öffnet den Deckel«, forderte er sie auf. Mit vor Eifer geröteten Wangen fassten sie gleichzeitig den Truhendeckel und schlugen ihn auf. Der Inhalt wurde von einem weißen Leinentuch bedeckt.

»Eine unwürdige Hülle für diese Kostbarkeiten«, sagte Sikora mit klagender Stimme.

»Unwürdig?«, rief Katharina. »Das ist feinstes Leinen. Wir kennen es vom Vater, der solche edlen Stoffe auch in seinem Lager hat.«

Hieronymus nickte wohlgefällig.

»Oh nein«, widersprach Sikora und schlug das Leinen auf. Darunter kam ein zarter, glänzender Stoff von roter Farbe zum Vorschein. Er entnahm ihn außerordentlich vorsichtig in die Hand und breitete ihn aus. Allen Anwesenden im Raum entfuhr ein

Schrei des Entzückens. Dieser Stoff war nicht nur außerordentlich fein, tausendmal feiner als das Leinen und so leicht wie aus Spinnweben gewebt. Auf dem roten Untergrund kringelten sich goldene Drachentiere mit geblähten Nüstern, vier Flügeln und gänzlich geschuppter Haut. Ihre Zungen, die aus dem Maul schlängelten, waren gespalten wie bei Vipern. Aber alles wirkte kostbar, wie für einen Kaiser gemacht.

Der Gast schien ihre Gedanken erraten zu haben. »Es sind Stoffe für die Mandarine des Kaisers, die allein dieses Rot tragen dürfen. Die Seide wird aus den Fäden einer Raupe gesponnen, die auf Maulbeerbäumen sitzt und sich mit den Blättern vollfrisst. Will sie sich verpuppen, spinnt sie einen Kokon aus feinsten Fäden. Genau dieser Augenblick muss abgepasst werden. Die Kokons werden gesammelt, in heißes Wasser geworfen und der Faden wird wieder abgewickelt. Daraus weben die Chinesen diesen Stoff.«

Ehrfürchtig beugten sich alle über die Truhe und staunten.

»Das ist wirklich unglaublich«, murmelte Hieronymus. »Man sollte es nicht für möglich halten. Dieser Stoff ist zu kostbar, um getragen zu werden.«

Sikora lachte amüsiert. »Im Gegenteil, mein Lieber. Unser Landesherr ist ganz erpicht darauf.«

»Der trägt solche Stoffe?«, staunte Hieronymus.

»Er nicht, aber seine Damen«, amüsierte sich Sikora. »Ein Kleid daraus ist wie ein Hauch, man ahnt, was sich darunter für Köstlichkeiten befinden.«

Die Männer lachten wieder. Philomena unterdrückte begehrliche Blicke. Wahrscheinlich reichte das Vermögen ihres Gönners nicht aus, um ihr diesen Stoff zu kaufen.

Sorgfältig legte Sikora den Seidenstoff zusammen und es blieb nur ein kleines Päckchen übrig, das er wieder in das Linnen einschlug. Allein die Hülle war schon ein Vermögen wert, stellte Maria fest. Ihr schwindelte.

Der Gast versenkte seinen Arm in der Truhe und brachte ein weiteres Bündel heraus. Sorgsam wickelt er den Stoff ab.

»Oh, ist das so ein Gott?«, rief Katharina aus.

»Ganz recht, mein Kind, das ist ein Buddha.«

»Der sieht aus wie einer unsere Mönche unten im Kloster«, jauchzte Katharina. »Der hat auch so ein rundes Gesicht und lacht so albern, wenn er genügend Messwein getrunken hat.«

»Aber die Mönche tragen eine Kutte«, stellte Maria fest.

»Sicher, aber wenn der Mönch keine Kutte anhat, sieht er auch so aus.«

Die Amme schrie entsetzt auf. »Dieses Kind hat eine ganz verdorbene Phantasie. Das kommt von diesen Geschichten. Pfui Teufel, Herr, schickt doch die Kinder zu Bett, damit sie nicht mit solchem Schweinkram verwirrt werden.«

»Bitte nein«, riefen die Schwestern und schauten ihren Vater flehend an. Da kam endlich einmal ein interessanter und außergewöhnlicher Besuch in ihr Haus, und dann sollten sie ausgeschlossen werden, um der Amme willen, die sich um das Seelenheil der Mädchen sorgte.

»Pah, was ist schon dran an einem nackten Mann«, begehrte Katharina auf. »Eine Kugel Fett wie eine Schweinsblase und unten dran ein kleiner Zipfel. Ich frage mich ohnehin, was Gott sich dabei gedacht hat, sich solche Diener zu schaffen.«

»Woher weißt du das denn?«, staunte Hieronymus und versuchte, ein strenges Gesicht aufzusetzen.

Maria packte Katharinas Handgelenk und zog sie zur Bank. »Vater, wir werden schweigen«, versprach Maria.

Katharina warf dem Studiosus einen Blick zu. Der grinste vor sich hin. Sie hielt es für klüger, einfach zu schweigen, um den Abend nicht vorzeitig enden zu lassen. Folgsam nahm sie wieder auf ihrem Hocker Platz, den sie nun noch ein Stück weiter in Klaus' Richtung rückte.

Der Gast reichte nun lange dünne Stäbchen aus der Truhe hervor. Sogleich verbreitete sich ein würziger Duft.

»Was ist das?«, fragte Hieronymus neugierig und betastete ein Stäbchen sacht mit den Fingerspitzen.

Sikora erhob sich von seinem Stuhl, ging zur Öllampe und hielt das Stäbchen in die Flamme. Kurz darauf fing es an zu qualmen. »Das ist ein Räucherstäbchen, wie es in den heiligen Tempeln verwendet wird. Damit vertreibt man böse Geister und huldigt den Göttern.«

»Es riecht fast wie in der Kirche«, stellte Maria fest.

»Du hast recht, es ist aus Weihrauch gemacht. Aber es gibt auch andere Düfte.«

»Teufelszeug!«, rief die Amme und hustete. »Wir sind ein christliches Haus. Wie könnt Ihr es wagen, derart zu entweihen.«

»Nun, wir sind keine Kirche. Es ist nichts weiter als Handelsware.« Hieronymus konnte die Aufregung der Amme nicht verstehen.

»Auch ich sage: Teufelszeug, Götzenfiguren, sündige Stoffe!« Tante Brigitte erhob sich und fuchtelte mit den Armen. »Kinder, ab ins Bett. Euch krauchen diese Teufeleien noch ins Gehirn. Dann bekommt ihr den Veitstanz.«

Katharina kicherte. »In der Kirche stört es doch auch nicht. Da ist Weihrauch gut.«

»In der Kirche«, schnaubte Tante Brigitte. »Wir sind aber nicht in der Kirche, sondern in einem Sündenpfuhl.« Sie schlug dreimal das Kreuz.

»Scher dich zum Teufel, du meckernde Ziege«, rief der Kaufmann lachend und klopfte mit den Handflächen auf den Tisch, »He, Magd, bring Wein für unseren Gast! Mal sehen, was er uns noch erzählt, wenn sich seine Zunge lockert.« Er grapschte Philomena an den Busen. »Gibt es auch richtige Huren in China?«, wollte er wissen.

Der Gast nahm einen langen Zug aus seinem Becher, wischte sich mit dem Ärmel über die Lippen und hob den glänzenden Blick. »Und ob! Die heißen Blumenmädchen und sind äußerst willig.«

»Erzählt, erzählt«, drängte der Kaufmann. »Philomena, hör gut zu, vielleicht kannst du noch etwas lernen.«

»Meist leben sie in so genannten Blumenhöfen, die von einer Mutter geleitet werden. Es sind Häuser mit Gastzimmern, in denen es recht lustig zugeht. Da gibt es Speis und Trank auf ganz niedrigen Tischen, und die Gäste sitzen auf dem Boden auf bunten Kissen aus Seide und feinem Leder. Die Blumenmädchen nennen sich untereinander Schwestern. Sie heißen Zimtblüte, Lotosblume, Kleiner Mond, Silberschuh. Sie singen und tanzen und spielen ganz eigenartige Musikinstrumente. Da gibt es die Drachenflöte und die Pi-Pa und Trommeln mit Rhinozeroshaut. Die Blumenmädchen sind sehr anmutig und sie verstehen die Kunst des Tanzes, des Gesangs und der Deklamation. Dann gibt es die Lager mit den Seidenkissen, wo sich die Gäste mit den Blumenmädchen vergnügen. Der Gast darf seinen Wunsch äußern, ob er eine erfahrene Lotosblume oder eine noch unberührte Zimtblüte haben will. Eine Zimtblüte bekommt viele Geschenke von ihren Gast. Seidenkleider, Schuhe, Schminke, Puder und Perlenschmuck, auch kleine Lackkästchen, Vasen aus einem seltsamen Material, das wie gefrorener Schnee aussieht. So eine Entjungferung wird drei Tage gefeiert und alle Blumenmädchen feiern mit. Dann gibt es allerlei kurzweilige Spiele mit den Blumenmädchen, die sich auf Schaukeln schwingen oder sich mit den Gästen in kleinen, efeuumkränzten Grotten vergnügen. Ich habe ein Blumenmädchen gesehen, das lag auf einem Tisch und ihr Kleid war hochgerutscht bis unter die Brust. Darunter trug sie gar nichts und sie sah zwischen den Beinen fast aus wie ein Kind. Die Gäste machten sich einen Spaß und schossen mit gekühlten Pflaumen zwischen ihre Beine, und wenn sie trafen, dann bekam das Blumenmädchen ein Geldstück, das aussah wie ein kleiner goldener Schuh ...«

Die Amme jaulte auf wie ein Hund, den man auf den Schwanz getreten hatte und presste ihre Hände auf Marias Ohren. Da sie aber nur zwei Hände hatte, blieben Katharinas Ohren frei. Tante Brigitte war einer Ohnmacht nahe und reagierte überhaupt nicht, während die drei Studiosi mit roten Ohren und zusammengepressten Knien auf ihrer Bank hockten und sich nicht zu rühren vermochten.

Der Magister erhob sich. »Meine Nacht ist kurz, auch ohne Blumenhof«, sagte er zu Hieronymus. Die Ratsherren erhoben sich ebenfalls und wirkten ein wenig steif, während sie zur Tür gingen. In dem allgemeinen Durcheinander beugte sich Katharina zu Klaus.

»Kommst du wieder?«, raunte sie ihm zu.

»Ja«, raunte er zurück und tastete fahrig nach ihrer Hand. Der Blick in den Ausschnitt ihres Mieders ließ ihn sich zusammenkrümmen. Doch er musste dem Magister folgen, wollte er nicht Probleme mit der Nachtwache bekommen.

Die Amme drängte die Mädchen mit Gewalt zur Treppe. Lachend liefen sie hinauf und knallten ihr die Tür vor der Nase zu.

»Wir brauchen heute niemanden mehr«, riefen sie und schoben dem Riegel vor die Tür.

»Macht auf und lasst mich ein«, schimpfte die Amme. »Ich muss euch doch entkleiden.«

»Das machen wir selbst«, rief Katharina zurück und ließ sich von Maria die Haken des Kleides öffnen. Dann setzte sie sich auf die Bettkante und bürstete ihr Haar. Vor Aufregung hatte sie ganz rote Wangen.

»Glaubst du ihm etwa seine haarsträubenden Geschichten?«, fragte Maria mit großen Augen.

Katharina schüttelte übermütig ihre Locken und lachte. »Kein Wort!«

Der Studiosus

Die Kühle der Nacht kroch noch durch die engen Gassen in der Nähe der Stadtmauer, wo die Häuser weniger privilegierter Bürger und Handwerker standen. Viele Hausbesitzer vermieteten die Zimmer im oberen Geschoß an Lohnarbeiter, Reisende, vor allem aber an Magister und Studenten der hiesigen Universität. Längst reichten die ursprünglichen Kollegien der Stadt nicht mehr aus und die Magister richteten sich Wohnungen für die Studenten ein, oder sie gründeten Bursen für ihr Klientel.

Der studentische Zulauf war gewaltig und innerhalb weniger Jahrzehnte entstanden die Bursa Bavarica und die Bursa Saxonica im Großen Kolleg, die Bursa Henrici und die Meißner Burse, die Bursa Solis und nun wurde neben dem Rathaus die Bursa Hummelshayn eingerichtet.

Magister Siebenpfeiffer war zu gering begütert, um eine eigene Burse zu führen. So beschränkte er sich auf die Anmietung zweier kleiner Stübchen im Obergeschoss eines schmalen Hauses in einer ebenso schmalen Gasse in der Nähe der Stadtmauer. In einem der Stübchen lebte er selbst unter beengten Verhältnissen, im zweiten Stübchen beherbergte er drei seiner Studenten.

Klaus hatte in dieser Woche Weckdienst. Es mochte gegen fünf Uhr sein, draußen begann es zu tagen. Irgendwo trällerte eine Amsel lautstark und schmetterte ihr Lied in den Morgenhimmel. Fröstelnd kroch Klaus unter der Wolldecke hervor, während die beiden anderen Studenten, Johann und Melchior, noch schnarchten. Die alten Holzdielen knarrten unter seinen Füßen, als Klaus zur Treppenstiege ging, um aus der Küche im Erdgeschoss Wasser zu holen. Zunächst ging er auf den Hof hinaus, wo ihn der struppige Hund des Hausbesitzers ankläffte, als sähe er ihn zum ersten Mal.

»Halt die Klappe, du kläffende Bestie«, fuhr Klaus den kleinen Spitzhund an und schwor, ihn eines Tages eigenhändig im Mühlgraben zu versenken. Schon beinahe sieben Jahre lebte Klaus als Studiosus in Leipzig, davon zwei Jahre bei Magister Siebenpfeiffer, aber noch immer kläffte ihn dieser Köter an wie einen Einbrecher. Die Abneigung war wohl gegenseitig. Die Hühner hockten noch im Stall, weil in der Nähe der Stadtmauer immer wieder der Habicht nach leichter Beute Ausschau hielt. Da half nicht mal der giftige Spitz als Abschreckung.

Klaus ging zum Brunnen und schöpfte einen Eimer kaltes Wasser heraus. In diesem Stadtteil war das Wasser rein und klar. Es stammte aus einer Sandschicht und besaß nicht den moorigen Beigeschmack wie das Wasser aus den Brunnen nahe der Aue.

Klaus wusch sich Gesicht, Hals und Oberkörper, danach fühlte er sich putzmunter. Den Rest des Wassers kippte er in einen hölzernen Trog, der dem Vieh als Tränke diente. Neben den Hühnern grunzte noch ein Schwein im Stall, daneben standen zwei Ziegen und ein Esel.

Die Tiere gehörten dem Hauswirt, einem verhutzelten alten Mann, dem seine Frau gestorben und seine Söhne davongelaufen waren. Er hielt sich mit dem Verkauf von Kram über Wasser – und der Vermietung seines Obergeschosses. Auch das Untergeschoss bestand nur aus zwei Räumen, von denen einer die Küche beherbergte. Im zweiten Zimmer waren bis unter die Decke alle möglichen Kramwaren gestapelt, die der Alte auf dem Markt und in den Gassen in einer Art Bauchladen feilhielt.

»Wozu hast du eigentlich deinen Esel, Alter?«, wollte Klaus wissen. »Der wird dick und fett und braucht nichts zu tun. Du schleppst deinen Kram mit dir herum, anstatt es dem Esel zu überlassen.«

»Davon versteht Ihr nichts, Herr Studiosus«, erwiderte der Alte meckernd und schlurfte über den Hof. Er schob den Riegel vom Stall zurück und öffnete die Gittertür des Hühnergatters. »Ihr seid für die geistigen Dinge zuständig, ich für die praktischen.« Er zerrte eine Ziege zum Zaun und band ihre Hörner mit einem Strick an die Staketen. Dann hockte er sich auf einen Holzklotz und begann sie zu melken. Klaus ging in die Küche, wo auf der einzigen Feuerstelle des Hauses ein Kessel mit heißem Wasser stand. Er nahm die schwarze Kanne vom Brett, füllte getrocknete Teeblätter hinein und goss alles mit heißem Wasser auf.

In der Zwischenzeit waren auch Johann und Melchior erwacht und kamen schlaftrunken auf den Hof. Melchior zog sein Hemd aus. Johann verspottete ihn.

»Er riecht, als wäre er in ein Fass Sauerbier gefallen. Dabei hat er sich bekotzt, weil er nicht genug bekommen konnte.«

Er spielte auf den vorangegangenen Abend an, den sie wie üblich mit einer Zechtour durch die Schänken der Stadt verbracht hatten. Melchior hatte wieder einmal über die Stränge geschlagen, allerdings vertrug er weitaus weniger Bier und Wein als die beiden anderen. Er war der Jüngste der Studiosi, gerade mal fünfzehn Jahre alt und trotzdem schon drei Jahre an der Universität eingeschrieben.

Sein Vater war ein begüterter Feinmechaniker aus Wurzen, der am Meißner Hof für den Landesherrn arbeitete. So konnte er seinem Sohn auch das Studium finanzieren. Immerhin kostete so ein Privatquartier nicht wenig Geld, dazu Pergament und Feder, Tinte und Griffel für das Mitschreiben der Lektionen, Kleidung und natürlich das Salär für den Magister.

Doch Melchior war auch derjenige, der sie immer wieder zu nächtlichen Saufgelagen anstiftete und den Rest seines Geldes, das ihm der Vater schickte, in Freudenhäusern und Schänken verjubelte. Klaus und Johann schlossen sich im gern an, fiel doch dank Melchiors Freigiebigkeit auch für sie noch genügend ab.

Sie beide waren nicht so vermögend wie Melchior, dafür trinkfester.

»Hier, wascht Euer Hemd im Schweinetrog aus«, krähte der Alte mit seiner Fistelstimme. »Ihr verstänkert mir ja das ganze Haus.«

»Als wenn es bei dir nicht schon genug stinken würde«, gab Melchior aufgebracht zurück und warf dem Alten sein Hemd über den Kopf. Der zuckte zurück und kippte von seinem Holzklotz direkt in den Schlamm und das Rinnsal, das vom Misthaufen in der Mitte des Hofes bis zum Zaun sickerte. Die Ziege sprang beiseite und stieß die Milchschüssel um.

»Da habt Ihr es«, tobte der Alte. »Nun ist die schöne Milch futsch und ich habe kein Frühstück!«

Klaus steckte den Kopf zur Tür heraus. Melchior wusch sich am Brunnen, während sich der Alte schimpfend aufrappelte.

»Und wir auch nicht«, beschwerte er sich.

»Pfui, wer trinkt schon am Morgen warme Ziegenmilch«, blaffte Melchior und schüttelte sich wie ein Hund.

Der Spitz rannte zu der Milchpfütze, die langsam im Boden versickerte, um noch etwas aufzuschlecken.

»Gib das Hemd den Wäscherinnen mit«, rief Melchior. »Und deine Sachen auch gleich mit dazu.« Mit seinem Gestank machte der Alte jetzt Melchior Konkurrenz.

»Ihr habt die letzte Rechnung der Wäscherinnen noch nicht bezahlt«, beschwerte sich der Alte und wischte die Flecken auf seinem Kittel breit.

»Aber sicher habe ich das«, erwiderte Melchior grinsend. »Direkt bei der Wäscherin unten am Fluss.«

Klaus wusste, dass Melchior bei allen Gelegenheiten die Wäscherinnen besuchte, die am Fluss die Wäsche wuschen, die sie bei den Städtern gegen Bezahlung eingesammelt hatten. Die gewaschenen Teile wurden dann zum Trockenen auf den Wiesen vor der Stadt ausgelegt und am Abend wieder zu ihren Besitzern zurückgebracht. Wenn die Wäscherinnen im Wasser standen, dann wickelten sie ihre Röcke so hoch wie möglich um die Beine. Diese Frauen waren auch nicht prüde und einem Scherz oder einer kleinen Gefälligkeit gegen eine Münze nicht abgetan.

Magister Siebenpfeiffer steckte den Kopf aus dem winzigen Fenster im Obergeschoss.

»Was ist denn das für ein Radau? Meine Herren Studiosi, benehmen Sie sich!«

Klaus brachte die Teekanne hinauf und stellte vier Becher auf den wackeligen Tisch im Zimmer des Magisters. Melchior und Johann kamen ebenfalls herauf, und während Melchior aus seiner kleinen Truhe neben dem Lager ein frisches Hemd suchte, gruppierten sich die anderen bereits zum Gebet um den Tisch. Auch wenn sie sich nicht im Kloster befanden, so hielten sie doch halbwegs die Gebetszeiten ein. Matutin um drei Uhr wurde auf fünf Uhr verschoben. Der Magister bestand darauf, und so knieten sie um den Tisch herum, die Hände gefaltet und die Köpfe gesenkt, um das erste Gebet des Tages abzuhalten. Danach tranken sie den heißen Tee, der ihre Mägen bis zum Mittag beruhigen sollte. Melchior fühlte sich ohnehin schlecht und der Tee war eine Wohltat.

Der Magister schlug seine wertvollen Bücher für die Vorlesung in ein Nesseltuch ein und band sorgfältig einen Lederriemen darum. Johann bot sich an, ihm die Bücher zu tragen. Jeder der Studenten trug außerdem eine kleine Ledertasche für die Mitschriften bei sich. Pergament war eine Kostbarkeit und das hütete jeder wie seinen Augapfel.

Auf der Straße kamen ihnen schon die ersten verschlafenen Menschen entgegen: Händler, die ihre Waren feilboten, Gesellen, die Handwerkerarbeiten auslieferten, Wäscherinnen, die ihre Arbeitskraft lautstark anpriesen, Bettler und Tagelöhner, Fromme, die zur Kirche eilten. Es gab auch die unvermeidlichen Ratten, die zusammen mit Schweinen und Hühnern in den Abfallhaufen nach etwas Fressbarem suchten.

Noch hielten sich die üblen Gerüche aus den Rinnsteinen in Grenzen. Aus manchen Kaminen quoll ätzender Qualm, den die feuchte Luft in die Gassen zurückdrückte. Nur aus der Bäckerei duftete es angenehm nach frischem Brot.

Sie durcheilten die Gassen in zügigem Schritt, denn sie mussten fast die gesamte Stadt durchqueren. Die Vorlesungen der Rechtsfakultät fanden im Kreuzgang des Thomasklosters statt. Je näher sie dem Kloster am Pleißemühlgraben kamen, umso feuchter wurde es. Vom Wasser her stiegen Nebel auf und waberten durch die Luft. Die umherhuschenden Mönche, die sich zur Prim sammelten, wirkten wie dunkle Gespenster und ähnelten den schwarzen Rabenvögeln unten an der Jakobsmühle.

Als die Gruppe den Markt querte, kamen sie am Handelshaus Preller vorbei. Klaus erinnerte sich an den interessanten Tag bei der Familie des Kaufmanns, weniger wegen des Reisenden mit seinen seltsamen Erzählungen als wegen Katharina. Wenn er an sie dachte, begannen seine Augen zu leuchten und seine Ohren zu erröten. Vor allem der wunderbare Einblick in ihr Mieder hatte es ihm angetan.

Sein Blick fiel auf Siebenpfeiffers Rücken, der vor ihm hereilte, dass sein schwarzer Umhang wehte. Der Glückliche, er unterrichtete die beiden Schwestern, und wahrscheinlich war ihm egal, wie tief Katharinas Kleiderausschnitt war. Oder kleideten sie sich während es Unterrichts gar hochgeschlossen, um den Magister nicht zu verunsichern? Vielleicht konnte er dem Magister eine pikante Schilderung entlocken, wenn dieser nur ordentlich was getrunken hatte.

Im Kreuzgang des Thomasklosters war es eisig kalt und feucht. Johann legte das Bücherpaket des Magisters auf das Katheder und hockte sich dann zu den anderen Studenten auf den Boden, die sich mittlerweile hier versammelt hatten. Wohlweislich lag in seiner Ledermappe neben Pergament, Feder und Griffel auch ein Stück Filz, das er sich unter den Hintern schob. Die anderen Studiosi lästerten wegen seiner Weichlichkeit. Johann kränkelte häufig und seit zwei Jahren quälte er sich mit einem hartnäckigen Husten herum.

Während die Mönche sich in der Kirche zur Prim versammelten, beteten die Studenten gleich am Ort der Vorlesungen. Nach dem Gebet hob der Magister den Kopf und blickte über seine Studenten.

»Accipies tanti doctoris dogmata sancti.«[1] Dann setzte er seine Brille auf und schlug andachtsvoll eines seiner kostbaren Bücher auf. In den nächsten drei Stunden würde er die Hauptvorlesung abhalten, langsam, damit alle Studenten mitschreiben konnten. Die wenigsten besaßen eigene Bücher. Insofern hatten die Studenten, die bei einem Magister oder Professor lebten, den unschätzbaren Vorteil, in dessen Büchern nachlesen zu können. Darauf vertrauten sowohl Klaus als auch Melchior. Letzterer weilte wohl in Gedanken schon bei den Wäscherinnen, die er in der Mittagspause auf den Bleichwiesen besuchen würde.

Doch Klaus' Gedanken wanderten in Richtung Marktplatz zu dem Haus mit dem hübschen Stufengiebel. Dort würde jetzt sicher emsiges Treiben herrschen. Waren würden abgeladen, eingelagert, andere in die mächtige Planwagen verladen und vom Buchhalter akribisch notiert werden. Und im Haus würden die hübschen Zwillinge allen Knechten, Gehilfen, Handelsleuten, Kunden und Besuchern den Kopf verdrehen. Ob der Magister

1 lat. »Nimm vom Professor die heiligen Lehren an.«

auch heute wieder zu einer kleinen Unterrichtsstunde bei ihnen vorbeischaute?

Monoton las Magister Siebenpfeiffer aus einem Lehrbuch über Römisches Recht. Die Vorlesungen wurden ausnahmslos in Latein gehalten, der Sprache der Gelehrten.

Klaus musste daran denken, wie er als Kind in der Klosterschule Latein gelernt hatte. Ein Mönch unterrichtete die Buben mit unerbittlicher Strenge und mit dem Rohrstock. Die Deklination der Verben war ihm eingeprügelt worden. Noch heute schmerzten seine Fingerspitzen, wenn er daran dachte. Es gab angenehmere Dinge, als lateinische Verben zu deklinieren. Die meisten seiner Mitschüler begriffen ohnehin nicht viel davon. Sie waren Söhne von Gewerbetreibenden, Gutsbesitzern und Händlern, die rechnen können und des Schreibens mächtig sein musten. Latein war etwas für die geistigen Wissenschaften.

Klaus war der Einzige der Klosterschule, dem der Mönch eine überdurchschnittliche Begabung bescheinigte und ihm anriet, es mit einem Studium zu versuchen. Schon wegen seiner Intelligenz mochte er den Knaben nicht. Der Schüler darf nicht klüger als der Lehrer sein, und so bekam Klaus beim kleinsten Fehler bereits die Weidengerte zu spüren.

»Ich will Jurisprudenz studieren«, eröffnete er eines Tages seinem verblüfften Vater seine Lebenspläne. »Dann kann ich diesen Mönch verurteilen und ihn auf dem Scheiterhaufen für all seine Untaten büßen lassen, die er mir angetan hat.«

Sein Vater hatte schallend gelacht und ihn darauf hingewiesen, dass das schon im Fegefeuer geschehen würde, dazu bedürfe es keines studierten Richters namens Klaus Landmann. Auch wenn er ein Gut besäße, das einen kleinen Erlös abwerfen würde, so dächte er nicht im Traum daran, seinem Sohn eine derartige brotlose Kunst zu finanzieren.

Doch es kam schließlich ganz anders. Sein Vater kränkelte und verkaufte das Gut. Es erbrachte einen ordentlichen Batzen Geld, der dem Vater und der Mutter ein bescheidenes Auskommen bei Verwandten sicherte. Seine ältere Schwester war mit einem belehnten Ritter verheiratet und lebte in gesicherten Verhältnissen.

So konnte Klaus seinen Anteil dazu verwenden, endlich zu studieren.

Als Grünschnabel kam er vor sieben Jahren nach Leipzig und musste zunächst die Artistenfakultät besuchen. Dazu musste man keinerlei Aufnahmeprüfungen belegen, ja, es war nicht einmal notwendig, eine Schule besucht zu haben. So fiel es ihm auch leicht, die Lektionen des Trivium in Latein, Dialektik und Rhetorik zu absolvieren, die er für die erste Prüfung benötigte. Nach drei Jahren konnte er sich den Fächern des Quadrivivum zuwenden. Nun standen Arithmetik, Geometrie, Astronomie und Musik auf dem Lehrplan. Nur zwei Jahre später meldete sich Klaus zur Abschlussprüfung der Artistenfakultät an und erlangte den *Magister artium.* Nun endlich durfte er das eigentliche Studienfach Jurisprudenz belegen. Er hätte natürlich auch Theologie oder Philosophie wählen können. Siebenpfeiffer unterrichtete beides und Klaus konnte sich immer noch überlegen, welche endgültige Richtung er einschlagen wollte.

Im Augenblick jedoch interessierte ihn weder das eine noch das andere. Aus den lateinischen Buchstaben, die er auf sein minderwertiges Mitschriftpergament schrieb, wurden Kringel und Kreise, Muster und kleine Zeichnungen. Eine zeigte einen weiblichen Torso mit kugelrunden Brüsten, die aus einem geschnürten Mieder herausquollen. Johann stieß ihn mit dem Ellenbogen in die Seite.

»Das hat der Magister aber nicht vorgelesen«, raunte er.

»Ich lese heute Abend nach, was mir fehlt«, erwiderte Klaus und streckte seine steifen Knie.

»Heute Abend? Kommst du nicht mit ins Badehaus? Wir sollten uns wieder mal der körperlichen Pflege und Erbauung widmen.«

»Kommt Melchior mit? Mein Geldbeutel schlägt ziemliche Falten.«

»Ganz sicher lässt er sich das nicht entgehen.«

Sie konnten Melchior nicht fragen, denn er befand sich noch im Trivium und paukte Latein und Rhetorik. Bei seinen mäßigen Bemühungen war fraglich, wann und ob er überhaupt das Baccalaureat ablegen würde. Aber je länger er studierte, desto besser für die anderen, von seinem gefüllten Geldbeutel profitieren zu können. Klaus vermutete, dass Magister Siebenpfeiffer ihn auch deswegen unter seine Fittiche und in seine Kammer genommen hatte.

»Ruhe«, raunte einer der Scholaren vor ihm und drehte sich ärgerlich um. So ein undisziplinierter Haufen die Studenten auch sonst sein mochten, während der Vorlesungen herrschte Ruhe. Auch Magister Siebenpfeiffer besaß eine Rute, um sich notfalls Respekt zu verschaffen.

Klaus lehnte sich an eine Säule des Kreuzganges und gähnte. Bald war es neun Uhr und die Terz verschaffte ihnen eine kurzzeitige Erholungspause. Dann folgten die außerordentlichen Vorlesungen und Repetitionen zur Hauptvorlesung bis zur Sext zur Mittagszeit. Klaus erhob sich und streckte seine steifen Glieder.

Als endlich die Glocke zur Sext vom Turm der Thomaskirche läutete, atmete Klaus erleichtert auf. Während der letzten drei Stunden war in ihm ein Plan gereift. Der Magister würde sicher seine Mittagspause wieder bei Kaufmann Preller verbringen. Klaus würde ihn fragen, ob er ihn diesmal begleiten dürfte, um dem Unterricht der Zwillinge beizuwohnen. Er wusste nur noch nicht, wie Siebenpfeiffer darauf reagieren würde.

Von der Sext bis zur None um drei Uhr am Nachmittag war Pause, in der sich die Studenten in alle Winde verstreuten, um sich pünktlich zu den Seminaren am Nachmittag wieder einzufinden.

»Ich gehe zum Marktplatz«, sagte Johann. »Dort steht so eine knusprige Brezelbäckerin und bietet ihre Ware feil. Kommst du mit?«

Klaus schüttelte den Kopf. »Ich möchte mich zur Klausur zurückziehen.«

»Was?« Johann starrte ihn sprachlos an. Dann tippte er mit dem Zeigefinger an die Stirn. »Iss lieber was, sonst stehst du den Tag nicht durch. Schließlich wollen wir doch heute Abend ...«

»Ich weiß, ich weiß! Mach dir um mich keine Gedanken.« Er sah aus den Augenwinkeln, dass Siebenpfeiffer sich bereits auf den Weg machte, und eilte ihm nach.

»Herr Magister, Herr Magister, ich hätte da noch eine Frage zu einem wichtigen Aspekt des Römischen Rechts, der ...«

»Tut mir Leid, Agricola, ich habe jetzt keine Zeit. *Disputationes* können heute Nachmittag im Seminar durchgeführt werden. Ich habe eine Einladung zu Kaufmann Preller.«

»Darf ich Euch begleiten, Herr Magister?«

Siebenpfeiffer blieb abrupt stehen. »Kommt nicht in Frage, Agricola. Preller hat mich eingeladen, da ziemt es sich nicht, schnorrende Anhängsel mitzuschleppen.«

»Wenn Ihr das Mittagsmahl meint, so steht mir selbstverständlich kein Verlangen danach. Ich würde gern Erfahrungen im Unterrichten sammeln.«

Zum zweiten Mal blieb Siebenpfeiffer abrupt stehen. »Was für Unterricht?«

Klaus trat nervös und verlegen von einem Fuß auf den anderen. »Ich weiß, dass Ihr die Töchter des Kaufmanns unterrichtet.«

Der Magister schnappte nach Luft. »Woher wisst Ihr das?«

»Eine der Zwillinge hat es mir erzählt. Ich finde es wunderbar, dass Ihr so ein gutes Werk tut, auch wenn es Frauen sind.«

»Und ich finde es unter meiner Würde«, erwiderte der Magister scharf. »Leider hat mir damals der Preller das Versprechen abgeknöpft, als Pate für die Bildung der Mädchen zu sorgen.«

»Sehr ehrenwert von Euch«, wiederholte Klaus. »Mich interessiert das Lehramt so sehr, dass ich es gern erlernen möchte. Ich verspreche Euch tiefstes Stillschweigen über alles zu wahren, was in Prellers Haus vor sich geht.«

Siebenpfeiffer warf ihm einen schrägen Blick zu. »Schwört Ihr, Agricola?«

Klaus hob die Hand. »Ich schwöre es, bei allem, was mir heilig ist.«

»So soll es Gottes Wille sein«, erwiderte er und lief mit ausgreifenden Schritten weiter.

Auf dem Marktplatz herrschte wie immer reges Treiben. Die meisten Bauern hatten ihre Feldfrüchte, Eier und Milch bereits verkauft, aber es gab noch genug andere Händler. Eine Korbflechterin saß am Boden, um sich herum verschiedenartige Körbe, Kiepen und Matten ausgebreitet. Daneben saß ein schmutziges Kind in erbärmlichen Lumpen und triefender Nase mit Wiesenchampignons auf einem dreckigen Tuch. Ein Mönch hielt eine flammende Rede wider die Sünde, und sammelte eine Menge Zuhörer um sich. Zwei weitere Mönche rollten abwechselnd Bilder von einem Schreckensszenarium auf, die die Qualen des Fegefeuers zeigten und wedelten mit Ablassbriefen in der Luft.

Johanns Brezelverkäuferin war auch da. Sie trug eine Art Bauchladen mit Dach und überall baumelten die Brezeln verlockend herab. Die Frau selbst war auch eine Verlockung und so rund und knusprig wie ihre Brezeln. Klaus konnte verstehen, dass Johann von ihr schwärmte.

Doch er hatte keine Zeit, dem Treiben zuzuschauen, denn der Magister klopfte gegen die Tür des Prellerschen Hauses. Walburga riss sie auf und ließ die beiden Gelehrten herein.

Hieronymus hatte Besuch von einem anderen Kaufmann und stritt gerade lautstark im Kontor über die Zahl der Säcke, die sie gerade abgeladen hatten. Er winkte Siebenpfeiffer nur kurz zu.

»Geht nur, geht nur, Magister, und lasst Euch und dem jungen Mann eine Schüssel Suppe geben, bevor Ihr mit dem Unterricht beginnt.«

Der Magister, er sich im Haus mittlerweile gut auskannte, lief mit großen Schritten und wehendem Mantel weiter bis zur Stube, wo schon die Töchter des Hauses warteten und artig aufstanden, als er den Raum betrat. Ihre Augen wurden groß, als sie hinter Siebenpfeiffer den jungen Studenten bemerkten. Katharina errötete heftig.

Mit Schwung warf Siebenpfeiffer Mantel und Hut ab und nahm auf der Bank Platz. Die beiden Mädchen ließen sich auf flachen Hockern nieder, damit sie deutlich unter dem Magister saßen und zu ihm aufsehen konnten. Auf ihren Knien hielten sie ihre Schreibutensilien. Klaus bemerkte mit kundigem Blick, dass es richtiges Papier war, wie man es zum Buchdruck verwendete. Ihm schien es eine Verschwendung, dass es die Mädchen für Mitschriften benutzten. Konnten sie überhaupt schreiben?

Der Magister begann seine Lehrstunde mit einem kurzen griechischen Text, den die Mädchen ins Lateinische übersetzen mussten. Danach lösten sie einige Worträtsel, um ihre Logik zu schulen. Vor allem Katharina zeigte dabei einen glasklaren Verstand. Maria stand ihr kaum nach.

Als Nächstes unterrichtete der Magister die Mädchen in Rhetorik. Katharina sollte einen Brief an Maria und Maria einen Brief an Katharina schreiben. Gegenstand war ein Bibelzitat, das erklärt werden sollte.

Doch noch erstaunter war der junge Mann, als es dann um die Arithmetik ging. Im Rechnen waren beide unschlagbar. Wahrscheinlich war ihnen das von ihrem Vater in die Wiege gelegt worden. Letzter Punkt auf dem Stundenplan war die Sternenkunde, wo sich der Magister über die Deutung bestimmter Konstellationen von Himmelskörpern ausließ.

Beide Mädchen gaben sich große Mühe, doch Katharina zeigte sich aufgeregt durch die Anwesenheit des Studenten. Immer wieder warf sie ihm heimliche Blicke zu und senkte schnell den Kopf, wenn ihre Blicke sich trafen.

Magister Siebenpfeiffer schien es nicht zu bemerken, und wenn, reagierte er nicht darauf. Mit unbewegter Miene vermittelte er den Lehrstoff. Mit einem Schlag fiel es Klaus wie Schuppen von den Augen. Dieser Stoff war Inhalt des Universitätsstudiums! Zwar ging der Lehrer nicht so in die Tiefe, aber letztlich lehrte er die Mädchen die Fächer des Triviums und des Quatriviviums in der klassischen Form! Und die beiden Mädchen beherrschten den Stoff! Er würde ihn bei Gelegenheit befragen müssen, wie das möglich war. Frauen besaßen viel kleinere Gehirne!

Nach zwei Stunden hörte der Magister auf und Walburga brachte ihm seine Mahlzeit, die er sich redlich verdient hatte. Klaus saß noch immer stumm und beeindruckt an der Seite.

»Nun, Herr Studiosus, wie seid Ihr mit unseren Leistungen zufrieden?«, fragte Katharina mit glühenden Wangen. »Ihr schaut so verwundert drein, als hättet Ihr eben etwas Unbegreifliches erlebt.«

»Ja ... nein ... das heißt, es war ... gut, ja, wirklich ... Ihr seid außerordentlich belesen und geschickt mit Wort und Zahl.«

»Als Kaufmannstöchter müssen wir das sein«, erwiderte Maria. »Unser Vater hat uns schon zeitig damit in Berührung gebracht. Glaubt mir, es ist etwas ganz anderes, wenn man die Bibel auch lesen kann, anstatt nur von der Kanzel gepredigt zu bekommen. Es stehen so interessante Dinge darin.«

»Da Ihr des Lateins kundig seid, steht Euch auch diese Welt offen«, erwiderte er.

»Oh, Ihr habt bestimmt noch nichts gegessen«, stellte Maria fest. »Kommt mit in die Küche und lasst Euch auch eine Schüssel von der köstlichen Suppe geben.«

Erst jetzt bemerkte Klaus, wie sich sein Magen schmerzhaft zusammen zog. Der Duft von gelben Erbsen und Rauchfleisch stieg ihm verführerisch in die Nase. Katharina fasste einfach seine Hand und zog ihn mit sich zur Küche.

»Walburga, eine Schüssel Suppe für unseren Herrn Studiosus und ein schönes Stück Fleisch noch obendrein.«

»Aber gern. Er sieht recht dünn aus, der Herr Gelehrte. Ist wohl eine magere Kost, das Wissen zwischen den Buchdeckeln?«, scherzte sie, während sie eine große Kelle der gelben Erbsensuppe aus dem Topf holte und in eine Schüssel kippte. Dann legte sie ihm ein Stück Rauchfleisch obendrauf.

Klaus fühlte sich wie im Paradies. Dass sich Katharina noch neben ihn auf die Küchenbank setzte und beim Essen zusah, erhitzte ihn innerlich. Plötzlich sprang sie auf, holte einen Becher Wein, den sie mit Wasser mischte und stellte ihn vor Klaus auf den Tisch.

»Es ist mir eine große Freude, dass Ihr den Magister begleitet habt«, sagte sie und senkte schnell den Blick.

»Hmmmmpf!« Klaus kaute und stopfte. Walburga beglückte ihn noch mit einem Kanten Brot.

»Kommt Ihr morgen auch wieder mit?«

Er zuckte mit den Schultern und spülte alles mit Wein herunter. Dann wischte er sich mit dem Ärmel den Mund ab. »Wenn Ihr es wünscht, holde Dame, und der Magister es erlaubt …«

»O ja, wir wünschen es, nicht wahr, Maria?« Doch Maria hatte die Küche schon wieder verlassen. Ihr waren die Anbiederungsversuche ihrer Schwester zu peinlich. Sie würde oben in der Kammer ein paar Worte mit ihr reden müssen.

Klaus beugte sich über den Tisch, in der Hoffnung, dass Katharina sich auch weit nach vorn beugte und zog ein verschwörerisches Gesicht. »Ihr lest tatsächlich die Bibel auf Latein?«

Sein Plan ging auf. Katharina beugte sich vor und nickte mit einem ebenso verschwörerischen Blick.

»Und Ihr habt keine Angst, dafür in der Hölle schmoren zu müssen?«

»Nein.« Sie beugte sich noch ein Stück weiter vor. »Obwohl wir festgestellt haben, dass Pater Gregorius sie zur letzten Messe falsch zitierte. Es wird wohl niemandem weiter aufgefallen sein, weil außer uns keiner der Kirchgänger des Lateinischen mächtig war. Außer den Studiosi vielleicht, aber da waren keine ...« Sie stockte und schaute ihn mit großen Augen an. »Warum kommt Ihr eigentlich nicht in die Sonntagsmesse?«

»In welche Messe geht Ihr denn?«, wollte Klaus wissen.

»In die der Thomaskirche.«

»Oh ... äh ... ich gehe immer in die der Paulinerkirche. Ist näher an unserem Quartier.«

»Wo wohnt Ihr denn? In einer der Bursen?«

»Nein, beim Magister Siebenpfeiffer höchstpersönlich.«

»Und was hindert Euch daran, zur Messe in die Thomaskirche zu kommen?«, wollte Katharina wissen.

»N ... nichts. Der Weg ist nur etwas weiter. Warum sollte ich denn?«

»Weil wir uns dann sehen könnten«, raunte sie.

Er starrte sie an und vergaß weiterzukauen. »Ja«, meinte er schließlich, »das ist eine gute Idee.«

Katharina kicherte verstohlen und rieb sich die Hände. »Und keiner weiß es! Das ist ein richtiges Geheimnis zwischen uns!«

Die Röte seiner Ohren breitete sich nun auch auf seinen Wangen aus. Was tat sich da für eine wundersame Gelegenheit für ihn auf!

Plötzlich stand der Magister in der Küchentür. »Agricola, es ziemt sich nicht, seinen Professor warten zu lassen. Wir müssen uns sputen, damit die Seminare pünktlich beginnen.«

»Verzeiht, Herr Magister, das köstliche Essen hielt mich auf.« Er sprang auf. Katharina steckte ihm heimlich einen Apfel in den Ärmel seines Gewandes.

»Wohl eher etwas anderes, das Euch aufhält. Verbrennt Euch nicht die Finger.«

Klaus verschränkte die Arme hinter dem Rücken und grinste schief, während Katharina ihm zum Abschied winkte und mit einem Auge blinzelte.

Der Magister bedankte sich in seiner eigenen zurückhaltenden Art bei Hieronymus Preller für das Mahl. Doch Hieronymus hatte keine Zeit und winkte ab. Er stritt immer noch mit dem Händler, während draußen vor der Tür auch die Knechte der beiden Herren aneinandergerieten. Siebenpfeiffer beeilte sich, aus dem Haus zu gelangen.

»Es ist natürlich keine Welt für einen Gelehrten«, sagte er auf dem Weg zum Kloster zu Klaus, als wolle er sich entschuldigen, dass er für eine Schüssel Suppe sich derart erniedrigte.

»Es ist eine sehr angesehene Familie in der Stadt«, erwiderte Klaus. Er wäre froh gewesen, wenn er so ein Privileg gehabt hätte. Die Aussicht, Katharina sonntags in der Messe zu treffen, erfüllte ihn bereits mit einem beglückenden Gefühl. Plötzlich durchlief es ihn siedendheiß. Es gab eine Möglichkeit, Katharina jeden Tag zu sehen, und zwar ganz nah!

»Sagt, Magister, diese Unterricht … er ist eine Verpflichtung Eurerseits dem Kaufmann gegenüber?«

»Ja«, erwiderte der Magister knapp.

»Wenn ich Euch richtig verstanden habe, solltet Ihr Euch um die Unterrichtung Eurer Patenkinder kümmern. Das heißt nicht, dass Ihr es selbst tun müsst.«

Mitten in seinem Sturmschritt stoppte Siebenpfeiffer. »Was?«

Klaus unterdrückte ein Grinsen. »Ihr habt Euch verpflichtet, Euch um die Unterrichtung der Zwillinge zu kümmern. Also könnt Ihr diese unangenehme Aufgabe doch delegieren.«

Der Magister starrte ihn mit finsterem Gesicht an. »Könnte

ich«, erwiderte er nach kurzem Überlegen. »Und an wen soll ich diese Aufgabe delegieren?«

Aus Klaus' Blick konnte er sich die Antwort leicht ersehen.

»Ihr legt die Lehren der Logik sehr eigenwillig aus, Agricola.«

»Eines bedingt das andere.«

»Das ist ein Gesetz der Logik, richtig!«

»Und wie steht Ihr dazu?«

Der Magister fühlte sich in die Enge getrieben. Sollte er zugeben, dass ihm dieser Unterricht täglich ein kostenloses Mahl bescherte? Sollte er darauf verzichten, nur weil diesem Grünschnabel die Hose bei Katharinas Anblick zu eng wurde?

»Das kann ich nicht entscheiden«, knurrte er. »Muss mit Preller reden.« Er stutzte. »Was ist denn da los?«

Sie hatten das Thomaskloster fast erreicht. Vor dem Tor herrschte ein Auflauf. Eine Menge Mönche riefen gestikulierend durcheinander. Propst Benedictus stand wie ein gefülltes Weinfass unerschütterlich davor, doch sein Gesichtsausdruck verhieß nichts Gutes.

»Da kommt ja der Magister!«, rief einer der Mönche und alle wandten sich Siebenpfeiffer zu.

»Darf ich erfahren, was der Grund für die Aufregung ist?«, wollte er wissen. Benedictus wies anklagend auf die Studenten, die sich neben den aufgeregten Mönchen versammelt hatten und leise miteinander diskutierten.

»Diese Unholde waren es«, donnerte er. »Sie belauerten einen der frommen Diener Gottes beim Fischfang in der Pleiße. Als dieser seine Kutte zum Trocknen in die Büsche hing, haben sie sie ihm gestohlen und an das Tor des Nonnenklosters genagelt. Der Arme musste nackt wie Adam durch die Stadt laufen und sich dem Gespött des Pöbels preisgeben. Ist das eine Art mit einem Diener Gottes umzugehen? Ich verlange von Euch, Magister, dass Ihr den Schuldigen ermittelt und der Gerichtsbarkeit übergebt. Der himmlischen Gerichtsbarkeit!«

Siebenpfeiffer war nicht anzusehen, wie er die ganze Sache aufnahm. Selbst wenn sein Zwerchfell zuckte, so hatte er sich doch ausgezeichnet in der Gewalt.

»Das ist in der Tat ein Frevel«, erwiderte er zweideutig. »Ich hoffe, sein Anblick hat keinen weiteren Schaden verursacht.«

Klaus biss sich auf die Hand, um nicht lauthals loszulachen. Auch die Studenten wandten sich ab. Einige Schultern zuckten verräterisch.

»Ich werde dem Vorfall mit aller Strenge nachgehen«, sagte der Magister und wies mit dem Kopf zum Kreuzgang. »Meine Herren Studiosi, die Mittagspause ist vorbei.«

»Das ist alles?«, empörte sich der Propst.

»Das ist alles«, gab der Magister scharf zurück. »Wegen dieses Streichs werden wir nicht die Vorlesung vernachlässigen. Ihr bekommt Euren Schuldigen, so er sich ermitteln lässt.« Damit ließ er den Propst einfach stehen.

Es war ein Affront! Darüber waren sich sowohl die Studenten als auch die Mönche im Klaren. Benedictus besaß viel Macht und Einfluss in der Stadt. Er maß den Magister mit giftigem Blick und schwor im Stillen Rache. Im Augenblick konnte er jedoch nichts tun.

Die Studenten folgten Siebenpfeiffer erleichtert. Im Kreuzgang scharten sie sich um ihn. Nach dem kurzen Gebet zur None begannen die Wiederholungen und Übungen zum gelernten Stoff aus den Vorlesungen.

»Nun, meine Herren Studenten, Sie haben heute Vormittag einige Lektionen aus dem Römischen Recht gehört. Römisches Recht ist ziviles Recht, und ziviles Recht ist irdisches Recht. Wenn man jemandem die Kleidung entwendet und in frevelhafter Weise zur Schau stellt, dann ist das auch ein irdisches Vergehen. Wie, meine Herren, ist die Rechtslage zu beurteilen?« Er blickte auffordernd in die Runde. Die Studenten schwiegen. Siebenpfeiffer hob die Augenbrauen. »Keine Meinung? Wollen Sie nicht einmal Recht sprechen? Im Augenblick stehen Sie eher auf der anderen Seite, der der Verbrecher und Tunichtgute. Einen Menschen bloßzustellen ist ein arger Frevel, und ihn dem Spott auszusetzen ebenso. Wir nehmen an, Sie sind Richter und müssten den Fall verhandeln. Ich höre Ihren Standpunkt!«

Zögernd hob sich eine Hand. »Als Richter würde ich erst einmal die Sachlage klären, Herr Magister. Dazu gehört der Vortrag des Geschädigten. Bislang haben wir es nur aus dem Mund des Propstes gehört. Muss denn nicht der Geschädigte selbst aussagen? Schließlich ist er der Ankläger.«

»Er kann sich durch einen Rechtskundigen vertreten lassen«, entgegnete der Magister. »Diese Funktion kann auch der Propst ausüben.«

»Der Ankläger ist ein Mönch. Ist dafür nicht das kirchliche Recht anzuwenden?«, fragte ein anderer Student.

»Was dieser Mönch getan hat, war ganz irdisch«, fiel ein Dritter ein. »Er hat es nämlich mit einer der Wäscherinnen auf der Bleichwiese getrieben!« Die anderen lachten.

»Ruhe!« Magister Siebenpfeiffer klopfte mit seiner Rute auf das Katheder. »Wir sprechen über den Kleiderdiebstahl und nicht über die Sünden des Mönches. Dafür muss er ohnehin Buße tun. Aber das ist keine Sache des Römischen Rechts!«

»Schade, ich hätte ihn dazu zu gern vernommen«, grinste Johann.

Diesmal verging die Zeit bis zur Vespera viel schneller und Klaus vergaß darüber sogar sein kleines Mittagsintermezzo mit Katharina. Als sie sich jedoch zum Abendgottesdienst erhoben, der praktischerweise gleich im Thomaskloster besucht wurde, fielen ihm ihre Worte wieder ein. Sonntag! Sonntag würde er sie bei der Messe sehen!

Die Studenten folgten den Mönchen zur Klosterkirche. Die

Liturgie begann mit dem Hymnus, dem die Psalmen folgten. Eine kurze Lesung aus der Bibel schloss sich an und alles endete mit dem Fürbittgebet.

Benedictus winkte mit einer kaum sichtbaren Handbewegung Bruder Tobias heran, der wie ein schwarzer Schatten hinter ihm erschien.

»Misch dich unter das Studentenvolk«, flüsterte der Propst. »Sie haben ein loses Mundwerk und werden sich verraten. Du musst herausbekommen, wer es war. Auf den Magister will ich mich nicht verlassen. Der steckt doch mit denen unter einer Decke, weil er von ihrem Geld lebt. Ich will ein Exempel statuieren.« Er beugte sich noch näher zu Tobias hin. »Wenn der Schuldige verstockt sein sollte, dann darfst du ihn auch einem Verhör unterziehen.«

Der hagere Mönch beugte seinen kapuzenbedeckten Kopf und entfernte sich. Benedictus blickte ihm nach und sah, wie die knochige Gestalt, scheinbar im stillen Gebet versunken, den sich allmählich zerstreuenden Studenten folgte. Dann kräuselten sich seine dicken Lippen zu einem schadenfrohen Grinsen.

Die den Tag abschließende *disputatio* unter Leitung eines älteren Studenten wurde in Anbetracht der auftretenden Kühle in einem Gasthaus abgehalten. Magister Siebenpfeiffer beteiligte sich nicht daran. Er zog es vor, sich in seine Wohnung zurückzuziehen. Er war verärgert, dass seine Studenten wieder einmal über die Stränge geschlagen hatten. Einerseits hoffte er, man würde ihn nicht zu sehr in die Verantwortung nehmen. Mit Benedictus legte man sich besser nicht an. Andererseits war er nicht gewillt, einen seiner Studenten zu opfern, nur um die Rachegelüste des Propstes zu befriedigen.

Es war sogar wahrscheinlich, dass es keiner seiner Studenten war. Die Studenten anderer Fakultäten trieben sich auch oft in der Mittagszeit am Fluss herum. Der Grund waren wohl in der

Regel eher die Wäscherinnen als die Mönche, und sicher hatten die lebenslustigen Studenten in dem unkeuschen Mönch nur einen unwillkommenen Konkurrenten gesehen und ihm einen Denkzettel verpasst.

Währenddessen hockten seine Studenten in einer ziemlich schäbigen Kaschemme und ließen sich Sauerbier vom Wirt bringen. Das Vorkommnis, das der Magister am liebsten vergessen würde, wurde von ihnen durchgehechelt.

»Nun, meine Herren Studenten, wie würden Sie Recht sprechen?«, fragte der Leiter des Seminars, einer der älteren Studenten und schon im vierzehnten Jahr mit Unterbrechungen an der Universität.

Die Unterbrechung war durch einen Aufenthalt in Barcelona bedingt, wo sich auch eine berühmte Universität befand und mit deren Studenten er im wissenschaftlichen Austausch stand. Er war bei den anderen Studenten wegen seiner Weltoffenheit beliebt.

»Kastrieren!«, rief einer. »Der Mönch muss kastriert werden.«

»Aber warum denn?«, fiel ein anderer ins Wort.

»Ist es nicht so, dass man eben den Körperteil entfernt, mit dem der Betreffende gesündigt hat?«

»Wir verhandeln über den Dieb der Kutte.«

»Dem wird die Hand abgeschlagen!«, rief Johann.

»Aber eigentlich ist er doch gar kein richtiger Dieb, weil er sich nicht persönlich bereichert hat«, gab Klaus zu bedenken. »Er hat die Kutte doch nur an einen anderen Ort gebracht. Dem Mönch ist kein Schaden entstanden, weil er seine Kutte wiederbekommen hat. Es war kein Diebstahl, es war grober Unfug. Die Hand bleibt dran!«

»Du argumentierst fast so messerscharf wie der Magister«, stellte ein anderer bewundernd fest.

»Danke!«

»Wieso Danke? Warst du es etwa?«

Der andere wurde rot und hob schnell seinen Bierhumpen. »Das habe ich nicht damit gesagt«, murmelte er. »Aber dich würde ich zu meinem Rechtsbeistand wählen.«

»Und wie würdest du mit dem Mönch verfahren?«, wurde Klaus gefragt. »Kastrieren?«

»Warum wollt ihr denn diesen Unglücklichen kastrieren?«, fragte Klaus zurück.

»Weil er mit seinem Wurstzipfel gesündigt hat.«

»Für Sünden ist das weltliche Gericht nicht zuständig, sondern Benedictus mit seinen raffgierigen Ablasshändlern«, rief Johann und stimmte ein Schmählied auf den Ablasshandel an:

»Ein neues Lied dem HERRN,
ein neues Lied dem HERRN,
wenn es im Ablasskasten klimpert,
hört der HERR es gern.
Wenn das Geld im Kasten klingt,
die Seele aus dem Feuer springt.
Ob Mord, ob Totschlag, Raub gemein,
mit Ablasskäufen wird man rein.
Gottes Gnade gibt's für Geld,
weil Gott nur noch Dukaten zählt.
Ein neues Lied dem HERRN,
ein neues Lied dem HERRN!«

Alle stimmten grölend ein. Keiner beachtete den Mönch im hintersten und dunkelsten Winkel der Kaschemme.

»He, Wirt, bring neues Bier, das regt das Denken an«, brüllte Johann.

Die Tür öffnete sich und Melchior kam herein. »Hier steckt ihr! Ich habe euch schon überall gesucht. Habt ihr schon gehört, dass heute ein Mönch splitternackt durch die Stadt gelaufen ist? Das war ein Spaß! Alle haben gelacht und geschrieen und mit den Fingern auf ihn gezeigt. Es sah aber auch zu komisch aus!«

»Deswegen hatten wir Ärger«, erwiderte Klaus. »Der Propst denkt, es war unsere Fakultät.«

»Wart ihr es nicht?«, wunderte sich Melchior. »Die Mediziner behaupten es jedenfalls. Obwohl ich denke, dass sie es vielleicht selbst waren. Sie wollen nur von sich ablenken.«

Klaus kratzte sich am Kopf. »Johann?«, fragte er leutselig. »War es nicht zufällig deine Liebste, die der Mönch da besprungen hat?«

»Willst du behaupten, dass ich es war?«, fuhr Johann auf und packte über den Tisch hinweg Klaus' Hemd. Der Tisch wackelte bedenklich und mit ihm die Bierkrüge. Jeder nahm seinen schnell zur Hand, um den kostbaren Tropfen zu retten.

»He, hört auf! Ist doch egal, wer es war. Der Spaß war es wert.«

»Das stimmt«, pflichtete ein anderer bei. »Lassen wir uns den Spaß nicht verderben. Auf die kleinen, fetten, feigen Hurenböcke in Kutte!«

»Auf die Hurenböcke in der Kutte!«, grölten alle und stießen mit ihren Krügen an. Das Bier schwappte über, es wurde gelacht, gesoffen, gesungen. Einer sprang auf den Tisch, hüpfte herum, während die anderen Studenten im Takt ihre Bierkrüge aufstampften.

»Wir wollten doch ins Badehaus gehen«, erinnerte Melchior. »Hier in der Kaschemme gibt es keine Huren. Der Stadtrat hat es verboten.«

»Ja, schade. Aber im Badehaus ist es auch besser. Da sind sie richtig nackt«, meinte Johann. Er war in bester Stimmung und hoffte nur, dass Melchior den Badehausbesuch auch finanzierte.

»Also los, brechen wir auf. Und Melchior zahlt«, rief Klaus.

»Immer ich«, schmollte Melchior.

Klaus blieb stehen. »Dann musst du allein gehen. Wir haben nämlich kein Geld. Aber wenn du uns einlädst, werden wir dir ewig dankbar sein.«

Sie erhoben sich. Melchior stutzte. »Habt ihr den Kerl da in der Ecke gesehen? Der sitzt schon die ganze Zeit da, als wenn er euch beobachtet.« Johann und Klaus drehten sich um. Johann zuckte mit den Schultern.

»Ein Mönch! Im Wirtshaus! Sag ich doch, dass es alles Hurenböcke sind.« Lachend verließen sie die Schänke.

Kurz darauf erhob sich der Mönch und folgte ihnen in größerem Abstand. Die drei bemerkten es nicht. Sie hatten sich die Arme gegenseitig über die Schultern gelegt und schwankten über die ganze Breite der Gasse. Dabei grölten sie wieder derbe Trinklieder.

Melchior fühlte sich als wahrer Wohltäter, weil er seinen beiden Freunden den Besuch des Badehauses spendierte. Es war nicht das erste Mal, dass sie hier einkehrten, und so fesche junge Männer, die voll im Saft standen, waren bei den Huren gern gesehen.

Das Haus wurde von einer Frau geleitet, die nicht unvermögend schien. Jedenfalls war sie gut gekleidet und wohl genährt.

»Ich begrüße die jungen Herren«, dienerte sie mit einem breiten Lächeln. »Immer nur herein in unser gastliches Haus! Ich wünsche den Herren einen angenehmen Aufenthalt.«

Sie geleitete die drei Freunde zu einer schweren Holztür, hinter der gedämpftes Gelächter und Stimmen zu hören waren. Sie öffnete die Tür und schlug einen Vorhang beiseite, der den Eingang abschottete. Feuchter, warmer Brodem schlug ihnen entgegen und es roch nach Kräutern, Essen und etwas Süßlichem. Sie standen in der Badestube, in der es bereits hoch herging.

Auf der einen Seite des großen Raumes, dessen Boden mit Steinfliesen bedeckt war, standen mehrere große Holzzuber. Jeweils ein Paar saß sich in so einem Zuber gegenüber. In der Mitte lag ein Brett auf, vornehm mit Leinen gedeckt. Essen und Trinken, meist dunkelroter Wein und gesottenes Fleisch auf Tellern und Holzplatten labte die Badenden. Es wurde gelacht, gekichert, gequiekt, und ein Paar kopulierte so ausgelassen, dass das Wasser aus der Wanne schwappte. Die anderen störte das keineswegs. Sie feuerten die beiden mit aufmunternden Rufen an.

Auf der anderen Seite des Raumes standen mehrere große Betten. Bei denjenigen, die belegt waren, wurden die Vorhänge heruntergelassen. Manche störten sich jedoch nicht daran, Zuschauer zu haben.

Ein junger Mann stand in der Mitte des Raumes und unterhielt die Gäste mit Mandolinenklängen und einer mädchenhaft hohen Stimme. Kein Zweifel, er war ein Kastrat. Bademägde schleppten Kübel mit warmem Wasser herein, andere brachten frische Speisen auf Tabletts, und ein alter Mann, der offensichtlich blind war, legte im Ofen Feuer nach.

Noch einmal öffnete sich die Tür und drei junge, nur leicht bekleidete Mädchen huschten kichernd herein. Sie knicksten vor den Studenten und warfen ihnen kokette Blicke zu. Während die Bademägde drei weitere Wannen füllten, halfen die jungen Mädchen den Freunden, die Kleidung abzulegen. Melchior war ganz in seinem Element. Seine Wangen und Ohren glühten bereits und auf seiner Stirn standen kleine Schweißperlen.

»Oh, tut das gut, oh, tut das gut«, stöhnte und seufzte er, als eines der Mädchen ihn auf eine Bank setzte und seinen ganzen Körper mit einem Moosschwamm abseifte, dann nahm sie ein Bündel Birkenruten und schlug ihm auf den Rücken und das Gesäß. Melchior rückte sein Hinterteil heraus und verdrehte wonnevoll die Augen.

Johann griente, wurde aber gleich von seiner blond gelockten Badehure abgelenkt, die ihn zur Wanne zog. Zuvor entkleidete Johann sie und betastete immer wieder entzückt ihre kleinen, runden Brüste.

»Und was wünscht Ihr, junger Herr?«, vernahm Klaus die glockenhelle Stimme des dritten Mädchens, das bei ihm stehen geblieben war.

Klaus wollte etwas sagen, doch ein Kloß steckte in seinem Hals und heraus kam nur ein unartikuliertes Krächzen. Er schämte sich dafür, wollte er doch ganz gern mannhaft auftreten wie dieser alte Mann da, der seine Partnerin in der Wanne zum Quieken brachte.

»E ... e ... erst mal baden.« Es klang wie das Meckern einer Ziege.

»Also gut. Kommt, ich helfe Euch beim Entkleiden.« Linkisch stand Klaus da, während das Mädchen ihm den Umhang abnahm, sein Wams und den Gürtel öffnete. Dann stand er nackt da und wusste nicht, wo er hinschauen sollte.

Sie hob die Arme und drehte sich um sich selbst. »Wollt Ihr mich nun nicht entkleiden?«

»G ... g ... gern«, stotterte er und streckte die Hand aus. Vor seinem inneren Auge sah er ein anderes Dekolleté, voller, umhüllt von teurem Stoff und duftend nach orientalischem Parfüm. Er schloss die Augen und tastete mit seinen Händen über den Busen des Mädchens. Sie kicherte und senkte schamhaft den Kopf, aber Klaus bemerkte es nicht. Er wünschte sich plötzlich, Katharina auf diese Art berühren zu können. Gleich darauf erschrak er. Katharina war eine ehrsame Kaufmannstochter und für ihn unerreichbar. Sie mit einer Badehure zu vergleichen, war schändlich. Er riss die Augen auf und sah, dass sich das Mädchen schon selbst entkleidete. Das dünne Gewand ließ sie einfach auf den Boden fallen und stieg grazil in die Wanne.

Die Mägde hatten sie mit warmem Wasser gefüllt und Kräuter hineingegeben. Auf dem Brett in der Mitte standen zwei Weinpokale und ein Teller mit Obst und Fleisch.

»Nun kommt schon«, forderte sie ihn auf und streckte ihm die Hand entgegen. Sie setzte sich nieder und benetzte sich bis zum Hals mit dem duftenden Badewasser. Klaus spürte, dass seine Lenden sich regten und blickte hinab. Mit Entsetzen bemerkte er, wie sich sein Hirtenstab reckte und streckte. Verlegen hielt er die Hände davor und folgte dem Mädchen schnell in die Wanne. Sie nahm den Weinkelch und hob ihn hoch.

»Auf Eure Gesundheit und Eure Manneskraft, junger Herr.«

»Danke, ebenfalls«, erwiderte er.

Sie lachte wieder glucksend. »Ich bin aber kein Mann. Habt Ihr das nicht bemerkt?« Zu allem Unglück stand sie auf und zeigte sich ihm aus nächster Nähe und in ihrer natürlicher Pracht. Er starrte sie mit aufgerissenen Augen und offenem Mund an.

»Aaaaah«, gurgelte er, bevor er gänzlich im Wasser untertauchte.

Johann hockte ebenfalls mit seinem Mädchen in der Wanne. An ihrem Kichern und Gackern bemerkte Klaus, dass die beiden irgendetwas mit den Füßen im Wasser trieben. Melchior ließ sich immer noch mit den Birkenruten bearbeiten. Sein Rücken und sein Hinterteil waren rot wie gekochte Krebse.

Klaus aß und trank und trank und aß und spürte die schlanken Beine des Mädchens zwischen seinen. Sie blickte ihn erwartungsvoll an. Die Wärme des Wassers oder vielleicht auch die Vorfreude hatten ihre Wangen gerötet. Sie sah wirklich apart aus.

»Ihr seid so schüchtern, junger Herr. Es steht Euch gut an. Aber Euer Freund hat nicht nur für Essen und Trinken bezahlt.« Sie schob einfach das Brett von der Wanne und hüpfte rittlings auf seine Lenden. Ihm entschlüpfte ein Laut der Überraschung. Mit den Händen musste er sich am Zuberrand festhalten, während sie zielsicher ins Wasser griff und sofort fand, was sie suchte. Klaus wurde es schrecklich heiß, aber er konnte sich nicht bewegen, klammerte sich nur fest und sah den hüpfenden Busen des Mädchens vor sich. Das Wasser schwappte ihm rhythmisch ins Gesicht. In seinem Bauch zog sich etwas mit aller Gewalt zusammen, er bäumte sich auf und gurgelte wie ein Strudel, während er im Wasser versank. Er hatte das Gefühl, sein Gehirn wurde aus seinem Penis herausgeschleudert, dann wurde ihm die Luft knapp. Jemand zog an seinem Haar, und die Welt hatte ihn wieder.

Johann hatte seine Herzensdame bäuchlings über das Brett gelegt und ließ mit klatschenden Geräuschen seine Lenden gegen ihre strammen Hinterbacken prallen. Weinkelche, Obst und Hühnerflügel fielen ins Wasser und schwappten im Takt, den Johann vorgab. Der alte Mann in der Nachbarwanne schenkte ihm ein zahnloses Grinsen.

»Weiter – weiter – weiter«, krähte er und hüpfte vor Freude ebenso auf und ab. Nur ging es bei ihm nicht weiter, was seine Partnerin mit einem verständnisvollen Lächeln quittierte.

Melchior hatte nun offensichtlich genug von den Rutenschlägen und sie hatten wohl auch ihr Ziel erreicht. Sein prachtvollknabenhafter Zauberstab war ganz in sich zusammengekrochen. Mit einem Seufzer ließ sich Melchior in das warme Wasser gleiten und von seiner Badedame abwechselnd mit Wein und Fleisch stärken.

Wohlig entspannt und reichlich müde verließen die drei nach einer weiteren Stunde das Badehaus. Lautstark unterhielten sie sich über das eben Erlebte, während sie durch die dunkle Gasse gingen. Sie kürzten den Weg über den Hinterhof ab, der das Badehaus von einem Gemüsehändler trennte. Im Hof standen leere Krautfässer herum. Klaus gewahrte einen dunklen Schatten, dann eine Bewegung.

»Halt! Wer da?«

Wie eine riesengroße Fledermaus flog etwas aus der Höhe herab und wollte fliehen. Geistesgegenwärtig schnappte Johann zu. Er war der größte und kräftigste von ihnen. Er rang mit dem schattenhaften Wesen. Wenn er nach diesem Badevergnügen nur nicht so schlapp gewesen wäre!

»Helft mir«, ächzte er.

Klaus und Melchior warfen sich nun auch auf den Schatten und umklammerten ihm. Klaus schauderte, weil er glaubte, ein blankes Gerippe zwischen den Fingern zu halten. Zu dritt überwältigten sie das schwarze Etwas und zerrten es in die Nähe einer Pechfackel, die in einer eisernen Halterung an der Hauswand steckte und die schmale Gasse beleuchtete. Melchior riss die Fackel herunter und hielt sie dem Wesen vors Gesicht. Das wandte sich schmerzvoll ab.

»He, schaut doch mal, wen wir hier haben. Ist das nicht der düstere Mönch, der uns schon vorhin in der Schänke beobachtet hat? Was schleichst du uns hinterher, du Knochengerüst? Bist du der Sensenmann persönlich? Wir sind noch nicht dran, merk dir das!«

Der hagere Mönch versuchte vergeblich, die Kapuze seiner Kutte wieder vors Gesicht zu zerren. Johann ging noch einmal in den Hof zurück.

»Der hat uns beobachtet«, kreischte er plötzlich auf. »Dieses Schwein hat uns beobachtet. Er stand auf einem Fass und hat durch die Ritzen der Fensterläden hereingeschaut!«

Das Fass war bei Tobias' überstürzter Flucht umgefallen.

»Bringt ihn her, der soll seinen Denkzettel bekommen!«

Johann rollte das Fass herbei, während Melchior und Klaus den widerstrebenden Mönch packten. Zu dritt stürzten sie ihn kopfüber in das leere Fass. Tobias schrie und strampelte und wehrte sich vergeblich. Es war nicht einfach, seine langen dünnen Beine, die verzweifelt nach den Angreifern traten, in das Fass zu drücken, aber mit vereinten Kräften gelang es ihnen. Dann klopfte Johann den Deckel darauf.

Tobias' Geschrei klang dumpf aus der Tonne.

»Was machen wir nun mit ihm?«, wollte Klaus wissen.

Johann zuckte mit den Schultern. »Wir lassen ihn einfach hier stehen. Morgen früh wird ihn schon jemand finden.«

»Und wenn er nun da drin erstickt?«

»Ach was, Mönche sind zäh. Und wenn, wäre es auch nicht so schlimm. Einer dieser geldgierigen Hurensöhne weniger.«

»Sag nichts gegen Huren«, erwiderte Klaus. »Die drei waren doch ganz passabel.«

»Stimmt«, grinste Melchior. Er trat zum Abschied noch mit dem Fuß an das Fass. »Halt's Maul da drinnen und sei froh, dass wir dich nicht in den Fluss rollen!«

Sie zogen lachend weiter und überließen den Mönch Tobias in seiner misslichen Lage dem Schicksal.

Klaus fieberte am nächsten Tag der Mittagspause entgegen. Diskret erinnerte er den Magister daran, dass er ihm zugesagt hätte, die Zwillinge unterrichten zu dürfen.

»Nichts habe ich zugesagt«, erwiderte Siebenpfeiffer barsch. »Außerdem muss ich erst mal mit dem Kaufmann reden, ob er überhaupt einverstanden ist.«

Klaus wich nicht einen Schritt von Siebenpfeiffers Seite. Jetzt, wo er so nahe an Katharina dran war, wollte er sich die Gelegenheit nicht entgehen lassen. Er wollte sich nicht damit begnügen, sie nur sonntags bei der Messe zu sehen, von fern und in züchtig geschlossenen Kleidern. Er wollte ihr nahe sein, so nahe wie dieser Badedirne, sie anschauen, sie berühren, ihren Duft spüren. Er wollte mit ihr reden, lachen, ihr in die Augen schauen.

Wie immer war Hieronymus Preller beschäftigt. Er diskutierte heftig mit seinem Kontoristen und Buchhalter, während Knechte draußen einen Wagen beluden.

»Hättet Ihr wohl die Güte, verehrter Kaufmann Preller, mir für einen kurzen Moment Eure kostbare Zeit zu schenken, damit ich Euch einen Wunsch vortragen kann?«

»Seid gegrüßt, Magister Siebenpfeiffer. Ich freue mich immer, Euch zu sehen und diesen wackeren jungen Mann. Was immer Ihr begehrt, der Wunsch sei Euch bewilligt.«

»Aber Ihr wisst doch noch gar nicht, was es ist«, wunderte sich Siebenpfeiffer.

»Was es auch sei, ich weiß, dass Ihr ein bescheidener Mensch seid.«

»Eigentlich ist es nicht mein Wunsch, sondern der dieses jungen Mannes, des Scholaren Claudius Agricola. Er ist einer meiner besten und fähigsten Studenten und auch schon in der Lage, die *diputatio* zu leiten. Er verspürt den innigsten Wunsch, sein Wissen weiterzuvermitteln und eine leichte Lehrtätigkeit neben seinem Studium aufzunehmen. Nun wohnte er meinen Lektionen für Eure beiden Töchter bei und bat mich darum, sie auch unterrichten zu dürfen. Natürlich nur unter meiner bewährten Aufsicht und unter der Maßgabe Eures Einverständnisses ...«

Hieronymus winkte ungeduldig ab. Für die umständliche, geschwollene Ausdrucksweise dieser Gelehrten war er wenig empfänglich.

»Soll er, dieser junge Mann. Ich vertraue Euch da vollkommen. Natürlich bekommt Ihr weiter Eure Mahlzeit für Eure Mühe und der junge Herr Studiosus auch.« Er unterbrach den gemurmelten Dank des Magisters. »Kommt doch herein und lasst Euren Scholaren mit seiner Arbeit beginnen. Er weiß wohl, wo es lang geht.«

Hieronymus packte Siebenpfeiffer an seinem Umhang und zog ihn in sein Kontor. Dort verzog sich sein Gesicht zu hundert Kummerfalten.

»Erinnert Ihr Euch, was Ihr mir weisgesagt habt? Dass es eine Trennung gibt? Ihr habt Recht gehabt. Unser Land ist geteilt, die Brüder haben sich entzweit[2]. Und wer muss seit vier Jahren darunter leiden? Die Kaufleute! Wieder eine Grenze mehr, die es zu überwinden gilt und die den freien Handel hindert. Was denken sich diese Herren eigentlich? Warum konnte es nicht so bleiben,

2 Hier wird auf die 1485 vollzogene Teilung Sachsens angespielt, nachdem sich die bis dahin gemeinschaftlich regierenden Brüder Ernst und Albrecht entzweiten. Danach spaltete sich die Wettiner Erbfolge in eine ernestinische und eine albertinische Linie.

wie es war? Ihr wisst doch immer alles, Siebenpfeiffer. Sagt mir, ob es wieder besser wird, ob unser Land wieder eins wird.«

Siebenpfeiffers Miene wurde abweisend. Das Gejammer der Kaufleute war ihm zuwider.

»Mehr als einmal habe ich Euch zu verstehen gegeben, dass ich kein Hellseher bin. Mich plagen zum Glück keine Visionen und ich beschäftige mich nicht mit der Zukunft, solange es sich nicht um philosophische Betrachtungsweisen handelt.«

»Aber Ihr habt doch vorhergesagt, dass es eine Trennung geben wird. Ihr habt es gesehen, Ihr habt es gewusst.«

»Das ist etwas ganz anderes«, wiegelte der Magister ab. »Politische Abläufe folgen bestimmten Gesetzen. Auf dem Höhepunkt der Macht werden die Menschen unvernünftig und tun genau das, was ihnen schadet. Das hat die Geschichte immer wieder bewiesen. Leider ist die menschliche Natur zu wenig weitsichtig, um aus alten Fehlern zu lernen. Jeder Herzog wollte plötzlich sein eigenes Land. Vergesst nicht, Preller, dass beide letztlich mit der Teilung einverstanden waren und dies im gegenseitigen Einvernehmen geschah. Herzog Ernst war sogar so großherzig, seinen jüngeren Bruder wählen zu lassen, welches Teilstück er beanspruchen wollte. Albrecht wählte eben das meißnisch-osterländische Teil, während Ernst das thüringisch-fränkische beansprucht. Ihr solltet Gott danken, dass diese Teilung friedlich vonstatten gegangen ist, sonst wäre es aus gewesen mit Euren Pfründen in Franken.«

»Franken, Franken«, äffte Hieronymus. »Spanien ist mein Ziel. Und jede Grenze, die dazwischen liegt, ist ein Hindernis zu viel.«

Siebenpfeiffer lachte. »Ich kann Eure Sorgen nicht nachvollziehen, Preller. Ich sehe Euch satt und wohlhabend und immer noch Handel treibend. So schlimm kann es also nicht sein. Zumindest geht es den Kaufleuten besser als den Gelehrten.«

Hieronymus hatte sich auf einen brokatbezogenen Hocker niedergelassen, der eindeutig orientalischer Herkunft war. Er schien der Verzweiflung nahe.

»Ihr könnt mir wirklich nicht sagen, ob sich Sachsen je wieder vereint? Oder ob die westlichen Länder erobert werden? Ein großes Reich, das ganz Westeuropa umfasst, wäre wohl der Traum aller Händler und Kaufleute. Nicht auch Eurer, Siebenpfeiffer?«

»Es wäre ein Albtraum. Stellt Euch vor, all die verschiedenen Völkerschaften unter einem König oder Kaiser. Um den Volkszorn im Zaum zu halten, müsste der Regent seinen ganzen Reichtum für Soldaten ausgeben, die im Inneren des Reiches kämpften, statt neue Länder zu erobern. Nein, nein, Preller, Gott hat die Ordnung schon richtig geschaffen. Seht es doch mal vom philosophischen Standpunkt aus …«

»Davon habe ich keine Ahnung. Ihr seid Gelehrter, ich bin Kaufmann. Mich interessiert nur, wie viele Zollschranken zwischen meinen Handelsplätzen liegen. Jeder Zoll verteuert meine Ware und schmälert meinen Gewinn. Es ist eine einfache Rechnung, wie ein Naturgesetz.«

»Nun, vielleicht lernen die beiden Herzöge aus dieser schmerzhaften Teilung und vermeiden weitere in der Zukunft. Aber das *sehe* ich nicht, Preller, sondern *hoffe* es für Euch.«

Hieronymus nickte schwach. Er stützte seinen Kopf gedankenschwer auf seine Hand.

»Und ich träumte davon, so wie mein Freund Sikora den Handel bis in das Reich des chinesischen Kaisers ausweiten zu können.«

Siebenpfeiffer schwieg. Er mochte nicht erwähnen, dass dem Kaufmann vielleicht weiteres Ungemach ins Haus stehen würde. Die Unzufriedenheit der Kaufleute war nur die eine Seite. Die Unmoral der Kirche eine andere.

Von draußen war die schrille Stimme des Ablasspredigers zu hören, der den Leuten das Fürchten lehrte. Er drohte ihnen mit den Qualen des Fegefeuers und zählte immer wieder die Sünden auf, von denen man sich freikaufen musste, wollte man nicht so enden wie die grausigen Gestalten auf den Rollbildern, die eifrige Mönche im Rund zeigten.

»Vergebung für die Toten. Auch Eure Ahnen haben gesündigt. Damit sie schneller in den Himmel kommen, zahlt Eure Dukaten hier ein. Damit werden auch Euren Ahnen alle Sünden vergeben. Habt Ihr gesündigt? Habt Ihr einen Mord begangen? Für acht Dukaten wird er Euch hier und jetzt vergeben. Habt Ihr den Mord noch nicht begangen? Plagen Euch derartige Gedanken? Acht Dukaten! Heute nur acht Dukaten und auch der Gedanke daran sei euch vergeben. Für ein paar Dukaten mehr vergebe ich euch die Vergewaltigung der Heiligen Jungfrau Maria.«

Der Magister bekreuzigte sich. Er konnte es nicht verdenken, dass seine Studenten diese natternzüngigen Prediger verspotteten. Er würde es einfach auf die vielen ausländischen Studenten schieben, die da aus Böhmen und Polen, Ungarn, Kärnten und Österreich herkamen, um sich die Universität zu beschauen und den Weinumsatz in den städtischen Schänken zu steigern.

Das Problem war nur, dass Propst Benedictus zu viel Macht und Einfluss in der Stadt besaß, um ihn zu hintergehen. Was einmal zwischen seine fetten Wurstfinger geriet, das ließ er nicht wieder los, in Gottes Namen, dem Namen der heiligen Mutter Kirche und damit in seinem Namen. Siebenpfeiffer hatte keine Lust, es sich mit den Mächtigen zu verderben, war er doch auf das schmale Salär als Magister angewiesen. Und er konnte auch nichts anderes, als Studenten unterrichten, wollte er nicht betteln gehen.

Er klopfte Hieronymus tröstend auf die Schulter und blickte sich dann im Kontor um. »Interessante Ware habt Ihr wieder hereinbekommen«, stellte er fest. »Ihr schwärmt für das Orientalische, nicht wahr? Der schönste Edelstein in Eurer Sammlung ist wohl Eure ... hm ... Philomena.«

Bei der Nennung ihres Namens leuchteten Hieronymus' Augen auf.

»Wie wahr«, rief er. »Wenn sie nicht wäre, dann wären meine Tage finster wie die Nächte ohne Mondlicht.«

»Woher kommt diese schöne Frau?«, wollte der Magister wissen.

Hieronymus starrte ihn erschrocken an. »Das darf ich niemandem sagen. Es ist ein Geheimnis.«

Siebenpfeiffer deutete auf die orientalischen Teppiche. »Ich wette, sie stammt auch aus dem Orient. Habt Ihr sie auf einem Sklavenmarkt gekauft?«

Hieronymus' Blick flackerte unsicher. Siebenpfeiffer schätzte, dass er der Wahrheit ziemlich nahe kam.

»Was Ihr nur denkt, Magister! Ich nehme mir doch keine Heidin ins Haus! Nein, nein, lasst Philomena aus dem Spiel. Sie ist eine liebe Frau, sehr häuslich und versteht es, mein großes Haus zu führen. Sie ist gut zu den Kindern, und vor allem ist sie gut zu mir.«

Bei der Erwähnung der Zwillinge wurde Siebenpfeiffer unruhig. Er wollte unbedingt nachschauen, wie sich Klaus bei der Unterrichtung der Mädchen anstellte. Hieronymus' Klage hatte ihn ganz davon abgehalten.

Klaus jedoch war froh, dass er mit den Zwillingen allein sein konnte. Sie hatten sich, wie jeden Tag, im hinteren Zimmer eingefunden und warteten still, bis der Magister erschien. Als sie stattdessen Klaus erblickten, waren sie wohl überrascht, und gleichzeitig hocherfreut. Vor allem Katharina konnte ihre Freude nicht verbergen und glühte wie eine gerade erblühte Rose. Sie gab sich besondere Mühe, und beide Mädchen wetteiferten um die besten und schnellsten Ergebnisse in der Arithmetik, die klügsten Gedanken in Philosophie und gefälligsten Reden in der Rhetorik. Zum Abschluss beschäftigten sie sich mit den Naturwissenschaften. Der Lauf der Gestirne und die einzelnen Sternzeichen vermittelte ihnen ein Gefühl göttlicher Nähe.

»Werdet Ihr auch weiterhin kommen und uns unterrichten, Herr Studiosus?«, wollte Katharina wissen.

»So es dem Magister beliebt und es Euer Vater gestattet, Fräulein Katharina«, erwiderte er und seine Augen verirrten sich von ihrem hübschen Gesicht zu ihrem Busen, der sich jetzt heftiger bewegte. Er dachte an den vergangenen Abend und stellte sich Katharina unbekleidet und nass in einem dampfenden Zuber vor. Unvermittelt schüttelte er den Kopf. Solche unkeusche Gedanken sollte er sich verkneifen.

»Was habt Ihr? Ist etwas nicht in Ordnung?«, fragte Katharina und zupfte etwas verlegen an ihrem Kleid.

»Nein, nein, ganz im Gegenteil!« Klaus errötete.

Er war froh, dass die sonst allgegenwärtige Amme dem Unterricht nicht beiwohnte, weil sie von diesem »Teufelszeug« nichts hielt. Ihrer Meinung nach brachte das Lesen, Schreiben und Rechnen eine wahrhaft christliche junge Dame nur vom rechten Glauben ab. Für eine Frau gab es nur zwei Wege, entweder dem HERRN zu dienen und ins Kloster zu gehen oder sich einem Mann unterzuordnen und ihm viele Kinder zu schenken. Dazu musste man aber weder schreiben noch lesen können und sich erst recht nicht mit philosophischen Fragen oder gar dem Lauf der Gestirne beschäftigen. Ihre Einwände stießen bei Hieronymus allerdings auf taube Ohren.

»Wollt Ihr Euch nicht Euren Lohn in der Küche holen?«, fragte Maria. »Schließlich habt Ihr genauso gearbeitet wie sonst der Magister.«

»Aber der Magister bekommt doch auch etwas zu essen«, rief Katharina erschrocken.

»Selbstverständlich.« Maria, die Ältere, Beherrschtere, Weisere warf ihrer Schwester einen tadelnden Blick zu. »Wir sind dem Herrn Magister zu tiefstem Dank verpflichtet.«

»Das ist sehr weitherzig von Euch«, sagte Klaus zu Maria, die verlegen den Blick senkte. »Schließlich ist es schon ungewöhnlich, dass junge Damen auf diese Art unterrichtet werden.«

»Am liebsten würde ich ja auch auf der Universität studieren«, sagte Katharina keck.

Maria schnappte nach Luft. »Du erzählst Unsinn«, schalt sie ihre Schwester. »Wie kannst du nur solche Gedanken hegen! Schließlich sind wir keine Männer.«

»Was hat das denn damit zu tun?«, verteidigte sich Katharina. »Der Magister sagte, der Lehrstoff, den er uns hier vermittelt, ähnele dem, der an der Universität gelehrt wird.«

»Da habt Ihr nicht ganz Unrecht«, mischte sich Klaus in den Disput ein. »Allerdings ist er an der Universität weitaus umfangreicher, dass er von einem weiblichen Gehirn ohnehin nicht erfasst werden kann. Deshalb können Frauen niemals studieren.« Er schaute Katharina an. »Aber ich gebe zu, Ihr seid sehr klug und im Denken sehr wendig. Das gefällt mir.«

Nun senkte auch Katharina verlegen den Blick und errötete vor Freude über das Kompliment. »Kommt, ich begleite Euch zur Küche, damit Ihr Euer Essen bekommt.«

Auf dem Gang begegneten sie dem Magister. »Wie war die *lectio*, Agricola?«

»Sehr zufrieden stellend, Herr Magister«, erwiderte Klaus. Und leiser fügte er hinzu: »Für Frauen ungewöhnlich gut.«

Siebenpfeiffer schmunzelte. »Dann passt auf, dass sie Sie nicht übertrumpfen, Agricola. So manche Frau ist das Gehirn des Mannes, auch wenn der Papst derartige Gedanken für einen Ausbund an Gotteslästerung hält.«

»Kommt, Herr Magister, ich lasse Euer Mahl im Zimmer servieren«, bat Maria ihn.

Klaus ging, begleitet von Katharina zur Küche. Er würde nicht gemeinsam mit seinem Magister speisen, weil sonst die Ordnung gestört werden würde. Nur zu besonderen Anlässen wie einer offiziellen Einladung, durfte er gemeinsam mit ihm am Tisch sitzen, und natürlich in der Schänke, wo sich die Grenzen ohnehin verwischten.

Es gab mit Brot gefülltes Hühnchen, in saurer Weinsoße gekocht und mit Honig gesüßt. Dazu reichte Katharina ihm zwei Mehlklöße, die mit Rosinen verfeinert waren. Danach gab es Salbeitorte und heißen Schweinebraten, der mit gebratenen Apfelwürfeln abgeschmeckt, mit Rosinen, zerstoßenem Ingwer und Pfeffer, übergossen wurde.

»Schmeckt's?«, wollte Katharina wissen und setzte sich ihm wieder gegenüber, um ihm beim Essen zuzuschauen.

»Warum esst Ihr nicht mit mir?«, fragte Klaus.

Katharina schüttelte den Kopf. »Wir essen immer erst gegen Abend gemeinsam mit dem Vater und Philomena. Aber ich habe natürlich schon gekostet, ob das Hühnchen gar und die Soße nicht zu sauer ist, bevor ich sie Euch anbiete.« Sie lächelte verschmitzt.

Klaus schmeckte es ausgezeichnet, und nach der schmalen Kost, die sonst seine Mahlzeiten bestimmte, war dies ein wahrer Festschmaus.

In Katharinas Augen glitzerte es. Etwas schien ihr unter den Nägeln zu brennen, aber sie schwieg, während ihre Augen auf ihm lagen. Immer wieder blitzte die kleine, himbeerfarbene Zungenspitze zwischen ihren geöffneten Lippen hervor, fuhr von einem Mundwinkel zum anderen und hinterließ eine feuchte, glänzende Spur. Klaus vergaß zu kauen und starrte auf ihren Mund.

Die verführerischen Lippen verbreiterten sich zu einem Lächeln und ihre ebenmäßigen, perlengleichen Zähne wurden sichtbar.

»Was habt Ihr? Warum esst Ihr nicht weiter?«

Klaus fuhr sich mit dem Ärmel über den Mund, von wo das Bratenfett zum Kinn hinabtropfte.

»Ihr seid sehr hübsch, Jungfer Katharina.«

»Deswegen muss man doch nicht gleich das Essen vergessen«, erwiderte sie lachend. Doch dann wurde ihr Gesicht ernst und geheimnisvoll. Sie beugte sich zu ihm vor, und er kam ihr liebend gern entgegen. Fast berührten sich ihre Nasenspitzen, und ihre Blicke versanken ganz tief ineinander.

»Ich habe eine große Bitte an Euch«, flüsterte Katharina.

»Ja?«, hauchte er zurück.

»Ich möchte, dass Ihr mich noch viel mehr lehrt. Alles, was in dem dicken Buch steht.«

»Welchem dicken Buch? Der Bibel?«

»Nein, dem dicken Buch auf unserem Speicherboden.«

»Was ist das für ein Buch? Ich kenne es nicht. Könnt Ihr es nicht herbringen, damit ich es anschauen kann?«

Sie schüttelte unmerklich den Kopf. »Es ist ein verbotenes Buch.«

»Ein ver ...« Er kam nicht weiter, denn Katharinas kleine Hand legte sich blitzschnell auf seinen Mund.

»Pssst! Es darf niemand wissen.«

Er zwinkerte mit den Augen zum Zeichen, dass er verstanden hatte. Sie nahm ihre Hand wieder weg und wischte sie verstohlen an ihrem Rock ab.

»Was ist das für ein Buch?«, raunte er.

»Ein Buch mit vielen Bildern. Da sind Pflanzen und Tiere und auch Menschen. Die sind nackt und tot, aber sie sehen aus, als ob sie leben.«

Er runzelte die Brauen und blickte sie zweifelnd an. »Ein Zauberbuch?«

»Nein, ich glaube nicht. Es ist in Latein abgefasst, aber ich verstehe es trotzdem nicht. Ich möchte, dass Ihr es mir erklärt.«

»Euch allein?«

Katharina nickte heftig. »Maria hat es zwar entdeckt und mir davon erzählt, aber sie will es sich nicht richtig anschauen. Sie sagt, es wäre ein sündhaftes Buch.«

»Und das liegt bei Euch auf dem Speicherboden?«

»Ja doch. Ich weiß nicht, woher es stammt und wer es da hinauf gelegt hat. Ich wage auch nicht, Vater danach zu fragen. Deswegen bitte ich Euch, es mir zu erklären. Ihr seid ein studierter Mann und sehr klug und werdet es bestimmt verstehen.«

»Bestimmt«, nickte Klaus und wischte sich wieder über den Mund. »Aber wie soll ich auf den Speicherboden gelangen, ohne dass es jemand merkt?«

»Wir werden beide hinaufgehen, wenn die *lectio* beendet ist. Ihr müsst sie ein bisschen eher beenden und schnell essen, dann bleibt Zeit, um auf den Speicher zu gehen. Heimlich, versteht sich.«

»Versteht sich«, gab er zurück.

Die Stimme des Magisters war auf dem Gang zu hören. Klaus erhob sich. »Ich danke Euch, Katharina, für das Mahl und Euer Vertrauen und überhaupt alles.« Er griff verstohlen nach ihrer Hand und drückte sie fest. Dann eilte er hinaus.

Klaus konnte es kaum erwarten bis zum nächsten Mittag. In Gedanken weilte er schon bei Katharina und dem Dachboden und überlegte, was das für ein Buch sein könnte. Ganz sicher war es ein Buch über schwarze Magie. Diese Philomena war zwar eine recht hübsche Frau, aber er argwöhnte, dass sie wohl aus dem Orient stammte und der Zauberei mächtig war. Er sollte besser auf der Hut sein.

Dafür war Katharina ein liebliches Wesen, so arglos und natürlich und trotzdem verführerisch und begehrenswert. Dafür lohnte es sich, auf den Speicherboden zu steigen. Vielleicht ließ sie ihn sogar mal an ihr Mieder fassen und fühlen, wie voll und fest ihre Brüste waren. Allein der Gedanke daran ließ ihn nervös hin und her rutschen und der Vorlesung nur unkonzentriert folgen.

Nach dem Gebet zur Sext eilte Klaus zum Hause des Kaufmanns Preller an den Markt, während Magister Siebenpfeiffer noch aufgehalten wurde. Die Zwillinge erwarteten ihn bereits, während Hieronymus enttäuscht war, dass Siebenpfeiffer nicht kam.

»Er kommt sicher gleich, wurde nur aufgehalten wegen des Vorfalls mit dem Mönch.«

Auch Hieronymus hatte davon gehört, es war inzwischen zum Stadtgespräch geworden. Der Vorfall teilte die Bevölkerung der Stadt in zwei Parteien: eine, die schadenfroh über die Blamage der ungeliebten, geldgierigen, lasterhaften Mönche lachten, die anderen, die Sitte und Moral in der Stadt durch die trunk- und spielsüchtige Studenten gefährdet sah und ein schärferes Vorgehen gegen die Studentenschaft forderte.

»Wer war es denn?«, wollte Hieronymus wissen.

Doch Klaus konnte mit keiner Antwort dienen. »Wahrscheinlich jemand von den Fremden.«

»Wann schließt Ihr eigentlich Euer Studium ab?«

»Im nächsten Jahr, Herr, mit der Prüfung und der Promotion. Dann bin ich *doctor iuris* und werde wahrscheinlich ein Lehramt annehmen.«

»Fleißig, fleißig, junger Mann! Und wenn Ihr dabei noch ein Bruchteil von dem verdient, was ich als Kaufmann verdiene, ohne zwanzig Jahre lang vor einem Magister auf dem Boden herumzukriechen, dann könnt Ihr Euch fürwahr glücklich schätzen.« Er lachte dröhnend, als er Klaus' beleidigtes Gesicht sah. »Geht nur, geht, junger Mann. Katharina und Maria warten schon ungeduldig. Offensichtlich macht es mehr Spaß, von einem jungen Mann unterrichtet zu werden als von einem angejahrten Gelehrten. Die Amme liegt mir schon ständig in den Ohren, weil es in ihren Augen unschicklich ist. Aber bei ihr ist ja schon unschicklich, wenn man sich mal am Sack kratzt, um die Läuse zu vertreiben.«

Er lachte wieder und klopfte sich auf die Schenkel, als er bemerkte, dass Klaus errötete. »So ist's recht, Ihr seid schüchtern. Da kann ja nichts passieren!«

Eigentlich müsste Klaus als Student derbe Späße gewöhnt sein, aber im Hause der Mädchen war es ihm unangenehm. Der Kaufmann war ein poltriger Klotz und so gewöhnlich wie die Pfeffersäcke, die er auf dem Speicherboden stapelte, wenn auch besser gewandet.

Bei dem Gedanken an den Speicherboden klopfte sein Herz heftiger und er beeilte sich, in die hintere Stube zu gelangen. Erwartungsvoll saßen die Zwillinge auf niedrigen Hockern, ihre schmalen Hefte für die Mitschriften auf dem Schoß. Er setzte sich ihnen gegenüber etwas erhöht auf einen Stuhl. Wohlweislich wich er Katharinas Blick aus, sonst hätte er sich nicht einmal darauf konzentrieren können, was er ihnen in der *lectio* vorzulesen hatte.

Selten war ihm eine Unterrichtung so schwer gefallen wie an diesem Tag und selten hatte er sich so auf deren Ende gefreut. Siebenpfeiffer kam später und wurde gleich von Hieronymus in Beschlag genommen, der ihm all seine Probleme, Kümmernisse, Wünsche, Fragen und Hoffnungen mitzuteilen gedachte. Er war ein besserer Beichtvater als jeder Pfaffe, denn er hörte nicht nur gut zu, sondern seine Ratschläge waren irdischer Natur und meist recht hilfreich. Statt den Zwillingen Unterricht zu erteilen, verdiente sich der Magister nun sein Mittagessen mit einer philosophischen Seelenmassage. Hieronymus fühlte sich danach ein ganzes Stück wohler.

Klaus unterdessen schlang seine Mahlzeit in der Küche herunter und spülte sie mit einem Krug verdünnten Wein nach. Katharina rutschte ungeduldig auf der Küchenbank herum und drängte Klaus mit Worten und Blicken zur Eile.

»Ich lasse Euch den Rest einpacken«, sagte Katharina, als Klaus mit Verlangen auf den kalten Braten blickte, der so verführerisch auf einer Platte lag und von wilder Minze umkränzt wurde. Im Augenblick war sein Magen wie verknotet.

Von der Küche aus führte eine Treppe hinauf ins Obergeschoss, wo die Schlafkammern lagen. Sie war eigentlich für das Küchenpersonal gedacht, wenn die Herrschaften zu nachtschlafener Zeit etwas wünschten oder um in die Dienstbotenkammern zu gelangen, die über dem Stallgebäude lagen. Katharina winkte Klaus, und er folgte ihr die gewundene Treppe hinauf.

Von dort führte eine weitere Stiege auf den Speicherboden. Hier wurden alle Waren gelagert, die zum Weiterverkauf bestimmt waren. Waren aus dem Westen wurden nach dem Osten weiterverkauft und Waren aus dem Osten fanden den Weg nach dem Westen. Waren aus dem Böhmischen gelangten ins Schleswigsche, und Waren aus dem Pommerschen bis hinunter nach Italien.

Vom Speicherboden gab es eine Luke hinaus auf die Gasse vor dem Haus. Über der Luke war an einem Ausleger eine Rolle angebracht, über die ein Seil lief. So konnten die Waren direkt vom Speicherboden auf die unten wartenden Fuhrwerke oder umkehrt von Fuhrwerk auf den Speicherboden geladen werden. Säcke, Kisten, Ballen und Fässer stapelten sich zwischen den mächtigen Balken, die das Dach trugen. Der Boden bestand aus einem großen Raum. Nur im hintersten Teil waren mehrere Kammern durch Lattenzäune abgegrenzt.

Sonst herrschte hier oben immer geschäftiges Treiben, weil die Knechte ständig etwas umzulagern hatten. Heute jedoch war es still. In der Frühe war ein Zug mit drei Fuhrwerken gen Westen aufgebrochen, mit Leder, Pelzen und wertvollen Hölzern aus den russischen Wäldern. Jetzt gab es nichts zu tun, und die Knechte waren mit dem Tross unterwegs.

»Hier entlang«, flüsterte Katharina und nahm Klaus an der Hand. Sie führte ihn in den hinteren Bereich, wo sie eine der Kammern öffnete, die verschlossen waren.

»Das sind keine Handelswaren. Die Knechte dürfen diese Kammern nicht öffnen. Vater hat nie gesagt, wozu das ganze Zeug gut sein soll. Vielleicht lässt es sich nicht verkaufen.«

Sie führte ihn zu einer schweren Eichentruhe, deren Schloss defekt war. Katharina klappte den Deckel auf und nahm vorsichtig ein Päckchen heraus. Fast andachtsvoll schlug sie das Tuch auf. Das Buch war sehr dick, auf Pergament geschrieben und in grünes Leder gebunden.

Katharina und Klaus hockten sich auf den Boden, das Buch vor sich. Klaus öffnete den Buchdeckel. Das Werk musste sehr alt sein. Die Schrift war stark verschnörkelt mit großen Initialen, wie man sie im Kloster verwendete. Das Pergament war vergilbt und brüchig. Die Bilder zeichneten sich durch eine sehr schöne Kolorierung aus. Im ersten Teil waren Pflanzen abgebildet, Bäume, Sträucher, Gräser, Blumen. Zu jedem Abbild gab es eine kurze Erläuterung.

Der zweite Teil widmete sich den Tieren. Es wurden sowohl einheimische Arten wie auch seltsame, nie gesehene Tiere beschrieben, wie sie wohl in fernen Ländern hinter dem Horizont beheimatet waren.

Im dritten Teil jedoch stand der Mensch im Mittelpunkt. Darin wurden sowohl verschiedene Menschenrassen beschrieben wie auch der Mensch selbst. Einige Bilder waren besonders bemerkenswert. Da war ein nackter Mann abgebildet. Man konnte seinen Körper wie ein Buch aufklappen und darunter kam zum Vorschein, wie es unter seiner Haut aussah. Da gab es Muskeln und Sehnen und Blutgefäße und es sah ganz grauselig aus, dass Katharina den Blick abwendete. Blätterte man weiter, öffnete sich der Körper ganz mit seinen inneren Organen, dem Herz, dem Magen, der Leber und den schlangengleich gewundenen Därmen. Und im untersten Bild war es nur noch ein Skelett mit all den bleichen Knochen und einem grinsenden Totenschädel. Ein ähnliches Bild gab es auch von einer Frau. Nackt wie Eva stand sie auf dem ersten Bild und lächelte dem Betrachter entgegen. Wenn man das Bild aufklappte, waren ihre Muskeln und Sehnen und Blutgefäße zu sehen, auf dem nächsten Bild ihre inneren Organe. Bemerkenswert war die Darstellung eines ungeborenen Kindes in ihrem Bauch. Auf dem letzten Bild sah sie aus wie das letzte Bild des Mannes, ein Gerippe mit einem grinsenden Totenschädel.

»Was sagt Ihr zu diesem Buch, Herr Studiosus?«

Klaus klappte das Frauenbild wieder zu und betrachtete es mit glühenden Ohren.

»Nun, ich ... ich bin zwar kein Mediziner, aber wir ... wir könnten ja streng wissenschaftlich darüber ...«

»Natürlich streng wissenschaftlich«, bestätigte Katharina eifrig.

»Ja, also ...« Er räusperte sich. Plötzlich fühlte er sich wieder so gehemmt wie im Badehaus. »Es ist so, dass ... dass Gott zwei verschiedene Menschen geschaffen hat – Mann und Frau.«

Mit großen Augen lauschte Katharina ihm, und auch ihre Wangen hatten sich heftig gerötet. »Warum hat er zwei gemacht?«, flüsterte sie.

»Warum? Ja, weil ... weil einer allein – das geht eben nicht.«

»Was geht nicht?«

»Das mit der ... mit dem ... eben das mit der Fortpflanzung. Wenn es nur einen Teil gibt, kann er sich nicht fortpflanzen.«

»Ihr meint, dass jeder Teil seine Aufgabe hat.«

»Genau«, rief er erleichtert, dämpfte dann aber schnell seine Stimme. »Streng wissenschaftlich gesehen bekommt das Weib die Kinder und der Mann zeugt sie. Das ist bei den Eseln so und bei den Hühnern – und bei den Menschen eben auch.«

Katharina tippte auf das Bild der nackten Frau. »Und deshalb sehen sie auch so unterschiedlich aus.«

»Richtig. Wissenschaftlich gesehen sind bestimmte Körperteile … für bestimmte Handlungen da. Die Brust zum Beispiel zum Säugen des Kindes.«

»Hühner haben keine Brust«, war Katharina ein. »Und sie bekommen auch keine Kinder. Sie legen Eier.«

»Ja, sie legen Eier. Die brüten sie aus. Streng wissenschaftlich sind sie anders als Esel und Menschen.«

»Warum?«

»Gott hat es so eingerichtet. Nur er weiß, warum. Wahrscheinlich, damit wir die Eier essen können, bevor sie das Huhn ausbrütet.«

»Das hat Gott schlau gemacht.« Sie tippte nun auf den nackten Mann. »Warum sieht das Geschlechtsteil des Mannes so seltsam aus? Unsere Schweine haben diesen Zipfel hinten.«

»Ich … ich glaube, dass das etwas anderes ist. Dass der Mensch überhaupt anders ist wie ein Tier. Manches ist ähnlich, aber eigentlich sind die Menschen anders.«

»Wie anders?«

»Weil sie denken können. Und sie wissen, warum sie etwas tun. Meistens jedenfalls.«

Sie betrachtete nachdenklich die Bilder. »Sehen wirklich alle Männer und Frauen nackt so aus?«

Klaus hob die Schultern. »Ich denke schon.«

Katharina begann zu kichern. »Ich habe mal einen nackten Mönch unten am Fluss gesehen. Der sah ein bisschen anders aus. Er war viel dicker und er hatte einen fetten Bauch und kurze Beine. Aber so einen Zipfel hatte er auch.«

»Alle Männer haben diesen Zipfel«, stellte Klaus klar. »Damit er pinkeln kann.«

»Ich habe keinen solchen Zipfel und kann auch pinkeln. Da hat Gott wohl etwas verkehrt gemacht.«

Klaus war froh, dass es auf dem Speicher so dämmrig war.

»Gott macht alles richtig. Dieser Zipfel dient außerdem zur Zeugung. Hat Euch das Eure Amme nicht erklärt?«

»Unsere Amme?« Sie lachte auf. »Für die ist so etwas nur Teufelszeug.«

»Vielleicht könnt Ihr Philomena befragen?«

Katharina schüttelte entschieden den Kopf. »Dann müsste ich ihr ja sagen, dass ich mir das Buch angeschaut habe. Ich weiß nicht, ob ihr das gefallen würde. Oder sie sagt es unserem Vater, und er würde uns beide bestrafen. Maria hat es schließlich entdeckt.«

»Nun ja, streng wissenschaftlich ... also, das mit der Zeugung ist so ... verdammt, das geht nicht so. Dazu müssen Mann und Frau verheiratet sein.«

»Aber manchmal bekommt eine Frau doch ein Kind, auch wenn sie nicht verheiratet ist. Unsere Küchenmagd zum Beispiel ...«

Klaus seufzte. »Natürlich geht das auch, wenn Mann und Frau nicht verheiratet sind. Und dann kann man es auch so tun, dass ... dass dabei kein Kind gezeugt wird. Aber ... aber das ist nicht gottgefällig, weil ... weil ...«

»Weil?«, bohrte Katharina.

»Weil es einfach nur der Lust dient.«

»Ihr meint, es macht Spaß?«

»Ja.« Er schnaufte. »Zumindest dem Mann macht es Spaß. Und deshalb geht der Mann, wenn er nicht verheiratet ist, zu ... zu einer ...«

»Einer Prostituierten?«

Er starrte sie an. »Was wisst Ihr denn darüber?«

»Vater hat es erzählt, dass sie im Stadtrat beschlossen haben, dass keine Huren mehr in den Weinschänken und Kellern geduldet werden und dass sie als Zeichen diese kurzen gelben Mäntel zu tragen hätten.«

»Das ist aber kein Thema für ein junges Mädchen«, tadelte er.

»Ich weiß, aber Vater erzählt immer alles, was im Rat besprochen wurde. So weiß ich eben von den Huren.« Sie lächelte zaghaft. »Wenn es den Männern Spaß macht, warum haben denn die Frauen dann daran keinen Spaß?«

»Ich ... ich weiß nicht. Also ... manchen Frauen ... macht es schon Spaß.«

»Wirklich? Kennt Ihr solche Frauen?«

»Ich? Äh ... puh!« Er fuhr sich durchs Haar. »Ihr stellt seltsame Fragen.«

»Verzeiht meine Unkenntnis. Ich bin schließlich nur eine Frau. Aber Ihr seid ein Gelehrter und dazu noch ein Mann!«

»Ja doch. Aber das ... das lernt man nicht auf der Universität.«

»Nein? Wo dann?«

»Das ... das lernt jeder für sich ... so allein ... oder zu zweit.«

»Könnt Ihr es mir beibringen?«

»Ich?«. Klaus riss die Augen auf und Mund und Nase dazu.

Katharina blickte ihn bittend an. »Natürlich streng wissenschaftlich.«

»Ja, also, wenn es streng wissenschaftlich ist ...« Er rang nach Luft. Auf dem Speicherboden war es aber auch stickig! Irgendwie musste er die Situation unter Kontrolle bringen. Er wollte doch nur mal ihre Brüste anschauen, und vielleicht mal anfassen. Mehr nicht. Jetzt schien ihm alles zu entgleiten.

»Dann ... dann vergleichen wir mal die Bilder.« Seine Hand tastete zu ihrem Kleid, suchte den Haken, der das Oberteil zusammenhielt. Katharina errötete zwar, half ihm aber, das Kleid zu öffnen. Sie streifte es über ihre Schultern ab. Darunter trug sie ein dünnes Unterkleid aus hellem Leinen. Sie warf einen kurzen Blick auf das Bild und streifte es dann mit einer schnellen Bewegung ab. Nun war sie nackt wie die Eva auf dem Bild.

Klaus war beinahe einer Ohnmacht nahe. Katharina war engelsgleich! Ihr heller Körper schimmerte in der Dämmerung. Sie war ebenmäßig gebaut, schlank mit schönen runden Brüsten und einem sanft gewölbtem Bauch. Ihre Beine waren lang und kräftig. Auch trug sie in dem Schamdreieck dazwischen wesentlich mehr Haar. Auf dem Bild war alles viel detaillierter zu sehen.

»Es ist zumindest ähnlich«, stellte Katharina fest. »Und nun seid Ihr dran. Zieht Euch aus.«

Klaus rollte mit den Augen. »D ... das ... geht nicht«, krächzte er mit belegter Stimme.

»Und warum nicht?«

»Weil ... weil ich ... mich schäme.«

»Aber es ist doch nur wissenschaftlich«, erwiderte sie lachend.

»Ja.« Erließ den Kopf sinken und blickte an sich herab. Jetzt kam der Augenblick der Wahrheit!

Kurz entschlossen streifte er seine Kleidung ab. Und dann stand er so da wie der Adam auf dem Bild. Mit einem kleinen Unterschied.

»Oh«, staunte Katharina. »Euer Zipfel ist aber groß und er ist auch in die verkehrte Richtung gewachsen.«

»Nein«, widersprach Klaus. »Das ist schon in Ordnung so. Das ... das ist für die ... die Paarung wichtig.«

»Aha! Zeigt Ihr mir, wie es geht?«

Er nickte nur und zeigte auf einen Ballen. »Legt Euch da drauf.«

Gehorsam tat Katharina, was ihr geheißen wurde. Er kniete sich neben sie und seine Hände strichen sacht über ihr Haar. Ihre Wangen, ihren Hals. Dann endlich fühlte er das Objekt seiner geheimsten Wünsche in seinen Handflächen. Entzückt seufzte er auf und streichelte die köstlichen Hügel wieder und wieder. Auch Katharina schien es zu gefallen, denn ihr anfängliches verschämtes Kichern ging alsbald in tiefes Keuchen und Stöhnen über. Klaus nahm nun auch noch seine Lippen zu Hilfe und küsste diese apfelrunden Schneehügel, knabberte an den rosa Spitzen und ließ damit Katharina vor Entzücken kleine spitze Schreie ausstoßen. Lange jedoch hielt er es nicht durch.

»Katharina«, keuchte er und warf sich auf sie. »Jetzt zeige ich es dir, wie es geht.«

Ihre Beine glitten wie von selbst zur Seite, sie schlang die Arme um seinen Hals und er spürte ihren Atem an seinem Ohr. »Ja, Liebster, zeig es mir, ich will alles lernen.«

Liebster? Er stutzte, aber nur kurz. In seinen Lenden zog es mit aller Gewalt und wie ein Kücken das Nest fand sein zum Hirtenstab verwandelter Zipfel sein Ziel.

»Aua – hmmmpfffff – puh – nein –- hör auf – auaauaaua- Himmel – nein – ja – ooohhhh – hmmmm – oooohhh – aaaaaahhhh – krrrr ....«

Sie zerkratzte seinen Rücken, biss ihm ins Ohr, zerrte an seinen Haaren und schlug mit den Fersen gegen seine Beine. Klaus keuchte und ächzte und spürte unwiderruflich alles auf einen einzigen Punkt seines Körpers konzentriert. Dann schrie er auf und im gleichen Moment sprang er hoch, fiel auf Katharina herab und ergoss sich auf ihrem Bauch.

Schwer atmend und schweißnass blieb er so liegen, bis sie ihn von sich schob. »Du bist so schwer«, ächzte sie.

Langsam hob er die Augen und schaute sie an. Was hatte er getan? Sie lächelte und strich über seine feuchte Stirn.

»Das war sehr interessant«, sagte sie immer noch lächelnd. »Erst tat es ja weh, aber später war es richtig aufregend. Diese *lectio* müssen wir noch einmal machen. *Repetitio!* Morgen!«

Er beugte sich zu ihr herab und suchte ihre Lippen. »Katharina, das war mehr als eine *lectio*. Das war ... oh, mein Gott, Katharina, ich glaube, ich glaube ... ich liebe dich!«

Sie schlang wieder die Arme um ihn. »Ich liebe dich auch. Ich habe mich schon in dich verliebt, als du das erste Mal in unser Haus kamst. Es ist ... es ist einfach wunderbar!«

»Ja!« Er ließ den Kopf auf ihre Brust sinken, die sich noch immer heftig hob und senkte. »Aber wir haben gesündigt.«

Sie schwieg. Dann setzte sie sich seufzend auf und griff nach ihren Sachen. »Dafür gibt es die Beichte, und notfalls kaufe ich einen Ablassbrief. Jetzt weiß ich, wie wunderbar die Liebe ist. Und wenn du mir nun noch ein Gedicht schreibst und eine Rose schenkst …«

Klaus schloss den Gürtel seiner Hose und warf seinen Umhang über. »Wir sollten unsere Liebe vorerst geheim halten, Katharina. Dein Vater wird nicht damit einverstanden sein und ich muss erst meine Prüfung bestehen, um dir auch ein geeignetes Leben bieten zu können. Ich bin kein reicher Mann, selbst nach dem Studium werde ich wohl als Gelehrter nicht sehr viel verdienen.« Er dachte an die spöttischen Worte von Hieronymus.

»Das macht mir gar nichts aus«, sagte Katharina, während sie sich wieder anzog. »Die Hauptsache ist doch, dass wir uns lieben.«

»Ja, das ist die Hauptsache«, murmelte er.

Katharina war eine gute Christin, wenngleich ihr Vater ihr viele Freiheiten im Denken, Reden und Leben gelassen hatte. Regelmäßig besuchte sie gemeinsam mit Maria und der Amme die Messe in der Thomaskirche und ebenso regelmäßig ging sie zur Beichte. Sie hatte sich nichts vorzuwerfen und fürchtete keinen Zorn Gottes. Gott war kein böser alter Mann mit Rachegelüsten für die Sünder. Warum sonst hatte er denn die Menschen genau so gemacht, wie sie sind?

Und so gewissenhaft, wie sie die Sonntagsmesse besuchte, würde sie auch beichten. Anfangs nahm sie es noch nicht weiter tragisch, schwebte sie doch noch im Rausch des Neuen, Erregenden, Überwältigenden. Dass die körperliche Liebe so schmerzhaft schön war, hatte sie niemals erwartet. Ja, sie hatte gar nichts erwartet, weil sie gar nicht wusste, was auf dem Speicherboden passieren würde. Sie wollte doch nur von Klaus die Bilder erklärt haben.

»Bist denn du wahnsinnig?«, hatte Maria entsetzt gerufen, der sie es als Erstes gebeichtet hatte. »Wie konntest du nur! Ich habe dir das Buch gezeigt, weil du mich so bedrängt hast. Aber es ist alles Sünde, was darin abgebildet ist, und ich hätte es einfach ins Feuer werfen sollen!«

»Es ist überhaupt kleine Sünde, was darin abgebildet ist, sondern es ist alles so, wie es in der Natur ist, die Tiere und Pflanzen und die Menschen sehen auch genauso aus. Ich habe es doch gesehen, die Frau sieht aus wie ich und der Mann sieht aus wie Klaus.«

»Aber deswegen musst du doch nicht gleich mit ihm Unzucht treiben! So eine Schande! Vater wird ihn hinauswerfen, wenn er es erfährt und er darf uns nicht mehr unterrichten. Und Magister Siebenpfeiffer bekommt ebenfalls Ärger und Hausverbot. Vielleicht muss er sogar die Universität verlassen. Und du bist keine Jungfrau mehr. Du wirst niemals mehr heiraten können, weil du deine Unschuld so einfach weggeworfen hast. Dann kannst du nur noch ins Kloster gehen und dein Leben lang Buße tun. Und wenn du nun ein Kind bekommst? Du stürzt die ganze Familie in Schande!«

Katharina starrte ihre Schwester an. So weit hatte sie nicht gedacht. Angst stieg in ihr auf.

»Das mit der Jungfräulichkeit ist kein Problem«, versuchte sie eine schwache Gegenwehr. »Klaus wird mich heiraten.«

»Pah, du glaubst wohl, dass Vater damit einverstanden ist? Wer ist er denn schon? Was hat er zu bieten? Ein armer Student ohne Geld, ohne Haus, ohne Beruf. Studenten haben nicht gerade den besten Leumund, und er hat kein Einkommen, sondern muss für seine Ausbildung zahlen. Wovon willst du leben? Wovon willst du deine Kinder ernähren? Glaubst du, Vater hat uns so behütet aufgezogen, um uns dem Erstbesten an den Hals zu werfen? Er wird genau suchen, wer uns eine entsprechende Ehe bieten kann!«

»Wir ... wir müssen es ihm ja nicht unbedingt sagen«, murmelte Katharina kleinlaut.

»Du willst es ihm verschweigen?«, fragte Maria entsetzt.

Katharina nickte fest entschlossen. »Vielleicht bekomme ich ja kein Kind. Klaus hat gesagt, das muss nicht immer passieren.«

Maria schlug sich die Hände an die Stirn und lief in der Kammer auf und ab. »Hätte ich dir bloß das Buch nicht gezeigt! Hätte ich nicht auf dein Drängen gehört! Du hast mich gemein ausgenutzt und hintergangen! Ich trage eine Mitschuld!«

»Hör auf! Es war allein meine Entscheidung! Außerdem wollte er es mir ganz wissenschaftlich erklären. Wir wollten nur unsere Körper anschauen und vergleichen.«

»Wissenschaftlich! Dass ich nicht lache! Verführt hat er dich und du dumme Gans hast es nicht einmal bemerkt.«

»Ich bin keine dumme Gans! Du bist eine alte Eule!«

»Eulen sind die Tiere der Weisheit«, gab Maria zurück.

»Aber nur in Griechenland. Du hast deine *lectio* nicht gelernt! Dann bist du eben eine alte fette Unke! Du gönnst mir nicht, dass Klaus mich liebt und nicht dich! Du bist neidisch, weil es schön war, und du weißt gar nichts davon. Ich will keine alte vertrocknete Jungfer werden wie Tante Brigitte. Wozu gibt es denn die Beichte und den Ablass? Ich kann meine Sünden büßen und komme trotzdem in den Himmel.«

»Erst einmal kommst du ins Fegefeuer, und die Hölle auf Erden hast du, wenn Vater es erfährt.«

»Du wirst es ihm nicht sagen! Du nicht!« Katharina stürzte sich auf ihre Schwester und zerrte ihr wütend am Hemd. Mit einem lauten Ratsch zerriss es.

»Mein Hemd! Mein Hemd! Das war aus ägyptischer Baumwolle«, schrie Maria außer sich.

»Lauf doch nackt herum oder zieh dir gleich eine Nonnenkutte an, wenn du so prüde bist.«

Maria fuhr herum und krallte sich in Katharinas Haar fest. Katharina schrie gepeinigt auf.

»Was ist denn hier los?«, rief die Amme, die durch den Lärm aufgeschreckt, in die Kammer der Mädchen gerannt kam. Mit ihren kleinen, stämmigen Armen versuchte sie, die beiden Kampfhähne zu trennen. Doch die Mädchen hatten sich derart fest ineinander verkrallt, dass es ihr nicht gelang. Das Geschrei war ohrenbetäubend. Sofort kamen die Mägde hinzu und Philomena und zuletzt Hieronymus.

»Ruhe!«, donnerte er. »Was ist denn das für ein Benehmen? Was geht hier vor?«

Die Zwillinge ließen voneinander ab und schauten beschämt zu Boden. Maria versuchte, ihre Blöße zu bedecken. Auch Katharinas Hemd hatte einige Löcher abbekommen. Auf dem Bett lagen ausgerissene Haare.

Hieronymus schnaufte in das gespannte Schweigen hinein. »Ich warte!«

Maria holte Luft, um etwas zu sagen, Im nächsten Augenblick flog Katharina auf sie zu und schlug ihr die Faust ans Kinn. Mit einem leisen Klagelaut fiel Maria in Ohnmacht.

Die Amme sprang wie eine luftgefüllte Schweinsblase auf Katharina zu, und auch Hieronymus hatte sich in Bewegung gesetzt. Mit einem donnernden Brüllen warf er sich auf Katharina. Aber da war schon die Amme. Und während Katharina sich erschrocken duckte, flogen Hieronymus und die Amme auf das Bett. So viel geballter Leidenschaft hielt das Bett nicht stand. Mit einem lauten Knirschen brach es unter den beiden Schwergewichten zusammen und begrub sie unter dem hölzernen Baldachin. Beide schrieen und tobten, und man sah nur zwei kurze dicke und zwei lange kräftige Beine zappeln. Anstatt zu helfen, starrten alle auf die kuriose Szene.

Plötzlich fing Philomena an zu lachen. Sie lachte und lachte und bog sich dabei. Sie wischte sich die Tränen aus den Augen, während die Mägde in das Lachen einstimmten. Maria erwachte aus ihrer Ohnmacht und blickte sich verwundert um, während Katharina auf dem Boden saß und auf das ungleiche Paar in ihrem zusammengebrochenen Bett starrte. Es würde am Sonntag eine lange Beichte werden.

Es wurde eine lange Beichte, dass Katharina die Knie schmerzten. Das Holz im Beichtstuhl war hart und knarrte und es roch eigenartig. Vielleicht kam der Geruch auch von dem Beichtvater hinter dem Gitter, den Katharina nur schemenhaft sah.

»Vater, ich habe gesündigt«, begann Katharina. Und dann erzählte sie rückhaltlos von dem geheimnisvollen Buch, das sie sich mit ihrer Schwester zusammen angesehen hatte und das so viele Fragen bei ihr aufwarf, von dem hübschen Studenten, in den sie sich schon vor Wochen verliebt hatte, von dem Vorsatz, ihn auf den Boden zu locken und ihm das Buch zu zeigen, von ihrer Sünde auf dem Speicherboden, von der Lust, die sie dabei empfunden hatte, vom Streit mit der Schwester und dem gezielten Faustschlag bis hin zu ihrem erzürnten Vater, der sich mit der Amme im Bett wälzte, bis es zusammenbrach.

Es war Benedictus, der auf der anderen Seite im Beichtstuhl saß. Er ließ es sich nicht nehmen, den Reichen und Mächtigen der Stadt die Beichte abzunehmen, erfuhr er doch auf diese Weise alles, was sich hinter den Türen und in den Köpfen dieser Menschen so zutrug. Dieses Wissen war Gold wert und diente dazu, die Macht des Propstes zu festigen und auszudehnen. Vor allem wollte er Macht über diese Menschen haben, die selbst von sich glaubten, Macht zu besitzen und Macht auszuüben.

Einer war ihnen immer einen Schritt voraus: Benedictus. Was seine Spitzel nicht schafften, das schaffte er, indem er ein aufmerksamer Beichtvater war. Ihm entging nicht die geringste Kleinigkeit, und obwohl er stets einen blasiert-dümmlichen Gesichtsausdruck zur Schau trug, arbeitete es hinter seiner Stirn präzise und schnell. Seine kleinen Schweineäuglein beobachteten alle Vorgänge in der Stadt genau.

Er spitzte die Ohren, während Katharina atemlos alle Schandtaten herunterplapperte, sich verhaspelte, Gott anrief und Reue zeigte, um dann weiter herauszusprudeln, als könne es nicht schnell genug gehen, ihr Gewissen zu erleichtern.

»Wie heißt dieser schändliche Mädchenverführer, damit Gott selbst die Strafe für ihn aussuchen kann?«, fragte Benedictus mit leutseligem Ton.

»Es ist der Herr Studiosus Claudius Agricola, Pater. Aber er ist nicht allein Schuld, denn ich habe mich von ihm verführen lassen. Wir lieben uns und Liebe ist doch keine Sünde, oder?«

»Natürlich ist Liebe Sünde, wenn es die zwischen Mann und Frau ist. Nur die Liebe zu Gott ist rein. Aber sag, meine Tochter, in welcher Stellung habt ihr es da auf dem Speicherboden getrieben?«

»Ich weiß nicht, was Ihr meint, Pater ...«

»Wie hast du da gelegen? Auf dem Rücken oder auf dem Bauch?«

»Äh ... auf dem Rücken.«

»Und er auf dir drauf?«

»Ja, genauso war es, Pater.«

»Und was war dann?«

»Ich weiß nicht, Pater. Es ... es ging so schnell und ... und ich konnte gar nicht denken ... ich ... ich wußte ja auch nicht, was da noch kommt.«

»Hat sich der Verführer bewegt?«, half Benedictus nach.

»Ja, Pater. Wie verrückt und bis ihm der Schweiß von der Stirn floss.«

»Hat er sich in dir verströmt?«

»Ich verstehe nicht, Pater ...«

»Wie war der Schluss? Blieb er auf dir liegen? Sprang er von dir hoch?«

»Ja, ich glaube, so war es.«

»*Coitus interruptus*«, murmelte Benedictus. »Eine besonders schwere Sünde.«

»Ich verstehe nicht, Pater ...«

Benedictus lehnte sich zurück und faltete die Hände über dem Bauch. »Schuld ist immer nur das Weib. Es verblendet den Mann und treibt ihn zu Taten, die er allein nie begehen würde. Eva selbst ist die Strafe Gottes für den Mann, weil diese ihn verführt hat. Wie die Schlange bietet sie ihm ihren nackten Körper, so dass er blind wird im Auge und dumm im Gehirn. Wie ein Tier folgt er dem Trieb und buhlt um der Lust willen. Was gibt es Verderbteres als eine Frau? Das geile Auge einer Frau macht den Mann zu Schanden und dörrt ihn wie Heu. Es ist ein Spiegel des Teufels. Wehe auch dem frömmsten Manne, der hineinschaut.«

»Pater, ich verstehe nicht ...«

»Deine Jugend und Unerfahrenheit sei dir verziehen, nicht aber das, was du getan hast. Du hast eine schwere Sünde begangen und schlimme Schuld auf dich geladen, indem du außerehelich und überhaupt das Werk mit einem Mann verrichtet hast[3]. Deshalb musst du bestraft werden.«

»Kann ich denn meine Sünden nicht durch einen Ablassbrief erlassen bekommen?«, fragte Katharina hoffnungsvoll.

»Was du getan hast ist, eine sehr schwere Sünde und dementsprechend teuer. Wenn du Vergebung vor Gott finden willst, dann musst du sehr viel bezahlen.«

»Ich ... ich habe genug Geld. Ich kann es bezahlen«, stammelte sie.

»Neun Gulden«, flüsterte Benedictus.

»Neun Gulden? Dafür bekommt man ja ein ganzes Pferd«, rief Katharina erschrocken.

3 Hier: den Beischlaf ausgeübt

»Heute kostet es neun Gulden. Am nächsten Sonntag kostet es elf.« Er schwieg einen Augenblick. »Offensichtlich bist du dir über die Schwere deines Vergehens nicht in Klaren, mein liebes Kind. Das Werk miteinander zu verrichten, ist eine Strafe Gottes, die einzig und allein dem Zweck dient, Nachwuchs zu zeugen. Jedes Werk allein zur Lust ist eine Sünde. Du hättest den Mann durch kluges, eifriges Bemühen von seinem Vorhaben abbringen müssen. Da es dir nicht gelungen ist, wird es an deiner fleischlichen Schwäche liegen. Jede Frau ist schwach im Fleische und minderwertig im Geist. Nur durch Verzicht, Askese, Selbstkasteiung kannst du dein Fleisch bezwingen.«

Katharina kämpfte gegen die Tränen. »Aber ich liebe ihn doch so!«

»Weiberliebe ist keine Liebe, sondern eine Schule der Narretei. Kein Mann sollte dem Weib trauen, seitdem es Adam betrogen hat.«

»Aber Klaus liebt mich auch«, rief sie verzweifelt.

»Willst du, dass dir die Hunde nachlaufen? Hunde lieben starken Geruch und laufen hinter Kadavern her, denn der Körper einer Frau, die einem Manne willfährig war, nähert sich dem Zustand eines Kadavers wegen des verdorbenen Samens.«

»Ich ... ich will in Zukunft enthaltsam leben«, versprach Katharina am Ende ihrer Kräfte. »Und ich werde Buße tun und neun Gulden an den Ablasshändler zahlen und an drei Sonntagen nur von Wasser und Brot leben und nie wieder einem Manne auch nur ein Stück meines Körpers darbieten, nicht einmal meine Hand ...«

»Bete dreimal drei Vaterunser und lebe drei Sonntage von Wasser und Brot. Zahle dreimal drei Gulden für den Ablass deiner Sünden und tauche dreimal deinen ganzen Körper in eiskaltes Wasser, dass die Sünde deinem Leibe flieht.«

»So werde ich es machen, Pater«, flüsterte sie und bekreuzigte sich.

Mit gesenktem Kopf schlich sie aus der Kirche und sah nicht, dass Klaus wartend an einer Säule stand und Katharinas Blick suchte.

Benedictus nahm Tobias beiseite. »Kennst du einen Studiosus namens Klaus, der im Hause des Kaufmanns Preller ein und aus geht?«

Tobias antwortete nicht, sondern beugte nur seinen Kopf. Benedictus senkte die Stimme zum Flüstern. »Such ihn, finde ihn und bring ihn zu mir.« Tobias verkrümmte sich noch ein Stück. »Du darfst ihn auch befragen.«

Benedictus bemerkte mit Zufriedenheit, wie Tobias' Schultern zuckten.

Bruder Tobias

Es war der erste ernsthafte Streit zwischen den beiden Mädchen. Bis dahin waren sie unzertrennlich gewesen, hatten alles miteinander geteilt. Katharina litt ebenso darunter wie Maria. Jede für sich tat Buße für ihr ungebührliches Verhalten.

Die Amme sah es mit Wohlgefallen, und selbst Hieronymus ließ seine Töchter lieber beten als dass sie sich wieder in die Haare gerieten. Nichts liebte er mehr als häusliche Harmonie.

»Deine Töchter kommen in ein Alter, wo sich ihre Lebenswege entscheiden«, sagte Philomena eines Tages zu ihm. »Du solltest sie verheiraten.«

»Oh nein«, widersprach Hieronymus erschrocken, »Es sind doch noch Kinder, unschuldige Lämmchen, die sich daran erfreuen, im Sonnenschein auf der Wiese Schmetterlinge zu fangen. Und die soll ich ungehobelten Kerlen überlassen? Das schmerzt mir in der Seele.«

Philomena lachte und kraulte seinen Bart, der mit grauen Borsten durchsetzt wie der Rücken eines störrischen Maultiers aussah.

»Du weißt doch genauso gut wie ich um die Freuden des Ehelebens, mein lieber Hieronymus. Deine Töchter werden ebenso Freude daran finden. Du solltest keine Gewissensbisse haben, sie aus dem Haus zu geben. Da du ihnen eine anständige Mitgift besorgen kannst, werden sie auch gute Ehemänner finden. Gib ihnen reiche Kaufmannsgatten, so bist du dir sicher, dass deine Töchter angemessen versorgt sind.«

»Meine Töchter aus dem Haus geben?« Hieronymus schüttelte

sich wie ein nasser Hund. »Dann bringe ich mich ja selbst um den Anblick meiner liebreizenden Mädchen. Und Kaufmannsgatten? Die jungen Kaufleute sind jahrelang mit ihren Wagen unterwegs in ferne Lände und lassen ihre Gattinnen allein. Schutzlos!« Er seufzte laut. »Ich bringe es nicht übers Herz.«

»Papperlapapp! Die beiden werden alte Jungfern, ehe du dich versiehst und dann bekommen sie nicht einmal mehr einen alten Kaufmannsgatten. Du solltest es mit deiner Güte nicht übertreiben.«

»Ich verstehe nicht, warum du plötzlich so darauf drängst, dass die Mädchen aus dem Haus sollen, mein Weidenkätzchen. Ich dachte, du verstehst dich so gut mit ihnen und bist ihnen eine mütterliche Freundin. Mir ist nichts Gegenteiliges zu Ohren gekommen.«

»Selbstverständlich liebe ich sie wie meine eigenen Kinder«, erwiderte Philomena hastig. »Aber es ist einfach nicht gut, wenn Kinder zu lange im Nest hocken. Jeder Vogel und jede Katze weiß das und schickt ihre Brut beizeiten hinaus. Ihr Streit war ein ernsthaftes Zeichen, dass die traute Kinderzeit vorbei ist.«

»Höre ich da Eifersucht aus deinen Worten, mein Honigmäulchen? Warum drängst du so darauf, dass ich das Liebste, was ich besitze, verliere?«

Philomena hob stolz ihren Kopf, und sie bekam einen strengen Zug um den Mund. »Ich dränge nicht, sondern ich weise dich nur darauf hin, dass es Zeit ist. Die Körper der Mädchen sind reif und heiß und es bedarf nur wenig, um ihr Feuer anzuheizen. Das muss in die richtigen Bahnen gelenkt werden, sonst geschieht schnell ein Unglück.«

»Ach was!« Hieronymus winkte unwillig ab. »Heiß und reif! Meine zarten Engelchen wissen noch gar nicht, dass es zwei Sorten von Menschen gibt. Das lernen sie noch zeitig genug. Sie sollen ihre hübschen Köpfchen nicht mit solchen Dingen belasten.

Im Augenblick ist es mir tatsächlich lieber, dass sie von Siebenpfeiffer und diesem netten jungen Studiosus in den wichtigen Dingen des Lebens unterwiesen werden, nämlich im Schreiben und Kalkulieren. Was soll einmal werden, wenn ich nicht mehr bin? Soll mein Lebenswerk, dieses wunderbare Handelshaus mit mir zu Asche und Staub zerfallen? Nein, nein, mein kleines Eichkätzchen, ich habe ganz feste Pläne mit den Kindern. Und selbst wenn sie einstmals Ehemänner haben sollten, so werde ich dafür sorgen, dass sie gemeinsam das Handelshaus weiterführen und den Wohlstand mehren. Ein Streit unter Geschwistern ist doch normal und Weiber streiten gern. Sie hören auch wieder auf.«

»Weil du gerade vom Streiten sprichst …« Sie stockte und warf Hieronymus einen lauernden Blick zu. »Entlass wenigstens die Amme. Sie ist ein unmögliches Weib und mir feindlich gesonnen. Immer hockt sie mit Tante Brigitte zusammen, und dann fallen sie mit garstigen Worten über mich her.«

Sie drückte zwei Tränen aus ihren dunklen Augen und wischte sie mit einer theatralischen Geste ab. »Du weißt ja warum.«

Hieronymus verdrehte genervt die Augen. »Ja, ja, ich weiß warum. Aber ich kann es nicht ändern. Du weißt, dass wir nicht heiraten können. Du solltest zufrieden sein, so wie es ist. Die Amme passt auf, und bei Tante Brigitte bin ich verpflichtet, sie hier ab und zu zu beherbergen und zu beköstigen. Sie ist ein altes Schreckgespenst, das gebe ich zu, und die Amme hat ein vorlautes und ungehobeltes Wesen. Aber ihr und ihrem riesigen Busen habe ich das Leben meiner zarten Kinder zu verdanken, nachdem Gott mein armes Weib zu sich geholt hatte. Ich bin ihr zu großer Dankbarkeit verpflichtet und würde es mir niemals verzeihen, sie zu verstoßen. Was hast du überhaupt mit ihr zu schaffen? Geh ihr aus dem Weg und überlass ihr die Aufsicht über die Mädchen. Ich habe keine Lust, mich mit Weibergezänk zu beschäftigen.«

»Du bist viel zu großherzig und fütterst zu viele Mäuler durch«, beklagte sich Philomena weiter. »Auch diesen Gelehrten und seinen Studenten zum Beispiel. So viele Leute gehen im Haus ein und aus und du bewirtest sie ganz selbstverständlich ...«

Hieronymus schlug mit der flachen Hand auf den Tisch. »Hör auf zu greinen, Weib! Siebenpfeiffer ist nicht nur ein berühmter Gelehrter sondern mir auch ein guter Freund. So mancher Schicksalsschlag hat uns fest zusammengeschweißt.« Er dachte an die Weissagungen des Magisters. »Außerdem verdient er sich ja sein Brot, indem er meine Töchter in den höheren Künsten unterrichtet. Katharina sagte mir, dieser Studiosus hätte erzählt, der Lehrstoff entspräche fast genau dem der Universität. Es ist eine außerordentliche Gnade, dass meinen Töchtern so eine hohe Bildung zuteil wird. Bildung ist ganz wichtig für eine Frau. Das müsstest du am besten wissen. Du bist auch klug und belesen.«

Philomena schluckte und warf den Kopf in den Nacken. Sie wich seinem Blick aus. War es ihre Schuld, dass auch ihr Schicksal Haken schlug? Sie gab ja zu, dass sie gern als wichtige Ehefrau dem Prellerschen Haushalt vorgestanden hätte, aber sie wusste auch, dass dies unmöglich war. Dass Hieronymus ihr hier eine Heimstatt in seinem Haus, an seinem Tisch und in seinem Bett bot wie einem Eheweib, war weit mehr, als sie jemals von Leben erhoffen konnte.

»Der Student«, wagte sie einen letzten Vorstoß, »macht Katharina schöne Augen.«

Hieronymus lachte dröhnend. »Na und? Katharina ist wunderschön und eine Freude für jedes männliche Auge. Und dieser Studiosus ist ein gesunder junger Mann. Es wäre verdächtig, wenn er ihr keine schönen Augen machen würde. Lass ihn schauen. Sonst bekommt er ja auch nichts zu sehen als Bücher und Pergamente und die Brüder im Kloster.«

»Studenten besuchen Schänken und Freudenhäuser und treiben Unfug und Schabernack!«

»Ich weiß, meine Liebe, ich weiß. Der Rat hat auch seine liebe Müh' mit ihnen. Aber wenn so ein junger Mann, statt in der Schänke zu sitzen, lieber meine Töchter unterrichtet, dann trage ich dazu bei, ihn auf dem Pfad der Tugend zu halten. Das ist doch ehrenwert, nicht wahr? So, und nun lass es auf sich beruhen, ich will davon nichts mehr hören. Vertreib mir lieber meine schlechte Stimmung. Sing ein hübsches Lied für mich, spiel auf der Laute oder tanze und zeige mir deinen edlen und begehrenswerten Körper, indem du dich bewegst wie eine junge Birke im Wind.«

Philomena schmollte noch ein bisschen, da griff Hieronymus in seinen Wams und holte ein kleines Beutelchen aus dunkelblauem Samt hervor. Es war mit Goldfaden bestickt und zeigte die Sonne, den Mond und viele kleine, glitzernde Sterne.

»Schau, was ich für dich habe«, flötete er.

Ein wenig zierte sie sich noch, dann flog ein kleines Lächeln über ihr Gesicht, und sie erhob sich. Mit tänzelnden Schritten kam sie näher, setzte sich auf seinen Schoß und nahm das Beutelchen in die Hand. »Was ist das?«, fragte sie neugierig.

»Mach es auf, meine kleine Nachtigall. Es wird dein Herz erfreuen.«

Vorsichtig öffnete Philomena den Beutel und zog an einem Band einen wunderschönen Anhänger aus gehämmertem Silber hervor, in das ein Vogel aus bunter Emaille eingelassen wurde.

»Oh, ist der hübsch!«, rief sie erfreut.

»Wusste ich doch, dass es meiner kleinen Elster gefällt. Schau, wie filigran diese Arbeit ist. Sie stammt aus Konstantinopel von einem berühmten Silberschmied. Er soll als Sklave aus Afrika gekommen sein und wurde durch seine Kunst berühmt. Mein Freund Sikora hat dieses Kleinod von seiner letzten Reise mitgebracht. Ich habe es aufbewahrt, um es dir in der rechten Gelegenheit zu schenken.«

»Das ist wirklich sehr lieb von dir«, säuselte Philomena versöhnt und küsste Hieronymus übers ganze Gesicht. Zum Schluss biss sie ihm zärtlich ins Ohr.

»Oh«, kicherte Hieronymus, »Nicht! Du weißt doch, dass ich da schrecklich kitzelig bin!«

Doch Philomena hörte nicht auf, beknabberte ihn mit ihren kleinen weißen Zähnen an all den Stellen, von denen sie wusste, dass es Hieronymus besonders mochte, während er sich zum Schein lachend und seufzend wehrte.

Beide merkten nicht, wie die Tür aufgerissen wurde und die Amme in tödlicher Entschlossenheit hereingeschnauft kam. Sie stoppte und ihr gewaltiger Busen wogte in heller Empörung. Sie rang nach Luft.

»Am helllichten Tag! Heilige Dreifaltigkeit, so eine Sünde!« Sie bekreuzigte sich und warf die Tür wieder zu. Musste sie eben allein auf die Suche nach Katharina gehen.

Seit dem Streit gingen die beiden Mädchen immer häufiger getrennte Wege. Auch wurde deutlich, dass sich die Zwillinge, wenn sie sich äußerlich auch glichen wie ein Ei dem anderen, charakterlich unterschieden. Maria wurde immer stiller und in sich gekehrter, verhielt sich schon wesentlich erwachsener und tugendhafter als die ungestüme Katharina. Die Amme sorgte sich auch weniger um Maria als um ihre Schwester.

Nach dem Unterricht vertiefte sich Maria häufig in eine Lektüre, zumeist die Bibel oder ein antikes Werk in Latein oder Griechisch oder schrieb Gedichte auf helle Papierblätter, die Hieronymus ihr geschenkt hatte, während Katharina häufig spurlos verschwand. Da sie jedes Mal pünktlich zum Abendessen wieder da war und stets eine passende Erklärung parat hatte, schien es Hieronymus nicht zu stören.

Doch die Amme störte es gewaltig. Wenn sie als Kinder früher gemeinsam in die Aue zum Blumenpflücken oder Pilze sammeln gegangen waren, Honig bei den Imkern kauften oder ihren Spielfreund Thomas am Kuhturm besuchten, war das noch zu akzeptieren. Aber natürlich war es der Amme nicht entgangen, dass sich die Körperformen der Mädchen rundeten und sie das kindliche Aussehen verloren. Selbst dieser Studiosus machte Stielaugen wie eine Schnecke, wenn er den Mädchen nahekam. Und nach diesem Unterricht verschwand Katharina regelmäßig zu Studien in der freien Natur, wie sie beteuerte.

Zu gerne wäre die Amme ihr hinterhergegangen, um sich selbst von diesen Studien zu überzeugen, doch leider war das nicht möglich. Ihre eigenen Körperformen machten sie derart auffällig, dass sie sich nirgendwo verstecken konnte. Selbst die alten Eichenbäume in der Aue mit ihren mächtigen Stämmen reichten kaum aus, sie gänzlich zu verbergen. So begnügte sie sich damit, Hieronymus immer wieder in den Ohren zu liegen, dass er ein wachsameres Auge auf seine Töchter, vornehmlich Katharina, haben möge. Doch eigentlich war das ihre Aufgabe, und Hieronymus wies sie nach jeder Klage darauf hin, wenn er überhaupt zu einer Antwort kam und nicht schon wieder unzüchtige Spiele mit dieser Philomena trieb.

»Sodom und Gomorra«, murmelte sie und bekreuzigte sich zur Vorsicht noch einmal. Dann warf sie einen Umhang über die runden Schultern und verließ das Haus. Sie wollte ohnehin Krebse kaufen, weil Walburga in der letzten Zeit schlecht auf den Beinen und ihr jeder Weg hinunter zum Fluss zu viel war. Das lieferte der Amme gleich einen Grund, nach Katharina Ausschau zu halten.

Sie begab sich vom Markt aus hinunter zum Thomaskloster, wo es eine kleine Pforte in der Stadtmauer gab, durch die sie die Stadt verlassen konnte. Eine Brücke führte über den Stadtgraben zur vorgelagerten Schanze und von dort über den Mühlgraben zur Thomasmühle. Dieser künstlich angelegte und bereits jahrhundertealte Graben wurde vom Wasser der Pleiße gespeist. Dieser

Fluss war einer von mehreren Wasserläufen, die ein aderngleiches Gewirr durch die Aue bildeten und an seinem Ufer tückische Sümpfe bildeten.

Entlang des Grabens reihten sich mehrere Mühlen, von denen die Thomasmühle die nächste war und zum Kloster gehörte. Augustinermönche versahen dort schweigend ihre Arbeit. Es gab auch Klosterangestellte, die nicht zum Klerus gehörten und für die niederen Arbeiten zuständig waren. Gerade wurde die Roggenernte von den klostereigenen Ländereien gemahlen. Wagen um Wagen mit Säcken voll Getreide rollte heran.

Andere Wagen, die auf dem Weg unterwegs waren, hatten Baumaterial geladen, das zur Thomaskirche gekarrt wurde, wo schon seit Jahren das Langschiff umgebaut wurde. Extra aus diesem Grund war sogar die Stadtmauer um mehrere Meter versetzt worden.

Am westlichen Ufer des Mühlgrabens boten einige halbwüchsige Jungen gefangene Krebse feil, die sie in Weidenkörben hielten. Die Amme begutachtete kritisch die Tiere, die sich mühsam bewegten. Ihr Interesse machte die Jungen ebenfalls aufmerksam.

»Ein bisschen klein, aber für eine Mahlzeit werden sie schon reichen«, meinte sie entgegenkommend. Sie blinzelte dem Jungen zu. »Sag mal, hast du hier eine junge Dame vorbeikommen sehen? Sie hat ganz langes honigblondes Haar, in feinsten Locken gekringelt, und trägt ein prachtvolles Kleid aus blauem Tuch mit teuren Bändern.«

»O ja«, erwiderte er, während die beiden anderen Jungen neugierig näher kamen. »Da drüben ist sie.« Er wies zu den Mönchen hinüber, die an der Mühle arbeiteten.

Die Amme kniff ihre kurzsichtigen Augen zusammen. »Ich sehe nur dunkle Kittel«, schnaufte sie.

»Aber schaut nur einmal drunter, verehrte Frau. Da findet Ihr feinste Kringellöckchen und teure Bänder. Und vielleicht fährt

Euch auch ein Wind ins Gesicht.« Sie lachten lauthals und fuhren eilends auseinander, als die Amme empört um sich schlug.

»Ihr elenden Tagediebe, ihr Brut einer schleimigen Nixe, euch werd ich's zeigen, eine alte Frau zu ärgern!« Ihre kurzen, dicken Arme wirbelten durch die Luft, ohne ihr Ziel zu treffen.

Die Jungen machten sich einen Spaß daraus und stolzierten wie eine feine Dame umher, zeigten ihre rabenschwarzen, zerkratzten Beine, die aus den abgerissenen Hosen lugten und schürzten vornehm ihre Kittelhemden aus grobem Leinen.

»Guten Tag, meine Dame, seid Ihr die Angebetete, die ich suche?« – »Nein, mein Herr, ich bin nur das Liebchen eines fetten Mönchs. Aber wenn Ihr mir einen Fischschwanz zahlt, werde ich auch Euch zu Willen sein.« – »Oh, danke meine Dame! Wenn Euer Duft ebenso heftig ist wie der des Fischschwanzes, soll es mir recht sein.«

Sie bogen sich vor Lachen, während die Amme mit krebsrotem Gesicht davonstapfte. Auch wenn sie ihnen nichts abgekauft hatte, der Spaß war es ihnen wert.

Weiter draußen in der Aue, jenseits der künstlich angelegten Mühlgräben bahnte sich der Fluss Elster seinen gewundenen Weg. Aus dem Süden kamen die schnellfließenden Wasser dieses Flusses und teilten sich in zwei Arme. Verschiedene kleine Wasserläufe verbanden die Elster mit der Pleiße und bildeten ein Gewirr von Kolken, Tümpeln und Lachen. Wo die Pleiße sich schließlich in die Elster ergoss, dehnten sich die Pfingstwiesen aus. Hier weideten die Herden der Stadt, die vom Kuhturm aus beobachtet wurden. Nach Süden zu wurden die Wiesen von einem dichten Wald begrenzt. Kleine hölzerne Brücken überwanden dieses feuchte Labyrinth und gestatteten es den Menschen, trockenen Fußes in die Aue zu gelangen. Hierhin hatte es das verliebte Paar gezogen.

Sie liefen nebeneinander und hielten sich an den Händen. Das Wasser des Flusses rauschte, und ein mildes Lüftlein wehte. Die Vögel sangen ihr fröhliches Lied, und Blumen dufteten auf den satten Wiesen. Klaus zog Katharina in den Schatten eines Busches, inmitten auf ein weiches Bett aus Gras. Er nahm sie in die Arme, küsste und herzte sie. Stück für Stück öffnete er ihr Kleid. Sie kicherte ein wenig verschämt.

»Wenn uns jemand sieht …«

»Außer Gott und den Vögeln sieht niemand etwas«, beruhigte Klaus sie. »Gott hat die Liebe gemacht und den Vögeln geschenkt, die sie fleißig nutzen. Wir sollten von ihnen lernen.«

Er bedeckte ihren glühenden Leib mit Küssen. »Ich pflücke einen Kuss von meiner Rose«, murmelte er. »Frag mich nicht, welche Freude ich genieße. Ein seltsamer Rausch durchströmt meinen Körper, der den Schmerz verjagt und das Liebesleid mildert. Nie war ich so glücklich wie mit dir, mein süßes Käthchen.« Zwischen den Worten hauchte er immer wieder Küsse auf sie hernieder.

Katharina vergrub ihre Finger in seinem Haar. »Es ist Sünde, es ist Sünde«, seufzte sie und dachte an die erschreckenden Worte ihres Beichtvaters.

Einen Augenblick hielt er inne, hob den Kopf und schaute sie unter schweren Lidern in trunkener Glückseligkeit an.

»Du bist mein, ich bin dein,
dessen sollst du sicher sein.
Du bist gefangen in meinem Herzen,
verloren ist das Schlüsselein,
du musst immer drinnen sein.«[4]

4 nach einem althochdeutschen Liebesgedicht aus dem 12. Jahrhundert

Katharinas Augen füllten sich mit Tränen. »Ja, Liebster«, flüsterte sie. »Für immer bin ich dein im Herzen!«

»Dann ist alles gut«, erwiderte er. Sie versanken im Rausch ihrer Liebe und eiferten mit den Vögeln um die Wette. Über ihnen spannte sich Gottes weiter Himmel wie eine schützende Hand.

»Weiß wie die Unschuld sind die Wolken«, flüsterte sie. Ihr Blick ging hinauf in dieses Himmelsblau, das sich in ihren Augen widerspiegelte. Klaus lag erschöpft und schwer atmend auf ihr. Sein Haar kitzelte an ihrer Nase. Sie hielt die Arme fest um ihn geschlungen. Doch dann hob sie den Kopf und musste niesen. Als sie die Augen wieder öffnete, sah sie nicht Gottes Himmelblau, sondern eine dürre, dunkle Gestalt, die sich über das Geländer der Brücke beugte.

»Schau, da steht jemand auf der Brücke. Es ist dieser unheimliche Mönch, der mich schon seit Tagen verfolgt«, wisperte sie erschrocken. Sie zog ihr Kleid über ihre Blöße und krümmte sich zusammen.

»Er muss uns schon eine Weile beobachtet haben«, vermutete Klaus und presste wütend die Lippen zusammen. »Dem werde ich es zeigen!«

Katharina hielt ihn fest. »Bitte bleib! Ich fürchte mich.«

»Mitnichten, meine Schöne. Diese Mönche leiden alle unter ihrem Zölibat und geifern gegen die Lust. Aber sie ergötzen sich an der Lust anderer. Ich will aber nicht, dass mir so ein Schwarzkittel auf den blanken Hintern schaut!« Er suchte nach seinem Beinkleid, das er achtlos auf einen Zweig geworfen hatte.

»Er ist ein Diener Gottes. Gott wird ihm seine Sünde vergeben, so wie er auch uns unsere Sünden vergeben wird. Wir sind alle nur schwache Menschen.«

»Der ist kein Mensch, sondern ein Mönch. Soll er sich um Gott kümmern und nicht um unsere Hintern. Ich werde ihn darauf hinweisen.«

»Lade nicht noch mehr Schuld auf dich«, bettelte Katharina.

»Gott sieht und hört alles. Und ich muss es dem Pater beichten und er sagt dann wieder so schreckliche Dinge ...«

Doch Klaus eilte schon der Brücke zu.

Tobias klammerte sich mit seinen dürren Fingern am Brückengeländer fest und krümmte sich.

»Herr, warum legst du mir diese Versuchung auf?«, flüsterte er mit trockenen Lippen und sein Hals schmerzte ebenso wie seine prall gefüllten Lenden. Seine Augen waren scharf wie die eines Raubvogels und selbst aus dieser Entfernung konnte er genug sehen. Dieses Paar trieb es am helllichten Tag in Gottes freier Natur so schamlos miteinander, dass eigentlich der Himmel einstürzen müsste.

Tobias begriff nicht, dass eine derartige Sünde ungestraft bleiben konnte. War dies eine der unerklärlichen Prüfungen für seine treuen Diener? Er musste sich das ansehen, weil es der Propst ihm befohlen hatte, und niemals würde er sich gegen eine Weisung des Propstes auflehnen. Niemals würde er Ungehorsam zeigen.

Die Gehorsamen, die Gottesfürchtigen, die Demütigen wurden belohnt. Ja, auch er würde belohnt werden mit einem kleinen Vorgeschmack aufs Paradies. Ihm würde ein Geschenk zuteil, das für ihn die höchste Erfüllung war, gleich nach dem Bestreben, Gott zu dienen.

Er hasste Frauen, er hasste Paare, er hasste alles, was mit der teuflischen Sexualität zu tun hatte. In allem steckte Satan, in allem steckte das Böse. Es quälte den Menschen mit seinem Drang, mit seiner Lust, mit seiner Pein. Als ziehe der Teufel an seinem Geschlechtsteil, wurde es länger und länger und drückte wie ein Alb.

»Nein«, wimmerte er. »Nein! Gott vergib mir, es geschieht nicht mit meinem Willen.« Doch das war noch schlimmer, als dass sich sein Körper seinem Willen entzog. Er würde sich geißeln, sich in den Staub werfen und im tiefsten Keller Buße tun. Er würde fasten und im kalten Wasser stehen, bis dieser widerliche Trieb aus seinem Körper wich.

Wasser! Er stakste breitbeinig von der Brücke zum Ufer, hob den Kittel und tauchte seinen Unterleib ins sprudelnde Wasser der Elster. Die Kühle griff mit eisigen Klauen nach seinem Geschlecht und der Schmerz durchzuckte ihn wie einen Peitschenhieb. Gleichzeitig verklärte sich sein Gesicht.

»Aaaaah«, ächzte er und spürte die Linderung wohltuend.

Klaus sah vom Brückensteg aus nur das hell schimmernde Hinterteil des Mönchs wie einen fahlen, knorrigen Ast ins Wasser ragen. Wütend lief er am Ufer entlang, sprang in das gurgelnde Wasser und zerrte Tobias an den Falten seiner Kutte heraus.

»Was tust du da, du grässliches Wesen? Beobachtest uns wie ein geiler Lüstling? Dir werde ich deine Neugier austreiben, so wahr ich der Sohn eines kräftigen Landmanns bin!«

»Was erdreistest du dich?«, kreischte Tobias auf. »Dir soll deine Hand verdorren und abfallen. Ich verrichte nur meine Notdurft im Wasser.«

»Notdurft? Dass ich nicht lache. Ein Riesenhorn hast du, weil du uns zugeschaut hast. Da, sieh, es ist immer noch gewaltig. Wieso hat dir Gott bloß so einen Prügel gegeben, wo du ihn doch gar nicht gebrauchen kannst? Deshalb also stehst du auf der Brücke und beobachtest uns. Aber die Schönheit von Katharina gehört mir. Ich bin kein frommer Bruder, sondern darf mit meinem Gottesgeschenk tun, wofür es da ist.«

»Was bedeutet schon die Schönheit einer Frau?«, giftete Tobias. »Mir bedeutet sie nichts. Die weiße Haut narrt das Auge und ist trügerisch wie dünnes Eis. Wenn der Mensch sehen würde, was sich unter der Haut befindet, würde er sich vor dem Anblick einer Frau ekeln. Ihre Anmut besteht doch nur aus Blut und Schleim und Galle. Was da in ihren Nasenlöchern und dem Bauch und den Gedärmen verborgen ist, ist nur Unrat, Schleim und Dreck. Wie könnte ich begehren, das zu umarmen?«

»Was redest du da für einen Unsinn? Was ist mit der Gottesmutter? Sie ist doch auch eine Frau!«

»Sie ist heilig und unbefleckt. Wie kannst du die Jungfrau mit deiner Hure vergleichen?«

»Sag das noch einmal, du missratenes Stück Eselsscheiße«, schrie Klaus und schlug ihm mit der Faust ins Gesicht. Es knirschte, als die hakenförmige Nase des Mönchs brach und Blut spritzte hervor.

»Da hast du es. Unter deiner Haut verbirgt sich Blut und Dreck und Galle. Du bist nichts weiter als eine Ansammlung von Schleim. Du hast Angst vor deinem eigenen Geschlecht. Du hast Angst vor dem anderen Geschlecht. Du hast Angst vor Gottes eigener Schöpfung. Dich plagt das, was du leugnen willst, und erinnert dich daran, dass du nicht wider deiner Natur leben kannst, auch wenn du noch so darum kämpfst. Wie ist es, so unvollkommen zu sein? Hasst du dich deswegen? Hasst du alle anderen Menschen deswegen? Hasst du vor allem die Frauen deswegen? Leider habe ich keine sieben Gulden, um mich von einem Mord freizukaufen. Aber ich verspreche dir, dass ich dich umbringe, wenn du mir jemals wieder zwischen die Finger gerätst!«

Der Schmerz zwang Tobias in die Knie. Er hielt sich die Hände vors Gesicht. Zwischen seinen Fingern tropfte das Blut auf seine Kutte. Der heftige Schmerz raubte ihm fast die Sinne. Er warf sich auf den Boden und hielt seinen Kopf ins Wasser. Der strömende Fluss schlug ihm wie mit einer unsichtbaren Hand ins Gesicht.

Tobias fürchtete sich vor Wassergeistern, bösen Nixen, die ihn hineinziehen könnten oder verhexen. Aber der Schmerz ließ nach und betäubte seine Sinne. Erst als ihm die Luft knapp wurde, richtete er sich wieder auf.

Das Paar war verschwunden, und Tobias hatte keine Lust, ihnen zu folgen. Seine Nase schien um ein Vielfaches größer geworden zu sein und sein Blick dafür trüber. Stöhnend legte er sich ins Gras und schloss die Augen. Er sah bunte Kringel tanzen und Blitze zucken und dann füllte sich sein Hirn mit einem blutigen Rot. Rache, schwor er sich im Stillen. Er wollte blutige Rache!

Mühsam rappelte er sich auf und wankte zur Brücke. Seine Kutte war nass und blutbesudelt. Er zog sich die Kapuze tief ins Gesicht, um sein Schandmal zu verbergen.

Tobias fand Benedictus in der Klosterkirche, wo er von einer Bank aus den Chorknaben lauschte, die oben auf der Empore sangen. Die hohen reinen Stimmen flogen wie Vogelschwingen in das Gewölbe des Kirchenschiffes hinauf und lobten Gott durch ihre Reinheit.

Benedictus liebte Knaben über alles. Er behielt es sich vor, sie persönlich auszusuchen. Es war eine Gnade und eine Ehre, zum Knabenchor[5] zu gehören, und viele Eltern versuchten, ihren Söhnen mit einer Spende einen Platz im Chor zu verschaffen. Selbstverständlich sah Benedictus solches Bestreben gern.

Allerdings reichte das noch nicht aus, um ein Mitglied im Chor zu werden. Die Stimmen mussten besonders klar und rein sein und sehr hoch klingen. Das konnten sie nur, wenn die Knaben noch jungfräulich waren und kein Haar ihren kindlichen Körper verunstaltete. Benedictus überzeugte sich höchstpersönlich davon, dass der Knabenkörper weiß und glatt und haarlos, das Zipfelchen klein und weich auch bei Berührungen, und das Hinterteil rund und fest wie ein knackiger Apfel war. Nur dann fanden sie Aufnahme in der Klosterschule.

Diese Schule befand sich in der Novizenanstalt und wurde von einem Novizenmeister geleitet. Die *Pueri oblati* wurden in Psalter

5 Aus den klösterlichen Chorknaben wurde später der weltberühmte Leipziger Thomanerchor.

und Gesang, in der heiligen Schrift, im kanonischen Recht und den sieben freien Künsten unterrichtet.

Benedictus wies den Novizenmeister an, dass die Knaben während der Unterrichtung weit auseinander saßen und sich ältere Mönche zwischen sie setzten und sie trennten. Sie durften keine Worte und keine Zeichen miteinander austauschen. Strikt verboten waren gegenseitige Berührungen. Jedes Kind bekam seinen Lehrmönch, der wie sein Schatten immer bei ihm war. Selbst beim Waschen und Verrichten der Notdurft waren diese Schatten anwesend.

Wer von den Knaben sich etwas zuschulden kommen ließ oder gegen diese Regeln verstieß, wurde durch Schläge bestraft. Auch hier behielt es sich Benedictus vor, die Strafen selbst auszuführen. Wenn so ein kleiner weißer Hintern nackt und verlockend vor ihm auf dem Sündenbock lag, dann fühlte er ein wahres Entzücken in sich. Mit einer Rute schlug er auf diesen Hintern, bis sich rote Striemen darauf abzeichneten und der kleine Sünder vor Angst und Schmerz urinierte. Auch Benedictus verströmte sich dann, wenn auch auf eine etwas andere Weise, was aber niemand bemerkte, da es seine Kutte verbarg.

Das wichtigste jedoch war der Chorgesang. Der Ruhm des Knabenchores drang bereits weit außerhalb der Stadtmauern, und wenn der Erzherzog oder ein anderer hoher Gast in der Stadt weilte, ließ er sich nicht entgehen, dem reinen Gesang der Knaben zu lauschen.

Auch Benedictus lauschte dem Gesang, selbst wenn es nur eine Probe war. Der Chorleiter stimmte gerade ein neues Loblied an und nahm mit seinem empfindlichen Ohr den Ton auf. Der Propst schaute zur Galerie hinauf, wo er die ersten beiden Reihen der Kinder sehen konnte. Hier, und nur hier, durften sie eng beieinanderstehen, so dass sie sich beinahe berührten.

Benedictus' Hand fuhr unter seine Kutte und fasste zwischen

seine mächtigen Schenkel. Die Erregung kribbelte in ihm, und je höher die Töne aus den knabenhaften Kehlen stiegen, umso heftiger erregten sie ihn. Er spürte eine Gänsehaut auf seinen Armen und stöhnte zwischen seinen gespitzten Lippen hindurch.

Nicht gleich bemerkte er die gebeugte Gestalt, die sich lautlos von hinten an ihn heranschlich. Erst als sie sich vor ihm auf den Boden warf, zuckte er zusammen. Schnell zog er seine Hand unter der Kutte hervor.

»Ich habe sie erwischt«, krächzte Tobias.

»Wer? Was?« Benedictus war über diese Störung wenig erbaut.

»Diese blonde Hure und ihr Hengst. Sie trieben es am Fluss. Ich habe es mit eigenen Augen gesehen.«

»Am Fluss? An welchem Fluss?«

»Am Elsterfluss im hellen Licht. Deswegen konnte ich es sehen. Sie ist eine Hexe! Sie buhlt mit dem Teufel in Form eines Wassergeistes. Er stieg aus den Fluten und war ganz nackt. Lange Fäden von Wasserpflanzen hingen an ihm herab, als er sich zu ihr gesellte und sie ihr Werk taten. Dabei lachte sie und stieß gellende Schreie aus. Dann setzte sie sich auf ihn drauf und ritt ihn wie ein Pferd.«

Benedictus verzog das Gesicht. »Tatsächlich?«

»Ich habe es mit eigenen Augen gesehen«, beteuerte Tobias. »Nachdem sich der Wassergeist in ihr verströmt hatte, erhob sie sich in die Luft und flog dreimal drei Kreise.«

Benedictus bekreuzigte sich. »Und dieser Studiosus?«

Tobias krümmte sich stärker zusammen, als wütete ein Schmerz in seinem Körper. »Der trieb es derweil mit einer Nixe, die mit dem Wassergeist aus dem Fluss aufgestiegen war. Sie besaß einen Schwanz wie ein Fisch. Sie trieben Unzucht im flachen Wasser. Sie wälzten sich im Schlamm und riefen immer wieder den Bösen herbei.«

»Tatsächlich?« Benedictus blickte skeptisch und mit angewidertem Zug um den Mund auf Tobias herab. Dann beugte er sich vor und befühlte dessen Kutte. »Auch du bist voller Schlamm und feucht«, stellte er fest.

Langsam hob Tobias den Kopf und Benedictus zuckte zurück. Unter der Kapuze schaute ihn eine missgestaltete Fratze an, die nur noch entfernt Ähnlichkeit mit Tobias besaß. Aus einem Totenkopfschädel stach ein überdimensionaler Fleischklumpen an Stelle der Nase hervor, schwarz verkrustet von getrocknetem Blut. Dunkelblau umrandete, blutunterlaufene Augen starrten ihn an wie ein Dämon, und als Tobias den Mund öffnete, fehlten dort zwei Zähne.

Benedictus riss den Mund auf und schnappte nach Luft. »Was ist geschehen?«

»Der Wassergeist wollte mich in den Fluss ziehen. Ich habe mich gewehrt und ihn mit Bannsprüchen und heiligen Gebeten vertrieben.«

Angewidert wandte Benedictus sich ab. »Und dieser Studiosus? Hat er es auch mit der Preller-Tochter getrieben?«, wollte er wissen.

»Sagte ich doch«, zischelte Tobias. »Schamlos und offen.«

»Und du? Hast wirklich alles gesehen?«

»Alles!«

»Was hast du dabei empfunden?«

»Ekel und Abscheu.«

»Und was noch? Kein Bedürfnis?«

»Nichts weiter. Mein Wille siegte über meinen Körper.«

»Dummkopf, ich meine, ob du das dringende Bedürfnis verspürtest, diesen armen verirrten Seelen zu helfen und sie wieder auf Gottes rechten Weg zurückzuführen.«

»Selbstverständlich. Auf dem ganzen Rückweg habe ich für ihre Seelen gebetet.«

Benedictus schaute nachdenklich auf den Mönch herab, der sich wieder demütig zusammenkrümmte.

»So ein Wassergeist ... ist er nicht kalt und glitschig?«

»Ja, Bruder, er verströmt kaltes Wasser und lähmt den menschlichen Atem.«

»Und ist er stark?«

»Wie die Faust eines Landmannes, Bruder.«

»Diese Katharina ... ist sie wirklich durch die Luft geflogen?«

Tobias krümmte sich noch weiter zusammen und umklammerte die Beine des Propstes. »Ich schwöre es bei Gott, Bruder, ich schwöre es bei Gott!«

Benedictus stieß ihn mit dem Fuß zurück. »Geh ins Aderlasshaus. Der Tonsor soll dich zur Ader lassen, damit der Schleim aus dir herauskommt, der von diesem Wassergeist in deinen Körper gedrungen ist. Lass dir aus der Apotheke eine Kräuterpackung für deine Nase geben. Und dann bring mir diesen Studiosus.«

»Nicht die Hexe?«

»Die kommt später dran.«

Tobias fing an zu winseln. Benedictus trat wieder nach ihm, diesmal kräftiger. »Du darfst ihn befragen. Ich habe es dir versprochen, du darfst es!«

Der Propst seufzte leise, als sich Tobias trollte, und versuchte, sich wieder auf den Gesang der Knaben zu konzentrieren. Aber es gelang ihm nicht so recht. Schließlich erhob er sich und verließ, auf seinen prachtvoll verzierten Hirtenstab gestützt, der eines Bischofs würdig war, die Kirche.

Draußen kam ihm Brigitte entgegen, die zur Beichte wollte. Benedictus fragte sich, was so eine alte, vertrocknete Jungfer zu beichten hatte. Brigitte kam fast täglich und sie grüßte den Propst mit einem achtungsvollen Knicks. Er antwortete mit einem kaum hörbaren Grummeln. Frauen waren ihm einfach zuwider. Was hatte sich Gott nur dabei gedacht, als er sie schuf? Mochten sie anfangs noch ganz ansehnlich und wohlgefällig dem Auge sein, später wurden sie fett von den Schwangerschaften und trockneten dann zu lebenden Mumien zusammen. Alles Übel der Welt kam von den Weibern. Man sollte das Übel immer mit der Wurzel ausrotten.

Er schlurfte weiter zu seinem Haus. Die Sonne schien warm und er kam auf dem kurzen Weg ins Schwitzen. So viele Prüfungen, die Gott ihm auferlegte. Und dann noch Bruder Tobias. Er war ein hervorragender Spitzel. Aber manchmal wurde er auch lästig. Er musste ihm wieder Futter geben, um ihn zu besänftigen.

Schnaufend ließ er sich in seinen reich verzierten Lehnstuhl sinken und winkte einem der schweigenden Mönche, die ihm Dienst taten. Er selbst musste auch nicht sprechen. Der stumme Bruder verstand sein Zeichen. In spätestens einer halben Stunde würden vier kleine Chorknaben zu ihm kommen und ihm ein Privatkonzert geben. So sehr sie sich Mühe geben würden, den hohen Anforderungen des Propstes würden sie nicht entsprechen. Die Rute lag schon bereit.

So sehr Klaus die Unterrichtslektionen mit Katharina genoss, musste er dafür Sorge tragen, seine Studien nicht zu vernachlässigen. Auch durfte niemand bemerken, welcher Art die Lektionen waren, die er Katharina gab. Dass er von dem Mönch beobachtet worden war, beunruhigte ihn etwas. Nun gab es ja allerorten Mönche in der Aue, wo sie Gärten bearbeiteten, Felder bestellten, Holz sammelten und Fische fingen. Ein großer Teil des Auenlandes und des Waldes gehörte zu den vier Klöstern der Stadt. Warum schlich dieser schwarze Kerl hinter ihnen her? Katharina behauptete, dass er sie schon öfters verfolgt hätte. Ob er ihr etwas Böses wollte?

Siebenpfeiffer schien recht froh zu sein, dass ihm die lästige Pflicht, die Zwillinge zu unterrichten, genommen war, zumal er weiterhin aus Hieronymus' Küche seine Mahlzeit erhielt. Ganz wollte er es mit dem Prellerschen Hause nicht verderben, auch wenn der Überfluss, die Prunksucht, dieses affektierte kaufmännische Gehabe ihn eher abstießen. Hieronymus war kein Mann des Geistes, auch wenn er Bildung hoch schätzte. Er war kein ebenbürtiger Diskussionspartner, auch wenn er sich gern mit dem Magister unterhielt.

Siebenpfeiffer kam langsam in die Jahre, wo ihn so manches Zipperlein plagte, die Gelenke auf die feuchte Kühle in den Hallen des Klosters unwillig reagierten und er froh war, wenn er abends in seinem Zimmer auf seinem Strohsack hocken konnte, die Beine in eine wärmende Decke eingeschlagen.

Häufig delegierte er die nachmittäglichen Diskussionen und Wiederholungen an einen älteren Studenten, den Tutor. Die *lectiones in vesperis* nach dem Abendgottesdienst verlegte er in seine Wohnkammer und alle Studenten mussten zu ihm kommen. Fanden sie in einer der vielen Schänken der Stadt statt, übernahm ein Tutor die Führung. Dann übernahm auch hier ein Tutor die Führung. Häufig endeten diese Veranstaltungen in einem wüsten Saufgelage.

Seit Klaus mit Katharina zusammen war, hielt er sich mit solchen Entgleisungen sehr zurück. Allerdings zog er sich den Spott von Johann und Melchior zu, die ihm unterstellten, sein Umgang mit den reichen Töchtern des Hieronymus Preller hätte ihn hochmütig werden lassen.

»Das ist doch Unsinn«, rechtfertigte er sich. »Es ist einfach eine Übung für ein späteres Lehramt.«

»Mit Mädchen«, ulkte Johannes. »Fürwahr eine echte Herausforderung!«

»Warum gehst du nicht gleich in ein Nonnenkloster? Da kannst du Mädchen unterrichten«, spottete Melchior. »Willst du nun gar nichts mehr von Weibern wissen? Du gehst ja nicht einmal mehr in ein Badehaus, geschweige in ein Bordell.«

Nein, das tat Klaus wirklich nicht. Katharina nahm ihn voll in Anspruch, so dass er keine Sehnsucht nach anderen Weibsbildern hatte. Und doch war ihm nicht ganz wohl dabei. In Magister Siebenpfeiffers Vorlesungen wurden in der letzten Zeit die Strafen im zivilen Recht behandelt. Auch wenn er schon eine Hinrichtung erlebt hatte und beinahe täglich irgendwelche Leute am Pranger standen, so berührten ihn die Strafen doch eigenartig.

»He, komm mit ins Wirtshaus. Wir wollen die Lektionen von heute wiederholen«, forderte ihn Melchior auf.

Wohl oder übel musste er sich seinen Mitstudenten anschließen, um nicht aufzufallen.

Im Wirtshaus ging es hoch her und zum Glück war Melchior spendabel. Sie hockten sich auf die hölzernen Bänke und tranken Bier aus hohen Krügen.

»An deiner Stelle solltest du dir das noch einmal überlegen«, lallte Johann und fuchtelte Klaus mit dem Finger vor dem Gesicht herum.

»Was soll ich mir überlegen?« Klaus war auch nicht mehr ganz nüchtern und sein Geist reagierte nicht gerade rege.

»Das mit dem Lehramt. Schau dir doch Siebenpfeiffer an. Was hat er denn für ein Leben? Und das Salär ist auch nicht gerade üppig. Ein Anwalt verdient wesentlich mehr, auch ein Richter wird weitaus besser bezahlt. Der verdient sein Geld aus dem Stadtsäckel, wenn ihn der Rat als Stadtrichter beruft. Da bist du ein gemachter Mann.«

»Da müsste ich Verbrecher verurteilen«, stellte Klaus fest.

»Natürlich, dazu ist ein Richter schließlich da.« Johannes schüttelte tadelnd den Kopf. »Sag mal, wozu studierst du denn das Recht? Du befindest dich an der ju … juru … hick … juristischen Fakultät.«

»Einem Dieb muss ich dann das Ohr abschneiden oder einen Finger oder ihn brandmarken lassen.« Er schüttelte sich. »Stell dir vor, ich sehe ihn nach einer Woche wieder auf dem Markt und er schaut mich an mit nur einem Ohr. Und ich habe das veranlasst.«

Johann amüsierte sich. »Na klar doch, als Richter ist das deine Aufgabe. Was ist daran so schlimm?«

Klaus fasste sich an sein Ohr. »Das ist so endgültig«, murmelte er.

»Ach komm, so etwas erledigt der Henker oder Scharfrichter. Deine Hände bleiben sauber. Außerdem ist es so im Recht festgeschrieben. Du richtest dich doch nur nach den Gesetzen.«

Klaus dachte nach. Eigentlich war er auch ein Verbrecher. Was er mit Katharina betrieb, wurde allerdings mit einer vergleichsweise geringen Strafe belegt. Paare, die es miteinander trieben, ohne verheiratet zu sein, mussten die Schubkarre schieben. Dabei musste die Frau in der Karre sitzen und wurde vom Mann durch die Gassen der Stadt geschoben. Die Schaulustigen durften die Verurteilten mit Unrat bewerfen, was sie meist auch sehr ausgiebig taten. Und die Schande erst! Noch lange erinnerten sich die Menschen an so ein Ereignis und zeigten mit den Fingern auf sie. Nein, das konnte er Katharina wirklich nicht antun! Andererseits ...

»Interessant wird es, wenn du Mörder, Brandstifter, Münzfälscher, Unzuchtreibende und Totschläger verurteilst«, fuhr Johann fort. »Ich habe mal erlebt, wie sie eine schwangere Frau, die Unzucht mit Tieren getrieben hat, geschoren und mit Ruten ausgepeitscht haben.«

»Hör auf, mir wird übel«, krächzte Klaus. Er dachte an Katharinas wundervollen Körper, der so schön und weiß und rein war wie eine Statue aus Marmor. Der Gedanke, so einen Körper zu quälen und zu verstümmeln, bereitete ihm Übelkeit.

»Du verträgst aber überhaupt nichts mehr«, beschwerte sich Melchior. »Komm, trink noch ein Bier. Das ist kein Sauerbier sondern ordentlich gebrautes mit viel Malz und guter Gerste.« Er schob Klaus einen neuen Krug hin.

»Sag mal, warst du schon mal verliebt?«, wollte Klaus von Melchior wissen.

»Ich?« Melchior lachte. »Wozu denn das?« Dann überlegte er. »Klar liebe ich das Fräulein Jadwiga. Weißt du, das ist die glutäugige Dunkelhaarige aus dem Böhmischen, die vor einem halben Jahr ins Bordell gekommen war. Und die dralle Mechthild liebe ich auch. Die ist zwar etwas älter, aber sie ist sehr erfahren. Das habe ich gern. Ja, Bier und Wein liebe ich auch. Also bin ich verliebt!«

Klaus konnte Melchiors Logik nicht folgen. Bei dem Gedanken an Katharina wurde er plötzlich melancholisch. Er sehnte sich nach ihr. Er sehnte sich so sehr nach ihr, dass er hätte heulen können. Schlagartig wurde ihm klar, dass es nicht ihr schöner Körper war, der ihm den Kopf verdrehte. Es rumorte in seinem Herzen, bereitete ihm Schmerzen und machte ihn traurig.

Er wollte sie immer bei sich haben, seine Tage und Nächte mit ihr teilen ohne Angst, dafür bestraft zu werden. Sie sollte die Frau an seiner Seite sein, die ihn durchs Leben begleitete. Er wollte mit ihr über die Wiesen laufen, am Fluss sitzen, ihr Gedichte vortragen und über die Sterne am Himmel erzählen. Er wollte, dass sie ihm tagsüber ihr Herz öffnete und nachts ihre Schenkel, dass sie ihn tagsüber mit ihrem glockenhellen Lachen betörte und nachts mit leisem, lustvollen Stöhnen. Er wollte, dass sie vor dem Traualtar ihre Hand in seine legte. Da begriff er, er hatte sich in Katharina verliebt!

Erschüttert starrte er an die Wand und versuchte, diese Erkenntnis mit dem Verstand zu erfassen. Das also war Liebe! Eine wunderschöne Frau, mit wachem, hellem Verstand und großer Sprachgewandtheit. Er konnte sich mit ihr über die Werke Virgils und Senecas ebenso unterhalten wie über das Liebesleben von Schmetterlingen. Er konnte mit ihr Gedichte lesen oder in der Bibel. Er konnte mit ihr die Schönheit der Auenlandschaft genießen wie das Wunder eines Schneckengehäuses. Das also war Liebe! Er hätte jetzt wie ein Vogel auffliegen mögen, schwerelos in die Lüfte flattern und dabei jubilierende Triller ausstoßen. Leider wusste er auch im gleichen Moment, dass seine Wünsche nur Träume bleiben würden.

Er war ein armer Student, er besaß nichts, was er ihr hätte bieten können. Wie sollte er sie ernähren, wovon sollten sie beide leben? Und wenn sie gemeinsame Kinder hätten. Hieronymus Preller würde dieser Heirat niemals zustimmen. Er war ein Habenichts, ein Niemand, einer von hunderten saufenden, raufenden, hurenden und lernfaulen Studenten, die die Stadt bevölkerten wie eine Rattenplage.

Vielleicht würde er irgendwann sein Studium abschließen, vielleicht würde er es sogar erfolgreich abschließen. Vielleicht würde er irgendwo ein Lehramt erhalten und vielleicht auch dafür ein Gehalt erhalten. Und vielleicht würde das Gehalt ausreichen für eine bescheidene Lebensführung. Aber ob es ausreichen würde, um Katharina zu freien?

Seine Gedanken flossen immer träger, je mehr Bier er zu sich nahm. Der Lärm in der Schänke wurde fast unerträglich. Die Studenten sangen, grölten, lachten, stritten. Manche wurden handgreiflich und konnten nur unter Zutun des bulligen Wirts getrennt werden. Die *disputationes* und *repetitiones* hatten sich längst in Wohlgefallen aufgelöst. Reichlich beschwipst beschlossen die drei Freunde aufzubrechen und den Heimweg anzutreten.

Schwankend und sich gegenseitig stützend verließen sie die Schänke. Draußen umfing sie die warme Nachtluft, die noch die Gerüche des Tages durch die engen Gassen trug. Ihre Köpfe und Gemüter waren erhitzt und ihre Zungen schwer.

»Der Ma … Magister Siebenpffff …. uih … wird uns bestimmt bessstrafen«, nuschelte Johann. »Wir haben wieder gesündigt.«

»Alkohol ist keine Sünde«, lallte Melchior. »Bier und Wein sind Göttertropfen.« Ihm ging es von den dreien noch am besten.

»Mir tropft's aber unten«, stellte Klaus fest. Das Bier suchte mit aller Macht den Ausgang. Er blieb stehen, um sich zu erleichtern, während Johann und Melchior weitertaumelten. Melchior schaute sich nach Klaus um. »Wo bleibst du denn?«

Klaus stützte sich mit einer Hand an der Hauswand ab, während er mit der anderen seinen Kittel hob.

»Ach lass ihn doch, der kommt gleich«, meinte Johann und zog Melchior weiter. »Willst du gucken, wie der pinkelt?«

»Nee«, erwiderte Melchior und kicherte. »Der ... hicks .... hat bestimmt schon ... hicks ... die Hälfte in der Hose.«

»Die Hälfte?«, grölte Johann. »Alles, mein Freund. Alles!« Sie lachten laut und irgendwo oben ging ein Fenster auf.

»Ruhe!«, brüllte jemand.

»Psssst!« Johann presste den Zeigefinger auf die Lippen und blickte Melchior mahnend an. Doch der zeigte sich wenig beeindruckt.

Klaus hörte sie lachen und dachte noch, dass die Erleichterung seiner Blase den Spott der beiden allemal aufwog. Er ließ den Kittel wieder fallen und wollte sich umdrehen. Im gleichen Moment verspürte er einen dumpfen Schlag auf seinen Kopf. Dann erlosch das wenige Licht, das die schmale Gasse erhellte.

Tobias hockte neben der zusammengesunkenen Gestalt des Studenten im Schatten der Hausmauer und lauschte. Den Knüppel, mit dem er Klaus niedergeschlagen hatte, warf er achtlos weg. Die Stimmen der anderen entfernten sich immer mehr, bis es völlig still war und er sich allein wähnte. Unter seiner Kutte zog er einen grob gewebten Sack hervor, wie ihn die Bauern für das Aufbewahren von Getreide benutzten. Den stülpte er der leblosen Gestalt über den Kopf. Klaus rührte sich nicht. Tobias hoffte nur, nicht zu fest zugeschlagen zu haben. Wenn der Kerl schon tot war, kam er um sein größtes Vergnügen.

Mit größter Mühe zog er Klaus' Körper aus dem Schmutz der

Gasse hoch und warf ihn sich über den Rücken. Die dürre Gestalt des Mönchs war tief gebeugt, als er mit der schweren Last davoneilte. Klaus' Körper war schwerer als ein Kornsack, und Tobias keuchte vor Anstrengung. Zu seinem Glück war der Weg nicht sehr weit. Die kleine Holzpforte quietschte in ihren Angeln, als Tobias hindurchschlüpfte. Er war froh, sich wieder im Kloster zu befinden. Häufig musste er innehalten, um sich gegen die Wand zu lehnen und zu verschnaufen. Ständig rutschte der Körper seines Opfers herab, und Tobias fluchte im Stillen. Vor dem Lohn setzte Gott den Schweiß. Am Ende seiner Kräfte wankte Tobias die ausgetretenen Stufen in den Keller hinunter. Feuchte Luft schlug ihm entgegen und der Geruch von Moder und Fäulnis. Unten ließ er seine Last einfach fallen und stürzte daneben zu Boden.

Als Klaus erwachte, verspürte er als Erstes ein heftiges Dröhnen in seinem Kopf. Als stünde er neben einer riesigen Kirchenglocke, wogten dunkle Töne durch seinen Schädel und verursachten einen heftigen Schmerz. Er stöhnte leise auf und versuchte die Augen zu öffnen. Er glaubte, sie weit aufgerissen zu haben, aber es war immer noch dunkel um ihn herum.

»Nie wieder rühre ich einen Tropfen Bier an«, schwor er sich. Seine trockenen Lippen fühlten sich an wie zwei Stück Holz. Er wollte sich bewegen, aber es ging nicht. Irgendetwas zog an ihm. Er konnte sich nicht einmal am Kopf kratzen, wo es ihn doch dort so juckte. Und wieder dröhnte die Glocke direkt in seinem Kopf.

»Melchior, Johann, lasst das doch«, stöhnte er. »Lasst mich los, ihr Idioten!« Er zerrte und zog, um seine Arme zu befreien. »Verdammt, warum haltet ihr mich fest?«, begehrte er auf.

Plötzlich kam Licht in sein Sichtfeld, eine Fackel! Dann sah er eine schwarze Gestalt. Sie kam ihm irgendwie bekannt vor. Er strengte sein Gedächtnis an, aber es gelang ihm nicht, sich zu erinnern. Durst quälte ihn.

»Wasser«, stammelte er. »Wasser ... Johann, bring mir Wasser!«

Seine Zunge fühlte sich wie ein unförmiger Klumpen Fleisch im Mund an, und ihm wurde übel.

Er vernahm ein Geräusch, dann huschte ein Schatten über die Wand, die aus groben Steinen bestand.

Klaus versuchte sich zu bewegen. Noch immer hielt ihn jemand fest. Aber etwas stimmte nicht. Diese Wand! Die Wohnung des Magisters hatte verputzte Lehmwände, die mit Kalk gestrichen waren.

Plötzlich bekam er einen ganzen Eimer Wasser ins Gesicht. Es schmerzte wie eine heftige Ohrfeige und nahm ihm den Atem. Röchelnd rang er nach Luft.

Da war sie wieder, die schwarze Gestalt. Sie kam näher und beugte sich zu ihm. Jetzt konnte Klaus auch das Gesicht erkennen. Entsetzt zuckte er zurück. Diese grässliche Fratze mit dem ausgemergelten Gesicht und der überdimensionalen, zerschlagenen Nase kannte er! Verzweifelt zerrte er an seinen Armen und stellte fest, dass sie gefesselt waren. Er hing an einem Gestell, das wie ein gekipptes Kreuz aussah. Seine Hände waren an den Gelenken an die Balkenenden gefesselt, ebenso wie seine Füße. Es waren keine Stricke, sondern Lederbänder, die ihn fesselten. Durch das Wasser wurden sie noch fester und zogen sich schmerzhaft zusammen.

Der kalte Guss brachte ihn zur Besinnung. Das Wasser rann von seinem nackten Oberkörper. Er versuchte den Kopf zu bewegen. Es schmerzte höllisch, aber es ging. Er blickte an sich herab und stellte fest dass er nur noch den Rest seines Beinkleides trug. Es war zerfetzt und blutig. Blutig? Mit aufgerissenen Augen suchte Klaus die Ursache des Blutes. So genau konnte er es nicht feststellen. Es war duster in dem Raum. Nur die Fackel spendete ein kleines, unstet flackerndes Licht. Das Wasser hatte das Blut verdünnt und auf seinem ganzen Körper verteilt. Er glaubte, längliche Striemen zu erkennen, als sei er ausgepeitscht worden.

»Binde mich sofort los, du Scheusal«, fuhr er den Mönch an.

Doch aus seinem Hals kam nur ein heißeres Krächzen. Er erntete dafür von Tobias ein diabolisches Grinsen.

Verzweiflung stieg in Klaus auf. Und Angst. Er war kein Held, der lange körperlichen und seelischen Torturen standhielt. Er prügelte sich schon mal, konnte auch einen Knuff vertragen und war nicht zimperlich. Aber eine studentische Rauferei oder der Folterkeller eines wahnsinnig gewordenen Mönchs, das war schon ein Unterschied. Was wollte dieser Kerl von ihm? Und wo war er überhaupt?

Klaus versuchte mit der Zunge die wenige Feuchtigkeit von seinen Lippen zu lecken. Viel weiter kam er nicht. Tobias bemerkte mit einer gewissen Genugtuung die verzweifelten Versuche des Studenten.

Nicht an Wasser denken, dachte Klaus im Stillen. Du darfst nicht an Wasser denken, Wasser, Wasser ...

Tobias plätscherte mit Wasser herum. Er hielt einen zweiten Eimer in der Hand. Klaus hoffte, dass er ihn ebenso über ihm ausschütten würde wie den ersten. Doch Tobias achtete sorgsam darauf, dass zwar seinen Körper benetzt wurde, nicht aber sein Gesicht.

Klaus zerrte an seinen Fesseln.

Tobias warf den Eimer in die Ecke und griff zur Rute. Er trat näher und funkelte ihn mit seinen kleinen Augen hasserfüllt an. Plötzlich und ohne Vorwarnung schlug er zu. Die Rute klatschte auf Klaus' nackte Haut. Der Schmerz war unerträglich. Klaus bäumte sich auf und verzog das Gesicht zu einer Grimasse. Seine Zähne gruben sich in seine Lippen, bis er Blut schmeckte.

»Warum tust du das?«, ächzte Klaus. »Was hast du gegen mich?«

»Was ich gegen dich habe?«, höhnte Tobias und riss sich die Kapuze vom Kopf. »Sieh doch her, das warst du!«

Seine Nase war immer noch geschwollen, dunkelblau angelaufen und stand schief im Gesicht. Er wirkte wie ein überdimensionaler Raubvogel. Ein Geier!

Klaus wandte voll Abscheu den Kopf ab. »Gott hat dich fürwahr mit Hässlichkeit gestraft«, stellte er fest.

Erneut klatschte ein Schlag der dünnen Rute auf seine Haut. Klaus presste die Lippen zusammen, damit kein Laut darüberkam. Diese Genugtuung wollte er dem Mönch nicht gönnen.

»Was für eine Heldentat, einen Wehrlosen zu schlagen«, höhnte er. »Wagst du es nicht, mit mir in den offenen Kampf zu treten?«

»Ich will gar nicht mit dir kämpfen«, zischte Tobias. »Jetzt bist du in meiner Gewalt, und ich zahle dir alles heim.«

»Alles? Was habe ich dir denn getan?«

Tobias trat ganz nahe heran, und Klaus starrte in sein entstelltes Gesicht. Ekel stieg in ihm auf und wenn sein Magen nicht schon leer gewesen wäre, hätte er sich erbrochen. Fast bedauerte er es, denn er hätte diesem Schwein zu gern ins Gesicht gekotzt.

»Du benimmst dich wie ein feiges Schwein, nicht wie ein Mann«, presste Klaus zwischen den Zähnen hindurch.

»Ich bin kein Mann«, fuhr Tobias ihn an. »Ich bin ein Diener Gottes.«

»Oh, ein geschlechtsloses Wesen? Will Gott das? Glaubst du, er heißt es gut, wenn du sich an Wehrlosen vergreifst?«

»Natürlich! Er straft dich für deine Verfehlungen. Ich bin sein Werkzeug, sein ausführender Arm.«

»Wenn es so wäre, dann hätte sich Gott diesen Arm lieber abgeschlagen.«

Im gleichen Moment spürte er den Rutenhieb in seinem Gesicht. Es brannte wie Feuer und der Schmerz raubte ihm die Sinne. Halb ohnmächtig hing er in seinen Fesseln.

»Aber, aber, wer wird denn so übereifrig sein?« Es war die sanft tadelnde Stimme von Benedictus, der, gefolgt von einem Schreiber, die Treppe herabgeschritten kam.

Tobias verzog sich in den Schatten der Mauer. Der Schreiber nahm auf seinem Stuhl Platz, der auf einer Mauerempore an einem fest verankerten Tisch stand. Er rollte Pergament aus, stellte Tintenfass und Feder daneben. Auf seinem Gesicht lag ein Ausdruck stoischer Gleichgültigkeit. Er hatte zu vielen Folterungen beigewohnt, als dass es ihn in irgendeiner Weise berührt hätte.

Auch für Benedictus stand ein Stuhl bereit, etwas prachtvoller, mit Schnitzereien und mit zwei Armlehnen ausgestattet. Doch im Augenblick dachte er nicht daran, sich zu setzen. Er lief in dem kahlen Raum auf und ab und betrachtete den von Tobias' Misshandlungen gezeichneten Studenten.

»Wie soll ich mich denn mit ihm unterhalten, wenn du ihn halb tot prügelst?«, beklagte er sich bei Tobias. Dieser verneigte sich demütig und schwieg.

Der Propst schnippte mit den Fingern und zeigte auf den Wassereimer. Tobias sprang herbei und schüttete ihn über Klaus aus. Ein Ruck durchfuhr den gemarterten Körper und Klaus öffnete mühsam die Augen.

»Zeigst du Reue, mein Sohn?«, fragte Benedictus mit salbungsvoller Stimme.

Klaus kämpfte gegen den blutroten Nebel an, der in seinem Kopf waberte. Dazwischen vernahm er Satzfetzen. Das Wasser stach wie tausend Nadeln auf seiner Haut und die Glocke dröhnte wieder heftiger denn je.

Ächzend hob er den Kopf und verfolgte mühsam, wie Benedictus auf und ab ging.

»Wo bin ich?«, würgte Klaus mühsam heraus. »Warum bin ich hier?«

»Das weißt du nicht, mein Sohn, du verlorenes Schäfchen, du elender Hurenbock? Erkenne ich weder Reue noch Buße in deinem Blick?«

Klaus' Kopf kippte wieder nach vorn. Er kämpfte gegen eine aufkommende Ohnmacht.

»Gib ihm Wasser zu trinken«, forderte Benedictus Tobias auf.

Nur ungern kam dieser der Aufforderung nach, er füllte eine Kelle und schüttete sie Klaus mit einer einzigen Bewegung in den Mund, dass dieser beinahe daran erstickt wäre. Er hustete und keuchte und übergab sich sofort wieder. Aber sein Mund war nass und seine Lippen auch. Das Feuer der Fackel blendete seine Augen.

»Ich habe nichts getan«, beteuerte er mühsam.

»So, so, du bist dir also keiner Schuld bewusst. Dann muss ich dich daran erinnern, dass du gleich mehrere schwere Sünden auf dich geladen hast. Du hast einen Diener Gottes verprügelt und verstümmelt, du hast eine ehrbare Jungfer verführt und mit ihr am helllichten Tag Unzucht getrieben, du hurst im Badehaus herum und führst ein liederliches Leben.«

»Das ist kein Grund, mich hier gefangen zu halten und auszupeitschen. Ich habe kein ordentliches Gerichtsverfahren bekommen. Ich kenne mich aus, ich studiere Jurisprudenz.«

Benedictus lachte hart auf. »Du redest von Recht und missachtest es gleichzeitig. Du willst ein Studiosus sein?« Er ließ sich ächzend auf seinem Stuhl nieder und betrachtete Klaus nachdenklich. »Du lebst unkeusch und unchristlich. Du missachtest die heiligen Lehren unserer Mutter Kirche, indem du Mädchen verführst, sie schändest und in ihnen den Teufel weckst. Weißt du denn nicht, dass allen Frauen das Böse innewohnt?«

Klaus rang nach Luft und bekämpfte seine Übelkeit. Der Schmerz wütete nicht nur in seinem Körper, sondern auch in seiner Seele.

»Was wollt Ihr mir andichten? Sucht Ihr einen Schuldigen, um von Euren eigenen Sünden abzulenken?«

Das Gesicht des Propstes verfärbte sich. »Was erlaubst du dir, du Wurm?«, schnaufte er und sprang auf. »Wir empfinden gewaltige Entrüstung, wenn der Übeltäter boshaft leugnet und keine Reue empfindet. Aber es bedarf nicht viel, dich dazu zu bringen, deine Übeltaten zu gestehen und tiefe Reue zu zeigen.«

»Es gibt keine Anklage, so könnt Ihr mich auch nicht verurteilen.« Klaus bemühte sich, nicht wieder das Bewusstsein zu verlieren, er wollte sich diesem Propst mit Worten stellen. Doch es fiel ihm schwer, irgendeine Form von Haltung zu bewahren.

»Ich liebe Katharina. Ich werde sie ehelichen. Sie wird meine Frau sein. Das hat Gott so gewollt. Daran ist nichts Sündhaftes und Schändliches.«

»Liebe«, schnaufte Benedictus verächtlich, »ist nichts anderes als die Umschreibung eines animalischen Triebes, der fleischlichen Lust, die das Gehirn verdorren lässt, die den Geist in den Wahnsinn treibt und zu frühem Altern und zeitigem Sterben führt.«

Klaus lachte trocken auf und hustete. »Ausgerechnet Ihr wollt über die Liebe richten? Ausgerechnet Ihr predigt Keuschheit und Unschuld? Wo doch in keiner Abtei und keinem Kloster die Keuschheit mehr einen sicheren Hort hat. Mönche treiben es mit Nonnen, Nonnen treiben es mit Mönchen. Wie viele Konkubinen habt Ihr, verehrter Benedictus? Wie viele Eurer Bastarde krauchen auf Gottes Erden? Haben sich nicht die Freudenhäuser schon beschwert und verweigerten die Zahlung der Abgaben, weil die Nonnenklöster ihnen Konkurrenz machen? Schleichen nicht dunkle Gestalten durch unterirdische Gänge wie die Maulwürfe zu Mitternacht, um sich den sündigen Verkehr hinter dem Rücken der Öffentlichkeit zu erleichtern?«

Benedictus schnaubte wütend. »Die Krone winkt dem, der da aushält im Kampf!«

»Gegen die Natur kann keiner etwas machen«, spottete Klaus. »Sie nimmt keine Rücksicht auf Eure Kittel. Gott hat die Menschen so gemacht, dass sie ihre Körperteile auch benutzen. Hätte es Gott nicht so gewollt, wäre Euer Zipfel längst verdorrt. Der da«, er blickte zu Tobias, »hockt im kalten Wasser des Flusses, um sich seiner Natur zu erwehren. Eure Kutte kann nicht weit genug sein, als dass sich darunter nicht die Natur zu regen begänne, auch wenn Ihr Euch geißelt, um sie auszutreiben. Wie könnt Ihr es wagen, das zu verdammen, was Gott den Menschen geschenkt hat?«

»Du sprichst gegen die Diener Gottes, gegen die Priester und die Mutter Kirche selbst. Bist du einer dieser Ketzer, ein Häretiker, der die Priester als Vermittler zwischen göttlicher und irdischer Instanz ablehnt? Du spottest und begehst damit Ketzerei.«

»Ketzer sind die, die Verrat an Gott begehen«, erwiderte Klaus. »Den Zutritt zum Paradies und den Erlass der Qualen des Fegefeuers kann man auch auf anderen Wegen erlangen, ohne eure fetten Pfründe zu stopfen.«

Das erinnerte Benedictus an etwas, das er ohnehin nie aus den Augen verlor. Er kniff seine Augen zusammen und funkelte Klaus böse an. »Willst du damit sagen, dass du nicht bereit wärst, deine Sünden durch den Kauf von Ablassbriefen zu tilgen und so Vergebung zu erlangen?«

»Davon abgesehen, dass ich keinen einzigen Kreutzer besitze, so würde ich diesen, so ich ihn hätte, lieber in Bier umsetzen oder im Bordell ausgeben, als davon einen Ablassbrief zu kaufen. Ich glaube nämlich nicht, dass man sich damit von Sünden befreien kann, denn Sünde ist etwas Geistiges, das nicht mit Geld zu bereinigen ist. Ihr so genannten Diener Gottes seid nichts weiter als Betrüger am dummen, ungebildeten Volk, das ihr in einer eisernen Umklammerung der Angst und Einschüchterung haltet.«

»Schweig, du Unglücklicher! Glaubst du, ich nehme hin, was du gegen unsere heilige Mutter Kirche vorbringst? Jedes Wort von dir wird vom Schreiber festgehalten. Nicht Mord, nicht Unzucht oder Schändung sind die wahren Verbrechen, sondern die, die gegen die Heilige Mutter Kirche und ihre frommen Diener begangen werden. Wer im Glauben irrt, der ist verloren!«

Benedictus stapfte die Treppe hinauf und überließ Klaus seinem

Schicksal und Tobias. Der Schreiber packte hastig seine Papiere zusammen und folgte ihm.

Klaus lehnte seinen Kopf gegen einen seiner Arme. Das Gefühl in seinen Gliedmaßen hatte er längst verloren. Nie hätte er es für möglich gehalten, einmal in eine derartige Situation zu geraten.

Er studierte Jurisprudenz, jawohl. Und bislang hatte er das Römische Recht für die höchste Blüte der Rechtssprechung gehalten. Denn wollte man einen Angeklagten verurteilen, brauchte der Richter einen eindeutigen Beweis seiner Schuld. Der sicherste Beweis war ein Geständnis. Viele seiner juristischen Kollegen waren geradezu darauf erpicht, einen Übeltäter mit allen Mitteln ein solches Geständnis abzuringen. Was sollte der Richter tun, wenn der Angeklagte hartnäckig leugnete und nicht gewillt war, sein eigenes Todesurteil zu sprechen? Es war selbstverständlich, ihn mit ausgeklügelten Methoden dazu zu bringen, sein Unrecht einzusehen.

Bislang war Klaus überzeugt, dass diese Art der Wahrheitsfindung eine rechtmäßige Grundlage für die Rechtssprechung wäre. Er hielt Folter für ein treffliches und bewährtes Mittel, ja, sogar für unentbehrlich. Die Verhörmethoden wurden niedergeschrieben und in Vorschriften und Anleitungen gefasst. Nicht ein Mal hatte er sich Gedanken darüber gemacht, was geschah, wenn es einen tatsächlich Unschuldigen traf, oder wenn jemand das Recht zu seinen Gunsten missbrauchte!

Tobias grinste boshaft und umkreiste Klaus wie eine Katze um eine Schüssel Brei. »Das war's, du Hurenbock! Du hast dich selbst dem Henker ausgeliefert.« Er kicherte. »Und wenn du weg bist, hole ich mir dein Täubchen. Es macht mir nichts aus, wenn sie schon geschändet ist.«

Klaus hob den Kopf und starrte Tobias mit fiebernden Augen an.

»Das ist es also, was du willst! Katharina! Eher verdorrt deine Galle, als dass du deine Krallen nach ihr ausstrecken kannst.«

Er sammelte allen Speichel in seinem Mund, deren er habhaft werden konnte und spuckte Tobias ins Gesicht. Die anschließenden Schläge ließen ihn in eine barmherzige Ohnmacht fallen.

Benedictus jedoch schleppte sich zu seinem Haus. Er musste nachdenken. Aber das konnte er nicht, solange er so unter diesem unsäglichen Druck stand. Dieser kleine Student wagte es, ihm, den Propst von St. Thomas, solche Worte ins Gesicht zu werfen! Diese Worte sind zu allem Überfluss auch noch protokolliert worden.

Es war eine Schande! Er musste ein Exempel statuieren. Das Volk brauchte wieder eine Hinrichtung, am besten von einem richtigen Ketzer! Damit es sah, was fleischliche Sünde und das Verleugnen der heiligen Mutter Kirche für Folgen hatten.

Benedictus zitterte vor Wut und überlegte, welche Strafe das kanonische Recht für dieses Vergehen vorsah. Er wollte diesen Kerl brennen sehen! Seine ganze Juristerei sollte ihm nichts nützen, in Glaubensangelegenheiten galt das Römische Recht nicht mehr. Claudius Agricola würde über die Stricke fallen, die er sich selbst gespannt hatte.

Benedictus schnipste einem seiner lautlosen Diener, der sich verbeugte und hinüber zum Chor lief. Ihn verlangte es nach Entspannung. Die Knaben mussten singen!

Eine Stunde später fühlte sich der Propst besser. Eine heitere Gelassenheit hatte von ihm Besitz ergriffen. Zehn Knaben waren es gewesen, zehn Knaben auf einmal. Und alle hatten vor ihm singen müssen, alle hatten vor ihm knien müssen, allen hatte er die kleinen weißen Hinterteile gepeitscht. Benedictus war zufrieden und nun begann auch sein Geist wieder klar zu arbeiten.

Der Student besaß kein Geld, er konnte sich nicht von seinen Sünden freikaufen. Für Benedictus besaß er keinen Wert. Er würde ihn in einem Schauprozess opfern und damit wieder Ruhe in die aufmüpfige Stadt bringen. Wer würde ihn schon vermissen?

Katharina Preller vielleicht. Aber das Wort oder gar das Gefühl eines Weibes galten ohnehin nichts. Es würde ihr eine nachhaltige Lehre sein.

Und Hieronymus Preller? Würde er die Sünden seiner Tochter mit einer kräftigen Spende tilgen lassen? Ganz bestimmt! In letzter Zeit waren seine Gaben nur spärlich geflossen. Dabei wurde er mit seinem Handelshaus immer reicher. Er ging überhaupt nicht mehr selbst auf Fahrt, schickte seine Vertreter und Kontoristen. Fast täglich kamen Wagen, um Waren zu bringen oder zu holen. Benedictus musste sich diese Quelle wieder erschließen.

Immer wieder warf Katharina einen kurzen, fragenden Blick zu Magister Siebenpfeiffer. Doch dieser schien es nicht zu bemerken. Bleicher als sonst hockte er auf der Bank, vor sich eines seiner Bücher über griechische Philosophen. Monoton und einschläfernd langsam las er daraus hervor, ohne sich zu überzeugen, ob Maria und Katharina diese *lectio* mitschrieben.

Dass Klaus seit zwei Tagen nicht mehr zur Unterrichtung kam, bemerkte er mit keinem Wort. Die Zwillinge nahmen es mit schweigender Verwunderung zur Kenntnis. Nachzufragen geziemte sich nicht und würde wohl auch Magister Siebenpfeiffer beleidigen. Immerhin ließ er sich dazu herab, die Mädchen zu unterrichten. So verdiente er sich seine Mahlzeit in Hieronymus' Haus wieder auf redliche Weise.

Allerdings war Siebenpfeiffer sehr wohl bekannt, wo sich Klaus befand, und auch warum. Benedictus hatte den Magister informiert und in gleichem Atemzug darauf hingewiesen, was es für ein Licht auf den Magister selbst werfen würde, wenn es an die Öffentlichkeit käme. Ein Ketzer und Mädchenschänder am Busen eines ehernwerten Magisters der Leipziger Universität genährt! Es würde das Aus für Siebenpfeiffer und sein Lehramt bedeuten.

Der Magister wusste, was für ihn auf dem Spiel stand. Er hatte keine Vorstellung davon, was er hätte dagegen tun können. Zwar glaubte er den Anschuldigungen gegen seinen Schüler nicht. Mochten die Studenten zu derben Späßen aufgelegt, rauflustig und trinkfest sein, von Klaus hätte er niemals ketzerische Äußerungen erwartet, wie sie ihm Benedictus unterstellte. Auch lag keine Anklage gegen Klaus vor, was aber nichts zu bedeuten hatte.

Sobald es nach Kanonischem Recht ging, oblag sowieso alles der Kirche, und die gab der Öffentlichkeit keine Rechenschaft. Was sich in den Folterkellern der Inquisition abspielte, blieb dem einfachen Volk verborgen. Zwar gab es ein Inquisitionsgericht. Das aber trat erst zusammen, wenn der Beschuldigte seine Untaten gestanden hatte. Und bis zu diesem Geständnis erfolgte die Wahrheitsfindung hinter dicken, schallgeschützten Mauern.

Siebenpfeiffer war kein todesmutiger Held. Er war Philosoph und Rechtsgelehrter. Und als solcher wusste er auch, wie kritisch die Lage war. Sein Hals war ihm näher als der seines liebestollen Studenten. Hieronymus Preller hatte ihm jahrzehntelang eine freundschaftliche Treue bewiesen. Sollte er ihm nun erzählen, dass ausgerechnet der Student, den er in Prellers Haus eingeführt brachte, eine seiner Töchter verführte?

Gegen Ende der Vorlesung hielt es Katharina nicht mehr aus. Während Siebenpfeiffer sein Buch in eine abgewetzte Ledermappe verstaute, verbeugten sich beide Mädchen artig vor ihm.

»Sagt, Herr Magister, geht es dem Herrn Studiosus nicht wohl? Wir haben seine Abwesenheit mit einem gewissen Bedauern zur Kenntnis genommen.«

Siebenpfeiffer warf Katharina einen langen, eindringlichen Blick zu. »Er wird nicht mehr kommen«, erwiderte er knapp und entschwand in Richtung Küche.

Die Mädchen blickten sich betroffen an. »Was soll denn das nun heißen?«, fragte Katharina.

Maria hob die Schultern. »Er wird dem Ruf seines Gewissens

gefolgt sein, um die schändliche Beziehung zu dir zu beenden«, murmelte sie.

»Du meinst, er will nicht mehr mit uns zusammen sein?«

»Mit dir, Katharina. Das konnte einfach nicht gut gehen. Wenn er ein Mann von Ehre ist, dann bereut er, was er getan hat und tut Buße. Wie du es auch tun solltest. Und dann solltest du ihn vergessen.«

»Wenn er ein Mann von Ehre ist, dann hält er um meine Hand an«, konterte Katharina. »Wir lieben uns.«

Maria tippte mit dem Finger an die Stirn. »Du bist verrückt. Vater würde nie zustimmen. Er ist ein armer Student, kann dir nichts bieten. Glaubst du wirklich, Vater entlässt dich in eine so unsichere Ehe?«

»Ich bekomme eine ordentliche Mitgift. Davon können wir leben«, gab Katharina patzig zurück »Du wirst schon sehen, dass er mich heiratet.«

»Eher stürzt der Kirchturm ein«, erwiderte Maria. »Du hast auch mein Gewissen stark belastet weil ich aus schwesterlicher Liebe zu dir geschwiegen und euer unzüchtiges Benehmen gedeckt habe. Vielleicht hätte ich es nicht tun sollen. Mein Beichtvater hat mir zugeredet, euer schändliches Verhältnis anzuzeigen. Dass ich es nicht getan habe, muss ich mit meinem eigenen Gewissen vereinbaren.«

Katharina bemerkte betroffen den gequälten Zug um Marias Mund. Doch plötzlich stieg Zorn in ihr auf. »Du bist neidisch, weil du die Freuden der Liebe nicht genießen kannst. Nein, ich bin dir nicht dankbar! Wenn du zu mir schwesterliche Liebe empfinden würdest, dann würdest du mir helfen, Klaus zu finden. Ich glaube nämlich nicht, dass er sich so einfach fern von mir hält. Er hätte mit mir darüber gesprochen, ob wir uns trennen sollten. Im Gegenteil! Er hat mir seine Liebe in Form wunderbarer Verse geschworen. Da verschwindet man nicht einfach über Nacht. Klaus ist ein ritterlicher Mann von hehrem Charakter.«

»Klaus ist ein trinksüchtiger Student, der auch in gewisse Häuser geht. Alle Studenten tun das, und sie rühmen sich dessen noch. Es ist ungehobeltes Volk, mit dem wir nichts gemein haben. Und du solltest auch die Finger von ihm lassen und ihm nicht noch nachweinen.«

»Du bist gemein! Wie sprichst du von Klaus? Du hast ihn doch auch kennengelernt und seinen Lektionen gelauscht, und jetzt verdammst du ihn! Du bist wirklich neidisch und eifersüchtig, weil ich nicht die ganze Zeit mit dir verbringe. Du bist langweilig und blöd! Lies du nur in deiner Bibel, ich lese im Buch der Liebe und der Natur!«

»Dein Geist ist ganz verwirrt von all diesem Zeug, das er dir eingeflüstert hat. Liebe, dass ich nicht lache! Das sagt er dir, um dich verführen zu können, und du dumme Gans hast dich verführen lassen und deine Jungfräulichkeit geopfert. Du bist nicht besser als unsere Magd, die es auch mit jedem Knecht treibt.«

Patsch! Katharinas, kleine aber feste Hand landete auf Marias linker Wange und hinterließ einen krebsroten Abdruck.

»Elende Schlange!«

Maria starrte Katharina entsetzt an. Tränen drangen in ihre Augen. Einen Moment überlegte sie, ob sie zurückschlagen sollte. Dann bekreuzigte sie sich und wandte sich ab. »Ich hoffe, du weißt, was du tust«, sagte sie mit tränenerstickte Stimme über die Schulter.

Katharina blickte ihr hinterher. Im gleichen Moment, wie sie zugeschlagen hatte, bereute sie es schon. Doch es war zu spät. Was hatte sie getan?

»Maria, warte! Es tut mir Leid!« Aber Maria war schon verschwunden.

Katharina wurde hin und her gerissen zwischen dem Bestreben, Maria nachzulaufen und herauszubekommen, was mit Klaus los war. Ihre Unruhe stieg. Maria würde sich wohl wieder beruhigen.

Selbst Philomena fand es in letzter Zeit eigenartig, wie zurückhaltend und verschlossen Maria geworden war. Nicht einmal die neue Stofflieferung hatte sie sich angeschaut, wo Hieronymus doch all seinen Frauen ein Kleidungsstück aus dem Stoff ihrer Wahl versprochen hatte. Lieber saß Maria über ihren Büchern oder betete den Rosenkranz.

Die früheren gemeinsamen Spaziergänge der Geschwister gab es schon lange nicht mehr. Das lag zum Teil allerdings auch daran, dass Katharina jede mögliche freie Zeit mit Klaus verbrachte. Da störte eine dritte Person nur. In ihrer Verliebtheit bemerkte Katharina gar nicht, wie sich Maria mehr und mehr zurückzog. Sie fieberte jedem Treffen mit Klaus entgegen. Und dabei vergaß sie ihre Schwester schließlich völlig.

Maria lag es fern, sich dazwischenzudrängen, obwohl ihr ihr Gewissen immer wieder sagte, dass es Unrecht war, was Katharina und Klaus trieben. Als Mitwisserin machte sie sich mitschuldig. Umso intensiver tat sie Buße, fastete auch außerhalb der Fastenzeiten, betete Rosenkränze oder ging lieber einmal mehr zur Beichte.

Katharina schwor sich, sich mit Maria wieder zu versöhnen, aber zuerst wollte sie herausbekommen, was mit Klaus geschehen war. Es war nicht typisch, dass er so spurlos verschwand.

Um die nächste Mittagszeit hielt sie sich in der Nähe des Thomasklosters auf, wo die Vorlesungen von Magister Siebenpfeiffer stattfanden. Doch sie wollte nicht Siebenpfeiffer befragen, denn der hielt sich bedeckt, sondern Klaus' Kommilitonen. Sie kannte Johann und Melchior von dem Besuch im Preller'schen Hause.

Katharina erkannte die beiden jungen Männer sofort wieder. Eher zufällig schob sie sich in ihre Nähe, getarnt mit einem schlichten braunen Umhang und einem Handkorb über dem Arm.

»Verzeiht, Ihr Herren, Ihr seid doch Johann und Melchior, die Freunde des Studiosus Klaus. Unser Vater macht sich Sorgen um den jungen Herrn, der seit einigen Tagen nicht mehr zu uns kommt. Ist er krank? Benötigt er Medizin? Unser Vater würde ihm gern helfen.«

Die beiden blieben stehen und schauten die Frau erstaunt an. Ein wenig schob Katharina die Kapuze zurück.

»Oh, Ihr seid eine der Töchter des Herrn Preller, nicht wahr?« Melchiors Gesicht erstrahlte. »Welche seid Ihr?«

»Ich bin Katharina, Herr«, flüsterte sie.

Johann schob sie in den Schatten eines Torbogens. »Ihr wisst nicht, was geschehen ist?«

Sie schüttelte stumm den Kopf und in ihren Augen standen Angst und Zweifel.

»Er verschwand an einem Abend, als wir aus dem Wirtshaus kamen«, raunte Johann. »Und ich vernahm später, dass Propst Benedictus mit unserem Herrn Magister sprach. Wie es scheint, befindet sich Klaus wegen Ketzerei in den Fängen des Kirchengerichts. Niemand weiß etwas Genaues. Wir können es uns nicht erklären und wir wissen auch nicht, wo genau Klaus sich befindet. Wir können es nur vermuten.«

»Und was vermutet Ihr?«, fragte Katharina mit bleichen Lippen.

»Irgendwo in den Verließen des Thomasklosters. Es gibt da eine Schule für die Chorknaben. Man sagt, im Keller befänden sich die Folterkammern.«

»Jesus hilf!« Katharina bekreuzigte sich. »Das ist ja entsetzlich!«

»Hier kann wirklich nur Gottes Barmherzigkeit noch helfen«, erwiderte Johann. »Selbst Magister Siebenpfeiffer wollte ein gutes Wort für ihn einlegen, doch der Propst hat es nicht zugelassen. Er sagte, erst wollte er das vollständige Geständnis des Delinquenten haben, bevor er sich dazu äußere, wie mit ihm weiter verfahren werden solle.«

»Wieso denn Ketzerei? Klaus ist ein gottesfürchtiger Mensch. Er hat niemals etwas Gegenteiliges geäußert.«

»Offensichtlich doch, denn es gibt einen Zeugen, der gegen ihn aussagte. Tut uns Leid, holde Dame, aber mehr können wir für Euch nicht tun.«

Sie eilten beide davon, als wäre der Teufel hinter ihnen her und drehten sich auch nicht um.

Voller Verzweiflung brach Katharina in Tränen aus. Wenn sie auch nicht genau wusste, was in den Kellern der Wahrheitsfindung genau vor sich ging, so machte ihr die Vorstellung doch schreckliche Angst. Gleichzeitig war sie erleichtert, dass Klaus sie nicht absichtlich allein gelassen hatte. Sie war sich sicher, dass er unschuldig war und dass seine Unschuld bewiesen werden würde. Alles beruhte auf einem großen Irrtum.

Langsam kehrte sie zum Haus ihres Vaters zurück. Auf dem Markt herrschte das übliche Gedränge, einige Ratsherren standen plaudernd vor dem Rathaus, darunter ihr Vater. Sie überlegte, ob sie ihn um Hilfe bitten sollte. Doch dann müsste sie ihr unkeusches Verhältnis zu Klaus eingestehen, und sie war sich nicht sicher, wie ihr Vater darauf reagieren würde.

An wen sollte sie sich sonst in ihrer Not wenden? An Maria? Mit ihr hatte sie sich gestritten und sie mussten sich erst wieder versöhnen. Mit der Amme? Keinesfalls! Sie fand schon die Unterrichtung durch den Studiosus unchristlich und unziemlich. Wenn sie erst erfuhr, was für Studien sie miteinander getrieben hatten ...

Und Philomena? So von Frau zu Frau würde sie sie vielleicht verstehen. Aber gegen Propst Benedictus würde sie gleich gar nichts unternehmen.

Von Anfang an hatte sie sich, was die Kirchenbesuche betraf, sehr zurückgehalten. Zwar betete sie zu Gott, aber sie tat es nicht in der Kirche, sondern in ihrem Zimmer. Dort hatte sie allerlei seltsame Dinge aufgestellt und aufgehängt. Nur sonntags ging sie gemeinsam mit der Familie zur Messe in die Klosterkirche. Doch sie beichtete nie, und während der gesamten Messe hielt sie den Kopf gesenkt. Während sie sonst viele wundersame Dinge und Geschichten erzählte, über ihren Glauben sprach sie nie.

Über Anfeindungen der Amme, sie sei eine Hexe und vollführe in ihrer Kammer nur Teufelszeug, lachte Philomena und erwiderte, dass sie wohl wesentlich gläubiger und gottesfürchtiger sei als die Amme und all die anderen im Haus zusammen. Doch ihr Gott musste wohl ein bisschen anders sein.

Auch Hieronymus sprach niemals über das Thema. Irgendwann verstummte das Getuschel der Mägde und Knechte, und schließlich scherte sich niemand mehr darum. Dem Propst ging Philomena wohlweislich aus dem Weg, kümmerte sich lieber um den Hausstand und die Lager des Kontors.

Nein, Katharina konnte sich an niemanden wenden. Wenn sie Klaus helfen wollte, musste sie es selbst tun. Sie würde Propst Benedictus um eine Audienz bitten. Sie drehte sich auf der Stelle um und lief zum Kloster hinunter. Die Pforte war geschlossen, die Studenten in die Mittagspause gegangen und die Mönche befanden sich wohl noch in der Klosterkirche zum Mittagsgebet.

Sie zog am Glockenstrick der Pforte. Ein griesgrämiger Mönch öffnete das vergitterte Fensterchen. »Was willst du?«, herrschte er sie an.

»Ich bitte um eine dringende Audienz bei Propst Benedictus. Ich bin Katharina Preller, die Tochter von Hieronymus Preller, den Kaufmann vom Markt und Ratsherr der Stadt.«

»Was ist? Liegt jemand im Sterben? Benötigt er die Letzte Ölung?«

»Nein, nein, aber es ist trotzdem wichtig.«

»Das kann warten, nur der Tod verträgt keinen Aufschub, wenn die Seele gen Himmel will. Komm später wieder.«

Er schloss das Fensterchen. Doch Katharina trommelte gegen die Tür.

»Macht auf, ehrwürdiger Bruder. Es geht um das Seelenheil eines Menschen, der zu Unrecht der Ketzerei angeklagt ist. Ich bitte Euch, öffnet mir und lasst mich zu Hochwürden Benedictus.«

Das Fensterchen öffnete sich wieder um einen Spalt und der Mönch lugte hindurch. »Ketzerei? Um wen geht es?«

»Um den Studiosus Claudius Agricola. Ich möchte für ihn aussagen.«

»Ihr wollt eine Aussage abgegeben? Das ist etwas anderes. Wartet hier, ich werde unserem ehrwürdigen Vater eine Nachricht senden.«

Katharina musste lange warten, bis sich die kleine Pforte knarrend öffnete. Der wachhabende Mönch ließ sie ein. Ein anderer Bruder wartete bereits und geleitete sie zur Kirche, in der die Mittagsandacht beendet war. Nur Propst Benedictus befand sich noch dort. Er saß auf einer hölzernen Bank und blickte Katharina fast abweisend entgegen.

Katharina ließ sich auf die Knie fallen, bekreuzigte sich, dann warf sie sich auf den Boden.

»Ehrwürdiger Vater, gelobt sei Jesus Christus! Seht in mir eine Unwürdige, die blind vor lauter Liebe nur mit dem Herzen sieht. Klaus ist unschuldig, das schwöre ich, ich möchte für ihn aussagen. Ich bitte Euch, ihn freizulassen. Er ist ein gottesfürchtiger Mensch und hat niemals etwas wider die Lehren der heiligen Kirche gesagt noch gegen Gott. Das will ich beschwören.«

»Ihr schwört ziemlich viel im Angesicht des Heilands«, bemerkte Benedictus mit fettiger Stimme und deutete mit seinem dicken, goldberingten Finger zum Kruzifix am Altar. »Aber das Wort eines Weibes gilt nicht, erst recht kein Schwur. Ihr seid also die Hure des ketzerischen Studenten? Woher wollt Ihr wissen, dass er hier ist?«

Katharina hob das tränenüberströmte Gesicht. Hatte der Propst eben Hure gesagt? Sie rang nach Luft.

»Ich weiß, dass er hier ist. Ein liebendes Herz fühlt das.«

Benedictus verzog angewidert das Gesicht. »Was redet Ihr da von liebendem Herz? Was faselt Ihr da von Liebe? Ihr habt diesen Unglücklichen verhext und in sein Unglück geführt. Der Basilisk tötet mit seinem giftigen Blick, das geile Auge des Weibes macht den Mann zu Schanden und dörrt ihn wie Heu. Es ist ein Spiegel des Teufels. Wehe dem Manne, der da hineinschaut. Dir soll ich trauen, Weib? Ein Tor, der der Schlange traut. Kein Mann soll dem Weibe trauen, seitdem es Adam betrogen hat. Sie nennt es Liebe, aber es ist Weiberlist. Der Wolf wechselt im Sommer das Fell, aber er bleibt ein böses Tier. Das Weib tritt mal schlicht und fromm wie eine Nonne auf, aber im Innersten ist sie schlecht.«

Er rülpste laut und vernehmlich und tupfte sich dann seine dicken Lippen mit einem kleinen Baumwolltüchlein ab. »Was also soll Euer Gegreine, Weib? Es ändert nichts daran, dass Ihr Euch umsonst herbemüht habt. Oder, halt! Ich möchte Euch eine Lehre mit auf den Weg geben.«

Er winkte dem Mönch, der die ganze Zeit schweigend an der Seite stand. Katharina fühlte sich emporgezerrt. Dann wurde ihr ein dunkler Sack über den Kopf gestülpt. Sie schrie entsetzt auf und wehrte sich. Doch eiserne Hände hielten sie fest und zogen sie mit sich. Wimmernd stolperte sie hinterher. Sie verlor vollkommen die Orientierung, tappte Stufen hinunter und wurde wieder rüde gepackt. Jemand zerrte ihr den Sack vom Kopf.

Es war dunkel um sie herum und ihre Augen mussten sich an das fehlende Licht gewöhnen. An der Wand flackerte eine Fackel und warf unruhige Schatten an eine feuchte Steinwand. Und dann sah sie ihn!

Ihr stockte der Atem vor Entsetzen. Klaus hing gefesselt an einem Holzkreuz. Sein Körper war mit langstriemigen Wunden übersät. Getrocknetes Blut klebte an seiner Haut. Unter ihm hatte sich eine blutige Wasserpfütze gebildet.

»Nein!« Ihr Aufschrei sprengte fast ihre Brust. Klaus war bewusstlos, sein Kopf hing haltlos nach vorn. Katharina riss sich los und wollte zu ihm eilen. Doch eine dunkle Gestalt schob sich davor. Instinktiv riss sie die Arme hoch. Diese Gestalt kannte sie.

»Oh, mein Gott!«

»Siehst du, was geschieht, wenn man kein gottesfürchtiges Leben führt? Niemand entkommt der Gerechtigkeit Gottes.«

»Sieht so die Gerechtigkeit Gottes aus?«, schrie Katharina. »Ihr seid Bestien! Bestien!«

Von hinten wurde ihr der Sack wieder über den Kopf gestülpt. Als Letztes sah sie Tobias' grässliche Fratze vor Klaus' zerschundenem Körper. Dann wurde es ganz dunkel um sie.

Man zerrte sie wieder die Treppen hinauf. Der Sack wurde von ihrem Kopf gezogen, und sie wurde durch die Pforte gestoßen. Wie betäubt fand sie sich vor der Klostermauer wieder.

Wie sie nach Hause gekommen war, wusste Katharina später nicht mehr zu sagen. Ihr Anblick muss so schrecklich gewesen sein, so dass alle Menschen im Haus zusammenliefen, und Philomena entschied, Hieronymus aus der Ratsversammlung holen zu lassen.

Ratlos und erschüttert stand er in ihrer Kammer und blickte auf seine Tochter herab, deren Geist vollkommen verwirrt zu sein schien. Sie starrte nur vor sich hin, als hätte sie einen Blick in die Hölle getan, reagierte nicht, wenn er sie ansprach, schien überhaupt nichts um sie herum wahrzunehmen.

»Wir sollten einen Arzt zu Rate ziehen«, flüsterte er Philomena zu, die ebenso ratlos und besorgt war.

»Ihr Geist ist verwirrt. In ihrem Kopf ist etwas krank«, gab die Amme ihre Meinung dazu kund.

»Willst du damit andeuten, sie sei irre?«, polterte Hieronymus.

»Aber ja. Ich kenne einen Arzt, der schlägt ihr ein Loch in den Kopf, damit der böse Geist entweichen kann.«

»Ich werde dir gleich ein Loch in den Kopf schlagen, dann entweicht aber dein böser Geist, du Hexe. Wie kannst du nur so etwas vorschlagen?«

»Weil ich weiß, was richtig ist. Sie benimmt sich schon eine ganze Weile so seltsam.«

»Ach ja? Ich habe nichts bemerkt. Du etwa?« Er wandte sich an Philomena.

Sie zuckte mit den Schultern. »Sie ist eben in dem Alter, wo Mädchen neue Vorlieben entwickeln. Zum Beispiel für junge Studenten.«

»Junge Studenten?« Sein irritierter Blick wanderte zu Katharina. »Wie soll ich das verstehen?«

Katharina erwachte aus ihrer Erstarrung. »Vater«, keuchte sie. »Er wird sterben!«

»Wer wird sterben?«

»Klaus! Sie foltern ihn. Ich habe ihn gesehen! Blut überall ...« Sie schlug die Hände vors Gesicht und fing an zu schluchzen.

»Sie ist tatsächlich verrückt.«

»Nein, das bin ich nicht! O Vater, bitte hilf ihm! Rette ihn! Ich tue alles, was du willst, aber rette ihn!« Sie warf sich zu Boden, umklammerte seine Füße und flehte voller Verzweiflung.

»Katharina!« Hieronymus hob hilflos die Hände. »Was tust du da? Was hast du denn?«

Plötzlich schob sich Maria nach vorn, die bislang schweigend hinter den anderen gestanden hatte. »Vater, ich muss dir etwas gestehen. Ich hätte es schon längst tun sollen.«

»Nein, halt den Mund!«, schrie Katharina.

»Doch, ich muss es sagen, ehe alles noch schlimmer wird.«

»Ja, aber ...« Hieronymus blickte in die Runde. »Nun gut, dann sprich, Tochter.«

»Allein«, bat Maria.

»Ja, gut, raus! Alle raus!« Er wedelte mit den Armen und verscheuchte die neugierigen Gaffer wie lästige Spatzen.

Als sie allein waren, hob er Katharina vom Boden auf und legte sie auf das Bett. Er zog sich einen Stuhl heran und setzte sich ihr gegenüber. Maria nahm auf dem Bettrand Platz und faltete die Hände. Es fiel ihr sichtlich schwer zu sprechen.

»Vater, es geht um diesen Studiosus Claudius Agricola. Du weißt, dass er Magister Siebenpfeiffer entlastete und uns Lektionen erteilte in den sieben freien Künsten.«

»Ja, ja, ich weiß. Siebenpfeiffer sprach in lobenden Tönen von ihm, so dass ich damit einverstanden war.«

»Er tat dies auch sehr gewissenhaft. Aber es geschah ... es geschah, dass ... also, er hat ...«

»Ja, was denn? Was hat er denn?«, fragte Hieronymus beunruhigt. »Waren seine Lektionen nicht in Ordnung? Hat er etwas falsch gemacht?«

»Nein, die Lektionen waren in Ordnung. Zumindest was die sieben freien Künste betrifft. Nur ... er hat sich in Katharina verliebt.«

Hieronymus hob die Augenbrauen. »Solange er die Finger von ihr lässt, soll's mir egal sein«, erwiderte er, doch dann hob er sich halb aus dem Stuhl heraus. »Oder hat er das etwa nicht?«

Der Tonfall seiner Stimme schraubte sich in die Höhe, ein bedrohliches Zeichen. Katharina fuhr vom Bett auf.

»Wir haben uns ineinander verliebt«, keuchte sie. »Ihn trifft keine Schuld.«

»Ach! Und was habt ihr nach den Lektionen getrieben, he? Sag, was hast du getan? Hast du mir Schande bereitet?«

»Wir haben nichts getan, was Liebende nicht tun sollten«, begehrte Katharina auf, doch Hieronymus war schon bei ihr und zerrte sie vom Bett. Maria warf sich verzweifelt dazwischen; er stieß sie grob zur Seite.

»Du elendes Weibsstück, du undankbares Balg! Habe ich dir nicht all meine Liebe angedeihen lassen? Dankst du mir es so? Machst du mich vor der ganzen Stadt zum Narren? Sollen die Ratsherren und der Pöbel mit den Fingern auf mich zeigen? Das ist der, dessen Tochter zur Hure wurde!«

»Vater, bitte, nein! Ich liebe Klaus!«

Doch Hieronymus war wie von Sinnen. Selbst der freien Liebe und dem süßen Leben nicht abhold, wollte er seine Kinder vor dem Schmutz der Welt behüten und beschützen. Sie waren sein Ein und Alles, sein großer Reichtum. Nun sah er diesen Reichtum befleckt und entehrt. Wieder und wieder schlug er mit seiner kräftigen Pranke auf Katharina ein. Katharina schrie vor Schmerz. Maria schrie, um den Vater vom Schlagen abzuhalten.

Draußen im Gang standen Philomena und die Amme, die Mägde und Knechte. Und ausgerechnet jetzt kam Tante Brigitte dazu.

»Was ist denn hier los?«, fragte sie mit befremdlicher Miene. »Ich wurde nicht einmal an der Haustür empfangen.«

»Jetzt reicht es«, zischte Philomena und riss die Tür auf. Sie fiel Hieronymus in den Arm. »Lass es gut sein. Wenn sie eine Hure ist, dann bin ich auch eine, und du musst mich auch schlagen.«

Hieronymus hielt urplötzlich inne und starrte sie an. »Hast du es auch mit diesem Kerl getrieben?«

»Natürlich nicht, mein Geliebter. Ich bin dein Weib und tue nur das, was eine geliebte Frau tut. Nichts anderes hat Katharina getan.«

»Das ... das ist etwas anderes. Katharina ist meine Tochter.«

»Na und? Hat sie kein Anrecht auf Liebe?«

»Nein, verdammt noch mal! Sie muss rein und unbefleckt sein. Wer soll sie denn noch heiraten?«

»Klaus heiratet mich«, schluchzte Katharina. »Er hat es mir geschworen.«

»Ein Student? Ein Rechtsgelehrter? Bist du wahnsinnig? Du

würdest ewig Hunger leiden, Not und Armut erdulden. Diesem Habenichts soll ich deine Aussteuer hinterherwerfen? Denk nicht einmal im Traum daran! Wo ist dieser Kerl, damit ich aus ihm Hackfleisch machen kann?«

»In einem schrecklichen Keller, wo ihn ein Mönch halbtot geschlagen hat.«

Hieronymus ließ plötzlich die Arme hängen, als wäre jegliche Kraft daraus gewichen. Dann ließ er sich auf den Stuhl fallen, der bedenklich knirschte. »Erzähle!«

Die Marienmägde

Es war wie der sprichwörtlich gewordene Gang nach Canossa wie weiland Heinrich IV., den Hieronymus antrat. Noch nie in seinem Leben fühlte er sich innerlich so zerrissen. Er hatte durch den Handel Reichtum und Wohlstand angehäuft und er war sehr stolz darauf. Wie selbstverständlich trug er diesen Reichtum und den Wohlstand auch äußerlich zur Schau. Als Ratsmitglied kümmerte er sich um die Belange der Stadt, deren Bürger er war.

Langsam jedoch spürte er das Alter an seinen Knochen nagen. Obwohl noch immer stattlich von Statur und ansehnlich, plagte ihn mittlerweile so manches Zipperlein. Anstatt mit ihm die Freuden der körperlichen Liebe zu genießen, musste sich Philomena immer öfters als Pflegerin betätigen und Hieronymus mit allerlei Medizin, Tränken und Tees, Wickeln und Bädern wieder auf die Beine bringen.

Sein ganzes Herz gehörte seinen Töchtern. Hinter ihnen traten alle anderen Dinge zurück. Er warf sich vor, ihnen in letzter Zeit zu wenig Aufmerksamkeit geschenkt zu haben. Komplizierte Handelsbeziehungen, Streit mit Kunden, die Erschließung neuer Märkte und die Veränderung seines Warenangebotes hatten seine ganze Zeit beansprucht.

Er gab für Maria und Katharina viel Geld aus, für ihre Kleidung und für Schmuck, für ihre Aussteuer und ihr Wohlergehen, für die Bildung und ihre Zerstreuung. Fast jeden Wunsch erfüllte er seinen beiden Herzblättern, seinen geliebten Kindern, die er stets mit verklärten Augen sah. Je älter er wurde, umso inniger liebte er seine Töchter. Ihr Anblick erfreute sein Auge, ihr Glück machte auch ihn glücklich.

War er blind gewesen? Hatte er nicht bemerkt, dass aus seinen geliebten Küken stolze Hennen geworden waren? Dass aus lustigen bunten Raupen prächtige Schmetterlinge geschlüpft waren? Dass aus seinen zarten Kindern wunderschöne junge Frauen geworden waren?

Vorbei war die unbeschwerte Kinderzeit, vorbei die Ausschließlichkeit der Liebe zu ihrem Vater. Katharina war verliebt in einen Studenten!

Hieronymus benötigte eine geraume Weile, um diesen Gedanken überhaupt fassen zu können. Was vollzog sich da im Inneren eines weiblichen Wesens? Wieso kam es zu diesen drastischen Veränderungen? Und wieso hatte er davon nichts bemerkt?

Ab und zu hatte Philomena ihn darauf hingewiesen, versucht, es ihm zu erklären. Aber letztlich war ihm das Wesen einer Frau unbekannt und auch ein bisschen unheimlich. Tief drinnen in ihren Körpern tat sich Seltsames, das dem Manne besser verborgen blieb. Hinter der Fassade des Engels tat sich der Abgrund der Hölle auf. Nicht umsonst warnten die Diener der Kirche immer wieder vor dem zweigestaltigen Wesen der Frau. Auf ihrer Rockschleppe hockte der Teufel. Er hatte dieses Bild gesehen, und es war noch gar nicht so lange her.

Bei seiner letzten Reise nach Augsburg suchte er ein schönes Geschenk für seine Lieben daheim und kehrte bei dem Buchdrucker Hans Vintler ein, der allerlei Holzdruckstöcke herstellte. Letztlich hatte er sich für ein gedrucktes Bild entschieden, das eine arkadische Landschaft zeigte. Er schenkte es Philomena. Aber ihn ließ der Anblick eines Druckes nicht los, das einen Mann und eine Frau vor ihrem Haus zeigte. Beide waren wohl gekleidet und offensichtlich freie Städter. Und doch hockte auf dem Saum der Dame ein hässlicher kleiner Teufel.

Auf seine belustigte Frage erklärte der Meister, das sei ein Ausdruck der Eitelkeit und Hoffart der Frau. Jede Frau trage diesen unsichtbaren Teufel in sich. Dieser Teufel sei ihre Natur, den Manne zu verführen und ins Unglück zu stürzen. Hatte Katharina Schuld daran, dass sich der Herr Studiosus jetzt in den Fängen der Inquisition befand? Hatte Katharina ihn verführt wie weiland Eva den armen Adam? Würde Katharina dafür die ewige Verdammnis drohen, die Qualen der Hölle und des Fegefeuers?

Wenn Hieronymus so manches Mal spottend über den Klerus herzog, dann war es die heuchlerische Lebensweise, die die Askese predigte und die Völlerei lebte, die seinen Widerspruch herausforderte. Aber in der Tiefe seiner Seele fürchtete auch er sich vor dem Tag des Jüngsten Gerichts, wenn er vor Gottes Antlitz treten und Rechenschaft ablegen musste. Schon seine altersbedingten Zipperlein bereiteten ihm Verdruss und Angst. Er fürchtete den körperlichen Schmerz. Um wie viel entsetzlicher waren all die Dinge, die ihn in der Hölle erwarteten?

Der Gedanke, dass diese Qualen auch seiner geliebten Katharina bevorstanden, bereitete ihm die Hölle auf Erden. Er musste einen Weg finden, um das drohende Unheil abzuwenden. Und dieser Weg führte ihn direkt zu Propst Benedictus.

Benedictus empfing ihn mit regloser Miene, aber im Innern frohlockte er. Es bereitete ihm eine nicht unerhebliche Genugtuung, den stolzen und reichen Kaufmann vor ihm auf den Knien liegen zu sehen. Hieronymus war völlig aufgelöst und verzweifelt. Seine geröteten und geschwollenen Augen verrieten, dass er geweint hatte. Eine Weile kostete Benedictus die Situation aus. Aber er war klug genug, es sich nicht gänzlich mit Preller zu verderben. Die Kuh, die man melken konnte, schlachtete man nicht unbedacht. Außerdem war Preller zu bedeutend für die Stadt, als dass Benedictus mit ihm umgehen konnte, wie ihm beliebte.

Natürlich waren ihm diese selbstgefälligen und geldgierigen

Pfeffersäcke ein Dorn im Auge. Andererseits waren die reichen Kaufmannsfamilien die größten Stifter und Spender der Klöster. Er als Propst, der auch und vor allem für die materielle Verwaltung der ihm anvertrauten Klöster der Stadt verantwortlich war, konnte es sich nicht leisten, es mit ihnen zu verscherzen. Einen von ihnen zu opfern, konnte die ganze Kaufmannsgilde gegen den Klerus aufbringen. Aufstände und Unruhen konnte und wollte sich Benedictus nicht leisten. Er hatte mit seinen Brüdern genug zu tun, den Leuten die Angst vor der Hölle einzubläuen und daraus den einträglichen Ablasshandel am Laufen zu halten. Der Papst im fernen Rom hielt genug die Hände auf, um seine prachtvollen Bauten finanzieren zu können. Benedictus musste aufpassen, dass ihm nicht zu sehr seine Pfründe geschröpft wurden und am Ende zu wenig für ihn und seine Klöster übrig blieb.

Mit Herablassung und einer gewissen Häme schaute er auf Hieronymus herab.

»Habe ich es Euch nicht damals schon gesagt, Preller, als Ihr Euer Weib ehelichtet, dass Ihr Euch damit Ungemach aufladet? In jedem Weib steckt der Teufel, und Ihr als Mann habt dafür zu sorgen, ihn ihr auszutreiben. Und wie Ihr seht, geht dieser Teufel von der Mutter auf die Töchter über. Wie Ihr es auch dreht, Ihr habt versagt. Allerdings ehrt es Euch, dass Ihr Euch in Eurer Not an die Heilige Mutter Kirche wendet. Hier seid Ihr richtig, denn für den Bann des Bösen ist die Kirche zuständig. Nun ist es aber eine Tatsache, dass Eure Tochter Katharina mit ihren Verführungskünsten eine junge Seele verhext hat. Ein hoffnungsvoller junger Mann, Student unserer berühmten Universität und auf dem besten Wege, ein angesehener Gelehrter zu werden, verfiel ihren teuflischen Reizen. Geblendet von ihrem verführerischen Leib vergaß er seine Studien und ließ sich auf den Teufel ein. Er folgte ihr betäubt zu wundersamen Orten im Auwald, wo Nebel dampfen und Wassergeister ihren Spuk treiben. Einer meiner Brüder wurde Zeuge von

Hexenkünsten und Teufelsspielen, von Buhlschaften mit Wassergeistern und Dämonen. Eure Katharina tanzte nackt wie Eva über die Wiese. Eine Nixe entstieg dem Flusse. In der Annahme, es handelte sich um Katharina, vereinigte sich der Student mit dem Geist. Währenddessen flog Eure Tochter durch die Lüfte, tanzte auf den Nebeln und schaute ihnen zu. Nicht genug damit, vergnügte sie sich dann auch noch mit dem Studiosus. Die Sonne verdunkelte sich vor Scham und die Blumen schlossen ihre Blüten. Mein Bruder, der Zeuge dieses teuflischen Treibens wurde, fiel auf die Knie und betete inständig zu unserem Herrn, er möge das Böse bannen und die armen verirrten Seelen auf den rechten Weg zurückführen, da erhob sich ein mächtiger Wassergeist aus den Fluten und packte den Bruder. Er versuchte ihn in die Fluten zu ziehen und ihn wie einen räudigen Hund zu ersäufen. Nur die Macht der Gebete rettete ihn im letzten Augenblick. Ihr seht, was ein Weib nur allein mit seiner Schlechtigkeit anrichten kann.«

Hieronymus sank vollkommen in sich zusammen und fing wieder an zu weinen. Schamvoll schlug er die Hände vor das Gesicht. Er war zu keinem Wort, zu keiner Regung mehr fähig. Er wollte sich in den Schoß der heiligen Mutter Kirche fallen lassen, um endlich wieder das Gefühl der Kraft, der Geborgenheit und der Selbstbesinnung zurückzugewinnen. Es war seine Schuld, dass es so weit gekommen war. Er hatte Gott vergessen. Nun hatte der Teufel von ihm Besitz ergriffen. Aber er würde alles tun, um wenigstens Katharinas Seele zu retten, selbst wenn seine auf ewig in der Hölle würde leiden müssen.

»Sagt, Hochwürden, was verlangt Gott von mir?«, flüsterte er mit bebenden Lippen. »Ich bin bereit, alles zu geben, nur um Katharina vor den Qualen der Hölle zu retten.«

»So einfach ist das nicht, lieber Preller. Ihr könnt das Wesen des Weibes nicht ändern. Es liegt in ihrer Natur, minderwertig zu sein. Eben wegen ihrer Rolle im Sündenfall ist sie zu strengstem Gehorsam verpflichtet. Dem habt Ihr wohl nicht beizeiten das notwendige Augenmerk gewidmet. Ein störrisches Pferd reite man nicht bei Festen, sondern halte es im Stall oder brauche es als Lasttier. Ihr seid ein lausiger Reiter, Preller, und nun braucht ihr euch nicht zu wundern, wenn Ihr im Dreck liegt.«

»Ich gebe es zu, dass ich aus lauter verblendeter Liebe zu meinen Kindern viel zu duldsam war. Ihnen fehlt eben die Mutter, die ihnen Halt und Führung auf den Lebensweg mitgibt. Die Amme allein kann es nicht bewerkstelligen. Und ich bin nur der Vater. Es sollte ihnen gut gehen, an nichts fehlen. So war ich bedacht auf ihr Wohlergehen. Die Zeiten sind nicht leicht, und ein Kaufmann ist vielfältigen Gefahren ausgesetzt. Da sind mir gewisse Dinge einfach entglitten.«

»Ihr seid auf das materielle Wohlergehen bedacht gewesen, Preller, aber nicht auf das geistige. Ein wahrer Christenmensch respektiert die reinen Lehren der Kirche und übt sich in Demut und Unterordnung. Er ist nicht aufsässig und keck und buhlt mit dem Teufel. Ihr seht, was dabei herauskommt. Ganze Familien stürzt es ins Unglück. Zum Glück ist es auch eine löbliche Pflicht , solche gefallenen Seelen zu erretten. Allerdings bedarf es dazu großer Anstrengungen aller Seiten. Es ist schmerzhaft und grausam, aber auch heilend.«

»Was muss ich tun, ehrwürdiger Vater?«

»Geht in Euch, Preller und tut Buße. Kniet drei Tage und drei Nächte vor dem Bildnis Jesu, auf dass Euch seine Leiden bewusst werden, die er auf sich genommen hat. Danach kommt zu mir, und ich werde Euch sagen, was Ihr tun könnt, um die Seele Eurer Tochter zu retten.«

Hieronymus nahm die Tortur tapfer auf sich. Die verzweifelte Katharina leistete ihm dabei schweigend Gesellschaft. In tiefes Gebet vertieft, knieten sie vor dem Kruzifix. Die Härte und die Kälte des

Steinfußbodens fraßen sich durch ihre Gebeine. Sie tranken nur Wasser und aßen trockenes Brot.

Maria bot sich an, Katharina beim Beten und Büßen abzulösen, doch Katharina lehnte ab. Am dritten Tag gesellte sich auch Maria zu ihnen. Gemeinsam beteten sie um Katharinas Seelenheil.

Das Licht des Tages wanderte als gebrochenes Muster der Fenster durch das Kirchenschiff, ließ die drei Büßer aufleuchten und wieder im Schatten versinken.

Die Nacht senkte sich mit drückender Dunkelheit auf sie nieder und brachte Furcht und Schrecken. Noch nie hatten sie eine Nacht in der Kirche verbracht, und der Ort der Andacht verwandelte sich bei Dunkelheit in eine unheimliche Höhle voller Geräusche. Alle drei Stunden schlug die Glocke zum Gebet, und die Mönche des Augustinerklosters schlurften in ihren ledernen Sandalen herein, beteten, sangen Psalmen und gingen wieder. Keiner würdigte die drei Sünder eines Blickes.

Am Morgen des vierten Tages schickte Hieronymus seine beiden Töchter nach Hause.

»Geht, Kinder, und lasst mich allein zum Propst gehen. Ihr habt genug gebüßt und gebetet. Der Rest ist meine Aufgabe.« Er küsste ihnen das Haar, sie küssten seine Hände. Katharina weinte.

Benedictus empfing Hieronymus mit unbewegter Miene.

»Ehrwürdiger Vater, ich habe gebetet und gebüßt, drei Tage und drei Nächte, wie Ihr mir geboten habt. Hier seht Ihr mich im Staub knien und voller Demut den Willen Gottes empfangen. Soll er mich strafen, wenn er nur die Seele meiner geliebten Katharina rettet.«

»Gott ist gütig, wenn er sieht, dass die Reue groß und die Bereitschaft zur Buße noch größer ist. Ich habe das Konzil befragt und wir haben ebenfalls eine ganze Nacht zu Gott gebetet. Gott hat uns erleuchtet und einen Weg gewiesen. So höre denn unseren Beschluss: Deine Tochter Katharina muss sich von ihren Sünden freikaufen. Nur so kann sie sie Ihre Seele reinigen. Für das außereheliche Werk mit einem Mann muss sie acht Gulden zahlen. Für die Verführung seiner Seele noch einmal sieben Gulden. Für den Ungehorsam ihrem Vater gegenüber vier Gulden. Für die Buhlschaft mit Geistern und Dämonen und die Verrichtung von Hexenwerk sind elf Gulden zu zahlen. Und dafür, dass die Inquisition von einer Anklage wegen Hexerei absieht, fünfundzwanzig Gulden.«

»Fünfundzwanzig Gulden?«, fuhr Hieronymus auf. »Dafür bekomme ich zwei Fuhrgespanne samt Wagen!«

»Sind Euch fünfundzwanzig Gulden für das Leben Eurer Tochter zu viel? Vergesst dabei nicht, wenn sie angeklagt und der Hexerei überführt wird, endet sie auf dem Scheiterhaufen. Dieser wird auf dem Marktplatz direkt vor Eurer Haustür stehen, Preller. Und dass sie der Hexerei überführt wird, ist ziemlich sicher. Nicht nur, dass es Zeugen gibt. Auch der Verführte, dieser Studiosus, zeigt sich mittlerweile geständig. Selbstverständlich werden wir die Untersuchung nach den Regeln der Inquisition durchführen. Bis jetzt hat noch jede Hexe gestanden.«

Er strich sich selbstzufrieden über seinen Bauch.

»Da ich annehme, Ihr seid des Rechnens kundig, so werdet Ihr mir zustimmen, dass sich die Buße für die Sünden Eurer Tochter auf fünfundfünfzig Gulden beläuft.«

Hieronymus war in sich zusammengesunken, dann nickte er schwach. »Wenn es Gottes Wille ist, dann werde ich es akzeptieren«, flüsterte er.

»Moment, Preller, das ist noch nicht alles.«

Hieronymus starrte den Propst an. Dieser faltete seine fetten Finger über dem Bauch und Hieronymus bemerkte einen großen goldenen Ring mit einem überaus wertvollen Stein darin.

»Ihr werdet Katharina so schnell wie möglich verheiraten. Natürlich nicht an einen jungen Mann, der vielleicht ihre fleischliche Lust wieder anstacheln würde, sondern an einen bejahrten Mann, einen Greis, der sie zu dem Gehorsam zwingt, der ihr zu Gesicht steht als Ehefrau. Sie soll sich in Unterordnung und Demut üben, in Pflichterfüllung und Gottesfürchtigkeit. Ihre Augen sollen verschlossen bleiben vor den Verführungen des Lebens. Von nun an soll Keuschheit und Enthaltsamkeit ihr Leben bestimmen. Und sie soll sich von allen Flüssen, Seen und anderen Gewässern fernhalten, damit sie nicht wieder in die Versuchung der Buhlschaft mit Wassergeistern kommt.«

Hieronymus rutschte auf Knien näher an Benedictus heran und küsste den Saum seines Mantels. »Wenn es Gottes Wille ist, dann soll auch das geschehen«, murmelte er.

Plötzlich hob Benedictus den Fuß und trat auf Hieronymus' Hand. Dieser schrie vor Schmerz auf und krümmte sich.

»Ach ja, Preller, und dann muss ich Euch noch an ein Gelübde erinnern, das Euer Weib auf dem Sterbebett geleistet hat. Sie hat Eure erstgeborene Tochter dem Klosterleben versprochen. Es ist die Zeit gekommen, das Gelübde einzulösen. Am Freitag nach Mariae Verkündigung wird sie Einzug bei den Marienmägden halten.«

Der Propst erhob sich und verließ den Raum. Hieronymus blieb auf dem Boden liegen, ein geschlagener Mann.

Nach diesem Tag änderte sich das Leben im Handelshaus Preller grundlegend. Hieronymus war nicht wiederzuerkennen. Der bevorstehende Verlust seiner beiden geliebten Töchter ließ ihn um Jahre altern. Selbst Philomenas Liebreiz konnte ihn nicht aufmuntern. Die Mägde und Knechte schlichen auf Zehenspitzen durchs Haus. Keiner wagte zu lärmen oder zu scherzen. Es gab keine Feste und Feiern, keinen Tanz und keine Musik, keinen Unterricht und keinen Frohsinn.

Die Amme wurde ermahnt, die beiden Mädchen nicht aus den

Augen und nicht aus dem Haus zu lassen. Manchmal wurden sie sogar über Stunden in ihre Kammer eingeschlossen.

Nur einmal kämpfte sich Katharina zu ihrem Vater durch.

»Was wird aus Klaus?«, flehte sie ihn an. »Du kannst ihn doch nicht in dem Keller sterben lassen.«

»Das liegt in Gottes Hand. Wenn ihm der Teufel ausgetrieben wurde, und er es überlebt, dann lässt ihn der Propst bestimmt frei.«

»Und wenn nicht?«

»Katharina, vergiss ihn! Mit ihm kam das ganze Unglück. Haben wir nicht alle schon genug gelitten? Ich will davon nichts mehr hören!«

»Aber ich! Ich tue alles, was du willst, Vater, aber rette Klaus! Sonst werde ich mir das Leben nehmen!« Wie um ihren Worten Nachdruck zu verleihen, riss sie das Fenster auf und kletterte auf die Fensterbank. Nur mit Mühe konnte Hieronymus sie daran hindern, hinauszuspringen.

»Ich kann dir nichts versprechen, ich kann nur Benedictus bitten.«

»Nimm all meinen Schmuck. Er ist wert genug, damit Klaus von der Anklage loszukaufen.«

Sie riss die Schatulle auf und warf alles auf den Boden. Goldene Ketten, Ringe, Spangen, Diademe, Armreifen und Broschen fielen heraus. Es war alles, was Hieronymus ihr im Laufe ihres Lebens geschenkt hatte. Er starrte Katharina mit brennenden Augen an. »Du willst den ganzen Schmuck für ihn opfern?«

»Ja, das will ich«, erwiderte sie fest.

»Und du schwörst, dass du ihn nie wieder sehen wirst?«

»Das schwöre ich, Vater!«

Hieronymus nahm den Schmuck und ließ das Fenster vergittern.

Der gesamte Schmuck war mehr als fünfundzwanzig Gulden

wert. Benedictus nahm alles und ließ einen Tag später den Studenten Klaus Landmann mehr tot als lebendig aus dem Kloster werfen.

Katharina war nicht viel geblieben. Mit den letzten Pfennigen bestach sie Walburga herauszufinden, wo sich Klaus befand. Walburga passte Johann und Melchior um die Mittagszeit am Fluss bei den Wäscherinnen ab. Und diese erzählten ihr, dass Klaus in seiner Kammer bei Magister Siebenpfeiffer lag und dem Tod näher war als dem Leben.

»Bitte, Walburga, du musst ihm helfen!«, flehte Katharina, die sich in den wenigen Stunden ihres Freigangs im Haus in die Küche geschlichen hatte. »Ich habe ein Briefchen geschrieben, das ihm Mut machen soll. Und hier sind einige Kräuter und andere Medizin zur Behandlung seiner Wunden. Du kannst hinaus auf den Markt und in die Gassen. Es fällt nicht auf, wenn du zu seinem Quartier gehst.«

»Der Herr wird mich hinauswerfen, wenn er es erfährt«, klagte Walburga. »In meinem Alter! Ich weiß doch nicht, wo ich hin soll!«

»Er wird es nicht tun, weil er dich braucht. Er kann nicht jeden hinauswerfen. Gerade jetzt nicht. Ich aber kann nicht leben, wenn ich weiß, dass Klaus im Sterben liegt. Es war meine Schuld, dass es so weit gekommen ist.«

»Na gut«, lenkte Walburga ein und verstaute alles in ihrem Weidenkorb, mit dem sie immer zum Markt ging, um für die Küche einzukaufen.

Es schien Walburga wirklich nicht geheuer und ihr schlichter Geist fürchtete alles, was mit Hexen und Teufel und Hölle zu tun hatte. Sie bekreuzigte sich und betete still das Vaterunser, während sie hinunter zur Thomaspforte ging. Sie konnte sich ja damit herausreden, dass sie Fische kaufen wollte, die fangfrisch draußen am Mühlgraben feilgeboten wurden. Dort mussten sich auch die

Studenten herumtreiben, die während ihrer Mittagspause ihre derben Scherze mit den Wäscherinnen trieben.

Sie wusste nicht mehr so genau, wie Johann und Melchior aussahen. Katharinas Beschreibung war recht vage. In Walburgas Augen sahen die Studenten alle gleich aus. Die Medizin in ihren Korb zog an ihrem Arm, als lägen Mühlsteine darin. Sie schwitzte vor Angst und Aufregung und bekreuzigte sich immer wieder.

Jenseits des Mühlgrabens erstreckten sich satte Wiesen, auf denen die Wäscherinnen die gewaschene Wäsche zum Trocknen auslegten. So sehr Walburga auch spähte, sie konnte keine Studenten entdecken. Die Wäscherinnen verrichteten lachend und singend ihre Arbeit. Im Gegensatz dazu waren die Brüder des Thomasklosters schweigend an der Mühle zu Gange. Das Wasser plätscherte, und die Mühlräder klapperten und schlugen laut. Fuhrwerk um Fuhrwerk kam mit beladenen Kornsäcken oder fuhr mit gemahlenem Mehl als Fracht davon. Meist waren es zottige Ochsen, die die schweren Karren zogen. Manchmal kam ein Bauer mit einem Maultier, das einen Sack auf dem Rücken trug, oder ein Pferdefuhrwerk von einem weiter südlich gelegenen Gut.

Über Walburga im Baum krächzte es laut, und als sie aufblickte, sah sie viele schwarze Vögel im Geäst hocken. Sie flatterten mit den Flügeln, äugten herunter und stürzten sich mit lautem Geschrei auf Beute, sei es ein unachtsames kleines Tier, das von den Wagenrädern zerquetscht wurde, oder Müll, der da und dort anfiel. Manchmal stibitzten sie einen Fisch aus den Körben der Fischer oder stritten sich lautstark um den Abfall, der aus der Stadt herausgebracht und in den Mühlgraben geworfen wurde.

Plötzlich ließ sich einer der Vögel vom Baum fallen, genau auf Walburga zu. Sie schrie erschrocken auf, ließ den Korb fallen und erwehrte sich mit beiden Armen des angriffslustigen Vogels.

»Verschwinde, du Vieh! Scheusal! Hilfe! Er will mir die Augen aushacken!«

Niemand half ihr. Die zerlumpten Jungen, die am Ufer hockten und mit langen Ruten etwas Brauchbares aus dem Graben zu fischen hofften, lachten und amüsierten sich über den wilden Tanz, den die Magd aufführte. Schließlich ließ die Krähe von ihr ab, und Walburga betastete ihren Kopf, ob noch alles heil war. Sie schob ihre Haube wieder gerade und versteckte das ergraute Haar darunter. Dann hob sie den Korb wieder auf. Der Brief und die Medizinfläschchen waren herausgefallen. Sie starrte darauf und plötzlich begann sie zu zittern.

»Das war ein Zeichen«, flüsterte sie mit rauer Stimme. »Ein Zeichen der Hölle!«

Sie bekreuzigte sich, gleichzeitig stieß sie mit dem Fuß alles ins Wasser. Sie schaute hinterher, wie Brief und Medizin von den Fluten fortgerissen wurden und schließlich versanken. Dann eilte sie wieder zurück zum Stadttor.

Zum Glück war Katharina in ihrem Zimmer eingeschlossen, so dass Walburga keine unangenehmen Fragen beantworten musste. Irgendwo im Haus brüllte Hieronymus nach Wein. Walburga war sich sicher, dass die heile Welt im Haus Preller endgültig in Schieflage geraten war.

Katharina saß auf der Kante ihres gemeinsamen Bettes und warf einen verzweifelten Blick zu Maria. Diese saß auf einem Stuhl am vergitterten Fenster und las in der Bibel. Wie konnte Maria nur so ruhig bleiben, wenn sich Katharina um Klaus' Leben sorgte?

Warum kommt nur Walburga nicht, fragte sich Katharina im Stillen. Sie wollte doch wissen, wie es Klaus ging. Doch Walburga kam nicht und auch sonst niemand außer der Amme, die ihnen die Abendmahlzeit brachte.

Katharina überlegte einen Moment, ob sie statt Walburga vielleicht lieber die Amme ins Vertrauen ziehen sollte. Doch sie verwarf den Gedanken gleich wieder. Der Vater hatte die Amme dafür verantwortlich gemacht, dass sie sich ungestört mit Klaus treffen konnte. Die entsetzte Amme hatte hoch und heilig geschworen, dass das nicht ihre Schuld sei. Schließlich habe sie schon immer gesagt, dass es Teufelszeug sei, was der Studiosus den Kindern beibringe und sich davon nur ihr Geist verwirre. Aber auf sie, die Amme, höre ja keiner. Aber für alles verantwortlich machen, das könnten die Herrschaften. Und sie, die arme alte Amme, müsse es nun ausbaden.

Dieses Lamento ging über eine Woche und Katharina war froh, wenn die Amme die Tür schloss und den Riegel vorschob. Da war Katharina zwar eingesperrt, aber sie musste nicht ständig ihr Klagen und Schimpfen ertragen.

Wenn das Fenster nicht vergittert wäre, dann könnte Katharina sich in der Dunkelheit daran herabseilen, um selbst auf die Suche nach Klaus zu gehen. Mit Streifen aus ihrem Betttuch wäre es gar kein Problem. Aber dann würde sie Maria schon wieder zur Mitwisserin machen. Maria war ohnehin schon genug bestraft. Und nun stand ihr auch noch der Eintritt ins Kloster bevor.

»Warum sitzt du eingesperrt im Zimmer herum?«, wollte Katharina wissen. »Im Kloster bist du dein ganzes Leben eingesperrt. Geh doch aus, geh hinaus und schau dir den blauen Himmel an, die Blumen, das Wasser. Du musst mir nicht Gesellschaft leisten. Ich habe gesündigt, deshalb sitze ich hier. Nicht du.«

Maria blickte von ihrer Bibel auf. In ihrem Blick lag so viel Weichheit und Güte, dass Katharina sofort ein schlechtes Gewissen bekam.

»Im Kloster werde ich Gott nahe sein«, sagte sie. »Das ist das Schönste, was es gibt. Dagegen kommen der Sonnenschein, die Blumen und das Wasser nicht an. Und solange ich noch hier bin, werde ich meine Zeit mit dir verbringen, Schwester. Denn im Kloster werde ich auch Sonne, Blumen und Wasser sehen, aber nicht dich.«

Einen Moment verschlug es Katharina die Sprache, dann füllten sich ihre Augen mit Tränen.

»Maria«, schluchzte sie. »Bitte verzeih mir. Ich dachte nur an mich. Du ... du bist so großherzig, du beschämst mich mit deiner Güte.«

Sanft drückte Maria ihre Schwester zurück. »Ich weiß, dass dein Herz auch schwer ist. Machen wir es uns nicht noch schwerer. Unser Schicksal liegt in Gottes Hand.«

»Ob Gott auch Klaus beschützen wird?«

»Sicher. Gottes Güte ist grenzenlos und er schließt niemand aus, auch keinen Sünder.«

Katharina sank auf die Knie. »Wenn ich nur deinen unerschütterlichen Glauben besitzen würde. Immer regen sich in mir Zweifel und Ängste. Ich möchte wissen, ob Klaus freigelassen wurde. Ich möchte wissen, wie es ihm geht. Ich möchte ihm helfen. Er hat Schmerzen und es geht ihm schlecht. Walburga hat mir keine Nachricht gegeben.«

»Walburga? Was hat Walburga damit zu tun?«

»Ich habe sie gebeten, Klaus' Freunde unten bei den Wäscherinnen zu suchen und ihnen eine Medizin für Klaus mitzugeben. Doch sie hat nicht gesagt, ob sie die Herren Studiosi getroffen hat.«

Maria erschrak. »Katharina! Vater hat dir befohlen, nie wieder mit diesem Mann zusammenzutreffen. Er hat dich ins Unglück gestürzt. Dein Ungehorsam wird dir eines Tages teuer zu stehen kommen.«

»Hast du noch nie dieses Gefühl verspürt, dass du am liebsten sterben würdest, wenn du nicht mit einem bestimmten Menschen zusammen sein kannst? Hast du noch nie dieses Ziehen im Herzen gehabt, diesen köstlichen Schmerz, der dich mit aller Macht zu dem geliebten Menschen zieht? Hast du noch nie den heftigen Wunsch verspürt, in einem anderen Menschen aufzugehen, mit ihm eins zu sein, deinen Körper mit seinem verschmelzen zu lassen, deinen Geist mit seinem, deine Seele mit seiner?«

Maria schüttelte stumm den Kopf.

»Dann hast du noch keine Liebe erfahren.«

»Natürlich habe ich Liebe erfahren«, widersprach Maria. »Gott liebt mich. Das ist die reinste und wunderbarste Liebe. Vater liebt mich. Das ist die innigste Liebe. Und du, du liebst mich doch auch. Das ist eine vertraute Liebe. Die Amme liebt mich. Es ist eine behütende Liebe.«

»Das ist alles nichts gegen die Liebe zu einem Mann. Sie ist so schön, dass sie weh tut. Sie ist so groß, dass man sie gar nicht erfassen kann. Man weiß es erst, wenn man sie verloren hat. Dann ist es, als wenn man stürbe.«

Etwas befremdet blickte Maria auf Katharina herab. Dann beugte sie sich zu ihr.

»Bitte steh auf«, bat sie. »Auch wenn ich deine Gefühle leider nicht teilen kann, so ahne ich doch deinen Schmerz.«

Katharina erhob sich und umarmte ihre Schwester. »Leider wirst du dieses Gefühl nun nie erfahren. Aber vielleicht ist es auch gut so, dass du diesen Schmerz nicht zu spüren brauchst. Es gibt schon genug Qual auf der Welt.«

Maria zündete eine der kostbaren Wachskerzen an, und sie knieten sich davor nieder. Lange blieben sie so in tiefem Gebet versunken. Später verließ Maria leise die Kammer und ließ Katharina in ihrem Kummer allein.

Zu später Stunde brachte Maria das Tablett mit dem Abendmahl. »Wo ist Walburga? Warum bringt sie nicht das Essen?«, wunderte sich Katharina.

»Sie hat in der Küche zu tun«, wich Maria aus. Sie deutete auf das frische Krebsfleisch. »Koste davon, es schmeckt köstlich.«

Katharina schob das Holzbrett beiseite, das Maria ihr hinstellte. »Ich habe keine Appetit«, murmelte sie und wandte den Kopf ab.

»Du solltest es essen. Ich habe die Krebse selbst ausgesucht. Es hat mich einige Überwindung gekostet. Wie du weißt, mag ich diese Tiere nicht mit ihren garstigen Beinen und Fühlern.«

»Wieso hast du sie dann gekauft? Konnte das nicht Walburga erledigen?«

Maria schüttelte den Kopf. »Ich brauchte doch einen Grund, um zum Fluss zu gehen.«

Katharina riss die Augen auf. »Zum Fluss? Was wolltest du dann Fluss?«

»Sagtest du nicht, da sind die Wäscherinnen, und bei ihnen die Studenten?«

»Maria, du warst ...« Katharina verschlug es die Sprache und den Atem dazu. Mit tränenfeuchten Augen starrte sie ihre Schwester an. Dann rang sie röchelnd nach Luft. »Du hast seine Freunde gesucht?«

»Bilde dir ja nichts darauf ein«, entgegnete Maria harsch. »Ich werde deinen Ungehorsam nicht unterstützen. Ich habe lediglich etwas Medizin für einen kranken Menschen gebracht. Es war meine Christenpflicht.«

Katharina sprang auf und krallte sich in Marias Kleid. »Weißt du etwas über ihn? Hast du erfahren, wie es ihm geht?«

Maria versteifte sich. »Ich sagte dir doch, ich werde deinen Ungehorsam nicht unterstützen. Du musst ihn vergessen. Er darf deine Gedanken nie mehr beherrschen, verstehst du? Sonst wird alles noch viel schlimmer, und niemand kann dich mehr retten. Vater liebt dich auch, vergiss das nicht. Und es hat ihn das Herz gebrochen, dass du ihn so hintergangen hast. Du solltest jetzt nichts tun, was Vater töten könnte. Das würde ich dir nie verzeihen.«

Sie blickte Katharina streng an und diese senkte den Kopf.

»Ja, Maria, ich werde es beherzigen. Und ... danke für dein großes Herz!«

Täglich verließ Maria die gemeinsame Kammer und kehrte einige Zeit darauf schweigend zurück. Sie erzählte nicht, wo sie gewesen war, sie erzählte nicht, was sie getan hatte. Sie brachte das Essen für Katharina und sich. Dann speisten sie ebenso schweigend und anschließend versank sie wieder in stillem Gebet.

Katharina fragte nicht, drang nicht weiter in sie ein. Aber sie ahnte, dass die Schwester mehr als nur ihre Christenpflicht tat. Es war ein ganz besonderer Liebesbeweis.

Nachts nahm Katharina die Schwester in die Arme und weinte das Kissen nass.

Der Tag von Maria Verkündigung kam heran. Wenn Katharina ein winziges Fünkchen Hoffnung hegte, dass Benedictus die Einforderung des Gelübdes vergessen hätte, so sah sie sich getäuscht.

Bereits am frühen Morgen wurde es im Haus unruhig. Die Mägde hasteten mit ihren klappernden Holzpantinen umher, Philomenas befehlende Stimme schallte durchs Haus. Walburga brachte Hieronymus das Frühstück ans Bett, doch er schob es beiseite. Er hatte die ganze Nacht kein Auge zugetan.

Die Amme betrat die Kammer der Mädchen und bemühte sich um eine würdevolle Miene. Es gelang ihr nicht so recht. Hinter ihr tauchte Tante Brigitte auf. Sie ging zu Maria und umarmte sie.

»Dein Herz sollte Freude zeigen«, sagte sie mit leisem Vorwurf in der Stimme. »Ich wäre froh gewesen, hätte ich den rettenden Hafen des Klosters erreicht. Leider war mir das Schicksal nicht gnädig. So musste ich mich allein durchs Leben schlagen. Bei den frommen Schwestern wirst du es sehr gut haben. Deine Seele wird befreit und kann sich gänzlich der Liebe zu Gott zuwenden. Was gibt es Schöneres?«

Maria stand bleich mitten im Zimmer und ließ Tante Brigittes fragwürdige Lobeshymnen über sich ergehen. Die Amme lief eilfertig um sie herum, legte Kleidung bereit und forderte Katharina mit Blicken dazu auf, sich anzukleiden. Fahrig war sie ihr beim Schließen der Kleider behilflich. Hieronymus erschien in der Tür und blickte ergriffen zu seiner Tochter. Maria trug ein schlichtes Hemdkleid aus Nessel, gegürtet mit einem Strick. Katharina standen die Tränen in den Augen.

»Mein Gott, sie sieht aus wie eine verurteilte Verbrecherin«, stöhnte Walburga und bekreuzigte sich. Sie schleppte den Eimer mit Waschwasser heraus. Philomena sprang beiseite, weil das Wasser überschwappte und ihre Füße benetzte. Doch diesmal beschimpfte sie die Magd nicht.

Es klopfte dreimal kräftig gegen die Tür. »Das ist der Propst«, rief Hieronymus. Maria begann zu zittern. Philomena legte ihren Arm um Marias Schulter.

»Warum hat deine Mutter dieses Gelübde abgelegt?«, klagte sie. »Niemand kann dich mehr erretten, so gerne ich es auch getan hätte. Sei tapfer, Maria. Dein Name wird dir die Kraft verleihen, die du für dein neues Leben benötigst. Du wirst sehen, du hast dich bald schon an alles gewöhnt, die Regeln, die Arbeit, die Schlichtheit. Deine Seele wird schneller zu Gott finden als hier inmitten des Luxus und der Verderbtheit.«

Das sagte ausgerechnet Philomena, und es tröstete Maria keineswegs. Selbst die Amme, die diesen Luxus und die Verderbtheit immer wieder angeprangert hatte, brach jetzt in Tränen aus.

Hieronymus selbst öffnete die Tür. Benedictus stand mit einer Abordnung des Klosters davor. Einer der Mönche trug ein Kreuz. Zehn Nonnen aus dem Georgenkloster begleiteten den Propst. Diese nahmen auch die Geschenke an, die Hieronymus als eine Art Mitgift dem Kloster stiftete. Die reichlichen Gaben sollten Maria einen guten Platz im Kloster sichern. Das zumindest erhoffte Hieronymus.

Der Propst registrierte mit unbewegter Miene die Geschenke. Eine Pergamentrolle war dabei, die dem Kloster auch ein Stück Land übereignete. Er gab dem Kreuzträger einen Wink, und die kleine Prozession setzte sich in Bewegung. Die Nonnen nahmen Maria in ihre Mitte, ihnen folgte Hieronymus und der Rest der Familie.

Katharina überkam Verzweiflung und sie bereute, dass sie sich mit Maria gestritten hatte. Sie wollte ihrer Schwester noch so vieles sagen, sie um Verzeihung bitten, aber es war zu spät. Das Schicksal nahm unaufhaltbar seinen Lauf.

Die Leute liefen zusammen und ließen sich das Spektakel nicht entgehen.

»Eine Jungfer geht zu Gott!«, riefen sie. »Es ist eine der Preller-Töchter!« – »Ob sie eine ordentliche Mitgift mitbekommt?« – »Da könnt Ihr sicher sein, gute Frau, der Preller hat's doch.« – »Wie schön sie ist, und so traurig. Schade, dass sie nun hinter Klostermauern verschwindet.« – »Ja, ja, es ist um manche Jungfer schade. Aber so ist nun mal der Lauf der Welt.«

Maria hörte die Worte der Gaffer und Schaulustigen, doch sie reagierte nicht darauf. Mit jedem Schritt, den sie sich von ihrem Vaterhaus entfernte, entfernte sie sich auch von der Welt. Ihre Füße waren schwer wie Blei, und die Stimmen kamen von weit entfernt. Ihre Augen blickten starr auf die Rücken der vor ihr schreitenden Mönche. Zwischen ihnen schwankte das dünne Holzkreuz wie ein abgestorbener junger Baum im Wind. Plötzlich wusste sie, dass sie dieses Kreuz war, ein abgestorbener junger Körper, vom Wind verweht wie Staub auf dem Feld.

Das Kloster lag südwestlich der Stadt außerhalb der Mauern. Es bestand aus einem ganzen Komplex an Gebäuden, denn wie alle Klöster waren auch die Marienmägde bestrebt, sich in allem selbst zu versorgen.

Der kleine Zug kam ins Stocken. Maria blickte auf. »Verabschiedet Euch nun von den Euren, Maria«, sagte Benedictus salbungsvoll und hob die Hand. »Euch erwartet nun ein schöneres, leuchtendes Leben zu Ehren Gottes.«

Hieronymus trat zu ihr. »Ich wünschte, ich könnte etwas ändern«, flüsterte er mit tränenerstickter Stimme. »Aber ich kann Gott nicht verwehren, was ihm versprochen wurde. Maria, ich liebe dich!«

Er nahm sie in die Arme und ließ dann seinen Tränen hemmungslos ihren Lauf. Lange lagen sie sich so in den Armen, dann löste Maria sich von ihm.

»Du weißt mich sicher in der Obhut des Klosters«, sagte sie zu ihm. »Es wird meine Bestimmung sein, Gott zu dienen und du weißt, dass ich deine gehorsame Tochter bin. Leb wohl, Vater! Gott beschütze dich und dein Haus!«

Dann umarmte sie nacheinander ihre Amme, die nun endgültig in Tränen aufgelöst schluchzte und klagte, Tante Brigitte, die sie immer noch beneidete, Philomena, die einerseits froh war, eine Last und finanzielle Belastung des Haushaltes und damit eine Konkurrentin loszuwerden, andererseits aber von einer plötzlichen Wehmut ergriffen wurde, und zum Schluss Katharina.

»Ich war manchmal so garstig zu dir«, heulte Katharina. »Es tut mir so Leid und ich möchte dir sagen, wie sehr ich dich lieb habe und ich am liebsten alles ungeschehen machen würde und ich dich niemals vergessen werde und auch daran denke, wie wir beide immer über die Wiesen spaziert sind und Schmetterlinge gefangen haben ...«

Maria presste ihre Schwester an sich und drückte ihre Wange gegen ihr Haar.

»Klaus ist auf dem Weg der Besserung. Ich habe ihm täglich Kräuterumschläge auf seine Wunden gelegt und ihm stärkende Tränke verabreicht. Die gebrochenen Knochen sind geschient und heilen auch wieder zusammen. In einigen Wochen kann er seine Studien fortsetzen.«

Die Worte waren nur leise und hastig gesprochen, solange ihre Umarmung dauerte. Katharina begriff sie zunächst nicht richtig. Sie starrte Maria an, als sie sich von ihr löste. Doch diese drehte sich um und wurde von den Nonnen fortgeführt. Die Familie um Hieronymus blieb einsam zurück.

Das Kloster enthielt alles, was zum Leben in der Gemeinschaft notwendig war. Ein kleines, einzeln stehendes Haus diente der Äbtissin und ihrem Gesinde als Wohnstatt. Im Obergeschoss lagen die Gastkammern für vornehmen Besuch. Weitere Gebäude daneben dienten als Schule, Waschhaus, Brauhaus, Badestube, als Speicher für Mehl, Malz und andere Vorräte und Räume für mancherlei gewerbliche Tätigkeit. Den Übergang zur Klausur bildete das Kapitelhaus, das sich unmittelbar an diese anschloss. Die Klausur war längsseits der Kirche gelegen und zog sich mit ihren Gärten von der Stadt weg die Pleißeniederung hinab. Jenseits der Klausur trennte das lang gestreckte Hospiz mit dem Siechhaus und den anderen Gastkammern das Klosterviertel vom Viehhof, der mit seinem äußeren Ende über den Fluss hinüberreichte. Hier lagen, noch diesseits der Pleiße, die Pferdeställe mit dem Schirrhaus, das Kornhaus, die Scheunen und die Gesindewohnungen.

Im gütlichen Einvernehmen mit der Stadt gestatteten es die Marienmägde der Stadt, das Wasser über ihren Klosterhof zu führen. Jenseits der Pleiße stand die Mühle, hinter der der andere Teil des Viehhofes lag. Dort befanden sich die Ställe für die Rinder und Schweine, Geflügelhäuser, Geräteschuppen, Schlachthaus und die Schlafstätten der Wächter.

Maria kannte die Örtlichkeiten, aber sie hatte sie bislang nie bewusst wahrgenommen. Als die Pforte hinter ihr ins Schloss fiel, verspürte sie plötzlich den eisigen Hauch, wie aus einem offenen Grab.

Die Äbtissin des Klosters, Elisabeth von Weißenbach, von edler

Abstammung, altersmäßig unbestimmbar, nahm Maria in Empfang.

»Sei willkommen in den Armen des Herrn«, sagte sie und nahm Marias Hand. Sie führte sie unter dem Geleit der anderen Nonnen, die schweigend und demütig den Kopf gesenkt hielten und hinter ihnen her gingen, in den Kapitelsaal. Durch die schmalen hohen Fenster des Saales flutete das Sonnenlicht herein und erinnerte daran, dass es draußen eine andere Welt gab, die für Maria nun nicht mehr existierte. Dort standen zwei weitere Jungfrauen, die als Novizinnen aufgenommen werden sollten. An den Wänden entlang hatte sich die gesamte Klostergemeinde versammelt.

»Kehret ein in unsere Gemeinschaft, in der ihr mit dem sündigen Weltenleben abschließt und euch der Stille und dem Leben zu Ehren Gottes widmen werdet«, ließ sich die Äbtissin wieder vernehmen. »Hier werdet ihr das Fleisch abtöten, in Einfachheit leben und eure Tage in treuer Hingabe an die Pflicht opfern.«

Maria fröstelte. Hilfreiche Nonnen zogen ihr das schlichte Hemd aus. Eine andere Nonne nahm eine Schere zur Hand. Marias schöne honigblonde Locken fielen eine nach der anderen zu Boden. Ihr wurde ein weißer Ärmelrock übergezogen, während ihre weltliche Kleidung samt ihrer abgeschnittenen Haarpracht in einen Weidenkorb gepackt wurde, um verbrannt zu werden. Über den Ärmelrock, der bis auf eine Handbreit über den Boden reichte, wurde ein etwas kürzeres schwarzes Skapulier gelegt, das schürzenartig über Brust und Rücken lag und eine Kapuze besaß. Darüber zogen sie ihr eine weiße Kukulle, die glockenförmig bis zu den Knöcheln reichte und mit überlangen Ärmeln und ebenfalls einer Kapuze versehen war. Zur Ausstattung gehörte noch ein weißes Kopftuch, das ihr kahles Haupt bedeckte, und darüber kam der schwarze Schleier.

Zwei Nonnen fassten sie an den Händen und führten sie zur Äbtissin, wo sie das Keuschheitsgelübde ablegen sollte. Die Zeremonie glich fast einer Hochzeit. Zum letzten Mal in ihrem Leben schmückte sie ein weißer Rosenkranz.

»Hiermit versage dich der Welt gänzlich, Maria, die du jetzt nur noch deinem Geliebten Jesus Christus in glühender Liebe zugetan bist, in dessen Bett du gestiegen und der vom Himmel hernieder in deine Brust gekommen ist. Du wirst ihm in Liebe dienen und freudig alle Prüfungen auf dich nehmen, die er dir auferlegt. Dein Leib wird keusch sein, dein Geist sich in Gehorsam üben. In Demut sollst du leben und mit deiner Hände Arbeit dein täglich Brot verdienen. Im Gebet findest du Erfüllung und der Herr gibt dir, was du ersehnst. So knie nieder und tritt ein in die Gemeinschaft der Schwestern.«

Mit einem Fußfall Marias vor der Äbtissin und jeder der frommen Schwestern und dem Friedenskuss ging die Zeremonie zu Ende. Maria nahm den Rosenkranz von ihrem Haupt und opferte ihn dem Heiland. Der Bund war besiegelt, sie dem Herrn zur Braut gegeben. Von nun an würden die strengen Regeln des heiligen Benedikt ihr Leben bestimmen.

Die Äbtissin bestimmte eine erfahrene Schwester, die sich Marias annehmen, sie unterrichten und beaufsichtigen sollte. Diese Schwester hieß Gundula und mochte in Marias Alter sein. Allerdings lebte sie schon seit Kindestagen an im Kloster und war an der inneren Schule unterrichtet worden. Dort lernte sie Lesen, Schreiben und Singen und wurde bereits im zarten Alter von zwölf Jahren zur Nonne geweiht.

Gundula besaß ein fröhliches, rundes Gesicht mit strahlend blauen Augen und einem herzförmigen Mund. Ihr heiteres Wesen und herzliches Entgegenkommen nahm Maria sofort für sie ein.

»Du wirst sehen, dass es dir bei uns gefallen wird und du dir gar kein anderes Leben mehr wünschst«, prophezeite Gundula und lächelte.

Maria kämpfte gegen ihre Beklemmung und den Kloß im Hals.

Die Betäubung ließ sie willenlos allem folgen, was Gundula ihr anwies. Sie bekam ihre Bettstatt im Dormitorium zugewiesen, ihren Platz am Tisch und im Chor. Gundula erklärte ihr die wichtigsten Regeln, lehrte sie das Gehen und Stehen, das Knien und Reden nach der Ordnung des heiligen Bernhard von Clairvaux. Vor allem aber musste sie eines lernen – zu schweigen.

Siebenmal am Tag rief die Glocke die Nonnen zum Gebet. Gundula achtete darauf, dass Maria das Nachtgebet nicht verschlief, und schüttelte sie sacht an der Schulter, um sie zum Aufstehen zu bewegen.

»Was ist den los?«, fragte sie schlaftrunken. Im gleichen Moment drückte Gundula ihre Hand auf Marias Lippen.

»Pssst!«, zischte Gundula warnend. Gleich darauf kam die Äbtissin herein und blickte sich mit strenger Miene um. Die Nonnen reihten sich hinter ihr ein, und der ganze Zug bewegte sich in gespenstischer Lautlosigkeit zur Kirche. Eine knarrende Tür ließ Maria zusammenfahren. In der eisigen Kirche versammelten sie sich zum Gebet. Neben der Äbtissin stand die Messnerin Margarete von Konritz, der die Aufsicht über das Gotteshaus mit allem Inventar oblag. Sie verwahrte die Schlüssel und trug die Verantwortung für die Hostien, die Gefäße, die Bücher auf dem Altar und die Ausschmückung des Gotteshauses, für die Reliquien, die Kerzen, den Weihrauch, das Glockenläuten. Von ihr wurde erwartet, dass sie ihre Mitschwestern in Enthaltsamkeit und Keuschheit noch übertraf, weil sie mit den Reliquien, Altargefäßen und Altardecken in Berührung kam, wenn sie gereinigt werden mussten. Schwester Margarete war sehr groß und dünn. Sie erinnerte Maria ein bisschen an Tante Brigitte. Wahrscheinlich besaßen alle dünnen Frauen eine spitze Nase wie ein Vogelschnabel.

Doch noch etwas anderes interessierte Maria an der Messnerin. Für ihr Amt musste sie sehr gebildet sein, denn ihr oblag es auch, anhand des Mondlaufs zu berechnen, wann die Gottesdienste stattzufinden hatten. Maria hätte sich gern mit Margarete über die Astronomie ausgetauscht, hatte sie ja genug Unterrichtung darin bei Magister Siebenpfeiffer erhalten. Doch mehrere Annäherungsversuche seitens Marias blockte Margarete ab.

»Sie hat bloß Angst, dass du es besser kannst als sie und sie dann ihre Aufgabe verliert«, raunte ihr Gundula in einem unbeobachteten Moment zu.

»Aber das will ich doch gar nicht«, erwiderte Maria. »Ich möchte nur eine *disputatio* mit ihr führen.«

»Eine *disputatio*? Ja, sag mal, wo hast du denn vorher gelebt? Hier wird nicht diskutiert, bei uns wird gehorcht und geschwiegen.«

Mitten in der Nacht hatte Maria allerdings auch keine Ambitionen, überhaupt darüber nachzudenken. Sie bedauerte nur, dass damit auch ein Wissensaustausch verhindert wurde. Sie betete still und hoffte, möglichst bald ins Dormitorium zurückzukommen.

Ihre Bettstatt bestand aus einer harten, unbequemen Pritsche, die von den anderen Pritschen im Dormitorium nur durch einen weißen Vorhang abgetrennt war. Eine Binsenmatte zur Unterlage, ein grobes Betttuch, ein Kopfkissen und eine Wolldecke vervollständigten die Bettstatt. Zwischen den Pritschen brannten die ganze Nacht über Kerzen. Es wurde auch streng darauf geachtet, dass aus Gründen der Keuschheit niemals zwei junge Nonnen nebeneinanderlagen. Deswegen unternahmen die wachhabenden Nonnen des Nachts ständige Kontrollgänge. Neben Maria schlief eine sehr alte Nonne, die jede Nacht unsäglich schnarchte.

Das Dormitorium, der Schlafsaal der Nonnen, befand sich in der oberen Etage des Klostergebäudes über dem Wärmeraum. Das war der einzige Raum, der im Winter beheizt wurde, und so bekam der Schlafsaal ein wenig von der Wärme ab.

Maria fühlte sich ständig müde. Es war nicht nur die unbequeme Bettstatt, sondern auch der genau geregelte Tagesablauf im

Kloster. Und der sah zum Sonnenaufgang bereits das nächste Gebet vor. Während des Sommers war diese Zeit von den Vigilien bis zur Laudes besonders kurz. Die Zeit bis zur Prim, dem dritten Gottesdienst, wurde zum Waschen, Lesen und Singen genutzt. Es gab ein Badehaus neben dem Wärmeraum, in dem große, hölzerne Zuber standen. Allerdings wurde auf ein Vollbad wenig wert gelegt und und die Nonnen waren angewiesen, dieses wenigstens vor Weihnachten und vor Pfingsten zu nehmen. Die tägliche Körperpflege beschränkte sich auf eine Waschung mit kaltem Wasser aus einer Schüssel. Samstags hatte das besonders gründlich zu geschehen. Dann wurden vor dem Abendimbiss von den Schwestern die Hände und Füße der Äbtissin gewaschen.

Das Singen war eine willkommene Abwechslung zum Schweigen. Maria besaß eine helle klare Stimme und sang nicht nur zur Lobpreisung Gottes, sondern auch, um alles, was sich in ihr anstaute, herauszulassen wie ein Vögelchen aus dem Käfig. Wenigstens die Klänge konnten davonfliegen, hinaus in die Luft, in den Himmel, in die Freiheit.

Nach der Prim gab es einen leichten Imbiss aus Brot und Bier. Das Essen wurde schweigend eingenommen. Maria fand das Bier eklig, denn es handelte sich um Dünnbier. Lieber hätte sie Wasser getrunken, doch allein vom Brot schwanden ihre Kräfte zusehends. Sie wagte nicht, die Äbtissin um eine Ausnahme zu bitten, so fügte sie sich in das Unvermeidliche. Das Dünnbier hatte noch eine ganz andere unangenehme Wirkung: Es verursachte ihr Bauchschmerzen und Durchfall.

Nach der Prim begaben sich alle Schwestern in den Kapitelsaal. Die Äbtissin stand wie stets mit unnahbarer Miene vor ihnen. Eine der Schwestern wurde als Vorleserin bestimmt. Sie verkündete das Tagesdatum, las aus dem Märtyrerbuch die Geschichte des Tagesheiligen vor und einen Abschnitt aus der Benediktinerregel. Anschließend verkündete die Äbtissin Neuigkeiten, was selten genug vorkam. Häufiger teilte sie Rügen aus oder bestimmte sogar Strafen für Schwestern, die gegen die Regeln verstoßen hatten. Maria war erstaunt darüber, wie schnell man gegen irgendwelche Regeln, Gebote und Verbote verstoßen konnte. Vieles, was ihr ganz natürlich vorkam, war im Kloster verpönt oder gar verboten. Die erste Rüge bekam Maria dafür, dass sie ihre Notdurft auf der Latrine allein und nicht im Beisein einer Schwester verrichtet hatte!

Nach der Versammlung im Kapitelsaal begaben sich die Schwestern an ihre Arbeit. Schwestern, die kein spezielles Amt innehatten, mussten alle anfallenden Arbeiten verrichten. Die Einteilung dazu nahm auch die Äbtissin vor. Das Gehorsamkeitsgelübde verlangte, dass die Schwestern diese Arbeiten ohne Klagen auszuführen hatten. Auch hier hätte Maria liebend gern darum gebeten, im Scriptorium arbeiten zu dürfen. Sie war des Lesens und Schreibens kundig, besaß eine schöne Handschrift und wusste Bücher sehr zu schätzen. Aber es war unmöglich, der Äbtissin diese Bitte vorzutragen. Es würde gegen die Gebote zur Bescheidenheit und Demut verstoßen, ja, den Verdacht der Hoffart und des Dünkels aufkommen lassen.

Maria wurde der Kleiderverwalterin zugeteilt. Diese Schwester war für die gesamte Kleidung, das Bettzeug und das Schuhwerk verantwortlich. Sie ließ die Schafe scheren und nahm auch das Leder für das Schuhwerk in Empfang. Sie beaufsichtigte die Nonnen beim Spinnen von Wolle und Flachs, beim Weben der Stoffe und Stapeln der Tuche. Sie registrierte die Ausgabe von Nadeln, Scheren und Garn an die Schwestern, sie ließ zuschneiden, nähen und waschen. Zudem betreute sie die Novizen und leitete sie in den gesamten anfallenden Arbeiten an.

Maria lernte Flachs zu spinnen, bis ihre Finger bluteten. Mit der Nadel wusste sie gut umzugehen, hatte sie doch gemeinsam mit ihrer Schwester Katharina und Philomena an einem Wandteppich gestickt. Diese künstlerische Arbeit war jedoch kein Vergleich zu der Näharbeit im Kloster. Hier gab es nur grobe Stoffe, einfache Nähte, keine Verzierungen oder sonstigen Tand. Neben der Kleidung musste sie auch Handtücher, Tischtücher und Kissen nähen und Betttücher umsäumen. Die Nadeln waren grob und häufig stumpf. Stach man sich damit in den Finger, gab es unangenehm blutende Wunden.

Mit Wehmut dachte sie an die Stunden, die sie mit Katharina und Philomena vor dem gestickten Teppich zugebracht hatte. Da wurde gelacht und gescherzt, das Garn glänzte und bestand aus feiner Seide oder sogar Gold- und Silberfaden, die Nadeln waren fein und zierlich mit sauberer Spitze, die den Stoff nicht hakte.

Katharina! Wie mochte es ihr gehen? Würde sie des Nachts Schlaf finden? Ihr Leben lang hatten sie ein Bett geteilt, immer die Nähe, die Wärme der anderen gespürt. Im Kloster durfte sie niemanden berühren, umarmen, mit ihm lachen oder scherzen. Es gab nur Gebote, Verbote, Regeln. Wollte Gott das wirklich so? Warum hatte Gott den Menschen dann das Lachen geschenkt?

Die Terz unterbrach die eintönige Tätigkeit nur kurz. Erst nach der Sext war die Morgenarbeit beendet. Die Kleiderverwalterin begutachtete die Arbeiten der Nonnen, und sie war die Einzige, die sprechen durfte. Maria war froh, dass sie an ihrer Arbeit nicht allzu viel auszusetzen hatte. Sie konnte sich des Eindrucks nicht erwehren, dass die Nonnen, die für einen Aufgabenbereich verantwortlich waren, sich darin hervortaten, die ihr Untergebenen zu schikanieren. Nie verteilten sie ein Lob. So manche Nonne wurde übermäßig gerügt. Und offensichtlich erstatteten sie der Äbtissin darüber Bericht.

Es gab auch Arbeiten in den Gärten und Stallungen des Klosters und außerhalb auf den Feldern und im Wald. Die schweren und schmutzigen Arbeiten erledigten Angestellte des Klosters, die selbst keine Nonnen waren. Meist waren es ältere, unverheiratete oder verwitwete Frauen, die selbst für ihren Lebensunterhalt sorgen mussten.

Hinter vorgehaltener Hand flüsterte man, dass darunter auch in die Jahre gekommene Huren seien, die nun kümmerlich ihr Leben fristeten. Aber immerhin hatten sie ein Dach über dem Kopf und eine Mahlzeit am Tag.

Doch erschien es Maria wie das höchste Glück, einmal auf einer taufeuchten Wiese wandeln zu können, einmal den Duft frisch gebrochener Erde zu riechen oder den silbrigen Fischen im Fluss zuzuschauen. Sie würde mit Freude Holz aufsammeln, wenn sie nur einmal noch den dunkelgrünen Dom des Waldes erfahren und den lieblichen Gesang der Vögel vernehmen könnte. Langsam begriff sie, was sie verloren hatte. Nein, sie hatte es geopfert, einem Leben für Gott. Aber befand sich Gott nicht auch in den Früchten der Felder, im Wasser der Flüsse und in den Kathedralen des Waldes? Sie hätte so gern mit jemandem darüber gesprochen, doch Sprechen war verboten.

Nach der Sext gab es eine Mahlzeit, aber selbstverständlich war auch da Schweigen oberste Pflicht. Lediglich eine Schwester las während der gesamten Mahlzeit aus der Heiligen Schrift vor. Bis zur None wurde Mittagsruhe gehalten, dann wurden die Arbeiten fortgesetzt. Nach der Vesper gab es ein leichtes Abendessen und das Komplet beendete das gesamte Tagwerk. Danach begaben sich alle Schwestern zu Bett.

Mit aller Deutlichkeit wurde Maria klar, dass dieser eintönige Tagesablauf ihr Leben bis zum Tod bestimmen würde! In der Dunkelheit des Dormitoriums presste sie ihr Gesicht in das harte Kissen und weinte lautlos.

Obwohl Maria unter ständiger Müdigkeit litt, konnte sie oft nicht schlafen. In ihren wirren Albträumen, die sie im Halbschlaf ereilten, sah sie ihre Schwester Katharina, die sich nach ihr verzehrte, sah sie den gramgebeugten Vater, um Jahre gealtert, die

Amme, die plötzlich ein kleines Kind an ihrer Brust säugte, ja sogar ihre Mutter, die sie niemals kennengelernt hatte. Die besaß das Gesicht von Katharina und die Figur von Philomena. Sie sah Tauben vom Marktplatz auffliegen, und als sie genauer hinsah, entdeckte sie eine Leiche in Mönchskutte. Die Tauben verwandelten sich in schwarze Raben, hockten auf dem Dach ihres Vaterhauses und krächzten laut. Maria wollte sie verscheuchen, doch sie stürzten sich auf sie und hackten auf sie ein. Mit den Armen wehrte sie die grässlichen Vögel ab. Doch es waren gar keine Raben, sondern Nonnen mit schwarzen Schleiern, die mit krallenförmigen Fingern auf sie einhackten.

Schweißgebadet erwachte sie aus diesen quälenden Träumen. In ihren Eingeweiden schmerzte es. Wahrscheinlich lag es wieder an dem Dünnbier, das zur Abendmahlzeit gereicht wurde. Maria sollte die Krankenschwester zu Rate ziehen. Das war eine ältere Schwester, deren Aufgabe die Betreuung der Kranken war. Sie war bewandert in der Heilkunde, kannte viele Rezepte, bereitete aus Kräutern wirksame Medizin. Vielleicht konnte sie Marias Beschwerden lindern. Doch dringlicher war für Maria ein Gang auf die Latrine. Die lag unterhalb des Dormitoriums neben dem Badehaus. Eingedenk der ihr erteilten Rüge musste sie immer eine zweite Nonne auf diesem Gang begleiten. Meist war es Gundula. Die lustige Gundula wusste auch so manchen Trick, wie gewisse Regeln zu umgehen waren. Maria warf einen Blick auf die schlafende Schwester. Es tat ihr unendlich Leid, sie zu wecken. Bis zu den Vigilien war es nur kurze Zeit, in der ihr etwas Schlaf gegönnt war.

Kurz entschlossen raffte Maria ihr Gewand und eilte auf Zehenspitzen aus dem Schlafsaal. Der Gang lag düster vor ihr, nur spärlich erhellt durch kleine Talglichter. Das flackernde Licht warf unruhige Schatten auf die Wände. Maria fürchtete sich. So leise wie möglich tastete sie sich die knarrende Treppe hinunter. Jederzeit konnte eine der Schwestern zu einem Kontrollgang erscheinen.

Aufatmend erreichte sie die Latrine. Nachdem sie sich erleichtert hatte, ließen die Krämpfe in ihren Därmen nach. Ihre Knie zitterten vor Schwäche und Kälte. Der beißende Geruch verursachte ihr Übelkeit. Sie wollte so schnell wie möglich wieder in ihr Bett. Irgendwo oben im Gemäuer schrie ein Käuzchen. Sie zuckte zusammen und bekreuzigte sich. Mit angehaltenem Atem lauschte sie in die Nacht.

Da! Da war wieder ein seltsames Geräusch. Als wenn jemand leise weinte. Vor Angst und Entsetzen weiteten sich ihre Augen, als könnten sie so die Dunkelheit durchdringen und die Ursache dieses Weinens erkennen. Doch sicher war es ein Spuk, wie es so viele in alten Gemäuern gab. Die Amme hatte ihnen immer wieder Geschichten erzählt und auch Thomas, ihr Freund vom Kuhturm. Da gab es Kobolde und Hausgeister, umhergehende weiße Frauen und verhutzelte Mönche, Erscheinungen von weißen Rehen und sprechende Steine. Es sollte sogar Johannismännchen und kopflose Ritter geben. Früher hatte sie diesen Geschichten begierig gelauscht und so manches Mal drüber gelacht. Im Moment war ihr nicht zum Lachen zumute. Vielleicht war es nur ein Käuzchen, vielleicht eine kleine Katze, die sich verirrt hatte.

Ihre Zähne schlugen klappernd aufeinander und Schauer jagten über ihren Rücken. Das Weinen und Wehklagen wurde lauter. Kein Zweifel, es kam von einem Menschen. Die Stimme war weiblich. Ein Wassergeist vielleicht, eine Nixe? Trotz ihrer Angst tastete sich Maria weiter. Die Geräusche kamen von unten, aus dem Keller des Klosters. Noch nie war Maria dort gewesen. Sicher würde sie sich nicht einmal bei Tageslicht dahin wagen.

Eine steinerne Treppe führte hinab in ein unergründliches Dunkel. Modernder Geruch schlug ihr entgegen. Sie nahm ein Talglicht aus der Halterung an der Wand und tastete sich die Stufen hinab. Sie erschrak vor ihrem eigenen gewaltigen Schatten, der sie wie ein schwarzer Geist am Deckengewölbe verfolgte. Sie wollte umkehren, aber eine unsichtbare Gewalt zog sie hinab in den Keller. Ihre Hände waren taub vor Kälte, und ihr Herz raste wie nach einem heftigen Lauf.

Das Weinen und Klagen wurde lauter.

Mit dem Schienbein stieß sie gegen einen umgestürzten Hocker, der im Gang in der Nähe einer massiven Holztür lag. Irgendjemand hatte wohl hier Wache gehalten und dann seinen Platz verlassen.

Die Geräusche kamen unzweifelhaft aus einem Raum hinter der Tür. Maria nahm allen Mut zusammen und wollte den Riegel bewegen. Aber er blieb fest. Als sie das Talglicht senkte, bemerkte sie ein schweres Schloss davor. Was oder wer wurde hier gefangen gehalten?

In der Tür befand sich in Kopfhöhe eine Luke. Auch sie wurde durch eine Klappe mit Riegel verschlossen, aber der Riegel ließ sich bewegen. Vorsichtig öffnete Maria die Klappe, hob das Licht und lugte durch die Öffnung.

»Ist hier jemand?«, fragte sie mit zitternder Stimme. Drinnen schabte etwas gegen die Wand, dann klapperten Ketten.

»Wer ist da?«, wiederholte sie die Frage und hoffte, dass es irgendein Tier sein möge.

»Ich bin hier«, antwortete eine klägliche Stimme. Maria hob das Licht noch höher. In einer Ecke entdeckte sie eine Gestalt in einem zerrissenen weißen Kittel. Es war eine junge Frau mit kahl geschorenem Schädel und großen dunklen Augen. Zu Marias Entsetzen waren ihre Arme an die feuchte Kellerwand gekettet. Die Ärmste konnte sich nicht einmal hinlegen.

»Wer bist du?«, wollte Maria wissen.

»Schwester Dorothea. Sie halten mich gefangen.«

»Sie? Wer tut so etwas?«

»Die Äbtissin und die anderen Schwestern.«

Maria schüttelte ungläubig den Kopf.

»Warum denn?«

»Ich habe gesündigt.«

»Aber dann muss man Buße tun, und wenn man genug gebüßt hat, wird einem die Absolution erteilt. Ist deine Sünde so schlimm?«

Die Nonne drehte den Kopf zur Seite und kämpfte gegen die Tränen. »Ja«, schluchzte sie.

Maria schwieg betreten. Wie sollte sie der Unglücklichen helfen? Sie versuchte wieder, den Riegel zu bewegen. Das Schloss war solide. »Soll ich für dich bei der Äbtissin bitten?«

Dorothea schüttelte den Kopf. »Sie hat mich foltern lassen.«

»Was? Das glaube ich nicht. Sie soll doch Liebe vermitteln. Was hast du getan?«

»Eine fleischliche Sünde ... mit einer anderen Schwester.«

»Heilige Mutter Gottes!« Maria bekreuzigte sich.

»Sie ... sie wollte wissen, wer ... wer die andere Schwester ist.«

Mit brennenden Augen starrte Maria durch das kleine Geviert. »Du hast sie verraten?«

Dorothea schluchzte verzweifelt auf. »Nein, ich habe sie nicht verraten. Aber ... unter der Folter ... habe ich ... ihren Namen geschrieen.«

»Wo ist die andere Schwester?«

»Ich weiß es nicht. Sie haben sie auch gefoltert, dass sie die Unzucht gestand. Danach habe ich sie nie wieder gesehen.«

Maria erinnerte sich mit Grausen an das frische Grab, das sie auf dem Friedhof des Klosters gesehen hatte.

»Wie kann ich dir helfen?«

»Du kannst mir nicht helfen. Selbst wenn du die Schlüssel für das Schloss und die Ketten findest, so könnte ich doch nicht fliehen. Meine Beine sind gebrochen!«

Maria kämpfte wieder gegen ihre Übelkeit. Das alles konnte nur ein schrecklicher Albtraum sein!

»Ich werde dir helfen. Ich werde gleich morgen früh zur Äbtissin gehen. Egal, wie du gesündigt hast, es ist kein Grund, dir so etwas anzutun.«

»Du kennst die Äbtissin nicht. Bete für mich, dass Gott mir gnädig ist und mich bald zu sich holt.«

»Du darfst die Hoffnung nicht aufgeben, Dorothea, hörst du? Gott ist barmherzig und wird dir helfen.«

»Im Namen Gottes bin ich gefoltert worden«, erwiderte Dorothea. »Wenn Gott mich noch liebt, dann soll er mich sterben lassen. Dieses Kloster ist ein schrecklicher Ort, und die Äbtissin ist grausam. Keiner kann es lebend verlassen. Und selbst nach dem Tod wird man auf dem Klosterfriedhof verscharrt. Niemand erfährt davon, denn hier werden nur stumme Tränen geweint.«

Verzweifelt klammerte sich Maria an die Tür. Sie konnte diese Unglückliche doch nicht ihrem Schicksal überlassen!

»Ich werde dir helfen«, versprach sie. Sie musste Verbündete suchen. Sie glaubte nicht, dass alle Schwestern so grausam waren. »Verlier den Mut und die Hoffnung nicht. Du wirst bald frei sein.«

Es schmerzte Maria, die Klappe wieder schließen zu müssen. Das Grauen stand ihr ins Gesicht geschrieben, als sie den Gang zurückeilte, die Treppe hinauflief und den Schlafsaal erreichte. Auch dort wachte niemand mehr. Sie huschte zu Gundulas Pritsche. Jetzt tat es ihr nicht mehr Leid, die Schwester zu wecken. Sie war furchtbar erregt und könnte es sicher keine Minute im Bett aushalten. Sacht rüttelte sie an der Schulter. Schlaftrunken öffnete Gundula die Augen.

»Was ist denn los?«, murmelte sie.

»Ich habe etwas Unglaubliches entdeckt«, flüsterte Maria hastig. »Im Keller wird eine Schwester gefangen gehalten. Sie ist gefoltert worden.«

Gundula blinzelte in das Talglicht, das Maria immer noch in den Händen hielt. »Was? Im Keller? Wieso schleichst du nachts in den Keller?«

»Weil ich ihr Weinen gehört habe. Sie hat mir sogar ihren Namen gesagt, Sie heißt Dorothea.«

Gundula setzte sich auf und rieb sich die Augen. »Dorothea? Das kann nicht sein. Dorothea ist in ein anderes Kloster gegangen, wo sie das Scriptorium leiten sollte. Sie war sehr belesen, weißt du? Sie konnte sogar griechisch.«

»Nein, Dorothea ist hier. Sie erzählte, sie hätte mit einer anderen Schwester der fleischlichen Sünde gefrönt. Deswegen ist sie gefoltert worden, um den zweiten Namen zu erfragen. Sag mal, gab es noch eine Schwester, die jetzt nicht mehr da ist?«

»Ja, Adelgunda. Auch sie hat das Kloster verlassen und lebt jetzt in Meißen.«

»Hat das die Äbtissin erzählt? Ich bin fast sicher, dass sie auf dem Klosterfriedhof liegt. Da gibt es ein ganz frisches Grab.«

Gundula überlegte einen Augenblick. »Selbst wenn es stimmen sollte, dann hüte dich, dass ein Wort über deine Lippen kommt. Manchmal ist es besser, taub und stumm zu sein.«

»Aber wir können die Unglückliche doch nicht da unten ihrem Schicksal überlassen«, begehrte Maria auf.

»Was willst du denn tun? Du kannst ihr nicht helfen. Bete für sie. Oder nimm lieber an, dass es ein schlechter Traum war.« Sie warf sich wieder auf ihr Lager.

»Was ist denn los?«, fragte jemand verärgert und schob den Vorhang beiseite. »Was ist denn das für ein Krach?«

»Nichts ist los«, erwiderte Gundula. »Maria hat schon wieder Durchfall.«

Der Vorfall ließ Maria nicht mehr los und sie versuchte, etwas über die beiden Schwestern in Erfahrung zu bringen. Allerdings stieß sie bei den meisten auf Unkenntnis oder Schweigen. Eine Schwester riet ihr, alles schnell zu vergessen und um Gottes Willen nichts davon gegenüber der Äbtissin zu erwähnen. Die Qual war unerträglich, mit diesem Wissen zu leben und nichts unternehmen zu können.

Sie ärgerte sich darüber, dass Gundula lustig wie immer war. Was geschahen für unheimliche Dinge im Kloster? Wer steckte dahinter? Warum half niemand?

Auf all diese Fragen fand Maria keine Antwort. Um sie herum stand eine Mauer aus Schweigen. Es erfüllte Maria mit Entsetzen, dass im Kloster das Leben ganz normal und streng nach den Regeln weiter lief, während im feuchten Keller diese grausigen Dinge geschahen.

Selbst wenn einige Nonnen schwere Schuld auf sich geladen hatten, so ging doch Gnade und Barmherzigkeit vor, um sie auf den rechten Weg zu geleiten. Die Äbtissin war verantwortlich für alles, was im Kloster geschah. Für das Seelenheil der ihr anvertrauten Nonnen, für all die materiellen Dinge, für die Einhaltung der Regeln. Es war so viel Verantwortung, die auf ihren Schultern lag. Vielleicht wusste sie nichts von den ungeheuerlichen Vorkommnissen? Dann musste sie unbedingt davon informiert werden. Warum wollte Gundula nicht, dass sie es tat? Warum schwiegen die anderen Schwestern dazu? War die Äbtissin wirklich so grausam, dass sie die Folterungen zu verantworten hatte?

Maria, die immer zuerst an das Gute im Menschen glaubte, konnte es nicht fassen. Doch an wen sollte sie sich noch um Hilfe wenden? Sie konnte das Kloster nicht verlassen. Den einzigen Kontakt hatte sie nur zu ihren Mitschwestern – und ihrem Beichtvater! Ihn musste sie dringend um Hilfe bitten!

Es waren immer die Augustiner-Chorherren, die den Nonnen die Beichte abnahmen. Täglich kam einer von ihnen vom Thomas-Kloster herüber. Die Schwestern bekamen ihn nie zu Gesicht. Er saß bereits im Beichtstuhl hinter einem purpurnen Vorhang, wenn die Nonnen einzeln zur Beichte schritten.

Noch nie hatte Maria so die Beichte herbeigesehnt wie an diesem Tag. Nur mühsam unterdrückte sie ihre Unruhe. Endlich war sie an der Reihe, und sie kniete sich nieder.

»Ehrwürdiger Vater, schreckliche Geschehnisse verwirren meinen Sinn und erfüllen mein Herz mit Sorge und Unruhe. Im Keller unseres Klosters fand ich eine Nonne, die in Ketten geschlagen und deren Leib gequält wurde. Es ist wohl eine arme Sünderin, aber jemand hat wohl die Bestrafung unangemessen vollzogen. Sie klagt und weint und sagte, dass ihre Beine gebrochen seien. Bitte, nehmt Euch dieser Unglücklichen an und befreit sie von ihrer Qual. Niemand kann Liebe wollen und Grausames tun. Eine zweite Nonne ist verschwunden, und niemand weiß, wo sie geblieben ist. Ein frisches Grab lässt Schreckliches vermuten. Im Namen unseres Heilands bitte ich Euch, der Sache nachzugehen. Ich könnte nicht froh dem Herrn dienen, wenn ich wüsste, dass in seinem Namen unrechte Dinge geschehen.«

»Du irrst dich nicht, meine Tochter?«, hakte die männliche Stimme hinter dem Vorhang nach.

»Nein, ich irre mich nicht. Ich hörte des Nachts ihr Weinen und ging der Stimme nach. Ich fand sie in einem schrecklichen Kellerverlies, und sie erzählte mir von ihrem Unglück. Ich weiß nicht weiter, ehrwürdiger Vater, deshalb wende ich mich an Euch.«

»Da hast du recht getan, meine Tochter«, erwiderte er. »Doch bitte ich dich um strengstes Stillschweigen. Dein Gewissen sei hiermit entlastet, denn du hast die Angelegenheit in die rechten Hände gegeben. Nunmehr werden sich unsere Mutter Kirche und ihre Diener darum kümmern. Und sollte es zu einem Verstoß gegen das Gebot der Nächstenliebe und Fürsorgepflicht gekommen sein, so werden die Verantwortlichen selbstverständlich zur Rechenschaft gezogen. Gott ist barmherzig, aber er ist auch streng. Deshalb muss jeder Gott fürchten und in Demut und Bescheidenheit verharren. Geh wieder an deine Pflichten, meine Tochter und diene dem Herrn, wie es dir befohlen wurde. Alles andere überlasse uns. Bete dreimal den Rosenkranz und nimm das Schweigegelübde besonders ernst. Ich erteile dir Absolution.«

Maria war erleichtert, als sie sich aus dem Beichtstuhl erhob. Endlich würde der unglücklichen Schwester geholfen werden, und sollte wirklich Unrecht geschehen sein, dann würde auch das untersucht und geahndet werden. Sie hoffte nicht, dass es die Äbtissin betraf, denn das schien ihr nicht vorstellbar. Sie war jetzt ihre Mutter, und eine Mutter wollte für ihre Schützlinge doch nur Gutes!

Während sie im Nähzimmer saß und die gewaschene Bekleidung aus dem großen Weidenkorb ausbesserte, wanderten ihre Gedanken wieder zu Dorothea. Zwar war sie nun nicht mehr beunruhigt, aber sie konnte die Gedanken auch nicht vertreiben. Was hatten die beiden Schwestern getan, um derart in Ungnade zu fallen? Wie konnten zwei weibliche Wesen miteinander eine fleischliche Sünde begehen? Ob sie Gundula fragen sollte?

Da sie aber an das Schweigegelübde gebunden war und auch die dafür notwendigen Zeichen nicht kannte, wurde nichts daraus.

In der Nacht konnte sie nicht schlafen und lauschte durch die Dunkelheit, ob sie das Weinen wieder vernahm. Doch es blieb still, nur die gleichmäßigen Atemgeräusche der schlafenden Schwestern im Dormitorium und gelegentlich ein leises Schnarchen war zu vernehmen. In dieser Nacht kontrollierte eine Nonne mehrmals das Dormitorium und achtete peinlichst genau darauf, dass alle Schwestern in ihren Betten lagen.

Am nächsten Tag wurde Maria in den Kapitelsaal gerufen. Ob man ihr erzählen würde, was mit Dorothea war? Und dass sich die andere Schwester namens Adelgunda in einem Kloster in Meißen befand. Alles war sicher nur ein Albtraum und ein Irrtum. Maria wünschte es so sehr.

Die Äbtissin stand steif und unnahbar vor ihr und blickte mit strenger Miene auf sie herab.

»Maria, dein Name ist gleichzeitig eine Verpflichtung. Es ist der Name unserer heiligen Jungfrau. Ihr zu Ehren am Hochfest der ohne Erbsünde empfangenen Jungfrau und Gottesmutter wirst du hinauspilgern zum Marienborn. Bis dahin wirst du beten und schweigen. So soll sich deine Seele reinigen.«

Schweigen sollte sie, und sie hatte doch tausend Fragen. Sie wollte wissen, was es mit dieser Gefangenen im Keller und der verschwundenen Nonne auf sich hatte. Sie wollte lernen, lesen, schreiben. Sie wollte im Scriptorium arbeiten, weil sie doch der Schrift mächtig war, der Sprachen Latein und Griechisch. Ja, sie hätte Übersetzungen vornehmen können, sich nützlich machen in dieser Ansammlung des Wissens in den langen Bücherregalen. Doch sie durfte nicht einmal darum bitten! Sie musste beten und schwiegen!

In Marias Seele schrie etwas auf. Sie wollte nicht lebendig begraben sein. Vor Entsetzen bleich stand sie im Gang zum Dormitorium. So fand Gundula sie. Die Schwester nahm ihre Hände. Sie fühlten sich eiskalt an.

»Um Gottes Willen, Maria, bist du krank?«

Maria schüttelte stumm den Kopf. Wie sollte sie es Gundula begreiflich machen, dass sie zum Schweigen verpflichtet war?

Doch Gundula begriff sofort. »Hat die Äbtissin dir das Schweigegelübde auferlegt?«

Maria nickte.

»Du musst zum Marienborn pilgern?«

Wieder nickte Maria.

»Allein?«

Sie senkte den Kopf, nickte schwach.

»Ich werde dich begleiten. Außerdem haben wir uns ein System von Zeichen ausgedacht, das wir benutzen, um uns untereinander und heimlich zu verständigen.« Sie kicherte mädchenhaft. »Mach dir keine Sorgen, Gott wird es dir danken.«

Maria schenkte ihr einen traurigen Blick. Wenn sie doch nur den Frohsinn von Gundula besäße. Für sie war das Kloster Heimstatt. Es bot ihr Geborgenheit, weil sie nichts anderes kannte.

»Komm mit, ich zeige es dir.« Gundula zog Maria in einen kleinen Seitengang. »Besonders wichtig sind die Zeichen im Refektorium. Möchtest du Käse haben, dann presst du so die Hände gegeneinander.« Gundula machte es vor und forderte Maria auf, es ihr nachzutun. »Wünschst du aber Fisch, dann ruderst du so mit den Händen, als wenn du schwimmst. Für Brot ist das Zeichen so.« Sie formte mit Daumen und Zeigefinger einen Kreis. »Willst du Essig haben, fasst du dir einfach an die Gurgel.« Sie lachte. »Wir brauchen keine Sprache, um uns zu verstehen. Ähnliche Zeichen gibt es auch für alle anderen Dinge, für Kleidungsstücke, Bettwäsche, für das Schlafen, Waschen und noch so manches.« Sie kicherte wieder. »Das wirst du schon noch alles lernen.«

Maria zweifelte nicht daran. Aber ob sie damit glücklich wurde, dessen war sie sich nicht sicher.

Es war ein kalter Morgen, an dem sie zu Marias Wallfahrt aufbrachen. Die Dunkelheit lag noch über der Stadt, und aus dem Auwald zogen feuchte Nebel herauf. Die Glocke hatte noch nicht zur Laudes gerufen. Trotz der frühen Stunde waren schon viele Menschen auf den Beinen. Die Stadttore waren noch geschlossen. Vom Mühlgraben her war das Klappern der Mühle zu vernehmen, die zum Nonnenkloster gehörte. Ein Stück flussabwärts lag die Thomasmühle. Auch dort begann bereits das Tagwerk der Mönche und der Klosterdiener. Wie unheimliche schwarze Schatten huschten sie durch das neblige Grau des anbrechenden Morgens.

Es war für Maria nichts Neues, dass Mönche das Stadtbild prägten. Immerhin gab es vier Klöster innerhalb der Mauern der Stadt. Drei davon waren Mönchsklöster und ihre Insassen unterschieden sich sehr voneinander.

Die Dominikanermönche lebten im Paulinerkloster im Osten der Stadt. In ihren Röcken aus weißer Wolle, mit Käppchen und Skapulier, über dem sie den schwarzen Mantel trugen, waren sie die eifrigsten Verkünder des rechten Glaubens und Bekämpfer der Ketzer. Unablässig liefen sie durch die Stadt und verbreiteten unter den Leuten recht anschaulich die Furcht vor der Hölle. Sie waren es auch, die überall mit ihren Ablassbriefen herumzogen und jeder Seele gegen Geld Absolution erteilten, gleich wie sündig sie war.

Der Gegensatz dazu waren die grauen Brüder des Barfüßerordens. In ihren grauen Kutten erbettelten sie in der Stadt und auf den Dörfern Gaben, die sie in ihren Bettelsäcken auf dem Rücken trugen. Statt eines Gürtels trugen sie nur einen Strick um den Leib und oft gingen sie barfuß auf Gottes Erden umher. In den Hospitälern und anderen Orten des Elends verrichteten sie aufopfernde Arbeit und waren vor allem bei den einfachen Menschen beliebt. Maria hatte ihnen oft kleine Spenden zugesteckt.

Ganz anders dagegen die Augustiner. Sie fühlten sich wohl als Aristokraten unter den Dienern Gottes, trugen die Kutte nur zur Fastenzeit und kleideten sich sonst ähnlich den Gelehrten mit Mantel und Barett. Sie fanden auch mehr Gefallen an den Künsten und am behaglichen Leben. Natürlich hatten auch sie das Gelübde der Armut abgelegt und durften kein persönliches Eigentum besitzen, doch konnten die Klöster Schenkungen annehmen, die oft recht üppig waren. Ganze Dörfer besaßen sie und ausgedehnte Wälder, Wiesen und Felder. Sie füllten den Klöstern Keller und Küche. Die Mönche waren die wohlgenährtesten Bewohner der Stadt, und wenn sie nicht gerade Fasttag zu halten hatten, dann bedienten sie sich reichlich der Schätze aus Küche und Keller. Vergessen waren die edlen Ziele, Kunst und Bildung, Nächstenliebe und Barmherzigkeit zu fördern. Die weltliche Gesinnung nahm immer mehr überhand.

Gehörte Maria jetzt auch zu den Privilegierten? Arm und doch reich? Sie blickte an sich herab. Sie trug die Kleidung, die sie in den letzten Wochen immer getragen hatte und die sie bis an das Ende ihrer Tage tragen würde. In ihrem kleinen Stoffbeutel befand sich ein wenig Brot, Käse, getrocknetes Fleisch, Äpfel und Wein. Um den Hals trug sie eine Kette mit dem Kreuz des Heilands. Ihre Füße steckten in dünnen Ledersandalen.

Es war das erste Mal seit dem Eintritt in das Kloster, dass sie die Pforte wieder durchschritt in die Welt hinaus. Die Pförtnerin blickte ihnen nach, als missbillige sie es. Als die Tür ins Schloss fiel, zuckte Maria zusammen. Nein, sie war nicht frei, und der Wind schlug ihr feucht und kalt ins Gesicht.

Ihre Lippen murmelten stumm Gebete und sie senkte den Blick zum Boden. Gundula trippelte neben ihr her und ließ während des Gehens die Perlen des Rosenkranzes durch ihre Finger gleiten. Die vier weiteren Nonnen, die sie begleiteten, folgten ihnen in einer eigenartigen Prozession. Niemand hatte bestimmt, dass Maria vorangehen sollte, doch alle ordneten sich nach ihr ein, selbst Gundula blieb immer einen halben Schritt zurück. Die drei Novizinnen und die ältere Schwester, die den Weg schicksalergeben auf sich nahmen, schritten über die holprige Straße, die nach Süden führte.

»Die Marienmägde«, flüsterten die Menschen, die ihnen begegneten. »Sie gehen bestimmt zur Kreuzkapelle oder zum Born.« – »Wir sollten ihnen folgen. Vielleicht wird uns Heilung zuteil.« – »Nur, wenn die Nonne eine besonders fromme Jungfrau ist.«

Maria hörte die leisen Stimmen, doch sie ignorierte sie. Sie fühlte eine schwere Last auf ihren Schultern, und die Traurigkeit dieses grauen Tages drückte sie zusätzlich.

Eine Bäuerin, die ein schweres Bündel Reisig zum Verkauf in der Stadt auf dem Rücken trug, warf es plötzlich beiseite.

»Wer ihnen folgt, wird gesunden. Es sind die Marienmägde«, rief sie. »Meine Mutter wurde von ihnen geheilt, als sie im Hospital des heiligen Georg lag. Es ist die Kraft der Mutter Gottes, die sie weitergeben. Und die Kraft des heiligen Wassers. Wer ihnen folgt, wird gesunden.«

Ihre Worte wurden erhört, immer mehr Menschen schlossen sich dem Zug an. Die einfachen Leute waren an kein Schweigegelübde gebunden und so sangen sie und beteten laut, riefen Lobpreisungen Gottes und forderten andere Passanten auf, sich ihnen anzuschließen. Auch Kranke kamen aus den Häusern, an denen die Prozession vorbeizog.

Maria schien es nicht zu bemerken und schaute erst auf, als sie die kleine Kapelle Zum Heiligen Kreuze erreichten, um zu rasten und zu beten. Von hier aus war es nicht mehr weit. Der Weg gen Osten führte durch Felder und Wiesen. Recht unscheinbar lag der Born inmitten einer Wiesensenke, die dem Besitzer der Funkenburg gehörte. Diese Quelle brach vor Jahren eines Tages aus dem Boden hervor, um Jahre später wieder zu versiegen. Nach einer regenreichen Zeit jedoch kam der seltsame Quell wieder zum Vorschein. Die Nonnen des Benediktinerinnenklosters pilgerten immer wieder zu diesem Born. Auch der Müller einer nahegelegenen Mühle wusste die kleine Quelle zu nutzen und fasste sie mit Geröllsteinen, die zuhauf auf den Feldern lagen, ein.

Als die Prozession von der Kapelle her den Born erreichte, glaubten sie zunächst ihren Augen nicht. Rund um die Senke lag das vertrocknete und gelbe Gras platt am Boden. Über den leeren Acker wehte ein unangenehmer Wind und über ihnen kreiste krächzend ein Schwarm schwarzer Krähen. Enttäuschung breitete sich aus. Vor allem viele Kranke und Sieche, die sich mit großer Mühe auf den beschwerlichen Weg begeben hatten, ließen sich nun kraftlos zu Boden fallen. Maria ließ ihren Blick über die Mutlosen schweifen. Der Anblick schmerzte sie und sie rang ihre eigene Enttäuschung nieder. Es war nicht der Schluck Wasser, den sie jetzt gern getrunken hätte und der ihr nun wie all den anderen versagt blieb. Es war die Hoffnungslosigkeit der Menschen. Wenigstens wollte sie für diese armen Menschen beten und so die Gnade Gottes erbitten, sich ihrer anzunehmen.

Sie kniete sich nieder und die anderen Schwestern taten es ihr nach. Gundula kniete neben Maria und schenkte ihr einen dankbaren Blick. In Marias Nähe schöpfte sie immer wieder neue Kraft, gleich wie beschwerlich die Aufgabe war, die sie zu bewältigen hatte. Eigentlich sollte sie Marias Geleit und Fürsorge sein, aber immer mehr fühlte sie, wie sie von Maria lernte und von ihr geleitet wurde. Maria besaß eine charismatische Ausstrahlung, der sie sich nicht entziehen konnte und wollte. Fast glaubte sie zu spüren, dass Gott etwas Besonderes mit der Novizin vorhatte.

Maria hielt das Haupt gesenkt. Sie schien nichts mehr um sie herum wahrzunehmen. Nur ihr Schleier bewegte sich sacht im Wind.

Auch Gundula ruhte im Geiste. Eine bleierne Müdigkeit erfasste sie. Sie war weder in der Lage zu sprechen noch sich zu bewegen. Tiefer Frieden durchzog sie und ein grenzenloses Glücksgefühl. Der Himmel erhellte sich, ein gleißendes Licht schien auf sie nieder. Auch wenn ihre Lippen stumm blieben, so arbeitete doch ihr Geist. Sie geriet in eine Art Verzückung, ihre Augen verdrehten sich, und ihr Lidschlag beschleunigte sich. In dem hellen Licht erkannte sie eine kleine Statue der Gottesmutter. Sie war so winzig und unscheinbar, dass Gundula für den ersten Augenblick enttäuscht war. Doch die Gestalt wurde größer, nahm Form und Leben an. Zuletzt besaß sie die Größe eines Menschen.

Doch Mutter Maria schaute nicht Gundula an, sondern ihr milder Blick galt – Maria! Diese kniete, in inbrünstigem Gebet versunken, neben Gundula, jedoch fern jeglicher Verzückung. Ja, sie warf sogar einen verwunderten Blick auf Gundula, deren Geist nicht mehr auf der Erde zu weilen schien.

Maria hörte das Murmeln der Gebete der anderen Pilger, und sie spürte den kalten, feuchten Wind in ihrem Gesicht. Die Enttäuschung über die versiegte Quelle steckte in ihr, und auch der Schmerz ihrer Füße drang in ihr Bewusstsein. Und doch – der Himmel schien sich zu öffnen, sandte einen hellen Lichtstrahl auf die Erde und umhüllte Marias gebeugte Gestalt. Sie nahm das leise Plätschern von Wasser wahr, ohne es deuten zu können. Sie fühlte es feucht unter ihren Knien, ohne dass sie es störte. Der Lichtstrahl hielt sie gefangen, ohne dass es ihr bewusst wurde. Und sie hörte eine Stimme, die so nah und doch wie von außerhalb der Welt klang: »Wasser! Wasser! Die Quelle fließt!«

Fast widerwillig tauchte sie aus ihrer Versunkenheit auf. Sie öffnete die Augen und blickte sich verwirrt um. Das Licht war verschwunden, der Himmel wolkenverhangen und die Pilger knieten immer noch im Halbkreis um sie herum. Neben ihr lag Gundula lang ausgestreckt auf der Erde. Ein dünnes Rinnsal sickerte aus der verschütteten Quellfassung zu ihnen herüber, unter Gundulas Gesicht hindurch bis zu Marias Knien und benetzte ihren Kittel. Etwas Wasser geriet in Gundulas geöffneten Mund. Sie verschluckte sich, hustete und prustete und kam auf diese Weise wieder zu sich. Sie richtete sich auf und blickte befremdet um sich.

»Mir ... mir ist die Muttergottes erschienen«, stammelte sie. »Die Heilige Jungfrau Maria. Aber sie ... sie meinte nicht mich. Sie ... sie hat sich an dich gewandt!« Sie schaute zu Maria und bemerkte plötzlich das Wasserrinnsal. »Das Zeichen! Sie hat die Quelle wiederbelebt! Maria, du bist eine Auserwählte! Dich hat die Muttergottes erkoren, uns zu führen. Du wirst uns heilen, du wirst uns auf den rechten Weg führen!« Sie küsste ergriffen den schmutzigen Saum von Marias Tracht. Auch die anderen Pilger sprangen auf, warfen sich vor Maria zu Boden und küssten den Saum ihres Kittels und ihre Füße, ergriffen ihre Hände und begannen zu weinen und laut zu beten.

Erschrocken richtete Maria sich auf. »Was tut ihr da? Hört auf damit! Wir haben alle dafür gebetet, dass dieses Wunder geschehe. Die Gottesmutter hat uns allen die Gnade erteilt.«

Aber niemand hörte auf sie. Einige begannen, die Quellfassung von Erde und Steinen zu befreien. Das Wasser sprudelte stärker und klarer, aus dem winzigen Rinnsal wurde ein kleiner Quell. In Windeseile verbreitete sich die Kunde in den umliegenden Dörfern. Und während die kleine Pilgergruppe noch am Born rastete, kamen die Leute herbeigelaufen, um das Wunder zu bestaunen und zu beten. Es war einfach unfassbar, dass eine einfache Nonne allein mit ihren Gebeten dieses Wunder vollbracht haben sollte. Die einfachen Leute aus den Dörfern wurden nicht müde, Maria zu danken, und behandelten sie wie eine Heilige.

»Dankt nicht mir, sondern der Gottesmutter«, wehrte Maria bescheiden ab. »Ich bin nur ein Mensch. Die Gottesmutter kann Wunder vollbringen. Lasst uns gemeinsam zu ihr beten.«

War es nun die Einfalt der schlichten Bauern oder der inbrünstige Wunsch, dass auch ein Mensch mit reiner Seele ein Wunder vollbringen konnte, sie hörten nicht auf, die Nonne zu lobpreisen, wie es in der Kirche nur Gott vorbehalten war. Maria erschrak darüber.

»Komm, lass uns zurückkehren«, raunte sie Gundula zu. »Mir machen die vielen Leute Angst.«

Sie erhoben sich. Die Bauersfrau, die sie schon auf dem Herweg begleitete hatte, ließ es sich nicht nehmen, das Kreuz voranzutragen. Die Nonnen und Pilger und auch die Bauern schlossen sich dem Zug an. So kam es, dass eine wesentlich größere Prozession nach Leipzig zurückkehrte, als die Stadtmauern verlassen hatte.

Die Kunde von dem Wunder am Marienborn eilte ihnen voraus wie auf Vogelschwingen, und die Menschen liefen vor dem Peterstor zusammen, um die Prozession zu erwarten und einen Blick auf die wundertätige Nonne zu werfen. Aus dem Johannishospital kamen die Kranken und Siechen herbei und hofften, etwas von dem wundertätigen Wasser zu bekommen, das die Nonnen mitbrachten.

Auch die Nonnen des Marienklosters erwarteten sie, allen voran die Äbtissin und neben ihr Propst Benedictus. Die Nonnen hielten die Köpfe im stillen Gebet gesenkt, aber die eine oder andere konnte sich einen verstohlenen Blick auf Maria nicht verkneifen. Nur die Äbtissin und Benedictus hielten ihre Blicke auf Maria geheftet, und diese Blicke waren weder bewundernd noch glücklich.

Maria kniete vor ihnen nieder. »Verehrte Mutter, getreu Euren Anweisungen und dem Willen Gottes und der Gottesmutter habe ich die Wallfahrt zum heiligen Born unternommen. Hier bin ich wieder und kehre zurück in Euren Schutz.«

Die Äbtissin neigte nur knapp den Kopf und wandte sich um. »Folgt mir. Wir sind bereit, von Eurem Wunder zu vernehmen. Ihr auch, Schwester Gundula.« Der Propst und die Äbtissin gingen voran zum Kloster, während Maria, Gundula und die übrigen Nonnen ihnen im respektvollen Abstand folgten. Der Rest der Prozession zerstreute sich. Die Pilger eilten durch das Peterstor in die Stadt, um von dem Wunder am Marienborn zu erzählen.

Zum ersten Mal betrat Maria das Reich der Äbtissin. Sie staunte, wie prachtvoll alles eingerichtet war. Nichts erinnerte an das Armutsgelübde. Die Möbel bestanden aus edlen Hölzern, das erkannte Maria sofort mit kundigem Blick. Auf dem Tisch stand ein silberner Leuchter, das Kruzifix an der Wand war kunstvoll gearbeitet. Maria wusste zwar, dass dies alles nicht der Äbtissin persönlich, sondern dem Kloster gehörte. Das Kloster war reich.

Eigentlich hätten sich die Nonnen freuen können, denn damit war auch ihr Lebensunterhalt gesichert.

Maria jedoch blickte beklommen zu Propst Benedictus, der in einem Lehnstuhl saß und ihr mit seinen kleinen Augen entgegenblinzelte. Er war mit den Jahren beleibt geworden und seine prachtvolle Soutane spannte sich über seinem Bauch. Mehr und mehr neigten die Augustiner-Chorherren dazu, das spartanische Gewand des Klosters gegen das weitaus prächtigere der geistlichen Gelehrten zu tauschen und sich damit gegenüber den Dominikanern des Paulinerklosters und erst recht den Barfüßern abzuheben. Die Augustiner waren es auch, die das Kirchenrecht vertraten.

Zur Rechten stand ein Schreiber am Pult, ein Mönch aus dem Kloster St. Thomas. Mit ausdruckslosem Gesicht wartete er darauf, dass er etwas zu tun bekäme.

Benedictus streckte die Hand aus, an der ein großer Ring funkelte.

»Uns ist zu Ohren gekommen, dass beim heiligen Born ein Wunder geschehen sei. Und es ist uns zu Ohren gekommen, dass dieses Wunder durch dich, Maria, geschehen sei. Du lässt dich von dem Pöbel da draußen wie eine Heilige feiern, du nimmst das Lob und das Licht, das einzig Gott zusteht, für dich in Anspruch. Satt Demut und Bescheidenheit zu beweisen, stiftest du die Leute zu einem Aufruhr an, und schmutzige Bauernhände tragen das Kreuz Jesu auf einer Prozession, die allein der Kirche vorbehalten sollte. Du solltest dich auf eine Wallfahrt begeben, um deine Seele zu reinigen, und durch die Mühsal des Weges Schmerz und Entbehrung empfinden. Du solltest am Born deine Bestimmung als eine der Marienmägde finden. Magd bedeutet Dienerin. Aber wahrscheinlich hast du in deinem Leben noch nicht gelernt zu dienen. Dienen an Gott ist die einzige Bestimmung einer Nonne. Wunder zu vollbringen bleibt anderen überlassen. Wo kommt die Kirche denn da hin, wenn jede Nonne für sich in Anspruch nähme, direkt mit Gott oder der Gottesmutter zu sprechen? Mit welcher Berechtigung nimmst du für dich in Anspruch, deinen direkten Weg zu Gott zu suchen? Das ist deinem Beichtvater vorbehalten. Dein Weg zu Gott führt über die Kirche. Dein Beichtvater ist der Vermittler zu Gott.«

»Und zur Gottesmutter«, ergänzte die Äbtissin.

»Und zur Gottesmutter«, wiederholte Benedictus.

»Du hast auch das Schweigegelübde gebrochen. Diese Wallfahrt war nichts weiter als eine Anmaßung eines hoffärtigen Weibes, das wieder einmal seine Sündhaftigkeit bewiesen hat. Eigentlich sind keine weiteren Beweise notwendig und der Fall liegt eindeutig. Trotzdem möchten wir dir die Gelegenheit geben, zu sprechen und Reue zu zeigen.«

Maria vernahm mit wachsendem Erstaunen die Worte des Propstes. Sie fiel auf die Knie.

»Ehrwürdiger Vater. Es steht mir fern, mir etwas anzumaßen, was über gelobte Demut und Bescheidenheit hinausgeht. Ich versichere Euch, dass nichts geschehen ist, was dagegen verstoßen würde. Wir gingen unseren Weg in Schweigen und mit gesenktem Blick, im stillen Gebet und voller Gottesfürchtigkeit. Die Leute auf dem Weg zur kleinen Kreuzkapelle schlossen sich uns an. Niemand hätte sie hindern können. Warum sollte es Gott missfallen, wenn sie ihn auf diese Weise loben? Am heiligen Born stellten wir fest, dass die Quelle versiegt war. So knieten wir zum Gebet nieder. Ich betete zur Gottesmutter. Und plötzlich begann der Born zu sprudeln, erst langsam, dann immer stärker. Wir befreiten den Quell von Steinen und Erde und dankten der Gottesmutter dafür, dass sie den Born wieder sprudeln ließ. Sonst habe ich nichts getan.«

»Ist dir die Mutter Maria erschienen?«, wollte nun die Äbtissin wissen.

»Nein, ehrwürdige Mutter. Ich sah sie nicht. Ich sah gar nichts, nur dieses Licht.«

»Welches Licht?«

»Das durch die Wolken fiel. Für eine kurze Zeit teilte sich der Himmel, und die Sonne sandte ihre Strahlen auf die Erde. Es war keine Erscheinung. Es war … das Wetter.«

»So, so«, murmelte Benedictus. »Verschiedene Zeugen behaupten aber etwas anderes.« Er wechselte mit der Äbtissin einen kurzen Blick. »Bringt Schwester Gundula herein. Sie soll als Zeugin aussagen.«

Beunruhigt drehte sich Maria zur Tür, wo Gundula hereingeführt wurde. Sie kniete vor dem Propst nieder. Die Äbtissin hielt ihr die Bibel vors Gesicht, worauf Gundula die Bibel küsste.

»Schwöre beim Wort Gottes, dass du die reine Wahrheit sagst.«

»Ich schwöre bei Gott, die Wahrheit zu sagen«, wiederholte Gundula.

»Nun sprich, Gundula, was geschah auf der Wallfahrt am heiligen Born?«

Gundulas Gesicht erhellte sich und ihr verklärter Blick traf Maria. »Unsere Schwester Maria hat ein Wunder vollbracht. Kraft ihrer Gebete floss wieder Wasser aus der Quelle. Die Gottesmutter selbst hat ihr die Kraft dazu gegeben. Ich habe sie gesehen, wie sie vom Himmel herabstieg, in einem Feuerstrahl so blendend hell.«

»Dir ist die Gottesmutter erschienen?«, staunte der Propst.

»Gundula lächelte verzückt. »Ja. Sie war schön, die Gottesmutter, und so voller Güte. Erst dachte ich, sie wende sich mir zu, aber das tat sie nicht.«

»Nicht?«

»Nein, sie wandte sich zu Maria, die neben mir kniete und im Gebet versunken war. Sie streckte die Hand aus und berührte damit Marias Kopf. Ich fühlte ein gewaltiges Glück in mir. Obwohl die heilige Jungfrau nicht mich berührte, fiel ich doch in Ohnmacht. Als ich erwachte, floss das Wasser aus dem Born und benetzte mein Gesicht. Augenblicklich wurde ich gesund und sprang auf. Ich habe es gesehen, dieses Wunder, und viele andere auch. Dann habe ich Marias Saum geküsst vor Freude und Dankbarkeit.«

»Und dir ist nicht der Gedanke gekommen, dass es sich um einen bösartigen Zauber handeln könnte? Um eine Hexerei vielleicht?«

Erschrecken trat in Gundulas mädchenhafte Züge. »Oh nein! Dazu war die Erscheinung doch viel zu klar, als dass ich an ihrer Wahrhaftigkeit gezweifelt hätte. Sie war so klein wie eine Puppe.«

»Wer?«

»Die heilige Jungfrau. So kam sie vom Himmel herab und wurde dann immer größer, bis sie so groß wie ein Mensch war. Ich konnte alles ganz genau erkennen.«

»Und dann floss das Wasser plötzlich aus dem Born?«

»Ja, genauso war es. Mich traf es wie ein Blitz, und ich fiel zu Boden. Als ich erwachte, kam das Wasser aus dem Born und benetzte mein Gesicht. Das Wasser ist wundertätig und heilt Kranke. Die Gnade der Heiligen Jungfrau kam über uns, ehrwürdiger Vater.«

Am liebsten hätte Maria gerufen, Gundula solle schweigen. Niemals hatte Maria ein Wunder vollbringen wollen, und sie war sich sicher, dass sie auch keines vollbracht hatte. Damit stand sie aber allein auf der Welt. Alle anderen behaupteten das Gegenteil.

Sie sah es an den Mienen des Propstes und der Äbtissin, dass sie sich durch Gundulas Aussage bestätigt fühlten.

»Danke, Schwester, Ihr könnt gehen«, entließ sie der Propst.

»Wie glaubwürdig ist diese Schwester?«, wollte er von der Äbtissin wissen.

»Schwester Gundula wurde schon als kleines Kind in die Obhut unseres Klosters gegeben. Sie wuchs im rechten Glauben und in der Erziehung unserer Schwesternschaft auf. Obwohl noch jung an Jahren, gaben wir sie unserer Novizin Maria zur Aufsicht und

Leitung, was ein großer Vertrauensbeweis unsererseits ist. Sie ist über jeden Verdacht erhaben, rein im Glauben und rechtschaffen im Denken. Ihren Aussagen können wir Glauben schenken.«

»Nun ja«, erwiderte Benedictus etwas skeptisch. »Keinem Weib sollte man uneingeschränkt Glauben schenken. Auch unter einer Nonnenkutte kann der Teufel hocken.«

»Es steht Euch selbstverständlich frei, weitere Zeugen zu vernehmen«, sagte die Äbtissin mit säuerlichem Gesicht.

Benedictus winkte ab.

»Nicht nötig. Wenn ich beide Aussagen vergleiche, so ergibt sich doch, dass den Worten von Schwester Gundula mehr Glauben zu schenken ist, weil sie unzweifelhaft durch ihre strenge klösterliche Erziehung unser Vertrauen genießt.«

Der Schreiber notierte eifrig mit, und in den kurzen Pausen, in denen Benedictus nach Luft rang, vernahm Maria das Kratzen seiner Feder auf dem Pergament.

»Euch, Maria«, fuhr Benedictus fort, »kenne ich seit Eurer Geburt und weiß, in welchen sehr weltlichen Verhältnissen Ihr aufgewachsen seid. Zeit Eures Lebens standet Ihr im Mittepunkt der Aufmerksamkeit, wart umgeben von Luxus und weltlichem Tand, schwelgtet in Wohlleben und schmücktet Euch mit dem teuflischen Zierrat einer Frau. Ihr trugt das Haar offen und lenktet die Blicke des Mannsvolkes in schamloser Weise auf Euch. Ihr nahmt sogar heimlich Unterricht in den sieben Künsten und erdreistetet Euch, es einem Manne gleichzutun. Eure Schwester betrieb Unzucht und behexte einen Studiosus, indem sie ihn am helllichten Tag und in Gottes freier Natur verführte. Auch dafür gibt es genügend Zeugen und deren Aussagen, so dass sich hier eine weitere Untersuchung erübrigt. Ihr konntet nicht ertragen, dass Ihr als Novizin nicht mehr dem gewohnten unsittlichen und öffentlichen Leben nachgehen konntet und habt die Menschen mit diesem Hexenwerk geblendet. Ihr zeigt Euch verstockt und ohne Reue.

Der hohe kirchliche Rat wird entscheiden, was mit Euch zu geschehen hat. Ihr solltet Euch auf die Beichte vorbereiten, um Euer Gewissen zu erleichtern. Und nun entfernt Euch, Maria. Euer Name bereitet der Gottesmutter Pein. Euer Ordensname sollte ein anderer werden.«

Betroffen schaute Maria auf. Als sie der eisige Blick der Äbtissin traf, zuckte sie zusammen. Sie erhob sich und murmelte ein »Gelobt sei Jesus Christus«, bevor sie das Zimmer der Äbtissin verließ.

Eine Weile herrschte Schweigen. Der Schreiber warf dem Propst einen fragenden Blick zu, doch dieser scheuchte ihn mit einer unwilligen Handbewegung ebenfalls aus dem Raum. Als er mit der Äbtissin allein war, trat sie näher zu ihm heran.

»Wir sollten dem Geständnis etwas nachhelfen«, schlug sie vor.

Er nickte gedankenvoll. »Dieser Meinung bin ich auch. Diese Nonne könnte unangenehm, ja gefährlich werden. Sie muss unbedingt zum Schweigen gebracht werden. Andererseits ...« Er zögerte. »Der Kaufmann Preller ist sehr reich. Man sollte es sich mit ihm nicht zu sehr verderben. Unsere Mutter Kirche erweist sich als dankbar für seine Geschenke.«

Die Äbtissin warf ihm einen spöttischen Blick zu. Was für ein Weichling, nimmt Rücksicht auf die Pfeffersäcke! Dann beugte sie sich vor und stützte sich mit den Händen auf die Tischplatte auf. Ihr Schleier streifte die Wange des Propstes, und er zuckte zurück. Diese große Nähe eines weiblichen Wesens bereitete ihm Unbehagen, zumal wenn es ein Weib wie der verdorrte Ast eines Baumes war.

»Wer erfährt denn schon, was sich hinter den Klostermauern abspielt?«, zischte sie. »Sie wird keine Besuche empfangen dürfen. Für ihre Familie ist sie tot!«

Benedictus erhob sich schnell, bevor ihm die Äbtissin noch näher auf den Pelz rückte.

»Macht, was Ihr wollt, aber sorgt dafür, dass sie schweigt.«

Die Wallfahrt zum Marienborn hatte an Marias Kräften gezehrt. Ihre Bescheidenheit gestattete ihr nicht, überhaupt einen Gedanken daran zu verschwenden, dass sie etwas Großartiges geleistet hatte. Sie war nur müde, aber froh, dass wenigstens die Pilger, die sich ihnen angeschlossen hatten, das Wunder der sprudelnden Quelle empfangen konnten. Und sie wünschte ihnen, dass der Born ihnen die ersehnte Gesundheit bringen würde.

Sie selbst fühlte sich krank. Sie wusste nicht, ob es die Strapazen der Wanderung, ein schleichendes Fieber oder gar der Beginn einer schlimmeren Krankheit war, was sie so schwächte. Ihr Kopf fühlte sich heiß und leer, ihr Körper schwach und ihr Herz voller Traurigkeit. Sie war froh, als sie ihre schmerzenden Glieder auf dem Bett ausstrecken konnte, und sofort fiel sie in einen festen Schlaf.

Er wurde ihr nur wenige Stunden gewährt. Dann rief die Glocke zur Nocturne. Mühsam rappelten sich die Schwestern auf. Die Häupter gesenkt und die Augen noch halb geschlossen, bewegte sich der Zug wie eine dunkle Raupe dahin. Ihre Sandalen schlurften über den rauen Steinfußboden des Kreuzganges. Die Messdienerin hatte die Tür zur Klosterkirche bereits geöffnet. Wie ein schwarzes Maul verschluckte das steinerne Ungetüm lautlos die Raupe.

Jemand griff nach Marias Handgelenk und hielt sie zurück, bevor sie die Kirche betreten konnte. Verwundert blickte sie auf, doch im gleichen Moment verhüllte ein schwarzes Tuch ihr Gesicht und nahm ihr den Blick. Ihr erschrockener Aufschrei wurde durch eine Hand erstickt, die sich auf ihren Mund presste. Dann wurde sie grob zur Seite gezerrt.

Sie strauchelte. Jemand hob sie auf die Beine und stieß sie vorwärts.

Maria hatte völlig die Orientierung verloren. Angst und Panik lähmten sie und das aufsteigende Entsetzen über diesen plötzlichen und unerklärlichen Vorgang packte sie wie mit eisigen Krallen. Sie wurde geschoben und gestoßen. Plötzlich taten sich Stufen vor ihr auf. Sie tastete sich vorwärts und wäre beinahe wieder gestürzt. Die Treppe schien in eine Gruft zu führen, es roch feucht und modrig. Dann war sie zu Ende und jemand zog ihr das dunkle Tuch vom Kopf. Blinzelnd schaute sie sich um. Eine schreckliche Erkenntnis durchzuckte sie. Der Gang, die schwere Tür mit dem großen Riegel und dem kleinen Fenster kannte sie! Ein Arm streckte sich aus der Dunkelheit vor, öffnete die Tür und stieß sie in das Verließ. Hinter ihr fiel krachend die Tür zu, und der Riegel wurde vorgeschoben. Dann entfernten sich eilige Schritte.

Wie gelähmt blieb Maria stehen. Nur ihre weit aufgerissenen Augen bewegten sich und versuchten, die Dunkelheit zu durchdringen.

»Ist hier jemand?«, fragte sie mit bebender Stimme. Niemand antwortete ihr. »Dorothea, bist du hier?«

Stille. Maria hielt den Atem an, aber das Blut rauschte in ihren Ohren und ihr Herzschlag trommelte wie ein Specht an den hohen Eichbäumen. Sie nahm allen Mut zusammen und streckte die Hände aus. Dann ging sie vorwärts, einen Schritt, und noch einen. Ihre Finger berührten die feuchte Wand, und sie zuckte zusammen. Langsam tastete sie sich weiter. Sie berührte etwas Metallenes. Die Ketten! Sie hingen schlaff an zwei Ringen herab. Sie suchte weiter, an der Wand entlang. Eine Ecke, eine weitere Wand. Die Tür. Sie hämmerte mit den Fäusten dagegen.

»Hilfe! Hilfe!«

Ihr wurde klar, dass niemand ihre Schreie hören würde. Vorsichtig tastete sie sich weiter. Wieder eine Ecke, eine Wand, feuchter Stein. Mit dem Fuß stieß sie gegen einen tönernen Krug, der umfiel. Sie erreichte die Ketten und wusste, dass sie allein war. Langsam ließ sie sich auf den Boden sinken und begann still zu weinen.

Katharina lag auf dem Bett und starrte gegen den Baldachin. Seit Maria nicht mehr da war, war das Bett viel zu groß geworden. Seit ihren Kindertagen hatten sie es miteinander geteilt. Nun fühlte sie sich, als wenn ein Teil von ihr abgestorben wäre. Nacht für Nacht wanderten die Gedanken zu ihrer geliebten Schwester. Immer wieder erinnerte sie sich an die unbeschwerten gemeinsamen Tage ihrer Jugendzeit, als sie hinunter in den Auwald und auf die Wiesen gingen, Blumen pflückten und Honig kauften, den Fischen und Schmetterlingen zusahen oder ihren Freund Thomas besuchten und seinen abenteuerlichen Erzählungen lauschten. Sie dachte an die lustigen Stunden mit Philomena, an ihre spielerischen Streiche auf dem Speicherboden, an die hübschen Geschenke des Vaters.

Sie erinnerte sich an die Winterzeit am Kamin, wenn sie zu Füßen der Amme saßen und diese ihnen, Mützchen strickend, schauerliche Geschichten von Geistern, Zwergen, Kobolden und Drachen erzählte. Da gab es Fische mit Hundeköpfen, Nixen und Wassergeister, Irrlichter und Moorfeuer. Wenn sie sich ängstigten, dann hielten sie sich umschlungen und teilten ihre Angst. Gleich ging es ihnen besser.

Sie erinnerte sich an die bewundernden Blicke der jungen Männer, wenn sie, in ihre hübschen Kleider gewandet, durch die Wiesen und Felder gingen, um den Frühling zu begrüßen. Sie waren eine doppelte Freude für jedes Auge, bei allen Menschen gern gesehen und beliebt obendrein. Alle Mägde und Knechte des Hauses liebten die Zwillinge, und Katharina erinnerte sich, dass ihnen die Bäckersfrau mit den Brezeln immer zwei Stück geschenkt hatte, wenn sie vorbeigingen.

Das alles war Vergangenheit. Wenn sie in ihrem weichen, mit feinem Linnen bezogenem Bett lag, stellte sie sich vor, wie Maria auf einer harten Pritsche schlief, im kalten Dormitorium des Klosters, ohne die tröstliche Wärme eines geliebten Menschen an ihrer

Seite. Kälte und Strenge regierten nun ihr Leben, klösterliche Zucht und Ordnung, Freudlosigkeit und Leiden. Immer mit dem Blick auf den gekreuzigten Heiland blieb ihr die Welt der Sonne, der Blumen und des Lichts, der Freude und des Scherzes für immer verschlossen.

Es war nicht weit von ihrem Vaterhaus, keine tausend Schritte bis zum Peterstor hinaus und dem Flusse zu. Dort, wo die Nonnenmühle klapperte und die trutzige Burg jeglichen Angreifer abschreckte, duckte sich an die Stadtmauer das Kloster. Fast hätte sie es vom Dach des Hauses sehen können, aber es war unerreichbar fern.

So manche Nacht presste Katharina das Gesicht ins Kissen und weinte sich den Kummer von der Seele. Ihr kam schmerzlich zu Bewusstsein, dass ein Stück ihres Lebens unwiederbringlich zu Ende war.

In der gemütlichen Stube war es nun oft still. Philomena, die anfangs froh war, Hieronymus allein zu besitzen, musste einsehen, dass der Kaufmann sich entweder um seine Geschäfte kümmerte oder dumpf brütend vor sich hin starrte. Er versank oftmals in tiefe Traurigkeit und ließ sich auch von Philomenas Reizen nicht aufmuntern. Weder ihr ansehnlicher Körper, ihr liebreizendes Lautenspiel, ihre liebevolle Zuneigung noch ihr Temperament vermochten ihn aus seinem Zustand aufzurütteln. Fast schien er zu vergessen, dass er noch eine Tochter besaß. Glück und Freude waren aus dem Handelshaus Preller ausgezogen. Wohl schienen die Kassen noch gefüllt, aber Hieronymus hatte keine Freude daran, seinen Wohlstand zu zeigen. Stolzierte er früher noch in seinen besten Gewändern zur Ratsversammlung, protzte mit Samt und Schmuck oder üppigen Festmahlen, so ließ er sich jetzt nur noch selten sehen. Sein Haar war grauer und seine Falten tiefer geworden. Etwas war aus einem Herzen gerissen worden. Eines Tages konnte Philomena es nicht mehr mit ansehen und begehrte auf.

»Wie ein kranker Uhu hockst du hier und bläst Trübsal«, schalt sie ihn. »Dein Anblick jammert einen Hund. Ich kann mir Mühe geben wie ich will, du schenkst mir nicht mal einen Blick. Wenn du dich dem Schicksal nicht geschlagen geben willst, dann begehre dagegen auf. Maria kannst du nicht wieder zurückholen. Aber du hast vergessen, dass du noch eine Tochter hast. Du tust ja gerade so, als würde sie ebenfalls im Kloster leben. Sie ist eingesperrt, hat keine Freude, keine Freunde, keine Freiheiten mehr. Was hat sie dir getan? Tu wenigstens noch etwas für sie.«

Philomenas eindringliche Worte schienen ihn aufzurütteln. Er verschwand für mehrere Tage, wollte einen bekannten Kaufmann in Grimma besuchen.

Nach seiner Rückkehr trat Hieronymus als Erstes in die Stube. Doch er war nicht allein. Er wurde von einem Mann begleitet, der mindestens in Hieronymus' Alter war. Sein Schädel war kahl, nur verziert von wenigen grauen Strähnen, die im Moment grotesk nach oben standen. Ein wenig verlegen drehte er seine Mütze in der Hand, die er beim Betreten des Raumes abgenommen hatte. Seine Kleidung war städtisch und deutete auf Wohlstand hin. Als er lächelte, zeigte er den einzigen Zahn, der sich noch in seinem Mund befand und der gelb und überdimensional hervorstand.

»Katharina, das ist Eckhardt, dein zukünftiger Ehemann!«

Das Waldhaus

Thomas, hilf mir!« Ein Schrei der Verzweiflung entrang sich Katharinas Brust, als sie ihres Freundes ansichtig wurde. Thomas, der mit zwei Holztrögen voller Milch angeschlurft kam, blieb überrascht stehen.

»Katharina! Was ist los?«

Katharina bot einen schrecklichen Anblick. Sie war in Tränen aufgelöst, ihr Haar umflatterte sie wild, der Saum ihres Kleides starrte vor Schmutz und der Rock war zerrissen. Er stellte schnell die Milchtröge ab und fing sie auf. Sie klammerte sich an seine Schultern. Ihr nach so langer Zeit wieder ganz nah zu sein, erfüllte ihn mit einem unbeschreiblichen Gefühl. Ihr Haar kitzelte an seiner Nase, und er verspürte den Duft ihres vom Lauf erhitzten Körpers. Doch die Umstände waren alles andere als glücklich. Er schob sie ein wenig von sich und schaute sie prüfend an.

»Was hast du angestellt?«

Sie blickte flehend zu ihm auf. »Ich bin vor meinem Vater geflüchtet.«

»Das verstehe ich nicht. Und wo ist Maria?«

»Im Kloster. Du wirst sie niemals wiedersehen.«

Seine Miene zeigte Betroffenheit. Er hielt sie immer noch fest, als befürchtete er, sie zu verlieren. »Sollst du auch ins Kloster gehen?«, fragte er beklommen.

»Nein, mein Vater will mich verheiraten, mit einem alten hässlichen Mann.«

Er presste sie wieder an sich. »Das dürfen wir nicht zulassen«, murmelte er. Er legte seine Wange an Katharinas honigblondes Haar. Plötzlich fühlte er sich ganz stark und mutig, sein Beschützerinstinkt war geweckt. »Du kannst hier bleiben.«

Sie schüttelte heftig den Kopf. »Nein, hier würde man mich zuerst suchen. Außerdem möchte ich dich nicht in Gefahr bringen. Du bist doch mein Freund.«

Gerührt drückte er sie an seine Brust. »Danke, Katharina. Ein Freund lässt dich nicht im Stich.« Er überlegte. »Ich könnte dich zur alten Griseldis bringen.«

»Wer ist das?«

»Eine Kräuterfrau. Sie wohnt im Wald.«

»Eine Hexe?«

»Nein, sie ist eine weise Frau. Du wirst sie mögen. Allerdings ...«

»Ja?«

»Sie lebt in recht bescheidenen Verhältnissen.«

»Das macht mir nichts aus. Sie dürfen mich nicht finden.«

»Sie?«

»Mein Vater und dieser Mann.« Katharina krallte sich an ihm fest. »Hilf mir, Thomas! Verstecke mich!«

Für einen Augenblick blitzte es in seinem Kopf auf, welche Tragweite sein Entschluss, ihr zu helfen, haben könnte. Aber als er ihren biegsamen warmen Körper an seinem spürte, ihren erregten Herzschlag, das Kitzeln ihres Haares an seinem Kinn, da durchströmte ihn so viel Wärme und Liebe, dass er gar nicht anders handeln konnte.

»Bleib bis heute Abend im Kuhturm. Wenn ich die Tiere versorgt habe, bringe ich dich zu Griseldis.« Er führte sie ins Innere des verschachtelten Gebäudekomplexes. In einer Vorratskammer sollte sie die Zeit bis zum Abend verbringen. »Es ist genügend zu essen da, Buttermilch und Käse und Brot und Zwiebeln.«

Er warf ihr einen zärtlich-besorgten Blick zu, dann verschloss er die Tür und rückte eine Futterkiste davor. Durch das kleine Fenster fiel nur wenig Licht in die Kammer. Katharina machte es sich auf den Kornsäcken so bequem, wie es nur ging. Sie hatte keinen Appetit, der Kummer schnürte ihren Magen zu. Wie hatte sich doch ihr Leben verändert!

Die behütete sorglose Kindheit war endgültig vorbei. Vorbei die Kinderspiele mit Philomena, die Tänze und Scherze, die Lektionen bei Magister Siebenpfeiffer und Klaus, die herrlichen Spaziergänge durch die blühenden Wiesen der Aue, wo sie Blumen pflückten, den Imkern Honig abkauften und den Flößern bei ihrer Arbeit zusahen. Vorbei waren die unschuldigen Besuche bei Thomas, die Geschichten unter dem Eichenbaum, vorbei war auch das traute Familienglück beim geliebten Vater. Alles hatte sich geändert, aber auch die Menschen hatten sich verändert.

Maria war fort! Es war, als hätte man Katharina ein Stück Fleisch herausgerissen. Ohne Maria fühlte sie sich wie ein halber Mensch. Es waren nicht nur die Nächte, die sie nun allein in dem viel zu großen Bett verbrachte, es waren auch die Tage, die sie ja fast immer mit Maria teilte. Marias und ihre Seele gehörten zusammen. Es war nicht nur die äußerliche Ähnlichkeit, die sie miteinander verband.

Katharina bereute jeden Streit mit Maria, jedes böse Wort und jeden Gedanken und hätte zum ersten Mal von ganzem Herzen freiwillig gebeichtet, um ihr Gewissen zu erleichtern, wenn sie nur die Gelegenheit gehabt hätte.

Auch dass sie nun den Vater hinterging, bereitete ihr großen Kummer. Sie liebte den Vater über alles. Er war so gut zu ihnen, verwöhnte sie, ließ ihnen so viele Freiheiten, wie es sich für ihren Stand noch geziemte, und ließ sie sorglos aufwachsen.

Mit Rührung dachte sie an die Abende zurück, wenn Gäste ins Haus kamen wie der Kaufmann Sikora, der so wundersame Geschichten zu erzählen hatte. Dann brannte Feuer im Kamin, der Tisch wurde festlich gedeckt und aufgetafelt, was die Küche hergab.

Gastlichkeit war im Hause Preller ein Gebot und Vater war nie kleinlich, wenn es darum ging, Freunde zu bewirten. An all diesen interessanten Abenden durften die Mädchen teilnehmen, wenn auch nicht gerade zur Erbauung der Amme, die um das Seelenheil der Zwillinge fürchtete, wenn sie zu viel von diesem »Teufelszeug« zu hören bekamen.

Die gute Amme! Sie war streng, aber auch gütig. Als kleine Kinder schmiegten sie sich zu gern an ihren riesigen weichen Busen, der ihnen als Säuglinge das Überleben ermöglicht hatte. Die Amme war die Erste, die ihnen das Laufen beibrachte, ihnen das erste Kleidchen anzog oder ihnen die verschmierten Nasen abwischte. Sie war es, die sie tröstete, wenn sie gefallen waren und sich die Knie aufgeschlagen hatten, wenn sie der Hund gebissen hatte oder ein Spielzeug kaputtgegangen war. Sie hatte geschimpft, wenn sie nicht rechtzeitig zum Essen erschienen oder sich auf dem Speicherboden herumtrieben und schmutzig wie Hausgespenster wieder erschienen. Dann hatte sie die Mädchen in die Waschküche gezerrt und von den Mägden mit heißem Wasser und harten Bürsten abschrubben lassen. An dieses Ärgernis erinnerte sie sich nun mit Zärtlichkeit und Wehmut.

Der schweigsame Magister Siebenpfeiffer, immer ernst, streng blickend in seinem langen, dunklen Mantel und dem breitkrempigen Hut, ein Bücherbündel unter dem Arm, gehörte ebenso zu dieser glücklichen Zeit wie Klaus, sein Student.

Klaus! Heftige Sehnsucht übermannte sie und ihre Augen füllten sich mit Tränen. Die Erinnerungen an Klaus gehörten zu ihrer glücklichen Zeit, aber nicht mehr zu ihrer Kindheit. Die Grenze war überschritten. Ja, das war es. Die Kinder waren erwachsen geworden, und damit hatte sich alles geändert. Das war etwas, was nicht aufzuhalten war. Mit der Kindheit verlor man seine Unschuld. Man ließ etwas zurück, was unwiederbringlich verloren war.

Nur kurz erinnerte sie sich auch an das Gesicht von Eckhardt, ihrem zukünftigen Mann. Wie konnte Vater ihr das nur antun? Begriff er nicht, dass sie diesen alten hässlichen Mann niemals lieben könnte? Gut, ihr Vater mochte in dem selben Alter sein, aber die Liebe zum Vater war etwas anderes als die Liebe zu einem Mann, mit dem man verheiratet war.

Das lüsterne Grinsen eines Greises, der wohl kaum noch in der Lage war, Nachwuchs zu zeugen, ließ Katharina schaudern.

Sie holte sich eines der Brote herunter, die auf einer Stange aufgereiht hingen. Sie riss ein Stück ab und biss hinein. Plötzlich verspürte sie Hunger. Sie riss ein zweites Stück ab, tunkte es in den Sauerrahm und aß es. Es tat gut. Stück für Stück verspeiste sie das Brot mit Sauerrahm, nahm sich dazu kleine Zwiebeln und sauer eingelegtes Gemüse aus einem Fass. Es schmeckte köstlich. Zum Schluss gönnte sie sich ein Stück Käse und eine Scheibe von luftgetrocknetem Schinken, trank Buttermilch und Wein, und nahm sich als Nachtisch einen rotbäckigen Apfel.

Draußen dunkelte es. Sie hörte es rumoren. Die Tiere wurden eingetrieben und getränkt. Die beiden Maultiere bekamen ihren Platz im Stall und frisches Heu, mehrere Katzen warteten auf die abendliche Milchportion, und der kleine gefleckte Hund umsprang Thomas kläffend vor Ungeduld. Natürlich gab es auch für ihn eine Schüssel voll Milch.

Katharina hockte satt und träge auf den Kornsäcken und döste vor sich hin. Diese abendlichen Geräusche aus Stall und Hof waren ihr so vertraut. Es war fast wie daheim. Sie schloss die Augen und schlief ein.

Es war schon dunkel, als jemand an ihrer Schulter rüttelte. Sie riss erschrocken die Augen auf. Im Schein einer kleinen Lampe sah sie Thomas' Gesicht. »Wir müssen aufbrechen«, sagte er. Seufzend stieg Katharina von ihrem Lager.

»Es ist doch dunkel«, stellte sie fest. »Wie können wir da in den Wald gehen?«

»Ich werde dich führen«, erwiderte Thomas, doch seine Stimme war nicht so fest, wie sie sein sollte. Es war keine Selbstverständlichkeit, um diese Zeit in den Wald zu gehen. Doch er wollte vor Katharina seine Angst nicht zeigen. Er wünschte sich, ihr Ritter zu sein, ein Ritter ohne Furcht, erfüllt von Treue und Liebe zu seiner Angebeteten. Diese war ohne Zweifel schon seit Jahren Katharina, aber erst jetzt bekam dieser Traum eine ganz andere Bedeutung.

Katharina fröstelte. Sie hüllte sich in ihren Umhang und nahm den kleinen Beutel zur Hand, den sie mit sich führte. In aller Eile hatte sie ein paar Sachen hineingesteckt.

Thomas leuchtete ihr aus der Kammer hinaus. »Vater schläft schon«, flüsterte er. »Er ist alt und kränkelt seit einiger Zeit. Die Dämpfe aus dem Sumpf bekommen ihm nicht. Ich befürchte, er wird bald daheim im Stadthaus bleiben müssen.«

Katharina nickte stumm und achtete darauf, nicht über die Kisten und Körbe zu stolpern, die vor der Kammer standen. Thomas führte sie hinaus. Damit der Hund sie nicht durch sein aufgeregtes Bellen verriet, sperrten sie ihn kurzerhand ein. Noch nie hatte sich Katharina im Dunkeln außerhalb des Hauses aufgehalten. Dazu war sie viel zu furchtsam. Als sie auf der Straße standen, kamen ihr Bedenken.

Thomas ergriff ihre Hand und bemerkte, wie sie zitterte.

»Ich bin bei dir«, versuchte er ihr Mut zu machen.

»Ich weiß«, flüsterte sie zurück. Sie tappte neben ihm her. Die sonst so rege benutzte Via Regia lag still. Kein Mensch war zu sehen. Wer konnte, hatte vor Einbruch der Dunkelheit die Stadt mit ihren schützenden Mauern erreicht oder in der vorgelagerten Funkenburg Quartier bezogen.

Langsam gewöhnten sich Katharinas Augen an die Dunkelheit, und nun konnte sie auch schon Einzelheiten unterscheiden. Sie drehte sich um und warf einen Blick zurück. Irgendwo am Horizont zog sich die Silhouette der Stadt hin. Nur die Kirchtürme ragten wie dunkle, mahnende Finger in den Nachthimmel und verdeckten die Sterne. Über den Pfingstwiesen waberte Nebel wie Wasser. Dahinter lag düster der Wald des Rosentals. Sie packte Thomas' Hand fester und bemühte sich, dicht neben ihm zu bleiben. Seine Nähe gab ihr Mut.

Sie überquerten wieder eine Brücke und drangen tiefer in die Aue vor. Diese langgestreckte Niederung wurde von mehreren Flüssen wie ein Aderngeflecht durchzogen. Oftmals überfluteten sie im Frühjahr oder nach starken Regenfällen die Aue und machten sie unpassierbar. Vor allem die Verbindung zum Dörfchen Lindenau auf der anderen Seite der Aue wurde dabei unterbrochen. Die Flüsse und ihre vielgestaltigen Nebenarme atmeten Feuchtigkeit aus. Häufig hingen Nebel zwischen den Baumwipfeln, der Boden war sumpfig und zwischen den Stämmen geisterten Irrlichter. Riesige alte Eichenbäume, Buchen und Linden breiteten ihre Blätterdächer aus und bildeten einen dunklen Dom.

Durch diesen tasteten sich die beiden Menschenkinder, sich fest an den Händen haltend. Solange sie sich auf der Straße befanden, kamen sie forschen Schrittes voran. Sie querten die Lindenauer Brücke, die über den westlichen Arm des Elsterflusses führte. Einige Schritte später zog Thomas sie von der bequemen Straße auf einen schmalen Pfad. Er führte durch die nebligen Wiesen, unter Linden durch, aus dessen Blätterwerk das Wasser tropfte wie nach einem Regen.

Mit starren Augen beobachtete Katharina tanzende Wesen über den Wiesen, zart wie Feenflügel und doch unheimlich. Sie waren nicht greifbar, verformten sich bizarr und zerflossen zu Nichts. Da standen Bäume von gar grässlicher Gestalt, knorrig und verschlungen, wie riesige Alraunen. Katharina näherte sich ihnen mit Grausen und hielt den Atem an, wenn sie unter ihnen vorbeiging. Sie wagte nicht in das verwirrende Geäst zu blicken und befürchtete, dass sich so ein knorriger Arm herabsenkte und sie greifen würde. Sie stolperte über Wurzeln, die aus dem Boden herausragten und stieß gegen vermodernde Stümpfe, wo vor langer Zeit ein Baum geschlagen worden war.

»Bist du sicher, dass wir richtig gehen?«, fragte sie Thomas mit belegter Stimme.

»Ja, ich war schon oft bei der alten Griseldis.«

»Auch nachts?«

»Nein.«

Sie schwiegen beide und tasteten sich weiter vorwärts. Ab und zu leuchtete ihnen ein fahler Mond, doch meist schoben sich graue Wolken davor. Auf Katharinas Stirn stand ein dünner Schweißfilm, so konzentrierte sie sich auf den Weg vor ihnen, obwohl es kühl und feucht war. Lautlos huschten dunkel Schatten durch die Luft und schlugen Kapriolen. Katharina zuckte zusammen und blieb stehen.

»Das sind Fledermäuse«, erklärte Thomas. Aber auch ihm war es nicht geheuer. Es kostete ihn alle Kraft, sich vor Katharina nichts anmerken zu lassen.

»Ich fürchte mich vor ihnen.« Sie zog die Kapuze ihres Umhangs tiefer ins Gesicht. Fledermäuse könnten sich in ihr Haar verkrallen und dann ihre giftigen Zähne in ihren Kopf schlagen. Sie schauderte.

Thomas zog sie weiter. »Komm, es ist noch ein Stück des Wegs.«

Es war gar kein richtiger Weg mehr, den sie gingen. Sie bewegten sich zwischen zwei Flüssen, patschten durch flache Tümpel, moorige Weiher, stießen gegen ein Gewirr von nassen Baumstämmen. Irgendwo schrie ein Waldkauz, und im Unterholz knackte es.

Katharina drängte sich näher an Thomas und er legte seinen Arm um sie.

»Wir haben es ja bald geschafft«, murmelte er wider die eigene Überzeugung.

Katharina ließ sich wimmernd auf den feuchten Boden sinken. »Es hat doch keinen Zweck. Wir werden uns verlaufen und elend sterben. Oder die Wassergeister ziehen uns in ihr nasses Reich. Was habe ich getan, dass ich dich zu diesem Wahnsinn überredete!«

»Steh auf, Katharina«, bat Thomas. »Wir werden den Weg finden. Ich war schon oft bei Griseldis. In der Nacht sieht alles nur etwas anders aus, und der Weg kommt einen länger vor. Ich will nicht, dass du einen anderen Mann heiraten musst und dabei unglücklich wirst.«

Mühsam erhob sich Katharina. Ihr Kleid und der Umhang waren nass bis zu den Hüften, ihre Schuhe voller klebrigen Lehm, Zweige hatten ihre Hände zerkratzt, und kalter Schweiß lag auf ihrem Gesicht. Es konnte auch die Feuchtigkeit im Wald sein oder ein paar Tränen oder alles zusammen.

Vor ihnen tat sich ein Weiher auf und versperrte den Weg. Sie wollten ihn umgehen, doch sein mit Erlen und Weiden bestandenes Ufer zog sich hin. Sie stolperten über umgestürzte Baumstämme, von denen ein modriger Geruch ausging. Es platschte im Wasser, und ein Frosch empörte sich über die nächtliche Ruhestörung. Im Geäst einer Erle schrie ein Tier. Katharina hörte ihren eigenen Atem überlaut, und das Blut rauschte in ihren Ohren.

Sie tasteten sich am Rande des Weihers entlang, ohne eine Möglichkeit zu finden, ihn zu umgehen.

»Wir müssen zurückgehen. Hier kommen wir nicht durch.« Katharina raffte ihren Rock.

Thomas kannte diesen Weiher gar nicht. Er war sich fast sicher, dass sie sich verlaufen hatten. Wo befanden sie sich? Er konnte Katharina nichts von seiner Vermutung sagen, sie würde sich noch mehr ängstigen. Ein umgestürzter Baumstamm lag im Wasser und schaute zur Hälfte heraus.

»Komm hier entlang. Der Baum ist wie eine Brücke.«

Er führte Katharina auf den glitschigen, bemoosten Stamm. Er ging voran. Zähneklappernd tastete Katharina sich Schritt für Schritt vor. Ihre fein gearbeiteten Schuhe aus dünnem Leder waren längst ruiniert. Total durchnässt und lehmverschmiert ließen sie nur noch unsichere Schritte zu. Es knirschte, und das morsche Holz gab unter ihren Füßen nach. Ehe Thomas sie halten konnte, glitt Katharina aus. Ihre Füße fanden keinen Halt mehr, ihre Arme ruderten hilflos furch die Luft, dann fiel sie in das kalte, morastige Wasser. Sie schrie entsetzt auf, bevor es platschte.

Thomas fuhr erschrocken herum, doch er konnte Katharina nicht festhalten. Er balancierte selbst zutiefst unsicher auf dem Stamm. Seine Hände fassten ins Leere.

»Katharina! Wo bist du?«

»Hier«, kam es kläglich von unten. Sie krallte sich an das Geäst des Baumes. Die morschen Äste brachen unter ihren Händen weg. Verzweifelt paddelte sie mit den Armen und bekam endlich eine Astgabel zu packen. Mit aller Kraft zog sie sich hoch. Thomas bekam sie am Umhang zu fassen.

»Ein Wassergeist hält mich fest«, schrie sie. »Er hält mich am Bein fest und will mich hinabziehen!« Die Todesangst verlieh ihr fast übermenschliche Kräfte. Auch Thomas geriet in Panik. Verzweifelt zerrte er an ihrem Umhang, der sich nun gänzlich mit Wasser vollgesogen hatte. Das half. Katharina schob sich bäuchlings auf den Stamm und blieb erschöpft liegen. Ihr Atem ging keuchend und die eben überstandene Gefahr ließ ihr Herz rasen. Auch Thomas war erleichtert.

Auf allen vieren krochen sie zum Ende des Stammes. Das Ufer des Weihers war morastig und mit Röhricht bestanden. Trauerweiden ließen ihre langen Zweige wie seltsame Fühler in das Wasser hängen. Sie schlugen sich durch das raschelnde Dickicht. Zweige schlugen Katharina ins Gesicht. Sie schmeckte Blut auf den Lippen.

Die Bäume rückten nun näher zusammen, zwischen ihnen schimmerte der Boden feucht. Es wurde dunkler, die Kronen der mächtigen Eichen griffen ineinander über, verzweigten sich miteinander, bildeten ein undurchdringliches Astgewirr. Das Mondlicht drang nicht mehr durch das Blätterdach. Sie stießen sich an den Stämmen, stolperten über Wurzeln, von oben tropfte es unablässig auf sie herab.

»Thomas, ich kann nicht mehr«, wimmerte Katharina.

Er blieb stehen und zog sie zu sich heran. Tröstend strich er über ihr feuchtes Haar. »Wir haben es gleich geschafft.« Doch das hatte er vor einer Weile auch schon gesagt. Wie viel Zeit war wohl inzwischen vergangen?

Wieder versperrte ihnen ein Wasser den Weg, doch diesmal lag ein halb verrottetes Ruderboot darin. Im gleichen Augenblick wischte der Wind eine dunkle Wolke vom Mond und sein kaltes, weißes Licht fiel auf eine Hütte, die unter dichten Eichenbäumen kaum zu erkennen war.

»Wir sind da«, rief er außer sich und hüpfte wie ein Floh herum. »Wir haben es gefunden!«

»Hattest du daran gezweifelt?« Eine schwere Last fiel von Katharinas Herz. Bis auf die Haut durchnässt, schmutzig und durchgefroren, am Ende ihrer Kräfte, dennoch glücklich liefen sie auf die Hütte zu.

Es war ein uraltes, windschiefes Häuschen, eine Hütte, eingewachsen in den Urwald. Aus Balken, Stroh und Lehm errichtet, duckten sich die buckligen Wände unter einem übermächtigen Walmdach aus Röhricht und Schilf. Viel mehr konnte Katharina in der Dunkelheit nicht erkennen. Hinter dem winzigen blinden Fensterchen neben der hölzernen Tür flammte ein Licht auf, dann öffnete sich die Tür knarrend.

»Was ist denn das für ein Lärm hier?«, vernahmen sie eine

dünne, etwas krächzende Stimme, die zu einer alten Frau gehörte. Sie trat aus der Hütte, ein Talglicht in der Hand und blinzelte in die Dunkelheit.

»Ich bin es, Griseldis, der Thomas vom Kuhturm. Ich bringe dir einen Gast.«

»Einen Gast? Um diese Zeit? Das kann nichts Gutes bedeuten.«

»Bitte, lass uns ein. Wir sind müde und nass. Der Weg war sehr beschwerlich.«

Die Alte kicherte. »Das möchte ich meinen, in stockdunkler Nacht. Wer sich auf einen solchen Weg begibt, der hat etwas zu verbergen. Thomas, was hast du angestellt?«

»Ich habe gar nichts angestellt. Willst du uns hier vor Kälte sterben lassen?«

»In Gottes Namen, weil du es bist, Thomas.« Sie drehte sich um und verschwand wieder in der Hütte, ließ aber die Tür hinter sich offen.

Erst jetzt bemerkte Katharina, dass die Hütte auf einer Insel stand, die von einem grabenähnlichen Wasserlauf umflossen wurde. Eine wackelige Holzbrücke führte hinüber. Thomas ging voran und führte Katharina. Nacheinander betraten sie die Hütte. Katharina schloss die Tür hinter sich.

Die Alte hatte das Licht auf den Tisch gestellt und drehte sich nun um. Katharina durchfuhr ein Schreck. Die alte Griseldis sah so aus, wie sie sich immer eine Hexe vorgestellt hatte: klein, buckelig und alt, mit verrunzeltem Gesicht, einer großen Nase und zahnlosem Mund. Die alte Frau trug schlichte Kleidung aus grobem Stoff und um die Schultern ein aus derber Schafwolle geknüpftes Tuch. Aus ihren kleinen, wässrigen Augen betrachtete sie Katharina aufmerksam.

»Wen bringst du da mit, Thomas? Mir scheint, es ist eine feine Dame aus gutem Hause, auch wenn sie im Augenblick nicht danach aussieht.« Sie ließ ein meckerndes Lachen ertönen.

Dann ging sie zu dem steinernen Kamin, der sich mitten im Raum befand und legte einige Holzscheite auf die mit Asche bedeckte Glut. Sie wedelte mit einem Reisigbesen vor dem Ofenloch herum, und das Holz begann zu qualmen und zu zischen, es knackte und spuckte, dampfte und knarrte, und dann loderten kleine Flammen wie gierige Zungen daraus hervor.

»Komm her und leg deinen Mantel ab«, forderte Griseldis Katharina auf.

Katharina trat näher ans Feuer und zog sich den Mantel von den Schultern. Griseldis nahm ihn ihr ab und hängte ihn neben dem Kamin zum Trocknen auf. Dann betrachtete sie das Mädchen wieder. Auch Katharinas Kleid hatte gelitten. Der Saum war zerrissen, der Stoff beschmutzt und durchnässt. Ihre Schuhe lösten sich auf, das feine Material hatte die nächtliche Wanderung nicht durchgehalten. Griseldis schüttelte den Kopf. Wer sich so auf eine Waldwanderung begab, hatte sich wahrlich schlecht vorbereitet oder keine Zeit mehr dazu gehabt.

Sie fragte nichts, setzte dafür einen Kessel mit Wasser aufs Feuer und warf aromatische Teeblätter in eine eiserne Kanne. Wenig später dampfte heißer Tee und gab den beiden jungen Leuten ein bisschen Lebenskraft zurück.

Katharina und Thomas hatten sich vor das Feuer auf eine wackelige Bank gesetzt. Nun erst bemerkte das Mädchen eine Bewegung in einer dunklen Ecke des Raumes und erschrak. Es war eine Ziege, die mit Griseldis das Haus teilte. Sie lag zufrieden auf einer Schütte aus Schilf und blickte die Besucher aus gelblichen Augen misstrauisch an. Jetzt konnte sich Katharina auch den strengen Geruch erklären.

»Kann Katharina eine Weile bei dir bleiben?«, fragte Thomas mit bangem Blick.

»Du meinst, sie will sich bei mir verstecken?« Sie maß Katharina wieder mit einem musternden Blick. »Was hat sie denn ausgefressen?«

»Nichts. Sie soll einen Mann heiraten, den sie nicht mag.«

Griseldis lachte quäkend wie ein Frosch. »Na und? Heiraten ist doch etwas ganz Normales. Sie soll froh sein, wenn sie einen Mann abbekommt und nicht in so ein schreckliches Kloster kommt, wo sie mit dem Herrn Jesus verheiratet wird. Der hat doch schon so viele Weiber.«

»Ihre Schwester hat dieses Schicksal bereits ereilt. Nun soll Katharina an einen alten, hässlichen Mann verheiratet werden.«

Griseldis fuhr heftig mit der Hand durch die Luft. »Hat die Dame keinen Mund, dass sie mir das nicht selbst erzählen kann?«

Thomas verstummte und Katharina errötete.

»Verzeiht mir, gute Frau. Es ist sehr freundlich von Euch, dass Ihr mir Gastfreundschaft zu so ungewöhnlicher Stunde gewährt. Es sind auch ungewöhnliche Umstände, die mich zu dieser gefahrvollen Wanderung bewogen. Ich habe alles hinter mir gelassen, was mir im Leben jemals lieb und teuer war. Erst wurde mir meine Zwillingsschwester entrissen, und nun soll ich einem Manne angetraut werden, den ich nie zuvor gesehen habe und weder lieben noch achten kann. Dann möchte ich lieber tot sein.«

»So schnell stirbt es sich nicht«, erwiderte Griseldis. »Deine Eltern werden dich suchen lassen, und dann kommt die alte Griseldis in die Zwingburg und hat Ärger am Hals. Glaubst du, dass ich das will?«

Katharina schüttelte den Kopf. »Ich möchte nicht, dass Euch meinetwegen ein Leid geschieht. Morgen werde ich weiterziehen und mir jenseits des Waldes eine Bleibe suchen.«

»Wo willst du denn hin? Ob du nach Gundorf gehst oder bis nach Merseburg, überall gibt es Häscher und Soldaten, die dich aufspüren können.« Griseldis wiegte zweifelnd ihr graues Haupt. »Ich glaube nicht, dass es etwas bringt davonzulaufen.«

»Bitte, Griseldis«, flehte Thomas. »ich kann nicht zulassen, dass Katharina mit diesem Mann unglücklich wird. Es bedarf aber einiger Zeit, bis ... na ja, bis Gras über die ganze Sache wächst.«

Griseldis grinste mit ihrem zahnlosen Mund und schenkte Thomas einen verständnisvollen Blick. »Na gut, eine Weile mag es schon gehen. Aber nicht für immer. Ich nehme an, hier wird sie niemand so schnell vermuten. Allerdings ...« Sie stockte und überlegte. »In diesen Kleidern kannst du hier nicht herumlaufen. Manchmal kommen doch Leute bis hierher, Jäger oder auch Bauern, die Holz sammeln. Aber wir werden schon etwas für dich finden.«

»Oh, danke Griseldis«, rief Thomas erleichtert. Dann wandte er sich an Katharina. »Ich werde dich öfters besuchen kommen. Und ich werde in der Stadt die Ohren offen halten. Vertrau mir, alles wird gut.« Er nahm sie in die Arme und drückte sie an sich.

»Ich danke dir«, flüsterte Katharina mit tränenerstickter Stimme.

In diesem Augenblick fühlte Thomas sich unendlich groß und stark und erwachsen. Sein Herz weitete sich und das warme Gefühl für Katharina verwandelte sich in einen sprudelnden Quell, der in ihm perlte und gluckerte. Er drückte einen Kuss in ihr lockiges Haar, das wie Honig aussah und immer noch nach Lavendel duftete. Wie wundervoll war es doch, sie in den Armen zu halten. Wenn erst wieder Ruhe eingekehrt war, würde er sich ihr erklären. Mit seinem Lohn aus der Anstellung als Kuhwächter – und dass er der Nachfolger seines Vaters werden würde, war er sich ganz sicher – könnte er eine kleine Familie durchaus ernähren. Fast sein ganzes Leben lang hatte er davon geträumt, dass Katharina einmal sein Eheweib werden würde. Nun war dieser Traum greifbar nahe.

Im zeitigen Morgengrauen verabschiedete sich Thomas von Griseldis und Katharina. Er musste zurück sein, bevor der Vater seine Abwesenheit bemerkte. Katharina bemühte sich, tapfer zu sein, als er sie ein letztes Mal umarmte, aber die Tränen kamen unwillkürlich.

»Ich danke dir«, flüsterte sie.

Auch Thomas wurde von Rührung erfasst. Gleichzeitig jedoch war er sich seiner Verantwortung für Katharina bewusst, und das gab ihm Kraft.

»Ich werde dich, so oft es geht, besuchen«, versprach er. »Und zu essen bringe ich auch mit. Es wird nicht für lange sein. Vergiss mich nicht!«

Sie schüttelte den Kopf. »Wie könnte ich«, flüsterte sie und zog aus ihrem kleinen, mittlerweile ebenfalls durchnässten Bündel eine winzige Holzfigur heraus.

»Du besitzt es noch?«, staunte Thomas. Er hatte die kleine Holzkuh sofort wiedererkannt, die er Katharina vor langer Zeit geschnitzt hatte.

»Ja, sie wird mich an dich erinnern«, erwiderte sie und umschloss die Schnitzerei fest mit ihren Fingern. Sie hob sich auf die Zehenspitzen und hauchte Thomas einen Kuss auf die Wange. »Gott beschütze dich.«

»Gott beschütze dich auch«, sagte er und entschwand zwischen den mächtigen Eichenstämmen.

Griseldis bereitete Katharina ein Lager aus Schilf und reichte ihr eine grobe Wolldecke. Kaum hatte sich Katharina niedergelegt, übermannte sie ein bleischwerer Schlaf.

Die Sonne stand schon hoch am Himmel, als Katharina erwachte. Es war ein prächtiger Herbsttag. Der Waldboden dampfte, es duftete nach Pilzen. Die Tür der Hütte stand weit offen und ließ die würzige Waldluft herein. Sie richtete sich auf und schaute sich um. So richtig hell wurde es hier drinnen wohl nie, aber immerhin konnte sie jetzt wesentlich mehr Einzelheiten erkennen als in der Nacht zuvor.

Die Hütte war denkbar einfach gearbeitet und ebenso eingerichtet. Immerhin gab es ein halbwegs solide gezapftes Fachwerk, wie es den schmucklosen Bauernhäusern eigen war. Die Wände bestanden aus Stak- und Weidenflechtwerk, verschmiert mit Lehm und gehäckseltem Stroh. Eine Kalktünche darauf vermittelte ein gefälliges Aussehen. Der Boden bestand aus gestampftem Lehm.

Das ganze Haus schien nur aus diesem einen Raum zu bestehen, dessen Mitte der steinerne Kamin mit der offenen Feuerstelle bildete. Er diente als Wärmequelle und Kochgelegenheit zugleich. Im Ofenloch gab es sowohl die Möglichkeit, einen Eisenrost einzuschieben, als auch einen Kessel aufzuhängen oder einen Topf auf ein eisernes Dreibein zu stellen. Am Schornstein hingen verschiedene Tiegel und Töpfe an eisernen Haken. Neben dem Kamin lagen Holzscheite und Reisigbündel. Von den Deckenbalken hingen allerlei Kräuterbündel zum Trocknen herab, aber auch Wäsche und Katharinas Mantel. Neben dem Kamin an der Wand stand das Bett der Alten. Es war aus rohen Holzbrettern gezimmert und mit einem Strohsack gefüllt. Darüber lag ein Laken aus grobem Nesselstoff gebreitet. Eine Wolldecke diente zum Zudecken.

Auf der anderen Seite des Raumes stand eine Korbtruhe, ein Regal mit unzähligen Töpfchen, Flaschen und Dosen, die wahrscheinlich jede Menge Kräuter, Tinkturen und Tees enthielten, aber auch Säckchen mit irgendwelchen geheimnisvollen Inhalten. Davor stand ein Tisch, eine Bank, daneben ein Lehnstuhl aus biegsamem Eschenholz. Ein Krautfass, verschiedene Weidenkörbe und kleinere Fässchen mit eingelegtem Gemüse vervollständigten die karge und zweckmäßige Einrichtung. Auf dem Tisch stand ein kleiner geflochtener Handkorb voller frischer Pilze, die einen würzigen Geruch verströmten.

Katharina erhob sich von ihrem Lager und trat vor die Hütte. Sie stand tatsächlich auf einer kleinen Insel inmitten eines schmalen Flussarmes, der den Hügel umschloss, auf dem das Haus stand, und ihn auf eine natürliche Weise schützte. Auf einer Seite führte eine schmale Holzbrücke hinüber zum Ufer. Von weitem sah sie Griseldis zwischen den Stämmen, wo sie sich hin und wieder bückte und etwas aufsammelte, was sie in ihren Handkorb legte.

Die Ziege zog sie an einem Strick mit sich. Das Tier suchte sich sein Futter am Fuße der mächtigen Eichen und knabberte mal hier einen Grashalm, mal da ein Kräutlein und wackelte ununterbrochen mit dem Schwanz.

Katharina überquerte die Brücke und betrachtete das Haus aus dieser Entfernung. Es wirkte wie ein Haufen Schilf oder Rohr, wenn unter dem tief gezogenen Dach nicht die Tür und das einzige Fenster zu sehen gewesen wäre. Fast verschmolz das Gebäude mit dem Geäst der Eichen, die es umgaben. Wilder Efeu und eine Hundsrose wucherten an den Wänden bis auf das Dach.

Es gab keine Grenze zwischen der Natur und dem Bauwerk, alles ging ineinander über. Das Dach selbst wurde von einer Moosschicht überzogen. Ein bunter Vogel pickte darin herum und fand wohl ausreichend Nahrung.

Griseldis hatte sie entdeckt und winkte ihr. Auch sie sah bei Tageslicht nicht mehr ganz so zum Fürchten aus. Katharina ging zu ihr und nahm ihr den Korb ab. Drinnen lagen allerlei Kräuter.

»Nun, hast du ausgeschlafen?«, wollte Griseldis wissen.

»Ich hoffe, Ihr denkt nicht von mir, ich wäre ein Faulpelz«, entschuldigte sich Katharina. »Aber der Schlaf übermannte mich wie der Tod.«

Sie verschwieg, dass ihr jeder Knochen einzeln schmerzte von dem harten und unbequemen Lager. Griseldis wandte sich zur Hütte um.

»Du musst erst etwas essen. Und dann gebe ich dir andere Kleider. So fällst du auf.«

Sie zerrte am Strick der störrischen Ziege, die sich an den letzten Kräutern des Sommers laben wollte. Schräge Sonnenstrahlen durchbrachen das welk werdende Blätterdach der mächtigen Eichen. Das Laub verfärbte sich bereits und über den Wasserläufen dampfte es. Der Boden war feucht und an manchen Stellen sogar sumpfig. Wer würde schon auf den Gedanken kommen, dass sich Katharina ausgerechnet hier versteckt hielt?

Griseldis eilte mit ihrem wackelnden Gang zurück in die Hütte, stellte eine Schüssel auf den Tisch und goss frisch gemolkene Ziegenmilch hinein. Dann legte sie Haferbrot daneben und zerhackte die gesammelten Kräuter, die sie in die warme Ziegenmilch streute. »Hier hast du eine kräftige Wecke«, sagte sie zu Katharina und legte einen aus hellem Lindenholz geschnitzten Löffel hinzu.

Katharina setzte sich auf die Bank und faltete die Hände zum Tischgebet. Sie schloss sowohl ihre Schwester Maria als auch den Vater in das Gebet mit ein. Der Gedanke an die Geliebten machte sie betroffen.

Ein kurzer Blick zu Griseldis bestätigte ihr, dass diese sie beobachtete. Sie beendete schnell das Gebet, bekreuzigte sich und griff zum Löffel. Schon bei Thomas im Kuhturm hatte sie mit Appetit das in Milch gestippte Brot verzehrt. Auch jetzt brockte sie das helle Haferbrot in die Ziegenmilch.

Daheim gab es derartige Speisen nicht. Milch war ein Armenessen, und das hatten sie im Handelshaus Preller nicht nötig. Außerdem verabscheute Philomena Milch aufs Heftigste und achtete sehr zu Walburgas Verzweiflung strengstens darauf, dass Milch nicht mit anderen Speisen in Berührung kam. Ja, nicht einmal den gleichen Kochlöffel durfte die Köchin dafür verwenden.

»Du sollst das Böcklein nicht in der Milch seiner Mutter kochen«, pflegte sie zu sagen. Nicht einmal Wildbret in saurer Sahne durften sie zubereiten.

»Milch ist was für arme Leute«, erklärte dann der Vater, wenn

Walburga wieder einmal mit Philomena deswegen in Streit geriet. Deswegen gab es im Hause Preller auch selten ein Milchgericht, nicht einmal für die Dienerschaft. Auch an die Abneigung gegen manche Fleisch- oder Fischgerichte hatten sie sich gewöhnt. Philomena verabscheute Schweinefleisch ebenso wie Krebse, Muscheln und Aal. Wenn diese Speisen auf Anweisung von Hieronymus auf den Tisch kamen, zog es Philomena vor, sich in ihre Kammer zurückzuziehen und der Mahlzeit ganz zu entsagen.

Katharina schmeckten Milchgerichte besonders gut, auch wenn die Ziegenmilch gegenüber der Kuhmilch einen strengeren Geschmack besaß.

»Heute Abend gibt es diese Pilze, die ich im zeitigen Morgengrauen gesammelt habe«, erklärte Griseldis und nahm vorsichtig einige besonders schöne Exemplare aus dem Korb. »Gottes Garten schenkt uns so viel, dass wir nicht hungern müssen. Nachher suche ich die Schlingen ab. Im Gebüsch der Schlehen und Hundsrosen kann man allerlei Vögel fangen.«

Katharina entdeckte einige Prachtexemplare von Tintlingen, Täublingen, Fälblingen und Risspilzen, einige junge Baumpilze, Samthäubchen und Morcheln.

»Gebt mir ein Messer, ich werde sie für die Mahlzeit zubereiten«, bot sich Katharina an.

»Ich weiß etwas Besseres für dich«, entgegnete Griseldis und erhob sich. Sie kramte in der Korbtruhe herum und zog eine Leinenbluse sowie ein größeres Stück dunkelgrünen Stoffs hervor.

»Meine Augen sind nicht mehr so gut und meine Hände für das Nähen zu grob. Dieses Hemd hat mir eine mildtätige Dame im Dorf gespendet, wo ich manchmal Kräuter und Pilze gegen Mehl und Gemüse eintausche. Du kannst sie dir ändern und aus diesem Stück Stoff einen Rock nähen. Den Mantel wäschst du gründlich aus und auch dein Kleid. Das packst du weg. Es könnte dich verraten. Mit diesen Sachen da siehst du aus wie eine Magd.

Du könntest meine Enkelin sein, der ich die Kräuterkunde lehre. Die Schuhe wirfst du am besten gleich ins Feuer. Näh dir neue aus dem Ziegenleder. Solange kein Schnee liegt, kannst du auch barfuß gehen.«

Griseldis kramte Nadel, derbes Garn und eine hölzerne Handspindel hervor.

»Die Wolle kannst du verspinnen. Ich habe sie von einem Bauern bekommen. Der Winter kommt bald und du brauchst ein warmes Mieder und einen Schal.«

Katharina erschrak. Der Gedanke, dass sie den ganzen Winter im Wald zubringen sollte, war ihr überhaupt noch nicht gekommen. Nein, bis dahin musste eine andere Lösung gefunden werden. Aber noch war es nicht so weit und ein paar Wochen würde sie hier aushalten können.

Griseldis wollte nach den Vogelfallen sehen und Katharina setzte sich auf die Bank vor der Hütte mit dem Nähzeug auf dem Schoß und genoss die letzten warmen Sonnenstrahlen des Herbstes.

Während sie die Leinenbluse auf ihre Größe änderte, dachte sie an die feinen Stickarbeiten, die sie zusammen mit Maria und Philomena Zuhause ausgeführt hatte. Dafür besaßen sie feinste Nadeln und glänzendes Seidengarn. Es war kein Vergleich zu diesem derben Stoff und der stumpfen, dicken Nadel. Das gestickte Bild war ein kleines Meisterwerk und sie waren so stolz darauf, als es fertig war und von Hieronymus gebührend bewundert wurde.

Die Bluse war schnell geändert, und danach nahm sie sich den derben Wollstoff vor, aus dem sie einen Rock nähte. In diesen Kleidern wirkte sie tatsächlich wie ein Bauernmädchen. Sie kam sich plump und derb vor. Der harte Stoff kratzte auf der Haut.

Sie hatte die Näharbeiten fast beendet, als Griseldis mit zwei Drosseln, einer Hohltaube und einer Feldlerche als Ausbeute ihrer Vogelfallen zurückkam. Sie warf die an den Beinen zusammengebundenen Vögel auf den Tisch.

»Das gibt einen Festschmaus«, meinte sie sichtlich zufrieden. »Es ist nicht immer so, dass Gottes Gaben auf meinen Tisch wandern.«

»Wie lebt Ihr überhaupt hier draußen, gute Frau?«, wunderte sich Katharina. »So ohne Garten und ohne Markt.«

»Der Tisch ist gedeckt«, erwiderte die alte Frau heftig. »Mit Kräutern im Frühjahr und Eiern der Enten, die überall brüten. Im Sommer und Herbst gibt es Wurzeln, Pilze und Fische. Und im Winter gibt es schon einmal ein Stück Wildbret.« Sie kicherte. »Außerdem schlachte ich dann das Zicklein, das mir meine Ziege Nimmersatt jährlich zur Welt bringt.«

»Und wo ist das Zicklein?«, wollte Katharina wissen.

Die Alte zuckte mit den Schultern. »In diesem Jahr gab es kein Zicklein. Der Bauer verlangte zu viel Geld für seinen alten Geißbock. Da habe ich ihm gesagt, dass ich seinem Bock das Vergnügen nicht gönne. Es geschah ein Wunder, dass meine Ziege trotzdem ein pralles Euter bekam und mir nun Milch schenkte. Das machen die vielen Kräuter, die ich ihr füttere.« Sie blickte auf den Korb mit Pilzen. »Ich werde wohl wieder Pilze im Dorf gegen Mehl tauschen.« Sie seufzte. »Das wird auch von Jahr zu Jahr teurer. Die Müller sind die größten Halunken und bereichern sich an der Mahlmetze. Ja, ja, die Müller und Bäcker stehlen nicht, man bringt's ihnen. Deshalb kommen die Müller auch nicht in den Himmel.« Sie kicherte wieder. »Es ist kein angenehmes Leben, aber mir gefällt es so. Hier im Wald bin ich frei, und kaum jemand wagt sich hierher.« Sie änderte abrupt das Thema. »Thomas ist ein guter Junge. Es freut mich, dass er so eine nette Braut gefunden hat.«

Das hatte Griseldis wohl völlig falsch verstanden. Doch Katharina schwieg. Sie hing ihren eigenen Gedanken nach. Bis zum Winter musste sie eine andere Lösung gefunden haben. Sie konnte der alten Griseldis nicht zur Last fallen. Doch wo sollte sie hin?

Während Griseldis die Pilze putzte, plapperte sie unaufhörlich. Offensichtlich war sie froh, jemanden zum Schwatzen zu haben.

»Diese Baumpilze sind ja nicht besonders schmackhaft und wenn sie älter werden, dann werden sie wie altes Leder. Am besten sind natürlich die Georgenschwämmchen, aber die gibt es ja nur um den Sankt-Georgs-Tag. In diesem Jahr fand ich viele, und ich habe sie verkauft. Morcheln hat es auch allenthalben gegeben, dazu die herzhaften Kräuter, glaub mir, dafür würde der Erzherzog das zarteste Fasanenfleisch stehen lassen. Ich kenne die besten Pilzstellen und halte sie natürlich geheim. Man muss Pilze um Mitternacht bei Vollmond suchen, dann entfalten sie ihren Geschmack am besten. Bei Kräutern ist es übrigens umgekehrt. Die erntet man am besten um die Mittagszeit und kurz vor der Blüte, da sind sie am würzigsten. Kennst du dich mit Kräutern aus?«

Katharina hatte dem unablässigen Geplapper der Alten gar nicht zugehört. Sie fühlte einen seltsamen Druck im Kopf und ihr Hals schmerzte. Draußen krächzte eine Rabenkrähe und ließ sich auf dem untersten Ast der großen Eiche nieder. Mit geneigtem Kopf äugte sie zur offenen Tür hinein. Griseldis rupfte die Vögel und zog ihnen die Gedärme heraus.

»Die Herzen verwende ich, aber die restlichen Innereien werden nur im Winter gekocht«, erklärte sie. »Die Vögel fressen dann nur Sämereien, und da schmecken die Innereien nicht so streng wie im Sommer, wo sie auch allerhand Gewürm vertilgen.«

Sie warf die blutigen Innereien zur Tür hinaus. Sofort stürzte sich die Krähe mit lautem Gekrächze darauf und verschlang sie gierig. Katharina schwindelte. Als sie sich zu Griseldis wieder umwandte, sah sie die Alte doppelt. Was war das für ein Zauber? Plötzlich begriff sie: Griseldis war eine Hexe!

Katharina wollte aufspringen und davonlaufen, doch sie schwankte nur. Ihre starren Augen blieben auf die doppelte Griseldis geheftet. Kein Zweifel, sie war eine Hexe, sie konnte sich verdoppeln! Weiß der Teufel, wie sie das machte. Und nun sprachen die beiden Köpfe auch noch zu ihr. Aber sie verstand sie nicht. Quälende Hitze breitete sich in ihr aus. Griseldis fasste nach ihr.

»Lieber Gott, du bist ja ganz heiß! Das Fieber hat dich ergriffen!«

Katharina erhob sich von der Bank und schwankte. Griseldis führte sie zum Bett.

»Ich brühe dir einen Lindenblütentee. Leg dich hin. Wenn das Fieber nicht weichen will, werde ich dir kalte Wickel bereiten.«

Ihre Worte rauschten an Katharinas Ohren vorbei. Sie ließ sich schwer auf das Bett fallen. Dann versank alles um sie herum.

Es waren Tage im Fieberwahn, Nächte in Dunkelheit, wirre Träume voller gespenstischer Wesen: Bäume mit menschlichen Gesichtern, schweigende Nonnen, die sich plötzlich in die Lüfte erhoben und zu Fledermäusen wurden, eine dunkle Höhle, in der tote Vögel von der Decke hingen. Einmal glaubte sie Thomas zu erkennen. Er sprach mit ihr und sie antwortete, doch sie erinnerte sich nicht an die Worte.

Sie wusste nicht, wie viel Zeit vergangen war. Es war auch ohne Bedeutung. Sie wusste auch nicht, wie nahe sie dem Tod stand, der schon die knochige Hand nach ihr ausstreckte.

Irgendwann wich das Fieber aus ihrem Körper. Sie begann zu frieren und fühlte, wie jemand ein Fell über sie deckte. Es schmeckte bitte auf ihrer Zunge. Jemand hatte ihr übel schmeckende Medizin eingeflößt.

Draußen rauschte gleichförmig der Regen und schläferte sie ein. Sie schlief fest und traumlos und wachte erst am nächsten Morgen auf.

»Da haben wir aber noch einmal Glück gehabt!« Es war Griseldis, die sich über Katharina beugte und sie aufmerksam betrachtete.

Vorsichtig richtete Katharina sich auf und schaute sich um. »Wo bin ich?«

»Immer noch bei mir. Du hast mir einen ganz schönen Schrecken eingejagt. Was hätte ich mit einer Toten hier anfangen sollen? Ein Grab zu schaufeln ist eine üble Anstrengung. Der Boden ist schwer und nass und klebt wie Pech. Außerdem habe ich keine Schaufel.«

»Eine Tote? Wo ist eine Tote?«

»Du bist die Tote«, erwiderte Griseldis mit hartem Lachen. »Beinahe. Wenn ich nicht so gute Kräuter hätte, dann wärst du jetzt mausetot.«

Katharina schwindelte und sie fühlte sich schrecklich kraftlos. Langsam ließ sie sich zurück ins Bett gleiten. Doch gleich fuhr sie wieder auf. Sie lag ja in Griseldis' Bett!

»Was ist geschehen? Wie kam ich hierher?«

»Na, wie wohl, du Dummerchen? Auf deinen eigenen Füßen und in ganz ungeeignetem Schuhwerk. Erzählst mir was vom ungeliebten Manne und poussierst mit dem Kuhtürmer herum. Mein Seelenheil ist es ja nicht, und meine Unschuld habe ich schon vor hundert Jahren verloren.« Die Alte kicherte wieder. »Ja, ja, auch ich war einmal jung und lebte nicht immer hier zwischen den Sümpfen und Wassern.« Sie hantierte am Kamin und legte nasses Holz auf. Es qualmte und rußte und sie hustete laut. »Alles ist nass durch diesen verteufelten Regen. Kein Wunder, wenn man krank wird. Ich koche dir erst einmal was zu essen, damit du wieder zu Kräften kommst. Eine fette Brühe und einen starken Tee, dazu einen Haferwecken und Milch von der Ziege.«

Aus der Ecke meckerte die Ziege. Sie zog ein hochmütiges Gesicht und betrachtete Katharina aus ihren gelben Augen.

Griseldis rührte im Kessel die Brühe um, die sie aus Knochen und Fleischresten bereitete und schüttete dann etwas Mehl auf den Tisch. Mit Wasser und unter Zugabe klein gehackter Kräuter knetete sie einen Teig, stach kleine Stückchen ab und rollte sie zu winzigen Klößchen. Zusammen mit frischen Pilzstückchen gab sie sie in die Brühe. Während sie das Essen bereitete, begann sie zu erzählen.

»Weißt du, hier im Wald ist manches anders. Da leben Wesen, die den Menschen nicht immer wohl gesinnt sind. Und manchmal strafen sie auch. Ich kenne eine Geschichte von einem jungen Mann, dem Schlimmes widerfuhr. Zu einer Zeit, als der Sommer zu Ende ging und der Herbst noch nicht begonnen hatte, wo die Grenzen zwischen den warmen und kalten Tagen verschwammen und das Land und das Laub und all die Bäume schon den Tod in sich trugen, ohne dass man diesen gewahr wurde, da ging ein junger Bursche am Ufer des Elsterflusses spazieren. Er war vergnügt und pfiff ein Liedchen vor sich hin. Der junge Bursche schien verliebt und die Angebetete war eine junge Magd auf dem Hofe seines Vaters. Auch sie fand Gefallen an dem jungen Manne und gab ihm zu verstehen, dass sie ihn begehrte. Das beglückte ihn, und deshalb schlug er mit der Gerte in seiner Hand gar übermütig aufs Gras.

Da sprang aus dem Fluss ein Fisch mit silbernem Leib und schien gleichsam in der Luft zu schweben. Wassertropfen wie Perlen verteilten sich um ihn, bevor er wieder in die Fluten des Flusses eintauchte. Der Bursche sah dieses Schauspiel sehr wohl und trat näher, um zu sehen, was es für ein Fischlein wäre. Da rauschte das Wasser plötzlich stärker und anstelle des Fischleins war eine weißblau schimmernde Gestalt zu sehen. Sie tauchte auf und lächelte dem Burschen zu.

Verwundert blieb er stehen, dann setzte er sich ins Gras und lauschte ihrem Gesang. Es war eben die Melodie, die er gerade gepfiffen hatte und die das Nixenwesen aufnahm und fortführte. Es klang so lieblich und wundersam, dass er ganz davon gefangen genommen wurde.

Die Nixe winkte ihm mit der Hand einladend, und er folgte ihr wie von Zauberhand geführt. Ihr langes blaues Haar bewegte sich wie die Wellen des Flusses, und ihr silberner Fischleib bog sich anmutig in der Weise ihres Liedes.

Immer hellere Töne brachte sie hervor und gipfelte in einem grellen Lachen.

Doch da war es bereits zu spät. Der Bursche nahm ihre Hand, die ganz kalt war, und konnte sie nicht wieder loslassen. Die Nixe hielt ihn fest und tauchte hinab in die gurgelnden Fluten. Sie zog den verliebten Burschen mit sich, bis sich die Wellen über ihm schlossen. Niemand hat je wieder etwas von ihm gesehen oder gehört.«

»Das ist aber eine traurige Geschichte«, stellte Katharina fest. »Warum hat die Nixe den Burschen bestraft? Weil er verliebt war?«

Griseldis reichte Katharina eine hölzerne Schale mit heißer Brühe und gekochtem Fleisch. Kleine Mehlklößchen schwammen in der Suppe, und sie duftete nach frischen Pilzen. Katharinas Magen zog sich krampfhaft zusammen. Wer weiß, wie lange sie schon nichts mehr zu sich genommen hatte.

Vorsichtig schlürfte sie vom Rand der Schale. Die Wärme im Magen tat ihr gut. Sorgsam löffelte sie die Mehlklößchen und die Fleischstücke heraus. Sie leerte die Schüssel und fühlte sich danach erschöpft, aber zufrieden.

»Ja, ja, die seltsamen Geschichten hier im Wald«, plapperte Griseldis weiter. »Ich habe sie alle erlebt und weiß, dass sie wahr sind.«

Katharina drehte sich zur Seite. »Ist das wirklich wahr?«

»Natürlich. Ich habe auch den schwarzen Bruno gesehen. Er geht manchmal durch den Wald wie ein Geist. Seit er der Flasche entfleuchte, stiftet er Unheil im Wald.«

Katharina richtete sich beunruhigt wieder auf. »Der schwarze Bruno ist in der Nähe?«

»Manchmal, manchmal …« Griseldis streute getrockneten Tee in die schwarze Eisenkanne. »Linde scheucht das Fieber weg, der Hollerbusch am gleichen Fleck, Kamille macht den Atem heil, das Lungenkraut tut's alleweil.«

Langsam zog sich Katharina die Zudecke bis zur Nase. War das ein Zauberspruch? Ihr gruselte. Der Gedanke an den schwarzen Bruno jagte ihr Furcht ein. Sie warf einen ängstlichen Blick zur Tür. War da nicht ein Geräusch?

Griseldis summte leise ein Lied, das Katharina nicht kannte und von dem sie vermutete, dass es zum Hexenzauber gehörte. Ihre Augen weiteten sich in banger Erwartung, hin und her gerissen zwischen Faszination und Schrecken. Ein aromatischer Kräuterduft zog durch den Raum, doch Katharina befürchtete Unheil. Was, wenn es giftige Kräuter waren? Wenn Griseldis sie nun umbringen würde?

Katharina glaubte Schritte auf der hölzernen Brücke draußen zu vernehmen. Sie rutschte noch tiefer ins Bett hinein. Wohin sollte sie im Ernstfall flüchten?

Dunkle Wolken schoben sich vor den Himmel. In der ohnehin düsteren Hütte wurde es noch unheimlicher. Wind kam auf und heulte im Kamin. Funken stoben aus dem Feuerloch, Flammen loderten hoch und warfen unruhige Schatten an die Wände. Da war doch etwas! Da, ein dunkler Schatten draußen vor dem Fenster!

Im nächsten Moment flog die Tür auf. Mit einem kalten Windstoß und wild wirbelnden Blättern stolperte eine schwarze Gestalt herein. Katharinas Schrei gellte gegen den heulenden Wind an, und sie riss sich die Decke über den Kopf. Das konnte nur der schwarze Bruno sein oder der Teufel persönlich. Ihr Herz raste, und sie glaubte, im nächsten Moment sterben zu müssen. Ihr letztes Stündlein hatte geschlagen. Sie konnte nicht einmal mehr die Hände zum Gebet falten, denn damit hielt sie sich die Decke über dem Kopf. Aber sie konnte ein Stoßgebet verrichten!

»Heiliger Herrgott im Himmel, errette mich aus dieser schrecklichen Kalamität und hilf mir, den Teufel zu bekämpfen. Ich bin doch noch so jung und will nicht sterben. Lass den schwarzen Bruno im Sumpf versinken und ihn nie wieder emporsteigen.«

Gott schien ihre Gebete nicht zu erhören. Vielleicht, weil sie die Decke über den Kopf hielt, oder der Wind zu laut heulte. Eine Hand krallte sich in die Decke und zerrte sie mit einem Ruck weg.

»Neiiiiin!« Katharina schlug sich die Hände vors Gesicht. Ihre Handgelenke wurden umfasst und beiseite gezogen. Sie kniff die Augen zu und schüttelte den Kopf. »Nein! Nein! Nein!«

»He, Katharina, was ist denn los?«

Es war die Stimme, die sie stutzen ließ. Sie hielt still und öffnete vorsichtig die Augen. Blinzelnd blickte sie auf.

»Thomas?«

»Wen hattest du denn erwartet?« Thomas warf seinen Umhang ab. »So ein schreckliches Wetter. Aber ich hatte keine Ruhe, weil du doch so krank warst. Geht es dir inzwischen besser?«

Auf Katharinas Stirn stand kalter Schweiß. »Nein, mir geht es schrecklich schlecht. Ich dachte, du wärst der schwarze Bruno.«

»Wieso denn das?« Thomas hockte sich vor den Kamin und rieb seine eiskalten Hände.

Sie warf Griseldis einen schnellen Blick zu. »Weil wir gerade von ihm gesprochen haben. Er ist hier irgendwo im Wald.«

»Ich glaube, ihm wäre es auch zu kalt. Das Laub fällt jetzt schnell. Auf den Wiesen lag schon Reif. Wir werden die Herde zu Allerheiligen in die Stadt treiben.«

»Die Stadt!« Katharina verspürte plötzlich einen Kloß im Hals. Wie gern würde sie diese düstere, feuchte Hütte mit ihrem schönen Vaterhaus tauschen, ihrem Zimmer, ihrem Bett. Da war es trocken, warm, gemütlich. Da fühlte sie sich geborgen und sicher. Was tat ihr Vater in diesem Moment? Ob er ihr noch zürnte? Vielleicht ließ er sich doch noch überzeugen, dass sie einen anderen Mann liebte?

Griseldis schenkte drei Becher mit Tee ein. Einen brachte sie zu Katharina.

»Vergiss es, alle suchen nach dir. Sogar auf den Dörfern haben sie schon nachgefragt. Es ist nur eine Frage der Zeit, bis sie dahinterkommen, wo du steckst.« Sie ließ sich in ihren Lehnstuhl nieder und schlürfte den Tee.

Wenn Griseldis ihn trank, dann konnte es kein Gift sein. Oder machte es ihr nichts aus? Und wenn Thomas den Tee trank? Er nahm den Becher begierig und trank auch sofort. Plötzlich begann er zu husten, sein Gesicht lief rot an und seine Augen quollen hervor. Katharina starrte ihn an. Sie war wie gelähmt.

»Oh, war das heiß«, krächzte Thomas. »Aber er tut gut.«

»Das will ich meinen«, erwiderte Griseldis. »Bei diesem Wetter befreit der Tee den Atem von Fieber.«

Katharinas Hände zitterten. Sie hielt den Becher umfangen und befürchtete, den Tee zu verschütten. Als Letzte trank auch sie davon. Warm rann das Getränk in den Magen hinunter. Sie fühlte sich müde und erleichtert. Thomas setzte sich zu ihr ans Bett. In seinem Blick bemerkte sie Besorgnis.

»Schau nicht so, ich habe mich bloß so schrecklich erschrocken.«

»Aber warum? Hast du Angst vor mir?« Er strich ihr zärtlich eine honigblonde Locke aus der Stirn.

»Natürlich nicht.« Sie lachte unsicher. »Die Griseldis erzählt immer solche schaurige Geschichten. Da habe ich mich eben ... erschrocken.«

»Gott sei Dank bist du fast wieder gesund. Weißt du, ich habe mir schreckliche Sorgen um dich gemacht. Du hattest so hohes Fieber und hast niemanden mehr erkannt. Ich habe Tag und Nacht für dich gebetet.«

»Woher weißt du davon?«, wunderte sie sich.

»Weil ich hier war. Ich wollte dich besuchen. Da sagte Griseldis, du hattest hohes Fieber. Ich habe an deinem Bett gewacht, aber du hast mich nicht erkannt. Dann musste ich wieder zurück, sonst hätte der Vater etwas gemerkt. Griseldis hat gesagt, sie hätte die richtige Medizin für dich.«

Mit einem fast scheuen Blick auf die Alte, die gemütlich in ihrem Lehnstuhl hockte und Tee schlürfte, ließ sich Katharina wieder ins Bett sinken.

»Na ja ...«

»Pass auf, in ein paar Tagen bist du wieder völlig gesund.«

Thomas erhob sich und griff zu seinem Umhang. »Ich muss dich leider wieder verlassen. Aber nach Allerheiligen komme ich wieder. Dann hole ich dich hier weg.«

Katharina wollte noch fragen, wohin Thomas sie holen wolle, doch der Tee und die Schwäche und die Wärme vom Kamin oder was sonst auch drückten ihr die Augen zu. Sie nickte schläfrig.

»Ja, Thomas, auf bald!«

Er küsste sie auf die Wange.

Kaum hatte er die Hütte verlassen, schlief sie ein. Sie hörte weder den Wind im Kamin heulen, noch den Regen aufs Dach rauschen und die Wasser des Flusses plätschern.

Wenige Tage später war sie kräftig genug, um das Bett zu verlassen. Ein wenig regte sich in ihr das schlechte Gewissen, hatte doch die alte Griseldis ihr Bett zur Verfügung gestellt, damit Katharina genesen konnte, und selbst neben der Ziege im Stroh geschlafen. Zudem rührte sie emsig irgendwelche Tees, Kräuter und Mixturen zusammen, murmelte Zaubersprüche, aber alles schien zu helfen und Katharina wurde wieder gesund.

Trotzdem fühlte Katharina sich nicht wohl im Wald. Diese düstere, feuchte Welt war ihr fremd, und sie fürchtete sich. Bislang ging Griseldis immer allein fort, um etwas Essbares zu besorgen. Weiß der Teufel, wo sie so manches hernahm, ob sie Vögel und

Hasen fing oder ob sie auch manches irgendwo in einem Dorf eintauschte. Sie wollte nicht, dass Katharina sie begleitete, wohl aus Sorge, sie könne erkannt werden.

Griseldis war ihr nicht geheuer, und Katharina war fest überzeugt, dass sie eine Hexe war. Doch tat die Alte ihr nichts Böses und so konnte sie ihre Anwesenheit ganz gut ertragen.

Weniger erträglich war es, wenn Griseldis fort war. Dann lauschte Katharina auf jedes Geräusch, das aus dem Wald zu ihr in die Hütte drang. Da krächzte ein Rabe auf einem Ast, da rieben die knorrigen Äste der Eichen gegeneinander, da huschte eine Natter durch das Laub, und ein Waldkauz schrie.

Es gab auch andere Tage, da schickte die Sonne ihre Strahlen durch das Geäst, ließ den Waldboden dampfen und die Regentropfen in den Spinnennetzen wie Perlen funkeln. An so einem Tag nahm Griseldis ihren Kahn, um Fische zu fangen.

Katharina beobachtete die Alte, wie sie das nasse Tau vom Pflock löste, das schwere Ruder nahm und den undichten Kahn auf das trübe Wasser des Flussarmes hinausstakte. Man sah es ihr an, dass es ihr schwer fiel. Die Nässe und Kälte suchten ihre alten Gelenke heim und ließen sie schmerzen und knirschen. Sie ging schon ganz krumm und beim Laufen schlurfte sie und zog die Beine nach.

Der Regen der letzten Tage hatte die Flüsse im Auwald anschwellen lassen und auch die vielen gewundenen Nebenarme wurden zu schnell fließenden Strömen. Kaum hatte Griseldis den Kahn in die Mitte des Wasserlaufs gesteuert, als die Strömung sie ergriff und schnell davontrug.

Eine Weile blieb Katharina noch vor der Hütte sitzen und schaute auf den Fluss, auf dem Griseldis entschwunden war. Dann wurde ihr langweilig. Sie wollte sich ein bisschen nützlich machen.

Zunächst fegte sie die Hütte aus, entsorgte den Abfall, indem sie ihn in den Fluss warf, und schüttelte den Strohsack auf. Dann warf sie der Ziege etwas Heu vor.

Die Ziege bewegte sich frei und lief öfters hinaus, um neben der Hütte die letzten Grashalme abzuknabbern. Wenn sie dessen überdrüssig war, legte sie sich wieder auf ihren Platz und käute zufrieden wieder, während sie Katharina mit hochmütigem Blick musterte.

Katharina trällerte ein Liedchen, während sie in dem Holztrog Brotteig ansetzte und zum Gären mit einem Tuch zudeckte. Draußen wanderte die Sonne auf ihrer Bahn. Um die Mittagszeit legte sich der Wind, es wurde still und warm. Die bunten Blätter fielen zu Boden, doch sie raschelten nicht, weil sie viel zu feucht waren. Ringelnattern suchten die letzte herbstliche Wärme und sonnten sich auf freien Stellen. Katharina musste höllisch aufpassen, dass sie sich nicht später auch einen warmen Platz in der Hütte suchten. Vor Schlangen fürchtete sie sich, waren es doch Tiere des Teufels, schlüpfrig und mit gespaltener Zunge. Solchen Wesen ging man besser aus dem Weg.

Sie beschloss, in der Nähe wenigstens etwas Holz zu sammeln. Mehr konnte sie nicht tun. Mit Pilzen und Wurzeln, Früchten und Kräutern kannte sie sich nicht aus und überließ es lieber Griseldis, diese zu sammeln. Sie setzte sich die aus Weidenzweigen geflochtene Kiepe auf den Rücken und ging los.

Es lagen genug Zweige und Äste im Wald, die der Wind gebrochen hatte. Manchmal war auch ein ganzer Baum umgestürzt. Sie hatte die kleine Axt vergessen, die Griseldis zum Holzspalten benutzte. Aber wahrscheinlich hätte sie ohnehin keinen ganzen Baumstamm damit auseinander bekommen. So beschränkte sie sich auf das Holz, das sie mit der Hand aufheben und notfalls mit dem Fuß brechen konnte.

Katharina lief hierhin und dorthin und bald hatte sie die Kiepe wohl gefüllt. Ihr Rücken schmerzte. Sie richtete sich ächzend auf und schaute sich um. Überall sah der Wald gleich aus, ragten dunkle Bäume mit ihren knorrigen Ästen in den Himmel. Dieser hatte sich verdüstert. Graue Wolken überzogen ihn wie mit einem schmutzigen Tuch. Die Sonne hatte sich irgendwo hinter diesem grauen Schleier versteckt.

Nebel legte sich über die wenigen freien Stellen zwischen den Bäumen, wo sich Wiesenlichtungen oder Kahlschläge mit alten Baumstubben befanden. Wind kam auf, ließ die Nebel tanzen und die Baumriesen sich ächzend bewegen. In dem undurchdringlichen Gebüsch, das die Wiesen zum Wald hin umsäumte, wisperte und raschelte es. Gespenstische Schatten tauchten über den feuchten Fluren auf und vergingen wieder in der Dämmerung. Die Wasserläufe, Nebenarme der Flüsse und kleine Bäche bildeten ein verwirrendes Geflecht, durchzogen den Wald und schenkten ihm die Feuchte. Es gab kaum Wege oder ausgetretene Pfade. Wo ging es zurück zur Hütte?

Ein heftiger Schreck durchzuckte Katharina. Wenn sie von der Dunkelheit im Wald überrascht würde? Wenn sie sich in der unheimlichen Aue verlief? Was hatte Griseldis von Wassergeistern und Wurzelzwergen, von Nebelfeen und dem schwarzen Bruno erzählt? Sie schauderte. Wehe, sie war verloren!

Verzweifelt drehte sie sich im Kreis. Sie glaubte, die Bäume wiederzuerkennen, aber es waren andere, die so aussahen wie die großen Eichen nahe der Hütte. Die Kiepe auf ihrem Rücken stieß an die Baumstämme, Zweige schlugen ihr ins Gesicht, und einmal schrie sie laut auf in der Annahme, jemand hielt sie fest. Es war ein Ast, der sich in der Kiepe verfangen hatte. Verzweifelt streifte sie den Korb ab und warf ihn zu Boden. Ihre Füße patschten durch die Pfützen, die der lehmige Aueboden an den regnerischen Tagen nicht mehr aufsaugen konnte. Das glitschige Erdreich klebte an ihren Schuhen und wurde schwer wie Morast.

Das Wasser in den schmalen Flussarmen gurgelte und strudelte und Katharina wagte keinen Blick hinüber aus Angst, sie könnte einen Wassergeist entdecken. Das Wasser war braun und schlammig und roch nach Erde. Ihr suchender Blick irrte nach oben zum Himmel, als könnte sie dort den richtigen Weg entdecken. Doch das Astgewirr verwirrte sie und ihr schien, als schlösse sich das hölzerne Dickicht immer enger um sie. Die Beklemmung steigerte sich zur Angst, und die Angst steigerte sich zur Panik.

Der Morast wurde dicker. Bis zu den Knien versank sie im weichen Boden, und Wasser gluckste um ihre Beine. Verzweifelt versuchte sie sich aus dieser ekelhaften Umklammerung zu befreien. Längst hatte sie ihre Schuhe verloren, ihr Rock hing schwer von Nässe und Schmutz um ihre Beine. Auf ihrem Gesicht stand kalter Schweiß und eine Gänsehaut lief den Rücken hinab. Von fern hörte sie eine Glocke. Sie musste von einem Dorf jenseits des Waldes stammen. Viel näher schrie ein Käuzchen und ließ sie zusammenzucken.

Da sah sie ein Licht. Das musste die Hütte sein! Sie atmete auf, gleichzeitig beschleunigte sie ihren Schritt. Sie ging direkt auf das Licht zu. Es konnte nicht mehr weit sein.

Das Licht tanzte vor ihr auf und ab, und plötzlich war es verschwunden.

Irritiert blieb sie stehen. Der Schweiß brannte in ihren Augen und sie zwinkerte. Da! Da war das Licht, nur etwas seitlicher. Wieder lief sie auf das Licht zu. Es schien näher zu kommen, dann entfernte es sich wieder, tanzte auf und ab und verschwand. Langsam begriff Katharina, dass es kein Licht von der Hütte sein konnte, das sie sah. Mit vor Kälte und Entsetzen klammen Gliedern blieb sie stehen. Ihr rasselnder Atem klang laut in ihren Ohren. Irrlichter! Sie würden sie in das Moor locken, in die kalte Tiefe.

Wimmernd sank sie auf die Knie und faltete die Hände zum Gebet. In ihrer Todesangst rief sie die Heilige Mutter Maria, die reine Jungfrau, um Beistand.

»Sende mir ein Zeichen! Errette mich aus dem Unglück«, flüsterten ihre bleichen Lippen. Sie sandte ihr Stoßgebet mit Inbrunst gen Himmel. Nebel umfing sie mit weicher Gewalt. Man konnte ihn nicht greifen, und doch war er da. Langsam erhob sie sich und blieb stehen. Dann setzte sie einen Fuß vor den anderen und ging weiter.

Aus dem Unterholz starrten sie zwei Augen wie glühende Kohlen an. Ein Fauchen und Spucken schlug ihr entgegen. Mit einem Aufschrei wich sie zurück, gleichzeitig ergriff sie einen losen Ast und schleuderte ihn dem Ungeheuer entgegen. Sie verlor das Gleichgewicht und stürzte auf den glitschigen Boden. Gleich erwartete sie, dass das Untier sich auf sie stürzen würde, aber nichts geschah. Mühsam rappelte sie sich wieder auf. Da waren Stimmen in der Nacht, wispernd, flüsternd, kichernd. Ihre Zähne schlugen klappernd aufeinander. Eine Wiese tat sich vor ihr auf. Das Gras war nass, der Boden sumpfig. Die harten, scharfen Halme zerschnitten ihre Füße. Sie bemerkte es nicht. Nebelgeister tanzten über die Wiese, teilten sich vor ihr und zerflossen im Nichts, um sich hinter ihrem Rücken wieder zu seltsamen Wesen zu formen. Wie gehetzt lief Katharina vorwärts, schlug mit den Armen um sich, um die Gespenster zu vertreiben.

Da öffnete sich die Wolkendecke und ein fahler Mond ergoss sein kaltes Licht über die Wiese. Weiter vorn sah sie Wasser glitzern und eine hölzerne Brücke, die sich dunkel über dieses Wasser spannte. Knorrige alte Eichen säumten den schmalen Pfad, der sich zur Brücke wand. Auf dem Pfad stand ein Wesen und blickte sie an. Es besaß ein langes Gesicht, gelbe Augen und gebogene Hörner. Es stieß meckernde Laute aus und nickte mit dem Kopf.

»Die Ziege!« Der Schrei aus Katharinas Kehle erreichte das Tier, und es kam ihr einige Schritte entgegen. »Die Ziege! Die Ziege!«

Noch nie hatte der Anblick einer Ziege sie so erleichtert und erfreut. Maria hatte ihr ein Zeichen gesandt! Überglücklich schlang sie die Arme um das Tier und drückte ihr feuchtes Gesicht in das warme weiche Fell an ihrem Hals.

»Gute Ziege, brave Ziege! Du hast mir das Leben gerettet!«

Die Ziege meckerte und hatte wohl verstanden. Beide liefen sie über die Brücke. Die Tür der Hütte stand offen. Es duftete nach gebratenem Fisch und Wärme schlug ihnen vom Kamin her entgegen. Halb ohnmächtig fiel sie der alten Griseldis in die Arme. Durch die Nacht drang der zwölfte Glockenschlag des Kirchspiels auf der anderen Seite der Aue.

Es war der Tag, als der erste Schnee fiel. Am Morgen bedeckte Reif die Aue. An allen Ästen und Zweigen, an Bäumen, Büschen und dem trockenen Gras hatten sich weiße Eisnadeln gebildet. Katharina erinnerten die weißen Stacheln an die Dornenkrone des Heilands und sie befiel eine tiefe Traurigkeit. Die Welt starb. Es gab viel weniger Tiere im Wald, und selbst die Flüsse und Bäche gurgelten nicht mehr so munter wie vorher.

Der Atem dampfte, als sie vor die Hütte trat. Der Himmel war bleigrau und hing tief wie ein schmutziger Baldachin. Inzwischen kannte sie die Wege durch den Wald viel besser. Auch schien der Wald viel lichter, seit er vom bunten Laub befreit war. Sie führte die Ziege zur Wiese in der Hoffnung, dort noch ein paar Grashalme zu finden. Der nächtliche Frost hatte die meisten Kräuter zerstört. Jetzt würde eine schlimme Zeit anbrechen und die Not würde groß sein. Die Ziege gab keine Milch mehr, und in Griseldis' Hütte fand sie kaum noch etwas Nahrhaftes.

Der Gedanke an einen langen, kalten Winter im Wald ließ Katharina erschauern. Weder besaß sie entsprechende Kleidung noch Geld. Daran hatte sie überhaupt nicht gedacht, als sie überstürzt davongelaufen war. Vielleicht würde der Vater nicht mehr zürnen, wenn sie reumütig zurückkam. Und vielleicht bestand er nicht mehr darauf, dass sie den alten Eckhardt heiraten sollte.

Vielleicht würde sich alles zum Guten wenden, und sie konnte wieder zurückkehren in ihr Vaterhaus, ihr Zimmer, ihr Bett ...

Die Ziege hob den Kopf, hielt die Nase in den Wind und meckerte aufgeregt. Katharina sah eine Gestalt über die Wiese stapfen. Es war Thomas!

Sie eilte ihm entgegen und er breitete erfreut die Arme aus.

»Katharina! Du bist wieder richtig gesund!«

»Wie du siehst«, lachte sie.

Er wirbelte sie im Kreis herum, und sie schrie und kreischte vor Freude auf. »Lass das, mir wird doch ganz schwindelig!«

»Du bist viel zu dünn angekleidet«, stellte er besorgt fest, nachdem er sie wieder auf ihre Füße gestellt hatte. »Du wirst wieder krank werden. Ich habe dir einen wollenen Mantel mitgebracht. Er stammt von meiner Schwester.«

»Aber dann wird deine Schwester frieren.«

»Nein, nein, die wird jetzt von ihrem Galan gewärmt.« Thomas grinste.

Katharina wurde plötzlich wieder ernst. Sie warf einen prüfenden Blick zur Hütte, aber die Tür war geschlossen. Griseldis hatte sich hingelegt. Die Kälte tat ihren alten Knochen auch nicht gut.

»Hör mal, Thomas, ich kann nicht über den Winter hier bleiben. Ich falle der alten Griseldis nur zur Last. Sie ist selbst krank. Außerdem ist kaum noch etwas zu essen da. Wie soll es über den Winter weitergehen? Erzähl mir, wie es in der Stadt aussieht. Vielleicht kann ich zu meinem Vater zurückkehren.«

Auch Thomas' Miene wurde ernst. Er kratzte sich verlegen hinterm Ohr und verschob dabei seine Filzkappe. Dann setzte er sich auf einen umgestürzten Baumstamm, der am Rand der Wiese lag.

»Tja, also ... seit Allerheiligen sind Vater und ich in die Stadt zurückgekehrt. Die Kühe fanden kein Futter mehr auf den Wiesen, und es wurde ziemlich kalt.«

»Das weiß ich doch«, erwiderte Katharina ungeduldig. »Wie ist die Stimmung in der Stadt? Hast du etwas von meinem Vater gehört?«

Thomas rang mit sich. Wie sollte er es Katharina erklären?

»Weißt du, du könntest ja bei uns wohnen. Es ist zwar etwas eng, weil meine Geschwister noch da sind. Außer meiner Schwester, die schon bei den Eltern ihres Verlobten wohnt. Du weißt ja, mein Vater mag dich sehr gern und auch meine Mutter hätte nichts dagegen und ich erst recht nicht.«

»Rede doch nicht so um den heißen Brei herum«, fuhr Katharina ihn an. »Was ist los?«

»Dieser Eckhardt von Grimma war wohl nicht sehr erbaut über dein Verschwinden. Er warf deinem Vater Betrug vor und gebärdete sich wie toll. Er zeigte deinen Vater bei Gericht an und rief auch den Propst auf den Plan. Überall haben sie dich gesucht, und der Eckhardt hat eine Belohnung auf dich ausgesetzt. Es gab nicht wenige Leute, die sich die Belohnung gern verdient hätten. In allen Dörfern diesseits und jenseits der Aue haben Herolde nach dir suchen lassen, und sogar dein Bild wurde ausgehängt.«

Katharina hörte ihn mit offenem Munde zu, dann schlug sie sich die Hände vors Gesicht.

»Oh, mein Gott, der arme Vater! In welche Situation habe ich ihn gebracht? Ich sollte mich freiwillig stellen. Vielleicht kann der Vater eine Abstandszahlung leisten, so dass Eckhardt auf seinen Anspruch verzichtet.«

»Das glaube ich nicht«, erwiderte Thomas stockend und wandte das Gesicht ab, um Katharina nicht in die Augen sehen zu müssen. »Es hat wohl wenig Sinn, wenn du dich freiwillig stellst. Auf jeden Fall kannst du deinem Vater damit nicht helfen.«

»Warum nicht?«

»Weil ... weil er verschwunden ist.«

Eine kleine Weile herrschte Stille. Katharina schien nicht zu begreifen, was Thomas eben sagte. »Verschwunden? Wie meinst du das?«

»Wie sich es sagte. Er ist weg, verschwunden eben.«

Katharina fuhr auf. »Dann muss ich erst recht zurückkehren und ihn suchen. Vielleicht hat wieder der Propst ...«

»Nein, nein«, erwiderte er hastig. »Ich glaube, er ... er ist geflüchtet.«

Zornig zog sie die Augenbrauen zusammen. »Geflüchtet? Nein, das nehme ich dir nicht ab. Mein Vater ist kein Feigling! Er hat immer alles geregelt, dafür ist er Kaufmann und Stadtrat und ein großartiger Mann. Der verschwindet nicht so einfach. Bestimmt hat der Propst die Finger im Spiel. Bei Klaus war es ja ähnlich, der verschwand in einem schrecklichen Keller des Klosters und die Mönche haben ihn gefoltert.« Sie begann zu weinen. »Ich muss meinen Vater retten! Ich kann ihn nicht seinem Verderben überlassen. Schließlich bin ich dran schuld, dass es so weit gekommen ist. Ich kehre zurück und stelle mich. Ich werde mit Eckhardt reden und ihn bitten, auf mich zu verzichten. Ich werde nur für meinen Vater da sein ...«

Thomas legte seine Hand auf Katharinas Arm. »Es wird nicht viel nützen. Davon abgesehen, dass Eckhardt nicht auf dich verzichten will, weil du eine ziemlich große Mitgift bekommen sollst, bin ich ziemlich sicher, dass dein Vater wirklich geflüchtet ist.«

»Wie kommst du denn darauf?«

»Weil die Geschäfte euer Prokurist übernommen hat. Und Philomena ist auch verschwunden!«

»Philomena? Nein, das glaube ich nicht. Wo sollte sie denn hingehen? Sie hat niemanden hier, keine Menschenseele. Außerdem hat sie Vater sehr geliebt und Vater liebt sie auch.«

»Eben deshalb. Dein Vater hatte nicht nur Schwierigkeiten wegen deiner Flucht bekommen, sondern auch mit der Kirche. Der

Propst hat ihn wegen Philomena bedrängt. Immerhin leben sie in fleischlicher Sünde miteinander.«

»Ja und? Das tun sie schon seit vielen Jahren. Mein Vater hat auch unsere Mutter über alles geliebt und geschworen, nie wieder zu heiraten. Sonst hätte er Philomena schon längst geheiratet.«

Thomas schüttelte heftig den Kopf. »Er hätte sie auch ohne diesen Schwur nicht heiraten können. Philomena ist Jüdin.«

Katharina starrte ihn an. »Nein, das ist nicht wahr! Du lügst!«

»Warum sollte ich? Die ganze Stadt spricht schon davon. Der Bürgermeister und die Stadträte sind sauer, weil dein Vater sie so hinters Licht geführt hat. Immerhin wohnt seit Jahren kein einziger Jude mehr in der Stadt. Und wenn sie zu den Messen kommen, dann kampieren sie vor den Toren. Der Propst hat den siebenarmigen Leuchter gefunden und eine Kette mit dem Judenstern und noch so allerlei Dinge. Er hat die Knechte und Mägde deines Vaters befragen lassen und sie haben seltsame Dinge erzählt. Philomena hat Sachen gemacht, wie sie nur Juden zelebrieren.«

»Das ist einfach Verleumdung. Sie wollen sich jetzt vielleicht an Vater rächen.«

»Ist dir denn nichts aufgefallen? Du hast doch all die Jahre mit ihr zusammengelebt.«

Katharina zuckte mit den Schultern. »Ich kenne es ja gar nicht anders. In unserem Haus gibt es so viele merkwürdige Dinge, die Vater oder andere Handelsreisende von ihren Fahrten mitgebracht hatten. Und Philomena ist eine Orientalin. Sie kann tanzen und singen und Kastagnetten spielen und den Tamburin. Sie war immer gut zu uns Kindern, hat uns viel gelehrt.«

»Hat sie keine schwarzen Messen gelesen oder neugeborene Kinder geopfert?«

Katharina wurde noch blasser, als sie ohnehin schon war. »Was erzählst du da für grausige Dinge? Natürlich hat sie das nicht getan!«

»Bist du dir sicher? Der Propst sagte, dass Juden zuweilen so etwas tun. Außerdem sind sie unrein, weil sie Geld verleihen und mit Gold handeln. Sie nehmen Wucherzinsen und sind außerdem vom Blut her Verräter, so wie Judas unseren Heiland verraten hat. Vielleicht hat sie deinen Vater verraten.«

Katharina, die sich neben ihn auf den Baumstamm gesetzt hatte, sprang empört auf. »Ich will davon nichts hören. Das ist alles Lüge! Auch der Propst lügt. Philomena hat so etwas nie getan. Sie hat kein Geld verliehen, und das Gold, das sie besitzt, hat ihr Vater geschenkt. Außerdem ging sie auch in die Kirche.«

»Aber nicht zur Beichte!«

»Nein, gebeichtet hat sie nie.«

»Siehst du! Sie hatte etwas zu verbergen. Gab es so einen Leuchter mit sieben Armen bei euch im Haus?«

»Ja«, gab Katharina zu. »Und an bestimmten Tagen hat sie ihn angezündet.«

»Da hast du es«, platzte Thomas heraus. »Es ist etwas dran. Und nun sind sie beide verschwunden. Vielleicht hat sie der Teufel geholt oder Baphomet.«

»Wer?«

»Baphomet, der falsche Gott der Templer.«

»Ach, du bringst wirklich alles durcheinander. Bei Magister Siebenpfeiffer und dem Studiosus Klaus habe ich etwas ganz anderes gelehrt bekommen. Die jüdische Religion viel älter als das Christentum, und es gibt nur einen Gott, der ist ebenso für die Juden da. Sie beten eben auf andere Weise zu ihm als die Christen.«

Befremdet rückte Thomas ein Stück von ihr ab. »Du redest schon wie eine Ketzerin«, murmelte er und bekreuzigte sich.

»Philomena hat nichts Schlechtes getan und mein Vater auch nicht«, bekräftigte Katharina. Aber sie wurde nachdenklich. Bislang hatte sie sich über Philomena und ihre Art zu leben keine Gedanken gemacht. Sie kannte es nicht anders. Im Gegenteil, vieles hatte

Spaß gemacht, wenn sie nur an die lustigen Tänze dachte und die Schleier, mit denen sie sich verhüllten. Dann schlugen sie die kleinen Trommeln und Schellen und Philomena sang in einer fremden Sprache. Aber das war Spanisch, da war sich Katharina ganz sicher.

Doch wenn sie unschuldig war, wieso waren Philomena und Hieronymus dann verschwunden? Der Gedanke an den dunklen feuchten Keller im Thomaskloster bedrückte sie.

Thomas warf ihr einen schrägen Seitenblick zu. Wie sie so da saß auf dem Baum, den mageren Rücken gekrümmt und die Hände zwischen ihren Knien gefaltet, da überkam ihm heißes Mitleid. Er legte den Mantel über sie und ließ seinen Arm einen Herzschlag länger um sie gelegt, als unbedingt notwendig war.

Die Luft war still und kalt, und aus dem bleigrauen Himmel fielen sacht kleine Schneeflocken. Sie setzten sich auf den dunklen Wollmantel, auf ihr Haar und sogar auf ihre Nase. Dort schmolzen sie und rollten als kalte Tränen ihre Wange herab.

»Es tut mir weh, wenn du traurig bist«, sagte er leise. »Und es tut mir ja auch leid. Ich mochte deinen Vater gut leiden und Philomena auch.«

»Du tust ja so, als wären sie schon tot«, begehrte Katharina auf. Dann straffte sie sich. »Ich kann nicht länger untätig hier sitzen. Ich muss etwas unternehmen.«

»Und was, wenn ich fragen darf? Sobald du in der Stadt gesehen wirst, verlangt dieser Eckhardt sein Recht. Dir kann niemand helfen, denn für dieses Brautversprechen gibt es Zeugen.«

»Dieser Eckhardt will doch nur meine Mitgift haben«, schnaubte Katharina zornig.

Thomas schenkte ihr einen traurigen Blick. »Ich glaube, er ist auch einem schönen, jungen Körper nicht abgeneigt. Hast du dir mal vorgestellt, wie es ist, nachts das Bett mit ihm zu teilen?«

Katharina blitzte ihn aus den Augenwinkeln an. »Was verstehst du denn schon davon?«

Seine Wangen röteten sich, aber in seine Augen trat ein Glanz, den sie schwer deuten konnte.

»Aber Katharina! Ich bin kein Kind mehr und du kein kleines Mädchen.«

Da hatte er wohl recht. Nein, sie dachte nicht daran, mit Eckhardt das Bett zu teilen, seinen alten, faltigen Körper zu liebkosen und von seinem zahnlosen Mund geküsst zu werden. Sie dachte an Klaus und ihre Liebesfreuden auf dem Speicher des Hauses oder im frischen Gras der Auewiesen, als die Sonnenstrahlen ihren nackten Körper liebkosten und Klaus' Blicke ihn streichelten.

Sie drehte sich zu Thomas um und packte seine Schultern. »Du musst mir helfen, Thomas! Ich kann hier nicht bleiben. Aber ich kann auch nicht in die Stadt zurückkehren.«

»Wohin willst du?«

»Das weiß ich noch nicht. Aber Klaus wird es wissen.«

»Klaus?«

»Der Studiosus. Bitte geh zu ihm. Er wohnt bei Magister Siebenpfeiffer in einer der Gassen am Halleschen Tor. Natürlich musst du es heimlich tun, niemand darf etwas merken. Auch nicht der Magister! Versprich es mir, dass du mir helfen wirst. Erzähle Klaus von meinem Unglück, bring ihn hierher. Er soll mich von hier wegholen.«

»Aber ... aber wieso er? Ich verstehe nicht ...«

»Ich liebe Klaus. Wir lieben uns schon lange. Aber mein Vater war gegen diese Verbindung. Ein armer Student und eine Kaufmannstochter, das passt nicht zusammen.«

Ein Kuhhirte und eine Kaufmannstochter auch nicht, dachte Thomas verbittert. Katharina liebte einen Studenten!

Kälte kroch in ihm auf – und Eifersucht. Sollte er den beiden auch noch helfen, ein glückliches Paar zu werden, während er ... Er konnte nicht verhindern, dass Tränen der Wut und Enttäuschung in seine Augen traten. Er hob das Gesicht zum Himmel, wo sich sacht die kalten Flocken auf seine erhitzten Wangen legten. Sie schmolzen und vermischten sich mit seinen Tränen.

Katharina schüttelte ihn und schaute ihn eindringlich an. »Versprichst du es mir, Thomas? Du bist doch mein Freund!«

Er nickte stumm. Das schien ihr zu genügen und sie ließ ihn los. Langsam erhob sie sich. »Mir ist kalt«, murmelte sie. Mit schleppenden Schritten ging sie zur Hütte, wo schon ungeduldig und frierend die Ziege vor der Tür stand. Griseldis war wohl eingeschlafen. Es schneite stärker. Die Wiese wurde von einem weißen Leichentuch bedeckt. Nur der Flussarm schlängelte sich dunkel durch den Wald. Die Bäume streckten ihre kahlen Äste gen Himmel, als flehten sie um Erlösung von diesem unwürdigen Dasein.

Thomas schaute Katharina nach. Sie hinterließ eine dunkle Spur auf der gefrorenen Wiese. Ihre unförmigen Schuhe waren aus altem Leder und Fellresten zusammengeflickt. Nicht viel erinnerte mehr an die junge, fröhliche und stets in liebliche Kleider gehüllte Kaufmannstochter. Er wollte sie so gern trösten, sie glücklich machen. Aber wie? Er besaß ja selbst nichts, nur seine Liebe zu ihr, eine Liebe, von der sie gar nichts wusste.

Er folgte ihr nicht zur Hütte, obwohl er sich gern am Kamin etwas aufgewärmt hätte. Doch die Gefühle in seinem Inneren sprudelten aufgeregt durcheinander wie der Elsterfluss im Frühling während der Schneeschmelze. Er musste sich erst einmal darüber klar werden, ob er diesen Studenten Klaus aufsuchen sollte. Damit machte er sich die Aussicht zunichte, doch noch Katharinas Herz zu erobern. Warum tat unerfüllte Liebe nur so weh?

Es war Zufall, dass Bruder Tobias beim Holzsammeln im Wald den Hirtenburschen Thomas beobachtete, wie er zielstrebig zwischen den Stämmen der uralten Eichen verschwand.

Eigentlich sammelte Tobias das Holz als Vorwand, und er

scheute sich nicht, es wegzuwerfen, wenn es die Situation erforderte. Eine rastlose innere Unruhe trieb ihn durch die Stadt und die Flur.

In den letzten Wochen gab es ja genug Aufregung um den reichen Kaufmann Hieronymus Preller. Hatte er sich nicht nur zum Handlanger dieses ketzerischen Studenten gemacht und ihn mit viel Geld aus den Klauen der Inquisition freigekauft, was Tobias bis heute nicht verstehen konnte, so gab es bereits die neue Aufregung, dass er eine jüdische Hure in seinem Haus beherbergte und mit ihr in Unkeuschheit lebte. Und dazu verschwand seine zweite Tochter, als hätte sie sich in Luft aufgelöst.

Zunächst vermutete Tobias, die Jüdin hätte Katharina bei irgend einer Teufelei geopfert. Aber dann dachte er eher, dass sie sich versteckt hielt. Und jetzt war auch Preller samt seiner Hure verschwunden!

Wenngleich Tobias nichts mehr fürchtete als die Strafe Gottes und auch sehr abergläubig war, so besaß er doch wachen Verstand und hielt stets Augen und Ohren offen.

Nie würde er den Anblick vergessen, wie Katharina, so wie Gott sie geschaffen hatte, im Gras lag, der Student über sie gebeugt. Die Erinnerung an diesen Anblick verursachte Tobias noch heute schwüle Träume, aus denen er schweißgebadet mit erigiertem Glied erwachte. Danach kasteite er sich, weil er sich vor sich selbst ekelte.

Was machte diese Hexe mit ihm? Hatte sie von ihm Besitz ergriffen? Er konnte sich nicht von ihr befreien, sie beherrschte sein Denken und Fühlen, vor allem aber seinen Körper. Er musste dieses Weibsstücks habhaft werden, sie der gerechten Strafe zuführen, ihr die Hexerei austreiben. Da halfen nur glühende Eisen und spitze Dornen, Feuer und Ketten. Sie war verstockt und uneinsichtig. Das hatte er schon bemerkt, als sie ihren Galan im Klosterkeller besuchte, und sich mit eigenen Augen davon überzeugen konnte, was mit denjenigen geschah, die sündigten. Er hatte Angst und Entsetzen in ihren Augen gesehen. Das bereitete ihm eine große Befriedigung. Natürlich wollte er ihren unkeuschen Körper nicht wirklich besitzen, auch wenn er seinem Auge noch so schmeichelte. Sie versuchte ihn mit den Verführungskünsten einer Hexe, und die liebliche Gestalt war nur ein Mittel, um seine Seele zu verzaubern.

Tobias hatte Keuschheit gelobt, und er würde dieses Gelöbnis niemals brechen. Dazu fürchtete er sich zu sehr vor Gottes Strafe. Warum erlegte Gott ihm so eine harte Prüfung auf? Ganz sicher wollte Gott, dass er diese Hexe bekehrte, mit Feuer und Eisen. Er musste nur noch herausfinden, wo sie sich befand.

Eine ganze Weile war er um Siebenpfeiffers Quartier geschlichen, um den Studenten zu beobachten, ob er sich etwa heimlich mit seiner Metze traf. Doch er lag noch lange krank danieder und erholte sich nur schwerlich von den erlittenen Torturen. Von Katharina war weit und breit nichts zu sehen. Sie blieb wie vom Erdboden verschluckt. Und dann verschwanden auch der Kaufmann und diese jüdische Gespielin.

Benedictus hoffte wohl, damit das Übel in der Stadt ausgerottet zu haben, denn dieser Preller mit seinen unkonventionellen Ansichten war ihm stets ein Dorn im Auge gewesen. Wäre Preller nicht so reich, und hätte er nicht von diesem Reichtum die heilige Mutter Kirche und vornehmlich das Thomaskloster profitieren lassen, wäre ihm wohl schon viel eher der Garaus gemacht worden.

Vielleicht hatte der Teufel wirklich die ganze Brut geholt und war mit ihnen zur Hölle gefahren. Vielleicht aber gab es ein Geheimnis. Die lange, krumme Nase von Bruder Tobias witterte solche Geheimnisse schon vor allen anderen, vor allem vor dem etwas schwerfälligen Propst Benedictus. Genau aus diesem Grund beauftragte der Propst ihn mit solchen Geheimaufträgen.

Der Studiosus als Helfer schied aus, da war sich Tobias sicher. Wahrscheinlich war ihm die Liebelei mit dieser Hexe nicht so viel wert, dass er sich nochmals den Torturen des irdischen Gerichts unterziehen wollte, geschweige denn der Strafe des Himmels.

Nun wusste Tobias, dass die Zwillinge und der Sohn des Kuhtürmers miteinander befreundet waren. Oftmals hatte er die Mädchen beobachtet, wenn sie Thomas draußen am Kuhturm besuchten, und er war ihnen mit brennenden Augen gefolgt. Ob es vielleicht eine Verbindung gab?

Leider war Thomas zu weit weg, als dass Tobias ihm folgen konnte, obwohl er sein Reisigbündel sofort abwarf. Doch er war aufmerksam geworden und hatte Witterung aufgenommen.

Thomas begab sich tief in die Aue hinein, wo das Gewirr der verschiedenen Flussläufe und Seitenarme am größten war. Was hatte der Kuhtürmersohn hier draußen verloren?

Die Bäume waren kahl, das Gebüsch schützte nicht mehr so wie im Sommer vor Blicken. Tobias musste einen größeren Abstand halten, während er Thomas folgte. Zu allem Übel begann es zu regnen, und seine dunkle Kutte saugte sich voll Feuchtigkeit. Er trug noch immer die ledernen Sandalen wie im Kloster, und der Schlamm quietschte durch seine bloßen Zehen. Mit verbissenem Gesicht verkniff er sich einen unchristlichen Fluch, während er die Kutte hob und durch die Pfützen und Schlammlöcher watete. Seine dünnen weißen Beine waren mit Schlammspritzern gesprenkelt. Mit Mühe schaffte er es, Anschluss zu halten. Thomas schritt zügig aus und drehte sich auch kein einziges Mal um, sonst hätte er den Mönch wohl entdeckt. Seine Sinne waren nach vorn gerichtet, zu Katharina, und da er den Weg gut kannte, achtete er nicht darauf.

Am Rand der Wiese blieb Tobias stehen, während Thomas schnurstracks auf die Hütte der alten Griseldis zulief, kurz durch das Fenster hineinschaute und dann in der Hütte verschwand.

Tobias überlegte. Was hatte Thomas mit der alten Griseldis zu tun?

Tobias kannte die Hexe und er fürchtete sie. Da sie hier mitten in den Sümpfen der Flussaue fernab jeglicher menschlichen Siedlung wohnte, konnte sie nicht viel Unheil anrichten. Tobias wunderte sich, dass sie nicht schon längst in dieser modrigen Umgebung selbst verfault war. Aber wahrscheinlich war sie unsterblich und nur mit einem Gegenzauber zu bannen. Das überließ er aber lieber den Hexenjägern und Teufelsaustreibern.

Manchmal holten die Leute sich bei Griseldis Rat, wenn jemand schwer erkrankt war, sie hatte auch viele Kräuter und Wurzeln gegen so manches Leiden. Es gab einige, die ihren Hexenkünsten mehr als der Macht der Gebete glaubten.

Wahrscheinlich war Thomas auch so ein heidnischer Mitbürger, der sich lieber bei diesem unwirtlichen Wetter in den Auesümpfen bei einer Hexe herumtrieb, anstatt in eine der Klosterkirchen zu gehen und um Heilung zu beten. Und wer war überhaupt krank? In der Stadt hatte er nichts davon gehört, dass der Kuhtürmer oder eines seiner Familienmitglieder erkrankt sei.

Die Furcht vor dem bösen Zauber überwog, und so wagte Tobias nicht, sich der Hütte zu nähern. Im Schutze des Waldsaumes wartete er, bis Thomas wieder erschien. Es war nicht zu erkennen, ob er irgendwelche Kräuter oder Arzneien bei sich trug. Genauso zielstrebig und zügig, wie er gekommen war, lief Thomas den langen Weg zur Stadt zurück. Der Regen hatte sich verstärkt, und der Auwald versank in der Trostlosigkeit.

Tobias gab nicht auf. So oft es möglich war, strich er in der Stadt umher und lauschte, was sich die Leute so erzählten. Die Kapuze seiner Kutte tief ins Gesicht gezogen, wirkte er häufig wie ins Gebet versunken. Aber seine Sinne waren wach und geschärft.

Er trieb sich in der Nähe des Hauses herum, in dem der Kuhtürmer wohnte. Zu Allerheiligen waren die Rindviecher in die Stadt getrieben worden. Die Metzger hatten jetzt alle Hände voll zu tun.

Johannes und Thomas waren wieder zur Familie ins Stadthaus gezogen.

Der November war kalt und trist, und es regnete häufig. Tobias wurde von einem quälenden Husten heimgesucht. Es wäre besser gewesen, sich auf der Krankenstation des Klosters zu melden und ein Bett und eine Fleischmahlzeit zu beanspruchen, wie es ihm zustand.

In der Nacht hatte es Frost gegeben und am Morgen lag dicker Raureif auf den Dächern. Ein Marktweib glitt auf dem glatten Pflaster aus und stürzte samt ihrer Kiepe voller Kohlköpfe. Alle Passanten lachten, nur Tobias nicht. Griesgrämig blickte er an dem zweistöckigem Haus empor, in dem der Kuhhirte wohnte und beschloss, ins Kloster zurückzukehren.

In diesem Moment öffnete sich die Haustür, und Thomas trat mit einem Bündel unterm Arm heraus. Schnell drückte sich Tobias wieder in die Mauernische. Er hielt sogar den Atem an, damit die weißen Dampfwolken aus seinem Mund ihn nicht verrieten. Doch Thomas blickte sich nicht um, sondern schritt forsch durch die Gassen dem Ranstädter Tor zu. Tobias folgte ihm dichtauf. Thomas passierte das Tor und begab sich auf der Via Regia in Richtung Kuhturm.

Einen Augenblick überlegte Tobias, ob es sinnvoll sei, ihm zu folgen. Sicher ging Thomas nur bis zum Turm, weil er beim Auszug etwas vergessen hatte. Außerdem war die Straße um diese Jahreszeit deutlich leerer. Einige Ochsenkarren mit Holz kamen ihm aus dem Wald entgegen, und es waren nur wenige Bauern unterwegs, denn sie hatten kaum etwas zu verkaufen.

Die Deckung der großen Holzkarren nutzend, folgte Tobias ihm, so gut es ging. Seine Stimmung hob sich merklich, als Thomas den Kuhturm links liegen ließ und weiter der Straße in die Aue hinein folgte.

Tobias war sofort klar, dass Thomas wieder den Weg zur Hütte von Griseldis einschlug. Jetzt spürte er die Kälte nicht mehr, die durch seine Kutte drang und seine Füße blau gefror. Sein Jagdinstinkt war erwacht. Seine brennenden Augen hefteten sich auf Thomas' Rücken. Zwischen den aschgrauen Stämmen der Bäume sah er ihn mit schwankenden Schritten auf dem unsicheren Untergrund. Wie ein Wolf auf der Fährte eines waidwunden Tieres folgte der Mönch dem Kuhburschen. Er wurde nicht enttäuscht.

Gegen den rauen Stamm einer Eiche gedrückt, beobachtete er, wie Thomas mitten auf der Wiese stehen blieb. Ein Mädchen kam aus der Hütte gelaufen und schwebte in seine Arme. Auch wenn sie jetzt völlig anders gekleidet war, erkannte Tobias Katharina sofort. Ein zufriedenes Grinsen flog über sein Gesicht. Er hatte sich nicht getäuscht und gefunden, was er vermutete.

Schnell drehte er sich um, drückte den Rücken gegen den Baum und schloss die Augen. Er wollte gar nicht sehen, wie die beiden Zärtlichkeiten austauschten. O ja, Katharina war eine Hure, erst der Student und dann der Kuhbursche, oder auch beide. Reglos blieb Tobias hinter dem mächtigen Baum verborgen, während Thomas und Katharina auf dem morbiden Stamm Platz nahmen. Fast unmerklich begann es zu schneien.

Bruder Tobias hob seinen Kopf dem Himmel entgegen. Er dankte Gott für die Gnade und schwor, diese Hexe ihrem gerechten Ende zuzuführen. Er wartete nicht ab, bis die beiden sich wieder trennten, sondern eilte im Schutz des Waldes zurück zum Thomaskloster, um seinem Propst Bericht zu erstatten.

Thomas kehrte zur Stadt zurück, ohne etwas von der Anwesenheit des Mönches bemerkt zu haben. Er schaute auch jetzt nicht rechts noch links, sondern wälzte schwerwiegende Gedanken in seinem Kopf. Es war etwas Unmögliches, was Katharina da von ihm verlangte.

Dieser Klaus, ob der Katharina überhaupt so liebte wie Thomas? Nein, er konnte es nicht glauben. So viele Jahre hatte er gehofft, dass er einmal das Herz der hübschen Kaufmannstochter erobern konnte, so viele Jahre waren sie sich nah. Sie hatte sogar die kleine geschnitzte Kuh auf ihre Flucht mitgenommen! Unversehens liefen Tränen über seine Wangen, die er ärgerlich mit dem Ärmel wegwischte.

Sie liebte einen anderen!

Das durfte nicht sein! Was konnte er tun, damit Katharina diesen Klaus vergaß und dafür Thomas ihr Herz schenkte? Er musste sie retten. Katharina würde den Winter im Wald nicht überleben. Wie sollte er das anstellen? Für Katharina kam nur eines in Frage, er musste sie heiraten. Aber er konnte ihr nicht einmal ein Dach über den Kopf bieten. Sollte müssten in einer kleinen Kammer im Hause seiner Eltern hausen.

Und wovon sollten sie leben? Von ihrer Mitgift? Es war zweifelhaft, ob sie die überhaupt bekam, wo ihr Vater verschwunden war. Und Eckhardt, würde er nicht auf seinem Recht bestehen?

Es war alles so schrecklich kompliziert, und je mehr Thomas darüber nachdachte, umso verworrener wurde die ganze Geschichte. Egal, wie er es wendete, es gab keine Lösung, die Katharina geholfen hätte. Nur eine Möglichkeit blieb übrig: Er musste nach dem Studenten suchen. Dazu rang er sich durch, als er das Stadttor durchschritt.

Die Via Regia führte direkt in die Stadt hinein. Wo sie sich mit der Via Imperii kreuzte, befand sich der alte Markt, der schon seit langem nicht mehr benutzt wurde. Die drei Messen pro Jahr und normale Markttage fanden auf dem neuen Markt im Zentrum der

Stadt statt, wo sich auch das Rathaus und das Handelshaus Preller befanden.

Hier unten, nahe den Pleißesümpfen, gab es noch die engen Gassen mit den windschiefen Häusern, wo kleine Handwerker ihre Werkstätten betrieben und man billige Zimmer nahe des Halleschen Tores mieten konnte. Hier irgendwo musste auch der Studiosus wohnen. Besser noch, er fragte nach Magister Siebenpfeiffer, den kannte wohl jeder.

Thomas brauchte nicht lange zu suchen. Jeder Bewohner der Gasse kannte den Magister und seine Studenten. Und dann stand Thomas dem Mann gegenüber, den Katharina liebte. Thomas hatte jemand anderes erwartet, einen reichen, prächtig gekleideten und anmaßenden Burschen, der es sich leisten konnte zu studieren, statt einem Tagwerk nachzugehen.

Stattdessen sah er sich mit einem jungen Mann konfrontiert, der ein blasses, schmales Gesicht besaß und schöne, ausdrucksvolle Augen. Er war schlicht gekleidet und wirkte bescheiden. Sein Blick war traurig und ernst, und Thomas schien, dass diese Augen etwas zu viel Leid gesehen hatten. Verwundert schaute er Thomas an.

»Was gibt es?«

Thomas, der noch immer mit einem unterschwelligem Groll kämpfte, wurde unsicher. Er hatte sich vorgenommen, dem Herrn Studenten klar zu machen, dass auch er ein Recht auf Katharina hätte. Nun aber empfand er plötzlich so etwas wie Mitleid mit Klaus. Thomas war wütend auf sich selbst, aber er konnte es nicht ändern.

»Ich bringe Nachricht von Katharina.«

Klaus zuckte zusammen, dann blickte er sich hastig um und zog Thomas in den Hausflur hinein. Es stank widerlich, und im Hintergrund huschte ein hutzeliges Männlein hin und her. Thomas schaute misstrauisch zu ihm hin, doch Klaus winkte ab.

»Der ist harmlos. Was ist mit Katharina? Wo ist sie? Mein Gott, ich bin halb wahnsinnig vor Angst.«

Thomas senkte den Kopf. Innerlich war er immer noch nicht bereit, jemandem das Geheimnis zu verraten. Er fürchtete, dass dann Katharina in noch größere Gefahr geriet.

»Katharinas Vater hat ihr den Umgang mit Euch untersagt, Herr Studiosus. Und Ihr wisst auch, warum. Er hat einen anderen Mann für sie vorgesehen.«

Klaus packte Thomas an den Schultern.

»Die ganze Stadt spricht schon davon, dass sie vor diesem Mann geflüchtet ist. Aber nun ist der alte Preller auch verschwunden und Katharina ist ohne Schutz.«

»Sie steht unter meinem Schutz«, erwiderte Thomas herablassend.

Klaus blickte ihn verblüfft an. »Wo ist sie?«

»Ich sagte doch, sie steht unter meinem Schutz. Niemand wird sie finden.«

»Wirklich nicht? Die Spione des Propstes sind überall. Ich habe es am eigenen Leib sehr schmerzlich erfahren müssen. Dieser Pfaffe kennt keine Gnade.«

Thomas biss sich auf die Unterlippe. War Katharina bei Griseldis wirklich sicher? Bisher war er davon überzeugt.

»Ich kann Euch zu Katharina führen. Es ist ein weiter Weg.«

»Dann lasst uns sofort gehen«, sagte Klaus entschlossen.

»Jetzt? Ich komme gerade von ihr. Es wird bald dunkel. Und es schneit.«

»Na und? Ich fühle, dass Katharina in großer Gefahr ist.«

»Aber ich sagte doch, sie steht ...«

»Sie ist nirgendwo sicher, solange der Propst sie greifen kann. Also gehen wir!«

Thomas drehte sich schweigend um und ging voran. Er war müde und hungrig, er fror und er fühlte sich mutlos und leer. Doch Klaus drängte ihn.

Es war schon dunkel, und der Weg war beschwerlich. Klaus unterdrückte seine Furcht, als Thomas ihn durch den unheimlich stillen und dunklen Wald führte. Die Äste der Bäume knackten und ächzten, das dunkle Wasser des Flusses gurgelte. Es hatte wieder aufgehört zu schneien. Die Flocken hatten den Weg bis zum Waldboden nicht gefunden.

Klaus unterdrückte die Frage, wohin Thomas ihn führte. Wo hatte er Katharina versteckt? In einer Baumwurzel?

Die Hütte war kaum zu erkennen. Klaus stolperte über den glitschigen Brückensteg. Thomas öffnete die Tür, ohne anzuklopfen.

Griseldis und Katharina schliefen schon. Das Feuer im Kamin war zu dunkelroter Glut heruntergebrannt. Ein kalter Luftzug fuhr herein, und die beiden Frauen schreckten auf.

»Keine Sorge, wir sind es, Thomas und Klaus.«

Griseldis rappelte sich fluchend auf.

»Ist das eine Art, zu so unchristlicher Zeit einfach hier hereinzuschneien? Außerdem gehört sich das nicht, wenn die Damen schon im Bett liegen.«

Sie entfachte ein kleines Talglicht, das eine unruhige und spärliche Helligkeit verbreitete.

»Klaus, du bist es wirklich!«

Katharina sprang auf und fiel dem Studenten um den Hals. Dann herzten und küssten sie sich, und Thomas befürchtete fast, sie würden sich jeden Augenblick gemeinsam aufs Bett fallen lassen. Es versetzte ihm einen heftigen Stich ins Herz, als er sah, wie sehr Katharina den anderen Mann liebte.

Thomas wandte sich verlegen ab und hockte sich neben Griseldis an den Kamin. Sie legte einige dürre Äste auf und pustete in die erlöschende Glut.

»Katharina, meine geliebte Katharina! Ich habe nicht zu träumen gewagt, dich jemals wiederzusehen. Ich glaubte dich für immer verloren. Mein eigenes Leben war keinen Kieselstein wert. Aber ich habe dich nicht einen Augenblick vergessen. Du lebtest in meinem Herzen, und in alle meine Gebete habe ich dich eingeschlossen. Gott hat sie erhört. Unsere Liebe kann keine Sünde sein, wenn Gott uns wieder zusammengebracht hat.«

»Ich habe euch wieder zusammengebracht«, ließ sich Thomas vernehmen.

Das Paar setzte sich zu Griselds und Thomas ans Feuer.

»Thomas, ich werde dir mein ganzes Leben lang dankbar dafür sein, was du für uns getan hast. Du bist ein wahrhaftiger Freund.« Sie wischte sich die Tränen aus den Augen und umarmte Thomas. Er hielt sich seltsam steif, als wäre es ihm unangenehm.

»Ist schon gut«, murmelte er kaum hörbar.

»Wir müssen sofort hier weg«, sagte Klaus eindringlich. Du bist in großer Gefahr.«

»In welcher Gefahr?« wunderte sich Katharina. »Sucht mich Eckhardt immer noch?«

»Nicht nur Eckhardt«, erwiderte Klaus leise. »Ich befürchte, Benedictus wird dich für die Vergehen deines Vaters büßen lassen.«

Er verzog schmerzhaft das Gesicht in Erinnerung seiner erlittenen Qualen. Katharina schmiegte sich an ihn.

»Das werden wir nicht zulassen, nicht wahr?«

»Nein, wir lassen es nicht zu«, sagte Klaus fest. »Deshalb werden wir im Morgengrauen aufbrechen.«

»Wohin?«

»Weg von Leipzig. Wir werden bei Verwandten von mir unterkommen, die mir wohl gesonnen sind.«

»Und was wird aus meinem Vater? Ich muss ihm doch helfen!«

»Du kannst ihm nicht helfen. Ich denke, er weiß sich sehr gut selbst zu helfen. Du bereitest ihm nur zusätzlichen Kummer, wenn du in die Stadt zurückkehrst und gefangen genommen wirst.«

»Wo geht ihr hin?«, wollte Thomas wissen.

Klaus schüttelte den Kopf. »Je weniger davon wissen, umso besser. Fast jedem wird die Zunge unter der Folter locker. So ist es wohl besser, nichts zu wissen und ein reines Gewissen zu haben.«

Thomas starrte ihn verzweifelt an. »Aber ... Katharina, dann sehe ich dich niemals wieder?«

»Das liegt in Gottes Hand. Vergiss mich nicht, Thomas. Du bist mir ein treuer Freund.« Sie küsste ihn auf beide Wangen. Dann bedankte sie sich bei Griseldis, die ihr dieses Asyl gewährt hatte.

»Gott mit dir, Griseldis. Hab Dank für deine Gastfreundschaft. Wir wollen dich nicht weiter in Gefahr bringen.«

»Die Liebe, die Liebe«, schnarrte die Alte, während sie ein Bündel packte und Haferbrot, Ziegenkäse und Wildhonig hineinpackte. »Da sehe einer noch durch. Ich dachte, du liebst den Thomas. Aber du liebst den Klaus. Und der Thomas liebt dich und ist eifersüchtig auf den Klaus, auch wenn er es nicht zeigen will. Und der Klaus liebt die Maid und flieht mit ihr. Wahrlich ein schönes Durcheinander!«

Sie drückte Katharina das Bündel in die Hand. »Die Geister des Waldes mögen dich beschützen. Und nun lasst mich allein, damit ich endlich schlafen kann!«

Die Ziege blickte ihnen mit einem zufriedenen Gesichtsausdruck hinterher, als sie die Hütte verließen. Draußen umfing sie die eisige Kälte des erwachenden Morgens. Obwohl Thomas zum Umfallen müde war, wollte er das Paar noch ein Stück des Weges begleiten, um sie aus dem Wald herauszuführen. Sie schwiegen, während sie sich den kaum sichtbaren Pfad ertasteten, stolperten über Baumwurzeln, blieben an Gestrüpp hängen und außer leisen Flüchen und ihrem keuchenden Atem war nichts zu hören.

Sie erreichten die Via Regia, der sie weiter nach Westen folgen wollten. Thomas verabschiedete sich kurz und schroff.

»Alles Gute«, murmelte er mit belegter Stimme.

Klaus legte ihm die Hand auf die Schulter. »Wir stehen in deiner Schuld, Thomas! Gott wird dich für deine Großherzigkeit belohnen.«

Dann wandte sich das Paar um und verschwand im Morgengrauen. Thomas blieb allein auf der menschenleeren Straße zurück. Dicke Tränen rollten über seine blau gefrorenen Wangen. Er fühlte sich unsagbar elend.

Nur wenig später bewegte sich ein seltsamer Zug dunkel gekleideter Gestalten durch den winterlichen Wald. Allen voran huschte, gebeugt in hündischer Ergebenheit, Bruder Tobias. Ihm folgten eine Handvoll Augustiner Chorherren und einige Stadtsoldaten. Benedictus hatte auf diesen anstrengenden Fußmarsch wohlweislich verzichtet. Er wollte das entlaufene Schäflein in seinen Räumen empfangen und schwelgte bereits in Vorfreude.

Es verhieß ihm nicht nur öffentliche Anerkennung, wenn er die entlaufene Braut heimbrachte. Auch die Belohnung, die Eckhardt für das Wiederfinden seiner Braut ausgesetzt hatte, wollte er einstreichen.

Obwohl er Katharina gern für den Frevel, den Hieronymus begangen hatte, zur Verantwortung ziehen wollte, musste er dennoch abwägen, ob er sie im Kellerverlies darben lassen oder dem alten Eckhardt ins Bett legen wollte. Letzteres versetzte ihn in Unbehagen, aber letztlich war ihm die versprochene Belohnung in harten Geldstücken wichtiger als Bruder Tobias' brennendes Verlangen, einer vermeintlichen Hexe den Garaus zu machen.

Der Propst war sich gar nicht so sicher, ob Katharina wirklich eine Hexe war, auch wenn er es ihr ganz gern bewiesen hätte. Wahrscheinlich war sie nur ein liederliches Weibsstück und der fleischlichen Sünde verfallen. Wenn sie doch eine Hexe war, dann würde sie über kurz oder lang wieder auffällig werden, und dann konnte er immer noch mit der Wahrheitsfindung beginnen. Vielleicht war sie dann eine reiche Witwe ...

Griseldis lag noch in tiefem Schlummer, als plötzlich die Tür zu ihrer Hütte aufgerissen wurde. Kalte Luft, Schneeflocken und welkes Laub wirbelten herein. Die Ziege meckerte aufgeregt und rollte mit ihren gelben Augen. Mit einem Schrei fuhr die Alte von ihrem Strohsack auf und starrte Tobias an.

»Der schwarze Bruno, der schwarze Bruno«, kreischte sie. Sie wirbelte aus dem Bett, packte vom Regal eine leere Flasche und stürzte auf ihn zu.

»Schlangengift und Krötenmilch,
Zauberwurz und Schierlingspilz,
Hexenring und Knotenstock,
Mäusedreck und Ziegenbock,
werd' zu Schleim und dann zu Luft,
Alraunenzwerg mit Fäulnisduft,
schließ dich in die Flasche ein,
wirst auf ewig gefangen sein!«

»Hilfe! Hinweg, du alte Hexe!« Tobias hob entsetzt die Hände. Griseldis sprang wie eine Furie an ihm hoch. »Nein, nein, ich will nicht!«

Tobias fuhr herum und flüchtete aus der Hütte, wobei er die nachdrängenden Chorherren über den Haufen warf. Einer glitt auf der Brücke aus und fiel in das eisige Wasser, ein anderer stieß sich den Schädel an den Holzbohlen, dass er ohnmächtig liegen blieb. Ein dritter bekam so schreckliche Angst, dass er, noch bevor er ein Banngebet sprechen konnte, seine Soutane mit seinem Darminhalt besudelte.

Die Ziege sprang auf und rannte über den Haufen schwarzer Leiber hinweg, auf jedem einen kräftigen Abdruck ihrer gespaltenen Klauen hinterlassend.

Das Kloster der stummen Tränen

Als Gott das Himmelsgetriebe schuf, hat er wohlweislich dafür gesorgt, dass die Abfolge der Jahreszeiten unveränderlich blieb. Auf jeden dunklen Winter folgte ein neuer Frühling. Wenn dies nicht so gewesen wäre, hätte Maria wahrscheinlich ihren Lebensmut gänzlich verloren. Hinter ihr lag eine Zeit der Finsternis, die wohl schlimmer war als der Tod.

Der Tod ist gnädig, barmherzig, öffnet den Weg zum Himmel. Doch das, was sie in den letzten Monaten erleben musste, war die Hölle auf Erden. Sie bekam die ganze unmenschliche Kälte des Klosterlebens zu spüren. Immer wieder wünschte sie sich, dieses strenge, harte und dem Irdischen abgeneigte Leben mit einem Lächeln ertragen zu können wie Schwester Gundula. Für diese war es selbstverständlich, da gab es keinen Zweifel, keine Leugnung, keine Verweigerung. Sie scheiterte nicht an der Kälte der Kostermauern wie Maria.

Die Äbtissin hatte dafür gesorgt, dass Marias Widerstand gebrochen wurde. Endlos lange Tage und Nächte im Verlies des Klosters, wobei die Tage ebenso dunkel waren wie die Nächte, immer wieder Verhöre, immer wieder das monotone Verlesen von Psalmen, immer wieder das Herbeten der Regeln.

Nach Marias Wallfahrt zum Mägdebrunnen war die Äbtissin überzeugt, Marias Stolz überwinden zu müssen. Dass es die Novizin an der erforderlichen Demut mangeln ließ, schob sie auf Marias Herkunft. Eine reiche Kaufmannstochter hatte ein anderes Leben geführt als ein Mädchen, das schon als Kind der Obhut des

Klosters übergeben wurde. Auch wenn Marias Beigabe den Klosterschatz ein gutes Stück anreicherte, Dankbarkeit erfuhr sie deshalb nicht. Im Gegenteil!

Die Äbtissin begriff nicht, warum die Menschen in Maria eine Heilige sahen, wo sie doch so unvollkommen war. Ihre Abneigung der Novizin gegenüber schlug in Zorn um, so dass die Äbtissin alle Mittel ausschöpfte, um Maria gefügig zu machen.

Den Winter im Verlies hatte Maria überlebt, aber sie kränkelte. Immer wieder schüttelte sie ein quälender Husten, immer wieder warf heftiges Fieber sie auf die Bettstatt. Auch als sie längst das Verlies verlassen durfte, suchten die Krankheiten Maria heim. Mehr als einmal musste sie sich auf die Krankenstation begeben. Schwester Gundula bat darum, Maria selbst pflegen zu dürfen. Sie redete ihr zu, sich auszuruhen und die mit der Krankenstation verbundenen Annehmlichkeiten zu nutzen. Das waren vor allem mehr Ruhe, die Befreiung von körperlicher Arbeit, das bessere und gehaltvollere Essen.

»Bitte, tue es«, flehte Gundula sie an. Sie sorgte sich sehr um Maria. Nicht nur körperlich war sie angegriffen. Das wochenlange Schweigegelübde, das die Äbtissin ihr auferlegt hatte, hatte sie noch mehr in Traurigkeit versinken lassen. Sie benutzte nicht einmal die Zeichen, die Gundula ihr beigebracht hatte. Schließlich gab Maria nach und ließ sich von Gundula auf die Krankenstation bringen.

Lange quälte sich Maria mit den Gedanken an die unglückliche Nonne, die sie einstmals in dem Verlies gesprochen hatte. Sie hatte sie nie wieder zu Gesicht bekommen und nichts von ihrem Verbleib erfahren. Eine schreckliche Ahnung durchfuhr sie, und sie fürchtete sich.

Diese Furcht war ein ständiger Begleiter, seit sie die dunkle Zeit im Verlies verbracht hatte. Geschwächt an Körper und Seele und unter dem Schweigegelübde verstummt, hatte sie, als sie nach Wochen das Tageslicht wiedersah, daran keine Freude mehr. Sie fragte sich, ob das der Sinn ihres Lebens sein sollte. Wie sollte sie Gott dienen, wenn sie schwieg, eingesperrt wurde, krank war. Konnte sie Gott nicht durch ihre Arbeit dienen? Würde es Gott nicht erfreuen, wenn sie den Menschen auf Erden half?

Doch an wen konnte sie sich wenden? Wen konnte sie fragen?

Mit traurigen Augen schaute sie zu Gundula auf, die sich über die Kranke beugte und sorgsam die Decke glatt strich.

»Du musst erst wieder zu Kräften kommen«, murmelte sie und lächelte Maria aufmunternd zu. »Ich verstehe, dass du dir überflüssig vorkommst. Aber du hältst keine Arbeit durch, wenn du nicht endlich isst. Du schadest dir nicht nur selbst, sondern auch deiner Arbeitskraft. Ich verstehe, dass du traurig und verzweifelt bist. Aber es bringt gar nichts, wenn du dich aufgibst. Die Welt ist so schön, und es gibt so viel zu tun. Schau, der Frühling erweckt die Natur zum Leben, und draußen sprießt das Grün, Blumen erblühen und die ersten Insekten erobern die Luft. Du solltest dir an diesem Aufbruch ein Beispiel nehmen.«

Maria schlug die Augen nieder. Gundula meinte es gut mit ihr, aber sie konnte sich nicht in Marias verwundete Seele hineinversetzen. Sie kannte es nicht anders als dieses triste Leben hinter Klostermauern, dem sie so viel Erfreuliches abgewinnen konnte. Bei Maria war das nicht so. Nicht nur die Trennung von ihrem Vaterhaus, die Trennung von Katharina, der Verlust der Welt, die sie bis dahin kannte und liebte, bereitete ihr so großen Kummer. Sie fühlte sich lebendig begraben, verletzt und gedemütigt. Der Gedanke, dass sie dieses steinerne Gefängnis niemals wieder verlassen würde, schnürte ihr den Hals zu. Nicht einmal im Tod würde sie frei sein, denn der Friedhof des Klosters befand sich gleich hinter der Klosterkirche.

»Ich werde dir ein bisschen die Zeit vertreiben und dir aus der heiligen Schrift vorlesen«, sagte Gundula und zog einen Stuhl an Marias Bett. Sie legte sich das aufgeschlagene Buch auf die Knie und beugte sich darüber. Ihre Stimme blieb leise, aber für Maria klar und verständlich.

»Natürlich tue ich nur so, damit es aussieht, als würde ich dir vorlesen. Nun überlegen wir mal, was wir mit dir machen. Also, ich vermute, dass Küchenarbeit für dich zu schwer ist. Außerdem bist du sie ja nicht gewohnt.« Sie wehrte lachend mit der Hand ab, als Maria stumm einen Einwand andeutete. »Ich weiß, ich weiß, du tust alles, was von dir verlangt wird, aber man kann die Pflichten ja ein kleines bisschen angenehmer gestalten, indem man sie sich aussucht. Also, Küchenarbeit kommt nicht in Betracht. In der Wäschekammer hast du schon gearbeitet, das ist zumindest etwas leichter als in der Küche, und feine Handarbeiten kannst du ja gut fertigen. Aber immer unter den gestrengen Augen der Kleiderverwalterin bist du bestimmt auch nicht glücklich. Bleibt noch die Schreibstube. Lesen und Schreiben kannst du besser als jemand anderes hier und es würde dir bestimmt leichtfallen. Allerdings, den ganzen Tag in dem Zimmer sitzen und Buchstabe um Buchstabe abmalen verdirbt dir nur die Augen und macht den Buckel krumm. Nein, du musst raus aus diesen Mauern. Feldarbeit ist natürlich auch zu schwer für dich. Du bist für feinere Arbeiten geschaffen.«

Sie unterbrach sich, als eine ältere Schwester hereinkam und einen prüfenden Blick zu ihnen warf. Gundula murmelte einige lateinische Worte und nickte der Schwester lächelnd zu. Diese schien beruhigt und verließ den Raum wieder.

»Ich weiß etwas für dich«, fuhr Gundula ungerührt fort. »Da bist du an der frischen Luft, und doch ist die Arbeit nicht zu schwer, du tust etwas Nützliches und es wird dir bestimmt Freude bereiten. Unten am Fluss befindet sich der Klostergarten mit lauschigen Winkeln und vielen duftenden Kräutern, mit Blumen und kleinen Wasserbecken, mit Gemüse und Bäumen. Dort wirst du wieder richtig gesund werden.«

Sie bemerkte Marias skeptischen Blick.

»Wie du da hinkommst? Lass das nur meine Sorge sein. Ich werde das irgendwie bewerkstelligen. Ich habe da meine kleinen Geheimnisse.«

Maria schloss die Augen und träumte von grünen Bäumen, einem schwellenden Fluss, zwitschernden Vögeln und dem Duft unzähliger bunter Blumen. Leise Tränen rannen über ihre Wangen.

Es war wie das Erwachen aus einem Albtraum, als Maria den Klostergarten betrat. Eine Nonne, die für den Garten verantwortlich war, führte Maria umher. Maria glaubte sich im Paradies wiederzufinden. Weiß der Himmel, wie Gundula es geschafft hatte, dass Maria für die Gartenarbeit eingeteilt wurde. Aber sie hatte es geschafft, und nun glaubte Maria zu träumen. Es grünte und spross in verschwenderischer Fülle trotz des noch zeitigen Frühjahrs. Die Erde duftete feucht und schwer, der immergrüne Buchs umsäumte als dichte und exakt geschnittene Hecken die verschiedenen Beete. Schwester Rosalinde – welcher passende Name! – erklärte die verschiedenen Abschnitte des Gartens.

»Alles, was auf Gottes Erden wächst, hat seine Bestimmung und ist für etwas gut. Hier, etwas abseits gelegen und voller Sonnenschein, liegt der Arzneigarten. Wir gewinnen viele Kräuter, die in der Apotheke zu Tees, Tinkturen, Tränken, Salben und Pillen verarbeitet werden. Dazu gehören auch verschiedene Blumen. Rosen, Lilien, Iris und Salbei zum Beispiel hegen wir als Heilpflanzen. Auch sind sie ja Symbole des Christentums: Die heilige Jungfrau in ihrer Anmut und Milde erschien als Rose, die himmlische Reinheit wird in der Lilie gesehen. Natürlich schmücken wir auch die Kirche zu hohen Festtagen. Dort drüben ist der *hortas*, der Gemüsegarten. Das gemeine Erdzeug wie Rüben, Erbsen und Bohnen wird von den Bauern geliefert, die dem Kloster abgabepflichtig sind, aber das feine Gemüse bauen wir selbst an. Und hier ist unser Garten Eden, wo die Paradiesfrüchte wachsen.« Sie kicherte wie ein kleines Mädchen. »Köstliche Äpfel, saftige Birnen, süße Pflaumen und herrliche Kirschen lassen uns glauben, wir befinden uns im Paradies.«

»Und wo ist die Schlange?«, wollte Maria wissen.

Rosalinde schaute sie irritiert an. »Aber Schwester Maria, hier gibt es keine Schlangen!« Maria stieß mit dem Fuß an einen Stapel aus alten Holzscheiten. Eine dunkle Schlange züngelte darunter hervor und suchte ihr Heil in der Flucht. Sie schlängelte sich über den Weg und verschwand im Gras. An den beiden gelben Mondzeichen an ihrem Kopf erkannte Maria, dass es sich um eine Ringelnatter handelte.

Rosalinde wurde blass und bekreuzigte sich. »Ein schlechtes Zeichen«, flüsterte sie. Doch dann fing sie sich schnell und begann wieder zu schwärmen. »Wir beherbergen sogar ganz seltene Pflanzen aus dem Süden, den duftenden Lavendel zum Beispiel, aber auch die prachtvolle Pfingstrose, von der wir die Kinneperlen gewinnen, die wir auf Ketten fädeln. Auch die Christrose fühlt sich bei uns heimisch, der blaue Eisenhut und der rote Fingerhut. Und dort siehst du das Diptamnum, das so wohltuend dem Magen ist.«

Maria ließ ihre Augen über die herrliche und großzügige Gartenanlage schweifen und traute immer noch ihren Augen nicht. Unter den Obstbäumen spross das Gras, durchsetzt mit den lieblichen weißen Blüten des Mailiebchens.

Das Ende des Obstgartens grenzte an den Pleißefluss. Schritt für Schritt wanderte Maria durch den Garten bis zum Fluss. Dann sank sie auf die Knie. In einem heißen Gebet dankte sie der Mutter Maria für die Gnade, die ihr zuteil wurde. Sie dankte ihr dafür, dass ihre Augen wieder die Welt draußen sahen, ihre Nase sie riechen, ihre Ohren sie hören und ihre Haut sie fühlen durfte.

Mit sichtlichem Befremden beobachtete Rosalinde sie.

»Ich weiß zwar nicht, welchen Vergehens du dich schuldig gemacht hast, aber es ist eine Strafe, bei den Konversen arbeiten zu müssen.« Sie schüttelte bedauernd den Kopf. »Meines Wissens bist du doch eine von den Vornehmen, die dem Kloster eine ordentliche Mitgift eingebracht haben.«

Maria senkte den Kopf. Sie konnte und wollte nicht darüber sprechen. Sie verstand es ja selbst nicht, warum sie sich den Zorn der Mutter Oberin zugezogen hatte. Aber jetzt begriff sie, warum es Gundula gelungen war, sie für die Gartenarbeit einteilen zu lassen. Es war eine Strafe!

Wegen der vielen körperlichen Tätigkeiten, die Maria im Garten verrichten musste, verringerten sich ihre religiösen Pflichten. Alle Gebete nach der Prim zum Sonnenaufgang wurden im Freien abgehalten und erst zur Vesper kehrte Maria wieder ins Kloster zurück. Im Augenblick empfand sie die Arbeit, die als Strafe gedacht war, als große Befreiung. Sie atmete tief die Luft ein und genoss den Duft der erwachenden Natur. Sie vernahm das liebliche Plätschern des Flusses und den fröhlichen Gesang der Vögel in den Zweigen der Büsche und Bäume. Die Konversen, die im Garten arbeiteten, waren an kein Schweigegelübde gebunden und so plauderten oder sangen sie nach Herzenslust bei der Arbeit.

Sie erklärten Maria, die keine Ahnung von Gartenarbeit hatte, wie die einzelnen Pflanzen zu behandeln waren, wie gepflanzt, gejätet, geerntet und das Erntegut behandelt wurde. Marias Hände wurden rau und rissig von der Arbeit, ihr Rücken schmerzte und oftmals war sie abends so müde, dass sie beim Komplet einschlief.

Im einzigen Unterschied zu den Konversen durfte sie noch im Schlafsaal nächtigen und an den nächtlichen Gebeten zur Vigil und der Matutin teilnehmen. Immer wieder streiften sie die mitleidigen, manchmal auch schadenfrohen Blicke der Nonnen, aber Maria bemerkte es kaum.

Trotz der Schwere der ungewohnten Arbeit erholte sich ihr malträtierter Körper. Ihre eckigen Körperformen rundeten sich wieder, ihre Wangen röteten sich, in ihre blauen Augen trat wieder Glanz. Die frische Luft tat ihr gut und sie erfreute sich an den täglichen Wundern der Natur. Da steckte sie ein Samenkörnlein in den Boden und goss Wasser darauf. Wenige Wochen später reckte sich ein winziges Pflänzchen zum Licht, breitete seine Blätter aus, wuchs und streckte sich, entfaltete seine Pracht, krönte sich mit einer Blüte und verströmte betörenden Duft.

In den Blättern, Stängeln, Blüten und Wurzeln reicherten sich gar wundersame Stoffe an, die, richtig angewendet, viele Leiden lindern oder gar heilen konnten. Andere Pflanzen wieder, die von göttergleichen Schönheit waren, konnten teuflisch tödlich sein.

Maria lernte, gegen welche Leiden die einzelnen Kräutlein wirkten, welche Teile sie von den Pflanzen verwenden konnte, und wie sie zu behandeln waren. Es war eine völlig neue Welt, die sich ihr erschloss und die sie faszinierte. Nicht nur die unscheinbare Brunnenkresse und die Bachbunge, die im zeitigen Frühjahr das feuchte Ufer des Flusses säumten und zu den ersten frischen Kräutern gehörten, lernte sie kennen, sondern auch viele seltene und kostbare Pflanzen, die sie noch nie zuvor gesehen hatte.

Da wuchsen seltsam starre, mit steifen Haaren besetzte Stängel mit großen ovalen Blättern. Solange die Blätter jung waren, konnte man sie frisch verzehren. Legte man sie in Wein oder Wasser und süßte das Ganze, ergab es ein erfrischendes Getränk, das auch die Konversen gern in den Pausen zu sich nahmen. Auch Maria wusste es zu schätzen, um sich an heißen Tagen zu erfrischen. Später bildete diese Pflanze lebhaft blaue Blüten mit violetten Staubbeuteln. Ein Aufguss aus den getrockneten Blüten und Blättern wirkte schweißtreibend, fiebersenkend, ließ den Harn strömen und den Husten verstummen. Vor allem aber half er gegen die Traurigkeit der Seele. Borago hieß dieses Kraut, dessen Blütenfarbe Maria an das paradiesische Blau des Himmels erinnerte.

Nicht nur einmal ertappte sich Maria dabei, dass sie lange in die Betrachtung einer Pflanze oder einer Blüte versank. Dann stieg wieder Schwermut in ihr auf. Wie wundervoll war doch das Leben, das Gott auf Erden geschaffen hatte! Jedem gewillten Auge tat es sich kund.

Alles wuchs, vermehrte, paarte sich. Die Vögel taten's ungeniert und mit großer Freude. Die Schafe, die unter den Obstbäumen weideten, gebaren ihre Lämmer, die alsbald fröhlich um ihre Mütter sprangen. Die Enten, die wochenlang unsichtbar am Flussufer brüteten, führten stolz ihre Kükenschar aus, und in den Nestern der Vögel piepste es aufgeregt, wenn die Vogeleltern unermüdlich Futter heranschleppten.

Dieses pralle, schwellende Leben selbst hier im züchtigen Klostergarten machte Maria traurig. Sie selbst durfte nicht daran teilhaben. Sie würde niemals einem Kind das Leben schenken können, es füttern, es aufwachsen und gedeihen sehen. Sie war nur Zuschauerin, stille Beobachterin. Das Leben fand ohne sie statt. Es war ein schrecklich bedrückendes Gefühl, und sie kam sich völlig nutzlos vor.

Trotz der bunten Blumen um sie herum, trotz der üppig grünen Blätter, trotz der beginnenden Reife der Früchte, für die sie Sorge trug, erfüllte sie eine unstillbare Sehnsucht. Dann ging sie durch den Garten, zwischen den Obstbäumen hindurch bis zum Fluss, wo eine kleine, unter den dornigen Ranken von Hundsrosen versteckte Gartenlaube zum Verweilen und Besinnen einlud. Den Blick auf den Fluss gerichtet, beneidete Maria das Wasser, das einfach dahinfließen konnte, wie es wollte. Es ließ sich nicht fangen, es ließ sich nicht zähmen. Sein Bett bestimmte seinen Lauf und selbst Wehre, Mühlen und Gräben hinderten es nicht wirklich daran, seinen Lauf fortzusetzen.

Manchmal kam ein Kahn vorbei und der junge Fischersmann, der den Kahn steuerte, bemerkte die traurige Nonne sehr wohl. Bislang hatte er sich wenig Gedanken darüber gemacht, wie sich jemand fühlte, der sein Leben hinter Klostermauern verbrachte. Er hatte geglaubt, dass dieses Leben recht einfach und beschaulich war, fest geregelt und gut gesichert. Da gab es keinen Hunger, da war man Gott nah und die restliche Welt voller Armut, Heimtücke, Not und Krankheiten abgeschirmt.

Oftmals verkaufte er seinen Fang an die Klosterküchen. Fisch stellte einen beträchtlichen Anteil am Speiseplan der Mönche und Nonnen, und er konnte sicher sein, dass er seinen Fang losbekam. Auch an das Marienkloster hatte er schon Fische verkauft.

Diese Nonne dort in der Laube hatte sicher keinen Appetit auf Fisch. Mein Gott, wie jung sie noch war! Er konnte ja nur ihr schönes Gesicht sehen, ebenmäßig und glatt, etwas blass, veredelt durch zwei wunderschöne blaue Augen. Diese Augen schauten sie so traurig an, dass es ihm beinahe das Herz zerriss.

Nun war eine Nonne jemand, der sich von der irdischen Welt verabschiedet hatte. Jedem anderen Mädchen hätte er jetzt eine kleine Freude bereitet, mit einem Blumensträußchen, einem Lied oder einem kleinen Gedicht. Eine Nonne aber war kein Mädchen. Sie war schon ein Stück der Welt entrückt. Und soweit er wusste, war sie mit Herrn Jesus verheiratet, dem Herrn aller rechtschaffenen Christen. Eine verheiratete Frau war erst recht kein Ziel von Huldigungen und Tröstungen. Sie war für ihn unerreichbar.

Häufig beobachtete er die schöne, traurige Nonne, wenn sie in der Laube saß und auf den Fluss schaute. Einmal sah er, dass sie mit dem Handrücken die Tränen von ihren Wangen wischte. Da stoppte er seinen Kahn, beugte sich über den Rand und brach die gelbe Blüte einer Sumpfschwertlilie, die im morastigen Ufer des

Flusses wuchs. Er hauchte einen Kuss auf die zarten Blütenblätter. Dann manövrierte er seinen Kahn so in die Strömung, dass er dicht an der Gartenlaube vorbeifuhr. Mit einem kühnen Schwung warf er die Blüte hinüber. Sie fiel der erschrockenen Maria direkt in den Schoß.

Maria blickte auf. Zwar hatte sie den jungen Fischer mit seinem Kahn schon häufig bemerkt, ihm aber keine Beachtung geschenkt. Er zog da auf dem Fluss vorbei wie ein Fisch oder wie ein Vogel in der Luft. Er war frei, er war lebendig, er gehörte zu der anderen Welt draußen. Vielleicht beneidete sie ihn dafür, dass er frei war, vielleicht verbannte sie ihn auch sofort wieder aus ihren Gedanken, weil es sie schmerzte.

Nun aber war er in ihre Welt eingedrungen. Er hatte ihr eine Blume herübergeworfen! Es war so ein ungeheuerliches Ereignis, dass ihr der Atem stockte. Zögernd griff sie nach der Blüte und nahm sie in die Hand. Ihre Augen suchten nach ihm, während sie die Blüte an ihr Gesicht hob. Wie zufällig streiften die zarten Blütenblätter dabei ihre Lippen.

Ihre Blicke fanden sich für einen Moment, der sich zur Ewigkeit dehnte. Es war das Bild eines Mannes, in schlichter Kleidung, mit jugendlich kraftvollem Körper, die lange Ruderstange in der Hand, als wolle er den Fluss besiegen, und einem zauberhaften verlegenen Lächeln im Gesicht, das sich ihr einprägte. Verwunderung erfasste sie, Freude und Furcht zugleich.

Doch der Fluss stand nicht still, die Zeit blieb nicht stehen und das Boot wurde von der Strömung fortgetragen. Marias Augen folgten ihm, bis es ihren Blicken entschwand. Noch immer hielt sie die zarte Blüte in der Hand. Es war wie eine Erscheinung und im nächsten Augenblick wusste sie nicht, ob sie es erlebt oder geträumt hatte. Nur die Lilie in ihrer Hand verriet, dass es wirklich geschehen war. Sie betrachtete die Blume. Ihr Stängel war derb und starr, zwei lanzettförmige Blätter wuchsen aufrecht daraus empor. Darüber wurde der Stängel von drei hauchzarten gelben Blütenblättern gekrönt, die sich wie Zungen wölbten. Im Inneren der Blüte ragten drei kleinere Blütenblätter hervor.

Der Gegensatz zwischen der starren Härte der Pflanze und der Zartheit der Blüte berühre Maria. Ganz sacht strich sie mit den Fingerspitzen darüber und glaubte leichte Vibrationen zu verspüren. War das ein Zeichen des Himmels?

Sie verbarg die Lilie unter ihrer Tracht, während sie zurück zum Kloster ging. Die Konversen saßen noch lachend und schwatzen unter den Bäumen und hatten von all dem nichts mitbekommen.

Nach der Vesper legte Maria die Lilie zwischen die Seiten der Bibel, die ihr zum Zweck des stillen Studiums übergeben worden war.

Obwohl sie sehr müde war, konnte sie in dieser Nacht schlecht schlafen. Unruhig wälzte sie sich auf ihrem Lager umher. Einmal schreckte sie auf, weil sie etwas auf ihrem Gesicht spürte. Es war die Nachtschwester, die das Dormitorium kontrollierte.

»Geht es dir nicht gut, Maria?«, wollte sie wissen. »Du hast im Schlaf gestöhnt. Aber es scheint kein Fieber zu sein.«

Maria schüttelte verstört den Kopf. »Es waren wohl schlechte Träume«, erwiderte sie.

Die Nachtschwester runzelte die Brauen. »Schlechte Träume? Ich hoffe, du hast gebeichtet. Etwas Böses drückt auf deine Seele.«

Maria erschrak. Beichten? Sie musste beichten, dass ihr der Jüngling eine Lilie zugeworfen hatte! Das hatte sie vollkommen vergessen. Sie musste es am nächsten Tag unbedingt nachholen.

Seltsam, es widerstrebte ihr, das Erlebnis zu beichten. Sie hätte dieses Geheimnis gern für sich behalten, aber das war nicht möglich. Schließlich hatte sie ein Gelübde abgelegt. Solche Dinge gehörten einfach nicht mehr zu ihrem Leben. Kein Mann durfte ihr etwas schenken, auch keine Blume. Vor allem aber durfte sie ihn nicht wiedersehen.

Am nächsten Tag richtete sie es so ein, dass sie in dem Teil des Gartens arbeitete, der dem Fluss am entferntesten lag. Sie konnte jedoch nicht verhindern, dass ihre Gedanken um das Boot kreisten. Ob er gerade vorbeifuhr? Ob er enttäuscht war, wenn er sie nicht sah?

Sie stach sich an einer Distel und zupfte die falschen Pflanzen aus, weil sie nicht auf ihre Hände achtete. Sie trat auf die Hacke und bekam den Stiel an den Kopf. Und dann stieß sie den Eimer um und bekam durchnässte Füße.

Ihr Herz klopfte heftig und ihr schwindelte. Was war nur mit ihr los? Und gebeichtet hatte sie auch noch nicht.

Die Glocke von der Klosterkirche rief zur Vesper. Maria presste die Faust in den schmerzenden Rücken und richtete sich stöhnend auf. Sie hatte an diesem Tag viel geschafft, aber sie fühlte sich nicht froh. Ja, sie war sogar etwas verärgert. Warum versteckte sie sich? Was konnte ihr dieser Mann tun?

Langsam folgte sie den Konversen, die sich am Steintrog wuschen und dann zur Kirche gingen. Maria überlegte, ob diese Lilie ein Zeichen des Himmels war oder die Versuchung des Teufels. Barg dieser paradiesische Garten gar eine Prüfung für sie?

Sie kam zu keinem Schluss, wusste aber auch nicht, mit wem sie darüber hätte sprechen können. Vielleicht war es am besten zu beichten und so ihr Gewissen zu entlasten.

Sie reinigte Hände und Gesicht am steinernen Trog und lief hinüber zur Kirche. In doppelter Reihe begaben sich die Nonnen zum Gebet in die Kirche. Die Konversen schlossen sich an, hatten aber ihren eigenen streng getrennten Bereich. Maria blieb stehen. Für einen Moment war sie nicht sicher, wohin sie gehörte. Jemand stieß sie an. Es war Gundula.

»Wo steckst du denn?«, flüsterte sie ihr zu. »Seit du im Garten arbeitest, bekommt man dich gar nicht mehr zu Gesicht.«

»Es gibt so viel zu tun. Wir beten draußen.«

»Das ist sicher gottgefälliger«, scherzte Gundula. »Jedenfalls bekommt es dir gut. Du hast richtig rosige Wangen.«

»Ich fühle mich auch gut«, gab Maria zurück und unterdrückte das Zittern ihrer Hände.

Gundula legte ihre Hand auf Marias. »Ist wirklich alles in Ordnung?«

Maria nickte stumm, bekreuzigte sich und kniete nieder. Sie musste unbedingt beichten.

Nach der Vesper ging sie langsam hinüber zum Beichtstuhl. Einer der Brüder des Thomasklosters nahm den Nonnen die Beichte ab. Nur zu diesem Zweck bekamen die Mönche Zutritt zum Nonnenkloster.

Eine Ausnahme war Propst Benedictus, der wesentlich größere Befugnisse besaß. Er war verantwortlich für die seelsorgerische Betreuung der Nonnen und nahm an bestimmten Tagen die Beichte ab. Zudem bestimmte er über die Aufnahmen von Novizinnen ins Kloster, weihte die Äbtissin, kontrollierte die Wirtschaftsbücher und das gesamte Kloster mindestens einmal im Jahr. Er vertrat außerdem die Interessen der Äbtissin auf dem Generalkonzil, auf dem Frauen grundsätzlich keinen Zutritt hatten. Er unterschrieb wichtige Urkunden und Verträge und konnte sogar Besitzveränderungen und Finanzgeschäfte über den Kopf der Äbtissin hinweg tätigen.

Der Vorhang am Beichtstuhl war zugezogen und Maria konnte nicht erkennen, wer die Beichte abnahm. Sie kniete sich nieder.

»Gelobt sei Jesus Christus, der Herr und das Licht.«

»Amen«, erwiderte der Geistliche. Maria konnte nicht erkennen, ob es die Stimme des Propstes war. Plötzlich überlief sie ein Schauer. Sie hatte das Gefühl, dass auf der anderen Seite des Gitters ein Untier hockte, ein Raubtier, das im nächsten Moment hervorstürzen und sie zerreißen würde.

»Erleichtere deine Seele und beichte Gott deine Sünden«, forderte der Geistliche sie auf. Maria hatte bereits die Hände gefaltet, da stockte sie. Gott? Ja, Gott sollte es hören, aber nicht dieser Mann da hinter dem Vorhang.

»Ja, Pater, ich werde Gott beichten«, erwiderte Maria und erhob sich und verließ die Kirche.

Der Geistliche beugte sich vor und schaute Maria verblüfft hinterher. Sie hatte sich nicht geirrt, es war der Propst höchstpersönlich. Benedictus jedoch hatte sie nicht erkannt. Er schnaubte, dann schob er sich aus dem Beichtstuhl heraus und eilte zur Äbtissin. Mit dem Finger zeigte er auf die ins Haus eilende Maria.

»Wer ist sie?«

Die Äbtissin kniff die kurzsichtigen Augen zusammen. Doch sie erkannte Maria auch so. Ihr aufrechter, fast hoheitsvoller Gang verärgerte sie immer wieder.

»Das ist Schwester Maria«, gab sie zurück. »Stolz, anmaßend, voller Widerspruchsgeist. Nicht einmal zwei Wochen im Verlies konnten ihr etwas anhaben. Was ist mit ihr? Habt Ihr sie eines Vergehens zu bezichtigen?«

Doch Benedictus schüttelte nur den Kopf. »Das ist kein Vergehen mehr, das ist Blasphemie. Sie wollte nicht beichten.«

Die Äbtissin schnappte nach Luft. »Es wäre wirklich ein Wunder, hätte sie sich geändert. Ich glaube, wir sollten härter durchgreifen.«

»Das überlasse ich Euch«, erwiderte Benedictus schroff.

Als Maria in ihrem Bett lag, faltete sie die Hände. »HERR, ich weiß, dass die Beichte zu meiner Pflicht gehört. Ich lasse es gewiss nicht an Demut fehlen, dass ich mich der Beichte im Stuhl verweigerte. Ich bin aber überzeugt, dass meine inbrünstigen Gebete Dich erreichen und mein Glaube stark genug ist, dass Du meine Worte vernimmst. Eine tiefe Traurigkeit hat mich erfasst, und ich weiß, dass es undankbar ist, denn im Kloster bekomme ich alles, was für mich wichtig ist. Ich genieße Obhut und Schutz, deinen Beistand und ein geregeltes Leben. Es erfüllt mich mit Schmerz, dass ich trotzdem nicht glücklich bin. Der Grund dafür ist, dass ich deine Zeichen nicht deuten kann. Mein Verstand ist wohl zu gering, um zu begreifen, welche Art Prüfung du mir schickst. Da fährt täglich ein junger Fischersmann mit seinem Boot am Fluss vorbei. Niemals habe ich ihm Aufmerksamkeit gewidmet. Und plötzlich wirft er mir eine gelbe Lilie in den Schoß. Ich weiß, dass ich solche Art Huldigung nicht annehmen darf, da ich ja mit Deinem Sohn, dem Herrn Jesus Christus, verheiratet bin. In aller Demut glaube ich, dass ich dieses Verhalten nicht provoziert habe. Und doch hat er es getan. Die Lilie ist die Blume der heiligen Jungfrau. Bitte, HERR, gib mir ein Zeichen, was soll ich tun?«

Sie lauschte in die Nacht hinein, aber außer regelmäßigen Atemzügen der Schlafenden konnte sie nichts vernehmen. Gott schwieg. Sie presste die Hände fester zusammen und betete zur Jungfrau Maria. Vielleicht war es ein Zeichen von ihr?

Mitten im Gebet fiel sie in einen unruhigen Schlaf. Sie sah Wasser, eine Brücke, ein Boot. Im Boot saß jemand, eine Gestalt, die sie nicht erkennen konnte. Und sie sah viele Menschen, schwarze Gestalten, ein langer Zug, der zu dieser Brücke ging. An der Brücke stockte der Zug. Etwas fiel ins Wasser. Alle beugten sich über das Brückengeländer. Auch Maria schaute in ihrem Traum hinunter ins Wasser. Ein großer dunkler Gegenstand versank in den Fluten. Das Wasser gluckerte und sprudelte, dann glättete es sich. Aus der Tiefe tauchte etwas auf. Es waren dunkelgrüne Stängel, die sich zu Seerosenblättern entfalteten, und dann öffnete sich eine Knospe und eine wunderschöne weiße Seerose erblühte. Klar und rein wie Schnee und seidenzart wie die Lilienblüte, die sie mit den Lippen berührt hatte. Sie wollte danach greifen und beugte sich weit vor. Zu weit. Mit einem Aufschrei fiel sie ins Wasser. Es wurde dunkel um sie. Plötzlich sah sie einen Lichtschein. Eine Schwester kam mit der Nachtleuchte herein.

»Was ist los, Maria? Du hast geschrien.«

Maria fuhr sich über die Stirn und spürte kalten Schweiß. »Es ist nichts, nur ein schlechter Traum.«

Misstrauisch beäugte sie die Nachtschwester. »Ich hoffe, es ist nicht wieder das Fieber.«

»Nein, nein, es war nur ein Albtraum. Wahrscheinlich ist mir das Essen nicht bekommen.«

»Dann solltest du in den nächsten Tagen fasten. Völlerei tut in der Tat nicht gut. Aber du hast doch nichts anderes gegessen als wir alle.«

Maria ließ sich wieder aufs Bett sinken. Sie wusste, dass es nicht das Essen war. War das nun die Antwort auf Ihre Frage? Wasser, eine Rose, ein Boot, ein Mann, ein Zug schwarzer Gestalten wie die Nonnen, wenn sie zur Andacht gingen. Was hatte es zu bedeuten?

Unausgeschlafen und voller Zweifel ging Maria am nächsten Tag wieder an ihre Arbeit. Obwohl sie wieder dem Fluss fernbleiben wollte, zog er sie magisch an. Gemeinsam mit den Konversen beging sie die Sext unter den Apfelbäumen, dann zog sie sich zur Ruhe in die Rosenlaube am Fluss zurück. Mit bangem Blick starrte sie auf das Wasser. Im Traum schien es ihr eine Botschaft zu übermitteln. Aber sie verstand diese Botschaft nicht.

Als das Boot auf der Mitte des Flusses erschien, klopfte ihr Herz bis zum Hals. Sie wusste nicht, ob sie es richtig machte, ihn überhaupt zu erwarten. Aber ob sie wollte oder nicht, ihre Augen konnten nicht von ihm lassen. Langsam näherte sich das Boot. Der junge Fischer stand am Heck, die Ruderstange in der Hand. Seine Augen hielt er auf Maria geheftet. Sein Gesicht war ernst, fragend, hoffnungsvoll. Auch Maria stand im Bogen der Rosenlaube, aufrecht, stolz, fast hoheitsvoll. Der Wind spielte in den Falten ihres Gewandes und hauchte ihnen Leben ein.

Wie an einem unsichtbaren Band zog es die beiden Menschen zueinander, die Blicke ineinander verwoben. Und dann, als das Boot Maria am nächsten war, griff sie in die Rosenhecke und brach eine der Blüten. Mit einem kühnen Schwung warf sie ihm die Rose zu. Sie fiel zu seinen Füßen ins Boot. Erfreut bückte er sich danach, hob sie auf und hielt sie an seine Lippen. Mit starrem Blick folgte Maria seinen Bewegungen. Als ein Lächeln sein Gesicht überflog, lächelte auch sie. Ein warmes Gefühl durchströmte sie, und sie fühlte sich so unendlich glücklich. Sie hob die Hand zu einem kleinen Gruß und blieb stehen, bis das Boot ihren Blicken entschwand.

So stand sie noch, als das Boot längst ihren Blicken entschwunden war. Sie lauschte dem Gefühl in ihrem Inneren nach. Sie hatte sich nicht geirrt, sie fühlte sich glücklich! Diese Erkenntnis erstaunte und erschreckte sie zugleich, doch sie gab ihr auch Mut. Sie würde ihn morgen wieder erwarten.

Es verging kein Tag, an dem der junge Fischersmann nicht mit seinem Boot am Klostergarten vorbeifuhr, und es verging kein Tag, an dem Maria nicht in der Rosenlaube saß und ihn erwartete. Sie lebte nur noch für diese kurzen Augenblicke, für diese Momente des Glücks. Tag für Tag spürte sie es deutlicher, wie dieses Glücksgefühl sie erfasste, während der junge Mann in seinem Boot vorbeifuhr. Allein diese wenigen Augenblicke machten ihr das Leben im Kloster erträglicher.

Seit dem Erwachen fieberte sie dem kurzen Moment entgegen, und wenn das Boot entschwunden war, lebte sie vom Nachhall des Gefühls. Sie ging regelmäßig zur Beichte, und die Äbtissin, die sie argwöhnisch beobachtete, konnte nichts gegen Maria vorbringen.

Jedoch beichtete Maria niemals ihre wundersamen Treffen mit dem Fischer, sondern sprach darüber nur direkt mit Gott. Sie war sich sicher, dass Gott sie erhörte. Gott verlieh ihr für eine kurze

Zeit unsichtbare Flügel, ließ sie schweben, in das Himmelsblau aufsteigen. Sie fühlte sich wie ein Vogel, der dem Käfig entfloh. Dieses Gefühl der grenzenlosen Freiheit berauschte sie. Auch wenn dieser Augenblick endlich war, wenn er verrann und mit dem Wasser des Flusses fortzog, so war er ihr doch vergönnt, jeden Tag.

Und dann, eines Tages, blieb das Boot nicht in der Flussmitte, sondern der junge Fischer steuerte es ans Ufer, packte mit den Händen in das Gras und hielt sich fest. Maria stockte der Atem. Es gab keinen Anlegesteg, nicht mal einen Pflock, wo er hätte sein Boot festbinden können. Hilflos stand sie da, während er auf dem Boden des Kahns kniete, über den Rand gebeugt und sich mit vor Anstrengung hochrotem Kopf ins Gras krallte.

In einem plötzlichen Entschluss raffte Maria ihren Kittel hoch, eilte zum Ufer herab und ins Wasser hinein. Sie griff nach dem Tau, das am vorderen Steven befestigt war und zog es an Land. Jetzt konnte der Fischer loslassen. Mit einer behänden Bewegung sprang er an Land und nahm Maria das Seil ab.

»Danke«, sagte er nur und schenkte ihr ein Lächeln.

In einer ersten Regung erwiderte sie das Lächeln, doch dann senkte sie schnell den Kopf. Was tat sie da eigentlich? Die Nähe des Mannes erregte sie. Sie glaubte sogar seinen Duft zu spüren, nach Schweiß, Fisch, Wasser, irgendwie animalisch. Ihr Herz klopfte heftig, und was da rauschte, war nicht der Fluss, sondern das Blut in ihren Ohren.

»Ich hoffe, Ihr vergebt mir, edle Dame, dass ich das Ungeheuerliche wage und Euch in der Klausur belästige. Gott wird mir vergeben, denn meine Absichten sind Euch wohlgesinnt. Ich sah Euch jeden Tag, wenn ich vorüber fuhr, und Eure Traurigkeit rührte mein Herz. Die Sonne scheint doch für alle Wesen auf Gottes Erden. Warum dringen die Strahlen nicht hinter Euren Schleier? Warum erhellt der Tag nicht Euer Gemüt? Was ist es, was Euch diese Traurigkeit bringt? Kann Euch jemand helfen, sie zu überwinden?«

Maria hielt den Kopf gesenkt und schwieg.

»Ich habe Euch eine Blume gesandt, und Ihr habt sie angenommen. Dann schicktet Ihr mir eine Rose, und ich habe sie angenommen. Ich glaubte, es sei ein Zeichen dafür, dass Ihr mein Hilfsangebot annehmen würdet. So nahm ich meinen Mut zusammen, zu Euch zu kommen, gleichwohl wissend, dass es nicht sein darf. Aber es darf auch nicht sein, dass ein Gotteskind so traurig ist, wo doch ringsum alles Lebende jubelt und tiriliert.« Als Maria immer noch schwieg, legte er seine Hand unter ihr Kinn und drückte sacht ihren Kopf hoch. Ihre Augen schauten ihn voller Traurigkeit an, doch ihr Mund blieb verschlossen.

Betroffen blickte er ihr ins Gesicht. »Ist es ein Gelübde, dass dich zum Schweigen verpflichtet?«

Sie nickte, während zwei Tränen ihre Wangen herabrannen. Eine steile Zornesfalte bildete sich zwischen seinen Augenbrauen.

»Was ist das für ein grausames Gelübde? Gott hat den Menschen die Sprache gegeben, um sie zu gebrauchen. Das liebliche Wort, geformt im Gedicht, der Klang wohltönend im Lied, alles das lobet den Herrn. Was erdreistet sich der Mensch, eine Gabe Gottes verkümmern zu lassen, indem er wegen eines Gelübdes verstummt?«

Verwunderung trat in Marias Blick. Noch nie hatte sie darüber nachgedacht. Alles was Gott gewollt war, erschien ihr so unveränderlich, feststehend, dass es ihr unvorstellbar schien, etwas daran zu verändern. Andererseits drängte es sie geradezu, das Schweigegelübde zu brechen. Sie wollte sprechen, ihr Herz erleichtern, ja, so leicht plaudern wie es die Konversen bei der Arbeit taten. Sie wollte diesem Mann von sich erzählen, von ihrer Familie, von ihrer Schwester Katharina und der grausamen Trennung. Sie begriff selbst nicht, warum es sie drängte, gerade diesem wildfremden Mann ihr Herz auszuschütten.

»Ich heiße Maria«, flüsterte sie kaum hörbar und errötete wieder.

»Mein Name ist Hans, der Fischer.« Er wies auf seinen Kahn. Zwei Körbe voll mit Fischen und Krebsen. »Ich verkaufe meinen Fang vor dem Stadttor. Dier halbe Nacht bin ich unterwegs, weil man im Morgengrauen die besten Fische fangen kann.« Er lächelte. »Ich hatte schon befürchtet, du wolltest mich nicht wiedersehen.«

Sie schüttelte sacht den Kopf. »Ich darf dich nicht wiedersehen, Fischer Hans. Ich bin Gott versprochen.«

»Dann muss ich Gott bitten, dich wieder freizugeben.«

Sie erschrak und wich einen Schritt zurück. »Das ist unmöglich! Es ist Sünde, dass wir uns treffen.«

»Was soll Sünde daran sein, wenn du meine Fische betrachtest«, entgegnete er und führte sie dicht ans Ufer. Er wies auf die beiden Körbe auf den Boden seines Kahns.

»Fischer Hans, erzähl mir, wie die Welt da draußen aussieht«, bat sie.

»Die Welt da draußen ist bunt und lebendig«, begann er und ließ seinen Blick über den Fluss schweifen. »Auf den Feldern wächst das Korn, das Vieh bevölkert die Pfingstweiden und die Imker verkaufen ihren Honig an den Stadttoren und auf dem Markt. Der Rat hat beschlossen, dass die Huren eine besondere Kleidung tragen müssen ...« Er stockte. »Oh, entschuldige, das ist natürlich kein Thema für deine Ohren.«

Sie lächelte. »Mein Vater ist auch Ratsherr und ich kenne derartige Beschlüsse. Er hatte davon gesprochen, wenn er aus der Ratsversammlung kam. Dabei ist stets viel Bier geflossen, und er hatte eine lockere Zunge. Wenn so viele verschiedene Menschen auf engem Raum leben, dann müssen eben viele Dinge geregelt werden.«

Sein Gesicht erhellte sich.

»Du bist ja ein Mensch, der viel vom Leben weiß und der sich, so scheint es zumindest, nach diesem Leben sehnt. Warum bist du dann im Kloster?«

»Bereits bei meiner Geburt hat meine Mutter mich dem Kloster versprochen.«

»Wie kann eine Mutter so etwas tun?«, empörte sich Hans. »Bist du ihr deshalb nicht gram?«

Maria senkte den Kopf. »Meine Mutter starb gleich nach meiner Geburt. Unserer Geburt«, verbesserte sie. »Ich habe eine Zwillingsschwester. Aber weder von meiner Schwester noch von meinem Vater habe ich etwas wieder gehört, seit ich bei den Marienschwestern bin. Besuche sind nicht gestattet, und außer zu einer Wallfahrt zum Marienborn im Winter darf ich das Kloster nicht verlassen. Ich bin schon dankbar dafür, dass ich im Garten arbeiten kann.«

»Das ist ja alles schrecklich«, entfuhr es ihm.

»Nein, ich habe mich bereitwillig gefügt. Meine arme Mutter wollte nur das Beste für mich. Außerdem hat ihr die heilige Jungfrau ihre Gnade geschenkt, und sie in das Himmelreich aufgenommen, obwohl sie doch Zwillinge geboren hatte.« Den verständnislosen Blick von Hans bemerkte sie nicht. »Ich bin glücklich hier unter Gottes schützender Hand.«

»Wirklich?«, zweifelte er. »Ist es ein Zeichen von Glück, stumme Tränen zu weinen?«

Sie schwieg. Natürlich wusste sie selbst, dass sie nicht glücklich war. Ja, sie war verzweifelt. Aber was nützte es ihr, diese Verzweiflung zu zeigen? Die Äbtissin würde sie dafür bestrafen, weil sie es an der nötigen Demut mangeln ließ.

Doch mit Hans war das etwas ganz anderes. Was sie bei der Beichte nicht wagte, konnte sie bei Hans. Auf einmal schien es möglich, dass sie ihr Herz ausschüttete. Sie warf ihm einen scheuen Seitenblick zu. Nein, es geziemte sich nicht, nicht einmal im normalen Leben und erst recht nicht als Schwester der Marienmägde!

Sie gab sich einen Ruck. »Es war nett, dass du mich besucht hast, Fischer Hans. Nun aber müssen wir scheiden, und wir dürfen es nicht wiederholen. Gott sei mit dir und Petri Heil.«

Er blickte sie lange an. »Petri Dank. Gott wird entscheiden, was für uns beide richtig ist.« Dann sprang er ins Boot. Sie warf ihm das Seil zu, während er die Ruderstange aufnahm und den Kahn in den Strom bugsierte.

Lange blickte sie ihm nach. Er drehte sich mehrmals um und winkte. Dann, kurz bevor das Boot ihren Blicken entschwand, hob sie die Hand zum Gruß. Hans konnte nicht mehr sehen, wie leise Tränen über ihre Wangen wollten.

Maria versuchte sich einzureden, dass es richtig war, sich von Hans fernzuhalten, doch sie wusste im gleichen Moment, dass es unmöglich war. Wie der Fluss dem Meer zuströmte, so strömte alles in ihrem Inneren zu Hans hin. Sie konnte sich diesen Drang nicht erklären, aber je mehr sie sich dagegen wehrte, umso heftiger wurde er. Sie sehnte sich danach, ihm nachzugeben, sich mit dem Fluss fortragen zu lassen.

In der Nacht träumte sie von diesem Fluss der Leidenschaft, der sie mit sich riss. Sie fühlte das Wasser wie Seide an ihrem Körper, hörte das Glucksen und Rauschen, das Sprudeln und Gurgeln. Das Wasser sprühte in ihr Gesicht, nahm ihr die Sicht und den Atem. Sie strampelte und wehrte sich, ruderte und rang nach Luft. Doch das Wasser hielt sie und zog sie hinab.

»Maria, wach auf!« Es war Gundulas Stimme, die sie in die Wirklichkeit zurückholte. »Was hast du? Du schlägst um dich!«

Maria fuhr vom Bett hoch und keuchte. Noch begriff sie nicht, wo sie sich befand.

»Du bist hier in deinem Bett.« Gundulas Stimme beruhigte sie etwas. Noch einige andere Schwestern umstanden ihr Bett und blickten, teils neugierig, teils besorgt, auf sie herab.

»Ein Traum«, flüsterte Maria. »Es war nur ein Traum.«

»In letzter Zeit träumt sie recht oft«, stellte eine der Schwestern fest. »Vielleicht ist sie vom Teufel besessen.«

»Ach, Unsinn!«, widersprach Gundula. »Ihr liegt bestimmt das Abendessen etwas schwer im Magen. Komm, Maria, ich bringe dich in die Apotheke und bereite dir einen Kräutertrunk, der dich ruhig schlafen lässt.« Sie wandte sich um. »Und ihr, Schwestern, begebt euch wieder zu Bett. Es ist alles in bester Ordnung!«

Gehorsam suchten die Schwestern ihre Schlafstätten auf, während Gundula durch die Gänge zur Apotheke eilte, gefolgt von der verwirrten Maria.

Die Apotheke befand sich neben der Krankenstation und lag in tiefer Dunkelheit. Gundula zündete die Talglichter an, die einen gelben Schein verbreiteten. Scheu blickte sich Maria um. Gundula drückte sie auf einen Schemel und kramte in einem Regal herum. Sie holte verschiedene Fläschchen und Gläschen hervor und stellte sie auf den Tisch.

»So, da haben wir Baldrian und Melissenkraut und Fenchelknolle. Daraus braue ich dir einen Tee, nach dem du schläfst wie ein kleines Kind an Mutters Brust.«

Maria seufzte und wischte sich die feuchte Stirn. »Die Träume kommen, ohne dass ich sie will. Gibt es kein Kraut, das die Träume verhindert?«

»Was sind denn das für Träume?«, wollte Gundula wissen.

Maria senkte den Kopf. »Das ist schwer zu sagen. Sie sind so wirr. Ich verstehe sie nicht. Vielleicht ist wirklich der Teufel in meinen Gedanken.«

»Der Teufel? Träumst du denn von Feuer und Schwefel? Träumst du sündige Dinge?«

»Ich ... ich weiß nicht ... ich träumte von Wasser, von einem Fluss, der mich mit sich riss. Ich glaubte zu ertrinken, aber ich ging nicht unter. Er nahm mich mit und spülte mich ins Meer. Und dabei fühlte ich mich so ... so ... glücklich.«

»Glücklich, wenn du im Wasser schwimmst?«

»Ja, ich glaube schon.«

Gundula wiegte den Kopf. »Du schwimmst und gehst nicht unter ... oh, das klingt nicht gut. Lass das ja nicht den Propst oder die Äbtissin hören. Du weißt ja, Hexen werden auf diese Art erprobt. Wenn sie nicht untergehen ...«

Maria zuckte zusammen. »Meinst du wirklich?«

Die Schwester schaute sie eindringlich an. »Hast du irgendetwas Ungewöhnliches im Garten getan? Einen Weidenstock geschnitzt oder eine seltsame Wurzel ausgegraben? Du weißt doch, ein Zauberstab aus Weidenholz ist besonders wirksam. Vielleicht ist ein böser Zauber über dich gekommen?«

Nachdenklich schüttelte Maria das Haupt. »Nein, ich habe nur das Unkraut gezupft und die Beete gegossen .... aber ...« Sie schaute mit einem gequälten Blick auf.

Gundula rückte näher. »Ja?«

»Ich habe einen Mann getroffen.«

»Einen Mann? Hier im Kloster?«

»Auf dem Fluss. Er kam mit seinem Kahn vorbei und sprach mich an. Wir ... wir haben uns unterhalten.«

»Du hast dich mit ihm unterhalten?« Gundula klappte der Mund auf. »Mit einem Mann?«

Maria nickte stumm und rang die Hände. »Ich weiß, ich hätte es nicht tun dürfen, ich habe gegen so viele Regeln verstoßen, Gott wird mich strafen ...«

»Zum Beispiel mit schlechten Träumen«, erwiderte Gundula streng. Doch gleich darauf milderten sich ihre Züge. »Die Äbtissin hat mich dir als Mentorin zugeteilt, um dir das Einleben im Kloster zu erleichtern. Immerhin hast du achtzehn Jahre außerhalb dieser Mauern gelebt und bist mit so vielen bösen und sündigen

Dingen in Berührung gekommen, dass sie dich noch immer verfolgen. Andererseits ...« Sie zögerte und schien zu überlegen. »Du bist im rechten Frauenalter.«

»Was meinst du?«

Gundula bückte sich und schob ihre Hand unter Marias Kittel direkt zwischen ihre Beine. Maria zuckte zusammen und presste ihre Knie aneinander. Doch Gundula berührte sie schon an ihrer geheimsten Stelle. Es durchzuckte Maria wie ein Schlag, gleich darauf verspürte sie ein wohliges Kribbeln und einen drängenden Druck im Bauch. Ihr Herz begann zu rasen und ihr Atem keuchte. »Was ... was tust du da?«

Mit einem zufriedenen Grinsen zog Gundula die Hand zurück. »Ich wusste es. Es ist die Lüsternheit.«

»Lüsternheit?«

»Aber ja, der Anblick dieses Mannes hat in dir die Lüsternheit entfacht. Die Lüsternheit verführt zur Unkeuschheit. Du musst dich in Acht nehmen.«

»Ich ... ich habe noch nie Lüsternheit verspürt. Ich ... ich weiß gar nicht, was ... was das ist!«

»Weißt du das wirklich nicht? Hast du noch nie einem Mann beigewohnt?«

Maria schüttelte heftig den Kopf. »Es erschreckt mich, weil dieses Gefühl so gewaltig ist. Es ist etwas Teuflisches, nicht wahr?«

»Vielleicht. Alles was vom Teufel kommt, ist zunächst einmal verführerisch und fühlt sich gut an. Das ist ja gerade das Teuflische.« Sie lachte leise. »Aber man kann ja naschen, ohne gleich den ganzen Braten aufzuessen.«

»Wie meinst du das?«

»Nun, du kannst diese Lüsternheit ausprobieren, dieses süße Gefühl der Unkeuschheit, ohne dich einem Mann hinzugeben.«

»Und wie soll das gehen?«

»Damit!« Gundula zeigte auf die Regale mit den vielen Flaschen, Gläsern und getrockneten Kräuterbündeln.

Scheu blickte Maria sich um. »Mit Arznei? Aber die sind doch gegen Krankheiten bestimmt.«

»Man muss natürlich die richtigen Kräuter kennen und wissen, wie viel man davon nehmen muss. Im richtigen Verhältnis gemischt und nicht zu üppig genommen, verschaffen sie einem die herrlichsten Träume, als hättest du sie selbst erlebt. Im falschen Verhältnis gemischt, sind sie tödlich.«

Schaudernd zog Maria den Kopf ein.

»Pass auf, deinen Schlaftrunk kannst du ja immer noch nehmen, ich braue dir jetzt einen Trunk, der dir ganz andere Träume beschert.« Sie kletterte auf eine kleine Leiter und tastete auf dem obersten Brett eines der Regale herum. »Aha, ich hab ihn«, rief sie triumphierend und zeigte Maria einen alten, rostigen Schlüssel.

»Wofür ist der?«

»Für den Giftschrank. An die besonderen Kräuter gelangt keiner so ohne weiteres heran. Es sei denn, man weiß Bescheid.« Sie kicherte und kletterte von der Leiter. In einer Ecke stand ein unscheinbarer, dunkler Holzschrank mit massiven, eisernen Beschlägen. Diesen öffnete Dorothea mit dem Schlüssel.

»So, hier haben wir alles, was wir brauchen«, freute sie sich. »Tollkirsche und Fingerhut, getrockneter Saft vom Schlafmohn und stinkendes Bilsenkraut. Dazu etwas Mäuseschwanz und Nachtigallenzunge, Krötenschleim und Kinderblut.«

Sie stellte alle Zutaten auf den Tisch, holte eine feine Waage herbei und begann, winzige Mengen davon abzuwiegen und in einer Schale zu vermischen. Dann füllte sie alles in ein winziges Fläschchen ab.

»Hier, verbirg es gut. Wenn deine Lüsternheit zu drängend wird, dann mische das Pulver mit etwas Wein und trinke es. Die Träume werden dir unvergesslich sein.«

Maria verzog angewidert das Gesicht. »Nein, so etwas will ich nicht.«

»Dann nehmen wir es gemeinsam. Du brauchst keine Angst zu haben. Komm, wir teilen uns einen Becher.« Sie schüttete den Rest aus der Schale in einen Becher, goss etwas Wein dazu und verrührte alles sorgsam, dann nahm sie einen tiefen Schluck und hielt den Becher Maria hin. Diese zögerte. Dann nahm sie den Becher und trank ihn in einem Zug aus.

Maria starrte Gundula an.

»Gut«, erwiderte Gundula mit gurrender Stimme und nahm Maria den Becher ab. Hurtig räumte sie alles wieder weg, verschloss den Schrank und versteckte den Schlüssel. »Komm hier hinein«, forderte die Schwester sie auf und öffnete eine kleine Seitentür, die zur Krankenstation führte. »Hier kannst du in Ruhe träumen.«

Maria verspürte einen seltsamen Taumel. Gundula sah plötzlich so anders aus. Ihr Gesicht verzog sich, ihre Augen wirkten viel größer und wie sie lachte!

Maria fing auch an zu kichern. Der ganze Raum drehte sich um sie und es war irgendwie lustig. Sie bewegte die Arme.

»Huhu, ich kann fliegen. Und du siehst ganz bunt aus wie diese Narren, die immer auf dem Marktplatz ihre derben Späße treiben.«

»Bunt? Ich bin doch nicht bunt. Ich bin ein Hase, der über die Wiese hüpft.« Gundula sprang hin und her und ließ sich schließlich lachend auf ein Bett fallen.

Auch Maria fiel auf ein Bett. »Hilfe! Alles dreht sich, als wäre ich betrunken. Ich bin betrunken von dem Wasser. Der ganze Fluss ist voller Wein und ich schwimme und schwimme ...« Ihre Augen verdrehten sich und sie blickte in die Bäume über sich, die sich mit ihren Zweigen über den Fluss beugten, sie streichelten. Auf einmal waren Hände da, männliche Hände, und sie war ein

Fisch. Die Hände griffen nach ihr, sie zappelte, und Wassertropfen spritzten. Das Wasser strudelte, sie drehte sich mit dem Strudel im Kreis. Nein, da war ein Mann, der sie in den Armen hielt und sie im Kreis drehte. Und sie fühlte sich dabei so glücklich und frei. Sie warf den Kopf in den Nacken und lachte übermütig. Sonnenstrahlen blitzten durch das Laub der Bäume. Sie überlegte, wo sie das Gesicht her kannte, das ebenso kurz erschien wie die Sonnenstrahlen. Bevor sie es erkennen konnte, verschwand es wieder. Sie lachte laut.

»Ich bin ein Vogel! Nein, ich bin ein Fisch, ein Fisch, der fliegen kann.« Das Licht war grell und schmerzte in ihren Augen. Da waren wieder die Farben, ein Regenbogen, der schaukelte und schwang. Sie hörte Stimmen, Lachen, das Rauschen des Wassers. O ja, sie wusste, dass sie durch den Fluss glitt. Da war eine Stimme, tief, männlich, angenehm. Dieser Druck im Bauch, dieses Kribbeln in den Gliedmaßen, die Hitze zwischen ihren Schenkeln, das alles kam ihr bekannt vor. Sie fühlte eine bleierne Schwere, ihr Körper wurde träge. Da war ein anderer Körper, schlank, groß, muskulös. Und wieder dieses schöne Gefühl, das ihren Körper durchströmte. Sie wehrte sich nicht dagegen, sie nahm es an. Sie genoss es, sie ging darin auf und sie konnte gar nicht genug bekommen. Es war schön, so schön ...

Am nächsten Morgen erwachte sie, als die Sonne schon hoch am Himmel stand. Verwirrt blickte sie sich um. Sie befand sich in einer muffigen Kammer auf der Krankenstation. Wie kam sie hierher? Sie versuchte sich zu erinnern, doch es gelang ihr nicht so recht. In ihrem Kopf hämmerte es und ihr war schrecklich übel. Unter ihr knarrte ein kaputtes Bett, auf dem sie wohl die Nacht verbracht hatte. Vage tauchten Erinnerungsfetzen auf. Ein Mann, Wasser, die düstere Apotheke ... Gundula! War da nicht Gundula gewesen?

Maria rappelte sich auf, richtete ihre Kleidung und tappte hinaus. Sicher würde sie schon vermisst werden. Die Prim war schon längst vorbei, der Kapitelsaal leer. Alle Schwestern befanden sich an ihrer Arbeit. Es wäre wohl höchst unklug gewesen, in dieser Situation der Äbtissin unter die Augen zu komme. So schlich Maria möglichst unauffällig in den Garten hinaus. Die Konversen waren im Gemüsegarten beschäftigt. Sie achteten nicht auf Maria, die traurige Nonne, die immer sehr zurückgezogen lebte und sich aufgrund ihres Schweigegelübdes ohnehin nicht an den Gesprächen, Scherzen und Gesängen beteiligte.

Maria lief in den Obstgarten, wo einige Schafe angepflockt standen und sich das saftige Gras, das unter den Bäumen wuchs, schmecken ließen. Weiter hinten murmelte der Fluss. Schlagartig waren die Erinnerungen wieder da. Der Traum! Sie hatte von diesem Fischer geträumt und dass sie sich im Wasser geliebt hatten! Oder war es tatsächlich so gewesen? Der Traum fühlte sich so real an. Noch immer vibrierte ihr ganzer Körper von den genossenen Liebesfreuden.

Die frische Luft klärte ihre Gedanken, der Kopfschmerz ließ nach. In einer plötzlichen Gefühlsregung griff sie nach dem schweren Holzhammer, der im Gras lag und den jemand benutzt hatte, die Pflöcke für die Schafe einzuschlagen. Sie eilte damit zum Flussufer, packte einen der Schafspflöcke und schlug ihn am Ufer in den weichen Boden. Dann setzte sie sich daneben und wartete.

Sanft plätscherte der Fluss dahin. Eigentlich hätte er Marias Gemüt mit seiner Gleichförmigkeit beruhigen müssen, aber sie blieb innerlich angespannt und recht ungeduldig. Da! Endlich tauchte das Boot von Fischer Hans in der Mitte der Strömung auf.

Maria sprang auf und winkte ihm. Sie konnte erkennen, wie ein erfreutes Lächeln über sein Gesicht flog. Und dann steuerte er den Kahn ans Ufer. Maria fing das Seil auf, das Hans ihr zuwarf, und knotete es flink an den Pfahl. Dann sprang Hans heraus. Nur einen Herzschlag lang schauten sie sich in die Augen, dann lagen sie sich in den Armen.

Hans fragte nicht, was geschehen war, dass Maria ihre Scheu und Zurückhaltung aufgegeben hatte. Er nahm es einfach hin und fühlte sich glücklich. Unter dem derben, schweren Stoff ihrer Nonnentracht fühlte er ihren zarten, zerbrechlichen Körper. Es rührte seinen Beschützerinstinkt. Ein warmes Gefühl erfüllte ihn, und er wollte sie nie wieder loslassen.

»Oh, Maria, wenn ich dich nur küssen dürfte«, seufzte er.

Sie hob den Kopf und bot ihm ihre Lippen dar. Zärtlich küsste er sie und schenkte ihr dabei berauschende Gefühle. Mit Erstaunen bemerkte sie, dass es die gleichen Gefühle waren wie in ihrem Traum. Sie fühlte sich federleicht und so angefüllt mit Glück, dass sie am liebsten geweint hätte. Doch heute sollte Hans keine Tränen sehen, nur ihr glückliches Gesicht. Sie setzten sich in die Rosenlaube. So blieben sie unentdeckt vor neugierigen Blicken.

»Erzähle mir von deiner Welt«, bat sie ihn.

Er nahm ihre Hände in seine, während sie sich an ihn lehnte. »Was soll ich dir erzählen, wo anfangen, wo enden? »

Sie zuckte mit den Schultern. »Etwas von der Welt draußen.«

»Da hat sich nicht viel verändert. Unser allergnädigster Landesherr, Herzog Albrecht, schlägt sich fortwährend im Dienste des Reiches auf fremden Schlachtfeldern herum und kümmert sich kaum um sein Land. Deswegen sterben wohl die Kinder, die seine Gattin, die Prinzessin von Böhmen ihm schenkt, auch gleich wieder. Wahrscheinlich fehlt ihnen die Fürsorge des Vaters.«

»Wie das?«, wunderte sich Maria. »Hat denn der Vater irgendeinen Einfluss auf ein neugeborenes Kind?«

»Aber sicher«, erwiderte Hans im Brustton der Überzeugung. »Ich würde meine Kinder alle höchstpersönlich umhegen und schützen, und nicht alles einer Amme überlassen.«

Maria lachte. »Wir hatten auch eine Amme. Deswegen sind wir nicht gestorben. Jeder hat doch eine Amme, oder?«

»Die Kindlein des Herzogs schon. Man sagt, es sei schon das vierte Kind, das in der Wiege starb.«

»Möchtest du denn Kinder haben?«, wollte Maria wissen.

»Aber sicher doch, wenn ich eine liebe Frau bekomme, dann wünsche ich mir auch eine große Kinderschar.«

Maria senkte errötend den Kopf. »Und was gibt es sonst Neues?«

»Da gab es noch so eine merkwürdige Geschichte, die Reisende und die Händler zur Ostermesse erzählten. In Spanien fuhr ein verrückter Seefahrer los, um den Seeweg nach Indien zu finden. Er wollte die unendlichen Reichtümer dieses geheimnisvollen Landes für die spanische Krone erobern. Als ich das hörte, habe ich mir gewünscht, ich wäre mit in seiner Mannschaft. Mein größter Traum wäre es, auf so einem großen Schiff zu fahren und ferne Länder zu entdecken.«

»Und hat er Indien gefunden?«

Hans schüttelte den Kopf. »Er hat wohl ein Land gefunden, aber das konnte unmöglich Indien sein. Kein Gold, kein Safran, keine Baumwolle. Er war nichts weiter als ein Aufschneider und windiger Abenteurer.«

»Aber Indien gibt es wirklich«, sagte Maria. »Mein Vater ist Kaufmann und er kaufte Seidenstoffe, duftende Öle und kostbaren Safran von Händlern, die in Indien waren. Sogar die Figur einer ihrer Götter habe ich gesehen.«

»Auch dieser Seefahrer namens Christoph Kolumbus erzählte gar seltsame Dinge über Indien. Da laufen Männer und Frauen fast nackt herum und sie schlafen nicht in Betten, sondern in aufgespannten Netzen.«

Maria lachte. »Tatsächlich? Vielleicht sind es Fischmenschen. In Indien liegen sie auf kostbaren Teppichen, erzählte uns ein Freund unseres Vaters. Der war sogar im fernen China und hat seltsame Dinge mitgebracht. An den Abenden erzählte er uns ganz wundersame Dinge, die wir natürlich nicht geglaubt haben. Aber nun glaube ich, dass die Welt viel größer ist, als wir sie sehen.«

»Ja, Gottes Schöpfung ist wohl viel wunderbarer, als wir sie uns vorstellen können«, bestätigte er.

»Hast du etwas von meiner Familie gehört?«, wollte Maria wissen. »Dem Kaufmann Hieronymus Preller?«

Hans schüttelte den Kopf. »Nein, tut mir Leid. Ich komme ja auch kaum in die Stadt hinein, sondern verkaufe meine Fische vor dem Tor. Ich wohne auch nicht in Leipzig, sondern in einem kleinen Dorf südlich der Stadt.«

Maria musste an Katharina denken. Schade, dass Hans nichts über sie zu berichten wusste. Wie würde es ihr gehen? Ob sie ihren Klaus wiedergefunden hatte? Nun endlich begriff Maria, wie sich Katharina gefühlt haben musste, liebte sie doch ihren Studiosus von ganzem Herzen. Natürlich war es Sünde, aber es war ein so wunderbares Gefühl, etwas so Lebendiges im Herzen. Sie schmiegte sich noch enger an Hans.

Maria erlebte zum ersten Mal die Liebe. Wenn sie allein war, dann kamen ihr Zweifel, dann fühlte sie Reue und Angst. Doch war er da, waren all diese Zweifel vergessen. Ja, die Liebe war schön. So etwas Schönes musste ein Gottesgeschenk sein und keine Versuchung des Teufels.

Vielleicht irrten all diese Prediger, wie Benedictus und seine Chorherren, vielleicht irrten auch die Nonnen, die meinten, das wahre Glück erfahre man nur in der Ehe mit dem Herrn Jesus Christus. Was war das für eine Ehe, wenn man den Mann, den man liebte, gar nicht zu Gesicht bekam, von dem nur der Geist existierte und den man nicht berühren konnte, von dem man nur ein grausiges Abbild als Gekreuzigten sah? Noch schlimmer war, dass dieser eine Mann, dieser Jesus Christus, mit hunderten, ja tausenden von Nonnen verheiratet war! Und wie würde der Tag der Auferstehung verlaufen, an dem sich dieser eine Mann mit all seinen Frauen vereinigen sollte?

Es war so schön, einen Mann ganz für sich allein zu haben, sich seiner Liebe und Zuneigung sicher zu sein, den man berühren und küssen konnte, der mit einem sprach und der einem sein Lächeln schenkte.

Es war schwer, die Treffen mit Hans geheim zu halten. Maria musste ständig die Entdeckung fürchten, und die Strafe würde gewiss grausam ausfallen. Zum Glück kümmerten sich die Konversen wenig um sie. Manchmal wurde sie von einer Nonne kontrolliert, die sie beim Arbeiten beobachtete. Doch stets arbeitete sie still und allein entweder im Kräutergarten oder bei den Blumen, so dass ihr nichts Besonderes auffiel.

Fischer Hans kam immer dann, wenn die anderen Nonnen ihre Mittagsruhe hielten, und so ging es einige Zeit gut. Lediglich Gundula bemerkte die Wandlung, die mit Maria geschah.

»Triffst du dich noch immer mit ihm?«, wollte sie wissen.

Maria nickte verschämt.

»Weißt du, dass du eine Ehebrecherin bist?«, fragte Gundula streng.

»Ja, das weiß ich«, gab Maria leise zu.

»Und was gedenkst du zu tun?«

»Ich weiß es nicht«, erwiderte sie mit gequälter Miene.

»Du weißt, dass ich es der Äbtissin melden muss.«

»Ja, das weiß ich.«

»Und du weißt auch, dass du dafür bestraft werden wirst?«

»Das ist mir bewusst.«

»Du würdest die Strafe annehmen?«

»Ja, denn ich habe gesündigt.«

»Bereust du es denn nicht?«

»Nein.«

»Nein?« Gundulas Augen weiteten sich. »Maria, ich verstehe dich nicht. Deshalb habe ich dir doch den Kräutertrank gegeben, damit du nicht einem Mann verfällst. Diese Träume, die der Trank beschert, sind als Gegenmittel gedacht, damit du dich nicht einem Mann zuwendest. Ich kann dir auch noch andere Dinge versorgen. Wenn du eine Kerze stiftest, dann machen wir dir daraus ein Nonnenkleinod.«

»Ein Nonnenkleinod? Was ist das?«

Gundula errötete. »Nun, damit bereiten wir uns auf den Tag vor, an dem wir uns mit unserem Herrn und Gemahl Herrn Jesus Christus vereinigen werden.«

»Ist es eine Reliquie?«

»So ähnlich. Man nennt es *bijoux de religieuse.* Es ... es ist einem gewissen männlichen Körperteil nachempfunden, der ... oh ... ich kann darüber nicht sprechen. Wir ... wir benutzen es eben und es bereitet jetzt schon die Freuden, die uns am Tag der Vereinigung mit unserem Bräutigam Herrn Jesus Christus erwarten.«

Maria erinnerte sich an das Buch, das zu Hause auf dem Dachboden lag und das sie sich gemeinsam mit ihrer Schwester angeschaut hatte. Ja, ein Mann sah anders aus als eine Frau. Und wenn Jesus Christus ein Mann war, dann besaß auch er so ein Körperteil. Aus einer Kerze? Wie sollte so etwas vonstatten gehen? Maria konnte es sich nicht vorstellen. Sie schüttelte leise den Kopf.

»Ist das nicht auch Sünde?«

»Natürlich wird man von der Mutter Oberin bestraft, wenn sie dahinterkommt. Man darf sich eben nicht erwischen lassen. Außerdem gibt es ja die Beichte. Und der Beichtvater erlöst uns manchmal auch von diesen drängenden Qualen, indem er ... also ... er erleichtert uns eben.«

»Willst du damit sagen, die Mönche ... treiben es mit den Nonnen?«

»Das ist kein passender Ausdruck«, widersprach Gundula seltsam verlegen. »Wir nennen es fleischliche Erkennung.«

»Aber das ist doch erst recht Sünde«, begehrte Maria auf.

»Nein, bestimmt nicht. Es ist einfach zur Vorbereitung auf den bestimmten Tag.«

»Seltsam, das hatte ich mir eigentlich ganz anders vorgestellt. Nicht körperlich, sondern spirituell.«

Gundula zuckte mit den Schultern. »Jedenfalls ist es so. Mehr weiß ich auch nicht.«

Das gab Maria sehr zu denken. Was geschah sonst noch in der Verschwiegenheit und Einsamkeit des Klosters, von dem sie keine Ahnung hatte? Ob sie darüber mit Hans sprechen sollte?

Feiner Tau lag in dieser Morgenstunde noch auf den Sträuchern und Blüten des Klostergartens. In den Gemüsebeeten arbeiteten die Konversen mit gebeugtem Rücken, ohne Gesang und Gelächter. Wie eine schwarze Statue stand die Äbtissin am Garteneingang und ließ ihre kontrollierenden Blicke über die krummen Rücken gleiten. Sie konnte Maria nicht entdecken. Die Mönche, die den Nonnen die Beichte abnahmen, hatten ihr berichtet, dass Maria nur selten zur Beichte ging und dabei offensichtlich etwas verschwieg. Jedenfalls unterschied sich ihre Beichte auffällig von der anderer Nonnen. Sie schien kaum zu sündigen. Und das war verdächtig.

Langsam ging die Äbtissin den Gartenweg entlang. Es würde eine gute Ernte geben, es war ein üppiges Jahr. Das Gemüse wuchs, die Rosen verbreiteten ihren schweren Duft, und auf den Bäumen reifte das Obst. Hinter dem Obstgarten plätscherte der Fluss – und da war Maria!

Die Äbtissin blieb stehen und suchte den Schutz eines Apfelbaumes, um sie besser beobachten zu können. Sie musste nicht lange warten, bis ein Boot kam. Ein junger Mann steuerte es ans Ufer und warf Maria ein Seil zu, das sie flugs um einen Pfahl wickelte. Die Äbtissin konnte sich nicht daran erinnern, dass da jemals eine Anlegestelle gewesen war. Mit angehaltenem Atem beobachtete sie weiter, wie der Mann ans Ufer sprang und die beiden sich in die Arme fielen. Sie küssten sich selbstvergessen und verschwanden dann in der Rosenlaube.

Die Äbtissin musste lange warten, doch ihre Geduld wurde belohnt. Maria verabschiedete sich von ihrem Liebhaber wieder mit innigen Küssen, dann löste sie das Seil, während er ins Boot sprang und ihr zum Abschied zuwinkte. Auch Maria winkte ihm lange und wehmütig nach. Danach wandte sie sich um und ging langsam durch den Obstgarten zurück. Ihr Blick war tränenverschleiert und ihr Herz schwer vor Kummer, weil Hans wieder gehen musste.

Ein eisiger Schreck durchfuhr Maria, als plötzlich eine schwarze Gestalt ihr den Weg verstellte. Sie schaute auf und direkt in die stechenden Augen der Äbtissin.

»Du brauchst nichts zu sagen, ich habe alles mit eigenen Augen beobachtet. Du falsche Schlange treibst ein böses Spiel. Du lässt dich als Heilige verehren und benimmst dich wie eine Hure. Sieht so deine Demut, deine Keuschheit und dein Gehorsam aus? Wenn Judas eine Frau gewesen wäre, dann hätte sie wohl dein Gesicht.«

Maria sank auf die Knie. »Bitte, ehrwürdige Mutter, lasst es Euch erklären ...«

»Da gibt es nichts zu erklären. Meine Augen sind noch gut genug, um Unzucht zu erkennen. Es sind verbotene Genüsse, die dir nun Pein bereiten werden.«

Ihre harten Worte schnitten wie Messer in Marias Herz, und sie wusste, dass die Äbtissin es ernst meinte. Todesangst erfasste sie, als zwei Nonnen sie festhielten und zur Kellertreppe führten. Ungerührt betrachtete die Äbtissin Marias Sträuben.

»Es wird dir nichts nützen. Verbringe diese Nacht zwischen Ratten und Spinnen, zwischen Asseln und Kröten. Morgen werde ich die Strafe für dein Vergehen verkünden. Du hast mehrere

Gelübde gebrochen. Vor Gottes Strafe wird dich die auf Erden erteilen.«

Die eiserne Tür schlug zu, der Riegel schnappte ein und Dunkelheit umfing sie. Schluchzend sank Maria auf das modrige Stroh.

Die Dunkelheit griff mit kalten feuchten Händen nach Maria. Sie schauderte vor Entsetzen und Angst. Sie hatte es nicht für möglich gehalten, dass sie wieder in dieses schreckliche Verlies eingesperrt werden würde.

Ja, sie hatte gesündigt! Ja, sie hatte mehrere Gelübde gebrochen! Ja, sie hatte Strafe verdient! Aber war es wirklich so verwerflich zu lieben?

Sie sank auf die Knie und rettete sich in ein inbrünstiges Gebet. In ihrer Verzweiflung rief sie die heilige Jungfrau an. Sie war doch ihre Schutzpatronin! Konnte sie ihr nicht helfen, ihr wenigstens ein Zeichen der Hoffnung geben?

Doch das Zeichen blieb aus. Nach einer Zeit, die Maria endlos erschien, wurde der Riegel zurückgeschoben und die Zellentür geöffnet. Zwei schweigende Nonnen führten Maria heraus. Durch düstere Gänge gelangten sie in einen größeren Raum. Es gab kein Fenster, kein Tageslicht. Sie wusste nicht, ob es Tag oder Nacht war. Das einzige Licht stammte von Fackeln, die in eisernen Halterungen an der feuchten Steinwand steckten.

Seltsame Geräte standen im Raum, deren Sinn Maria verborgen blieb. Ihre brennenden Augen hielt sie auf die Äbtissin gerichtet, die neben einem Pult stand. Am Pult saß ein Mönch, vor sich Feder, Tinte und Pergament.

»Du weißt, warum du hier bist«, sagte die Äbtissin zu ihr.

Maria schüttelte stumm den Kopf und blickte sich scheu um.

»Dein Sündenregister ist lang, und es besteht der Verdacht, dass du nicht einmal richtig beichtest. Erleichtere dein Gewissen und du ersparst dir viele Qualen.«

»Ich weiß, dass ich gesündigt habe«, begann Maria stockend. »Ich weiß, dass es verboten ist, sich mit einem Mann zu treffen.«

»Wer ist dieser Mann? Wie heißt er? Hat er dich verführt?«

Maria dachte an Klaus und in welchem Zustand er sich befand, nachdem man ihn aus dem Verließ des Thomasklosters freigelassen hatte. Sie hatte diese schlimmen Wunden gesehen, den schrecklich malträtierten Körper. Sie hatte versucht, mit Kräutern und Umschlägen Klaus' Leiden zu lindern und sie hatte in sein Gesicht geblickt, das voller Schmerz und Qual war. Sie dachte an Hans, an sein Lächeln, an die Wärme und Güte in seinem Blick. Würde ihn das gleiche Schicksal erwarten wie Klaus?

»Ich kenne seinen Namen nicht«, sagte sie und reckte das Kinn nach vorn. Eine trotzige, herausfordernde Geste, die den Zorn der Äbtissin erregte.

»Du vergnügst dich mit einem Mann, dessen Namen du nicht einmal kennst?«

Maria senkte den Kopf. »Er ist ein Fischer. Hauptsache, ein Mann.«

»Du willst damit sagen, dass dich die fleischliche Lust übermannte.«

»Ja.«

»Du bist dir doch aber bewusst, dass du diese Lust unterdrücken musst, um Gott nahe zu sein. Außerdem dient die Beichte dazu, sich von diesem Druck zu befreien. Du hättest dich vertrauensvoll an deinen Beichtvater wenden sollen, anstatt an einen fremden Mann!«

Maria erinnerte sich an Gundulas Worte, was die Beichtväter so trieben und spürte die Gänsehaut auf ihren Armen. »Ja, das hätte ich tun sollen«, gab sie leise zu. »Ich bereu es aufrichtig.«

»Wirklich?« Die Stimme der Äbtissin wurde schrill. »Ich sehe, dass du es fortlaufend an Gehorsam und Demut mangeln lässt. Außerdem bist du aufsässig. Die Arbeit im Garten war eine Bestrafung für dein ungebührliches Verhalten. Doch statt die Strafe anzunehmen, gibst du dich der Wollust hin. Also bin ich gezwungen, die Strafe zu verschärfen. Dir zugute kommt, dass du geständig und reuig bist. So erlasse ich dir die hochnotpeinliche Befragung unter der Folter.«

Maria taumelte und ihr wurde übel. Die beiden Nonnen packten sie und führten sie zu einem Tisch, an dessen Rand halbrunde eiserne Ösen eingelassen waren. Fast brutal warfen sie Maria auf die Platte und fesselten ihr mit Stricken Arme und Beine. Die Stricke banden sie an den eisernen Ösen fest. Von der Decke wurde ein riesiger Trichter herabgelassen. Mit schreckensweiten Augen starrte Maria auf das grausige Gerät. Da schob sich der Kopf der Äbtissin dazwischen. In deren Augen glitzerte Hass und Häme.

»Du wolltest dich als Heilige betätigen und hattest wohl gehofft, die Menschen beten dich an. Aber ich glaube, in Wirklichkeit bist du eine Hexe. Du hast das Wasser der Marienquelle durch heidnischen Zauber fließen lassen. Nun, jetzt sollst du es trinken, so viel, wie in deinen Körper nur hinein geht. Und wenn Gott will, dann soll das dein Tod sein. Ich glaube, es ist nicht irgendein Mann gewesen, mit dem du gebuhlt hast, sondern der Teufel persönlich. Das heilige Wasser soll in dich fließen und alles Böse herausschwemmen. Entweder ist damit der Teufel in deinem Leib ausgetrieben, oder du fährst eben zur Hölle!«

Sie gab den Nonnen einen Wink, die mit Eimern voll Wasser auf eine Leiter kletterten und den Trichter füllten.

Maria wand sich verzweifelt in ihren Fesseln. Die Stricke schnürten sich tief in ihr Fleisch. Die Äbtissin drückte ihre knochigen Finger gegen Marias Unterkiefer und zwang sie, den Mund weit zu öffnen. »Neiiiiiiiiin!«

Marias Schrei wurde durch die Blechtülle erstickt, die ihr eine Nonne tief in den Hals hinein schob. Dann öffnete sie den Hahn des Trichters.

Marias Körper bäumte sich auf. Die Wasserflut schoss in ihre Kehle, sie gurgelte, rang nach Luft, die Augen traten aus den Höhlen. Sie konnte den Kopf nicht bewegen, der grausamen Flut nicht entkommen. Ihr Körper schien zu zerreißen. Unerträgliche Schmerzen durchzuckten sie. Vor ihren Augen tanzten glühend rote Ringe. Sie konnte nicht mehr atmen, ihr Kopf schien um ein Mehrfaches anzuschwellen und in ihrer Todesangst rief sie Mutter Maria um Hilfe an. Es war ein stummer Todesschrei, von einer grausigen Wasserflut in die Tiefe ihres Schlundes gespült. Dann wurde es Nacht um sie.

Es war immer noch Nacht und Maria war sich sicher, dass sie tot sei. Wenn nicht dieser grausame Schmerz in ihrem Körper wüten würde. Sie versuchte sich zu bewegen, doch es ging nicht. Ihre Zunge lag wie ein dicker Klumpen Fleisch in ihrem Mund und ihre Kehle schmerzte, als hätte sie jemand stranguliert. Das Schlucken bereitete heftige Probleme, sie musste husten und würgte. Ein Schwall Wasser ergoss sich aus ihren Mund und der Nase. Sie ächzte und stöhnte. Nur eines war ihr klar – sie lebte noch!

Langsam, ganz langsam kehrten all die grausigen Einzelheiten in ihr Gedächtnis zurück. Mit der Erinnerung verstärkte sich der Schmerz. Alles an ihr war nass und klebte. Sie wälzte sich gepeinigt auf dem stinkenden Stroh. Warum war sie nicht gestorben? Der Tod war gnädiger als diese Qual. Warum ließ Gott das zu?

Sie drehte sich zur Seite. Ein messerscharfer Schmerz fuhr in ihren Magen, dann erbrach sie sich wieder. Sie blieb liegen, das Gesicht in einer Pfütze ihres Erbrochenen, das nur aus Wasser und Galle zu bestehen schien, und dämmerte leise wimmernd vor sich hin.

So lag Maria lange auf ihrem Lager, ohne zu wissen, ob es Tag oder Nacht war, welcher Tag oder welche Stunde. Es hatte auch keine Bedeutung mehr. Irgendwann spürte sie die Anwesenheit eines anderen Menschen. Jemand berührte sie. Sie besaß nicht einmal die Kraft zu erschrecken.

»Maria, hast du Schmerzen?« Es war Gundula!

Maria wollte antworten, doch ihre Stimme gehorchte ihr nicht. Nur ein Krächzen drang aus ihrem Hals. Gundula legte tröstend die Hand auf Marias Schulter.

»Danke, dass du uns nicht verraten hast«, flüsterte sie. »Zwar duldet die Äbtissin meist unsere Heimlichkeiten, vor allem, wenn die Beichtväter mit dabei sind, aber wenn wir es zu toll treiben, dann straft sie uns auch. Allerdings nicht so schlimm wie dich. Du hättest es nicht mit diesem Fremden tun sollen.«

Maria stöhnte auf.

»Du Arme! Du hast bestimmt Schmerzen. Ich habe dir etwas mitgebracht.« Sie bettete Marias Kopf in ihrem Schoß und träufelte ihr etwas auf die Lippen und wiegte sie sie sanft. Der wütende Schmerz in Marias Körper ließ nach. Sie wurde müde.

»Hans«, röchelte sie. »Sag es Hans ...«

»Beruhige dich. Erst musst du wieder auf die Beine kommen. Du solltest das Schicksal nicht herausfordern. Die nächste Strafe wird schlimmer.«

Maria regte sich nicht mehr. Sie war eingeschlafen.

Gundula überlegte angestrengt, was sie tun sollte. Sie war für Maria als Aufsicht eingesetzt. Insofern war sie bei der Äbtissin ohnehin in Ungnade gefallen, denn hätte sie ihre Mission richtig erledigt, hätte Maria nicht gefehlt.

Die Schuld, die Maria auf sich geladen hatte, fiel nun auch auf sie zurück. Vielleicht war Gundula zu jung für so eine Aufgabe. Das hielt ihr die Äbtissin zugute. Aber es war keine Entschuldigung dafür, was geschehen war. Doch sollte sie dieser Sünde weiter Vorschub leisten? Was, wenn die Äbtissin davon erfuhr? Dann wäre Gundula die Nächste, die auf grausame Weise bestraft werden würde.

Sie streichelte über Marias magere Schulter, und heißes Mitleid durchflutete sie. Sünde hin oder her, sie war ein guter Mensch, der niemandem etwas Böses wollte. Sie war keine Hexe, sie war auch keine Heilige. Maria war eine unglückliche junge Frau.

Entschlossen erhob sich Gundula, nachdem sie vorsichtig Marias Kopf auf das Stroh gebettet hatte. Sie würde sich am Vormittag in den Garten schleichen, um Hans zu treffen. Sie würde ihm Bescheid geben, was mit Maria geschehen war. Und sie wollte ihm ins Gewissen reden, dass er Maria am besten vergessen sollte.

Geduckt schlich Hans durch den Obstgarten. Er zuckte zusammen, als ein lautloser Schatten über seinen Kopf strich. Fledermäuse! Er hoffte nur, dass sie sich nicht in sein Haar krallen und das Blut aus ihm aussaugen würden. Die Wesen der Nacht waren ihm unheimlich. Er bekreuzigte sich und spuckte dreimal nach dem Schatten, der zwischen dem Geäst der Bäume taumelnd entschwand. Dann packte er die eiserne Stange in seiner Hand fester und schlich weiter.

Die Nonne, die ihm die Nachricht von Maria übermittelt hatte, hatte ihm auch genau erklärt, wo sich das Verließ befand. Zuerst wollte sie ihm ausreden, eine Befreiungsaktion zu starten. Schließlich winkte sie ab.

»Ich will davon nichts hören«, sagte sie. »Was ich nicht weiß, kann ich auch nicht erzählen. Überlegt es Euch, Herr Fischer. Maria ist Gott geweiht, und Ihr solltet sie vergessen.«

Dann erzählte ihm Gundula jedoch ganz freimütig von der Klosteranlage und wo sich das Verließ befand. Nun, die Denkweise einer Frau war ohnehin eine andere, obwohl er bei Maria das Gefühl hatte, einer Seelenverwandten begegnet zu sein.

Was die Nonne über Maria berichtete, erschreckte ihn derart, dass ihn auch keine zehn Ochsen zurückgehalten hätten. Zur Tarnung hatte er sich eine Mönchskutte besorgt. Allein damit hatte er sich schwer versündigt, denn der Mönch lag jetzt mit einer riesigen Beule und brummendem Schädel nackt wie Adam im Unterholz. Aber es war ja für einen guten Zweck und so war die Sünde nicht ganz so schlimm. Hans beschloss, nach erfolgreicher Aktion in der Kirche eine Kerze zu stiften.

Im Augenblick war es wichtiger, nicht die Orientierung zu verlieren. Während der Nacht sah alles so anders aus. Aber er brauchte den Schutz der Dunkelheit, um sein Vorhaben auszuführen. Endlich hatte er den Gebäudekomplex erreicht, in dem er die gefangene Maria vermutete. Doch er wurde schwer enttäuscht. Die Türen waren massiv und mit Eisen beschlagen, und sie waren fest verschlossen. Hans versuchte sie mit dem Stemmholz aufzubrechen, doch es gelang ihm nicht.

Enttäuscht umrundete er die Mauern. Es wäre wohl nicht einmal einer Maus gelungen, unbemerkt in das Gebäude einzudringen. Von der nahe gelegenen Klosterkirche schlug die Glocke zur Laudes. Er hatte keine Zeit mehr. Vor allem aber musste er seinen Plan ändern.

Im Schatten einer Mauernische wartete er, bis der Zug der schlaftrunkenen Nonnen an ihm vorbei zur Andacht geschlurft war. Maria konnte er darunter nicht entdecken, aber die Marienmägde sahen alle fast gleich aus. Außerdem würde sie wohl gar nicht zur Andacht dürfen. Aber seelischen Beistand durfte sie doch wohl erhalten! Jetzt wusste Hans, was er tun musste.

Nach der Prim und dem kleinen Frühstück aus Brot und Bier begaben sich alle Nonnen in den Kapitelsaal, wo eine Vorleserin aus dem Martyrerbuch zitierte. Danach hatte die Äbtissin zu tun, die Arbeiten einzuteilen, Neuigkeiten zu vermelden und Strafen zu verteilen. Diese Gelegenheit nutzte Hans.

Nur eine Wärterin bewachte das Verlies. Hans zog sich die Kapuze tiefer ins Gesicht.

»Gelobt sei Jesus Christus«, murmelte der falsche Mönch.

»In Ewigkeit, Amen«, erwiderte die Nonne und betrachtete ihn missmutig.

»Die Äbtissin wünscht, dass ich der Gefangenen die Beichte abnehme. Ein Gang in die Kirche ist ihr nicht gestattet. Aber sie muss ihr Gewissen reinigen, bevor sie vor ihren Schöpfer tritt.«

»Nun, das wird wohl nicht mehr lange auf sich warten lassen. Sie hat viel Schuld auf sich geladen.« Die Nonne bekreuzigte sich.

»Und Ihr, liebe Schwester, sollt Euch in den Kapitelsaal begeben. Die Äbtissin hat Neuigkeiten zu vermelden.«

»Oh, endlich einmal etwas Abwechslung. Aber ich kann die Gefangene nicht allein lassen!«

»Ich bin doch bei ihr und garantiere Euch, dass sie nicht davonläuft.«

»Das kann sie gar nicht, so wie sie bestraft wurde. Sie ist mehr tot als lebendig.«

»Um, so wichtiger, ihr die Beichte abzunehmen. Eilt Euch, Schwester, damit Ihr das Wichtigste nicht verpasst.«

Die Schwester versuchte erneut, einen Blick unter die Kapuze des Mönchs zu erhaschen, aber es gelang ihr nicht so recht. Dieser Mönch schien noch recht jung zu sein, was sie aus seiner Stimme schloss. Vielleicht war er bereit, auch ihr die Beichte abzunehmen. Sie eilte davon und hoffte, dass er bei ihrer Rückkehr noch da sein würde.

Ungeduldig wartete Hans, bis die Wächterin verschwunden war, dann öffnete der die Tür zum Verließ. Er musste eine Fackel zur Hand nehmen und leuchtete den finsteren Raum aus. Er fand Maria zusammengekrümmt auf dem Boden liegen. Ein Ekel erregender Geruch ging von ihr aus. Er fasste sie an der Schulter und drehte sie um. Kraftlos rollte sie auf den Rücken. Als er in ihr Gesicht schaute, erschrak er zutiefst. Von ihrer Schönheit war nicht viel übrig geblieben. Schmutzig, voller bläulicher Flecken und

Schwellungen, die Augen in tiefe Höhlen gesunken, starrte sie ihn an, ohne ihn zu erkennen. Sie gab unartikulierte Laute von sich und wirkte trunken.

»Mein Gott, was haben sie dir angetan?«, murmelte er entsetzt und wütend zugleich. Er hob sie hoch. Sie war leicht wie ein Kind. Die brennende Fackel warf er ins Stroh. Mit seiner leichten Last eilte er die Treppen hinauf, schaute sich um. Doch die Nonnen befanden sich noch in der Kapelle.

Mit großen Schritten eilte er zum Garten, lief hinunter zum Fluss und stieß mit dem Fuß den Kahn aus seinem Versteck am Ufer. Vorsichtig legte er Maria hinein, dann sprang er selbst hinterher und steuerte das Boot in die Mitte des Flusses. Schon bald würden die Nonnen Marias Verschwinden bemerken. Vielleicht fing das Verlies Feuer. Das würde ihm einen kleinen zeitlichen Vorsprung verschaffen. Das Ruder in der Hand hielt er den Kahn auf Kurs. Er bedachte die am Boden liegende Maria mit einem zärtlichen Blick.

»Du sollst niemals wieder Tränen vergießen«, murmelte Hans. Er riss sich die Kutte vom Leib und warf sie in den Fluss, wo sie sich aufblähte und langsam versank. Der Strom packte das kleine Boot und trug es mit sich fort.

»Sie ist weg?« Das Gesicht von Benedictus hatte sich dunkelrot verfärbt. Die Äbtissin zuckte bei jedem seiner Worte wie unter Peitschenhieben zusammen. »Wie konnte das geschehen?«

»Sie ist aus dem Kerker ausgebrochen«, murmelte die Äbtissin schuldbewusst.

»Und warum befand sie sich im Kerker?«

»Weil sie offensichtlich einen Liebhaber hatte.«

»Einen ... Liebhaber?« Benedictus verschluckte sich, hustete, spuckte unter den Tisch und blickte die Äbtissin verständnislos an. »Einen von den Mönchen?«

»Nein, das wüsste ich sonst«, gab sie ausweichend zurück.

»Also einer von außerhalb!« Der Propst rang nach Luft. Sein gewaltiger Bauch drückte ihn sehr und ihm wurde übel. Eine geflohene Nonne!

»Wie könnt Ihr nur so nachlässig sein«, tobte er. »Wenn es um eure fleischlichen Gelüste geht, dann gibt es andere Wege. Die Beichtväter kennen sich aus im *Penitiale Ecclesarium Germanicae*[6]. Sie hätte ihre Buße beim Beichtvater tun sollen und nichts wäre nach außen gedrungen. Es gibt doch genug Mönche, die dazu bereit sind.« Ihm wurde wieder übel bei dem Gedanken daran, wie die Beichtväter nur zu gern sündige Nonnen als Konkubinen nahmen und so »Buße« verlangten. In besagtem Bußbuch waren alle erdenklichen Verstöße gegen das sechste Gebot aufgelistet und die entsprechenden Bußen dafür festgelegt. Die Mönche fragten akribisch nach, ob jemand Hand an sich selbst angelegt oder es mit jemandem anderen getrieben hatte, und wenn ja, ob von vorn oder von hinten, mit der Hand, mit dem Mund oder sonst wie, ob in Worten, in Taten oder auch nur in Gedanken.

»Habt Ihr denn kein *bijoux de religieuse* bei Euch?«

Die Äbtissin errötete. »Natürlich. Und sie hatte immer die Möglichkeit zur Beichte. Aber wahrscheinlich hat sie diese Sünde nicht gebeichtet.«

Benedictus kratzte sich auf seiner Tonsur. Es war ein Kreuz mit dieser fleischlichen Lust. Natürlich war ihm nur zu gut bekannt, was sich alles hinter den Klostermauern abspielte. Es war ein wohl gehütetes Geheimnis. Statt Sünden zu vergeben, beteiligten sich die Beichtväter nach Herzenslust an den Sünden. Und je höher die Amtsträger waren, umso wüster trieben sie es. Einzige Bedingung war, es durfte keiner merken. Und wenn doch, dann mussten sie dem Papst eine kräftige Geldbuße zahlen. Dabei war Benedictus

6 Deutsches Kirchenbußbuch

auch bekannt, dass es die Päpste am schlimmsten trieben. Seit Papst Sixtus vor einigen Jahren das Fest der unbefleckten Empfängnis erfand, trieb er die nötigen Gelder zum Bau der Sixtinischen Kapelle von den römischen Huren ein. Und wenn sogar ein Papst wie Alexander VI. mit vier Kindern in den Vatikan einziehen konnte ...

Benedictus stöhnte gequält auf. Wenn eine Nonne geflohen war, dann gab es nur einen Grund: sie hatte einen Geliebten in der Außenwelt, der ihr geholfen hatte. Alle Welt würde es erfahren. Der Papst würde von ihm als obersten Verantwortlichen für das Nonnenkloster ein saftiges Bußgeld fordern, das er natürlich aus dem Klosterschatz bezahlen musste. Das tat weh, denn er betrachtete den Klosterschatz als seinen eigenen.

»Sie muss wieder eingefangen werden«, schnaubte er. »Wir verbreiten das Gerücht, sie sei eine Hexe. Dann bietet ihr niemand Obdach oder Versteck. Vor Hexen fürchten sich alle.«

Das Verhängnis

Die Amsel saß auf dem höchsten Ast des Apfelbaumes und flötete ihr Lied in den blauen Himmel hinein. Die Sonne meinte es gut in diesem Sommer und trocknete das Heu rasch. Bauer Adam stand am Rand des Zwiebelfeldes und überwachte seine Knechte, wie sie die Erde mit Hacken lockerten.

Im Stillen betete er, dass seine Früchte nicht wieder vor der Ernte von der Zwiebelfliege befallen werden würden. Diese waren eine Plage wie die Heuschrecken in der Biblischen Geschichte und hatte ihm im vergangenen Jahr bereits schlimme Einbußen beschert.

Die Frauen arbeiteten daneben auf dem Karottenfeld. Die Kinder der Mägde liefen mit lauten Rasseln durch das Kohlfeld und verjagten die gefräßigen Kaninchen. Mit verschwitztem Gesicht kam Hans vom Hang herab, wo er das Heu gewendet hatte. Er gesellte sich zu Adam.

»Nun Oheim, Ihr schaut so skeptisch. Ist es nicht ein wunderbares Wetter? Bald können wir mit der Kornernte beginnen.«

Adam warf einen Blick zum wolkenlos blauen Himmel. Dann schüttelte er den Kopf.

»Du verstehst mehr von den Fischen als vom Landbau, Hans. Die Ernte ist erst sicher, wenn sie in der Scheune liegt. Und selbst da walten böse Mächt: Der Feuerteufel, der das Heu in Brand setzt, oder Würmer und Käfer, die das Gemüse anfressen. Der Grundherr will seinen Teil haben, und je mehr Mäuler wir zu stopfen haben, um so weniger bleibt für jeden übrig. Der Winter kann hart werden.«

Hans schwieg und senkte den Kopf. Er wusste, wem diese Anspielung galt, nämlich ihm und Maria. Er war seinem Oheim dankbar, dass sie beide hier Schutz und Unterschlupf gefunden hatten. Nach Marias abenteuerlicher Flucht aus dem Kloster benötigte Maria dringend Ruhe. Ihre Gesundheit war schwer mitgenommen, die Kerkerhaft und die erlittenen Torturen hatten sie an Körper und Seele geschwächt. Nach besten Kräften versuchte sie, sich auf dem Hof des Oheims nützlich zu machen. Doch ihre Kräfte reichten nicht weit her.

Johanna, Hans' Tante, kam in Begleitung ihrer beiden Schwiegertöchter Gudrun und Hertha heran. Sie trugen zwei Körbe voll Kohlköpfe, die sie für das Abendessen geschnitten hatten. Wohl jeden dritten Tag gab es Kohlsuppe zu essen.

Ihre leibliche Tochter Amelinde saß bei Maria hinter dem Haus. Im Juni waren die Schafe geschoren worden, und nun war es an der Zeit, die Wolle zu reißen und vom Schmutz zu befreien, damit sie dann im Winter versponnen werden konnte.

Die beiden jungen Frauen hockten auf einer Bank, vor sich Berge von Wolle, die in der Sommerhitze einen intensiven Geruch verströmte. Dicke schwarze Fliegen umschwirrten sie. Amelinde war nicht verheiratet, während Maria eine Haube trug, die ihr Gudrun gegeben hatte. So verbarg sie ihr kurz geschorenes Haar, und niemand stellte unbequeme Fragen.

Die beiden Liebenden waren im Haus des Oheims aufgenommen worden, obwohl das Maria äußerst unangenehm war. Adam war ein freier Bauer, aber er hatte trotz allem ein schweres Leben. Zusammen mit seiner Frau, den beiden Söhnen, Schwiegertöchtern und der eigenen Tochter sowie fünf Knechten und sieben Mägden bewirtschaftete er den Hof und das umliegende Land. Es lag einige Meilen südöstlich von Leipzig, in einer lieblichen Hügellandschaft mit fruchtbarem Boden.

Adams Weib Johanna war eine Frau, die zwar eine raue und

ruppige Stimme besaß, dafür aber ein weiches Herz. Als Hans im Schutze der Dunkelheit den Hof seines Oheims erreichte und von Marias Schicksal erzählte, da zögerte Johanna nicht lange. Sie richtete Maria eine kleine Kammer im Dachgeschoss des Hauses, gab ihr einige bäuerliche Kleidungsstücke und setzte ihr kurzerhand eine Haube aus Gudruns Besitz auf.

»Ich kann nicht zulassen, dass du mit Hans in Unkeuschheit hier lebst. Für die Nachbarn bist du seine Frau, klar? Außerdem würde ja dein geschorener Kopf auffallen. Trag die Haube, bis dein Haar ordentlich nachgewachsen ist.«

Und dann bekam Maria eine Schüssel deftige Kohlsuppe samt einer dicken Scheibe Brot gereicht. Johanna war bodenständig und unkompliziert. Marias Nonnentracht, die jene unter einem alten Umhang getragen hatte, warf sie einfach ins Feuer.

»Ich nehme an, du kehrst nicht wieder dahin zurück«, meinte sie nur, während die Flammen den dunklen Stoff von Marias Tracht fraßen.

Maria sah nun aus wie eine von Johannas Schwiegertöchtern, mit einem Rock aus braunem Wollstoff, einer Leinenbluse und einem groben Stoffmieder, dessen einziger Schmuck eine Kordel aus heller Wolle unter der Brust war. Über dem Rock trug sie eine weite Schürze, die als Schutz der Kleidung, als Handtuch oder Tragehilfe diente. Im Augenblick hatte sie dicke Wollflocken hineingelegt, die sie mit flinken Fingern auszupfte. Die gereinigte Wolle warf sie in einen großen Weidenkorb.

Amelindes Mundwerk plapperte ununterbrochen, während sie keinen Augenblick ihre Arbeit unterbrach.

»Und ihr musstet im Kloster tatsächlich wochenlang schweigen?«

Maria lächelte versonnen. »Ja, es war ein ganz wichtiges Gelübde.«

»Ich würde schon nach wenigen Herzschlägen platzen«, erwiderte Amelinde kopfschüttelnd. »Das muss doch ein schreckliches Leben sein!«

Nun musste Maria lachen. »Man kann sich daran gewöhnen und manchmal ist Stille ganz gut.«

Für einen Moment verschlug es Amelinde die Sprache. »Aber man muss sich doch untereinander verständigen«, wunderte sie sich. »Woher soll denn die andere wissen, dass ich gerade ein Stück Brot will oder dass mir der Bauch weh tut.«

»Dafür gibt es Zeichen. Man kann auch ohne Worte sich mitteilen. Außerdem gefällt es Gott zu schweigen. Man ist ihm dadurch näher.«

»Tatsächlich? Warum hat er uns dann die Sprache gegeben? Warum lässt er die Vögel singen?« Sie blickte hinauf zum Apfelbaum, wo noch immer das schwarze Amselmännchen in den blauen Himmel hineinflötete. »Ich glaube, mit seinem Gesang lobpreist er Gott und nicht mit Schweigen.«

Maria seufzte. »Das habe ich mich auch manchmal gefragt. Aber wenn man im Kloster lebt, sollte man nicht zweifeln.«

»Deswegen bist du dann verzweifelt, nicht wahr? Aber jetzt geht es dir doch wieder besser. Und Hans liebt dich sehr. Ach, wenn ich doch auch von meinem Geliebten so entführt werden würde! Dann wäre der Vater nicht so streng und würde uns eine Kammer auf dem Boden einrichten. Aber der Selmar bringt mir nur immer Kräutersträußchen und Margeriten, und manchmal treffen wir uns hinter der Scheune am Schober.« Sie kicherte. »Dort haben wir uns auch schon geküsst.«

Maria senkte den Kopf. Ihre Wangen hatten sich gerötet. Das kam nicht nur von der sommerlichen Hitze. Sie hatte die Liebe erfahren, die Liebe zwischen Mann und Frau. Sie hatte begriffen, dass es nichts Heiligeres gab als diese Liebe. Dank Johannas Großzügigkeit konnten sie und Hans leben wie Mann und Frau. Auf Johannas Anraten hatte Maria sogar ihren Ring behalten, den sie noch aus dem Kloster trug. So sah sie sonntags in der kleinen Dorfkirche tatsächlich wie Hans’ Frau aus.

Das bäuerliche Leben richtete sich nach dem Wetter, und so gab es Wichtigeres als den Besuch von Adams Neffen samt seiner jungen Frau. Die Ernte stand bevor, und jede Hand wurde gebraucht.

Es grämte Maria, dass sie sich nur mit Wolle zupfen nützlich machen konnte. Aber es fiel ihr schwer, stundenlang in gebückter Haltung in den Feldern zu arbeiten. Die Wasserfolter hatte ihren Eingeweiden geschadet, und sie verspürte immer noch heftigen Schmerz, wenn sie sich nach vorn beugte. Der Husten, der sie immer wieder überfiel, besserte sich langsam. Die frische Luft tat ihr gut, und vor allem Amelinde verwöhnte Maria mit kühlenden Limonaden aus Kräutern und mit Ziegenkäse, den die Familie aus der Milch ihrer kleinen Ziegenherde herstellte.

Die Herde wurde von den beiden Buben von Gottfried und Hertha gehütet, die die Tiere früh und abends molken. Hertha oblag die Herstellung des Ziegenkäses. Dabei scheuchte sie die Mägde, die ihr dabei halfen, und kontrollierte peinlichst genau, ob sie saubere Hände hatten.

»Meine Haut ist schon ganz dünn geworden vom vielen Waschen«, klagte eine der Mägde und zeigte ihre rot gescheuerten Hände vor. »Das nimmt noch ein böses Ende!«

Hertha gab nichts auf solche Klagen, denn ihr Käse war berühmt und begehrt. Einmal wöchentlich fuhr sie auf den Markt nach Altenburg, um ihn zu verkaufen.

Es gab noch ein Familienmitglied, das im Augenblick still im Schatten des Hauses in einem ausgeleierten Korbstuhl ruhte. Das war die alte Friedegard, die Mutter Adams. Sie genoss ihr Gnadenbrot auf dem Altenteil und war recht genügsam. Fast blind, zahnlos und auf zwei Krücken angewiesen, konnte sie nicht mehr viel in der bäuerlichen Wirtschaft helfen.

Johanna brockte der Alten helles Haferbrot in die Milch und setzte sie in den Schatten hinaus, wo sie leise vor sich hin brabbelte. Sie sprach immer zu sich selbst, und keiner achtete weiter darauf. Aber manchmal hatte sie helle Augenblicke.

»Mit der da stimmt was nicht«, sagte sie eines Abends, als die Familie nach getaner Arbeit zum Essen am Tisch saß und die mit Speck angereicherte Kohlsuppe schlürfte. Mit ihrem knochigen Zeigefinger zeigte sie auf Maria. Alle hielten den Atem an.

»Was soll denn nicht stimmen, Mutter?«, fragte Adam.

»Die ist nicht die Frau vom Hans. Die trägt ein Kreuz mit sich herum.«

»Ach, was du so redest«, wehrte Adam unwirsch ab. »Du bildest dir dummen Sachen ein. Es geht alles seinen rechten Gang. Pass lieber auf, dass du dich nicht vollkleckerst. Wir sind mitten in der Ernte, da können die Mägde nicht waschen.«

Friedegard kicherte und schlürfte ihre Suppe weiter. Auch die anderen setzten das Essen fort. Doch in Maria blieb ein unbehagliches Gefühl zurück. Was ahnte die Alte?

Wenn Friedegard sonst wenigstens beim Wollezupfen half, so weigerte sie sich diesmal.

»Es ist nicht die rechte Zeit dafür«, lispelte sie. »Die da bringt alles durcheinander. Ist nicht die rechte Zeit. Gibt Unglück.«

»Ach, Großmutter, für Arbeit ist immer die rechte Zeit. In diesem Jahr haben wir besonders viel Wolle, da müssen wir beizeiten anfangen, sie zu säubern, damit du im Winter wieder ordentlich spinnen kannst.«

»Schicksalsfäden, Schicksalsfäden, die verwoben, so zerstoben. Herzeleid gibt's allezeit.«

Amelinde scherte sich nicht weiter um die wunderliche Großmutter, und Maria musste sich wohl oder übel damit abfinden.

Je höher die Sonne am Himmel stieg, umso heißer wurde es. Maria strich sich mit den fettigen Fingern über die Stirn. Die Wolle triefte vor Fett, weil die Hitze es verflüssigte.

Eine Katze schlich heran und schnupperte am Korb, dann stieg sie vorsichtig hinein und begann mit den Vorderpfoten die Wolle zu kneten.

»Sieh dir das Katzentier an«, lachte Amelinde. »Dem ist es noch nicht warm genug. Kein Wunder, die Katze ist das Lieblingstier von des Teufels Großmutter und direkt in der Hölle groß geworden.«

Tatsächlich drehte sich die Katze mehrmals im Kreis, um sich dann gemütlich in die Wolle zu kringeln. Sie zuckte auch nicht, als Amelinde die Wollflocken auf sie rieseln ließ.

Eine kleine Wolke segelte einsam über den Himmel. Die beiden jungen Frauen beachteten sie nicht. Aus der Küche hörten sie Johanna lautstark schimpfen. Der Kamin zog nicht, und der ganze Qualm breitete sich in der Küche aus. Hertha und Gudrun kamen hustend herausgerannt. Die beiden Küchenmägde mussten ausharren und wedelten so lange mit dem Brotschieber, bis das Holz endlich brannte.

»Das ist die Strafe«, brabbelte Friedegard und schob sich Schritt für Schritt auf den Krücken vorwärts.

»Du sollst nicht immer unken, Großmutter«, rief Amelinde.

Hertha schüttelte nur den Kopf. »Sie hat zu lange in der Sonne gesessen. Es drückt ja jeden auf den Kopf.« Sie blinzelte zum Himmel. Die Sonne hatte sich mit einem silbrigen Schleier verhangen.

Vom Feld kamen Johann und Gottfried, die beiden Söhne des Bauern. Sie hielten die Heuharken und Hacken geschultert, mit denen sie über den Tag gearbeitet hatten. Gottfried setzte sich neben Amelinde, zog ein Messer aus seinem Gürtel und schnitzte einen Harkenzahn. Es war seltsam still. Auch die Amsel im Baum sang nicht mehr. Gottfried wischte sich über die Stirn.

»Hoffentlich gibt es kein Gewitter. Es ist so schwül.«

»Dann betet doch, betet doch«, rief Gudrun. »Gott wird uns beistehen. Aber nicht, wenn ihr hier so nutzlos herumsitzt!«

Johanna kam aus der Küche gelaufen. »Ihr kocht weiter die

Kohlsuppe«, rief sie den Mägden zu. »Wir müssen erst einmal beten.«

Sie gingen alle zum Feldrand und knieten nieder. Auch Maria folgte ihnen. Alle falteten die Hände und beugten die Köpfe. Maria betete besonders inbrünstig.

Diese Leute hatten sie so freundlich aufgenommen. Es sollte kein Schatten auf ihr Leben fallen, vor allem nicht Marias wegen.

Die Sonne tauchte nun gänzlich hinter einem dicken Dunstschleier unter. Vom Haus her roch es nach Kohlsuppe. Aber es konnte ebenso gut von den anderen Höfen kommen. In den meisten Bauernküchen gehörte die Kohlsuppe zur täglichen Mahlzeit.

Der trutzige Vierseithof zeugte von einem gewissen Wohlstand. Bald schon würde die Scheune mit Heu gefüllt sein und alle Hofbewohner auf der Tenne das geschnittene Korn dreschen. Die beiden Ochsen würden dann Wagen um Wagen zur Mühle ziehen und gutes Mehl wieder zurückbringen. Im Gegensatz zu den Fronbauern besaß Adam das Recht, einen eigenen Backofen zu betreiben. Auch im Winter würde keine Not herrschen. Rüben und Karotten wurden eingemietet, Linsen, Erbsen und Bohnen in Säcke gefüllt und aus den Kohlköpfen Sauerkraut gemacht, das in den Holzfässern den ganzen Winter überdauerte. Auf dem Boden würden duftende Äpfel lagern und Apfelringe zum Trocknen an langen Schnüren hängen. In der Kammer hingen Schinken und Würste von den Schweinen, die im November geschlachtet wurden, und auf den Regalen stapelten sich die runden Käselaibe.

Bauer Adam achtete sehr darauf, dass seine Familie und sein Gesinde auch im Winter ausreichend versorgt waren.

Auch in diesem Augenblick dachte er daran, als er schweißüberströmt auf den Hof gelaufen kam, gefolgt von Hans.

»Was kniet ihr hier und kratzt auf der Erde herum wie die Hühner«, rief er. »Sputet euch und helft, das Heu zusammenzuholen. Es wird ein Gewitter geben.«

»Was denkst du wohl, was wir hier tun?«, erwiderte Johanna. »Wir bitten Gott, kein Gewitter zu schicken.«

»Darum könnt ihr nachher noch beten«, fuhr Adam sie an. »Erst müssen wir das Heu zusammenholen und fest im Schober verzurren. Ich vertraue lieber auf meine Hände als auf Gott.«

»Du zweifelst an Gott?«, kreischte Johanna auf. »Das wird seinen Zorn auf uns lenken. Wenn etwas passiert, dann bist du daran schuld.«

»Halt endlich dein Schandmaul, Weib!«, donnerte Adam. »Komm jetzt endlich!«

Die Knechte waren schon vorausgelaufen. Johanna drehte sich um und schrie auf. Von Südwesten her wälzte sich eine blaugraue Wolkenwand heran, deren Rand wie von einem Messer abgeschnitten aussah. Sie bedeckte schon die Hälfte des Himmels und schob sich mit beängstigender Geschwindigkeit immer näher. Auch Maria wandte sich um und erstarrte. Schnell bekreuzigte sie sich. Am Himmel sah es aus wie vor dem Jüngsten Tag!

Im nächsten Augenblick fuhr ein heftiger Windstoß über sie hinweg. Die Röcke der Frauen hoben sich wie überdimensionale Blumen in die Luft. Die Frauen kreischten um die Wette und versuchten, den sonst so schweren Stoff zu bändigen.

»Das Heu!«, schrie Adam, und die Männer liefen zur Wiese hinunter.

»Die Kinder!« Es war Herthas Stimme, die die Männer stoppen und umkehren ließ. »Die Kinder, sucht die Kinder!«

Es waren die beiden Buben, die sich mit den Ziegen noch irgendwo draußen befanden.

»Du gehst ins Haus«, bestimmte Hans und schob Maria zum Hoftor hin.

»Aber die Kinder«, wand sie ein. »Wir müssen die Kinder suchen.«

»Das machen die Männer. Bleib du mit den anderen im Hof!«

Sie zögerte, doch Hans schob sie noch einmal energisch zum Hof hin, bevor er den Männern folgte.

Im nächsten Moment zuckte ein greller Blitz aus der schwarzen Wolkenwand, dem ein ohrenbetäubender Donner folgte. Ängstlich brummend drängten die beiden mächtigen Ochsen zum Stall. Maria sprang erschrocken beiseite. Sie fürchtete diese riesigen Tiere mit den mächtigen Schädeln und den Ringen durch die Nase. Die Ochsen prallten gegen das große Hoftor, dessen Flügel zur Seite pendelten. Ein gewaltiger Windstoß fuhr hernieder und wirbelte im Hof alles durcheinander. Die Katze fegte wie ein grauer Blitz aus dem Wollkorb und verschwand in der Scheune. Die Wolle flog wie Schneegestöber durch die Luft. Erste dicke Tropfen klatschten herab. Staub wirbelte auf, durchsetzt mit Heu.

Wie ein Hexenwirbel kreiselte der Sturm über die Wiese und riss das gesamte Heu mit sich, die Kappen der Bauern von den Köpfen, ebenso die Heuharken und anderes Gerät. Er riss Äste von den Bäumen und knickte Pflanzen auf dem Boden. Adam konnte nur hilflos zusehen, wie seine Heuernte in den tiefschwarzen Wolken verschwand.

Der Wind heulte und verfing sich in den Winkeln des Hofes. Die Frauen retten sich in den Hof hinein. Dann öffneten sich die Himmelsschleusen und eine Sturzflut brach hernieder. Die Frauen hatten die rettende Küche erreicht. Kurz nach ihnen folgten die Männer, die innerhalb kürzester Zeit bis auf die Haut durchnässt waren. Es wurde dunkel wie zur Nacht, nur grelle Blitze zerrissen die Dunkelheit.

»Eine Kerze, zündet eine Kerze an, wir wollen beten«, rief Johanna. In der Küche herrschte ein heilloses Durcheinander. Es roch nach angebrannter Kohlsuppe. Das Feuer im Herd explodierte mit einem Knall, Asche und Glut wurden durch die Küche geschleudert. »Die Kinder! Wo sind die Kinder?« Hertha begann zu weinen.

»Wir können jetzt nicht hinaus«, versuchte Adam sie zu beruhigen. »Sie werden sich versteckt haben. Sie sind doch klug.«

»Sie sind noch klein«, wimmerte Hertha. »Der Sturm hat sie mit sich gerissen.«

Gottfried hielt Hertha mit Gewalt fest, sonst wäre sie hinaus in das Unwetter gelaufen. Auch Maria lag in Hans' Armen. In ihren Augen stand das blanke Entsetzen. War das die Strafe Gottes für ihr Vergehen?

Plötzlich ging das heftige Rauschen des Sturzbaches aus den Wolken in hartes Klopfen über.

»Nein, nicht auch noch Hagel«, stöhnte Adam. Es drosch auf das Dach und gegen die Wände, auf den Hof und an die Mauer. Im Nu war der Hof von weißen Eiskugeln bedeckt, manche so groß wie Hühnereier. Wieder durchzuckte ein Blitz die Luft. Der gleichzeitige Donner ließ die Erde erbeben. Eine unsichtbare heiße Welle drückte durch die Luft und brachte einen brenzligen Geruch mit sich.

»Die Kirche«, schrie Johanna. »Der Blitz ist in die Kirche eingeschlagen!«

Alle liefen wieder hinaus und glitten auf dem mit Eis übersäten Hof aus. Sie stürzten, fielen übereinander und rappelten sich wieder auf. Einige blieben auf dem Boden hocken und starrten durch das offene Hoftor hinüber zur Kirche. Aus dem Turm schlugen hohe Flammen. Ein Blitz hatte die Turmspitze getroffen!

Niemand konnte etwas tun. Hilflos mussten sie mit ansehen, wie das Feuer das Dachgebälk ergriff. Die Dachschindeln zerplatzten und fielen herab, die Balken färbten sich rot und schwarz und dann brachen sie durch. Die kleine Glocke stürzte herab und zersprang am Boden.

Der Hagel hatte nachgelassen, dafür regnete es wieder heftiger. Auch der Wind ließ nach. Der Regen steigerte sich noch, und wie durch ein Wunder löschte er die Flammen im Kirchturm aus.

Schlammige Fluten wälzten sich von den Feldern und bahnten sich einen Weg durch das Dorf. Sie rissen alles mit, was ihnen dabei im Weg stand.

»Lasst uns ins Haus gehen«, sagte Adam.

Mit hängenden Schultern und Armen, erschüttert über die Urgewalten der Natur, ohnmächtig über die Hilflosigkeit des Menschen schleppten sie sich in die Küche. Bis auf die Haut durchnässt, vollgespritzt mit Schlamm hinterließen sie auf dem Küchenboden schmutzige Pfützen. Einzig Friedegard saß mutterseelenallein am Tisch, vor sich die leere Tonschüssel.

»Gibt es heute keine Suppe?«, lispelte sie.

Alle starrten sie sprachlos an.

»Nein!«, schrie Hertha, die als erste die Sprache wiederfand. »Die Kinder sind verschwunden und wahrscheinlich in diesem Unwetter ums Leben gekommen, das Heu ist vom Sturm verweht, das Korn vom Hagel zerschlagen, der Blitz hat den Kirchturm getroffen, und du fragst nach Suppe?«

Adam zerrte Hertha vom Tisch weg.

»Lass Großmutter in Ruhe, sie begreift es nicht.«

»Sie begreift es doch! Immer führt sie solche Reden und prophezeit Unglück. Sie beschwört es ja erst herauf!«

Friedegard streckte ihre knochigen Finger wieder nach Maria aus.

»Die ist dran schuld«, nuschelte, sie und ihre Zunge fand keinen Halt zwischen ihren zahnlosen Kiefern. »Die da ist dran schuld. Sie trägt das Kreuz!«

Hertha drehte sich zu Maria um und blitzte sie böse an.

»Vielleicht bist du wirklich diejenige, die für das Unheil verantwortlich ist. Vorgestern ist dem Nachbarn eine Kuh gestorben. Vielleicht hast du sie verhext?«

Hans stellte sich schützend vor Maria. »Lass sie in Ruhe, Hertha! Sie hat damit überhaupt nichts zu tun Wie kannst du nur so etwas sagen? Lässt dich von dem Gebrabbel eines alten Weibes verrückt machen.«

»Wieso geht du mich an? Hast du sie nicht mit hierher gebracht? Seitdem ereilt uns ein Unglück nach dem anderen, und meine beiden Buben sind auch tot!«

Sie schrie auf und hob anklagend die Hände empor. Schmerz verzerrte ihr Gesicht.

»Was ist denn hier los?«

Beinahe hätten sie die kindlichen Stimmen von der Tür her überhört. Wilfried und der kleine Heini standen hinter ihnen und staunten über das Durcheinander.

»Die Kinder!« Hertha schrie erneut auf und riss die beiden Knaben in ihre Arme.

Etwas peinlich berührt ließen die Kinder es über sich ergehen. »Die Ziegen lecken draußen Eis. Wo kommt das Eis her?« Wilfried wand sich aus der Umarmung seiner Mutter.

»Habt ihr denn das Unwetter nicht abbekommen?«

Wilfried schüttelte den Kopf. »Wir waren drüben am Hang, als der Himmel schwarz wurde. Da haben wir schnell die Ziegen in die Höhle getrieben, die sich dort am roten Felsen befindet. Es kam etwas Wind auf, der jagte die dunklen Wolken übers Tal. Als sie vorbei waren, haben wir die Höhle verlassen und sind heimgekommen.«

»Kluge Jungs, brave Buben«, lobte Adam, und auch Gottfried klopfte ihnen stolz auf die Schultern. Dann klatschte er in die Hände.

»Es gibt keinen Grund, warum wir jetzt keine Kohlsuppe essen sollten.«

Später, als alle in ihre Kammern zur Nachtruhe gegangen waren, lag Maria in Hans' Armen.

»Vielleicht bin ich wirklich die Ursache für all die schrecklichen Geschehnisse«, murmelte sie verstört.

Hans strich ihr beruhigend über das langsam nachwachsende Haar.

»So etwas darfst du nicht denken. Unwetter gibt es immer wieder mal. Ich habe schon heftige Gewitter erlebt, wenn es sehr warm war. Natürlich ist es schrecklich, wenn der Hagel die Ernte vernichtet. Wir werden morgen sehen, wie schlimm es ist. Es ist die alte Friedegard, die dir solche Gedanken einflüstert. Ein altes Weib, das es nicht anders versteht. Wahrscheinlich hat sie nur Angst, dass sie keine Kohlsuppe mehr abbekommt.«

Maria seufzte und hoffte, dass Hans Recht behielt.

»Wie soll es denn mit euch beiden weitergehen?«, wollte Johanna wissen, als sie eine kleine Rast am Feldrain hielten.

Die Kornernte hatte begonnen. Der Hagel des großen Unwetters hatte einen großen Teil der Ernte zerstört, und was davon übrig war, versuchten sie nun zu bergen. Das Korn, das noch auf dem Halm stand, wurde büschelweise mit der Sichel geschnitten, zu Garben gebunden und zum Trocknen aufgestellt. Immer wieder blickte Adam sorgenvoll zum Himmel, doch außer weißen Schönwetterwolken war nichts Ungewöhnliches am Himmel zu sehen.

Hans biss in sein Brot und zuckte mit den Schultern. Er hatte darauf bestanden, dass Maria nicht mit aufs Feld kam. Sie hatte in der Küche zusammen mit einer der Mägde einen kleinen Mittagsimbiss bereitet. Seit dem Unwetter war sie noch stiller geworden. Sie fühlte sich als Belastung der Familie, das war Hans klar.

»Ewig könnt ihr nicht davonlaufen«, ließ sich nun auch Johanna wieder vernehmen. »Irgendwann wollt ihr doch sicher wie eine ganz normale Familie leben. Oder Maria muss wieder zurück ins Kloster gehen.«

»Nein, das lasse ich nicht zu«, fuhr Hans auf. »Im Kloster wird sie sterben.«

»Aber immer auf der Flucht zu sein hält sie auch nicht aus. Sie braucht ein Dach über dem Kopf und die Sicherheit des Ehestandes. Ihr könnt nicht ein Leben lang in Sünde miteinander leben. Welche Gemeinde würde euch denn dulden? Außerdem sind bestimmt die Häscher des Propstes auf eurer Spur. Irgendwann tauchen sie auch in unserem Dorf auf.«

»Du hast Recht, liebe Tante. Nächtelang habe ich darüber nachgegrübelt, wie ich Marias Austritt aus dem Kloster rechtskräftig machen könnte. Aber der Propst wird dem ganz bestimmt nicht zustimmen.«

»Ja, das glaube ich auch. Dazu bedarf es schön eines höheren Beistandes.«

»Du meinst Gott?«

»Nein, so hoch nun auch wieder nicht. Ob Gott das gutheißen wird, wird sich erweisen.«

»Aber an wen sollte ich mich denn wenden? Wer würde das Herz sprechen lassen? Bestimmt nicht der Bischoff von Meißen.«

»Wenn überhaupt, dann nur eine Frau«, erwiderte Johanna nachdenklich.

»Eine Frau? Welche Frau denn? Du meinst ...«

Die Tante nickte nachdrücklich. Hans blieb der Mund offen stehen. So weit hatte er nicht gedacht! Sidonie!

Prinzessin Sidonie von Böhmen war die Gattin des Landesherzogs Albrecht, der sie im zarten Alter von 10 Jahren ehelichte. Sie selbst hatte in den letzten Jahren einige schlimme Schicksalsschläge hinnehmen müssen. Während der Herzog fast ununterbrochen außerhalb des Landes weilte und für den Kaiser auf fremden Schlachtfeldern kämpfte, verlor die traurige Prinzessin die letzten vier Kinder, die sie gebar, sogleich wieder an den Tod. Die einen sagten, weil die Prinzessin mit fast fünfzig Jahren zum Gebären schon viel zu alt sei, die anderen meinten, es wäre die Strafe, dass sich Herzog Albrecht zu wenig um sein eigenes Reich kümmere.

Immerhin aber lebten noch vier seiner Kinder, darunter drei

Söhne und er hatte, eingedenk der unseligen Teilung Sachsens vor fünfzehn Jahren, die »Väterliche Ordnung« erlassen, die zur Verhinderung einer weiteren Teilung des Landes ausschließlich dem ältesten Sohn das alleinige Erbrecht zugestand.

Wenn ihnen jemand helfen konnte, dann die Landesmutter in ihrer unendlichen Güte. Sie würde sie verstehen und ein bittendes Wort beim Bischof einlegen.

»Gleich nach der Ernte werde ich mich auf den Weg nach Dresden begeben«, versprach Hans. »Darf ich Maria in dieser Zeit in Eurer Obhut lassen?«

»Natürlich«, gab Johanna gutmütig zurück. »Sie ist ja ein liebes Mädel.«

Gudrun kam atemlos gelaufen. Sie ließ sich neben Johanna ins Raingras fallen und rang nach Luft.

»Ich war eben im Dorf. Die Frauen am Brunnen erzählen, dass bald eine Abordnung des Propstes aus Leipzig kommen wird, um sich den Schaden am Kirchturm zu besehen. Die Gemeinde hat den Antrag gestellt, einen Teil des Geldes für den Wiederaufbau aus dem Klosterschatz zu beanspruchen. Der Propst meinte, zunächst müssen alle Seelen des Dorfes gezählt werden, um zu ergründen, wer davon einen Spendengroschen abgeben könne. Erst dann werde das Kloster seinen Teil dazu geben. Das sei so mit dem Bischof in Meißen abgestimmt.«

»Wovon sollen wir denn einen Spendengroschen abknapsen, wo uns fast die gesamte Ernte verhagelt wurde«, ereiferte sich Johanna. »Schließlich besteht der Grundherr auch auf seinen Anteil. Diese Obrigkeit lässt sich doch immer wieder etwas Neues einfallen, um die kleinen Leute zu schröpfen.«

»Halt dein Schandmaul, Alte«, herrschte Adam sie an. »Über die Obrigkeit redet man nicht schlecht, sonst hat sie einen gleich am Galgen. Den Strick um den Hals hat man schneller als ein Stück Brot im Magen.«

»Versteht ihr denn nicht?«, erregte sich Gudrun. »Wenn alle Gemeindemitglieder unseres Kirchspiels gezählt werden, dann fällt doch auf, dass zwei Seelen zu viel bei uns sind. Maria und Hans sind in Gefahr. Es gibt keine Kirche, wo sie getraut wurden. Das werden die hohen Herren ganz schnell herausbekommen. Wenn es um ihr Geld geht, dann prüfen sie schon sehr genau.«

Adam kratzte sich nachdenklich unter seiner Filzkappe.

»Das Weib hat Recht. Das könnte Ärger geben. Und Ärger mit der Obrigkeit kann ich nicht auch noch gebrauchen.«

»Ihr werdet keinen Ärger bekommen. Ich werde nach Dresden reisen und Maria mitnehmen.« Hans erhob sich.

»Und du glaubst, Maria kommt dort lebend an?«, zweifelte Gudrun.

»Was soll ich sonst machen? Auf dem Hof bleiben kann sie auch nicht.«

Johanna warf Adam einen kurzen Blick zu. »Pferde besitzt niemand im Dorf, nur der Grundherr. Aber ich könnte Nachbar Paul fragen, ob er eines seiner Maultiere leiht. Wir geben ihm zwei Ziegen dafür.«

Hans' Augen weiteten sich vor Erstaunen. »Das würdest du für uns tun?«

Johanna hob die Schultern. »Nachdem wir kaum Heu haben, kriegen wir ohnehin nicht alle Ziegen über den Winter.«

Hans umarmte seine Tante, doch die schob ihn ruppig zurück. »Ich tue es nicht aus Sentimentalität«, brummelte sie. »Ich denke dabei nur an meine Familie.« Aber der Blick ihrer Augen strafte sie Lügen.

Wenige Tage später verabschiedeten sich Hans und Maria von der Familie des Oheims. Versorgt mit Proviant und vielen guten Wünschen kletterten sie auf den winzigen einachsigen Wagen, der von Bauer Pauls Maultier gezogen wurde.

So konnten sie in gut fünf Tagen die Residenzstadt des Herzogs erreichen.

Es gab Tränen auf beiden Seiten. Auch Tante Johanna wischte sich einige Male verstohlen über die breiten Wangen.

»Gott sei mit euch«, wünschte sie ihnen und winkte ihnen lange nach.

Der Herbst hielt untrüglich Einzug. Über die Stoppelfelder zogen Schafherden und suchten sich ihr genügsames Futter, von den Tennen erklang das rhythmische Klopfen der Dreschflegel und unzählige Ochsenkarren und Maultierwagen, hoch beladen mit Kornsäcken, strebten den Mühlen zu und verstopften die Straßen.

Ihr Weg führte Hans und Maria immer nach Osten über die Töpferstädte Kohren und Rochlitz, über Waldheim und Rosswein, über Nossen und Kesselsdorf. Hier kreuzten sie die Routen der Erzfrachten aus Freiberg, die zum Verschiffen bis zur Elbe gebracht wurden. Da es das Wetter zuließ, nächtigten sie unter freiem Himmel oder in ihrem kleinen Wagen, gönnten dem braven Maultier seine Ruhe und hungerten dank Tante Johannas reichlichem Proviantkorb nicht.

Maria betrachtete staunend die Welt. Jetzt, wieder zu Kräften gekommen, hatte sie Sinn dafür, alles in sich aufzunehmen, was ihre Augen erblickten, was ihre Ohren hörten und was ihre Nase erschnupperte. Die Welt war so groß. Jetzt erst konnte sie ermessen, was ihr Vater mit seinen ausgedehnten Handelsreisen geleistet hatte!

Sie selbst war nie weit vor die Tore ihrer Heimatstadt gekommen. Ein Besuch bei ihrem Freund Thomas im Kuhturm an der Pfingstweide war schon ein kleines Abenteuer. Ihr Herz schmerzte, wenn sie an all die geliebten Freunde daheim dachte. Wie würde es ihnen inzwischen ergangen sein? Was machten der Vater und Philomena? Ob er sich noch bei Gesundheit befand? Ob Thomas inzwischen verheiratet war? Er liebte Katharina, das war Maria nicht entgangen.

Katharina! Es war der stärkste Schmerz, wenn sie sich an ihre Schwester erinnerte. Sie hatte Katharina so Unrecht getan, als sie ihre heimliche Liebe zu dem Studenten Klaus verurteilte! Jetzt hatte sie die Liebe am eigenen Körper erfahren und konnte sie Katharina nachfühlen, wie schwer es war zu verzichten. Wie hatten die beiden Liebenden leiden müssen, zumal Klaus durch die Torturen im Verlies. Auch das konnte Maria nun aus eigenem Erfahren nachempfinden. Sie empfand große Reue und hätte so gern alles wiedergutgemacht, Katharina umarmt ...

»Was hast du? Warum weinst du?«, fragte Hans erschrocken.

Maria drehte das Gesicht verlegen beiseite. »Entschuldige bitte, es überkamen mich eben die Erinnerungen an daheim. Was mag aus meinen Lieben geworden sein?«

»Wenn du frei bist, wirst du all deine Lieben wiedersehen. Ich werde bei deinem Vater um deine Hand anhalten und wir werden heiraten. Es wird alles gut werden.«

Er legte tröstend den Arm um sie, und Maria lehnte den Kopf an seine Schulter.

»So Gott will. Ich gebe die Hoffnung nicht auf.«

Von einem Händler kauften sie eine frische Weintraube ab, die hier an den Hängen gediehen und aus denen ein vorzüglicher Wein gekeltert wurde. Die süßen Früchte gaben ihnen wieder Kraft, das letzte Stück des Weges zu wagen. Die wundervolle Residenzstadt Dresden lag ihnen zu Füßen.

Es mochte wohl die schöne Lage am Ufer des Elbeflusses sein, was Herzog Albrecht bewogen hatte, sein Domizil in Dresden aufzuschlagen. Vom rechtselbischen Hang blickte der Reisende auf die wundervolle Stadt zu seinen Füßen. Normalerweise erreichten die Reisenden Dresden von Meißen aus oder vom Böhmischen über die von dichtem Urwald bewachsenen Berge des Silbergebirges. Da Hans und Maria einen ungewöhnlichen Weg gewählt hatten, wurden sie auch mit einem ungewöhnlichen Ausblick belohnt.

Sie hielten das Maultier an und kletterten aus dem Wagen. Diesen Anblick wollten sie sich bis ans Ende ihrer Tage einprägen. Silbern schimmernd wand sich das Band der Elbe durch das Tal. Seit Herzog Albrecht hier residierte, hatte sich die Stadt prächtig entwickelt. Der Erzbergbau, die Schifffahrt auf dem Fluss, der Handel mit dem böhmischen Nachbarn und die guten familiären Beziehungen durch die Ehelichung einer böhmischen Prinzessin, die waldreiche Niederlausitz und Schlesien sowie das Hochstift Meißen brachten Reichtum und Wohlstand, wovon die Stadt profitierte.

»Jetzt haben wir es geschafft. Wir müssen nur einen Audienztermin bei der Herzogin beantragen. Man sagt, sie sei eine gütige Herrscherin und habe ein offenes Ohr für die Nöte ihrer Untertanen. Ich bin sicher, sie wird uns diese Audienz gewähren.«

Er hauchte Maria einen Kuss auf die Wange. Sein Lächeln machte ihr Mut. Sie bestiegen wieder ihren kleinen Wagen, und Hans nahm voller Zuversicht die Zügel des Maultieres auf.

Im Umland von Dresden gab es viele kleine Dörfer, die wie Schwalbennester an der Stadt klebten. Auch dort herrschte die übliche Betriebsamkeit. Es war Erntezeit, und es gab viel zu tun.

Hans bahnte sich mit seinem Maultierkarren den Weg durch die engen Straßen und Gassen bis zum Taschenberg, wo sich die Burg befand, in der der Herzog residierte. Maria wunderte sich über die vielen Prozessionen von Mönchen und Nonnen, aber auch von Bürgern der Stadt, die sich laut weinend und klagend den kirchlichen Würdenträgern anschlossen. Ein Wachmann der Palastwache vertrat ihnen den Weg.

»Halt! Hier kommt niemand weiter!«

»Wir wollen um einen Audienztermin bei der Herzogin bitten«, brachte Hans seinen Wunsch vor. »Man sagt, dass sie sich den Sorgen und Nöten ihrer Untertanen annimmt.«

Der Wachmann betrachtete das bäuerlich gekleidete Paar mit Misstrauen.

»Wo kommt ihr denn her, dass ihr nicht wisst, was hier los ist? Die Herzogin vergibt keine Audienztermine.«

Maria und Hans starrten den Offizier erschrocken an. »Aber warum denn nicht?«

»Gestern verstarb unser Landesherr, Herzog Albrecht!«

»Fang mich doch, wenn du es schaffst!« Katharinas glucksendes Lachen stieg in den spätsommerlich blauen Himmel und machte den Lerchen alle Ehre, die über dem trockenen Stoppelfeld flatterten. Über ihr erhitztes Gesicht zogen sich schmutzige Schlieren, aber das machte Katharina nichts aus. Übermütig warf sie sich zwischen die aufgestellten Kornpuppen, und Klaus warf sich auf sie.

»Ich kann«, triumphierte er und hielt sie fest. »Und nun bekomme ich meine Fangprämie.« Er küsste Katharinas rote Lippen wie ein Ertrinkender. Katharina schlang ihre Arme um seinen Hals und hielt ihn fest, damit er sich ja nicht eher von ihr löse, als bis ihr der Atem ausging.

»Warum kommst du nicht öfter?«, klagte Katharina. »Ich sehne mich so nach dir.«

»Ich sehne mich auch nach dir«, erwiderte Klaus. »Aber du weißt, dass ich meine Studien zu Ende bringen muss, um eine halbwegs gut bezahlte Anstellung zu bekommen. Schließlich müssen wir von irgendetwas leben.«

»Ach ja, das liebe Geld«, seufzte Katharina theatralisch. »Ist das wirklich so wichtig?«

»Mein liebes Kind, dein Leben lang hast du dir keine Gedanken über das Geld machen müssen, das dich ernährte. Du hattest das

Glück, in einem Haus aufzuwachsen, wo Geld allgegenwärtig war. Nun aber bin ich für das Geld verantwortlich, das dich ernährt. Leider bin ich nun mal nicht so ein wohlhabender alter Knochen wie dein eigentlicher Bräutigam.«

Katharina schüttelte ihn. »Erinnere mich nicht an ihn, sonst werde ich zornig. Niemals, niemals werde ich diesen Eckhardt heiraten! Lieber vertrockne ich zu einer Alraunwurzel.«

»Pssst!« Klaus presste ihr die Hand auf den Mund. »Fordere die bösen Mächte nicht heraus! Was soll ich denn mit einer vertrockneten Alraunwurzel anfangen?«

Katharina kicherte und richtete sich etwas auf. Sie blickte hinüber zu dem stattlichen Rittergut, das seit einigen Monaten ihre Zuflucht war. Hierhin hatte Klaus sie nach ihrer Flucht aus der Hütte der alten Griseldis gebracht, und sie war von den Gutsherren wohlwollend aufgenommen worden. Vor allem das Ritterfräulein Beate freute sich über die neue Zofe.

Für Beate war Katharina mehr Freundin als Bedienstete, und sie fand Katharinas abenteuerliche Geschichte wunderbar romantisch und interessant. Ihr Vater, Ritter von Pflugk, hatte das Gut mit dem Ritterschlag erhalten. Er hatte sich ein Weib genommen, Kinder gezeugt, wenn er zwischen den Schlachten, die er für Gott und Vaterland schlug, heimkam, und überließ die Bewirtschaftung ansonsten einem Verwalter.

Dieser Verwalter war ein Verwandter von Klaus' Vater, den Klaus noch aus seiner Kindheit her kannte und an den er sich in seiner Not gewandt hatte. Keine Frage, dass er Klaus half, auch wenn er sich über die brotlose Kunst eines Studenten lustig machte. Er hätte Katharina einfach als Magd angestellt, aber Beate, die älteste Tochter des Ritters, hatte eine bessere Idee.

In Ermangelung gleichaltriger Mädchen, die nicht unter ihrem Stand waren wie die Mägde auf dem Gut, fand sie in Katharina eine feine, gebildete und zu allerlei lustigen Späßen aufgelegte

Freundin, die viele wundersame Geschichten zu erzählen wusste, aber auch lesen und schreiben konnte, schneller rechnen als jeder Krämer und Tänze aus dem Orient beherrschte. Sie war in Liebesdingen erfahren, und wenn Klaus sie besuchen kam, dann war ihr der Kammerdienst bei Beate völlig egal.

Stundenlang wälzte sie sich mit Klaus im Heu, verbrachte den langen Tag und die Nacht mit ihm und verzichtete sogar auf Speise und Trank. Mit einem gut gefüllten Korb aus der Küche verschwanden beide in Wald, Feld und Gebüsch, um erst zu kommen, wenn Regenwolken ihre nasse Fracht ausschütteten. Aber der Sommer war warm und trocken und besonders für die beiden Verliebten voller Wonnen.

»Du musst mir jede Kleinigkeit erzählen«, verlangte Beate von Katharina. »Sonst werde ich es deinem Bräutigam melden, wo du dich befindest.«

»Untersteh dich, du falsche Schlange«, drohte Katharina. »Dann verrate ich deinem Vater, dass du den Verwalter gezwungen hast, statt eines kräftigen Ackergauls einen Zelter für dich zu kaufen.«

»Wie willst du es ihm denn verraten? Er ist ja gar nicht hier und er wird wohl in nächster Zeit auch nicht kommen.«

»Ich schreibe ihm einen Brief, den ich mit einem Boten schicke. Ich weiß zufällig, dass er in Thüringen gegen die aufsässigen Bauern kämpft.«

»Mein Vater kann nicht lesen«, triumphierte Beate.

»In jedem Heer gibt es einen Chronisten, der lesen und schreiben kann, der wird ihm meinen Brief vorlesen.«

Beate gab es auf, und Katharina erzählte bereitwillig von ihren Liebesabenteuern. Beate bekam glänzende Augen und schreckliche Lust, es einmal selbst zu probieren. Und als Katharina noch von dem Buch schwärmte, das auf dem Dachboden des Handelshauses lag und sie zum ersten Liebesabenteuer mit Klaus verführt hatte, war es endgültig mit ihrer Beherrschung vorbei.

»Ich will auch einen Liebhaber«, beharrte sie und stampfte ungeduldig mit dem Fuß auf. »Natürlich keinen von den Knechten, sondern einen, der im Stand zu mir passt. Eigentlich könntest du mir deinen Klaus ausleihen.«

»Untersteh dich«, protestierte Katharina. »Klaus gehört mir allein. Schließlich wollen wir heiraten.«

»Pah, daraus wird doch sowieso nichts. Da müsste dein Vater wieder auftauchen und sein Wort gegenüber Eckhardt rückgängig machen. Glaub mir, der ist vor Eckhardt geflüchtet und treibt sich wer weiß wo herum. Ich denke, der kommt nie wieder.«

»Was redest du da, du dumme Schnattergans! Natürlich kommt mein Vater wieder. Ein Kaufmann ist jahrelang auf Handelsreise, schließlich sind die interessanten Länder sehr weit weg Er wollte immer einmal nach dem Land China reisen, wo die Seide hergestellt wird und das weiße Geschirr mit den blauen Mustern und sie diesen nackten Gott mit dem dicken Bauch haben und ...«

Sie stockte, weil ihr der Atem ausging. Nein, weil ein dicker Kloß ihren Hals zu drückte. Irgendwie hatte Beate Recht. Ihr Vater war verschwunden, und das schon seit längerer Zeit. Ganz sicher hing es mit ihrer Flucht zusammen. Sie war verantwortlich dafür, dass ihr Vater nun seine Ehre verloren hatte. Aber zu Eckardt zurückzukehren erschien ihr unmöglich. Dabei sehnte sie sich nach Hause, nach ihrer Kammer und ihrem Bett, nach Maria, der Amme, dem Vater, sogar nach Philomena.

Bei dem Gedanken an Maria kamen ihr die Tränen. Sie konnte ja Maria nicht einmal im Kloster besuchen, wo sie sich durch das winzige Gitter am Besuchertor wenigstens einige liebe Worte hätten sagen können. Aber wenn sie sich in der Stadt sehen ließe, wäre sie verloren.

Sie hatte Klaus gebeten, ihr von allen Neuigkeiten aus der Stadt zu berichten. Gespannt wartete sie jedes Mal, wenn er sie besuchen kam. Er erzählte, dass der Prokurist derzeit das Handelshaus

Preller führe und alle Geschäfte abwickele, dass die Amme immer noch im Hause lebte – wo sollte sie auch hin? Dass der verschmähte Eckhardt Rache geschworen und eine Belohnung auf Katharinas Ergreifung ausgesetzt habe. Und dass auf dem Marktplatz ein Müller am Pranger stehe, der seine Kunden schmählich betrogen habe und zu Recht verurteilt worden sei. Außerdem habe er das Wasser im Mühlgraben zu hoch angestaut, dass die Mühlen im Oberlauf davon einen gehörigen Schaden davongetragen hätten.

»Stell dir vor, der Müller Bartel hat gegen den Schmied des Dorfes geklagt, der gleichzeitig eine Schänke besitzt. Jener verbreitete in der Gemeinde, der Müller wäre oftmals zwei, drei Tage hintereinander zu Biere gewesen und hätte seine Mühle nicht richtig geführt. Sein Weib, seine Tochter und sein ganzes Gesinde söffen daheim Branntwein. Wo sie ihn herbekämen, könne man sich ja denken. Trotzdem haben Zeugen für den Bartel gesprochen. Die Untersuchung hat dann aber ergeben, dass der Bartel bei der Mehlmetze[7] betrogen habe. So wurde der Bartel verurteilt. Den Schmied haben sie ebenfalls bestraft, weil er den Müller aus purer Böswilligkeit angezeigt hatte, weil der Bartel nicht bei ihm in der Schänke einkehrte.«

»Kein Wunder, dass Müller nicht in den Himmel kommen«, war Katharinas Kommentar dazu. »Der Müller braucht nicht zu stehlen, man bringt das Diebesgut zu ihm.«

Was Klaus ihr wohlweislich verschwieg, war die weitaus beunruhigendere Nachricht, dass Maria aus dem Kloster geflohen war. Überall in der Stadt liefen Häscher des Propstes herum und zeigten Bilder von Maria. Der Propst behauptete, Maria habe sich der Hexerei und der schwarzen Künste schuldig gemacht.

»Klaus, du musst mir eine große Bitte erfüllen.« Katharina

7 Bezahlung des Müllers durch seine Kunden

schaute ihn mit großen Augen an und Klaus wusste sofort, dass er nicht widerstehen konnte, egal, worum Katharina ihn bat. »Geh zur Amme und sag ihr, dass es mir gut geht. Sie soll sich nicht sorgen. Immerhin ist sie nun alt, und ich befürchte, dass sie vor Kummer und Gram sterben könnte.«

Klaus wiegte bedenklich den Kopf. »Das könnte gefährlich werden. Wenn die Amme weiß, dass ich weiß, wo du sich befindest, dann könnten es auch andere erfahren.«

»Die Amme ist verschwiegen, und du sollst es ihr sagen, ohne dass es jemand hört.«

»Gut, ich werde es versuchen.«

»Versprich es mir!«

»Ich verspreche es dir.«

Damit war Katharina zufrieden und sie konnten zum weitaus angenehmeren Teil ihres Treffens übergehen.

Auf dem Marktplatz zu Leipzig herrschte emsiges Gedränge. Zwei Brüder des Thomasklosters hatten einen kleinen Stand aufgebaut. Auf dem Tischchen stapelten sich Ablassbriefe für die Sünden der verschiedensten Art, daneben stand eine Geldtruhe, in der die Mönche die Münzen verschwinden ließen, die die Leute ihnen bereitwillig gaben.

Es gab wohl viele Sünden zu büßen, denn die Menschen drängten sich und rissen ihnen die Ablassbriefe aus der Hand. Immer wieder hielt der Mönch flammende Reden, während der zweite den entsetzten Zuschauern Bilder von den Qualen der Hölle und des Fegefeuers vor die Nase hielt.

Der zweite Mönch war niemand anderes als Bruder Tobias. Das Reden überließ er lieber seinem Begleiter, aber er weidete sich an den verängstigten Gesichtern der Umstehenden. Immer neue Schreckensbilder entrollte er und stakste damit wie ein unheilvoller Totenvogel hin und her.

Zum Schluss entrollte er ein ganz anderes Bild. Es zeigte eine junge Frau in der Tracht einer Nonne. An ihrem Saum klammerte ein kleiner Teufel mit widerlich grinsender Fratze. Das Gesicht der jungen Frau jedoch war den meisten Stadtbewohnern bekannt. Es war das Gesicht von Maria Preller!

»Auf diesem Bild seht ihr ein liebliches Antlitz, hinter dem sich das Böse verbirgt. Ihr wisst, oft erscheint eine Hexe als ein altes, verwittertes Weib, dessen Kinn und Knie sich vor Alter treffen, das krumm wie ein Bogen umherläuft und sich auf einen Stock stützt. Hohläugig, zahnlos, mit zerfurchtem Gesicht, mit zitternden Gliedern, geht sie murmelnd durch die Straßen.« Der Mönch hob die Hände zum Himmel, als wolle er sich Gottes Unterstützung sichern. »Zumeist sind es die alten Vetteln und Hexen«, fuhr der Mönch fort, »Leute von niedrigem Stand, deren Geschäft und Brauch es ist, Kinder zu ermorden oder Tote auszugraben. An zweiter Stelle in der Hierarchie kommen die Zauberer und Zauberinnen, Leute von mittlerem Stand. Deren Amt ist es, zu hexen und Zauberformeln zu verbreiten. An oberster Stelle kommen die Magier, die Männer von Lebensart und Leute höheren Ranges sind; ihre Aufgabe ist es, Gott zu lästern und die Saat des Bösen in den höchsten Kreisen aufgehen zu lassen.«

Die Umstehenden rückten näher heran. Das waren ganz andere Töne, als sie die Ablassprediger sonst verbreiteten. Hier war etwas im Gange, was die Leute aufmerken ließ.

»Seid immer gewahr: Hexen können sich verwandeln und aus den bösen alten Weibern werden schöne junge Mädchen. Mit ihrer angeblichen Schönheit verblenden sie ihre Umgebung, zeigen sich leutselig und fromm. Im Inneren aber sind sie verfault und brüten das Böse aus. Besonders verrucht ist es, wenn es so einer Hexe gelingt, sich unter die frommen Dienerinnen Gottes zu mischen und dort ihr Unwesen zu treiben. Als die Hexe, die ihr auf diesem Bild seht, bei den Marienschwestern enttarnt wurde, suchte sie ihr Heil in der Flucht. Jeder fromme und brave Bürger dieser Stadt ist aufgefordert, die vormalige Nonne Maria zu jagen und sie der Gerichtsbarkeit unserer heiligen Mutter Kirche zuzuführen.«

Unter den Zuhörern befand sich Eckhardt, der verschmähte Bräutigam von Katharina. Tag für Tag lungerte er vor dem Handelshaus Preller herum, in Erwartung einer positiven Wende. Doch weder Hieronymus tauchte auf, noch Katharina. Eckhardt hatte ebenfalls eine Belohnung auf die Ergreifung Katharinas ausgesetzt, allerdings bisher ohne Erfolg. Niemand wusste etwas über Katharina, keine kannte ihren Aufenthaltsort. Sie blieb verschwunden wie die Nonne Maria und wie Hieronymus Preller samt seiner Philomena.

Als Bruder Tobias das Bild von Maria herumzeigte, zog Eckhardt seinerseits das Bild von Katharina unter seinem Wams hervor und hielt es hoch. »Da könnt ihr gleich auch auf die Suche nach der Schwester der Nonne gehen, die ist nämlich auch verschwunden. Sie war mir versprochen und sollte in diesem Sommer meine Frau werden.«

Alle drehten sich zu Eckhardt um und brachen in Gelächter aus. »Was bist du für ein Hahnrei? Schaffst es nicht, deine junge Braut zu halten! Dann setzt sie dir auch in der Ehe Hörner auf!«

Bruder Tobias fühlte sich in seinen flammenden Rede gestört. Mit wütend funkelnden Augen trat er auf Eckhardt zu.

»Verschwinde und suche deine Braut selbst. Hier geht es um viel höhere Dinge als die Unzucht eines Weibes.«

Die Leute lachten und zeigten mit dem Finger auf Eckhardt. Er war das Gespött der ganzen Stadt. »Freist du die Schwester einer Hexe, wird es bald auch in deinem Hause zugehen wie in Belzebubs Küche«, schrie einer.

Vergeblich versuchten Tobias und sein Klosterbruder, die Aufmerksamkeit der Umstehenden wieder auf sich zu ziehen. In dem ganzen Durcheinander fiel Tobias' Blick zufällig auf den Eingang des Prellerschen Hauses. Die Haustür öffnete sich und neben der kugelrunden Amme erschien eine Gestalt, die Tobias nur zu bekannt war: der Studiosus Klaus!

Augenblicklich war Tobias klar, dass dieser Besuch etwas zu bedeuten hatte. Vielleicht wusste dieser Student gar, wo sich Katharina befand und überbrachte der Amme Informationen. Im besten Falle hielten sich beide Schwestern gemeinsam versteckt!

Kurzerhand rollte Tobias Marias Bild zusammen und drückte es seinem verdutzten Bruder in die Hand.

»Mach allein weiter«, murmelte er nur und verschwand zwischen den Leuten. Er heftete sich Klaus an die Fersen, der durch die Stadt eilte, ohne sich umzuschauen.

Der gedemütigte Eckhardt blieb Tobias auf den Fersen. Wenn der eifernde Bruder es auf einmal so eilig hatte, dann hatte das sicher einen Grund. Vielleicht führte Tobias ihn auf die Spur von Katharina oder zumindest Hieronymus.

Die langen Schritte des Mönchs aber waren für den kurzatmigen Greis zu schnell. Keuchend gab er schon kurze Zeit später auf. Er würde den Bruder bei anderer Gelegenheit abpassen und ihm gegen Geld die begehrten Informationen entlocken.

Aber auch Tobias wurde enttäuscht. Klaus steuerte schnurstracks auf sein Quartier zu, wo die Tür hinter ihm ins Schloss fiel. Er ließ sich bis zum Abend nicht wieder sehen.

Doch Mönche waren in Geduld geübt und Tobias erst recht. Seine Erfahrungen zeigten ihm immer wieder, dass es sich am Ende auszahlte, die nötige Geduld aufzubringen.

Eine Woche später wurde Tobias belohnt. Statt zu den Vorlesungen zu gehen, verließ Klaus schon zeitig das Haus und die Stadt über das kleine Barfußpförtchen. Draußen schlug er einen Weg abseits der großen Straße nach Süden ein, um nach einigen Meilen in Richtung Südwesten abzubiegen.

Es war für den Mönch ein Problem, Klaus unerkannt zu folgen. Auf diesen Seitenstraßen gab es nur geringen Verkehr. Ab und zu ein Ochsengefährt, eine Karre mit einem Maultier oder Bauern, die in großen Kiepen ihre Ernte schleppten. Sein Glück war, dass sich Klaus kein einziges Mal umdrehte.

Nach gut zwei Stunden Fußmarsch erreichten sie das Rittergut. Und Tobias brauchte auch gar nicht lange zu warten, bis Katharina jubelnd angelaufen kam und dem Studenten um den Hals fiel.

»Sieh an, hierher hat sich das Vögelchen verkrochen«, murmelte er und rieb sich die Hände. Sein Instinkt hatte ihn wieder einmal nicht getrogen. Er war einer der wenigen, die Katharina und Maria auf den ersten Blick auseinander halten konnten. Noch lieber wäre ihm natürlich gewesen, wenn er Maria entdeckt hätte. Das hätte ihm in der Gunst des Propstes gefördert. Aber vielleicht hatten die beiden Schwestern Kontakt, und er kam über Katharina an Maria heran.

Hinter einer Kornpuppe versteckt beobachtete Tobias das Liebesspiel der beiden jungen Leute. Tobias griff sich zwischen die Beine und stöhnte. Der Anblick der Liebenden bereitete ihm Qual. Er hasste dieses Weib dafür, wie schamlos sie sich ihrem Galan hingab. All die Folter und der Schmerz hatten den Studenten nicht davon abbringen können, sich wieder mit Katharina zu vergnügen. Kein Zweifel, dieses Weib musste ebenfalls eine Hexe sein, wenn ein Mann sich so kopflos in ein Liebesabenteuer mit ihr stürzte. Mochte dieser Student seine Seele verlieren, was scherte es Tobias.

Neben seinem Hass auf Katharina verspürte er aber auch grenzenloses Verlangen nach ihrem schönen, hellen Leib. Ihre Lebendigkeit, Jugend und Anmut erschreckten und bannten ihn gleichzeitig. Niemand sollte Katharina bekommen, weder der junge Student noch dieser greise Kaufmann. Tobias wollte Katharina für sich allein haben. Er wollte sie besitzen, in ein Verlies einsperren, für das nur er einen Schlüssel besaß. Er würde täglich zu ihr gehen, sich an ihrem Anblick ergötzen. Er hatte Keuschheit geschworen, aber niemand konnte ihm verwehren, dass er sich an ihrem nackten Anblick weidete. Er würde sie dafür strafen, dass sie eine Frau war, dass sie schön war, dass sie ihm diese Qualen bereitete. Es würde ihm Genugtuung bereiten, wenn er sie dafür strafte, wenn sie schrie und flehte, wenn sie ebensolche Qualen litt, wie sie ihm bereitete.

»Du gehörst mir, du gehörst mir«, keuchte er, während Katharina spitze Lustschreie von sich gab und Klaus mit hochrotem Kopf stöhnte und ächzte.

Hier gab es kein Wasser, in das Tobias in seiner Pein springen konnte und so bewegte er seine Hand immer schneller unter seiner Kutte, bis seine Lust wie eine Explosion aus ihm herausschleuderte und seine Kutte besudelte. Er rang nach Luft, Ekel überkam ihn. Er würde beichten, um diese Last von sich zu werfen und er wusste, dass er für die Selbstbefriedigung hart bestraft werden würde. Er kam er im gleichen Augenblick zum Höhepunkt wie das Liebespaar, und während Katharina und Klaus keuchend und eng umschlungen im Stroh liegen blieb, krallten sich Tobias' klauenartige Finger in die stacheligen Kornähren. Er biss hinein, um keinen verräterischen Laut von sich zu geben und spukte die Spelzen wieder aus. Eine Granne hatte sich schmerzhaft in seinen Rachen gebohrt.

Katharina und Klaus bemerkten von all dem nichts. Sie waren zu sehr mit sich beschäftigt.

»Ich soll dich von der Amme ganz herzlich grüßen«, sagte Klaus, als er wieder zu Atem gekommen war. Katharinas Augen leuchteten auf.

»Oh, mein Gott, die gute alte Amme. Ich hoffe, du konntest sie etwas beruhigen, dass es mir gut geht und sie sich keine Sorgen zu machen braucht. Sag, wie hat sie die Nachricht aufgenommen?«

»Sie hat vor Freude geweint. Ich musste ihr aber auch sagen, dass sie dieses Wissen in ihrem Herzen einschließen muss. Eckhardt lungert noch immer in der Stadt herum. Er hat sich in einem Gasthaus eingemietet und beobachtet täglich das Haus deines Vaters. Offensichtlich hat er die Hoffnung noch nicht aufgegeben.«

»Hast du etwas über meinen Vater in Erfahrung bringen können?«

Klaus schüttelte betrübt den Kopf. »Er ist einfach verschwunden. Keiner weiß wohin.«

Auch Katharina wurde traurig. »Ich hätte ihn so gern wiedergesehen und ihn um Verzeihung gebeten.«

»Und dann? Er hätte auf die Heirat mit Eckhardt bestanden.«

»Das stimmt. Was sollen wir denn nur tun?«

Er küsste sie. »Lass dein hübsches Köpfchen nicht hängen. Im Augenblick bist du hier sicher. Wenn ich mein Studium beendet habe, bemühe ich mich um eine Anstellung als Richter. Und dann werden wir heiraten, ob mit oder ohne Einwilligung deines Vaters.«

»Mir wäre es schon lieber, wenn der Vater mit an der Festtafel sitzt.«

Lachend wickelte er eine ihrer honiggelben Locken um seinen Finger. »Du wirst die schönste Hochzeit des Jahres bekommen und die schönste Braut sein.«

»Ach, wenn es doch erst so weit wäre«, seufzte Katharina und zog ihn wieder zu sich heran. »Ich liebe dich so sehr.«

»Ich liebe dich auch, blondes Käthchen. Weißt du, wie schwer mir jedes Mal der Abschied von dir fällt? Zum Glück weiß ich dich in guten Händen bei Beate.«

»Und du? Bleibst du mir auch treu bei all den Verlockungen in der Stadt? Gehst du nicht abends in die Schänken und in die Badehäuser und vertreibst dir Zeit mit den jungen Huren?«

»Mein Ehrenwort, Kathrinchen! Mir steht nicht der Sinn nach fremden Weibern. Die ganze Woche lebe ich nur für den Augenblick, in dem ich dich wiedersehe.«

»Dann bin ich beruhigt. Weißt du, wir haben so viel nachzuholen. Lass uns später weiter plaudern.«

»Was hast du vor?«

Katharina kicherte und rutschte tiefer in das Stroh hinein.

»Du kleiner Nimmersatt«, neckte Klaus sie. Und dann gaben sie sich wieder der körperlichen Liebe hin, selbstvergessen, voller unschuldiger Leidenschaft und Natürlichkeit, wie sie nur die Jugend hervorbringen kann.

»Wie die Tiere«, stöhnte Tobias, der sich nicht aus seinem Versteck hervorwagen durfte und alles mit anschauen musste. »Das ist widernatürlich. So oft machen es nur die Spatzen. Die werden krank davon.«

Nichts desto trotz regte es sich wieder in seiner Lendengegend. Er presste die Hand dagegen und Schweiß lief von seiner Stirn herab. »Herr, warum unterziehst du mich dieser furchtbaren Prüfung?«, klagte er. »Was habe ich getan, dass du mich derart strafst? Ich will dir doch dienen und das Böse in der Welt ächten. Und was die beiden da treiben ist einfach nur schlecht. Es ist widernatürlich und krankheitserregend. Ich kann nicht glauben, dass du so etwas gutheißt.«

Gottes Wege waren unerforschlich und dem menschlichen Geist verschlossen, zumindest Tobias' Geist. Jedenfalls frönten Klaus und Katharina ungestört ihrem Liebesgenuss, ohne dass der Himmel herabstürzte, während es Bruder Tobias immer schlechter ging. Er versuchte es mit Beten, er versuchte es mit Zufügung von Schmerzen, aber dieser Körperteil, den Gott wohl in einem schwachen Augenblick der Schöpfung erfunden hatte, bereitete ihm schreckliche Pein. Prall gefüllt wie ein Weinschlauch drückte und pochte es und bereitete ihm Gefühle, vor denen Tobias Angst hatte. Gleichzeitig wünschte er sich sehnlichst eine Erlösung herbei. In seiner Verzweiflung umarmte er die Kornpuppe, seine Kutte ergehoben, sein weißes Hinterteil herausgestreckt. Seine Hüftbewegungen wurden immer schneller. Er stöhnte und ächzte und biss sich die Lippen blutig, um nicht laut herauszuschreien. Bunte Kringel tanzten vor seinen Augen und für einen winzigen Augenblick vermeinte er, dass sich Katharinas weiße Schenkel um seinen Körper schlangen. Doch dann stach und piekste das Korn in dieses verfluchte empfindliche Körperteil, dieses üble Anhängsel wie ein Teufelsschwanz. Je heftiger der Schmerz wurde, umso größer wurde auch seine Lust. Mit einem Aufschrei entluden sich seine Säfte zwischen die Strohhalme und er fiel auf den Bauch.

Das Liebespaar hatte ihn nur deshalb nicht gehört, weil auch sie genau in diesem Moment ihrem Höhepunkt zustrebten und ihre lustvollen Laute wie Lerchengesang in den blauen Himmel steigen ließen.

Keuchend blieb Bruder Tobias auf dem Bauch liegen, das Gesicht in die harte Strohpuppe vergraben. Er fühlte sich unsagbar elend, schuldig, schmutzig und von Gott ungeliebt. Er hatte gesündigt, er hatte nicht die Kraft gehabt, gegen das Böse anzukämpfen. Er hatte den Drang nachgegeben und sich fleischlicher Lust hingegeben. Gott würde ihn verstoßen, ihm keinen Platz im Paradies zugestehen, ihn im Fegefeuer braten lassen. Aber er bereute, er wollte büßen, er wollte es wiedergutmachen. Diese Hexe sollte ihn nicht wieder verführen, ihm keinen Schaden mehr zufügen, ihm nicht und auch keinem anderen!

Tobias blieb einfach auf der Kornpuppe liegen, auch als Klaus sich längst von Katharina verabschiedet hatte. Nun hatte es der Mönch nicht mehr eilig. Er war müde, entspannt und zufrieden. Er hatte Katharina gefunden!

Erst am nächsten Morgen begab sich Tobias auf den Rückweg zur Stadt. Er kam zur rechten Zeit, als sich die Mönche im Kapitelsaal versammelten. Alle wandten sich zur Tür, als Bruder Tobias hereintrat, die Kutte voller Staub und Stroh. Mit gemessenen Schritten trat er vor den Propst, aber seine Hände zitterten vor Ungeduld. Der Propst blickte streng auf ihn herab. Es war nicht verborgen geblieben, dass sich Bruder Tobias während der Nacht nicht im Kloster aufgehalten hatte.

»Was hast du uns zu sagen, Bruder Tobias?«

Tobias beugte sich vor dem Propst, aber es sah aus, als krümme er sich vor Leibschmerz. Benedictus kannte diese Haltung und er wusste, dass er nun etwas Interessantes zu erwarten hatte. So abartig Tobias veranlagt war, in gewissen Dingen konnte sich Benedictus auf ihn verlassen. Gespannt reckte der Propst den Kopf vor.

Tobias buckelte noch tiefer, und Benedictus war geneigt, mit dem Fuß nach ihm zu treten. Es bereitete ihm Genugtuung, wenn sich Tobias vor ihm auf der Erde wand. Mit Widerwillen bemerkte der Propst den Schmutz an Tobias. Außerdem stank er seltsam seifig.

»Gelobt sei Jesus Christus, Ehrwürden«, krächzte Tobias und küsste den Saum von Benedictus' Ornat. Der Propst verdrehte genervt die Augen. Musste sich der Kerl so anbiedern? Er sollte sagen, was er zu sagen hatte.

Auch ohne einen Tritt von Benedictus warf sich Tobias auf die kalten Steinfliesen und kroch näher. Dann hob er den Kopf und blickte den Propst aus fanatisch glühenden Augen an. Jede Faser seines Körpers erwartete Lob und Anerkennung.

»Ehrwürdiger Vater, ich habe die entflohene Nonne Maria gefunden!«

Die Hexenprobe

»Unser geliebter Herzog Albrecht ist tot!« Die Herolde verlasen die traurige Nachricht unter dem Trommelwirbel der Rathauswache. Betroffen standen die Menschen auf dem Leipziger Marktplatz. Für einen Augenblick schien das Leben innezuhalten. Nun hatte Gott auch den zweiten der Brüder, die lange Jahre die Geschicke des Landes bestimmten, zu sich gerufen.

Viele ältere Bewohner der Stadt erinnerten sich noch an die glanzvolle Hochzeit, die der ältere der beiden Wettiner Brüder, Kurfürst Ernst, mit der bayrischen Prinzessin Elisabeth in Leipzig vollzog. Welch ein Glanz fiel damals auf die Stadt! Wie stand sie da im Mittelpunkt des Geschehens! Die Welt war in Ordnung, Sachsen noch nicht geteilt.

Mit Wehmut gedachten viele Leipziger der Teilung des Landes vor fünfzehn Jahren, die auf Bestreben eben jenes Kurfürsten Ernst zustande kam. Danach war das Land nicht mehr dasselbe. Grenzhäuschen und Zollschranken standen dort, wo sich einstmals das Herz eines einigen, starken Landes befand.

Kurfürst Ernst überlebte die Teilung nur ein Jahr. Die Kurwürde ging auf seine Söhne über, aber die besaßen schon längst nicht mehr die herausragende Bedeutung wie der Stammvater der ernestinischen Wettiner.

Nun also war auch Herzog Albrecht tot. Irgendwo in der Fremde war er gestorben. Ein dunkler Schatten legte sich über das Land.

Aber das Leben der einfachen Leute musste weitergehen. Der Ablauf der Jahreszeiten diktierte ihnen ihre Arbeit. Zudem mussten die Häusler in den Dörfern um die Rittergüter Frondienste verrichten. Die Männer arbeiteten für einen Tagelohn bei der Ernte auf den herrschaftlichen Feldern, in den Gärten, hüteten das Vieh und mussten Getreide dreschen. Die Frauen mussten Wäsche waschen, die Kammern säubern, Möhren und Rüben schneiden, Heu und Grummet trocknen und Garn spinnen. Die emsige Betriebsamkeit ließ nichts von den Geschehnissen im Land ahnen.

Auch für Beate und Katharina ging das Leben seinen Gang. Die Stadt war fern, Dresden noch ferner, und wenn ein Herrscher gestorben war, dann gab es einen Sohn, der das Erbe seines Vaters übernahm. So war es auch mit Herzog Albrecht. Sein Sohn Georg übernahm die Amtsgeschäfte und regierte seinen Teil Sachsens weiter. Die kurze Zäsur berührte das gemeine Volk nicht weiter.

Beate hatte Katharina zu einem Ausritt eingeladen. Auf dem Rittergut hatte Katharina das Reiten gelernt und es machte ihr viel Spaß. Stolz saß sie auf ihrem Pferd. Auch wenn es kein so edler Zelter war wie Beates Reittier, so gaben die beiden Damen doch ein prächtiges Bild ab, wenn sie durch die Felder ritten, die zum Gutsbesitz gehörten.

Die Bauern auf den Feldern, die den Frondienst verrichteten, grüßten ehrerbietig. Das Korn war geschnitten, die Garben wurden auf die Karren geladen. Die Zugochsen brachten ihre schwere Last zur Tenne, wo das rhythmische Klopfen der Dreschflegel ertönte. In der Luft flirrten Staub und Grannen und machten das Atmen zur Qual. Auf den meisten der schmalen, langen Felder ragten nur die Stoppeln empor, die den Schafherden noch Futter boten.

Ein langer, warmer und trockener Sommer ging zur Neige. Die Sonne bot noch einmal alle Kräfte auf. Im Obstgarten reiften die Äpfel, und in den Hecken leuchteten rote und blaue Beeren. Die Welt könnte für Katharina so herrlich sein, wenn nur Klaus hier wäre. So schwelgte sie in Erinnerung an ihre Schäferstündchen und musste Beate in allen Einzelheiten davon berichten.

Schwatzend und lachend lenkten sie ihre Pferde zu einem Bach, der sich durch die Wiesen schlängelte. Er war schmal und seine Ufer von hohem Gras bewachsen. Einige Erlen und Weiden säumten das Fließ und neigten ihre Zweige dem kühlen Wasser zu. Hier war es sehr angenehm zu rasten. Die trockene Hitze des Tages blieb auf den abgeernteten Feldern zurück.

Die beiden jungen Damen saßen von ihren Pferden ab und ließen sie vom kühlen Nass trinken. Dann setzten sie sich in das Gras, zogen die Schuhe aus und ließen die Füße ins Wasser hängen.

»Huch, ist das kalt«, erschreckte sich Katharina.

»Der Quell befindet sich in den Felsen weiter südlich von hier«, erklärte Beate. »Die Leute erzählen, dass er von einer Quellnymphe bewacht wird, die sich im Winter zu einem Eiszapfen verwandelt. Deswegen ist der Quell immer eisig.«

Katharina planschte mit den Zehen im Wasser.

»Also, irgendwie weckt das Plätschern ein dringendes Bedürfnis in mir.«

Beate kicherte. »Tu's doch gleich hier im Gras. Es sieht dich doch niemand.«

Katharina raffte ihre Röcke. »Wenigstens hinter den Busch da werde ich verschwinden«, erwiderte sie und hüpfte barfuß und mit geschürzten Röcken durchs Gras. Hinter einem Holunderbusch lüpfte sie ihre Röcke und verrichtete ihr dringendes Bedürfnis. Sie hatte keine Ahnung, dass brennende Augen sie seit geraumer Zeit beobachteten. Und dann wurde es ganz plötzlich dunkel um sie.

Beate schob unterdessen ihre Röcke bis weit über die Knie herauf, strampelte mit den Beinen im Wasser, dass die Tropfen wie Silber gen Himmel spritzten und lehnte sich dann zurück. Ihre

Augen schweiften in den blauen Himmel, an dem sich die Wolken wie Schneegebirge türmten.

»Es zieht ein dunkle Wolk' herein, mich deucht, es muss ein Regen sein, ein Regen aus den Wolken«, sang sie laut. »Hörst du, Katharina, ich besinge den Regen«, rief sie über die Schulter. »Mal sehen, ob es hilft. Komm und sing mit! Zu zweit werden Gebete besser erhört. Oder wir machen richtigen Regenzauber. Es zieht ein dunkle Wolk' herein, mich deucht, es muss ein Regen sein ... Katharina? Wo bleibst du denn?«

Beate hörte auf zu strampeln und richtete sich auf. »Katharina? Wieso brauchst du so lange?«

Katharina antwortete nicht.

»Willst du Verstecken spielen?« Beate erhob sich und hüpfte nun ebenfalls mit gerafften Röcken und barfuß durchs Gras bis zum Holunderbusch. »Kathrinchen!, wo bist du?«

Sie konnte Katharina nicht entdecken. Verwundert umkreiste Beate den Busch. Da war niedergetrampeltes Gras, wo Katharina wohl ihr Bedürfnis verrichtet hatte, und da waren abgebrochene Zweige, die vom Busch hingen.

»Was soll das, Katharina! Ich finde das gar nicht lustig. Wo steckst du?«

Doch es blieb still. Ein leichter Wind kam auf und bewegte die Blätter. Beate wurde wütend.

»Wenn du glaubst, du kannst mich ärgern, dann hast du dich geirrt. Ich spiele nicht mehr mit!«

Sie warf kapriziös den Kopf in den Nacken und lief zum Bach. Dort setzte sich nieder und begann wieder zu singen. »Es zieht ein dunkle Wolk' herein ... Katharina?«

Langsam begann es Beate unheimlich zu werden. Neben ihr lagen noch Katharinas Schuhe, ein Stück hin graste ihr Reitpferd.

»Katharina! Komm endlich heraus! Du machst mir Angst.«

Der Wind säuselte in den Blättern, der Bach murmelte und

gluckste, ein Vogel stieß einen schrillen Triller aus und erhob sich in die Luft. Eine dicke Wolke verdeckte die Sonne. Beate sprang auf und zog hastig ihre Schuhe an.

»Katharina?«

Ihre Stimme zitterte. Die Angst griff mit kalten Klauen nach ihr. Sie kletterte auf ihr Pferd, nahm die Zügel von Katharinas Pferd und ritt in großer Eile zum Gut.

»Helfried, es ist etwas Seltsames geschehen!«, rief Beate völlig aufgelöst dem Verwalter zu, der mit dem Auflisten der eingebrachten Kornfuhren und der abgefüllten Kornsäcke beschäftigt war. »Katharina ist verschwunden. Wir müssen sie suchen!«

Helfried blickte nur kurz auf. »Wohin soll sie denn verschwunden sein? Sie kommt bestimmt gleich wieder.«

»Ich bin sicher, da ist etwas Furchtbares passiert.« Sie zeigte auf das zweite Reitpferd. »Ihre Schuhe liegen noch am Bach. Sie wollte nur mal kurz ins Gebüsch entschwinden.«

»Vielleicht war ihr dein Geplapper zu viel. Wenn es was zu futtern gibt, ist sie wieder da, du wirst sehen.«

»Bitte, Helfried, wir müssen sie suchen. Ich befürchte, ihr ist etwas zugestoßen.«

»Hast du etwas gehört? Einen Schrei? Oder etwas gesehen? Fremde Männer etwa?«

Beate schüttelte stumm den Kopf.

»Siehst du! Es ist gar nichts. Sie wird mal eine Weile ohne dich sein wollen. Außerdem habe ich hier zu tun. Ich habe niemanden, den ich entbehren kann, um Katharina zu suchen. Vielleicht ist auch ihr Liebhaber gekommen, da verschwindet sie doch ohnehin in den nächsten Strohhaufen.«

Er lachte und wischte sich über das schmutzige Gesicht. Dann winkte er die nächste Kornfuhre heran.

Während Beate verzweifelt auf Katharina wartete, fuhr eine kleine Karre, gezogen von einem stoischen Maulesel, in Richtung Leipzig. Die Karre hatte einige Korngarben geladen. Nebenher lief ein Mönch, der das Zugtier führte. Immer wieder blickte er sich nach seiner Fracht um, als fürchtete er, sie zu verlieren.

Es war Nacht, als die seltsame Fuhre die Stadt erreichte. Die Tore waren längst geschlossen und auf den Mauern brannten die Feuer der Wachen. Der Mönch, kein anderer als Bruder Tobias, klopfte an eine kleine Seitenpforte.

Tobias schauderte, denn er wusste, dass es in dem alten Hause spukte. Hinter den winzigen Fensterchen erglimmte ein Licht und ein verhutzelter alter Mann öffnete die Tür. Sie knarrte in ihren Angeln. Mit schlurfenden Schritten ging er zum Pförtchen, um es zu öffnen. Tobias führte den müden und unwilligen Maulesel hinein. Dann blieb er stehen und blickte zum Haus hinüber. Der Alte machte eine einladende Handbewegung, doch Bruder Tobias wehrte ab.

Einmal hatte er dieses Haus betreten. Da knackte es im Dachstuhl und in den Bohlen der hölzernen Treppe, da raschelte es in den finsteren Ecken des Speichers, und der Deckel des Wassertopfes auf dem blubbernden Ofen bewegte sich von allein auf und ab. Das war das Werk eines Koboldes, der im Haus sein Unwesen trieb.

Tobias war sich nicht sicher, ob der Alte nicht selbst der Kobold war, der nur menschliche Gestalt angenommen hatte, um andere Menschen zu narren. Er hätte lieber einen Bogen um ihn gemacht, wenn er nicht unbedingt den nächtlichen Zugang zur Stadt durch dieses Pförtchen benötigte. Er drückte dem Alten einen kleinen Leerbeutel in die Hand, in dem einige Münzen klimperten, und beeilte sich davonzukommen.

Auf ebenso geheimnisvolle Weise gelangte er ins Thomaskloster hinein. Erst dort konnte er seine heimliche und wertvolle Fracht auspacken. Zwei dunkle Gestalten halfen ihm, das zappelnde Bündel, das in einem Sack verschnürt war, in den Keller zu tragen, der sich neben der Brauerei befand. Dicke Mauern umgaben sie, kein Laut konnte nach außen dringen konnte. Sie warfen das Bündel zu Boden und ließen es achtlos liegen.

Nur Tobias blieb im Keller. Langsam sank er auf die Knie und faltete die Hände. Während er betete, trat ein fiebernder Glanz in seine Augen. Er hatte das Werk vollbracht! Er hatte es zu Ruhme und Ehre des HERRN getan! Er hatte das Böse besiegt, das es allerorten auf der Welt gab. Hier, in den tiefen Kellermauern des Klosters würde er dafür sorgen, dass es nie wieder das Licht der Welt erblickte. Er zückte ein Messer, das er in den Falten seiner Kutte verborgen hielt, und begann die Stricke des Bündels durchzuschneiden.

Katharina bewegte sich ächzend, als der Sack von ihrem Kopf gezogen wurde. Sie blickte sich um, konnte aber nicht viel erkennen. Ihr Kopf dröhnte und schmerzte von dem Schlag, den sie erhalten hatte. Es war dunkel. Eine einzelne Fackel warf flackerndes gelbes Licht. Sie leuchtete den Raum aber nicht aus. Es roch muffig und feucht. Katharina hob etwas den Kopf an. Unmittelbar vor ihr kniete Bruder Tobias. Erschrocken schrie sie auf, als sie sein hageres Gesicht erkannte. Im Schein der Fackel wirkte es noch abstoßender. Seine Augen tief in den Höhlen glühten wie im Fieber. »Jetzt bist du mein«, keuchte er.

»Scher dich fort, du Scheusal!«

Sie versuchte, den Mönch von sich zu stoßen. Doch Tobias packte ihre Handgelenke und fesselte sie mit den Strickresten. Es ging so schnell, dass Katharina keine Chance hatte. Er erhob sich und schleifte sie hinter sich her bis zur Wand. Dort hingen Ketten herab, stark genug, einen Menschen daran aufzuhängen.

»Lass mich los! Was habe ich dir getan, du Monstrum?« Katharina wand und wehrte sich. Der hagere Tobias verfügte über erstaunliche körperliche Kräfte.

»Was du mir getan hast, du Hexe? Vergiftet hast du mich mit

deiner Schönheit, mit deinem Liebreiz, mit deinem Körper. Du steckst wie ein Stachel in meinem Fleisch, du brennst wie ein heißes Eisen in meiner Wunde. Du hast Besitz ergriffen von meinem Geist. Du bist der Teufel, das Böse, der in mir steckt. Ich muss dich austreiben.«

Verzweifelt riss und zerrte Katharina an den Ketten.

»Ich habe dir nichts getan. Ich will nichts von dir. Du bist es, der mich verfolgt. Du bist krank. Du bist verrückt!«

»Es wird sich zeigen, wer hier verrückt ist. Ich werde es austreiben, das Böse in der Welt. Gott wird mich dafür belohnen.«

Tobias reckte seine Hände wie Krallen in die Höhe, als beschwöre er Gottes Hilfe.

»Gott ist gerecht! Gott wird nicht zulassen, dass du mir ein Unrecht zufügst. Ich habe nichts getan, wofür ich bestraft werden müsste. Lass mich sofort frei!«

Tobias grinste dämonisch. »Ich bin froh, dass ich dich gefangen habe. Ich denke gar nicht daran, dich laufen zu lassen. Jetzt gehörst du mir. Und ich kann mit dir machen was ich will!«

Er umkreiste Katharina wie ein Raubtier seine Beute. Sie erstarrte in lähmendem Entsetzen. Was hatte Tobias vor?

»Als Erstes werde ich deinen Körper verunstalten, damit er nicht mehr meine Augen blendet. Wie du im Gras gelegen hast, splitternackt, hell wie Silber! Ich habe alles gesehen. Es war furchtbar anzuschauen. Du hast dich ihm angeboten, deinem Galan, wie eine Hure. Du hast kein Schamgefühl, du besitzt keine Ehre. Du hast mit ihm dein Werk getrieben und wolltest mich damit strafen. Du hast mich verhext, indem du mich zuschauen ließest. Diese Qualen, diese Torturen, die du mir damit bereitet hast. Die sollst du nun selbst erleiden. Ich werde deinen Körper zerstören, wie man einen Spiegel zerschlägt.«

Mit einem Ruck riss er das Kleid von ihrer Brust herab. Dann wandte er angeekelt den Kopf ab.

»Pfui, diese weiblichen Rundungen, dieses weiche Fleisch! Brennen muss es.«

Er nahm die Fackel von der Wand und hielt sie Katharina entgegen. In höchster Not schrie sie auf.

»Schrei nur, du Hexe! Es wird dir nichts nützen. Ich werde dich absengen wie ein geschlachtetes Schwein. Nur, dass du es noch spüren wirst.«

Verzweifelt drehte sich Katharina hin und her. Die Ketten hielten sie erbarmungslos fest. Sie spürte die Hitze des Feuers. Vom Geruch des brennenden Pechs wurde ihr übel.

»Was geht hier vor sich?«, donnerte eine Stimme aus dem Dunkel. Vor Schreck ließ Tobias die Fackel fallen. Es wurde heller, weil mehrere Mönche, die ebenfalls Fackeln trugen, den Keller betraten. Mitten unter ihnen befand sich der Propst.

»Bruder Tobias, erkläre mir, was du hier treibst!«

Wie vom Blitz gefällt warf sich Tobias dem Propst zu Füßen. »Ehrwürdiger Vater, ich habe sie gefangen! Ich habe die entlaufene Nonne gefunden. Hier hängt sie. Ihr könnt sie bestrafen.«

Benedictus warf einen Blick zu Katharina. »Bedeckt ihre Brüste«, befahl er seinen Mönchen. »Dieser Anblick macht mich schaudern.«

Einer warf Katharina ein Stück des Sackes über die Schulter.

»Wie soll ich sie bestrafen? Erst muss sie gestehen.«

Er wandte sich an Katharina. »Nun, Maria, was hast du mir zu sagen? Wie bist du aus dem Kloster entkommen? Wer hat dir dabei geholfen?«

Katharina starrte Benedictus an. Er war aus dem Schlaf geholt worden und hatte sich nur einen einfachen Umhang umgelegt, der seinen tonnenförmigen Körper kaum verbarg.

Maria? Wieso Maria? »Ich bin Katharina! Aber das weiß Bruder Tobias doch! Wieso nennt Ihr mich Maria?«

»So? Bist du nicht Maria? Du kannst viel behaupten, natürlich willst du dich schützen. Nein, diese Maske passt nicht zu dir. Du hast etwas gelobt. Du bist Gott versprochen. Du hast Gott bestohlen!«

»Aber was redet Ihr da? Schaut genau her! Ich bin Katharina Preller!«

»Du musst schon einen Zeugen bringen, der sagt, dass du wirklich Katharina Preller bist. Ich sehe dein Gesicht und weiß, du bist Maria, die entflohene Nonne aus dem Georgenkloster. Du willst dich deiner gerechten Strafe entziehen, indem du lügst. Aber es gibt genügend Mittel, die Wahrheit herauszufinden.«

»Ich habe Zeugen, Ehrwürdiger Vater. Es gibt Zeugen, die beschwören können, dass ich Katharina Preller bin. Der Studiosus Claudius kann es Euch sagen.«

»Der Studiosus? Dieser studentische Hurenbock? Seine Aussage ist so viel Wert wie das Quaken eines Frosches. Der treibt es mit allen Weiberröcken und würde tausend Meineide schwören, um ein Weib vor der gerechten Bestrafung zu retten. Nein, nein, da musst du dir schon etwas anderes einfallen lassen.«

»Dann – dann meinen Bräutigam – den Kaufmann Eckhardt. Er will mich heiraten. Er wird mich erkennen und bezeugen, dass ich Katharina bin.«

»Der Kaufmann Eckhardt? Der seine entlaufene Braut sucht? Er hat eine Kopfprämie auf sie ausgesetzt.«

»Die könnt Ihr euch verdienen, ehrwürdiger Vater«, rief Katharina verzweifelt. »Liefert mich doch an ihn aus! Er wird es Euch danken!«

»Tatsächlich?« Benedictus rieb sich nachdenklich das Kinn. »Gut, wir werden ihn morgen als Zeugen vorladen. Und jetzt will ich schlafen!«

Er gähnte und riss dabei den Mund auf wie ein Fisch auf dem Trockenen. Schwerfällig wandte er sich der Treppe zu.

»Ehrwürdiger Vater!« Tobias kreischte auf und krallte sich

im Saum des Hemdes fest, das Benedictus unter dem Umhang trug. »Ihr wollt doch diesem Weib nicht etwa Glauben schenken?«

Benedictus stockte in seinem Schritt und schaute auf Tobias herab wie auf einen Wurm. »Was soll das, Bruder Tobias? Ich werde morgen die Wahrheit herausfinden. Aber es muss alles seine Ordnung haben. Wenn es Zeugen gibt, sollen auch Zeugen sprechen. Und du, lieber Bruder, solltest jetzt zur Andacht gehen. Mich deucht, es ist allerhöchste Zeit. Lass dieses Weib da hängen. Sie soll inzwischen darüber nachdenken, wer sie ist.«

Unentschlossen blickte Tobias zwischen dem sich entfernenden Propst und Katharina hin und her. Dann rappelte er sich auf und stolperte hinter Benedictus her.

Hilflos hing Katharina in den Ketten. Als sie allein war, verließ sie der Mut. Sie wimmerte leise vor sich hin. Der Schmerz war schlimm, die Verzweiflung schlimmer. Aber etwas anderes wühlte sie noch mehr auf. Maria war aus dem Kloster geflüchtet! Die stille, duldsame Maria! Was war geschehen? Sie war Gott versprochen – sie hatte Gott bestohlen?

Maria war ein sehr aufrichtiger Mensch, der Lügen hasste. Und doch hatte Maria gelogen, um Katharina zu helfen, damals, als Klaus gefangen gehalten wurde, als ihr Verhältnis ans Licht kam. Maria hatte sich für Katharina geopfert.

Welche Gewissensbisse musste sie verspürt haben! Und doch hatte sie zu ihrer Schwester gehalten.

Was war geschehen, dass sie aus dem Kloster geflüchtet war? So etwas würde Maria nur tun ... ja ... nur aus Liebe. Es musste jemanden geben, jemanden außerhalb des Klosters, den sie so sehr liebte, dass sie sich in eine derartige Gefahr begab.

Sie hatte Maria unterschätzt, sie hatte ihr Unrecht getan. Maria war ganz anders, viel weitherziger, viel edler als sie selbst. Katharina verspürte tiefe Reue. Dieser dumme Streit damals war so unnütz, war so hässlich, aber sie konnte nichts wieder rückgängig machen. Wenn sie doch Maria helfen könnte!

In der Tiefe dieses Kellers unter dem Thomaskloster gab es keinen Unterschied zwischen Tag und Nacht. Kein Sonnenstrahl drang jemals hinunter, und kein Laut drang aus den Mauern heraus. Wer weiß, wie viele Unglückliche hier schon gequält worden waren, nur weil sie etwas getan hatten, das die heilige Mutter Kirche nicht guthieß. War man deswegen ein böser Mensch? War man ein Verbrecher?

Katharina war sich sicher, nichts verbrochen zu haben. Sie wollte nur den Mann heiraten, den sie liebte.

Sie hörte den Riegel der Tür zurückschnappen und schlurfende Füße die Kellertreppe herunterkommen. Es war Bruder Tobias. Katharinas Körper spannte sich an. Von diesem unseligen Mönch erwartete sie nur Unheil.

Tobias brachte mehrere Pechfackeln mit und erhellte das Verlies. Katharina war sich nicht sicher, ob es derselbe Raum war, in dem Klaus gefangen gehalten worden war. Aber es war auch nicht von Bedeutung. Es gab keine Möglichkeit zur Flucht. Sie war diesem Irren hilflos ausgeliefert!

Tobias hielt die Fackeln hoch und erhellte den Raum. Mit Entsetzen bemerkte Katharina verschiedene grausige Gerätschaften, die einzig dazu bestimmt zu sein schienen, anderen Leid und Schmerz zuzufügen. Da gab es einen Kamin und einen Blasebalg, wo ein Feuer wie in einer Schmiede entzündet werden konnte. Da hingen Zangen und Eisen an der Wand, da lagen Ketten und Gewichte am Boden. Ein seltsames eisernes Pferd mit dem Rücken wie die Schneide einer Axt konnte seinen Reiter in zwei Hälften zerteilen. Ein gewaltiger Stuhl aus schwerem Holz war innen mit Eisen gespickt wie der Rücken eines Igels. Eine Holzpritsche konnte mittels einer Winde auseinandergezogen werden. Wehe dem, der sich darauf befand! Auch eine Leiter gab es, wie sie die Knechte daheim benutzten, um ein geschlachtetes Schwein daran aufzuhängen.

»Nun, mein Täubchen, wie du siehst, gibt es hier allerhand Spielzeug, das mir Spaß machen könnte anzuwenden.« Tobias steckte die Fackeln in die Wandhalterungen. »Aber mir steht nicht der Sinn nach Spaß. Es ist ein ernsthaftes Geschäft, gegen das Böse in der Welt anzugehen. Und du verkörperst das Böse.«

Er trat ganz nahe an sie heran, und Katharina drehte angewidert das Gesicht ab.

»Dein Hoffahrt wird dir nichts nützen, du dummes Weib. Mit einer geflüchteten Nonne hat niemand Mitleid. Wer Gott beleidigt, hat seine Strafe verdient.«

»Ihr wisst genau, dass ich nicht Maria bin«, fauchte Katharina ihn an. »Ihr wollt den Propst betrügen und ihm weismachen, ihr hättet Maria gefangen, nur um ihm zu gefallen. Schämt Euch, Ihr verlogener Diener Gottes!«

Tobias' schmaler Mund verzerrte sich im Zorn.

»Wie redest du mit mir, du verdammtes Weib? Ist es nicht gleichgültig, wer du bist? Ob diese Hure Katharina oder die entflohene Nonne Maria, ihr seid beide Hexen.«

»Der Propst scheint das anders zu sehen«, erwiderte Katharina. »Außerdem ist es doch ersichtlich, dass ich keine entflohene Nonne sein kann. Mein Haar ist viel zu lang.«

Der Mönch verharrte mitten in seiner Bewegung und starrte Katharina an. »Wahrlich, das Haar! Wie hast du das gemacht, dass es so lang und lockig ist? Hast du einen Zauberspruch dahergesagt, hast du ein Mittelchen aus der Hexenküche verwendet?«

»Unsinn! Schaut mich genau an, dann seht Ihr Euren Irrtum.«

»Irrtum?« Tobias neigte den Kopf wie ein Raubvogel, der seine Beute beobachtete. »Es gibt keinen Irrtum.«

Er hielt die Fackel ganz nahe an Katharinas Haar, das augenblicklich Feuer fing. In Todesangst schrie sie auf. Das Feuer fraß sich durch ihre honiggelben Locken, versengte und verschmolz sie zu schwarzen Klumpen. Ihre Schreie gellten durch das Gewölbe.

Fasziniert schaute Tobias zu. »Brenne, du Hexe. Nur Asche soll von dir übrig bleiben. Deine Seele soll in Rauch aufgehen und nichts wird mehr an deine Schönheit erinnern, mit der du die Menschen blendest.«

»Was tust du da?« Es war die herrische Stimme von Benedictus, die Tobias zusammenzucken ließ. Irritiert blickte er zur Treppe, die der Propst mit einem Gefolge von Chorherren heruntergeschritten kam. Zwei Schreiber waren dabei und ein Scharfrichter.

Tobias wich zurück, die Fackel immer noch in der Hand. Katharina wand sich in Schmerzen. Kopfhaut, Schultern und ein Teil des Gesichtes waren verbrannt.

Der Propst schüttelte missbilligend den Kopf. »Die Wahrheitsfindung ist Sache des Scharfrichters«, wies er Tobias zurecht.

Dieser krümmte sich wie unter Schlägen zusammen. »Aber Ihr habt mir versprochen ...«

»Schweig!« Benedictus ließ sich schnaufend auf einen Lehnstuhl nieder, den zwei Mönche die Treppe heruntergewuchtet hatten. Mit einer Handbewegung wies er den Schreiber an, von nun an alles zu notieren, was gesprochen wurde. Er wandte sich an Katharina.

»Schmerz ist etwas sehr Unangenehmes«, begann er in salbungsvollem Ton. »Wenn du klug bist, sagst du sofort die Wahrheit. Gib zu, dass du die entflohene Nonne Maria bist.«

Katharina, halb ohnmächtig vor Schmerzen, bewegte die Lippen.

Benedictus beugte sich vor. »Wie? Ich verstehe dich nicht!«

Einer der Mönche trat dichter an Katharina heran. »Wiederhole deine Worte«, forderte er sie auf.

»Ich – bin – Katharina«, brachte sie mühsam hervor.

»Sie sagt, sie sei Katharina«, wiederholte der Mönch, zu Benedictus gewandt.

Der Propst seufzte. »Du bist wirklich sehr verstockt. Aber zur Wahrheitsfindung gehört, dass du auch die Wahrheit sagst. Solange du lügst, muss ich leider die Folter anwenden, bis du gestehst. Ich tue es wirklich nicht gern. Ich bin ein Liebhaber von schönen Dingen, und ein entstellter Körper widert mich an. Maria, du trägst den Namen der Schmerzensreichen. Lass die edle Jungfrau in dein Herz und gestehe.«

»Ich – bin – Katharina. Der – Mönch hat – mein Haar – verbrannt.«

Benedictus warf einen unwilligen Blick auf Bruder Tobias, der klein wie ein Hund in der Ecke hockte. Dann faltete er die Hände über seinem Bauch, während die Perlen des Rosenkranzes durch seine Finger wanderten.

»Ich bin sicher, dass du Maria bist. Du bist verstockt, aufsässig und verlogen. So hat dich die Äbtissin geschildert. Warum gestehst du nicht endlich? Du ersparst dir die Tortour.«

»Ich – bin – Katharina«, wiederholte sie stereotyp. Sie stand kurz davor, die Besinnung zu verlieren.

Der Scharfrichter hantierte am Kamin und entzündete das Feuer. »Soll ich anfangen?« fragte er, zu Benedictus gewandt und ergriff eine der eisernen Zangen.

Der Propst hob die Hand. »Noch nicht. Maria, weil ich deinem Vater und deiner Mutter, Gott hab sie selig, zu Dank verpflichtet bin, gebe ich dir eine letzte Chance. Ich lasse den Kaufmann Eckhardt holen. Wenn du tatsächlich Katharina bist, dann wird er dich wohl erkennen.«

Wenig später wurde Eckhardt hereingeführt. Mit zusammengekniffenen Augen blickte er auf das geschundene Bündel, das in den Ketten hing. »Erkennt Ihr Eure Braut, werter Eckhardt? Sie behauptet immer wieder, sie sei Katharina.«

Mühsam öffnete Katharina die verschwollenen Augen. Ihr Blick suchte Eckhardt, der seinen ersten Schrecken überwunden hatte. Zögernd trat er näher und betrachtete sie. Dann schüttelte er langsam den Kopf.

»Nein. Das ist nicht meine Braut Katharina.«

Katharina bot alle Kräfte auf, die sie noch sammeln konnte. »Eckhardt! Schaut doch genau hin! Ich bin es, Katharina!«

Eckhardt trat ganz dich an sie heran. »So? Bist du das? Du wolltest mich nicht, und nun soll ich dir helfen, wo es dir an den Kragen geht? Du hast mich blamiert, mich lächerlich gemacht, mich bloßgestellt. Jetzt also bin ich gut genug für dich.«

Er sprach leise, zischelte zwischen seinen Zahnlücken hindurch.

»Eckhardt, rette mich«, flehte Katharina. Doch Eckhardt drehte sich zu Benedictus um.

»Es ist, wie ich sage, es ist nicht Katharina. Dieses Weib da muss die entflohene Nonne Maria sein. Katharina sah ganz anders aus. Sie hatte honigblondes Haar und eine liebreizende Figur. Nein, diese da ist nicht Katharina.«

»Nimm das zu Protokoll«, wies der Propst seinen Schreiber an. »Herr Eckhardt ist ein wichtiger Zeuge.«

»Darf ich gehen?«

Der Propst nickte. »Ihr seid entlassen, Herr Eckhardt. Und wir sind der Wahrheit wieder ein Stückchen nähergekommen. Nun benötigen wir nur noch das Geständnis der Angeklagten.«

»Ich – bin – Katharina.«

Benedictus seufzte. »Nun denn, Scharfrichter, in Gottes Namen!« Er winkte ihm mit seinen fetten beringten Fingern.

Zwei Folterknechte assistierten ihm, während der Scharfrichter in seiner grausigen Lederkluft eine Zange im Feuer erhitzte, bis sie rot glühte. Dann trat er an Katharina heran. Einer der Helfer riss ihren Rock entzwei, der andere packte ihren Leib und hielt ihn fest. Der Scharfrichter setzte die glühende Zange an ihr Bein. Es roch nach verbranntem Fleisch. Katharinas Schreie zerrissen Benedictus beinahe das Trommelfell. Dann verlor sie das Bewusstsein.

»Nicht doch«, beschwerte sich der Propst und nahm wieder die Hände von den Ohren. »Sie kann doch nicht reden, wenn sie ohnmächtig ist. Wasser! Wasser! Bringt sie wieder zu Bewusstsein!«

Jemand schüttete Katharina einen Eimer Wasser über den Körper. Sie zuckte und wand sich vor Schmerzen.

»Gestehst du, die Nonne Maria zu sein?«, fragte Benedictus.

Katharina bewegte die Lippen, aber kein Ton kam heraus. Ein junger Mönch trat zu ihr. »Im Namen unseres Herrn, so gestehe doch, Maria. Gott nimmt sich auch der Sünderinnen an. Aber er will die Wahrheit hören. So sprich sie endlich aus! Ich werde für deine Seele beten.«

Benedictus zog ein gelangweiltes Gesicht. Wie lange wollte diese verstockte Nonne ihn noch zum Narren halten?

»Streckt sie«, befahl er den Folterknechten. Diese hängten zwei schwere Gewichte an Katharinas Beine. Dann zogen sie an den Ketten, die ihre Arme fesselten. Sie zogen langsam, und langsam kam auch der Schmerz. Er steigerte sich ins Unerträgliche. Diesmal fiel Katharina nicht in eine gnädige Ohnmacht. Ab und zu ließen die Knechte die Kette nach, wenn sie bewusstlos zu werden drohte. Ihre Schreie wurden schwächer. Benedictus hob die Hand.

»Gestehe, dass du Maria bist!«

»Ich – bin – ….«

Er winkte kurz, die Kette ruckte an. Der Rest des Satzes ging im Schrei unter.

»Gestehe, dass du Maria bist!«

»Oh heilige Jungfrau, hilf«, schrie Katharina. »Mutter Maria hilf!«

»Sie hat es gesagt«, rief der junge Mönch. »Sie hat zugegeben, Maria zu sein.«

Benedictus erhob sich und trat zu Katharina. »Ich habe nicht richtig gehört. Sag, dass du Maria bist.«

»Ja, ja, ich bin es, Maria, Maria, Maria, Maria, Maria ... Maria.«

Sichtlich erleichtert wandte sich Benedictus ab. »Lasst sie herunter.«

Wie ein Sack fiel Katharina auf den Boden und blieb reglos liegen.

»Wir ziehen uns jetzt zur Beratung zurück. Morgen wird das Urteil gefällt.« Er ging zur Treppe. »Bruder Tobias, du wirst auch dabei sein.«

Der Raum war prächtig ausgestattet mit edlen dunklen Hölzern an den Wänden, mit kunstvoll verzierten Möbeln und großen Gemälden in prunkvollen goldenen Rahmen. Sie zeigten Szenen aus dem Alten Testament. In einem besonderen Erker erhob sich ein Kruzifix mit der Darstellung des gekreuzigten Heilands. Der ganze Raum atmete Kunstsinn und Erhabenheit. Durch die bunten, in Blei gefassten kleinen Scheiben drang das Sonnenlicht und malte farbige Kringel auf den Boden.

Zwölf edle Chorherren des Thomasklosters standen auf der einen Seite des Raumes an der Wand. In einer Ecke hockte zusammengekrümmt Bruder Tobias, die Kapuze seiner Kutte tief ins Gesicht gezogen. Er war der Einzige, der schwieg. Aber seine Sinne waren geschärft und er lauschte auf jedes Wort, das gesprochen wurde.

Benedictus lehnte sich auf die Armstütze seines Sessels und betrachtete mürrisch die Äbtissin, die vor Zorn bebend auf und ab lief.

»Ich habe alles in den Fluss werfen lassen, was an Maria erinnert«, schnaubte sie wütend. »Sie hat eine furchtbare Schande über uns gebracht. Wir haben die Zahl unserer Gebete an die heilige Jungfrau verdoppelt, um sie wieder versöhnlich zu stimmen. Maria hat den Tod verdient!«

»Gemach, gemach, liebe Schwester! Wir danken zunächst unserem Bruder Tobias, der die flüchtige Nonne aufgespürt hat und uns zurückbrachte. Leider mussten wir feststellen, dass sie sehr verstockt und verblendet war. Sie leugnete ihre eigene Person. Man sagt, dass sie mit einem Liebhaber auf einem Bauerngut untergekrochen war und mit diesem Mann dort in Schande lebte. Ihr habt wirklich sehr schlecht auf sie aufgepasst, liebe Schwester.«

Die Äbtissin zitterte und bebte am ganzen Leib, und es war ein Wunder, dass man bei ihrer dürren Gestalt nicht alle Knochen klappern hörte.

»Sie muss mit dem Teufel im Bunde sein, der ihr geholfen hat zu fliehen. Bislang ist dies noch keiner Nonne gelungen.«

»Ich hörte, sie sei übers Wasser geflohen. Doch wenn sie eine Hexe ist, dann kann sie nicht übers Wasser fliehen. Fließendem Wasser wohnen übernatürliche Kräfte inne. Sie bilden eine Barriere für Hexen und Geister.«

»Vielleicht wurde sie von einem Wassergeist verhext«, ließ die Äbtissin nicht locker. »Sie hat ja auch an der heiligen Quelle des Marienborns gehext. Diese dummen Leute sollten glauben, sie sei eine Heilige. So hat sie sie alle verblendet.«

Der Propst dachte nach. »Wir haben nur eine hochnotpeinliche Befragung durchgeführt, als deren Ergebnis sie gestand, die entlaufene Nonne Maria zu sein. Schreiber!«

Mit unbewegtem Gesicht entrollte der Schreiber das Pergament, auf dem er Marias Geständnis niedergeschrieben hatte und begann, es vorzulesen.

»Genug, genug«, winkte die Äbtissin ab. »Ich will endlich die Ehre unseres Klosters wieder hergestellt wissen. Die Hexe soll sterben!«

Benedictus schüttelte den Kopf. »Wir haben nicht festgestellt, dass sie eine Hexe ist. Dazu müssten wir sie einer erneuten Tortur unterziehen. Oder wenigstens erst einmal einer Hexenprobe. Allein das Sprudeln der Quelle kann nicht als Hexerei gelten. Habt Ihr sie durch die Luft fahren sehen? Vielleicht auf einer Weidenrute? Oder hat sie sich vor einem großen Stein verbeugt und das Vaterunser rückwärts gebetet? Hat sie sich in einen Hund und einen Hasen und in eine Katze und eine Biene verwandelt?«

Die Äbtissin hob die Arme zum Himmel. »Bruder Benedictus, ich verstehe Euch nicht! Hexerei ist ein einzigartiges Verbrechen gegen Gott, das nicht den üblichen juristischen Sicherheitsklauseln unterliegt. Es ist demnach zwingend notwendig, ein Geständnis unter der Folter zu erzwingen. Das Hexenwesen ist eine permanente Bedrohung des Christentums. Im Feldzug gegen die Häresie ist es erforderlich, alle Mittel auszuschöpfen. Nur Geständnisse, die unter extremen körperlichen Leiden gemacht werden, sind wirklich wahr und echt.«

Die Äbtissin rang erschöpft nach Luft nach ihrer feurigen Rede und ließ kraftlos die Arme hängen.

Benedictus überlegte. »Nun, erfahrungsgemäß ist eine Hexe ein altes Weib, hässlich und von scheußlichem Äußeren, die in einer heruntergekommenen Hütte am Fuß eines Hügels im Wald lebt. Sie sitzt häufig vor der Tür und spinnt und hat eine schwarze Katze oder Krähen auf dem Buckel, mit zwei, drei Besen und drei teuflische Saugwarzen, an denen sie die Kobolde nährt.«

Tobias zuckte zusammen. Genau so sah die Alte im Auwald aus, bei der Katharina Zuflucht gefunden hatte!

Die Äbtissin winkte ab. »Ihr wisst ebenso gut wie ich, Bruder Benedictus, dass der Teufel vielerlei Gesichter hat, auch vermeintlich schöne. Wichtig ist, was sie tun, ob sie Unheil stiften, das Vieh verhexen, Unwetter herbeizaubern oder gar den bösen Blick haben. Die Hagelschläge im Sommer haben Hexen zu verantworten und ebenso, dass das Wasser der Pleiße sich rot gefärbt hat. Man kann sie aber auch an dem erkennen, mit wem sie umgehen. Hat so ein Weib zum Beispiel einen Ziegenbock dabei, dann kann man davon ausgehen, dass es der Teufel in seiner Lieblingsgestalt ist.«

Sie griff unter ihre Tracht und zog etwas hervor, das sie mit der Faust umschlossen hielt. Sie streckte die Hand dem Propst hin und öffnete sie. Eine kleine Holzschnitzerei lag darin. »Wofür haltet Ihr das?«

Misstrauisch beäugte Benedictus die Schnitzerei. Es zeigte eindeutig vier Klauenfüße, einen Schwanz, einen Kopf und zwei Hörner. »Ein Ziegenbock?«

»Ein Ziegenbock«, höhnte die Äbtissin. »Nein, es ist der Herr der Unterwelt persönlich. Das trug Maria an Stelle eines Hexenmals bei sich. Ist Euch das nicht Beweis genug?«

Tobias hockte gespannt wie ein Bogen in seiner Ecke, verborgen durch seine Kutte. Ein Ziegenbock? Diese Alte im Wald lebte mit einem Ziegenbock zusammen. Katharina hatte bestimmt bei ihr das Hexenhandwerk gelernt. Er wusste, eine Hexe konnte nicht sterben, solange sie ihre Künste nicht an jemandem weitergegeben hatte. Ganz bestimmt war sie eine Hexe. Ob nun sie oder die entlaufene Nonne starb, es war egal. Sie waren beide Hexen. Wenn nur eine von beiden starb, würde das Gott für die begangene Häresie entschädigen.

Benedictus vermied es tunlichst, das kleine Holztier zu berühren.

»Ihr habt mich überzeugt, Schwester. Wir werden die Nonne einer Wasserprobe unterziehen, schon morgen. Gebt es in der Stadt bekannt. Unsere Brüder und Schwestern werden bis dahin beten und fasten.«

Niemand nahm Notiz von dem kleinen Bauernwagen mit dem müden Maultier davor, das in den Nachmittagsstunden durch das Peterstor in die Stadt fuhr. Ein Bauer führte das Tier, während seine Frau gebeugt auf dem Karren hockte. Die Leipziger Bürger und das Volk auf den Straßen und Gassen hatten ein ganz anderes Begehr. Endlich gab es wieder eine Hexe zu ersäufen!

Der bunt gekleidete Herold vor dem Rathaus verlas gerade eine dementsprechende Mitteilung. Die Leute scharten sich um ihn, um kein Wort zu verpassen.

»Was ist denn da los?«, fragte Maria.

Seit sie das Stadtgebiet betreten hatten, war sie von einer gespannten Aufmerksamkeit erfasst. Hans hatte sie gewarnt, nach Leipzig zurückzukehren. Es könnte sein, dass immer noch nach ihr gesucht würde. Doch nachdem sie in Dresden aufgrund des Todes des Herzogs keinen Erfolg gehabt hatten, wollte Maria wenigstens zum Vater zurückkehren und von ihm Unterstützung erbitten. Vielleicht konnte er sie mit Geld aus dem Kloster auslösen.

Hans fand dieses Ansinnen gefährlich. Deshalb war er besonders wachsam, seit sie sich innerhalb der Stadtmauern befanden. Doch niemand kümmerte sich um sie. Alle strebten zum Marktplatz.

Der Anblick ihres Vaterhauses berührte Maria tief. Aber um nicht aufzufallen, vermied sie es, dorthin zu gehen. Sie mischten sich unter die Leute auf dem Markt.

»... und so wird am morgigen Tag, bevor die Sonne aufgegangen ist, die Hexe an der Brücke über die Elster einer Probe unterzogen, wobei sie geschwemmt wird, bis entweder ihre Schuld oder ihre Unschuld erwiesen ist. Alles Volk von Leipzig und den Dörfern im Umkreis ist aufgefordert, an diesem Spektakel teilzuhaben und zu beten, dass das Böse von uns genommen und unsere Felder und das Vieh und das ganze Land befreit werden möge.«

»Eine Hexe?«, wunderte sich Maria. In dem Gedränge rempelte sie einen Mann an.

»Pass doch auf, Weib, und beuge dich vor den Höheren!«

»Verzeiht, Herr, es war nicht meine ...« Maria stutzte. Auch der Mann starrte sie irritiert an, dann bekreuzigte er sich schnell.

»Magister Siebenpfeiffer?«

»Maria?« Er starrte sie an wie ein Gespenst, dann glitt sein Blick sichtlich irritiert über ihre derbe bäuerliche Kleidung.

»Nein, das ist unmöglich!«

»Doch, ich bin es, bitte helft mir! Ich bin heimlich in die Stadt gekommen, weil ich ...«

»Still! Du bist ohnehin des Todes!« Sein stets blasses Gesicht wurde kalkweiß. »Wieso bist du hier? Wer ist dann die Hexe?« Er schlug sich an den Kopf. »Oh, mein Gott!«

»Aber was ist denn? Warum seid Ihr so durcheinander?«

»Schnell, fort von hier! Oh, mein Gott, mein Gott, es ist furchtbar!«

»Herr Magister, was habt Ihr denn?«

Doch Siebenpfeiffer packte Marias Hand und zog sie mit sich, heraus aus dem Getümmel. Kaum konnte sie nach Hans rufen, der im Gedränge von ihr getrennt worden war. Mit Ellenbogen und derben Flüchen bahnte er sich Platz, um Maria und dem Mann folgen zu können. Er würde ihm seine Braut entreißen und ihm den Schädel spalten, dazu war er entschlossen, doch er kam nur schwerlich hinterher.

Siebenpfeiffer zog Maria in eine stille Gasse hinter dem Markt. Hier holte Hans sie ein. Er packte den Magister am Mantel.

»Lass meine Braut los, sonst ergeht es dir schlecht, du Schlangenfurz! Bist du auch einer der Büttel dieses raffgierigen Propstes?«

»Was redest du da, Bauer? Weißt du nicht, wen du vor dir hast?«

»Hans, bitte lass ihn«, rief Maria in höchster Not und warf sich zwischen die Kämpfenden. »Er ist mein Lehrer und ein guter Freund meines Vaters. Er wird uns nicht verraten. Vielleicht kann er uns sogar helfen.«

Nur zögernd ließ Hans den keuchenden Magister aus seinem eisernen Griff. Siebenpfeiffer atmete mehrmals tief durch und richtete seine Kleidung.

»Es ist schon alles schlimm genug«, murmelte er und bedachte Hans mit einem wütenden Blick.

»Konnte ich ja nicht wissen«, verteidigte sich Hans und kratzte sich dann ein wenig verlegen am Kopf. Diese Filzkappe juckte entsetzlich. Wahrscheinlich hatte sich darin eine ganze Horde Läuse eingenistet.

»Maria, du bist in höchster Gefahr«, wandte sich Siebenpfeiffer an sie. »Der Herold da drüben hat eben dein Todesurteil verkündet.«

»Mein Todesurteil? Aber sie haben mich doch noch gar nicht gefangen? Woher wissen sie ...«

Aufgeregt gestikulierte der Gelehrte mit den Armen. »Begreifst du nicht? Sie haben jemanden gefangen, von dem sie annehmen, dass du es bist. Es hieß, eine entlaufenen Nonne aus dem Georgenkloster, die sich der Buhlschaft mit dem Teufel und der Hexerei schuldig gemacht habe.«

Maria wich zurück. »Hexerei? Buhlschaft mit dem Teufel? Ja, wer ist denn da noch aus dem Kloster entlaufen?«

»Niemand! Sie haben jemanden, von dem sie annehmen, das du es bist.«

»Katharina!« Maria packte vor Entsetzen Hans' Arm und presste ihre Fingernägel hinein. »Wisst Ihr etwas über Katharina?«

Siebenpfeiffer schüttelte den Kopf. »Ich vermute, dass Klaus etwas weiß, aber er hat mir nichts anvertraut. Ich weiß nur, dass er an den Sonntagen nie zur Messe erschien, sondern die Stadt verließ.«

»Dann gehen wir sofort, um ihn zu befragen«, rief sie erregt.

Doch Siebenpfeiffer bewegte sich nicht von der Stelle. »Er ist heute nicht zu den Vorlesungen erschienen. Ich weiß nicht, wo er steckt.«

»Maria, du kannst nicht hier in der Stadt bleiben«, fiel Hans ins Wort. »Es ist viel zu gefährlich.«

Maria schaute ihn traurig an. »Wenn es wirklich Katharina ist, die an meiner statt sterben soll, denn werde ich meines Lebens nicht mehr froh. Ich werde mich dem Propst stellen und den Irrtum aufklären.«

»Dann wirst du sterben«, rief Hans erregt.

»Ja«, antwortete sie seltsam gefasst. »Es ist Gottes Wille.«

»Das lasse ich nicht zu! Du darfst dich nicht opfern. Maria, ich liebe dich! Soll alles umsonst gewesen sein?«

»Ich liebe dich auch, Hans. Aber Katharina ist meine Schwester. Wenn sie an meiner statt stirbt, wirft das einen sehr dunklen Schatten auf unsere Liebe. Sie würde in diesem Schatten nicht gedeihen. Ich darf sie ihrem Schicksal nicht überlassen.«

Hans packte sie an den Armen. »Das Schicksal deiner Schwester überlass bitte mir. Sag mir lieber, wo du inzwischen bleiben kannst, wo du halbwegs in Sicherheit bist.« Er blickte den Magister an, doch der hob abwehrend die Hände.

»Ich muss Klaus suchen. Ich befürchte, wenn er erfährt, dass Katharina sterben soll, tut er sich auch etwas an.« Die Strenge im Gesicht des Magisters milderte sch. »Der Junge hat doch noch eine große Zukunft vor sich.«

»Mein Vater?«, fragte Maria zaghaft.

Siebenpfeiffer schüttelte den Kopf. »Der ist schon seit Monaten verschwunden. Wahrscheinlich befindet er sich auf einer Handelsreise.«

»In seinem Alter?«

»Mehr weiß ich leider auch nicht. Die Geschäfte führt der Prokurist, und Philomena ist auch verschwunden.«

Maria ließ den Kopf sinken. »Dann hilft alles nichts. Ich kenne niemanden, der mich verstecken würde. Was soll es auch nützen?«

»Maria, bitte denk nach! Ich werde nicht untätig bleiben, das verspreche ich dir.«

Plötzlich trat ein Leuchten in ihre Augen. »Ich kenne einen, der immer treu zu uns beiden gehalten hat. Der Thomas vom Kuhturm!«

»Na also! Wir werden sofort zu ihm fahren, und Ihr, Herr Magister kommt bitte mit Klaus morgen zu jener Brücke, wo Katharina gerichtet werden soll.«

»Was denkt Ihr denn? Sollen wir dieser Grausamkeit auch noch zusehen?«

»Ei gewiss! Ich brauche noch die Hilfe eines kräftigen Burschen. Und nun lass uns eilen, Maria! Die Zeit ist knapp!«

Hans trieb das müde Maultier mit einem Stock, um es zu einem schnelleren Schritt zu bewegen. Sie reihten sich in den Zug kleiner Händler und Bauern ein, die auf der Via Regia ihren Dörfern zustrebten. Am Gebäude des Kuhturms bogen sie von der Straße ab.

Thomas, der mit den Milcheimern hantierte und zunächst nur flüchtig aufgeblickt hatte, starrte die bäuerlich gekleidete Maria entgeistert an.

»Maria, wo kommst du her? Wieso trägst du diese Kleidung? Bist du die entlaufene Nonne, die man überall sucht?« Sein irritierter Blick streifte immer wieder Hans, den Fischer.

Maria legte bittend ihre Hand auf Thomas' Schulter. »So viele Fragen auf einmal, Thomas. Es ist etwas Schreckliches geschehen! Katharina soll an meiner statt gerichtet werden.«

»Nein!« Thomas wurde blass und wich zurück. »Aber ... aber das verstehe ich nicht. Hat Klaus sie verraten? Sie ging mit ihm, nachdem ich sie im Wald versteckt gehalten hatte. Katharina! Meine Katharina! Das müssen wir verhindern!«

Tränen traten in seine Augen und er geriet völlig außer sich.

»Deswegen sind wir hier«, versuchte Hans ihn zu beruhigen. »Ist es möglich, dass sich Maria bei euch versteckt halten kann, zumindest bis morgen?«

Thomas nickte eifrig. »Natürlich. Was habt ihr vor?«

»Katharina zu befreien. Aber es wird nicht ganz einfach.« Er betrachtete Thomas von oben bis unten. »Du schienst mir ein pfiffiger Bursche zu sein und körperlich gewandt.«

Eine steile Falte des Zorns grub sich in Thomas' Stirn. »Diesen Klaus werde ich vierteilen! Er hat mir fest versprochen, auf Katharina aufzupassen. Er erzählte von einem Rittergut, dessen Verwalter er kenne. Zu ihm wollte er Katharina bringen und sie vor ihrem angehenden Ehemann schützen. War das etwa eine böse Falle?«

»Das glaube ich nicht. Vielleicht ist ihm jemand von den Häschern des Propstes gefolgt, als er Katharina besuchte. Wir brauchen auch Klaus' Hilfe. Magister Siebenpfeiffer sucht ihn.«

Thomas schaute immer noch düster und misstrauisch drein. »Und wenn Klaus doch ein Verräter ist?«

Maria ahnte seine Gedanken und plötzlich tat ihr Thomas leid. Aber im Augenblick ging Katharinas Leben vor.

»Vertrau uns, Thomas. Hans weiß, was er tut. Uns allen liegt daran, meine Schwester zu retten.«

Langsam ließ sich Thomas besänftigen, und er wies Maria eine kleine Kammer im hinteren Bereich der Vorratshäuser zu. Hans blickte sich flüchtig um.

»Bleib hier, Maria, bis wir dich holen. Und bete, dass es uns gelingt. Bete!«

Zum Abschied nahm er sie in die Arme und küsste sie. Verlegen wandte Thomas den Blick ab. Maria hatte ihr Glück und ihre Liebe gefunden. Er ärgerte sich darüber, dass es ihm wehtat, aber er konnte seine Gefühle nicht ändern.

Maria kniete sich neben Mehlsäcken, Krautfässern und Rübenkörben nieder und versank in ein inbrünstiges Gebet, während Hans Thomas auf die Schulter klopfte.

»Komm, lass uns gehen. Es gibt noch einiges vorzubereiten.«

Thomas antwortete Hans mit einem schiefen Grinsen. Die Rolle des kühnen Ritters, der seine Angebetete vor dem sicheren Tod rettete, war ihm neu, aber nicht unangenehm. Auf diese Weise würde er bestimmt und endlich Katharinas Herz erobern. Sie brauchten den Studenten Klaus eigentlich nicht.

Währenddessen suchte Magister Siebenpfeiffer ruhelos die Stadt nach seinem Studiosus ab. Er ahnte, dass sich eine Tragödie anbahnte. Er hoffte nur, dass er Klaus davon abhalten konnte, irgendeine lebensgefährliche Torheit zu begehen. Und dazu musste er ihn erst einmal finden.

Klaus war nicht zu den Vorlesungen erschienen und in der Nacht auch nicht ins Quartier gekommen. Vielleicht war er auch wieder verhaftet worden und wurde in irgendeinem Keller gefangen gehalten. Mittlerweile traute Siebenpfeiffer dem Propst alles zu.

Seit Benedictus Klaus nur wegen seiner Liebschaft mit der Kaufmannstochter Katharina der Folter unterzogen hatte, gleichzeitig aber darüber hinwegsah, dass seine Mönche und Chorherren Stammgäste in den Bordellen und Badehäusern der Stadt waren, glaubte er an ein handfestes Motiv des Klosteraufsehers. Der Reichtum der Prellers war ihm seit jeher ein Dorn im Auge, und wahrscheinlich setzte er nun alles daran, diesen Reichtum seinem Kloster einzuverleiben. Hieronymus Preller war schon seit einiger Zeit verschwunden, und keiner wusste, wo er sich befand. Dass auch seine Kebse Philomena spurlos verschwunden war, ließ Spekulationen blühen.

Siebenpfeiffer war sich sicher, dass Benedictus seine Finger im Spiel hatte. Er wollte wenigstens Klaus, den er liebte wie seinen eigenen Sohn, aus diesen Machenschaften heraushalten.

Er suchte in allen Schänken, Gaststuben und Badehäusern, in den Bursen und zuletzt sogar in den Kirchen. In der Kirche des Paulinerklosters wurde er fündig.

Klaus kniete vor dem Altar, gramgebeugt und am Ende seiner Kräfte. Einen Moment lang betrachtete der Magister ihn voller

Zärtlichkeit und Mitgefühl. Solcher Art Gefühlsregungen hätte er sich sonst niemals gestattet. Nun aber überkam es ihn mit aller Gewalt. Er wollte alles dafür tun, um Klaus zu retten.

»Glaubst du, Gott billigt, dass du deine Vorlesungen schwänzt?«, fragte er mit strenger Stimme.

Klaus reagierte nicht. Verärgert trat Siebenpfeiffer näher und rüttelte an seiner Schulter. Klaus fiel einfach um. Seine Augen waren gerötet und standen voller Tränen, seine Hände zitterten vor Schwäche. Der Magister packte ihn und zog ihn in die Höhe.

»Willst du dich umbringen? Was willst du damit erreichen?«

Klaus versuchte sich schwach zu wehren. »Es hat alles keinen Sinn mehr«, flüsterte er. »Katharina ist verschwunden. Einfach so.«

»Also wegen eines Weibs benimmst du dich so. Sind dir nicht andere Werte wichtiger?«

»Doch, die Liebe. Sie ist das höchste Gut, das man einem anderen Menschen schenken kann. Sie hat mir ihre Liebe geschenkt und ich ihr meine.«

»Über der Liebe vernachlässigst du deinen Verstand.«

»Der Schmerz hat ihn mir geraubt. Ohne Katharina will ich auch nicht mehr leben.«

»Und deine Studien? Du hast dir hohe Ziele gesteckt!«

»Alles was ich tat, tat ich für Katharina. Ihr wollte ich eine Heimstatt bieten, mit ihr eine Familie gründen.«

Siebenpfeiffer schaute verwundert auf ihn herab. »Wolltest du nicht berühmt werden, ein geachteter Mann? Wolltest du nicht der hehren Justitia dienen?«

»Nur für Katharina. Sie sollte stolz auf mich sein.«

»Eitler Stolz ist das, nichts als eitler Stolz, von einem Weib bewundert zu werden. Ist dir die Liebe zu einem Weib so viel wichtiger als dein eigenes Leben?«

»Sie ist mein Leben! Ihr könnt das vielleicht nicht nachvollziehen, weil Ihr nicht verliebt seid. Liebe ist eine höhere Macht.«

»Unsinn! Die höchste Macht ist Gott!«, knurrte Siebenpfeiffer.

»Gott hat auch die Liebe geschaffen. Deshalb darf man sie nicht leugnen. Ich habe zwei Tage und Nächte Zwiesprache mit Gott gehalten, und er hat zu mir gesprochen.«

»So, so. Also Gott ist auf deiner Seite.«

»Aber Gott hat mir Katharina genommen. Sie ist verschwunden! Wahrscheinlich ist sie im Bach ertrunken und fortgespült worden.«

Siebenpfeiffer seufzte. Er würde Klaus nicht davon abbringen können. Er würde sich damit abfinden müssen.

»Was erzählst du für einen Unsinn? Aber Katharina wird ertrinken, wenn du nicht augenblicklich zur Vernunft kommst.«

Klaus riss die entzündeten Augen auf. »Was wisst Ihr?«

»Du dummer Junge! Ich weiß doch, dass du sie immer heimlich besucht hast, an einem Ort, den nur du kennst.«

»Wirklich?« Ein kleines Lächeln erhellte sein Gesicht, doch dann stürzten wieder Tränen aus seinen Augen. »Und nun ist sie tot!«

»Hast du mich nicht verstanden? Sie wird sterben, wenn du dich nicht augenblicklich zusammenreißt. Sie befindet sich in den Fängen des Propstes, der sie für ihre Schwester hält, die aus dem Georgenkloster geflüchtet ist.«

»Woher wisst Ihr das alles? Oh, ich muss sie retten!«

»Zunächst musst du dich selbst retten. Du bist viel zu schwach. Komm mit heim. Du musst dich stärken mit Brot und Bier und Speck. Du brauchst Kraft.«

»Aber ... aber dann ist es vielleicht zu spät!«

»Nun höre einmal auf deinen alten Lehrer! Auch wenn er nichts von der Liebe versteht, so hat er doch ein weiches Herz. Ein viel zu weiches Herz. Ich werde dir helfen. Aber du musst tun, was ich dir sage.«

Klaus nickte schwach und wankte an Siebenpfeiffers Seite zum Quartier. »Bitte erzählt, was Ihr wisst.«

Während sich Klaus stärkte, erzählte Siebenpfeiffer in knappen Worten von der angekündigten Hexenprobe, von Marias unerwartetem Auftauchen und dem ungeheuren Verdacht der Verwechslung der beiden Schwestern.

Klaus sprang auf. »Wir müssen zum Propst und den Irrtum aufklären«, rief er erregt.

»Nein, Marias Liebhaber scheint einen anderen Plan zu verfolgen. Wir sollen morgen zur Brücke kommen, wo die Hexenprobe stattfindet.«

Klaus rang nach Luft. »Erwartet Ihr von mir, dass ich zuschaue? Nein, das könnt Ihr nicht von mir verlangen!«

»Ich bat dich, endlich auf mich zu hören, Klaus! Mir erschien dieser junge Mann sehr vertrauenswürdig. Er wird Katharina retten, wenn ich auch noch nicht weiß, wie er es bewerkstelligen will, und wir sollen ihm dabei behilflich sein.«

Nur langsam konnte Siebenpfeiffer Klaus davon überzeugen, nicht kopflos in sein eigenes Unglück zu rennen. Geduld war nicht gerade Klaus' Stärke. Und so wurde die nächste Nacht für ihn zu einer schweren Probe.

Als sich die Nacht über die Stadt senkte, kniete Klaus in der kleinen Kammer nieder. Seine beiden Kommilitonen Melchior und Johann leisteten ihm Beistand. Zu dritt beteten sie für die beiden Schwestern. Magister Siebenpfeiffer hätte wohl einige juristische Einwände vorzubringen gehabt, aber er dachte daran, dass er im Hause des Hieronymus Preller immer gut behandelt worden war. Auch wenn er manche Meinung des Kaufmanns nicht teilte und viele Leute in de Stadt sagten, es sei ein unzüchtiges Haus wegen Philomena, seiner Geliebten, die sich wie eine Ehefrau aufführte, so waren die Spenden und Gaben, die sowohl Hieronymus als auch seine beiden Töchter großzügig verteilten, sehr willkommnen, sowohl den Armen und Bedürftigen der Stadt als auch dem Kirchensäckel.

So gesellte sich der Magister, nachdem er seine Vorbereitungen für den nächsten Tag erledigt hatte, zu den drei Studenten, um mit ihnen zu beten.

Siebenpfeiffer hoffte, dass das Kirchengericht selbst entschied und nicht, wie es manchmal üblich war, die juristische Fakultät der Universität zu Hilfe rief. Vielleicht hätte der Magister in diesem Fall sogar versuchen können, das Urteil anzuzweifeln, aber er glaubte nicht, dass er damit bei Benedictus durchgekommen wäre. Wenn das Kirchengericht einmal eine Hexe oder einen Zauberer ausfindig gemacht hatte, gab es für die oder den Unglücklichen keine Rettung. Besonders bei begüterten Angeklagten sah die Kirche zu, das Vermögen der Angeklagten einzuziehen, sobald sie schuldig gesprochen waren.

Außerdem war alles Volk empfänglich für derartige Sündeböcke. In diesem Sommer gab es Dürre und Hagel, Blitzschlag und totes Vieh, unbekannte Krankheiten und den Tod des Landesherrn. Dafür musste jemand verantwortlich sein, der mit dem Bösen im Bunde war. Das herauszufinden war Sache des Inquisitionsgerichts. Hexen und Zauberer leugneten Gott, brachten die heilige Weltordnung durcheinander und richteten immensen Schaden an. Jedem guten Christ musste es ein Herzensbedürfnis sein, Derartiges zu bestrafen.

In dieser Nacht gab es auch im Thomaskloster keine Ruhe. Alle Mitbrüder mussten die Zeit bis zum Morgengrauen mit Fasten und Beten verbringen. Propst Benedictus saß in seinem Gemach und studierte den *Malleus maleficium*[8]. Es war die berühmteste der Richtlinien zur Verfolgung von Hexen, und er suchte so viele Beweise wie möglich für die Schuld der Angeklagten.

8 »Der Hexenhammer« von Jakob Sprenger und Heinrich Kramer, das weit verbreiteste Werk zur Erkennung und Bestrafung von Hexen

Nicht allein die Flucht der Nonne aus dem Kloster, was eine unerhörte Untergrabung der Autorität Gottes gleichkam, sondern auch diverse andere Beweise verstärkten die schwere Schuld der Angeklagten.

Eine der Marienmägde hatte ausgesagt, sie hätte beobachtet, wie Maria des Nachts heimlich in die Klosterapotheke geschlichen sei, um dort aus verschiedenen Ingredenzien einen Zaubertrank zu mischen, den sie zu sich genommen habe. Bald darauf hätte sie einen Besen ergriffen und wäre damit zum Kamin hinausgefahren. Es war ein eindeutiger Beweis, den man nicht weiter untersuchen musste. Die Zeugin war eine der Marienmägde, die schon seit ihrer Kindheit im Kloster lebte und somit ernst zu nehmen war.

Auch die Äbtissin galt als Zeugin, die von dem angeblichen Wunder der sprudelnden Marienquelle berichtete, was nichts weiter als eine böse Hexerei war. Das Beschwören von Wassergeistern und Dämonen war für eine geübte Hexe eine Kleinigkeit. Der dumme Pöbel hielt sie für eine Heilige, und sie ließ sich tatsächlich von ihnen anbeten. So viel Anmaßung musste bestraft werden.

Es hätte wohl einen Aufschrei der Empörung unterm Volk gegeben, würde er so eine Hexe weiter ihr Unwesen treiben lassen. Wer sollte die armen Menschen denn vor diesen Unholdinnen schützen, wenn nicht die Kirche?

Er ging die Fragen aus dem *Malleus maleficarum* noch einmal durch, betreff der Bekenntnisse, wie lange denn der Teufel schon zu ihr gekommen sei, was er begehrte und warum sie eingewilligt habe; in welcher Gestalt der Teufel gekommen sei, was er über sie gegossen habe und woher er es genommen habe, wie oft sie es mit dem Buhlteufel getrieben habe und auf welche Weise, wie oft sie die heilige Hostie wieder aus dem Mund genommen habe; welche spöttischen Namen sie dem hochgeliebten Herrn, der Jungfrau Maria und anderen Heiligen gegeben habe, wie oft sie ausgefahren sei[9] und auf welche Art; ob sie am Hexensabbat teilgenommen habe und wie viele Leute da waren; ob sie nackt gewesen sei dabei und was gegessen wurde, ob sie die Leichen von Kindern ausgegraben und sie beim Sabbat verzehrt habe; ob sie böses Wetter gemacht und Hagel und Blitzschlag über das Land habe kommen lassen; ob sie die teuflischen Zusammenkünfte genossen habe und ob der Teufel dabei still oder laut gewesen sei.

Unter der Folter konnte die Nonne das Vaterunser nicht aufsagen, sonder stammelte nur unverständliches Zeug. Wieder ein Beweis! Es waren wohl Zaubersprüche und Verwünschungen.

Nein, es gab nicht den geringsten Zweifel, dass Maria eine Hexe war und somit den Tod verdient hatte. Morgen in aller Frühe würde das Urteil vollstreckt werden. Das Schwemmen war ein Gottesurteil, das unzweifelhaft bewiese, wer eine Hexe war.

Zufrieden klappte Benedictus das Buch zu und gähnte. Je mehr Leute anwesend waren, umso besser. Solche Urteile sollten abschrecken, sollten den zunehmend zweiflerischen Christen vor Augen führen, wohin es führte, der Geistlichkeit abtrünnig zu werden. Die Mächte der Finsternis lauerten überall, und es war die heilige Pflicht der Kirche und ihrer Diener, sie auszurotten.

Wohl der übel musste auch der Propst den Rest der Nacht im Gebet in der Kirche verbringen. Lieber hätte er einen guten Tropfen Wein zu sich genommen und ein paar der Chorknaben bringen lassen, aber diesmal musste er seine Gelüste hintanstellen.

Auf dem Gang traf er Tobias, der wie ein schwarzer Schatten an der Wand entlanghuschte.

»Bruder Tobias, wieso befindest du dich nicht in der Kapelle zum Gebet?«, wunderte sich Benedictus.

Tobias krümmte sich zusammen. »Ich ... ich wollte nach der Hexe schauen.«

9 d.h. durch die Luft geflogen

»Das ist nicht deine Aufgabe«, wies der Propst ihn streng zurecht. »Du hattest deine Zeit gehabt, durftest sie befragen. Das muss genügen.«

Tobias winselte leise. »Es hat nicht gereicht. Sie ist verstockt und halsstarrig. Außerdem ... außerdem gibt es da noch Unklarheiten.«

»Du sprichst in Rätseln. Sie ist überführt. Sie hat gestanden.«

»Und wenn sie nicht Maria ist?«, fragte Tobias vorsichtig.

»Unsinn! Sie ist die flüchtige Nonne. Es gibt genug Zeugen aus dem Georgenkloster: die Äbtissin, einige andere Nonnen, die sie unzweifelhaft wiedererkannt haben. Lass es genug sein. Ich dulde nicht, dass du noch einmal zu ihr gehst.«

Tobias warf sich dem Propst vor die Füße. »Morgen wird sie gerichtet, dann ist sie weg, tot, für mich verloren!«

»Was hast du nur? Sie darf dich nicht interessieren. Dass ich dir gestatte, Gefangene selbst zu verhören, ist reine Gutmütigkeit. Ich weiß, was dir Freude macht, Bruder Tobias. Aber diese Freude auf Erden ist nichts im Vergleich zu den Freuden des Paradieses, die dich erwarten, wenn du auf Erden gottgefällig lebst. Du musst Enthaltsamkeit üben, Demut, Gehorsam. Wir übergeben Maria Gottes Gerechtigkeit. Es sollte dein Gewissen nicht belasten.«

»Aber ... aber es ist doch Katharina. Sie ... sie verwirrt meinen Geist. Sie ... ist eine Hexe, weil sie mir ihre Reize zeigt und mich verführen will. Ich muss sie züchtigen. Ich muss sie bannen. Sie darf mich nicht begehren.«

»Mir scheint, dein Geist ist bereits verwirrt. Begib dich in Kontemplation, Bruder. Versinke im Gebet! Und banne alles Weibliche aus deinen Gedanken. Das Weib ist nun mal schlecht von Natur, da es schneller am Glauben zweifelt und dadurch zur Hexerei neigt.«

Tobias krallte sich im Gewand des Propstes fest. »Vergebt Ihr mir, ehrwürdiger Vater?«

»Natürlich vergebe ich dir, Bruder Tobias. Du hast sie gefunden, das ist dein Verdienst, und sie der gerechten Strafe zugeführt. Alles andere ist nicht deine Aufgabe. Gottes Wohlwollen ist dir gewiss und meines auch.« Er warf ihm einen strengen Blick zu. »Mehr aber nicht!«

Tobias blickte dem Propst nach, wie dieser zur Kapelle ging, um für die verlorene Seele zu beten. Gott würde ihm den Ungehorsam verzeihen. Der Propst würde ihm verzeihen. Hexe bleibt Hexe. Tobias war der Einzige, der wusste, dass Maria eigentlich Katharina war!

Die Nacht lag noch wie ein schwarzes Leichentuch über der Stadt und war nicht dem Morgen gewichen, als sich die Pforte des Klosters der Marienmägde öffnete. Ein langer, unheimlicher Zug verschleierter Nonnen erschien. Bußgesänge erklangen und laute Gebete wurden gemurmelt. Wie eine schwarze Raupe bewegte sich der Zug durch die taufeuchten Wiesen und die Nebel, die am Boden krochen.

Ein zweiter Zug schwarz gewandeter Mönche kam vom Thomaspförtchen her und vereinigte sich mit dem Zug der Nonnen. In ihrer Mitte ging Katharina, barfuß, in ein weißes Büßergewand gekleidet und mit gefesselten Händen. Die überstandene Folter hatte sie geschwächt und verunstaltet, und sie taumelte willenlos zwischen den gewappnteten Knechten, die sie führten.

Ihre Gedanken eilten zu Maria und sie hoffte, dass ihr Opfer die geliebte Schwester retten würde. Maria, die Stille, Duldsame, sollte endlich auch das Wunder und die Freuden der Liebe erfahren, so wie sie sie erfahren hatte.

Klaus! Er war noch jung und würde bald eine andere Geliebte finden. Er sollte sie nicht ganz vergessen, denn die Liebe zwischen ihnen war wunderbar, so rein, voller Lebenslust und Natürlichkeit gewesen. Es gab nichts, dessen man sich schämen und das man bereuen musste.

Vater! Wo war er? Was war geschehen? Er war immer so gut zu ihr gewesen. Auch dass er ihr einen alten Ehemann vermittelt hatte, nahm sie ihm nicht übel. Schließlich wollte er sie gut versorgt wissen, und Eckhardt war ein begüterter Mann. Vater hatte nur an ihr Wohlergehen gedacht.

Amme! Sie hatte sie geliebt, die kleine, kugelrunde Frau, deren Brüste sie gesäugt, deren Arme sie gewärmt und deren Strenge sie erzogen hatte.

Ja, sie dachte sogar an Philomena, die ihr die Welt des Tanzes, der Kunst und des Feinsinns nahegebracht hatte, die ihr eine Freundin war und der schöne Mittelpunkt der Familie.

Thomas erschien vor ihrem geistigen Auge, der Freund aus Kindertagen, der sie nie im Stich gelassen hatte, der heimlich in sie verliebt war, das wusste sie, und der ihr doch geholfen hatte, als Klaus mit ihr flüchtete.

Klaus! Sie begann zu weinen. Ihr Opfer wurde ihr leichter fallen, wenn Klaus nicht wäre. Ihr Herz war zerrissen zwischen ihrer Liebe zu Klaus und ihrer Liebe zu Maria. Sie konnte nicht sagen, welche schwerer wog. Doch die Entscheidung fiel ihr trotzdem leicht. Klaus würde leben und irgendwann eine neue Liebe finden. Doch Maria würde sterben, wenn Katharina sich nicht an ihrer statt opfern würde. Es gab ohnehin kein Zurück. Die Liebe zu ihrer Schwester würde ihr den Mund verschließen – bis in den Tod!

Weit im Westen der Stadtmauern gelegen, inmitten der sumpfigen Aue, wo sich der rauschende Elsterfluss in zwei Arme teilt, überspannte eine Brücke den östlichen Elsterarm. Ringsum waberte Nebel über den Wiesen und das Grau des erwachenden Morgens verbreitete ein fahles Licht. Nach dem Westen zu wich langsam die Nacht mit ihrem kühlen Hauch. Der Wald stand wie eine dunkle Wand.

Trotz der frühen Stunde hatte sich eine große Menschenmenge eingefunden, um der Hexenprobe beizuwohnen. Sogar der Bürgermeister und hohe Stadthonoratioren waren dabei. Ihnen lag es natürlich am Herzen, ihre Stadt sauber von Hexen zu halten und damit die Ordnung zu sichern.

Mit Schaudern und doch von einer grausamen Neugier getrieben, drängten sich die Menschen am Ufer des geteilten Flusses. Es wurden sogar Wetten darauf abgeschlossen, ob die Hexe unterging, was ihre Unschuld beweisen würde, oder ob sie obenauf schwamm. Einer wusste mit Bestimmtheit zu berichten, dass eine Hexe wie ein Fass auf dem Wasser schwamm, obwohl sie gebetet hatte, unterzugehen und immer wieder ihre Unschuld beteuerte. Daran könne man sehen, wie verlogen Hexen seien und was für ein Übel für die Menschheit.

»Ich glaube nicht, dass Maria eine Hexe ist«, widersprach eine Frau. »ich kenne sie von Kindheit an. Sie war stets fromm und mildtätig und hatte für jeden ein freundliches Wort. Sie kam ganz nach ihrer Mutter, die vor aller Welt auf dem Marktplatz einem armen Gaukler zu Hilfe eilte und ihn in Schutz nahm. Gott hab sie selig, aber so einen gutherzigen Menschen findet man selten.«

»Wer sagt denn, dass sie als Hexe geboren war? Warum ist sie denn aus dem Kloster geflüchtet? Weil der Teufel sie verführt hat und sie eine Buhlschaft mit ihm eingegangen ist. Und wenn es erst einmal so weit ist, dann ist es zu spät. Sie hat gestanden, dass der Gehörnte ihr zur Flucht verholfen hat, und man sagt, sie sei hinaufgefahren zum Hexensabbat. Zumindest in diesem Sommer hat sie allerlei Unheil angerichtet und Wetter gezaubert. Beil Altenburg soll sie sogar einen Blitz in eine Kirche gelenkt haben, bis sie abbrannte. Schlimmer kann man Gott nicht leugnen.«

»Wir werden sehen, wer Recht behält«, entgegnete die Frau und die Umstehenden murmelten beifällig. Keiner wollte sich das aufregende Spektakel entgehen lassen. Kinder krallten sich an die

Röcke ihrer Mütter, andere Frauen hielten schlafende Kleinkinder auf ihren Armen, und Männer standen in kleinen Gruppen und diskutierten eifrig. Selbst eine Abordnung der juristischen Fakultät der Studenten hatte sich eingefunden, unter ihnen Magister Siebenpfeiffer und Klaus. Es kostete Klaus fast übermenschliche Kräfte, sich auf den Beinen zu halten. Seine Knie schlotterten, und ein eiserner Ring schien seine Kehle zuzudrücken.

Das Gesicht des Magisters blieb ausdruckslos, nur seine Augen suchten unauffällig die Zuschauer ab, ob er nicht diesen Mann wiederfand, der in Marias Begleitung gekommen war. Und dann sah er ihn. Er trug noch immer die unauffällige Bauerntracht und schlenderte in aller Ruhe über die Brücke, die alsbald zur Richtstätte werden sollte. Mit den Augen suchte er Kontakt zu Siebenpfeiffer, und als er ihn erkannte, blinzelte er mit dem linken Auge. Dann winkte er mit einer leichten Kopfbewegung zum linksseitigen Ufer der Elster. Siebenpfeiffer hatte den Wink verstanden, schob Klaus unauffällig vor sich her, bis sie die andere Seite der Brücke erreichten.

»Ist dies der Studiosus Klaus?«, fragte Hans leise.

Siebenpfeiffer nickte.

»Psst!«, zischte Hans, als Klaus den Mund zu einer Frage öffnete. »Komm mit, aber unauffällig!«

Fragend blickte Klaus den Magister an, doch der hatte sich schon wieder umgedreht und schlenderte zu den anderen Studenten zurück.

Nur wenige Schritte von der Brücke entfernt mündete ein kleiner Nebenarm in die Elster ein. Sein Ufer war von dichtem Gebüsch, Brennnesseln und schneidendem Gras gesäumt. Hans bahnte sich einen Weg durch das Gestrüpp. Am liebsten wäre Klaus davongelaufen. Was hatte das zu bedeuten? Während sich das neugierige Volk um die Brücke scharte, war es hier still und einsam. Nur der Wind bewegte die die Nesseln mit ihren garstigen

Blättern. Klaus kratzte sich verstohlen. Zu seiner Überraschung gewahrte er unten im Wasser einen Kahn, und darin stand – »Thomas!«

»Pssst!«, warnte ihn Hans zum zweiten Mal. Er bedeutete Klaus, in das Boot zu steigen. Dann hockten sich alle drei nieder.

»Also, hört genau zu«, sagte Hans. »Ihr beide müsst das Boot genau hier an der Mündung vertäuen, aber so, dass ihr es auch schnell wieder lösen könnt. Zwar ist es nicht weit bis zur Brücke, aber es kann sein, dass Katharina trotzdem viel Wasser schluckt und sie mehr tot als lebendig herauskommt.«

»Was hast du vor?«, wollte Klaus wissen.

»Ich schwimme mit einem Seil von hier aus bis zur Brücke. So viel ich weiß, wird die Verurteilte stromabwärts gestoßen, so dass die Leute auch dahin schauen werden. Ich tauche unter, sobald sie ins Wasser gestoßen wird und schneide sie vom Seil los.« Er hob ein dolchähnliches Messer empor. »Dann schlinge ich dieses Seil um sie und ihr müsst sofort schnell ziehen, bis sie hier ankommt. Hievt sie ins Boot und klopft ihr das Wasser aus dem Hals. Sie wird viel davon geschluckt haben.«

Klaus riss seine Augen auf. »Und wenn es jemand sieht?«

»Es darf uns niemand sehen. Ihr rudert sofort stromaufwärts, bis der Seitenarm wieder in die Elster mündet. Wartet nicht auf mich, ich werde euch schon finden. Hauptsache, Katharina befindet sich in Sicherheit.«

»Das kann niemals klappen«, rief Klaus erregt. »Das ist Wahnsinn! Sie wird sterben.«

»Sie wird auch so sterben. Wenn du ein Hasenfuß bist, dann geh zur Brücke und schau zu, wie sie ersäuft wird wie ein Hund. Glaubst du etwa nicht an ihre Unschuld?«

»Natürlich! Aber ich begreife immer noch nicht, warum Katharina für Maria sterben soll. Wo ist Maria?«

»Bei mir«, erwiderte Thomas.

»Warum geht sie nicht zum Propst und klärt die Verwechslung auf?«

»Dann wird sie sterben. Katharina hat sich freiwillig für Maria geopfert. Schau dir diese hysterische Menge an. Sie wollen eine Hexe sterben sehen. Zu viel Unheil ist in diesem Jahr geschehen, und sie glauben, damit Gott besänftigen zu können.«

Klaus senkte den Kopf. »Davon war auch ich bislang überzeugt. Schließlich studiere ich die Jurisprudenz. Soll das alles falsch gewesen sein?«

»Jetzt ist keine Zeit, philosophische Gedanken zu wälzen. Pack lieber richtig an, damit Katharina schnell aus dem Wasser kommt, ohne vorher aufzutauchen, denn dann würde sie als schuldig gelten.«

»Das geht nicht gut«, klagte Klaus.

Thomas warf ihm einen missbilligenden Blick zu. »Wenn du Angst hast, dann hau ab! Hans riskiert sein Leben und ich auch, um die Schwestern zu retten. Du spielst dich nur auf, wenn du sie besteigen kannst wie ein Platzhirsch.«

»Streitet nicht, sie kommen!« Hans hob die Hand und gebot ihnen zu schweigen. Dann entledigte er sich seines groben Bauernkittels, steckte das Messer in den ledernen Gürtel seiner Hose und beugte sich über den Rand des Kahns. Von der äußersten Spitze aus konnte er um die Mündung blicken und zur Brücke. Dort herrschte mittlerweile großes Gedränge. Als der Zug der Mönche und Nonnen mit Katharina sich näherte, verstummte der Lärm. Ein entsetztes Raunen ging durch die Zuschauer.

»Sie war wohl schon im Fegefeuer«, flüsterte eine Frau angesichts Katharinas versengtem Haar und den entstellenden Wunden am Kopf.

»Jetzt sieht man, dass sie eine Hexe ist, abscheulich und hässlich«, ließ sich ein Mann vernehmen. »Ihre Schönheit war nur Tarnung.«

Hans hatte sich das Ende des langen Seils um die Hüfte geschwungen und ließ sich lautlos ins Wasser gleiten. Mit ausholenden Armbewegungen schwamm er aus der Mündung des Seitenarms in den Fluss und ließ sich mit der Strömung treiben. Immer wieder tauchte er in die Tiefe und benutzte ein dünnes Rohr zum Atmen, dessen oberes Ende aus dem Wasser ragte. Er würde es Katharina in den Mund stecken, damit sie es bis zur Mündung schaffte. Für einen winzigen Augenblick beschlichen ihn Zweifel ob des wahnwitzigen Unterfangens. Klaus hatte Recht, es war Wahnsinn! Doch es gab keine andere Möglichkeit. Der Propst würde nie einen Fehler eingestehen und musste der blutgierigen Meute ein Opfer hinwerfen. Zu tief saß die Angst und Furcht in den Herzen der Menschen, als dass sie Mitleid mit einer Hexe gehabt hätten.

Alle wichen zurück, als der Zug an der Brücke hielt. Würdevoll und mit strenger Miene betrat Propst Benedictus die Brücke. Der Kreuzträger stellte sich an seine Seite, als er die Hände zum Himmel hob.

»Gott ist mein Zeuge, dass wir gefastet und gebetet haben, um für die Seele der Unglücklichen zu bitten. Aber sie hat so schwere Schuld auf sich geladen, dass es keinen anderen Weg gibt, um Gott zu versöhnen. Sie hat gestanden, die flüchtige Nonne Maria zu sein, die aus der Obhut der Marienmägde mit Hilfe des Teufels persönlich ausgefahren ist. Zuvor hat sie sich schon diverser Hexereien schuldig gemacht. Die Schande für das Kloster muss gesühnt werden, und Maria wird ausgestoßen aus dem Schoß der Kirche. Die Exkommunikation ist bereits erfolgt, und so sie durch das Schwemmen noch der Hexerei eindeutig überführt wird, wird ihr Leichnam nicht in geweihter Erde bestattet werden.«

Er breitete nun die Arme aus, während Katharina von den Knechten grob auf die Brücke gezerrt wurde.

»Maria, gestehe vor all diesen Menschen, denen du Schaden zugefügt hast, dass du eine Hexe bist, dass du Hagel und Blitz auf sie hernieder gezaubert hast, dass du Gott verleugnet und dich selbst als Heilige hast feiern lassen. Gestehe deine Buhlschaft mit dem Teufel und dass er dich verleitete, Gott abzuschwören und dich dem Bösen zuzuwenden. Gestehe, dass du es mit dem Teufel getrieben und dabei große Lust empfunden hast.«

Katharina riss die gefesselten Hände hoch. »Scheusale seid ihr alle, die ihr euch am Leid Unschuldiger ergötzt! Scheusale seid ihr, die Unschuldige quälen, bis sie vor Schmerz gestehen, was ihr hören wollt. Mörder seid ihr, die unbedingt ein Opfer suchen, um eure abscheulichen Gelüste zu stillen. Ich bin unschuldig! Unschuldig! Unschuldig!«

»Genug!« Das Gesicht des Propstes lief zornesrot an und er keuchte. »Gott wird über Schuld und Unschuld richten. Aber jeder wird sich wohl sein eigenes Urteil gebildet haben.«

»Nieder mit der Hexe!« – »Ersäuft sie endlich!« – »Lasst Gott sprechen!« – »Sie ist schuldig!« Die Rufe wurden immer lauter.

Benedictus gab ein Zeichen mit der Hand. Die Henkersknechte packten Katharina und zogen sie derb herab. Ihre ohnehin gefesselten Hände wurden an die Füße gebunden, der rechte Daumen an den linken großen Zeh, der rechte große Zeh an den linken Daumen. Dann banden sie sie an ein langes Seil und hoben sie wie ein Lumpenbündel hoch.

Als Katharina das schwarze Wasser unter sich sah, griff die Todesangst nach ihr. Sie wollte sich wehren, doch die Fesseln waren grausam eng. Ein eisiger Ring legte sich um ihren Brustkorb, und sie schickte ein Stoßgebet zum Himmel, Gott möge ihr Leiden nicht weiter verlängern.

»Maria, verzeih mir!«, waren ihre letzten Worte.

Die aufgebrachte Menge schrie auf, als die Hexe roh über das Brückengeländer in die dahineilenden Fluten der Elster geworfen wurde. Das Wasser teilte sich, wie mit zwei schlangenähnlichen

Arme nahm der Fluss sein Opfer auf. Einige Augenblicke lang bauschte sich Katharinas heller Büßerkittel auf und es sah aus, als würde das Wasser sie wieder freigeben. Dann jedoch verwischte der Fleck, und die Wellen schlossen sich über ihr.

Der Aufruhr

Das Wasser war kalt und sehr trüb. Hans musste immer wieder auftauchen, um sich zu orientieren. Obwohl es zu Fuß nicht weit war von der Brücke bis zur Mündung des schmalen Seitenarms, das Schwimmen raubte ihm die Kräfte. Zudem hatte sich das Seil, das er hinter sich herzog, voll Wasser gesogen und wurde allmählich schwer wie Blei. Es hinderte ihn daran, schneller vorwärtszukommen.

Wieder kamen Zweifel in ihm auf, ob das Unterfangen glücken würde. Wenn der tobende Mob ihn entdeckte, wäre sein Leben keinen Pfifferling wert. Er sah die Fackeln auf der Brücke und Katharina in einem hellen Kittel aus Nessel. Er konnte nur hoffen, dass er sie dadurch im trüben Wasser des Flusses besser orten würde.

Zum Glück für ihn wandten ihm alle den Rücken zu. Der östliche Arm der Elster floss in Richtung Osten der Stadt zu. Hans näherte sich aus westlicher Richtung mit der Strömung. Das mochte ihm jetzt den Weg erleichtern, dafür würde es nachher umso schwerer werden, wenn sie Katharina herausziehen würden. Wenn ...

Hans klemmte das Stückchen Rohr zwischen die Zähne, tauchte wieder unter und ließ sich mit der Strömung treiben. Bald musste er die Brücke erreicht haben. Als er vorsichtig auftauchte, befand er sich wenige Schritte davor. Sein Blick ging nach oben, wo jetzt der Propst mit erhobenen Händen stand und zu den Leuten sprach.

Ihn schauderte, dass so viele Menschen ein junges Weib sterben sehen wollten. Jeder von ihnen war wohl froh, dass es ihn nicht selbst traf und dass es jemanden gab, dem sie die Schuld für alle Unbilll zuschieben konnten. Im Schatten der Brücke duckte er sich und tastete nach dem Messer in seinem Gürtel. Es musste ganz schnell gehen, wollte er Katharina lebend herausbekommen.

Der Schrei der Gaffer signalisierte Hans, dass Katharina ins Wasser geworfen wurde. Er sah etwas Helles fallen, das sich aufbauschte. Kräftig stieß er sich ab und riss die Augen weit auf, um etwas zu erkennen. Die bräunliche Trübe ließ alle Konturen verschwimmen. Etwas über sich gewahrte er einen hellen Schimmer. Der Nesselstoff wirkte wie ein Segel, hatte sich voll Luft gepumpt und hinderte den Körper daran zu versinken. Mit einer Hand packte Hans Katharina, bekam den Kittel zu fassen und zog sie in die Tiefe. Gleichzeitig riss er das Messer aus dem Gürtel. Ihre Hände und Füße waren so gebunden, dass er nicht sehen konnte, wohin er schnitt. Er wollte sie nicht verletzen. So beschränkte er sich darauf, das Seil, an dem sie festgebunden war zu kappen. Hastig schlang er nun sein eigenes Seil um sie und zog sie gegen den Strom unter der Brücke weg. Sie war schwer wie ein Mehlsack und wehrte sich mit ruckartigen Bewegungen. Luftblasen stiegen aus ihrem aufgerissenen Mund. Mit einer Hand versuchte er, ihren Körper unter Wasser zu halten, mit der anderen presste er ihr das Röhrchen in den Mund. Doch Katharina spie es aus, und es verschwand mit den Luftblasen im Strom. Wollte er sie nicht ertrinken lassen, musste sie atmen. Er fasste ihren Kopf und drückte ihn nach hinten. Dann tauchte er mit ihr auf. Röchelnd rang sie nach Luft. Sie hustete und würgte und wehrte sich.

»Ruhig, ich helfe dir«, keuchte Hans. »Wir müssen tauchen. Atme tief ein!«

Zu diesem grausigen Bündel zusammengeschnürt, war es Hans unmöglich, normal mit ihr zu schwimmen. Er musste gegen die

Strömung ankämpfen und gegen die Schwere ihres Körpers. Immer wieder kippte sie vom Rücken auf die Seite. Endlich bemerkte er eine Straffung des Seils. Klaus und Thomas zogen am anderen Ende. Noch einmal drückte er Katharinas Kopf zum Luftholen nach oben. Sie würgte und krächzte. Plötzlich löste sich das Seil und er bekam sie gerade noch zu fassen, bevor sie mit der Strömung abtrieb. Auch sein Messer hatte er verloren. Er konnte ihre Fesseln nicht trennen!

Es waren übermenschliche Kräfte, die er mobilisierte. Längst wusste er nicht mehr, ob das Bündel, das er in seinen immer steifer werdenden Fingern hielt, noch am Leben war. Sein einziges Ziel war, um die Mündung zu gelangen. Wenn nur einer auf der Brücke rückwärts schaute ...

Als Thomas bemerkte, dass sich das Seil plötzlich viel leichter ziehen ließ, ahnte er, dass etwas schief gegangen war. Obwohl er nicht schwimmen konnte und eine schreckliche Angst vor Wasser hatte, sprang er todesmutig hinein.

»Hat den Kahn fest!«, rief er Klaus zu.

Er hangelte sich am Ufergestrüpp entlang, zerkratzte sich Gesicht und Arme, verbrannte sich die Hände an den Nesseln und spürte mit Entsetzen die nasse Kälte seinen Unterleib umschlingen. Doch seine Gedanken waren bei Katharina. Er musste sie retten, auch um den Preis seines Lebens!

Unmittelbar nach der Einmündung erfasste ihn die Strömung der Elster und zog ihn mit sich fort. Verzweifelt krallte er sich an den dünnen Ästen eines Strauches fest. Sie brachen mit hartem Knacken. Nur einer hielt, an den er sich mit einer Hand festklammerte. Wenige Klafter neben sich gewahrte er einen dunkeln Schopf aus dem Wasser auftauchen und dann ein sich drehendes Bündel. Ein Wassergeist?

»Hans, hierher!« Er reckte seinen freien Arm in die Strömung. Hans griff danach und zog den leblosen Körper von Katharina hinter sich her. Mit einem lauten Krachen brach der Ast, an dem sich Thomas festhielt. Doch sie hatten Grund unter den Füßen, morastig zwar und tückisch. Hans stand als Erster auf den Beinen und zerrte Katharina ans Ufer. »Heb sie mit an«, rief er Thomas zu, der sich aufrappelte und an das rettende Ufer warf. Auf dem Bauch liegend packte er Katharinas Kittel und einen Arm. Er drehte sie nach oben.

»Sie ist tot!« Angsterfüllt starrte er in ihr Gesicht. Er hätte sie nicht wiedererkannt. Ihr Haar war nur noch eine dunkle, klumpige Masse, die das Wasser an ihren Kopf pappte. Eine Gesichtshälfte, der Hals, Schulter und Rücken waren verbrannt, und die Haut hing in Fetzen herab. Ihr Gesicht war bläulich angelaufen, ihr Mund stand weit offen.

»Oh, mein Gott, warum hast du das zugelassen?« Thomas sank auf die Knie.

»Jammern kannst du später«, keuchte Hans und zerrte Katharina hinter den Mündungsvorsprung. Dort lag das Boot mit dem erstarrten Klaus. Der hielt das tropfende Ende des Seils in der Hand und starrte ihnen entgegen.

»Ein Messer!«

Thomas sprang auf, stieß Klaus beiseite und wühlte auf dem Boden des Kahns, bis er ein kleines, rostiges Messer fand, mit dem Hans die gefangenen Fische abstach. Er reichte es Hans, der hastig die Fesseln an Katharinas Füßen und Händen durchschnitt.

»Hilf mir! Wir müssen sie lang ausstrecken!«

Sie zogen an ihren Armen und Beinen und legten sie flach auf den Rücken. Dann begann Hans, ihre Arme wie einen Schwengel zu bewegen.

»Mach weiter!«, rief er Thomas zu, der die Frage verschluckte, die ihm auf der Zunge lag, während Hans nun kräftig gegen Katharinas Brustkorb drückte. Zwei, drei, vier Mal. Plötzlich bäumte sich Katharina auf. Hans rollte sie zur Seite, und sie übergab sich. Ein Schwall Wasser nach dem anderen brach aus ihr heraus.

»Sie lebt!« Thomas konnte seine Tränen nicht zurückhalten. Rührung und Erleichterung erfasste ihn, und er nahm sie in die Arme.

»Sie ist noch nicht in Sicherheit«, warnte Hans. »Los, ins Boot mit ihr. Wir müssen gegen die Strömung rudern bis zum Hauptarm der Elster.«

Zum Glück führte der halb verlandete Seitenarm nur wenig Wasser, und so stakten sie zu dritt das Boot flussaufwärts. Es war keine achtel Meile, bis sie die Elster erreichten. Klaus war aus seiner Erstarrung erwacht und ruderte mechanisch, während sein entsetzter Blick fortwährend auf Katharina ruhte, die zusammengekrümmt am Boden des Kahns lag und qualvoll hustete. Immer wieder erbrach sie Wasser und rang röchelnd nach Luft.

Nichts erinnerte mehr an das lebenslustige, liebeshungrige und fröhliche hübsche Mädchen, das er auf dem Rittergut verlassen hatte. Seit Jahren beschäftigte sich Klaus mit der Jurisprudenz, mit der Rechtssprechung und auch mit den dazugehörigen Strafen. Bislang hatte er nicht den geringsten Zweifel an der Rechtmäßigkeit des ganzen Systems gehegt, und ihm war so plausibel erschienen, was Magister Siebenpfeiffer in seinen Vorlesungen vermittelte.

Wenn auch Hexenprozesse der kirchlichen Rechtssprechung oblagen, so holte nicht selten das Kirchengericht Hilfe von der juristischen Fakultät der Universität und der zivilen Gerichtsbarkeit. Doch im Gegensatz zu anderen Verbrechen wie Raub, Mord, Brandstiftung oder Diebstahl erforderte die Hexerei wegen ihrer besonderen Schwere, die die Autorität Gottes untergrub, auch eine besondere Verfahrensweise.

Die Vorschriften der normalen gesetzlichen Praxis wurden häufig übergangen, um die geforderten Schuldsprüche zu erwirken.

Beweismittel, die man in normalen Verfahren nicht zugelassen hätte, galten hier uneingeschränkt. Nicht selten stand der Druck der Öffentlichkeit dahinter, eine Hexe ihrer gerechten Bestrafung zuzuführen. Am eigenen Leib hatte Klaus im Verlies des Thomasklosters erfahren, dass er unter der Folter bereit gewesen wäre, einen Pakt mit dem Teufel zu beschwören.

Jetzt war er bereit zu schwören, dass Katharina niemals etwas Unrechtes getan hatte, erst recht keine Hexerei. Und dass es tatsächlich Katharina war, die jetzt mehr tot als lebendig zu seinen Füßen lag. Unbändiger Zorn gegen diese grausame Ungerechtigkeit stieg in ihm auf. Am liebsten hätte er den fetten Propst wie ein Schwein der Länge nach aufgeschlitzt, aber damit hätte er sich nur auf die Stufe seiner unmenschlichen Büttel gestellt.

»Ich werde ein berühmter Richter werden, und dann werde ich für Gerechtigkeit sorgen«, schwor er. Dann blickte er zu Hans. »Wo bringen wir Katharina hin? Sie braucht dringend medizinische Hilfe.«

Der hob die Schultern. »Wo finden wir die?«

»Bei Griseldis«, platzte Thomas heraus. »Wenn wir noch ein Stück stromaufwärts fahren, gelangen wir in die Luppe. Auf diesem Fluss gelangen wir dorthin, wo die alte Griseldis lebt.«

»Wir müssen Maria vom Kuhturm holen«, erinnerte Hans.

»Die Luppe fließt ganz in der Nähe des Kuhturms. Wir können sie mitnehmen.«

»Also los, wir müssen uns eilen! Katharina geht es sehr schlecht.«

Sie ruderten, stakten, manövrierten und kämpften mit den sich durch die Aue windenden Wasserläufen, diesem Aderngeflecht aus Flüssen, Wasserläufen, Seitenarmen und Verbindungen, die dem sumpfigen Auwald und den Niederwiesen Leben spendeten.

Schon bald konnten sie wieder mit der Strömung fahren. In der Nähe der Lindenauer Mühle zweigte das Coburger Wasser ab, das direkt am Kuhturm vorbeiführte. Sie legten an, um Maria zu holen.

Hans sprang ans Ufer. Mit einem Blick auf die reglos am Boden liegende Katharina schüttelte er den Kopf.

»Fahrt schnell weiter. Katharina braucht dringend Hilfe. Ich werde mich um Maria kümmern. Sie werden schon bemerkt haben, dass etwas nicht stimmt. Schade, dass ich das Gesicht des Propstes nicht sehen konnte.«

Thomas war einverstanden. »Seid vorsichtig«, mahnte er. »Der Propst ist zu mächtig, als dass er sich an der Nase herumführen ließe.«

Hans winkte kurz zum Abschied. »Gott mit euch!«

Dann eilte er zum Kuhturm, wo Maria immer noch voller Hoffen und Bangen in der Vorratskammer hockte.

»Hans!« Mit einem Aufschrei der Erleichterung fiel sie ihm um den Hals. Doch dann schaute sie ihn besorgt an. »Was ist mit Katharina?«

»Für den Augenblick ist sie gerettet und in Sicherheit. Thomas und Klaus bringen sie zu einer alten Frau im Wald. Man hat sie unter der Folter übel zugerichtet. Dieser Propst ist der Teufel persönlich!«

»Gott hat uns doch nie verlassen, und die Mutter Gottes hat stets ihre Hand über uns gehalten«, flüsterte sie ergriffen. »Es wird alles gut werden.«

»Ich hoffe es sehr, Maria. Irgendwann muss dieser Leidensweg zu Ende sein. Ich glaube fest an die Kraft der Liebe. Damit überstehen wir auch die schlimmsten Stürme des Lebens.«

Er küsste sie voller Inbrunst. Diesmal konnte Maria sich diesem Kuss mit ganzem Herzen ergeben. Katharina war gerettet!

»Komm, lass uns gehen«, sagte sie entschlossen, als sie sich atemlos voneinander lösten.

»Wohin?«

»Zum Propst. Er muss seinen Irrtum einsehen und den Kirchenbann von mir nehmen, sonst können wir nicht heiraten.«

»Du willst …« Hans verschlug es die Sprache. »Dieser Mann lässt dich sofort ins Verlies werfen. Immerhin bist du aus dem Kloster geflüchtet. Kein Diener der Kirche wird einen Irrtum zugeben. Die Kirche ist allmächtig, allgewaltig und allwissend. Sie begeht keinen Fehler.«

»Die Kirche nicht, aber ihre Diener, denn sie sind nicht Gott, der allwissend ist, sondern nur Menschen, die irren können.«

»Es ist gefährlich«, versuchte Hans sie davon abzubringen.

»Ich weiß«, erwiderte sie ruhig, »Ich vertraue auf den Schutz der Gottesmutter. Komm, ich kenne einen Weg von hier aus über die Pfingstweide bis zur Elsterbrücke. Es ist keine Viertelmeile weit.«

Nur zögernd willigte Hans ein. Er traute niemandem, weder dem Propst noch der Äbtissin und erst recht nicht der aufgebrachten Menge an den Ufern des Flusses.

An jenem Flusse starrte eine dicht gedrängte Menschenmenge in das trüber Wasser, das unter der Brücke hindurch eilte. Die Hexe, die von den Bütteln des Propstes ins Wasser gestoßen wurde, versank vor ihren Augen in den braunen Fluten. Mancher gewahrte noch den hellen Fleck ihres Büßerhemdes, doch auch der verwischte gespenstisch.

Obwohl der Morgen angebrochen war, das Licht heller wurde und die Trübe der Morgendämmerung verscheuchte, war nichts zu erkennen. Nur das Seil, das der Hexe um den Leib geschlungen war, hing im Wasser. Benedictus, seine ihn begleitenden Chorherren und Mönche, die Äbtissin des Georgenklosters und die Marienmägde eilten zum Brückengeländer und schauten hinunter.

Besonders eine Nonne betete inständig, Maria möge nicht wieder auftauchen. Wenn sie wirklich eine Hexe war, dann waren sie alle in Gefahr, zumindest der kleine Zirkel, der sich regelmäßig zu den geheimen lustvollen Praktiken traf. Wenn dies öffentlich würde, dann würde Benedictus auch mit ihnen ein Exempel statuieren.

Gundula weinte lautlos. Niemand sah ihre Tränen, weil alle über dem Brückengeländer hingen. Es tat ihr so leid um Maria, sie hatte sie wirklich gern gemocht.

Ja, sie hatte ihr bereitwillig zur Flucht verholfen und ihr gewünscht, dass sie ein besseres und vor allem für sie glücklicheres Leben finden würde. Warum war sie nicht vorsichtig genug? Warum konnten die Spione des Propstes sie aufspüren? Jetzt musste sie um ihr eigenes Leben bangen. Wenn Gundula daran dachte, dass auch sie in das kalte, dunkle Wasser gestoßen würde ... Sie schüttelte sich vor Grauen. Warum hatte Maria den Frieden des Klosters gestört? Bis jetzt war das Leben darin so ruhig und getreu den Regeln verlaufen. Solange alles geheim blieb und nichts davon nach außen drang, konnten die Marienmägde beruhigt sein. Ob Maria unter der Folter gesprochen hatte? Woher wusste Benedictus von den nächtlichen Ausflügen? Es gab nur eine Möglichkeit: Maria!

Die Zeit verging, doch Maria tauchte nicht wieder auf. Zu beiden Seiten des Ufers rückten die Leute näher heran. Erste Stimmen wurden laut.

»Sie taucht nicht auf!« – »Sie ist unschuldig!« – »Sie ist gar keine Hexe!« – Zieht sie herauf!« – Oh Gott, sie ist bestimmt schon ertrunken!« – »So holt sie doch herauf!« Fäuste erhoben sich und drohten dem Propst. »Lüge!« – »Sie war keine Hexe!« – »Wir kennen Maria, sie war immer gut!« – Mörder!« – »Ihr habt sie umgebracht!«

Benedictus trat unbehaglich von einem Fuß auf den anderen. Es war ein Unding, einen Irrtum einzugestehen, es gab so viele Beweise gegen Maria. Sie musste eine Hexe sein! Warum, zum Teufel nochmal, tauchte sie nicht auf und schwamm wie ein Baum an der Wasseroberfläche? War sie mit den Wassergeistern im Bunde?

»Zieht doch, zieht sie herauf, ihr Tölpel«, fuhr er die Folterknechte an.

Eifrig holten sie das Seil ein. Wieder ging ein Schrei durch die Zuschauer, als sie nur das nasse und ausgefranste Ende des Taus ans Tageslicht zogen.

Mit eisigem Schreck starrte Benedictus darauf. Das ging nicht mit rechten Dingen zu! Der Pöbel rückte unaufhörlich näher, und die Stimmung schwelte bedrohlich.

»Wo ist sie?« – »Was habt Ihr mit Maria getan?« – »Ihr habt sie absichtlich ersaufen lassen!« – »Mörder!« – »Werft ihn ins Wasser!« – »Jawohl, er soll auch ersaufen!« – Die Kirche hat sich geirrt!« – »Gott hat anders entschieden!«

Benedictus hob beide Hände und versuchte sich der Menge zu erwehren.

»Gott hat gerichtet. Die Wassergeister haben sie geholt. Mit denen war sie im Bunde. Gott sei ihrer Seele gnädig. Wir haben alles richtig gemacht. Gott hat entschieden.«

»Wassergeister?«, schrie einer der Studenten. »Wenn sie eine Hexe war, dann stellt Wasser für sie ein unüberwindliches Hindernis dar. Wieso ist sie dann mit Wassergeistern im Bunde? Sagt Ihr das nicht nur, um Euch zu rechtfertigen? War das nicht eine Hinrichtung, weil Maria aus dem Kloster geflohen ist? Unter dem Vorwand, sie sei eine Hexe, habt Ihr sie gerichtet. Aber das steht Euch nicht zu. Es gab kein ordentliches Gerichtsverfahren wegen ihrer Flucht. Benedictus, Ihr seid ein gemeiner Mörder!«

»Halt's Maul, du Grünschnabel«, schrie Benedictus und winkte gleichzeitig die Waffenknechte zu Hilfe. Die hoben drohend die Spitzen ihrer Hellebarden gegen die andrängenden Leute. »Wie kannst du dich erdreisten, ein Kirchengericht zu kritisieren? Außerdem war es ein Gottesurteil. Gott hat sie zu sich genommen. Das müssen wir akzeptieren.«

Ein Teil der Menge murmelte zustimmend. Doch keiner war bereit, einfach nach Hause zu gehen, denn der weitaus größere Teil der Zuschauer war anderer Meinung. Die Emotionen kochten hoch, Steine flogen auf den Propst. Die Nonnen duckten sich kreischend, die Äbtissin fluchte wie ein Ochsenkutscher.

»Elendes Pack, verdammter Pöbel. Lanzenknechte, so jagt sie doch auseinander!«

Von beiden Seiten rückten die Leute heran, Benedictus und seine Mönche und Nonnen waren wie in einer Falle gefangen. Auch der Bürgermeister und die Ratsherren befanden sich in dieser prekären Lage. Die wenigen Soldaten, die den Zug begleitet hatten, konnten nicht viel ausrichten. Zumindest verteidigten sie die beiden Brückenzugänge.

»Es war voreilig«, zischte einer der Ratsherren dem Bürgermeister zu. »Nun haben wir das Dilemma.«

»Wer konnte das denn ahnen«, flüsterte der Bürgermeister zurück.

»Es war Maria Preller, und der Preller ist doch auch ein Ratsherr. Wir hätten es nicht zulassen dürfen.«

»Preller *war* ein Ratsherr«, entgegnete der Bürgermeister genervt. »Erstens hat er sich schon seit Monaten nicht mehr sehen lassen und Gott weiß, wo er sich herumtreibt. Und zweitens ist seine Tochter öffentlich exkommuniziert worden. Damit ist er für uns als Ratsherr nicht tragbar.«

»Der Propst hat voreilig gehandelt. Diese Kirchenmänner sind alle Eiferer, und in ihrer religiösen Verblendung können sie nicht mehr rational denken.« Er wandte sich zu dem am ganzen Leibe zitternden Benedictus um. »Soll ihn der Pöbel am Brückengländer aufhängen. Gleich an dem Strick, an dem sie die arme Maria geschwemmt haben.«

»Um Himmels Willen!« Der Bürgermeister hob entsetzt die Arme. »Willst du uns noch den neuen Landesherzog auf den Pelz hetzen? Wir sind froh, wenn wir mit unserer Obrigkeit so gut dastehen. Unser allergnädigster Herzog Georg wird sich wohlwollend an Leipzig erinnern, wo er doch vor vier Jahren hier seine polnische Prinzessin geheiratet hat.«

»Ob er sich auch wohlwollend an uns erinnert, wenn der wütende Mob uns alle ins Wasser geworfen hat? Dann opfern wir doch lieber diesen fetten und selbstgefälligen Propst.«

»Seid Ihr närrisch«, ereiferte sich der Bürgermeister. »Was kümmert mich der Pöbel? Vom Propst bekommen wir die nötige Unterstützung für unser Amt. Schließlich wollen wir doch noch eine Weile unsere Ratspfründe sichern. Oder habt Ihr Lust, wie Preller flüchten und Hab und Gut zurücklassen zu müssen, nur weil Ihr Ärger mit der Kirche habt? Außerdem haben wir von den Klöstern auch unsere Vorteile.«

Er duckte sich hinter dem massigen Leib des Propstes.

Der Ratsherr schüttelte zweifelnd den Kopf, nicht ohne einen besorgten Blick zu den immer näherrückenden Menschen beidseits der Brücke zu werfen.

»Sind wir denn nicht für das Wohl aller Bürger der Stadt zuständig?«

»In erster Linie bin ich für mein eigenes Wohl zuständig. Und Bürgermeister bin ich ohnehin nur für ein Jahr. Das werde ich mir doch nicht verscherzen.«

»Das ist aber nicht bürgerfreundlich. Wenn wir doch eine freie und weltoffene Stadt sein wollen, dürfen wir uns unser Verhalten nicht von einem Klostervorsteher diktieren lassen.«

»Solche Reden bringen uns in den Vorhof zur Hölle«, keuchte der Bürgermeister. »Wir werden gleich alle in der Hölle landen!«

Wieder flogen Steine. Einer traf Benedictus an seinen tonnenförmigen Bauch. Die Nonnen kreischten, die Leute schrieen und drohten, der Bürgermeister rief um Hilfe, die Mönche beteten lautstark und stimmten heilige Gesänge an, und Benedictus feuerte die Gardisten an, endlich auf den Pöbel einzustechen. Es war ein heilloses Durcheinander.

Diese Lage fanden Maria und Hans vor, als sie nach einem straffen Fußmarsch durch die Wiesen des Pfingstanger an der Brücke eintrafen. Hans grinste.

»Sage ich es nicht? Die Meute will Blut sehen!«

»Das müssen wir verhindern«, rief Maria erschrocken, »Schau, sie drängen zur Brücke. Da stehen die Nonnen und die Augustiner-Chorherren. Unter ihnen Benedictus.«

»Du hast wohl Mitleid mit ihm?«

»Er ist ein Mann der Kirche, ein sehr einflussreicher Mann. Er hat Katharina und mich getauft. Wir dürfen Unrecht nicht mit Unrecht vergelten.«

»Du hast ein viel zu weiches Herz. Geb's Gott, dass du dich nicht irrst.«

Sie gingen auf die wütende Meute zu, ohne bemerkt zu werden. Jetzt hatten es die Ersten geschafft, auf die Brücke zu gelangen, wo die Wachen verzweifelt versuchten, die Angreifer aufzuhalten. Schmerzensschreie der von den Hellebarden Verletzten mischten sich in wütende Rufe der empörten Menschen. »Mörder!« – »Nieder mit dem Propst und seinen fetten Hammelbäuchen!« – »Rache für Maria!«

»Halt! Haltet ein!« Marias Stimme kämpfte gegen den Lärm an. Verwundert drehten sich die Leute um und starrten sie an. »Wer ist das? Was will die Frau?«

In diesem Augenblick trat die Sonne durch die grauen Wolken, die bis dahin den Himmel bedeckt hielten. Wie Gold umflutete es die in eine einfache Bauerntracht gekleidete Frau. Die ihr am nächsten standen und ins Gesicht blickten, erstarrten und bekreuzigten sich. »Aber ... das ist doch ... ein Wunder!« – »Maria! Das ist Maria!« – »Ein Wunder ist geschehen! Maria ist auferstanden!«

Wie eine Welle pflanzte sich die Kunde durch die Menge und diese wich vor ihr zurück. Eine breite Schneise tat sich auf, der Weg zur Brücke war frei. Gemessen schritt Maria hindurch. Kurz vor der Brücke nahm sie ihre Haube ab und ihre nachgewachsenen blonden Locken, die schon fast wieder bis auf die Schulter fielen, kamen zum Vorschein. Die Herbstsonne ließen sie leuchten wie Honig.

»Es ist tatsächlich Maria!«

Benedictus samt seiner Mönche und Nonnen standen zu Holzsäulen erstarrt.

»Zauberei«, murmelte Benedictus leichenblass. »Das geht nicht mit rechten Dingen zu.«

Hans blieb dicht hinter Maria, um notfalls einzugreifen und sie zu beschützen, aber das war nicht notwendig. Die Stimmung hatte sich schlagartig zugunsten von Maria verändert, und die Leute schauten sie mit Staunen und Freude an.

»Ja, ich bin es, Maria«, sagte sie und schaute Benedictus fest in die Augen. »Erkennt Ihr mich wieder? Und auch Ihr, Mutter Äbtissin? Dabei wart Ihr doch so sicher, dass ich es war, die ihr in den Fluss geworfen habt. Dass ich es war, die ihr verhört und gepeinigt habt, bis sie vor Schmerz schrie, was Ihr hören wolltet. Ich bin es, Maria, die glaubte, im Kloster einen Ort der Besinnung und der Erhabenheit zu finden, wo alte Künste gelehrt und bewahrt werden, wo das Wissen verwaltet und Schönheit gepriesen wird. Wo das Leben zum Wohle Gottes gestaltet wird. Stattdessen habe ich etwas ganz anderes erlebt. Das Kloster ist ein Ort der Sünde, ein Ort der Grausamkeit, ein Ort der Gottlosigkeit, wo man jedes Laster findet, das sich ein krankes Gehirn nur ausdenken kann. Nichts dringt davon nach außerhalb der Mauern, die Sündhaftigkeit wird verschwiegen. Was hält Gott wohl von so einem Leben? Es war nicht mein Leben, deshalb flüchtete ich. Ich suchte Liebe. Im Kloster habe ich die Liebe Gottes nicht erfahren, einer herzlosen Äbtissin und unmenschlicher Regeln wegen. Doch Gott hat das Pflänzchen Liebe auch auf die Erde gebracht. Es gedeiht außerhalb der Klostermauern, zwischen Menschen, die sich verstehen, die sich ehren und achten, die zueinanderstehen bis in den Tod. Das ist Liebe!«

Sie griff nach Hans' Hand.

»Ich habe diese Liebe gefunden. Bei Hans, dem Fischer. Bei den einfachen Menschen, die uns halfen.«

Sie zeigte mit dem Finger auf Benedictus.

»Ihr aber sät Angst in die Herzen der Menschen, verbreitet Furcht und Schrecken. Für Geld verkauft Ihr die Vergebung der Sünden. Das Seelenheil der Euch Anvertrauten ist Euch egal, solange nur die Münze im Kasten klimpert. Ihr seid Euch selbst am nächsten. Und damit niemand Eure Macht in Zweifel zieht, schüchtert Ihr die Menschen ein, mit Verfolgung, mit Leid und Schmerz.«

Jetzt zeigte ihr Finger in die dunklen Fluten der Elster.

»Ihr wolltet all die Menschen Glauben machen, eine Hexe zu schwemmen. In Wirklichkeit habt Ihr bewusst gemordet. Die Unglückliche, die Ihr ins Wasser stießet, war meine Schwester Katharina!«

»Mörder!« – »Hängt ihn auf!« – »Er hat es verdient!«

Mit jedem Wort war Maria näher auf Benedictus zugegangen, mit jedem Wort wich der Propst vor ihr zurück. Als er mit dem Rücken an das Brückengeländer stieß, riss er die Augen in Panik auf.

»Ich war es nicht«, keuchte er. »ich habe nur getreu dem *Malleum* gehandelt. Die da war es, die hat die Angeklagte als entflohene Nonne Maria erkannt.« Er wies auf die Äbtissin. »Sie hat falsches Zeugnis abgelegt.«

»Lüge«, kreischte die Äbtissin. »Sie hat ja schon unter der Folter gestanden, Maria zu sein. Es ging alles gerecht zu.«

»Gerecht? Euch war doch jedes Mittel recht, nur um ein Exempel zu statuieren. Ihr brauchtet eine Hexe, einen Sündenbock, ein Opferlamm. Was hat das mit Gerechtigkeit zu tun? Katharina ist unschuldig. Sie hat nichts getan, sie ist nicht einmal aus dem Kloster geflohen. Mich hättet Ihr verhaften müssen. Aber in Eurem

Hass, Eurem Fanatismus wart Ihr blind. Ihr wolltet die Wahrheit gar nicht sehen.«

»Außerdem hat auch der Herr Eckhardt bestritten, dass die Gefangene Katharina wäre«, versuchte Benedictus eine letzte Ausflucht.

»Ha, der Eckhardt war wütend, weil ihn Katharina nicht wollte. Deshalb hat er sie angeschwärzt. Es war die Rache des abgewiesenen Galans. Die ganze Stadt hat ja schon über ihn gelacht!«

Ein Bürger machte seinem Unmut Luft. Die anderen stimmten mit ein. »Los, machen wir kurzen Prozess und werfen ihn ins Wasser. Fett schwimmt bekanntlich oben, was beweist, dass auch er mit den bösen Mächten in Verbindung steht.«

»Nein, tut das nicht«, versuchte Maria sie aufzuhalten. »Schließlich brauchen wir ihn noch, er muss den Kirchenbann, mit dem er mich belegt hat, wieder aufheben. Sonst können Hans und ich nicht heiraten. Und das wollen wir doch so gern.«

Hans nahm sie schützend in die Arme, damit ihr in dem Geschubse und Gedränge auf der Brücke nichts passierte. Trotz ihrer bittenden Worte hatten es einige Bürger geschafft, bis zu Benedictus zu gelangen und ihn zu packen. Verzweifelt klammerte er sich an das Brückengeländer. Es bedurfte fünf starker Männer, um ihn auszuheben. Bei dem Gerangel entdeckte er Bruder Tobias inmitten der Mönche, der wie erstarrt dastand.

»Wenn ich das überlebe, Tobias, dann bist du des Todes«, kreischte Benedictus, bevor er mit einem lauten Plumps in das Wasser fiel. Die Menschen schrien und tobten und johlten und pfiffen. Benedictus strampelte und prustete, schnappte nach Luft und ruderte mit den Armen. »Hilfe! Hilfe!«

»Oh mein Gott!« Maria presste die Hände zusammen. »Nicht noch mehr Opfer!«

»Bleib hier«, rief Hans ihr zu. Er riss sich das Hemd vom Leib, sprang auf das Brückengeländer und hechtete wie ein Pfeil in die dunklen Fluten. Mit kräftigen Armstößen und mit Hilfe der Strömung in der Mitte des Flusses hatte er den strampelnden Propst schnell eingeholt. Er packte ihn an seiner Kutte und zog ihn zum rettenden Ufer.

»Rausklettern könnt Ihr wohl allein«, sagte er, als sie beide Grund unter den Füßen spürten.

Nein, es war wenig würdevoll für einen so einflussreichen und angesehenen Mann wie Benedictus, als er, pitschnass und schlammig, auf allen Vieren den steilen Hang zum Ufer hinaufkroch. Er schwor sich, all die zu strafen, die ihn in dieser Sache so schlecht beraten hatten. Er verteufelte alle vertrockneten Nonnen, an ihrer Spitze die Äbtissin, die eifernden Mönche und geifernden zurückgewiesenen Liebhaber, die Lügner und Meineidigen. Und er sehnte sich nach Ruhe und Abgeschiedenheit, nach den klaren Stimmen seiner Chorknaben und der Reinheit ihres Gesangs.

Mönche, die am Ufer entlanggeeilt waren, halfen Benedictus auf die Beine. Er blickte zu Maria, die, begleitet von den Bürgern der Stadt, ihm entgegenkam.

»Maria Preller, nimm dies zur Kenntnis. Ich bin nur ein einfacher Diener Gottes, ein Mensch, der nicht davor gefeit ist zu irren. Ich gebe zu, dass ich einem fatalen Irrtum erlegen bin und es deshalb zu diesem schrecklichen Unglück kommen konnte. Ich hoffe, Gott wird mir verzeihen. Ich werde mich in die Stille der Einsamkeit zurückziehen und Buße tun. Von dir aber, Maria, nehme ich den Kirchenbann. Lebe, wie dein Herz es dir befiehlt.«

Unbeschreiblicher Jubel brandete auf. Hans wurde auf starke Arme gehoben und in die Luft geworfen.

»Es leben Hans und Maria! Hoch! Hoch! Hoch lebe die Liebe!«

Benedictus und sein Gefolge nutzten das erneute Durcheinander, um schnellstmöglich den Weg zurück zur Stadt anzutreten.

Im Triumphzug wurden Maria und Hans von den Leipziger Bürgern in die Stadt zurückbegleitet. Wankelmütig waren jedoch die Ratsherren samt dem Bürgermeister; sie wussten nicht, wie sie die Situation bewerten sollten. Auch wenn der Volkszorn gegen den Propst und die Chorherren zum Glück glimpfliche Entladung gefunden und Benedictus klugerweise einen Rückzieher gemacht hat, der ihm half, das Gesicht zu wahren, so haftete doch immer noch ein beachtlicher Makel an der ganzen Familie Preller. Dass Hieronymus Preller einen nicht unerheblichen Anteil am Wohlstand der Stadt und der Entwicklung des Handels gehabt hatte, blieb unberücksichtigt.

Preller war fort, Katharina tot und Maria eine entlaufene Nonne. Man hatte von der Familie nichts mehr zu erwarten, weder in finanzieller Hinsicht noch in Bezug auf eine Steigerung des Ansehens.

»Wir sollten ihnen das Bleiberecht verwehren«, schlug der Bürgermeister vor, während sie den Bürgern folgten. »Sollen sie sich woanders ansiedeln. Die Prellers haben für genug Unruhe in Leipzig gesorgt. Und wir als Rat haben viel zu viel geduldet.«

»Wir sollten es in der nächsten Ratsversammlung diskutieren und danach einen Beschluss fassen«, schlug einer der Ratsherren vor, was die anderen mit Zustimmung bedachten.

Währenddessen näherte sich aus östlicher Richtung ein Zug aus vier schweren Planwagen der Stadt. Sie waren hoch beladen und wurden von kräftigen Pferden gezogen. Deshalb kamen sie nur langsam vorwärts. Die Nacht hatten sie in einem Dorf zwei Meilen vor den Mauern der Stadt verbracht und fuhren nun zu dieser Morgenstunde zum Grimmaischen Tore ein. Die Stadtwache beäugte den Zug misstrauisch und hielt ihn an, um ihn zu kontrollieren.

»Was ist denn los?«, wollte der Führer des Trecks wissen. »Warum dieses Misstrauen?«

»In der Stadt gehen die Hexen um«, murrte einer der Wachoffiziere. »Man kann nicht vorsichtig genug sein. Eine haben sie gefangen und sie heute der Wasserprobe unterzogen. Verflucht sollen sie sein, diese Weiber, die nur Unglück bringen.«

Er bekreuzigte sich dreimal. Dann winkte er den Tross weiter.

»Hexen? Man hält es nicht für möglich.« Die Wagen rumpelten durch die Grimmaische Straße bis zum Marktplatz. »Wo sind denn all die Menschen? Die Stadt ist leer! Hat hier die Pest gewütet?«

Der Zugführer ging zu einem der Wagen, um einem alten Mann beim Absteigen behilflich zu sein.

»Wir sind angekommen, aber der Empfang fällt sehr bescheiden aus«, meinte er und rückte seinen derben Umhang zurecht, der ihn auf der weiten Reise vor Wind und Wetter schützte. »Ich hoffe, du bist nicht zu sehr enttäuscht.«

Der alte Mann schüttelte nur stumm den Kopf und blickte sich um. Tränen standen in seinen Augen.

»Ich habe nicht geglaubt, das alles noch einmal wiederzusehen«, flüsterte er mit erstickter Stimme. Dann schien er sich zu besinnen und wandte sich zum Wagen um. Er streckte die Hand einer Frau entgegen, die herabkletterte und sich ebenfalls umschaute. Im Gegensatz zu dem Mann lächelte sie. Dann ging sie langsam zum Prellerschen Handelshaus hinüber, dessen Tür und Fensterläden fest verschlossen waren. Sie klopfte dagegen.

Lange Zeit tat sich nichts. Ein wenig ratlos wandte sie sich zu den Männern um, die noch bei den Wagen standen. Sie wollte schon wieder gehen, als die Tür vorsichtig geöffnet wurde. Dann wurde sie weit aufgerissen. Die alte Walburga kniff die Augen zusammen, riss sie wieder auf, schnappte nach Luft und brüllte dann ganz laut los.

»Ist es denn die Möglichkeit! Nein, das kann nicht wahr sein und doch sehen meine Augen nichts anderes! Die Herrin Philomena höchstpersönlich! Und da – da – da ist ja auch der Herr Preller! Mein Gott, mein Gott, was für ein Tag!«

Sie schlug die Hände zusammen und drehte sich im Kreis, rief ins Haus hinein und rannte dann auf den Marktplatz hinaus.

»Der Herr Hieronymus ist wieder da!« Sie begann zu heulen und zu schluchzen und betastete Hieronymus, als könne sie es gar nicht glauben. »Und der werte Herr Sikora ist auch dabei! Und wir alle haben geglaubt, Sie weilen schon nicht mehr unter den Lebenden, nach allem, was geschehen ist.«

Im Nu waren sie von Menschen umringt. Die Mägde und Knechte des Hauses kamen gelaufen ebenso wie der Prokurist und die Amme, die Nachbarn, so sie in der Stadt geblieben waren, und einige Neugierige.

Dem Prokuristen, aber auch allen anderen Angestellten des Hauses war eine gewisse Erleichterung anzusehen, gleichzeitig gepaart mit einer besorgten und gedrückten Miene.

»Was ist mit der Stadt geschehen? Wo sind die ganzen Bewohner?«, wollte Hieronymus wissen.

»Ihr könnt es nicht wissen«, murmelte die Amme und kämpfte gegen die Tränen. Walburga weinte laut und schlug sich die Schürze vors Gesicht. Betroffen schauten die Reisenden sie an.

»Der Torwächter sprach von einer Hexe. Hat sie die ganze Stadt verhext? Wo sind die Menschen?«

»Draußen in der Aue, wo sie einer Wasserprobe unterzogen werden soll. Ich befürchte …« Die Amme brach nun auch in herzergreifendes Schluchzen aus.

»So sprich doch«, forderte sie Hieronymus auf.

»Es … es ist Maria!«

Hieronymus wurde blass. »Nein!«, stieß er hervor. »Nein! Nein!« Philomena versuchte ihn zu beruhigen. Doch Hieronymus wehrte sie ab.

»Ich bin daran schuld. Ich hätte nicht von hier fortgehen sollen!« Seine Verzweiflung fand keinen Trost. Er schämte sich seiner Tränen nicht. Alles war vergebens, was er in den letzten Monaten auf sich genommen hatte. Seine geliebte Maria war tot. Und er hatte sie so sicher im Schoße des Klosters gewähnt!

Von der anderen Seite des Platzes, vom Barfußpförtchen her, erklang Lärm. Eine ungeheure Menschenmenge walzte heran, verstopfte die Gassen. Die unheimliche Stille der verlassenen Stadt kehrte sich ins Gegenteil um.

Maria war es peinlich, so ungestüm gefeiert zu werden. Sie sorgte sich um Katharina. Hans hatte ihr versichert, dass sie in Sicherheit sei. Ihre Verletzungen jedoch waren erheblich. Klaus und Thomas kümmerten sich um sie.

Der Jubel der Leute war nicht zu bremsen. Viele ältere Bewohner der Stadt kannten die Zwillinge noch als Kinder und waren angetan von ihrer guten Erziehung, ihrem feinen Benehmen, ihrer Freundlichkeit und Mildtätigkeit. Die lähmende Angst vor dem Bösen, vor Hexen und Zauberern, vor den Qualen der Hölle und dem ewigen Leiden der Sünder, die die eifrigen Prediger der Kirche immer wieder verbreiteten, hatte sich mit einem Schlag gelöst. Ob es ein Wunder war, eine seltsame Fügung, nicht wenige hatten schon immer geglaubt, Maria sei eine Heilige.

Als sich die Menschenmenge vor ihnen teilte und über den Markt ergoss, stutzte Maria. Sie starrte zu den vier großen Planwagen hinüber, Wagen, wie sie früher öfters von den Handelsreisen des Vaters ankamen und Waren brachten. Und der Mann, der dort danebenstand ...

»Vater!«

Ihr Schrei gellte über den Platz und ließ alle Menschen erstarren. Sie schauten in die gleiche Richtung. Tatsächlich, das war Hieronymus Preller! Alt war er geworden, sein Haar weiß und schütter wie bei einem Greis, seine Falten tief und seine Augen klein. Sein Rücken hatte sich gekrümmt wie ein alter Baum und seine stets stattliche Leibesfülle hatte stark abgenommen. Vergrämt sah er aus und müde, wie einer, dem das Leben nichts geschenkt hatte. Und neben ihm ...

»Philomena!«

Silberne Fäden zogen sich durch ihr dunkles Haar, das fast gänzlich von einer dunkelgrünen Samthaube bedeckt war. Ihre Lippen verzogen sich zu einem Lächeln, gleichzeitig stützte sie Hieronymus.

»Vater, mein Gott, Vater!« Maria lief los und fiel ihm um den Hals. Beinahe hätte sie ihn umgeworfen.

»Mein Kind«, schluchzte er und sein Kinn zitterte. »Mein Kind, was habe ich dir angetan!«

»Du hast keine Schuld, Vater. Bitte weine nicht. Es waren andere, die Schuld auf sich geladen haben, aus Verblendung, Habgier, Rachedurst. Das Böse steckt in den Menschen selbst. Aber sie suchen es immer bei den anderen.«

Hieronymus betrachtete sie zärtlich. »Wie anders du aussiehst. So ... erwachsen.«

Maria lachte. »Das macht die Liebe. Ich wurde zur Frau.«

Er deutete auf ihre Haube. »Du bist verheiratet?«

Maria griff nach Hans' Hand und zog ihn zu sich. »Nein, aber ich hoffe, wir werden es bald sein. Wenn du uns deinen Segen gibst.«

Hieronymus schaute von einem zum anderen. »Was ist mit Katharina geschehen? Hat sie Eckhardt geheiratet?«

Maria wich seinem Blick aus. »Man hat sie an meiner statt geschwemmt.«

»Nein!« Hieronymus wich zurück. »Was sind das nur für Bestien!«

Maria und Philomena stützten ihn. »Bitte beruhige dich, Vater. Hans hat sie gerettet. Es geht ihr ... den Umständen entsprechend gut. Sie befindet sich in einem Versteck im Wald.«

»Meine Kinder«, flüsterte Hieronymus ergriffen. »Ich habe alles im Leben nur für euch getan. Warum straft uns Gott so hart?«

»Es ist nicht Gott, Vater. Es sind die Menschen. Komm, lass uns ins Haus gehen. Du bist müde von der Reise. Du warst ...« Sie warf einen scheuen Blick auf Herrn Sikora.

»In Krakau, jawohl. Er ist ein echter Freund, der auch in Gefahr zu mir hielt. Ich musste flüchten, wegen Philomena.«

Maria lächelte. »Ich weiß, sie ist Jüdin, nicht wahr?«

Hieronymus' Augen weiteten sich. »Du hast es gewusst?«

»Es ist mir nicht verborgen geblieben. Es war allerdings ein Wunder, dass es niemand anderes bemerkt hat. Ihr hattet Glück. Aber ist es nicht gefährlich, wieder nach Leipzig zu kommen? Ihr wisst, dass der Rat die Ansiedlung von Juden in der Stadt untersagt hat.«

Hieronymus senkte den Kopf. »Das wissen wir. Es hat Philomena eine große Überwindung gekostet, und ich habe es ihr freigestellt, aber ... du hast ja die Liebe nun selbst erfahren und kannst nachfühlen, warum wir so gehandelt haben.« Er atmete tief durch. »In Krakau ist Philomena christlich getauft worden. Und ...«, er hielt inne und warf Maria einen um Verständnis bittenden Blick zu, »... wir haben geheiratet.«

Maria lächelte. »Deshalb die Haube.«

Philomena, die bislang geschwiegen hatte, trat einen Schritt vor. »Ich bin nun die rechtmäßige Gattin. Niemand kann mir die Ansiedlung hier verwehren. Außerdem ...« Nun senkte sie den Kopf, als schäme sie sich ihrer Gefühle. »Ich hatte Sehnsucht nach Leipzig. Ich habe hier sehr glückliche Jahre verbracht. Wenn ich geahnt hätte, was in der Zwischenzeit hier geschehen ist ...«

Maria hakte ihren Vater unter. »Gehen wir ins Haus. Ich sehne mich danach, wieder eine richtige Familie zu haben.«

Eine halbe Meile vom Prellerschen Handelshaus und den Stadttoren von Leipzig entfernt stand die Hütte der alten Griseldis inmitten der Sümpfe und Wasserläufe. Der Kahn von Hans lag angepflockt im Dickicht. Katharina lag auf dem Bett der alten Griseldis die sich über sie beugte. Sie schüttelte immer wieder den Kopf.

»Oje, oje, oje, das sieht wirklich schlimm aus«, murmelte sie mit ihrem zahnlosen Mund. »Gegen die Dummheit der Menschen ist kein Kraut gewachsen.«

»Du kannst ihr nicht helfen?«, fragte Thomas erschrocken. »Aber du kennst doch sonst gegen alle Übel ein Mittel.«

»Ich sagte nicht, dass ich Katharina nicht helfen kann«, erwiderte sie unwirsch. »Gegen die äußeren Wunden kann man etwas tun, nicht aber gegen die inneren. Steht hier nicht so glotzäugig herum. Ich brauche mehrere Eimer sauberes Wasser. Sauberes, versteht ihr? Das kann dieser junge Mann besorgen. Thomas, hilf mir, das versengte Haar abzuschneiden und sie zu entkleiden.«

»Entkleiden?« Klaus runzelte die Stirn. »Thomas soll das Wasser holen.«

»Jetzt ist es aber genug«, wetterte Griseldis. »Ich muss alle ihre Wunden behandeln. Diese Lumpen sind schmutzig und sie führen zu Entzündungen. Aber wenn ihr es besser wisst, dann macht es doch selbst!« Sie verzog sich schmollend in die Ecke.

Thomas und Klaus blickten sich betroffen an, dann redeten sie gleichzeitig auf Griseldis ein.

»Schon gut, schon gut«, wehrte sie ab. »Ihr habt also gemerkt, dass ihr mich braucht, ihr Holzköpfe. Jetzt holt Wasser, damit ich die Wunden säubern kann. Dann werde ich eine Kräuterpaste bereiten, die ich auf die Wunden streiche. Und dann verschwindet ihr beiden und besorgt in der Stadt sauberen Baumwollstoff für die Verbände. Leider habe ich nichts davon auf Lager, weil doch die alte Griseldis immer im Sumpf herumschleicht.«

Sie scheuchte die beiden jungen Männer mit einer heftigen

Handbewegung davon. Diese trollten sich und schöpften an einer sauberen Stelle eines Rinnsals Wasser.

»Geh du in die Stadt, ich werde mich inzwischen um Katharina kümmern«, schlug Thomas vor.

Klaus warf ihm einen schrägen Blick zu. »Warum? Musst du nicht wieder deine Kühe hüten? Da kannst du Stoff auf dem Markt besorgen. Ich kümmere mich um Katharina.«

»Du glaubst, ein Anrecht auf sie zu besitzen«, widersprach Thomas gekränkt. »Dabei habe ich ihr das Leben gerettet.«

»Spielst du dich jetzt als edlen Ritter auf?« Klaus setzte wütend den Eimer ab. »Ich dachte, du tust es aus alter Freundschaft zu Katharina. Ich hingegen liebe sie.«

»Aber aus dem Wasser ziehen musste sie Hans. Und ich bin auch ins Wasser gesprungen, nur du nicht! Warum eigentlich nicht?«

»Das geht dich gar nichts an«, fauchte Klaus.

»Du kannst nicht schwimmen, stimmt's?«

»Na und? Ich wäre auch nur abgesoffen, wenn ich reingesprungen wäre!«

»Aha! Deshalb hast du dich vornehm zurückgehalten. Ich bin reingesprungen, obwohl ich nicht schwimmen kann!«

»Du nennst es Heldenmut, ich nenne es Dummheit«, konterte Klaus.

»Sag das noch einmal, und ich klopfe dir die Nase zu Brei«, schnaufte Thomas und packte Klaus am Wams.

»Im Prügeln habe ich dir einiges voraus«, gab Klaus wütend zurück.

»Wo bleibt das Wasser?«, keifte Griseldis von der Hütte her. Sie stemmte die Hände in die Hüften und schüttelte den Kopf. »Dumme Jungs, dumme Jungs!«

Beschämt senkten Klaus und Thomas die Köpfe und beeilten sich, der Alten das Wasser zu bringen. Sie hatte Katharina entkleidet und begonnen, die schrecklichen Wunden zu versorgen. Sie musste ihr Haar ganz kurz scheren und betupfte die offenen Stellen mit Öl.

»Sieht böse aus«, murmelte sie. »Aber nichts, wogegen nicht ein Kraut gewachsen wäre.« Dann richtete sie sich auf und blitzte die beiden jungen Männer an. »Nun trollt euch und versorgt das saubere Tuch!«

Klaus wollte widersprechen, aber das drohende Gesicht der Alten ließ ihn schließlich weichen. Mit finsteren Mienen stapften sie beide durch den Wald.

»Ich hätte mein Leben für Katharina gegeben«, sagte Tomas.

»Ich auch«, erwiderte Klaus.

»Ich verteidige ihre Ehre auch gegen den Propst.«

»Ich auch.«

»Ich habe ihr sogar ein Gedicht gewidmet.«

»Ich auch.«

»Ich liebe sie.«

»Ich auch!«

Thomas blieb stehen und starrte Klaus an. »Aber nicht so sehr wie ich.«

»Doch!«

Einen Augenblick maßen sie sich mit Blicken, dann gingen sie schweigend weiter. Jeder hing seinen Gedanken nach.

»Könnte sein, dass Katharina ein paar Narben zurückbehält«, begann Thomas von neuem.

»Könnte sein.«

»Dann sieht sie nicht mehr so hübsch aus wie vorher.«

»Ja, das ist möglich.«

»Ich würde sie trotzdem lieben.«

»Ich auch!«

Sie durchquerten das Ranstädter Tor. Die alte Betriebsamkeit war wieder in die Stadt zurückgekehrt. Trotzdem waren sie vorsichtig. Der Propst würde wahrscheinlich Himmel und Hölle in Bewegung setzen, um den Rettern der vermeintlichen Hexe habhaft zu werden. Doch die Stadt schien so friedlich, fast in Feierstimmung. Selbst die sonst allgegenwärtigen Ablasshändler aus den Klostern waren heute nirgendwo zu sehen. Dafür standen große Planwagen vor Prellers Haus. Knechte eilten geschäftig hin und her, entluden die Wagen und hievten Säcke und Ballen auf den Speicherboden. Andere versorgten die Pferde.

»Was ist denn hier los?«, wunderte sich Thomas.

»Da ist ein Warenzug angekommen«, mutmaßte Klaus. »Der Prokurist führt doch die Geschäfte, seit der alte Preller ver ...«

Er stockte, als er Walburga entdeckte, die eilfertig mit zwei großen Körben voll Fisch zum Haus eilte.

»He, Walburga, bleib doch stehen! Für wen schleppst du die vielen Fische? Und woher kommen die vielen Wagen?«

Walburga drehte sich um. Als sie Klaus gewahrte, verklärte sich ihr Blick.

»Da fragt Ihr noch, Herr Studiosus? Eine große Freude, eine ganz große Freude! Nicht nur, dass unsere allerliebste Maria heimgekehrt ist und einen netten jungen Mann mitgebracht hat, auch unser Herr ist wieder da! Und denkt nur, er ist verheiratet, hat die Frau Philomena zum Weib genommen, weil sie doch nun getauft ist und der Herr Sikora hat sie beide aufgenommen und hierher begleitet und ...«

Klaus verstand nicht die Hälfte des Geplappers der alten Magd, aber es war auch nicht wichtig. Hieronymus Preller war wieder da!

Mit großen Schritten eilte er zur Haustür, und schon war er drinnen. Walburga stürzter hinterher. Einige Fische schlitterten aus ihren Körben.

»Halt! Der Herr muss sich ausruhen von der anstrengenden Reise!«

Thomas folgte ihnen neugierig, während er die Fische einsammelte. Im großen Hausflur herrschte reges Gedränge. Überall standen Körbe, Truhen und Ballen.

Hieronymus saß in der Klaus wohlbekannten Stube in einem Lehnstuhl. Klaus polterte hinein, ohne anzuklopfen.

»Herr Preller! Dem Himmel sei Dank, dass Ihr lebt und wohlbehalten zurückgekehrt seid. Ich bringe Euch Kunde von Katharina.«

Hieronymus fuhr hoch. »Katharina! Wo ist sie?«

»In Sicherheit bei einer alten Frau, die der Kräuterheilkunde mächtig ist. Sie kümmert sich um Katharina. Wir sollen sauberes Baumwolltuch zum Verbinden besorgen. Könnt Ihr nicht helfen?«

»Ganz sicher haben wir solches Tuch. Die Mägde sollen gleich welches suchen. Aber warum kann sie denn nicht nach Hause kommen? Hier kann sie doch viel besser gepflegt werden!«

»Wegen Benedictus. Er würde sie doch sofort wieder ...«

»Wird er nicht«, ließ sich plötzlich Maria von der Tür her vernehmen. »Er hat seinen Irrtum eingesehen und auch den Kirchenbann von mir genommen. Katharina wird nichts geschehen.«

Klaus fiel ein Stein vom Herzen. »Sie kann aber nicht laufen. Es geht ihr nicht sonderlich gut. Sie hat schlimme Wunden davongetragen.«

»Wir senden eine Pferdewagen«, entschied Hieronymus. »Ich hole sie höchstpersönlich ab.«

»Ich kann Euch führen«, bot sich Thomas an, der bislang schweigend danebengestanden hatte. Er hielt immer noch die Fische in den Armen. »Ich weiß, wo es ist. Ich habe Katharina gerettet.«

»Ich habe Katharina auch gerettet«, rief Klaus.

»Wir alle haben Katharina gerettet«, sagte Hans.

Philomena hielt Hieronymus zurück. »Es ist zu anstrengend für dich, Liebster. Lass es die jungen Herren tun. Ihnen haben wir zu verdanken, dass deine geliebten Mädchen leben. Lasst auch die alte Frau herbringen, wenn sie der Kräuterkunde mächtig ist. Ich werde mich auch an Katharinas Pflege beteiligen.«

»Ein Kräuterhexe in diesem Haus?«, ereiferte sich die Amme. »Ich bin für die Kinder zuständig!«

»Ich möchte nie wieder das Wort Hexe hören«, tönte Hieronymus. Er hob den Kopf, als er jemanden in der Tür gewahrte. »Tante Brigitte! Wenn man von Hexen spricht ...«

»Ich hörte das Gerücht, dass der Hausherr wieder zurückgekehrt ist. Ich wollte ihn nur daran erinnern, dass er mir gegenüber einige Unterhaltspflichten nachzuholen hat.«

»Hört, hört, die alte Brigitte ist noch ganz gut auf den Ohren. Hast wohl geschnuppert, dass es heute Abend ein Festessen gibt. Ja, ich bin wieder da und es gibt genug zu feiern. Setz dich hin, Brigitte, ich habe heute meinen freigiebigen Tag. Wie schön, wenn die Familie zusammenkommt.«

Er warf Hans einen belustigten Blick zu. »Und immer größer wird. Morgen in aller Frühe holen wir Katharina heim, damit sie hier gesund gepflegt wird.«

Hans nahm Marias Hand und trat vor Hieronymus. »Darf ich bei dieser Gelegenheit um die Hand Eurer reizenden Tochter Maria bitten?«

Hieronymus blickte mit gespielter Strenge zwischen beiden hin und her. Dann fiel sein Blick auf Marias Bauch. Er schien etwas gewölbt.

»O ja, lieber Eidam, die Bitte sei gewährt. Und zwar möglichst schnell!« Alle lachten.

Thomas nahm seinen ganzen Mut zusammen, drängte sich durch die Umstehenden und trat vor Hieronymus. Doch auch Klaus hatte die gleiche Eingebung.

»Ich bitte hiermit um die Hand von Katharina«, riefen beide wie aus einem Mund.

Hieronymus starrte sie sprachlos an. »Beide geht wohl nicht«, meinte er dann. »Erst soll Katharina gesund werden, dann soll sie selbst entscheiden.«

Walburga kam hereingeschlurft. »Draußen bittet der Bürgermeister und der gesamte Stadtrat um Einlass.«

Hieronymus hob erstaunt die Augenbrauen. »So, so? Bin ich also wieder gesellschaftsfähig? Oder braucht die Stadtkasse wieder mal eine kräftige Auffrischung? Dazu ist der alte Hieronymus wohl gut genug.«

Philomena beschwichtigte ihn. »Trage es ihnen nicht nach. Vielleicht haben sie ihren Irrtum auch eingesehen.«

»Irrtum?«, ereiferte sich Hieronymus. »Der Stadt verwiesen haben sie mich, nur weil du Jüdin bist ... äh ... warst. Aus dem Stadtrat haben sie mich geworfen. Mit den Fingern haben sie auf mich gezeigt. Jetzt buhlen sie also wieder um mich. Sie haben die voll bepackten Wagen gesehen. Wenn sie Geld brauchen, dann greifen sie in jeden Beutel. Aber lasst sie nur ein. Sie sollen nicht sagen, ich wäre ein Geizkragen. Wenn man in dieser Stadt leben will, muss man sich wohl oder übel mit ihnen arrangieren. Es hat ja manchmal auch seine Vorteile. Gegen einen Beutel Münzen kann man sich so manches Privileg von ihnen erkaufen, nicht wahr?«

Der Bürgermeister war eine Respektsperson und alle Anwesenden außer Philomena verließen den Raum. Es gab ja auch noch allerhand vorzubereiten. Mit einem schiefen Grinsen näherte sich der Bürgermeister. »Ich freue mich, Euch wohlauf zu sehen, Preller. Und Eure ... hm ... Gattin auch.«

»Sie ist meine Gattin, Bürgermeister, angetraut zu Krakau, Christin wie Ihr. Aber das ist wohl nicht der Zweck Eures Besuches. Steht es so schlecht um die städtischen Finanzen?«

Der Bürgermeister wand sich wie ein Aal. »Lieber Preller, mitnichten! Einzig und allein die Freude über Eure Heimkehr bewog mich ... nun ja, in einer Stadtkasse kann nie genug Geld sein und wenn Ihr aus Freude über Eure Heimkehr ... also, wir planen den

Ausbau einer neuen Ratsstube und die Stadtmauer muss an einigen Stellen auch dringend erneuert werden und im Ratskeller fehlt es an Stühlen …«

»Ich habe verstanden, lieber Bürgermeister.« Hieronymus seufzte. »Was tut man nicht alles für seine geliebte Heimatstadt, auch wenn sie einen nicht gerade freundlich behandelt hat. Ich bin des Reisens müde, ich will hier meinen Lebensabend verbringen.« Noch einmal warf er dem Bürgermeister einen bohrenden Blick zu. »Mit meinen Töchtern, meinen Schwiegersöhnen und meinen Enkeln, habt Ihr das verstanden?«

»Aber gewiss, lieber Preller. Ihr seid ein lieber und gern gesehener Bürger unserer schönen Stadt, und Eure liebreizende Gattin und Eure Töchter und Schwiegersöhne … da gibt es wohl bald eine Hochzeit?«

»Doppelhochzeit, lieber Bürgermeister, Doppelhochzeit.«

Ganz so enthusiastisch waren Klaus und Thomas nicht, als sie am nächsten Morgen gemeinsam mit Hans und einem Fuhrwerk hinaus in die Auge fuhren, um Katharina zu holen. Der Wagen war dick mit weichem Heu ausgepolstert, und wollene Decken lagen darauf. Eine Plane schützte vor allzu neugierigen Blicken.

Griseldis machte allerdings Spektakel. »In der Stadt kann ich die Kranke nicht versorgen«, erklärte sie kategorisch. »Da ist die Luft so schlecht und mir fehlen die Kräuter.«

»Die hast du doch in deinen Töpfchen und Flaschen und Beuteln. Jetzt wächst ja gar nichts mehr draußen. Daheim hat Katharina ihr Bett und gute Pflege …«

»Eben, da reden mir diese Weiber alle drein, ich brauche sie nicht, ich mach das allein oder gar nicht!«

Sie verlegten sich auf inständiges Bitten und Flehen, schließlich drohten sie ihr, die Hütte anzuzünden, wenn sie nicht mitkäme.

»Ihr Ungeheuer, eine alte Frau so zu ärgern«, schnaubte sie. »Außerdem kann ich meine Ziege nicht allein lassen.«

»Nimm sie mit«, erwiderte Thomas, und dann packte Griseldis laut schimpfend alle Kräuter und Tinkturen ein, band ihre Ziege an den Wagen und legte Katharina vorsichtig hinein. Griseldis hatte ihr einen Trunk aus Schlafmohn bereitet, der ihre Schmerzen linderte und sie den Tag im geistigen Dämmerzustand verbringen ließ.

Hieronymus weinte wie ein kleines Kind, als er Katharina wiedersah. Sie wurde ins Haus gebracht und liebevoll gepflegt, bis ihre Wunden verheilten. Jeder in der Stadt betete für ihre Genesung.

Griseldis blieb den Winter über samt ihrer Ziege im Prellerschen Haus. So wunderlich die Alte war, aber sie wusste gegen jedes Zipperlein eine Hilfe und selbst Hieronymus' eingefallene Lenden erwachten noch einmal zu neuem Leben. Philomena wusste es sehr zu schätzen.

Solcher Art Hilfe benötigte Hans nicht. Das Kind unter Marias Herzen gedieh prächtig, und schon bald spürte er es strampeln, wenn er die Hand auf ihren Bauch legte. Noch immer wurde sie von den Bürgern der Stadt wie eine Heilige verehrt.

Langsam erholte sich Katharina. Die Nähe der geliebten Menschen trug zu ihrer Genesung bei. Sie freute sich über Marias Glück, das ihr ins Gesicht geschrieben stand. Bald schon würde das Haus mit lautem Kindergeschrei erfüllt werden. Klaus rührte sich nicht von Katharinas Seite.

»Nie wieder werde ich dich verlassen«, schwor er ihr.

Thomas vernahm diese Worte mit Bitterkeit.

»Du bist mir ein herzensguter Freund schon aus Kindertagen«, versuchte Katharina ihn zu trösten. »Ich werde mein Leben lang dankbar sein für alles, was du für uns getan hast. Versteh, dass mein Herz aber für Klaus schlägt. Ich kann es ihm nicht verbieten.«

»Ich verstehe«, flüsterte er mit tränenerstickter Stimme. »Aber ich werde dich immer lieben, Katharina, bis ans Ende meiner Tage.«

Der Frühling kam ins Land und verwandelte die Aue in ein Blütenmeer. Weiße Anemonen überzogen die Wiesen und den Waldboden wie einen Teppich. Vom nahegelegenen Thomaskloster rief die Glocke zur Andacht. Benedictus ließ sich von seinen Messdiener ankleiden.

»Sie heiraten in der Paulinerkirche«, sagte er mit säuerlichem Gesicht. »Und natürlich gehen die hochherzigen Spenden zu Ehren der Hochzeit auch an das Paulinerkloster. Der Preller ist wirklich sehr nachtragend.«

Mit einem tiefen Seufzer trat er aus der Sakristei vor den Altar. Er bekreuzigte sich und wandte sich um. Sein Blick streifte über die versammelten Chorherren und Mönche des Klosters. Es war Gottes Strafe. Er musste sie hinnehmen. Sein Blick wanderte zur Empore, wo der Knabenchor Aufstellung genommen hatte. Auf sein knappes Nicken hin stimmten sie einen wundervollen klaren und reinen Gesang an. Die Töne flogen wie jubelnde Lerchen zum Himmel hinauf und würden Gott versöhnen.

Tobias wimmerte leise. Seine Kutte hing in Fetzen von seinem knochigen Körper herab. Der Nahrungsentzug hatte ihn ausgemergelt. Trotz seiner körperlichen Schwäche stand er als Letzter abseits des Chores an einem schändlichen Platz, den Benedictus als Strafe bestimmt hatte. Hier musste Tobias auch nach Schluss des Gottesdienstes durch öffentliche Zurschaustellung Buße tun. Seine Jammergestalt sollte von allen gesehen werden und die Blicke in ihm Scham auslösen.

Erst wenn die Brüder das Oratorium zu verlassen gedachten, durfte er sich bewegen. Dann schleppte er sich vor die Tür und warf sich auf den Boden, ausgestreckt und mit dem Gesicht zur

Erde. Die Brüder stiegen über ihn hinweg wie über ein Stück totes Fleisch, ohne ihn eines Wortes oder eines Blickes zu würdigen. So konnte er sich in der Demut üben.

Aus der Kirche des Paulinerklosters auf der anderen Seite der Stadt traten zur gleichen Zeit zwei Brautpaare. Sie wurden von einer jubelnden Menge begrüßt und mit Blumen überschüttet. Blumen trugen auch beide Bräute im Haar, Kränze aus weißen Anemonen. Sie winkten den Zuschauern zu. Ihre Kleider waren aus edelsten Stoffen geschneidert.

Maria trug ein blaues Kleid, das ihren hochschwangeren Leib kaum verbergen konnte und sie trotzdem wie eine Königin aussehen ließ. Manche Leute sanken vor ihr auf die Knie und küssten den Saum ihres Kleides.

Katharina trug ein rotes Kleid. Ein seidener Schleier bedeckte ihr nachwachsendes Haar. Wenngleich ihr Körper noch schwach war, so blickten ihre Augen lebhaft und voller Glück.

Der Zug durch die Stadt bis zum Prellerschen Haus konnte auch beim Einzug des Landesfürsten nicht prachtvoller sein. Die ganze Stadt feierte mit, und alle wünschten den beiden Paaren, die so viel Leid für ihre Liebe ertragen mussten, Glück und Gottes Segen.

Zum Festessen blieb kein Wunsch offen. Der Leipziger Rat hatte den großen Ratssaal zur Verfügung gestellt, wo viel mehr Leute hineinpassten als in Hieronymus' Haus. Natürlich nahm der ganze Stadtrat am Festessen teil und viele Kaufleute aus der Gilde, Freunde und Verwandte, Bekannte und Nachbarn.

Auch Thomas war eingeladen. Er kam mit verzagtem Herzen. Katharina war so wunderschön, und er hatte seit Jahren geträumt, neben ihr vor den Altar zu treten. Philomena stellte ihm seine Tischdame vor. Sie hieß Beate von Pflugk und war ein liebreizendes Wesen. Mit ihrer Natürlichkeit und Lebhaftigkeit erinnerte sie ihn sogar ein bisschen an Katharina. Beate nahm Thomas sofort in Beschlag und plauderte mit ihm so kurzweilig und lustig, dass er schnell seinen Kummer vergaß.

Unter dem Siegel der strengsten Verschwiegenheit verriet sie ihm unglaubliche Liebespraktiken, die das Paradies auf Erden versprachen. Das versprachen auch Beates Augen, die es wohl nicht erwarten konnte, diese geheimen und spannenden Dinge mit ihm auszuprobieren.

Auf dem Marktplatz wurden Brezeln und Honigbrote an die Bevölkerung verteilt, und es gab auch Bier und Honigwein zu trinken. Gaukler und Musikanten unterhielten die Gäste, und ein dressierter Hund vollführte allerlei Kunststücke. Zum Schluss lief er auf den Hinterbeinen und bettelte mit einem Hut in der Schnauze um einen Obolus.

Hieronymus betrachtete alles mit nachdenklichem Schweigen. Im Ratssaal hatte damals alles angefangen, als er Elisabeth kennenlernte. Was war in der Zwischenzeit alles geschehen!

Maria und Katharina erhoben sich nach einer Weile.

»Liebe Gäste, bitte feiert weiter«, sagte Maria. »Katharina und ich haben noch etwas vor, was uns beiden sehr am Herzen liegt.«

»Wir werden euch begleiten«, boten sich Hans und Klaus sofort an, aber die beiden Schwestern wehrten ab. »Das, was wir tun wollen, müssen wir allein tun. Keine Bange, uns geschieht nichts. Wir kommen bald zurück.«

Hand in Hand gingen sie zum Barfußpförtchen hinaus und wanderten den Weg entlang, den Katharina vor Wochen schon einmal ging, gefesselt, geschunden, im Büßerhemd. Marias Hand gab ihr Kraft. Einen Herzschlag lang zögerte Katharina, bevor sie die Brücke betraten.

»Du wolltest für mich sterben«, sagte Maria leise.

»Und du wolltest für mich sterben. Dank guter Menschen und ihrer Liebe zu uns dürfen wir noch hier stehen.«

»Niemand soll uns je wieder trennen. Ich glaube, unsere

Schutzheilige hat dafür gesorgt, dass wir uns unserer eigenen Stärke erinnern und unserer Liebe zueinander.«

Sie nahmen ihre Brautkränze vom Kopf. Dann traten sie an das Brückengeländer heran und warfen sie in das Wasser der dahineilenden Elster.

»Für alle Unschuldigen, die für ihre Liebe sterben mussten.«

Draußen auf den Pfingstweiden ging die alte Griseldis mit ihrer Ziege spazieren. Während die Ziege sich die frischen Gräser schmecken ließ, sammelte Griseldis Kräuter in ihren Korb. Der ganze Hochzeitstrubel berührte sie wenig.

Katharina war wieder geheilt, und das hatte sie ihren Kräutern zu verdanken. Mochten manche Leute auch dummes Zeug daherreden, wenn es ihnen allzu arg ging, fanden sie schon den Weg zu ihr.

Hinter dem Gebüsch mit den ersten grünen Blattspitzen hockte eine schwarze Gestalt mit brennenden Augen.

»Altes Weib, Ziegenbock, Knotenstock, Zauberkräuter – die Hexe aus dem Wald!« Tobias hustete und presste die Hand auf den Mund, um sich nicht zu verraten. Er würde diese Hexe zur Strecke bringen, um endlich wieder Gott zu gefallen. Das Böse lauerte schließlich überall ...

***

Längst ist Leipzig über seine Mauern hinausgewachsen. So mancher Fluss in der Aue wurde in ein Kanalbett gezwungen. Die Reformation fegte die Klöster der Stadt hinweg. Herrscher kamen und gingen. Die Heilige Brücke aber gibt es noch immer. Auch manche andere Dinge haben sich nicht verändert. Den Marktplatz findet man noch an derselben Stelle, und Straßennamen wie Nonnenstraße, Kuhturmstraße, Barfußgasse erinnern an die Vergangenheit.

Der Thomanerchor wurde weltberühmt, die Universität, die Alma mater Lipsiensis, feiert bald ihr 600. Gründungsjubiläum. Die Stadtkasse ist immer noch leer, und der Stadtrat lässt sich so mancherlei einfallen, um sie wieder zu füllen.

In jedem Frühjahr verwandelt sich der Auwald nach wie vor in ein Blütenmeer. Wer am zeitigen Morgen durch die Aue wandert, der kann mit ein bisschen Fantasie in den Nebeln über den Wiesen Gestalten erkennen, die zu Sagen wurden. Auch die Sage von der Heiligen Brücke und den Zwillingsschwestern könnte sich so oder so ähnlich zugetragen haben.

Eines ist sicher: Tiefe, wahre Liebe gab es zu allen Zeiten!